자정4분뒤1

FOUR PAST MIDNIGHT
by Stephen King

이 도서의 국립중앙도서관 출판예정도서목록(CIP)은
서지정보유통지원시스템 홈페이지(http://seoji.nl.go.kr)와
국가자료공동목록시스템(http://www.nl.go.kr/kolisnet)에서 이용하실 수 있습니다.
(CIP제어번호: CIP2018009067)

자정 4분 뒤 1

스티븐 킹 중편집

이은선 옮김

STEPHEN KING

엘릭시르

사막에서 나는
벌거벗은 짐승 같은 자를 보았네.
땅바닥에 쭈그리고 앉아
자기 심장을 손에 들고
먹는 자를.
내가 물었지. '어이, 맛있나?'
'쓰디써.' 그가 대답하더군.
'하지만 나는 좋아.
쓰니까.
그리고 내 심장이니까.'

스티븐 크레인

당신에게 입을 맞출 거야, 그리고 안아줄 거야.

내가 얘기한 모든 것을 할 거야.

한밤중에.

윌슨 피켓

차례

자정 직전: 머리말

오, 이럴 수가! 우리 모두 이 자리에 모였다. 이렇게 다시 돌아왔다. 이 자리에 이렇게 모이게 된 것을 여러분도 나의 반만큼이나마 기뻐했으면 좋겠다. 여기까지 말을 하고 보니 이야기가 하나 생각나는데, 나는 이야기로 먹고사는 사람이니(그리고 이야기를 통해 온전한 정신을 유지하는 사람이니) 생각난 이야기보따리를 풀어야겠다.

올 초에(내가 이 글을 쓰는 시점은 1989년 7월이다) 내가 텔레비전 앞에 널브러져서 보스턴 레드 삭스 대 밀워키 브루어스의 경기를 보고 있었을 때였다. 브루어스의 로빈 욘트가 홈 플레이트에 등장하자 보스턴 중계진이 욘트가 아직 삼십 대 초반이라는 사실에 놀라워하기 시작했다. "가끔 애브너 더블데이*가 사상 처음으로 파울

* 19세기의 미국 장교. 야구의 창시자로 오인되곤 한다.

선을 그렸을 때 로빈이 옆에서 거든 것처럼 느껴질 때도 있는데 말이죠." 욘트가 로저 클레멘스를 상대하러 타석에 들어서자 네드 마틴이 이렇게 말했다.

"그러게 말입니다." 조 캐스티글리온이 맞장구를 쳤다. "고등학교를 졸업하자마자 브루어스에 입단했죠, 아마? 그러니까 1974년부터 뛰고 있는 겁니다."

나는 벌떡 일어나 앉는 바람에 하마터면 펩시 콜라를 몸에 쏟을 뻔했다. '이봐!' 나는 생각했다. '염병할 인간들아, 이것 좀 보라고! 내가 첫 책을 출간한 게 1974년이야! 1974년이면 그리 오래전도 아니라고! 그런데 왜 애브너 더블데이가 사상 처음으로 파울선을 그렸을 때 거들었다는 둥 헛소리야?'

그러다 문득, 시간의 흐름—앞으로 소개할 이야기에서 거듭 등장하는 주제이기도 하다—은 매우 주관적인 개념이라는 생각이 들었다. 1974년 봄에 『캐리』를 출간한 것(야구 시즌이 시작되기 불과 이틀 전, 그러니까 로빈 욘트라는 십 대 선수가 밀워키 브루어스에서 첫 게임을 소화하기 불과 이틀 전에 출간됐다)이 내게는 그리 오래되지 않은 일처럼 느껴지지만—솔직히 어깨 너머를 한 번 흘끗 돌아보는 시간에 불과하게 느껴지지만—세월을 세는 방법에는 여러 가지가 있고 십오 년이면 긴 시간이지 않느냐고 하는 사람들도 있을 것이다.

1974년에는 제럴드 포드가 대통령이었고 샤가 이란을 다스리고 있었다. 존 레넌이 살아 있었고 엘비스 프레슬리도 마찬가지였다. 도니 오스먼드가 카랑카랑한 목소리로 형제자매들과 노래하고 있었다. 홈비디오 녹화기가 개발됐지만 아직은 시험 판매로만 구입할 수 있었다. 업계에서는 소니의 베타 방식 녹화 기기가 널리 보급되면 VHS라는 경쟁 회사의 방식은 금세 납작하게 찌그러질 줄 알았다. 사람들이 도서관에서 인기 있는 소설을 대출하듯 조만간 인기 있는 영화를 빌려서 보게 될지 모른다는 발상은 아직 도입되지 않았다. 기름값이 상상 못 했던 수준으로 폭등했다. 당시 일반 휘발유는 일 갤런당 사십팔 센트, 무연휘발유는 오십오 센트였다.

내게는 흰 머리와 흰 수염이 아직 나지 않았다. 지금 대학교 2학년인 딸아이가 그때는 네 살이었다. 지금은 나보다 키가 크고, 블루스 하프를 연주하며, 록가수 새미 헤이거처럼 어깨에 닿도록 기른 풍성한 웨이브 머리를 자랑스럽게 하고 다니는 큰아들은 막 배변 훈련을 시작했다. 리틀리그 챔피언 팀에서 투수 겸 일루수로 활약 중인 작은아들은 태어나기 삼 년 전이었다.

시간은 이렇게 신기하고 엿가락 같은 구석이 있으며 모든 게 돌고 돈다. 멀리 가지 않겠거니 생각하며—기껏해야 동네 저편까지 가겠거니 생각하며—버스에 오르지만 눈 깜짝할 새 맙소사! 옆 대륙을 반쯤 건너고 있다. 이런 비유가 조금 유치하게 느껴지는가? 나도 마찬가지다. 그런데 문제는 뭔가 하면, 그러거나 말거나 아무 상관없다는 것이다. 시간이라는 수수께끼가 워낙 완벽하기 때문에 방금 전에 내가 한 것 같은 시시한 비유에서도 상당히 묘한 여운이 느껴진다.

하지만 그동안 달라지지 않은 게 한 가지 있기 때문에 나는 그로 인해 시간의 흐름을 느끼지 못했을 것이다(로빈 욘트도 그럴 테지만). 내가 여전히 글을 쓰고 있다는 것. 그리고 글쓰기에 대해서 모르는 게 여전히 많고, 글쓰기를 여전히 사랑한다는 것. 아, 오해는 하지 말기 바란다. 나는 아내도 사랑하고 아이들도 사랑한다. 하지만 신기한 샛길을 찾아내고 그 길을 따라가 거기에 누가 사는지, 그들이 무엇을 하고 있는지, 누구에게 그것을 하고 있는지, 한술 더 떠서 왜 그러고 있는지 이유까지 알아내는 것이 여전히 즐겁다. 나는 그 낯섦, 그림이 선명해지고 사건들이 일정한 틀을 갖추기 시작하는 황홀한 순간을 여전히 사랑한다. 이야기에는 항상 꼬리가 달려 있다. 이야기라는 짐승은 빠르다. 가끔 놓칠 때도 있지만 꼬리를 제대로 붙잡으면…… 기분이 좋다.

1990년에 이 책이 출간되면 나는 상상 속의 세상을 만들어내는 직업에 발을 담근 지 십육 년째가 된다. 그 중간에 나는, 스스로도 잘 이해가 안 되는 과정을 통해 미국 문학계의 마귀로 등극하고 한참 뒤에 『사계』라는 책을 출간했다. 묵혀두었던 네 편의 중편소설을 한데 묶은 소설집이었고 그중 세 편은 공포물이 아니었다. 출판사 측에서는 책 출간을 흔쾌히 수락했지만 반신반의했을 것이다. 나도 그런 마음이 있었다. 그런데 알고 보니 출판사도 나도 걱정할 필요가 없었다. 책을 내다보면 가끔 자연스레 운이 따르는 작품이 있는데, 내게는 『사계』가 그런 작품이었다.

수록작이었던 「시체」는 영화 〈스탠 바이 미〉로 만들어져서 흥행에 성공했다. 내 작품을 각색한 영화가 어느 정도 성공을 거둔 것은 『캐리』(애브너 더블데이와 여러분도 잘 아는 아무개 야구 선수가 같이 파울선을 그리던 시절에 출간된 그 작품) 이래 처음이었다. 〈스탠 바이 미〉를 만든 롭 라이너는 내가 만난 중에서 가장 용감하고 똑똑한 감독이라 나는 그와 아는 사이라는 것을 자랑스럽게 생각한다. 그리고 또 한 가지, 라이너 감독이 〈스탠 바이 미〉로 성공한 이후에 설립한 영화사가 캐슬록 프로덕션인데…… 내 오랜 팬이라면 그 이름이 귀에 익을 것이다.

평론가들도 대체로 『사계』를 좋아했다. 대부분 수록작 하나씩을 화염방사기로 공격했지만 선택 대상이 각기 달랐기에 태연하게 깡그리 무시해도 될 것 같았고…… 실제로 그렇게 했다. 하지만 항상 그럴 수 있었던 건 아니다. 거의 모든 언론에서 『크리스틴』을 두고 엉망진창이라고 했을 때는 내 바람과는 달리 그렇게 훌륭한 작품은 아닐지 모른다고, 내키지는 않지만 스스로 그렇게 결론을 내린 적도 있었다(그래도 인세로 받은 수표를 현금으로 바꾸느라 정신없었다). 서평을 보지 않으며, 혹평을 접하더라도 상처받지 않는다는 작가들도 있긴 하지만 내가 아는 중에서 그런 작가는 두 명뿐이다. 나는 정반대라 혹평을 받을 수도 있다는 사실에 연연하고, 혹평이 보이면 곰곰이 곱씹는다. 하지만 한참 동안 우울해하지는 않는다. 아이와 노부인 몇 명만 죽이면 다시 상태가 좋아진다.

무엇보다 독자들이 『사계』를 좋아했다. 내가 기억하기로는 공포물에서 일탈했다고 나무라는 편지를 그 당시에 한 통도 받은 적이 없다. 오히려 대부분의 독자들이 어느 작품을 읽고 울컥했다고, 덕분에 생각을 할 수 있었다고, 느낄 수 있었다고 전했다. 단어들이 잘 떠오르지 않고 영감이 희미하거나 아예 존재하지도 않는 시기에는 그런 편지들이 노동의 진정한 대가가 되어준다(게다가 그런 편지

들이 얼마나 많은지). 신이시여, 변함없는 팬을 축복하고 유지하여주소서. 입으로 말은 할 수 있지만, 공감하며 들어주는 사람이 없으면 이야기는 할 수 없는 법이다.

그때가 1982년이었다. 밀워키 브루어스가 로빈 욘트의 주도 아래—맞다, 바로 그 선수다—딱 한 번 아메리칸리그 우승을 차지했던 해. 그해에 욘트는 타율 3할 3푼 3리, 홈런 29개의 성적을 거두고 아메리칸리그 MVP로 뽑혔다.

우리 두 늙은이에게 행복한 시절이었다.

『사계』는 계획하에 출간된 작품이 아니다. 어쩌다 보니 나온 작품이었다. 거기 실린 네 편의 긴 이야기는 오 년에 걸쳐 드문드문 완성되었는데, 하나같이 단편집으로 묶기에는 너무 길고 한 권으로 출간하기에는 조금 짧았다. 노히트노런이나 (타자가 한 경기에서 일루타, 이루타, 삼루타, 홈런을 모두 치는) 사이클히트처럼 엄청난 사건이라기보다 통계상의 돌연변이였다. 나는 『사계』가 거둔 성적과 호평에 무척 뿌듯했지만, 바이킹프레스 출판사에 마침내 원고를 넘겼을 때는 안타까운 마음도 있었다. 나는 『사계』가 훌륭한 작품이라는 것을 알았다. 그리고 그런 작품을 내 평생 두 번 다시 출간할 수 없을지 모른다는 것도 알았다.

이 시점에서 내가 "그런데 그건 나의 착각이었다"라고 말할 거라고 넘겨짚은 사람이 있다면 실망할 것이다. 여러분의 손에 들린 이 책은 나의 전작과 전혀 다르다. 『사계』는 세 편의 '주류'와 한 편의 초자연적인 작품으로 이루어져 있었다. 하지만 이 책에 수록된 네 편의 이야기는 모두 공포물이다. 전반적으로 『사계』의 작품들보다 조금 길고, 내가 은퇴했다고 간주되었던 시기에 대부분 쓰였다. 이 중편집이 전작과 다른 이유는, 일시적으로나마 머릿속에서 암울한 주제만 맴돌던 시절에 집필한 작품이기 때문일지도 모른다.

예를 들자면 이런 것들이다. 시간과, 시간이 인간의 심장에 미치는 부식작용. 과거와, 과거가 현재에 드리우는 그림자……. 가끔 기분 나쁜 것들이 자라고 심지어 한층 더 기분 나쁜 것들이 숨어 있다가…… 삽시간에 자라나는 그곳.

걱정이 모두 사라지지는 않았지만 나의 믿음이 그때보다 더 단단해졌다. 나는 지금도 인간의 정신적인 회복력과 사랑의 효과를 믿는다. 사람과 사람이 서로 이어질 수 있다고, 우리 안에 거주하는 영혼들끼리 가끔 접촉할 수 있다고 믿는다. 이런 관계에 따르는 대가가 엄청나게, 극악하게 높지만…… 치러야 하는 대가보다 값어치가 훨씬 크다고 믿는다. 더 화이트*가 등장할 거라고, 인간은 최후의 보루를 구축하고 그 보루를 사수해야 한다고 믿는다. 이런 걱정과 믿음이 이제는 한물간 것으로 간주되지만 나에게는 아직도 남아 있다고 고백하지 않으면, 아직도 그런 걱정과 믿음 속에서 헤어날 수 없다고 고백하지 않으면 나는 거짓말을 하는 셈이다.

나는 지금도 재미있는 이야기를 좋아한다. 그런 이야기를 듣는 것도 좋아하고 하는 것도 좋아한다. 여러분은 내가 이 작품과 두 권의 후속작을 출간하는 대가로 거금을 받았다는 사실을 알 수도 있고 모

* 스티븐 킹의 작품 『다크 타워』에서 다크 타워를 수호하는 세력.

를 수도 있지만(그리고 관심 없을 수도 있지만), 그 사실을 알고 있거나 그런 데 관심이 있는 사람이라면 내가 이 책 속의 이야기를 '쓰는' 대가로 받은 돈은 한푼도 없다는 사실을 알아주길 바란다. 저 혼자서 이루어지는 모든 일이 그렇듯 글쓰기라는 행위는 가격을 매길 수가 없다. 돈이 있으면 좋겠지만 창작을 할 때는 금전적인 부분에 지나치게 연연하지 않는 게 좋다. 집착하면 모든 게 꽉 막혀버린다.

내가 이야기를 전달하는 방식도 아마 조금 바뀌었을 텐데 (나야 전보다 나아졌으면 좋겠지만 그건 여러분이 판단할 몫이다) 당연한 현상이다. 브루어스가 1982년에 우승했을 때 로빈 욘트는 유격수였다. 지금은 중견수다. 다리가 조금 느려졌다는 뜻일 테지만…… 그래도 자기 방향으로 날아오는 공은 대부분 놓치지 않는다.

나도 그럴 것이다. 그 정도면 충분하다.

이야기가 어디에서 시작됐으며, 작가가 추구하는 보다 넓은 틀에는 잘 맞는지 궁금해하는 독자들이 많기 때문에 각 작품이 어떤 식으로 씌었는지 짧은 서문을 달았다. 읽어보면 재미있을 테지만 읽기 싫으면 건너뛰어도 된다. 학교 숙제도 아니고 쪽지 시험이 기다리고 있지도 않다.

이렇게 건재한 모습으로 여러분에게 또다시 이야기를 들려줄 수 있어서 얼마나 기쁜지, 여러분도 다른 곳—어쩌면 벽에는 눈이 달렸고 나무에는 귀가 달렸고, 정말로 기분 나쁜 무언가가 다락방과 아래층에서 사람들이 있는 데로 기어나오려 하는 곳—으로 떠날 채비를 하며 건재한 모습으로 기다려주어서 얼마나 기쁜지 마지막으로 다시 한번 강조하고 싶다. 나는 아직도 그런 곳에 관심이 많지만…… 요즘은 사람들이 그런 이야기를 들어줄까, 들어주지 않을까에 더 관심이 많은 것 같다.

이 글을 마무리짓기 전에 야구 경기 결과를 여러분에게 알릴까 한다. 결국에는 브루어스가 레드 삭스를 이겼다. 욘트는 첫 타석에서 클레멘스에게 삼진을 당했지만…… (네드 마틴에 따르면 애브너 더블데이가 사상 처음으로 파울선을 그렸을 때 거들었다는) 그는 두 번째 타석에서 좌측 담장 상단을 맞히는 이루타를 날려서 두 명의 주자를 홈으로 불러들였다.

로빈의 경기는 아직 끝나지 않은 듯하다.

나도 마찬가지다.

메인 주 뱅고어에서

1989년 7월

스티븐 킹

1

자정 1분 뒤

랭골리어

나처럼 비행기만 타면 긴장하는 조에게 바친다.

자정 1분 뒤: 「랭골리어」에 붙이는 서문

나 같은 경우에는 여러 시간대, 여러 장소에서 이야기가 떠오른다. 차 안에서, 샤워를 하는 도중에, 걷다가, 심지어 파티장에 우두커니 서 있을 때 생각나기도 한다. 꿈속에서 떠오른 적도 몇 번 있었다. 하지만 나는 아이디어가 떠오르자마자 적어놓는 경우가 거의 없고 '아이디어 노트'도 쓰지 않는다. 아이디어를 적어놓지 않는 것은 자기 관리를 위한 훈련이다. 아이디어는 무진장 떠오르지만 쓸모가 있는 것은 몇 퍼센트밖에 안 되기 때문에 머릿속 캐비닛 같은 곳에 전부 쑤셔넣는다. 쓸모없는 녀석들은 결국 그 안에서 자폭한다. '미션 임파서블' 시리즈 영화마다 맨 처음에 등장하는 미션 테이프처럼. 쓸모 있는 녀석들은 그러지 않는다. 가끔 캐비닛 서랍을 열고 안에 뭐가 있는지 빼꼼 들여다보면 몇 개 안 되는 아이디어들이 각자 결정적인 장면을 환히 빛내며 나를 올려다본다.

「랭골리어」의 결정적인 장면은 제트여객기 벽에 난 틈새를 손으로 꼭 누르고 있는 여자였다.

제트여객기에 대해서 아는 게 거의 없지 않으냐고 나 자신을 설득해봐야 소용없었다. 아무리 설득해도, 다른 아이디어를 폐기 처분하려고 캐비닛을 열 때마다 그 장면이 보였다. 급기야 여자의 향수 냄새가 느껴지고(랑부아였다), 초록색 눈이 보이고, 겁에 질려서 빨라진 숨소리가 들릴 지경이었다.

어느 날 밤, 침대에 누워서 잠이 들락 말락 하던 찰나에 나는 이 여자가 유령임을 깨달았다.

벌떡 일어나서 침대 밖으로 휙 내려가 불을 켰던 기억이 난다. 나는 잠깐 동안 가만히 앉아서 이런저런 잡다한 생각을 했다. 적어도 겉으로는 그래 보였다. 하지만 안을 들여다보면 나 대신 공장을 돌리는 어떤 남자가 작업실을 치우고 기계를 다시 작동시킬 준비를 하느라 여념이 없었다. 그리고 그다음 날부터 나는—아니면 그 남자는—이 작품을 쓰기 시작했다. 탈고까지 한 달 정도 걸렸고 이 중편집에서 가장 수월하게 탄생된 작품으로, 이야기가 물 흐르듯 순조롭고 자연스럽게 켜켜이 쌓여나갔다. 어쩌다 한 번씩 별다른 산고 없이 소설이나 갓난아이가 태어날 때가 있는데, 이 작품이 그런 경우다. 내가 예전에 발표했던 「안개」라는 중편소설처럼 종말론적인 분위기를 풍겼기 때문에 각 장마다 로코코 스타일의 고풍스러운 제목을 붙였다. 나는 이 작품에서 빠져나왔을 때 작품 속으로 맨 처음 뛰어들었을 때만큼이나 기분이 좋았다. 좀처럼 없는 일이었다.

나는 자료 조사에 관한 한 게으름뱅이지만 이번만큼은 숙제를 제대로 하려고 무진장 애를 썼다. 세 명의 조종사—마이클 루소, 프랭크 수아레스, 더글러스 데이먼—가 사실 검증에 나서 틀린 부분이 있으면 바로잡아주었다. 내가 아무것도 깨부수지 않겠다고 약속하자 그들은 호기롭게 달려들었다.

이 작품에 전혀 오류가 없을까? 그렇지는 않을 것이다. 위대한 대니얼 디포도 그러지 못했다. 『로빈슨 크루소』를 보면 우리의 주인공이 옷을 모두 벗고 얼마 전에 탈출한 배로 헤엄쳐 가서는…… 무인도 생활에 필요한 물건들을 주머니 가득 담지 않는가 말이다. 그리고 뉴욕 지하철이 등장하는 어느 소설에서는(제목과 저자는 공개하지 않겠다) 글쓴이가 기관실을 공중화장실로 착각한 경우도 있었다.

내 기본 원칙은 다음과 같다. 맞는 부분은 루소, 수아레스, 데이먼 씨 덕분이고 틀린 부분은 내 탓이라는 것. 예의상 하는 말이 아니다. 사실 관계상의 오류는 잘못 주어진 정보가 아니라 올바른 질문을 하지 못한 데서 비롯된다. 여러분이 곧 탑승하게 될 비행기에는 내가 멋대로 변경한 부분이 한두 군데 정도 있다. 사소하지만 맥락상 불가피하지 않을까 싶은 부분이었다.

내 이야기는 이쯤에서 마무리짓고 탑승하기 바란다.

거친 하늘을 날아보자.

1
랭골리어

| 브라이언 엥글 |

아메리칸 프라이드 항공기 기장.

| 다이너 벨먼 |

선천적으로 눈이 안 보이는 여자아이.

| 앨버트 에이스 카우스너 |

버클리 음악대학에 진학하려는 바이올리니스트.

| 니콜러스(닉) 호프웰 |

비밀이 많은 영국인.

| 돈 개프니 |

보스턴으로 가는 비행기에 탑승한 승객.

| 로럴 스티븐슨 |

오랜만에 휴가를 즐기려던 대학원 졸업생.

| 로버트(밥) 젱킨스 |

미스터리 소설가.

| 크레이그 투미 |

중요한 회의를 앞두고 있는 은행원.

| 베서니 심스 |

약물중독 문제를 가지고 있는 학생.

1장

엥글 기장에게 날아든 흉보. 앞을 보지 못하는 소녀. 여인의 향기.
돌턴 일당, 툼스톤에 들이닥치다. 29편 항공기의 이상한 시련.

1

브라이언 엥글은 아메리칸 프라이드 7편 항공기를 22번 게이트에 세우고 정확히 오후 10시 14분에 좌석 벨트 사인을 껐다. 그런 다음 쇳소리를 내며 잇새로 긴 한숨을 내뱉고 어깨에 메고 있던 벨트를 풀었다.

최근 들어서 비행을 끝냈을 때 이렇게 홀가분했던 적이—그리고 이렇게 피곤했던 적이—언제였는지 기억도 나지 않았다. 머리가 지끈거리며 지독하게 아팠기에 오늘밤 계획을 확정했다. 조종사 휴게실에서 술을 마시지 않고 웨스트우드로 직행해서 저녁과 심지어 목욕까지 건너뛰자는 것. 그는 침대 위로 쓰러져서 열네 시간 동안 내리 잘 생각이었다.

아메리칸 프라이드 7편—도쿄에서 LA까지 운항하는 주력 항공기였다—은 처음에는 강한 맞바람 때문에, 그다음에는 늘 혼잡한 LA 국제공항의 교통 상황 때문에 연착되었다. 엥글이 보기에는 LA 국제공항이야말로 미국에서 보스턴의 로건 국제공항 다음으로 열악한 공항이었다. 엎친 데 덮친 격으로 비행 후반부에 여압 문제가 발생했다. 처음에는 가벼운 문제였지만 점점 심각해져서 겁이 나는 수준에 이르렀다. 펑 하고 폭발성 감압 현상이 일어날 수도 있었지만…… 다행히 더이상 악화되지 않았다. 가끔 그런 문제가 갑자기, 불가사의하게 저절로 해결될 때가 있는데 이번이 그런 경우였다. 지금 조종실 뒤에서 내리는 중인 승객들은 오늘밤 도쿄에서 날아오다 인간 패티가 될 뻔한 사태를 얼마나 가까스로 피했는지 전혀 모르겠지만 브라이언은 알았다. 그래서 머리가 터질 것 같았다.

"이 녀석, 여기서 당장 검사 맡겨야겠어." 그는 부조종사에게 말했다. "이 녀석을 맡긴다는 거랑 무슨 문제 때문에 맡기는지 저쪽에서 알고 있지?"

부조종사는 고개를 끄덕였다. "귀찮아하기는 했지만 알고 있어요."

"저쪽에서 귀찮아하거나 말거나 무슨 상관이야, 대니. 오늘밤에 하마터면 큰일날 뻔했는데."

대니 킨은 고개를 끄덕였다. 그도 알고 있었다.

브라이언은 한숨을 쉬고 손으로 목덜미를 문질렀다. 치통이 있는 것처럼 머리가 욱신거렸다. "이런 일을 하기엔 내 나이가 너무 많은 건지도 모르겠군."

고역을 치르고 나면 누구나 가끔 그런 소리를 했지만, 브라이언은 자신의 나이가 많지 않다는 것을 알았다. 그는 마흔세 살로 항공기 조종사로서 막 전성기가 시작되려는 시점이었다. 그런데도 오늘 밤에는 하마터면 나이가 너무 많은가 보다고 믿을 뻔했다. 피곤해서 죽을 것 같았다.

조종실 문을 두드리는 소리가 들렸다. 항법사 스티브 설이 자리에 앉은 채로 몸을 돌려서 문을 열었다. 초록색의 아메리칸 프라이드 재킷을 입은 남자가 서 있었다. 게이트 관리 요원처럼 보였지만 브라이언도 알다시피 그는 게이트 관리 요원이 아니었다. LA 국제공항의 아메리칸 프라이드 운항실 차장 존(아니면 제임스일 수도 있었다) 디건이었다.

"엥글 기장님?"

"네?" 내부에서 방어기제가 발동되자 머리가 욱신거렸다. 처음에 그는 내부 공기 누출의 책임을 자신에게 뒤집어씌우려는 것인 줄 알았다. 논리적인 판단이라기보다 스트레스와 피로감 때문에 든 생각이었다. 피해망상이기는 하지만 그가 지금 피해망상 환자의 심리 상태였다.

"안 좋은 소식이 있는데요, 기장님."

"공기 누출 말인가요?" 브라이언의 목소리가 워낙 날카로워서 내리던 승객 몇 명이 흘끗 쳐다보았지만 이미 엎질러진 물이었다.

디건은 고개를 저었다. "부인 소식입니다, 엥글 기장님."

브라이언은 무슨 소리인지 짐작조차 할 수 없어서 바보가 된 심정으로 입을 떡 벌리고 앉아만 있었다. 그러다 잠시 후에 퍼뜩 알아차렸다. 아무렴, 앤 이야기였다.

“전부인입니다. 일 년 반 전에 이혼을 해서. 왜 그러십니까?”

“사고를 당하셨다고 합니다.” 디건이 말했다. “사무실로 와주시겠습니까?”

브라이언은 무슨 일이냐고 묻는 눈빛으로 그를 쳐다보았다. 길고 긴박한 세 시간을 보낸 뒤라 그런지 모든 게 이상하리만치 비현실적으로 느껴졌다. 그는 디건에게 무슨 몰래 카메라 같은 거라면 뒈지는 줄 알라고 말하고 싶은 충동을 애써 참았다. 몰래 카메라일 리는 없었다. 항공사 간부가 가뜩이나 공중에서 끔찍한 사고가 벌어질 뻔한 상황을 수습하고 방금 전에 착륙한 조종사들을 상대로 장난을 칠 리 없었다.

“앤이 왜요?” 브라이언이 좀더 부드러운 목소리로 다시 물었다. 부조종사가 연민이 어린 눈빛으로 조심스럽게 그를 쳐다보는 것이 느껴졌다. “별일은 없는 거죠?”

디건이 반짝이는 자기 구두를 내려다보자 브라이언은 심각한 소식이라는 것을, 앤이 전혀 괜찮지 않다는 것을 알아차렸다. 알아차리기는 했지만 믿기지는 않았다. 이제 겨우 서른네 살인 앤은 건강했고 안 좋은 습관도 없었다. 보스턴을 통틀어서…… 아니 매사추세츠 전역을 통틀어서 제정신이 박힌 운전자는 그녀 한 명밖에 없을 거라는 생각이 든 게 한두 번이 아니었다.

이제 다른 질문을 하는 그의 목소리가 들렸다. 누가 머릿속으로 들어와서 자신의 입을 확성기로 사용하는 것처럼 느껴졌다. “죽었나요?”

존인지 제임스인지 모를 상대방은 구원의 손길이라도 찾는 듯 주위를 둘러보았지만, 출입구에 서 있는 승무원은 한 명뿐이었고 내리는 승객들에게 LA에서 좋은 시간 보내라고 인사하는 틈틈이 브라이언과 똑같은 생각—마지막 몇 시간 동안의 비행을 악몽으로 만들었던 내부 공기 누출의 책임이 승무원들에게 돌아오지 않을까 하는 생각—을 하는지 걱정스러운 눈빛으로 조종실 쪽을 흘끗 쳐다볼 뿐이었다. 디건을 도울 수 있는 사람은 없었다. 그는 다시 한번 브라이언을 쳐다보며 고개를 끄덕였다. "네……. 아무래도 그런 것 같습니다. 같이 가주시겠습니까, 엥글 기장님?"

2

밤 12시 15분에 브라이언 엥글은 아메리칸 프라이드 29편 항공기—LA에서 보스턴까지 운항하는 주력 항공기였다—의 5A 좌석에 앉았다. 대륙을 횡단하는 여행객들 사이에서 잠을 제대로 잘 수 없는 야간 항공편으로 소문이 난 그 비행기는 십오 분쯤 뒤에 이륙할 예정이었다. 그는 좀 전에 LA 국제공항이야말로 미국의 민간 공항 중에서 로건 다음으로 열악하지 않을까 생각했던 것을 떠올렸다. 그는 이제 여덟 시간 만에 양쪽 공항을 모두 경험하는 기분 나쁜 우연의 일치를 맛보게 되었다. LA 국제공항은 조종사로, 로건 공항은 무임 승객으로.

두통이 한 단계 더 심해져서 7편 항공기를 착륙시켰을 때보다 훨씬 끔찍해졌다.

'불이 났단 말이지. 빌어먹을 불이 났단 말이지. 화재탐지기는 도

대체 어떻게 된 거야? 신축 건물인데!'

생각해보니 그는 지난 사오 개월 동안 앤을 떠올린 적이 거의 없었다. 이혼한 첫해에는 그녀 생각만 하고 지냈다. 뭘 하고 있을지, 어떤 옷을 입고 있을지, 두말하면 잔소리지만 누굴 만나고 있을지……. 그러다 치유가 시작되자 생기를 불어넣어주는 항생제 주사라도 맞은 것처럼 순식간에 상황이 달라졌다. 그는 이혼 관련 자료를 충분히 읽었기에 무엇이 생기 유발제 역할을 하는지 알고 있었다. 그런 역할을 하는 것은 항생제가 아니라 다른 여자였다. 반동효과였다.

브라이언에게 다른 여자는 없었다. 아직까지는 그랬다. 몇 번 데이트를 하고 조심스럽게 잠자리를 함께한 적이 한 번 있기는 했지만 (그는 에이즈의 시대에 배우자가 아닌 다른 상대와의 잠자리는 모두 조심스러울 수밖에 없다고 믿었다) 다른 여자는 없었다. 상처는 저절로…… 아물었다.

브라이언은 탑승하는 다른 승객들을 구경했다. 금발의 젊은 여자가 까만 안경을 쓴 여자아이와 함께 걸어왔다. 아이는 그녀의 팔꿈치를 붙잡고 있었다. 여자가 뭐라고 중얼거리자 아이가 당장 목소리가 들리는 쪽으로 고개를 돌리는 것을 보고 브라이언은 아이가 시각장애인이라는 것을 알아차렸다. 고개의 움직임이 뭔가 독특했다. 그는 그렇게 사소한 움직임 속에 많은 정보가 들어 있다니 신기하다고 생각했다.

'앤.' 그는 생각했다. '지금 앤 생각을 하고 있어야 하는 거 아닌가?'

하지만 피곤한 머리는 앤이라는 주제에서 자꾸만 벗어나려고 했다. 그의 아내였던 앤, 그의 화를 돋우어 유일하게 손찌검을 하게 만든 여자인 앤, 지금은 고인이 된 앤.

전국을 돌아다니며 강연회를 열어도 될 것 같았다. 이혼남들을 상대로 강연을 하는 것이다. 뭐, 상대가 이혼녀로 바뀐들 상관없었다. 강연 주제는 이혼과 망각의 기술이 될 것이다.

"사 주년 직후가 이혼을 하기에 가장 알맞은 시점이에요." 그는 이렇게 말할 것이다. "제 경우에는 이후 일 년 동안 내 잘못은 어느 정도이고 아내의 잘못은 어느 정도이며, 아이 문제로 아내를 계속 압박한 게 잘한 짓이었는지 잘못한 짓이었는지 고민하며 지옥 같은 시간을 보냈죠. 우리 부부 사이에서는 약물이나 간통 같은 극적인 사건이 아니라 아이냐 일이냐 하는 고리타분한 갈등이 가장 큰 문제였거든요. 그러더니 앤이 내 머릿속에 든 고속 엘리베이터를 타고 내려가버린 것처럼 됐어요."

그렇다. 내려가버렸다. 이렇게 해서 그는 지난 몇 개월 동안 앤 생각을 전혀 하지 않았다. 심지어 매달 이혼 수당을 보내주어야 하는 때가 찾아와도 그랬다. 이혼 수당은 액수가 상당히 적절하고 품위 있었다. 앤의 세전 연봉은 팔만 달러였다. 그마저도 그의 변호사가 처리했기 때문에 브라이언에게 이혼 수당은 한 달에 한 번씩 받아보는 통장 입출금 내역서에서 전기 요금과 아파트 융자금 사이에 끼어 있는 항목에 불과했다.

그는 바이올린 케이스를 겨드랑이에 끼고 머리에는 야물커*를 쓴 채 통로를 걸어오는 호리호리한 십 대 남자아이를 쳐다보았다. 아이는 불안한 동시에 흥분한 것처럼 보였고 두 눈 가득 미래가 담겨 있었다. 브라이언은 그 아이가 부러웠다.

결혼 생활의 마지막 일 년 동안 두 사람은 적의와 분노를 불태웠고 급기야 파경 사 개월쯤 전에 사달이 벌어졌다. 머리에서 미처 막을 새도 없이 손이 나가버린 것이다. 그때 일은 떠올리고 싶지 않았다. 앤은 파티에서 술을 너무 많이 마셨고 집으로 돌아왔을 때 그를 심하게 닦아세웠다.

'그 문제로 날 더이상 건드리지 마, 브라이언. 더이상 건드리지 말라고. 아이 얘기는 두 번 다시 꺼내지 마. 정자 검사 받고 싶으면 병원에 가. 내가 하는 일은 홍보지, 아이 만드는 게 아니야. 당신의 마초 같은 헛소리는 이제 지긋지긋…….'

바로 그때 그가 앤의 입을 있는 힘껏 때렸다. 그 일격으로 마지막 단어가 잔인하게 뚝 끊겼다. 두 사람은 그녀가 나중에 생을 마감하게 될 아파트에 서서 서로를 쳐다보았다. 충격과 공포가 받아들일 수 없을 만큼 어마어마했다. (이제 와 5A 좌석에 앉아서 29편 항공기에 탑승하는 승객들을 구경하고 있노라니 비로소 받아들일 수 있었다.) 그녀는 피가 나기 시작한 입에 손을 갖다 댔다. 그러고는 그를 손가락으로 가리켰다.

'나를 때렸네?' 그녀가 말했다. 화가 났다기보다 놀라워하는 목소리였다. 그는 지금까지 화가 났다고 앤 퀸런 엥글에게 손을 댄 사

* 유대인 남자들이 쓰는 작은 모자.

람은 한 명도 없었을 거라는 생각이 들었다.

'그래. 때렸다. 입다물지 않으면 또 때릴 거야. 그 혀를 더이상 채찍처럼 휘두르지 말라고. 거기다 자물쇠를 다는 게 좋을 거야. 당신 생각해서 하는 말이야. 이제는 못 참겠으니까. 집안에서 막 대할 상대가 필요하면 개를 사.'

결혼 생활은 그 뒤로 몇 개월 동안 절뚝절뚝 이어졌지만, 브라이언의 손바닥이 앤의 입가와 격렬하게 만난 순간에 사실상 끝났다고 봐야 했다. 앤이 도발한 결과이기는 했지만—그렇다는 거야 하늘도 알고 땅도 아는 사실이었다—그 한심했던 순간을 되돌릴 수 있다면 무엇이든 내줄 수 있었다.

마지막 승객들이 드문드문 탑승할 즈음 그는 앤의 향수를 거의 강박적으로 떠올리려 했다. 향기는 정확하게 기억이 나는데 이름이 떠오르지 않았다. 뭐였더라? 리좀? 리솜? 젠장, 리튬이었나? 생각이 날락 말락 가물거렸다. 미칠 것 같았다.

'보고 싶네.' 그는 멍하니 생각했다. '앤이 영영 떠나고 나니까 보고 싶어. 참 놀랍기도 하지.'

론보이? 뭐 그런 어이없는 이름이었나?

'아, 그만하자.' 그는 지친 머리에 대고 중얼거렸다. '뚜껑 잠가 버려.'

'알았어.' 그의 머리는 고분고분 응했다. '걱정 마. 그만할 수 있으니까. 원하면 아무때고 그만할 수 있으니까. 혹시 라이프보이 아니었어? 아니다. 그건 비누 이름이지. 미안. 러브바이트? 러브론?'

브라이언은 좌석 벨트를 철컥 매고 등받이에 몸을 기댄 뒤 눈을 감고 이름이 생각나지 않는 향수 냄새를 맡았다.

바로 그때 승무원이 말을 걸었다. 그럴 수밖에. 그들은 승객이 눈을 감을 때까지 기다렸다가 별 쓸모도 없는 서비스를 제공하는 교육을 받는다는 것이—이름이 바보 놀려먹기일지 모르는 비밀스러운 대학원에서—브라이언 엥글의 지론이었다. 두말하면 잔소리지만 그들은 승객이 잠이 들었다고 장담할 수 있을 때까지 기다렸다가 담요나 베개가 필요하냐고 묻게 되어 있었다.

"실례합니다만……." 그녀는 운을 떼다가 말을 멈추었다. 그녀의 시선이 그의 까만 재킷에 딸린 어깨 견장에서 그의 옆 빈자리에 놓여 있는 아무 의미 없는 금색 술이 달린 모자로 옮겨가는 것이 눈에 들어왔다.

그녀는 생각을 고쳐먹고 다시 말문을 열었다.

"실례합니다만 기장님, 커피나 오렌지주스 드시겠어요?" 브라이언은 자기 때문에 당황스러워하는 그녀를 보고 재미있어졌다. 그녀는 조그만 직사각형 모양의 영화 스크린 바로 아래에 달려 있는 테이블을 가리켰다. 테이블 위에 얼음통이 두 개 놓여 있었다. 초록색의 가느다란 와인병이 얼음통 밖으로 고개를 내밀고 있었다. "샴페인도 있는데요."

엥글은 샴페인 소리를 듣고 고민했지만

(러브 보이와 비슷하긴 하지만 정답은 아니야.)

금세 포기했다. "아니, 고맙지만 괜찮습니다. 기내 서비스 전혀 필요 없어요. 보스턴까지 가는 내내 잘 생각이니까. 기상 상태는 어떻습니까?"

"대평원에서 보스턴까지 육 킬로미터 상공에 구름이 떠 있지만 문제없습니다. 고도 십일 킬로미터에서 비행할 예정이니까요. 아, 그리고 모하비사막 위로 북극광이 떠 있다는 예보가 있어요. 주무시지 않으면 보실 수 있겠네요."

브라이언은 눈썹을 치켜세웠다. "설마. 캘리포니아 상공에 북극광이라고요? 지금 이 계절에?"

"그렇다고 하던데요."

"누군지 몰라도 싸구려 약물을 과다 복용한 모양이로군." 브라이언이 말하자 그녀는 웃음을 터뜨렸다. "그냥 자는 게 좋겠네요. 고맙습니다."

"알겠습니다, 기장님." 그녀는 잠깐 더 머뭇거렸다. "방금 전에 부인의 부고를 들은 기장님이시죠?"

머리가 지끈거리며 으르렁댔지만 그는 억지로 미소를 지었다. 이 아가씨는—사실상 어린애에 가까웠다—아무 생각 없이 한 말이었다. "전부인이었죠. 그것만 빼면 맞습니다, 내가 그 기장입니다."

"정말 안타깝게 생각합니다."

"고마워요."

"제가 기장님과 함께 비행한 적이 있던가요?"

그는 짧은 미소를 지었다. "없을걸요. 나는 지난 사 년 동안 국제선에 있었거든요." 왠지 그래야 할 것 같아서 그는 손을 내밀었다. "브라이언 엥글입니다."

그녀는 손을 맞잡았다. "멜라니 트레버입니다."

엥글은 그녀를 보며 다시 한번 미소를 지은 뒤 등받이에 몸을 기대고 눈을 감았다. 정신이 몽롱하기는 했지만 잠을 청하지는 않았다. 비행 전 방송이 들리고 이륙을 하느라 바퀴가 접히면 깰 게 분명했다. 이륙 이후에도 잘 시간은 충분했다.

29편 항공기는 야간 항공편이 대부분 그렇듯 정시에 이륙했다. 브라이언이 보기에는 그것이야말로 야간 비행의 몇 안 되는 매력 중에서 세 손가락 안에 꼽힐 만한 항목이었다. 기종은 767이었고 좌석은 절반이 조금 넘게 찼다. 일등석 승객은 그를 제외하고 대여섯 명 정도였다. 술에 취하거나 소란스러워 보이는 승객은 없었다. 다행이었다. 정말 보스턴까지 가는 내내 잘 수 있을지도 몰랐다.

그는 멜라니 트레버가 끈기 있게 비상 탈출구를 알려주고, 기압이 떨어졌을 때 노란색의 조그만 마스크를 쓰는 방법(브라이언이 얼마 전에 다급한 심정으로 머릿속에서 재연한 과정이었다)과 좌석 아래에 있는 구명조끼를 부풀리는 방법을 시연하는 모습을 지켜보았다. 비행기가 이륙하자 그녀가 다시 그의 좌석으로 찾아와서 음료가 필요하냐고 물었다. 브라이언은 고개를 저으며 고맙다고 인사를 한 다음 버튼을 눌러서 좌석을 뒤로 젖혔다. 그러고는 눈을 감자마자 곧바로 잠이 들었다.

그는 이후로 두 번 다시 멜라니 트레버를 보지 못했다.

3

29편 항공기가 이륙한 지 세 시간이 지났을 때 다이너 벨먼이라는 여자아이가 자다 말고 일어나서 비키 이모에게 물을 마시고 싶다고 했다.

비키 이모가 아무 대꾸도 없기에 다이너는 다시 말했다. 여전히 대꾸가 없자 이모의 어깨를 두드리려고 손을 뻗었지만, 빈 좌석 등받이가 손에 닿을 줄 이미 짐작하고 있었고 그녀의 예상은 맞아떨어졌다. 펠드먼 박사님이 선천적으로 앞을 못 보는 아이들은 근처에 사람이 있는지 없는지 예리하게—레이더에 가까울 정도로—감지한다고 알려주었지만 다이너는 그런 설명을 들을 필요가 없었다. 설명을 듣지 않아도 정말로 그렇다는 것을 알고 있었다. 백 퍼센트는 아니지만 대체로 알아차릴 수 있었고…… 상대가 그녀의 길잡이면 특히 그랬다.

'화장실에 갔으면 금방 돌아오겠지.' 다이너는 이렇게 생각했지만 이상하게 불안했다. 그녀는 퍼뜩 잠에서 깬 게 아니었다. 잠수부가 다리를 저어 수면을 향해 올라오듯 서서히 깨어났다. 창가 자리에 앉았던 비키 이모가 지난 이삼 분 사이에 그녀를 지나 통로로 나갔다면 느끼지 못했을 리 없었다.

'금방 오겠지.' 그녀는 속으로 생각했다. '큰 걸 보러 갔는지 몰라. 별일 아닐 거야, 다이너. 아니면 돌아오다 말고 누구랑 이야기를 나누고 있을지도 모르고.'

하지만 넓은 이코노미석 객실에서는 누구의 말소리도 들리지 않았다. 규칙적으로 웅웅거리는 나지막한 비행기 엔진 소리만 들릴 따름이었다. 그녀는 점점 불안해졌다.

머릿속에서 전문 치료사(다이너는 그녀를 시각장애인 선생님이라고 생각했지만)인 리 선생님의 목소리가 들렸다. '무서워지는 걸 무서워하면 안 돼, 다이너. 아이들은 누구나 가끔 무서워지게 되어 있어. 낯선 상황일수록. 앞을 못 보는 아이들은 그럴 확률이 두 배가 되지. 내 말을 믿어, 내가 알아.' 리 선생님도 선천성 시각장애인이었기에 다이너는 선생님의 말을 믿었다. '두려움을 포기하지 마……. 하지만 거기에 굴복해도 안 돼. 가만히 앉아서 앞뒤를 곰곰이 따져봐. 그 방법이 얼마나 효과가 좋은지 알면 깜짝 놀랄걸?

특히 낯선 상황일수록.'

그렇다, 딱 들어맞았다. 다이너는 대륙을 횡단하는 제트여객기는 고사하고 뭘 타고 날아본 적이 한 번도 없었다.

'앞뒤를 곰곰이 따져봐.'

낯선 곳에서 정신을 차렸는데 길잡이가 사라졌다. 잠깐 자리를 비웠다해도 무서울 수밖에 없는 상황이다. 길잡이가 십일 킬로미터 상공을 날아가는 비행기 안에 갇혀 있다가 배가 고프다고 가까운 타코벨에 불쑥 들르기로 마음을 먹었을 리는 없다. 그리고 객실 안에 흐르는 묘한 정적은…… 뭐, 이러니저러니 해도 이건 야간 비행이었다. 다른 승객들은 아마 자고 있을 것이다.

'전부?' 그녀의 머리에서 걱정을 담당하는 부분이 미심쩍다는 듯이 물었다. '다 자고 있다고? 그럴 수 있을까?'

그때 해답이 떠올랐다. 영화. 깨어 있는 사람들은 다 기내 상영 영화를 보고 있는 거였다. 그렇고말고.

그녀는 손으로 만져질 듯한 안도감에 휩싸였다. 비키 이모는 영화가 빌리 크리스털과 메그 라이언 주연의 〈해리가 샐리를 만났을 때〉이고 자기도 볼 생각이라고 했다. 잠을 안 자고 버틸 수 있으면 보겠다고 했다.

다이너는 이모의 좌석을 손으로 가볍게 훑으며 헤드폰을 찾았지만 없었다. 그 대신 페이퍼백 책 한 권이 손끝에 닿았다. 비키 이모가 좋아하는 로맨스 소설이 분명했다. 이모의 표현에 따르면 남자들은 남자 같았고 여자들은 그렇지 않았던 시절의 이야기 말이다.

다이너가 손가락을 좀더 뻗어보니 다른 물건이 손끝에 닿았다. 매끄럽고 결이 고운 가죽이었다. 잠시 후 지퍼가 느껴졌고 또 잠시 후 이번에는 끈이 느껴졌다.

비키 이모의 핸드백이었다.

다이너는 다시 불안해졌다. 비키 이모의 좌석에 이어폰은 없는데 핸드백은 있다니. 다이너의 지갑 깊숙이 숨겨놓은 이십 달러짜리 지폐 한 장말고는 여행자수표가 전부 그 안에 들어 있었다. 패서디나에서 집을 나서기 전에 엄마와 비키 이모가 의논하는 소리를 들었기 때문에 다이너도 알고 있었다.

비키 이모가 핸드백을 자리에 두고 화장실에 간 걸까? 동행이 열 살짜리이고 잠을 자고 있는데다 앞을 못 보는데?

그럴 리 없다.

'두려움을 포기하지 마……. 하지만 거기에 굴복해도 안 돼. 가만히 앉아서 앞뒤를 곰곰이 따져봐.'

그녀는 빈 좌석도, 기내의 정적도 마음에 들지 않았다. 대부분의 승객들이 자고 있고 깨어 있는 사람들은 그들을 위해 최대한 소음을 자제할 테니 이상할 게 없었지만 그래도 마음에 들지 않았다. 그녀의 머릿속에서 날카로운 이빨과 발톱이 달린 짐승이 깨어나 으르렁거리기 시작했다. 그녀는 짐승의 이름을 알고 있었다. 짐승의 이름은 공포였고 녀석을 얼른 단속하지 않으면 그녀와 비키 이모, 두 사람 모두 난처해질 만한 짓을 저지를 수 있었다.

'앞을 볼 수 있으면, 보스턴의 병원에서 내 눈을 고쳐주면 이런 바보 같은 상황을 겪을 필요가 없을 텐데.'

분명 맞는 말이었지만 이 상황에서는 아무 도움이 되지 않았다.

다이너는 좌석에 앉았을 때 비키 이모가 그녀의 손을 잡아서 집게손가락을 뺀 나머지 손가락을 구부리게 한 다음 좌석 옆쪽으로 이끌었던 게 문득 생각났다. 거기에 조작 버튼이 달려 있었다. 몇 개 안 돼서 기억하기 쉬웠다. 두 개의 조그만 휠은 헤드폰을 썼을 때 쓰는 거였다. 하나는 오디오 채널을 돌리는 거였고 나머지 하나는 볼륨을 조절하는 거였다. 조그만 직사각형 스위치는 좌석 위에 달린 전등을 켜고 끄는 데 쓰였다. '너한테는 그게 필요 없겠다.' 비키 이모가 웃음기 어린 목소리로 말했다. '적어도 지금은.' 마지막 하나는 정사각형 버튼이었다. 그걸 누르면 승무원이 온다고 했다.

다이너의 손가락이 그 버튼의 볼록한 표면을 더듬었다.

'정말 누르고 싶니?' 그녀가 자문하자마자 대답이 튀어나왔다. '응, 누르고 싶어.'

버튼을 누르자 나지막한 벨 소리가 들렸다. 그녀는 기다렸다.

아무도 오지 않았다.

영원히 계속될 것 같은 나지막한 엔진의 속삭임만 들릴 따름이었다. 아무도 말을 하지 않았다. 아무도 웃지 않았다. ('영화가 비키 이모의 생각만큼 재미있지는 않은가 보지.' 다이너는 이렇게 생각했다.) 아무도 기침을 하지 않았다. 비키 이모가 앉아 있었던 옆자리는 여전히 비어 있었고, 승무원이 와서 기분 좋은 향수와 샴푸와 화장품 냄새를 풍기며 다이너의 위로 허리를 숙이고 필요한 게 있느냐고, 간식이나 물이 필요하냐고 묻지도 않았다.

규칙적으로 웅웅거리는 나지막한 비행기 엔진 소리만 들릴 따름이었다.

공포라는 짐승이 어느 때보다 시끄럽게 짖었다. 다이너는 짐승과 상대하기 위해, 레이더 장치에 온 정신을 집중해서 그녀가 앉아 있는 이 객실 한복판에서 사방으로 뻗을 수 있는 투명 지팡이 비슷한 것을 만들었다. 그녀는 그런 데 도사였다. 가끔 정말 열심히 집중하면 남의 눈을 통해 볼 수 있는 것처럼 느껴질 때도 있었다. 열심히 생각하면, 열심히 원하면. 예전에 한번 리 선생님에게 이런 느낌에 대해 이야기했더니 리 선생님은 그녀답지 않게 톡 쏘아붙였다. '시각 공유야. 시각장애인들이 종종 하는 상상이지. 특히 어린아이들이. 절대 그런 느낌을 믿는 실수를 저지르면 안 돼, 다이너. 그랬다가는 계단에서 넘어지거나 자동차 앞으로 걸어나가서 뼈가 부러지기 십상이야.'

그래서 그녀는 리 선생님의 표현대로 '시각을 공유'하려는 시도를 중단했고, 가끔 그런 느낌—어머니나 비키 이모의 눈을 통해 어슴푸레하고 희미하긴 하지만 분명히 세상을 보는 느낌—이 슬그머니 들면 떨쳐버리려고 애를 썼다. 이러다 정신병자가 되는 게 아닐까 두려워서 허깨비들이 중얼거리는 소리를 차단하려고 애를 쓰는 사람처럼. 하지만 지금은 무서워서 다른 사람들을 느끼러, 다른 사람들을 감지하러 나섰는데 아무도 느낄 수가 없었다.

이제는 공포가 그녀 안에 커다랗게 자리를 잡았다. 공포라는 짐승이 시끄럽게 울부짖었다. 울음이 목젖을 타고 올라오는 게 느껴지자 그녀는 이를 앙다물었다. 참지 않으면 단순한 울음이나 고함으로 그치는 게 아니라 화재경보처럼 터져 나올 게 분명했다.

'비명 지르지 않을 거야.' 그녀는 열심히 속으로 중얼거렸다. '비명을 질러서 이모를 당황하게 만들지 않을 거야. 자던 사람들을 죄다 깨우고 깨 있던 사람들을 겁먹게 만들어서 나한테 우르르 몰려와 겁에 질린 저 아이 좀 보라고, 겁에 질린 저 앞 못 보는 아이 좀 보라고 말하게 하지 않을 거야.'

하지만 지금은 레이더—온갖 종류의 희미한 감각 정보를 평가하고 (리 선생님은 뭐라고 하건 간에) 가끔 남의 눈을 통해서 정말로 볼 수 있게 하는 능력—가 공포를 덜어주기는커녕 부채질하고 있었다.

레이더가 알려주는 바에 따르면 유효 반경 안에 아무도 없었다.

아무것도 없었다.

4

브라이언 엥글은 지독한 악몽을 꾸었다. 꿈속에서 다시 7편 항공기를 몰고 도쿄에서 LA로 오는데 이번에는 내부 공기 누출이 훨씬 심했다. 조종실에 비운이 감돌았다. 스티브 설은 대니시 패스트리를 먹으며 눈물을 흘렸다.

"그렇게 심란해하면서 먹을 게 넘어가?" 브라이언이 물었다. 주

전자에서 물이 끓을 때 나는 날카로운 휘파람 소리가 조종실을 채우기 시작했다. 내부 공기 누출을 알리는 소리일 것이다. 물론 말도 안 되는 이야기였지만—십중팔구 폭발할 때까지 아무 소리도 나지 않기 마련이었다—꿈속에서는 무엇이든 가능할 테니까.

"제가 정말 좋아하는 빵인데 두 번 다시 못 먹을 거 아닙니까." 스티브가 어느 때보다 서럽게 흐느끼며 대답했다.

바로 그때 휘파람 소리가 멈추었다. 한 승무원—멜라니 트레버였다—이 안심한 듯 웃는 얼굴로 들어와서 공기가 새는 곳을 찾아내 막았다고 전했다. 브라이언이 자리에서 일어나 그녀를 따라 이코노미석 객실로 건너가보니 전부인 앤 퀸런 엥글이 좌석을 없앤 움푹 들어간 조그만 공간에 서 있었다. 그녀의 옆쪽 유리창에 무슨 뜻인지 알 수 없지만 왠지 모르게 불길한 분위기를 풍기는 문구가 적혀 있었다. "별똥별 외 출입 금지." 위험을 상징하는 빨간색으로 적혀 있었다.

앤은 짙은 초록색 아메리칸 프라이드 승무원 유니폼을 입고 있었다. 보스턴에 있는 에이전시의 홍보실장인 그녀는 남편과 함께 탑승한 승무원들을 귀족적인 좁은 코 아래로 내려다보곤 했는데 희한한 일이었다. 그녀가 기체에 생긴 틈새를 손으로 누르고 있었다.

"봤지, 여보?" 그녀가 보란듯이 물었다. "전부 처리했어. 당신이 날 때렸지만 괜찮아. 난 용서했거든."

"그러지 마, 앤!" 그가 외쳤지만 이미 엎질러진 물이었다. 그녀의 손등에 틈새 모양대로 주름이 생겼다. 기압 차로 인해 그녀의 손이 인정사정없이 빨려 나가자 주름은 점점 더 깊어졌다. 맨 먼저 가운뎃손가락이 튀어 나갔고 넷째손가락, 엄지손가락, 새끼손가락이 차례대로 그 뒤를 이었다. 의욕이 앞서는 웨이터가 샴페인을 딴 것처럼 펑 하는 소리와 함께 그녀의 손 전체가 틈새로 빠졌다.

그런데도 앤은 계속 미소를 짓고 있었다.

"랑부아야, 여보." 팔까지 사라지기 시작했을 때 그녀가 말했다. 하나로 묶여 있던 머리가 핀 밖으로 빠져나와 자욱한 구름처럼 그녀의 얼굴 주변에서 나부꼈다. "내가 항상 뿌렸던 향수 이름. 기억 안 나?"

기억이 났다……. 이제 기억이 났다. 하지만 이제는 상관없었다.

"앤, 돌아와!" 그는 외쳤다.

그녀가 여전히 미소를 짓고 있는 가운데 한쪽 팔이 비행기 밖 허공으로 서서히 빨려 나갔다. "하나도 안 아파, 브라이언. 진짜야."

그녀가 입은 아메리칸 프라이드의 초록색 재킷 소매가 펄럭이기 시작했다. 틈새로 빠져나간 팔이 되직한 하얀색 곤죽으로 변하는 것이 브라이언의 눈에 보였다. 꼭 목공용 풀 같았다.

"랑부아야, 기억나?" 앤은 틈새로 빨려 나가면서 그렇게 물었다. 시인 제임스 디키가 "허공이 내는 거대한 야수의 휘파람 소리"라고 묘사한 소리가 다시 들렸다. 꿈이 어두컴컴해질수록 소리는 점점 커졌고, 넓게 울려 퍼지기 시작했다. 바람의 절규가 아니라 사람의 목소리가 되었다.

브라이언은 번쩍 눈을 떴다. 강렬한 꿈 때문에 정신이 없었지만 잠깐에 그쳤다. 그는 짧은 반응시간이 궁극의 필수 조건인, 막중한 위험과 책임이 따르는 직종에 종사하는 사람이었다. 그는 지금 7편이 아니라 29편 항공기를 타고 도쿄에서 LA가 아니라 LA에서 보스턴으로, 앤이 애틀랜틱 애비뉴의 해변 근처 아파트에서 공기 누출이 아니라 화재로 죽었다는 그곳으로 가는 중이었다. 그런데 꿈에서 들었던 소리가 계속 들렸다.

어떤 여자아이가 카랑카랑하게 비명을 지르고 있었다.

5

"아무라도 저한테 말 좀 걸어주실래요?" 다이너 벨먼은 낮고 또렷한 목소리로 물었다. "죄송하지만 이모가 안 계시는데 저는 앞이 안 보여서요."

대꾸하는 사람이 아무도 없었다. 사십 줄의 좌석과 두 개의 칸막이 너머에서 브라이언 엥글 기장은 항법사가 눈물을 흘리며 대니시 패스트리를 먹는 꿈을 꾸고 있었다.

웅웅거리는 엔진 소리만 이어질 따름이었다.

공포가 또다시 머릿속을 뒤덮자 다이너는 거기서 벗어나기 위해 생각나는 유일한 방법을 실행했다. 벨트를 풀고 자리에서 일어나 살금살금 통로로 나갔다.

"저기요." 그녀는 목소리를 조금 높였다. "저기요, 아무도 안 계신가요?"

여전히 대꾸하는 사람이 없었다. 다이너는 울음이 터졌다. 그래도 마음을 굳게 다잡고 왼쪽 통로를 따라서 천천히 앞으로 걸어갔다. '숫자를 세.' 그녀의 머릿속 한구석에서 다급하게 경고하는 목

소리가 들렸다. '몇 줄을 지났는지 숫자를 세. 안 그러면 헷갈려서 절대 네 자리로 돌아오지 못할 거야.'

그녀는 비키 이모와 함께 앉았던 객실 왼쪽의 좌석에서 한 줄 앞으로 걸어가 허리를 숙이고 손가락을 펼친 채 팔을 내밀었다. 그녀가 알기로 그 자리에 남자 승객이 앉아 있었다. 비행기가 이륙하기 직전에 이모가 그에게 말을 걸었다. 그가 대답하는 소리는 다이너의 바로 앞자리에서 들렸다. 그녀는 소리가 나는 위치를 파악하며 살아왔고, 그것은 숨쉬기처럼 자연스러운 일상이었다. 손가락으로 건드리면 자고 있던 남자가 펄쩍 뛰겠지만 다이너는 그런 데 신경 쓸 겨를이 없었다.

그런데 자리가 비어 있었다.

텅 비어 있었다.

다이너는 축축해진 뺨을 하고 두려움에 쿵쾅거리는 심장을 달래며 허리를 폈다. 두 사람이 같이 화장실에 간 걸까? 그럴 리는 없었다.

화장실이 두 개 있을 것이다. 비행기가 이렇게 큰데 화장실은 당연히 두 개 있을 것이다.

그건 중요한 문제가 아니었다.

무슨 일이 있더라도 비키 이모가 핸드백을 두고 갈 리 없었다. 다이너는 장담할 수 있었다.

그녀는 한 줄씩 천천히 앞으로 걸어가며 가장 가까이에 있는 좌석을 향해 먼저 왼쪽으로, 다시 오른쪽으로 손을 뻗었다.

한 좌석에서는 핸드백이, 그다음 좌석에서는 서류 가방 같은 것이, 세 번째 좌석에서는 펜과 메모지가 손끝에 닿았다. 다른 두 좌석에서는 헤드폰이 손끝에 닿았다. 두 번째 헤드폰의 귀마개에는 뭔가 끈적끈적한 게 있었다. 그녀는 손가락을 서로 맞대어 비비다 얼굴을 찡그리고 좌석의 머리 커버에 손을 닦았다. 귀지였다. 분명했다. 착각하려야 할 수 없는 특유의 구역질나는 질감이었다.

다이너 벨먼은 통로를 따라 천천히 걸어갔지만 더이상 조심스럽게 살피느라 애를 쓰지 않았다. 그럴 필요가 없었다. 누군가의 눈을 찌르거나 뺨을 꼬집거나 머리를 잡아당길까 봐 걱정할 필요가 없었다.

자리는 전부 비어 있었다.

'이럴 수는 없어.' 그녀는 미친듯이 생각했다. '정말 이럴 수는 없어. 우리가 비행기에 탔을 때만 해도 다들 있었는데! 내가 소리를 들었는데! 존재를 느꼈는데! 냄새를 맡았는데! 다들 어디 간 걸까?'

어디로 갔는지 알 수 없었지만 아무튼 없었다. 시간이 지날수록 그녀는 점점 더 확신할 수 있었다.

그녀가 자고 있을 때 어느 순간 이모와 29편에 타고 있던 다른 승객들이 사라져버린 것이다.

'아니야!' 머리에서 이성을 담당하는 부분이 리 선생님의 목소리로 버럭 외쳤다. '아니야, 그건 불가능한 일이야, 다이너! 모두가 사라졌다면 누가 비행기를 조종하고 있겠어?'

그녀는 이제 좌석 가장자리를 붙잡고, 까만 안경 뒤로 보이지 않는 두 눈을 크게 뜨고, 여행용으로 산 분홍색 원피스 치맛자락을 펄럭이며 좀더 빠르게 앞으로 걷기 시작했다. 좌석 개수를 세는 걸 잊어버렸지만 이어지는 침묵이 훨씬 더 불안했기에 신경쓰지 않았다.

그녀는 다시 걸음을 멈추고 손을 내밀어 오른쪽 좌석을 더듬었다. 이번에는 누군가의 머리칼이 만져졌지만…… 위치가 엉뚱했다. 좌석에 머리칼이 놓여 있다……. 어떻게 그럴 수 있을까?

그녀는 두 손으로 머리칼을 감싸쥐어 들어올렸다. 섬뜩한 깨달음이 퍼뜩 그녀를 찾아왔다.

'머리칼이 맞긴 한데 이 머리칼의 주인은 사라졌어. 두피만 남은 거야. 지금 난 죽은 남자의 두피를 잡고 있는 거야.'

바로 그때 다이너 벨먼은 입을 열고 참았던 비명을 터뜨려 꿈을 꾸고 있던 브라이언 엥글을 깨웠다.

6

앨버트 카우스너는 브랜딩 아이언 위스키를 마시며 카운터 쪽으로 성큼성큼 걸어갔다. 그의 오른쪽에는 와이어트 어프와 버질 어프 형제가, 왼쪽에는 닥 홀리데이가 있었다. 그가 건배를 제안하려고 잔을 막 들었을 때 의족을 단 남자가 세르지오 리온 살롱으로 껑충껑충 달려 들어왔다.

"돌턴 일당이 온다!" 그가 외쳤다. "돌턴 일당이 방금 전에 닷지에 올라탔어!"

와이어트가 차분하게 몸을 돌려 그를 마주보았다. 그는 얼굴이 좁고 까무잡잡한 미남이었다. 휴 오브라이언을 많이 닮았다. "여긴 툼스톤이야, 머핀." 그가 말했다. "정신 좀 수습하시지."

"툼스톤이건 뭐건 그 녀석들이 쳐들어오고 있다니까!" 머핀이 외쳤다. "화가 자아안뜩 난 분위기야, 와이어트! 지인짜 지인짜 자아아아안뜩 난 분위기라고!"

그의 말을 증명이라도 하는 듯 밖에서 총격전이 시작됐다. 44구경 아미(아마 훔친 총일 것이다)의 묵직한 천둥소리에 채찍을 휘두르는 듯한 개런드 소총의 고음이 섞여서 들렸다.

"사소한 일에 흥분하지 마, 머핀." 닥 홀리데이가 이렇게 말하며 모자를 뒤로 젖혔다. 앨버트는 닥이 로버트 드니로 같아 보이는 게 그다지 놀랍지 않았다. 그는 예전부터 폐결핵에 걸린 치과 의사 역할에 드니로가 딱 맞는 사람이라고 생각하고 있었다.

"다들 어떻게 할 거야?" 버질 어프가 이쪽저쪽을 둘러보며 물었다. 버질은 딱히 닮은 사람이 없었다.

"가자." 와이어트가 말했다. "빌어먹을 클랜턴 일당은 이제 지긋지긋하니까."

"돌턴이야, 와이어트." 앨버트가 조용히 말했다.

"존 딜린저*가 됐건 귀염둥이 플로이드**가 됐건 상관없어!" 와이어트가 외쳤다. "같이 갈 거냐 말 거냐, 에이스?"

"간다." 앨버트 카우스너는 천부적인 살인범 특유의 부드럽지만 위협적인 투로 말했다. 그는 총신을 길게 개조한 번트라인 스페셜의 개머리판을 한 손으로 잡고, 다른 손으로는 야물커가 제대로 씌워져 있는지 잠깐 확인했다. 제대로 씌워져 있었다.

* 미국의 유명한 은행 강도.

** 미국의 유명한 은행 강도.

"좋아." 닥이 말했다. "돌턴 녀석들 혼쭐내주러 가자."

그들 넷이 어깨를 나란히 하고 박쥐 날개 모양의 여닫이문 밖으로 뚜벅뚜벅 걸어나갔을 때 툼스톤 침례교회 종이 정오를 알렸다.

돌턴 일당이 판유리가 달린 유리창과 겉모습만 그럴듯하게 만든 가건물에 구멍을 내가며 메인 스트리트를 전속력으로 달려오고 있었다. 그들은 듀크스 상사와 릴라이어블 총포 수리점 앞에서 분수대 쪽으로 방향을 틀었다.

언제라도 총을 꺼낼 수 있도록 프록코트를 뒤로 젖히고 먼지 날리는 길거리에 서 있는 네 남자를 맨 처음 발견한 사람은 아이크 돌턴이었다. 그가 고삐를 거칠게 당기자 말이 히히힝거리며 앞다리를 들고 굳은 우유 같은 거품을 사방으로 튀겼다. 아이크 돌턴은 영화배우 루트거 하우어를 많이 닮았다.

"이게 누구신가." 그가 빈정거렸다. "와이어트 어프랑 계집애 같은 동생 버질 아닌가."

에밋 돌턴(한 달 동안 잠을 안 잔 도널드 서덜랜드를 닮았다)도 아이크 옆에서 말을 세웠다. "호모 치과 의사 친구도 있네." 그가 으르렁거렸다. "누가 또 있……." 앨버트를 본 순간 그의 얼굴에서 핏기가 가셨다. 비웃음을 짓고 있던 입술이 흔들렸다.

포 돌턴이 두 아들 옆에서 말을 세웠다. 포는 미국 배우 슬림 피킨스와 많이 비슷했다.

"맙소사." 포가 속삭였다. "에이스 카우스너잖아!"

이번에는 프랭크 제임스가 포 옆으로 나란히 말을 세웠다. 그의 얼굴은 지저분한 양피지 색이었다. "도대체 어떻게 된 거야?" 프랭크가 외쳤다. "심심할 때 한두 군데 신나게 쑤시고 다니는 건 나도 좋은데, 애리조나 유대인이 여기 있다는 소리는 아무도 안 했잖아!"

시데일리아에서부터 스팀보트 스프링스에 이르는 지역에서 애리조나 유대인으로 불리는 앨버트 '에이스' 카우스너가 한 걸음 앞으로 나섰다. 그의 손은 번트라인 개머리판 위에서 맴돌았다. 그는 말을 타고 오륙 미터 앞에 서 있는 불량배들에게 싸늘한 회색 눈을 고정한 채 옆으로 퉤 하고 잎담배를 뱉었다.

"어서 시작해보시지." 애리조나 유대인이 말했다. "내가 듣기론 지옥에 남는 자리 많다던데."

돌턴 일당이 채찍을 휘두른 순간, 툼스톤 침례교회의 탑에 걸린 시계에서 정오를 알리는 마지막 종소리가 사막의 뜨거운 공기 속으로 울려 퍼졌다. 에이스가 번갯불처럼 번쩍 총을 뽑아서 왼손의 손바닥으로 공이치기를 연속으로 당기며 돌턴 일당을 향해 45구경을 난사하자 롱혼 호텔 앞에 서 있던 여자아이가 비명을 질렀다.

'누가 저년 입 좀 막아줬으면 좋겠네.' 에이스는 생각했다. '도대체 왜 저러는 거야? 내가 다 알아서 할 텐데. 내가 괜히 미시시피 서쪽에서 가장 빠른 히브리인으로 불리는 게 아니라고.'

하지만 비명소리가 계속 허공을 가르며 사방을 검게 물들이자 모든 게 허물어지기 시작했다.

잠깐 동안 앨버트는 어디에도 없었다. 와르르 무너진 꿈들이 소용돌이치며 빨려 들어가는 어둠 속에서 길을 잃었다. 끔찍한 비명소리만 계속 들렸다. 물이 끓어 넘치는 주전자에서 나는 휘파람 소리 같았다.

그는 눈을 뜨고 주위를 둘러보았다. 그는 29편 항공기의 앞쪽 좌석에 앉아 있었다. 분홍색 원피스를 입고 시커먼 안경을 낀, 열 살이나 열두 살쯤 되어 보이는 여자아이가 비행기 뒤쪽에서 걸어오고 있었다.

'쟤는 뭐야, 영화배우야?' 그는 이렇게 생각하면서도 겁이 났다. 가장 좋아하는 꿈을 꾸다 그런 식으로 깨어나다니 기분이 나빴다.

"야!" 그는 다른 승객들이 깨지 않게 조용히 말했다. "야! 왜 그래?"

여자아이는 그의 목소리가 들리는 쪽으로 홱 고개를 돌렸다. 잠시 후에 몸도 따라서 도는가 싶더니 그의 자리에서 통로를 건너 네 줄 뒤에 있는 좌석을 들이받았다. 허벅지를 부딪히며 튕겨져 나가는 바람에 좌측 좌석의 팔걸이를 타고 뒤로 벌러덩 자빠졌다. 다리를 위로 든 채 그대로 고꾸라졌다.

"다들 어디 있어요?" 아이가 비명을 질렀다. "도와주세요! 도와주세요!"

"저기요, 승무원!" 앨버트는 걱정이 돼서 고함을 지르며 좌석 벨트를 풀었다. 그는 자리에서 일어나 좌석 밖으로 빠져나가서 비명을 지르는 여자아이 쪽으로 몸을 돌리다…… 그대로 멈추었다. 비행기 뒤편을 정면으로 바라보았다가 맞닥뜨린 광경에 그대로 얼어붙었다.

맨 처음에 든 생각은 이것이었다. '다른 승객들이 깰까 봐 걱정할 필요가 전혀 없었군.'

767기의 이코노미석 전체가 텅 빈 것처럼 보였다.

7

브라이언 엥글은 29편 항공기의 일등석과 비즈니스석을 가르는 칸막이에 다다랐을 때 일등석 객실에 아무도 없다는 사실을 알아차렸다. 그는 멈추었다가 다시 걸었다. 다른 사람들도 여자아이가 무슨 일로 이렇게 비명을 지르나 싶어서 보러 갔을 수 있었다.

물론 그럴 리 없다는 거야 알고 있었다. 그는 비행기를 조종한 경력이 상당하기 때문에 승객들의 군중심리에 대해 어느 정도 알고 있었다. 한 승객이 난리를 부리면 다른 승객들은 대부분 꼼짝하지 않았다. 비행기 승객들은 탑승해서 자리에 앉고 좌석 벨트를 채우면 대부분 순순히 개별 행동을 포기했다. 몇 가지 간단한 절차를 마친 뒤에는 문제 해결을 전부 승무원에게 맡겼다. 항공사 직원들은 그들을 바보라고 불렀지만 사실은 겁쟁이라 해야 할 테고…… 승무원 대부분은 승객들의 그런 태도를 좋아했다. 덕분에 동요하는 승객들을 처리하기 수월해졌다.

하지만 그게 아닌 이상 빈약하게나마 설명할 방법이 없었기에 브라이언은 자신의 상식을 무시하고 앞으로 돌진했다. 그는 꿈의 편린들 속에서 아직 헤어 나오지 못한 터라 한편으로는 앤이 비명을 지르고 있는 거라고, 이코노미석 객실을 반쯤 지나면 기체 틈새를 손으로 막고 있는 그녀가 보일 거라고, 틈새 위에는 빨간색으로 "별똥별 외 출입 금지"라고 적혀 있을 거라 믿어 의심치 않았다.

비즈니스석에는 갈색 스리피스 정장을 입은 나이 많은 남자 승객 한 명밖에 없었다. 벗어진 머리가 독서등 불빛을 받고 은은하게 빛났다. 관절염으로 퉁퉁 부은 손은 좌석 벨트 버클 위에 단정하게 포개져 있었다. 그는 엄청난 소동에도 요란하게 코를 골며 쿨쿨 자고 있었다.

브라이언은 이코노미석 객실로 뛰어들어갔다가 믿기지 않는 광경에 어안이 벙벙해져서 그대로 얼어붙었다. 앞에서 4분의 1쯤 되는 지점의 왼쪽 좌석에 여자아이가 쓰러져 있고 십 대 남자아이가 근처에 서 있었다. 그런데 남자아이는 여자아이를 보고 있지 않았다. 하드 록 카페 티셔츠의 라운드 칼라에 닿을 정도로 입을 떡 벌린 채 비행기 뒤쪽을 빤히 쳐다보고 있었다.

브라이언의 첫 반응은 앨버트 카우스너와 같았다. '맙소사, 비행기 안이 텅 비었잖아!'

잠시 후, 오른쪽에 앉아 있던 여자가 자리에서 일어나더니 무슨 일인지 살피려고 통로로 걸어나왔다. 그녀는 깊이 잠이 들었다가 화들짝 놀라서 깬 사람 특유의 부은 얼굴로 멍한 표정을 짓고 있었다. 가운데 통로 중간쯤에서는 크루넥 저지를 입은 젊은 남자가 고개를 빼고, 표정이 담기지 않은 무심한 눈빛으로 여자아이를 빤히 쳐다보고 있었다. 이번에는 브라이언과 가까운 쪽 좌석에 앉아 있던 육십 대 남자가 머뭇머뭇 자리에서 일어났다. 빨간색 플란넬 셔츠를 입은 그는 당황한 얼굴이었다. 괴짜 과학자처럼 곱슬머리가 온 사방으로 뻗쳐 있었다.

"누가 이렇게 비명을 지르는 겁니까?" 그가 브라이언에게 물었다. "비행기에 문제가 있나요? 설마 추락하는 건 아니겠죠?"

여자아이가 비명을 멈추고 넘어진 자리에서 비틀비틀 일어나다 하마터면 반대편으로 고꾸라질 뻔했다. 다행히 옆에 서 있던 남자아이가 붙잡아주었다. 그는 정신이 나간 사람처럼 느릿느릿 움직였다.

'다들 어디 간 걸까?' 브라이언은 생각했다. '맙소사, 다들 어디 간 걸까?'

브라이언은 십 대 남자아이와 어린 여자아이 쪽으로 발걸음을 옮겼다. 가는 길에 잠을 자고 있는 또 다른 승객을 지나쳤는데, 이번에는 열일곱 살쯤 되어 보이는 여자아이였다. 입을 볼썽사납게 벌린 채 길고 건조한 숨을 쉬고 있었다.

그는 십 대 남자아이와 분홍색 원피스를 입은 여자아이 앞에 다다랐다.

"다들 어디 간 거예요?" 앨버트 카우스너가 물었다. 그는 흐느껴 우는 아이의 어깨를 팔로 감싸 안았지만 시선은 다른 데로 향해 있었다. 아무도 없다시피 한 기내를 앞뒤로 미친듯이 훑었다. "내가 자는 동안 어딘가에 착륙해서 다들 내린 건가요?"

"이모가 없어요!" 여자아이가 흐느껴 울었다. "비키 이모가요! 비행기 안에 아무도 없는 줄 알았어요! 나 혼자 남은 줄 알았어요! 우리 이모 어디 있어요? 이모 좀 찾아주세요!"

브라이언은 눈높이가 맞도록 아이 옆에 무릎을 꿇고 앉았다. 그는 까만 안경을 보고 금발 여자와 함께 탑승한 아이라는 걸 기억해 냈다.

"걱정 마." 그가 말했다. "걱정 마, 꼬마 아가씨. 이름이 뭐니?"

"다이너요." 아이는 흐느껴 울었다. "이모를 못 찾겠어요. 저는 시각장애인이라서 이모를 볼 수가 없어요. 자다 깼는데 좌석에 아무도 없고……."

"이게 무슨 일입니까?" 크루넥 저지를 입은 젊은 남자가 물었다. 브라이언과 다이너를 무시한 채 브라이언의 머리 위로 하드 록 티셔츠를 입은 남자아이와 플란넬 셔츠를 입은 나이 많은 남자에게 묻는 말이었다. "다들 어디 갔어요?"

"걱정 마, 다이너." 브라이언은 같은 말을 반복했다. "다른 사람들도 있어. 소리 들리지?"

"네, 들려요. 하지만 비키 이모는 어디 갔어요? 그리고 누가 살해당한 거예요?"

"살해당했다고?" 어떤 여자가 날카롭게 물었다. 오른쪽 좌석에 앉아 있던 여자였다. 브라이언이 고개를 들고 확인해보니 까만 머리에 얼굴이 예쁘장한 젊은 아가씨였다. "누가 죽었어요? 우리, 납치당한 건가요?"

"죽은 사람 없어요." 브라이언이 말했다. 그것만큼은 장담할 수 있었다. 그런데 기분이 묘했다. 계류장에서 흘러나온 보트가 된 심정이었다. "진정하렴, 아가."

"어떤 남자의 머리칼이 만져졌어요!" 다이너는 고집을 꺾지 않았다. "누가 그 사람의 머리칼을 잘랐다고요!"

이런 상황에서 상대하기에는 황당한 소리라 브라이언은 무시했다. 문득 다이너도 좀 전에 했던 생각이 그의 머리를 강타해 섬뜩해졌다. 도대체 누가 비행기를 조종하고 있을까?

그는 일어나서 빨간 셔츠를 입은 나이 많은 남자 쪽을 돌아보았다. "앞쪽으로 가봐야겠어요. 이 아이 곁을 지켜주세요."

"알았어요." 빨간 셔츠를 입은 남자가 말했다. "이게 도대체 무슨 일입니까?"

다림질한 청바지에 옥스퍼드 셔츠를 입은 서른다섯 살쯤 되어 보이는 남자가 합류했다. 다른 승객들과 다르게 그는 침착해 보였다. 주머니에서 뿔테안경을 꺼내더니 접힌 다리를 펴서 꼈다. "승객들이 조금 없어진 것 같은데요, 안 그런가요?" 그가 말했다. 영국 억양이 셔츠만큼이나 산뜻했다. "승무원들은 어떻게 됐죠? 아시는 분 있나요?"

"알아보러 가려던 참입니다." 브라이언은 말하고 앞으로 걸어갔다. 일등석 맨 앞에 다다랐을 때 그는 고개를 돌리고 얼른 숫자를 세어보았다. 까만 안경을 쓴 여자아이 주변으로 두 명의 승객이 더 합류했다. 한 명은 곤히 자고 있던 십 대 여자아이였다. 술이나 약물에 취하기라도 한 것처럼 비틀거리며 서 있었다. 다른 한 명은 닳아서 해진 재킷을 입은 나이 지긋한 신사였다. 전부 합해서 여덟 명이었다. 여기에 자신과, 그가 알기로 아직까지 세상모르고 쿨쿨 자고 있는 비즈니스석의 남자를 더했다.

그러면 열 명이었다.

'하나님 맙소사, 나머지는 도대체 어디 있는 걸까?'

하지만 지금은 그걸 걱정할 때가 아니었다. 좀더 심각한 문제가 있었다. 브라이언은 비즈니스석에서 곯아떨어진 대머리 신사는 본체만체하고 얼른 앞으로 달려갔다.

8

영화 스크린 뒤쪽으로 두 일등석 화장실 사이에 있는 갤리에는 아무도 없었다. 조리실도 마찬가지였다. 그런데 심란한 광경이 브라이언의 눈에 들어왔다. 음료 카트가 우측 화장실 대각선 방향에 세워져 있고, 맨 아래 칸에 사용한 잔이 몇 개 놓여 있었다.

'음료를 제공하려고 준비중이었군.' 그는 생각했다. '카트를 막 꺼냈을 때 그 사태가—무슨 사태인지는 알 수 없지만—벌어진 거야. 사용한 잔들은 새로운 음료를 제공하기 전에 수거한 거지. 그러니까 이륙 후 삼십 분 아니면 그보다 조금 뒤에 무슨 일이 벌어진 거야. 오늘 사막 위로 난기류가 분다는 일기예보가 있지 않았나? 그런 것 같은데. 북극광 어쩌고 하는 헛소리도 들었고…….'

처음에 브라이언은 북극광 이야기를 꿈속에서 들었다고 단정지을 뻔했지만—정말이지 믿기지 않는 이야기였다—다시 한번 곰곰이 생각해보니 멜라니 트레버라는 승무원이 분명히 그렇게 말했다.

'그건 신경쓸 것 없고, 무슨 일이 벌어진 걸까? 도대체 무슨 일이 벌어진 걸까?'

무슨 일인지는 알 수 없었지만 방치된 음료 카트를 보자 미신에 얽힌 두려움과 공포가 머릿속 깊은 곳까지 스며드는 것만큼은 분명히 알 수 있었다. 실종되었던 메리 설레스트호*를 발견하고 처음 승

* 1872년에 선원들이 모두 사라진 상태로 발견된 배.

선한 사람들이 이런 기분이지 않았을까. 아무도 없는 배에 돛은 전부 팽팽하게 펼쳐져 있고, 선장 테이블에는 저녁 식사가 차려져 있고, 밧줄은 다 깔끔하게 돌돌 말려 있고, 앞 갑판에서는 어느 선원이 피우던 파이프 담배에서 아직도 연기가 피어오르는 것을 보았을 때 말이다.

브라이언은 사람을 무기력하게 만드는 생각들을 애써 떨치며 갤리와 조종실 사이에 달린 문으로 다가가 두드렸다. 우려했던 대로 대꾸가 없었다. 그는 소용없는 짓이라는 걸 알면서도 주먹으로 문을 세게 두드렸다.

아무 대꾸가 없었다.

그는 손잡이를 잡고 돌려보았다. 꿈쩍하지 않았다. 아바나, 레바논, 테헤란으로 예정에 없었던 짧은 여행을 떠날 수 있는 이 시대의 운항 규정이었다. 조종사만 문을 열 수 있다. 브라이언은 이 비행기를 조종할 수 있었지만…… 밖에서는 불가능했다.

"이봐요!" 그는 외쳤다. "이봐요! 문 좀 열어줘요!"

그는 바보가 아니었다. 승무원들이 사라졌다. 승객들도 대부분 사라졌다. 브라이언 엥글은 767기의 운항 승무원 두 명도 사라졌을 거라고 장담할 수 있었다.

29편 항공기는 자동조종 모드로 동쪽으로 날아가고 있는 게 분명했다.

2장

어두운 하늘과 산. 귀중품. 크루넥의 코.

어떤 개도 짖지 않는 소리. 공포는 금물. 목적지 변경.

1

브라이언은 빨간 셔츠를 입은 나이 많은 남자에게 다이너를 맡겼지만, 다이너는 객실 오른쪽에서 여자의 목소리가 들리자—젊고 예쁜 목소리였다—그녀를 무서울 정도로 강렬하게 머릿속에 각인하고 바짝 붙어서 소심하면서도 단호하게 손을 내밀었다. 다이너는 리 선생님과 몇 년 동안 함께했기 때문에 선생님 같은 사람의 목소리를 들으면 알아차렸다. 까만 머리 여자는 기꺼이 그녀의 손을 잡아주었다.

"이름이 다이너라고 했니?"

"네." 다이너가 대답했다. "지금은 앞을 못 보지만 보스턴에서 수술을 받으면 볼 수 있을 거라고 했어요. 아마도요. 의사 선생님 말로는 시력이 어느 정도 회복될 가능성이 칠십 퍼센트고 완전히 회복될 가능성은 사십 퍼센트라고 했거든요. 성함이 어떻게 되세요?"

"로럴 스티븐슨이야." 까만 머리 여자가 대답했다. 그녀의 눈은 여전히 객실을 훑고 있었고, 그녀의 얼굴은 애초에 짓고 있던 믿기지 않는다는 듯 멍한 표정에서 벗어나지 못하는 것 같았다.

"로럴, 그거 꽃 이름 아니에요?" 다이너가 물었다. 흥분해서 들뜬 목소리였다.

"맞아." 로럴이 대답했다.

"실례할게요." 영국식 억양을 쓰는 뿔테안경 남자가 말했다. "아까 그 친구를 따라서 앞쪽으로 좀 가봐야겠어요."

"나도 같이 가겠소." 빨간 셔츠를 입은 나이 많은 남자가 말했다.

"이게 무슨 일인지 알고 싶습니다!" 크루넥 저지를 입은 남자가 불쑥 외쳤다. 볼연지를 바른 것처럼 빨간 두 뺨을 빼면 온 얼굴이 시체처럼 새하얬다. "이게 무슨 일인지 지금 당장 알고 싶다고요."

"그러시겠죠." 영국인은 이렇게 말하고 앞으로 걸어가기 시작했다. 빨간 셔츠를 입은 남자가 따라나섰다. 몽롱해 보이는 십 대 여자아이도 잠시 그들을 따라가다 거기가 어디인지 잘 모르겠다는 듯이 일반석과 비즈니스석을 나누는 칸막이 앞에서 걸음을 멈추었다.

닳아서 해진 재킷을 입은 노신사는 좌측 창으로 다가가 몸을 숙이고 밖을 내다보았다.

"뭐가 보이세요?" 로럴 스티븐슨이 물었다.

"어두운 하늘하고 산요." 재킷을 입은 노신사가 대답했다.

"로키산맥일까요?" 앨버트가 물었다.

닳아서 해진 재킷을 입은 남자는 고개를 끄덕였다. "아마도 그런 것 같아요, 젊은 양반."

앨버트는 자기도 앞으로 가보기로 마음을 먹었다. 그는 어마어마하게 똑똑한 열일곱 살의 소년이었고, 오늘밤의 보너스 퀴즈가 그의 머릿속에도 떠올랐다. 누가 이 비행기를 조종하고 있을까?

그는 누가 조종하고 있건 아무래도 상관없다는 결론을 내렸다. 적어도 당분간은 그랬다. 비행기가 별 탈 없이 움직이고 있으니 모르긴 몰라도 누구든 조종하고 있을 테고, 그 누군가가 무언가—그러니까 자동조종장치—로 밝혀진다 한들 그로서는 어쩔 도리가 없었다. 앨버트 카우스너는 버클리 음악대학으로 유학길에 오른 재능 있는—천재 수준은 아니지만—바이올리니스트였다. 에이스 카우스너는 (꿈속에서나마) 미시시피 서쪽에서 가장 빠른 히브리인이자 토요일에는 일을 쉬고, 신발을 신고 침대에 올라가지 않으려고 주의하며, 항상 한쪽 눈으로는 절호의 기회를 예의 주시하고 다른 쪽 눈으로는 먼지 자욱한 길에 괜찮은 코셔* 식당이 없는지 찾아 헤매는 현상금 사냥꾼이었다. 에이스로 말할 것 같으면 재능이 다분한 손을 다칠지 모른다며 리틀리그 야구단 활동을 못 하게 하고, 코를 훌쩍거리기만 해도 폐렴의 전조로 믿어 의심치 않는 다정한 부모님으로부터 스스로를 보호하기 위해 만들어낸 인물이었다. 그는 총기를 휴대한 바이올리니스트—재미있는 조합이다—지만 하늘을 나

* 유대인의 율법에 따라 만든 음식.

는 비행기에 대해서라면 아는 게 아무것도 없었다. 그런데 여자아이가 했던 말 중에 호기심을 자극하는 동시에 간담을 서늘하게 만든 말이 있었다. '어떤 남자의 머리칼이 만져졌어요!' 아이는 그렇게 말했다. '누가 그 사람의 머리칼을 잘랐다고요!'

그는 다이너와 로럴에게서 벗어나 (닳아서 해진 재킷을 입은 남자는 비행기 좌측으로 가서 창밖을 내다보았고, 크루넥 저지를 입은 남자는 호전적인 분위기로 실눈을 뜨고 다른 사람들을 따라서 앞쪽으로 가보겠다고 했다) 우측으로 다이너의 행적을 되짚기 시작했다.

'누가 그 사람의 머리칼을 잘랐다고요!' 앨버트는 몇 줄 가지도 않아 아이가 뭘 두고 한 말이었는지 알아차릴 수 있었다.

2

"저는 지금 기도하는 중입니다." 영국인이 말했다. "일등석 좌석에서 본 조종사 모자가 선생님의 것이기를 말이죠."

브라이언은 잠긴 문 앞에 서서 고개를 숙이고 맹렬하게 머리를 굴리고 있었다. 때문에 뒤에서 영국인의 말소리가 들렸을 때 놀라서 발뒤꿈치를 딛고 홱 하니 몸을 돌렸다.

"저 때문에 놀라셨다면 죄송합니다." 영국인이 조심스럽게 말했다. "닉 호프웰이라고 합니다." 그가 손을 내밀었다.

브라이언은 그가 내민 손을 잡았다. 악수라는 전통적인 의식을 거행하는 동안 이건 분명 꿈일 거라는 생각이 들었다. 도쿄에서 LA까지 아슬아슬한 비행을 마치고 앤이 죽었다는 소식을 듣는 바람에 꿈을 꾼 것이라고.

그는 여자아이가 지른 비명소리와 아무도 없는 일등석 객실은 별개의 문제임을 아는 것처럼 꿈을 꾸는 게 아니라는 것을 알고 있었지만, 그래도 꿈일지 모른다는 생각을 포기하지 않았다. 그러면 위안이 되는데 마다할 이유가 없었다. 꿈이 아니라면 말도 안 되는 상황이었다. 워낙 말도 안 되는 상황이라 생각만 해도 속이 메슥거리고 열이 났다. 게다가 이게 어떻게 된 영문인지 고민할 겨를이 없기도 했는데, 이 역시 위안이 되는 대목이었다.

"브라이언 엥글입니다. 만나서 반갑습니다. 이런 상황이기는 하지만." 그는 속절없이 어깨를 으쓱했다. 이런 상황이라는 게 정확히 어떤 상황일까? 그는 딱 알맞은 형용사가 생각나지 않았다.

"조금 희한하죠?" 호프웰도 맞장구쳤다. "그 부분에 대해서는 나중에 고민하는 게 좋겠습니다. 승무원들은 응답이 있나요?"

"아뇨." 브라이언은 대답하고, 좌절감에 주먹으로 불쑥 문을 때렸다.

"자, 자." 호프웰이 그를 달랬다. "그 모자 이야기로 다시 돌아가서 말입니다, 엥글 씨. 엥글 씨를 엥글 기장님이라고 부를 수 있다면 제가 정말 기뻐하는 동시에 안심할 수 있을 텐데 말이죠."

브라이언은 자기도 모르게 씩 웃고 말았다. "엥글 기장 맞습니다. 하지만 상황이 상황이니 그냥 브라이언이라고 부르세요."

닉 호프웰은 브라이언의 왼손을 붙잡고 진심을 담아서 입을 맞추었다. "그게 아니라 구세주라고 불러야겠는데요. 실례가 될까요?"

브라이언은 고개를 뒤로 젖히고 웃음을 터뜨렸다. 닉도 따라서 웃음을 터뜨렸다. 두 사람이 승객들이 거의 다 사라진 비행기의 잠긴 문 앞에 서서 그렇게 웃고 있었을 때 등장한 빨간 셔츠 남자와 크루넥 저지 남자가 정신병자 대하듯 그들을 쳐다보았다.

3

앨버트 카우스너는 몇 초 동안 오른손으로 머리칼을 들고 유심히 들여다보았다. 위에 달린 불빛을 받고 까만색으로 반짝이는 머리칼이 제대로 된 거죽에 달려 있어서 여자아이가 소스라치게 놀랄 만도 했다는 생각이 들었다. 앨버트도 눈으로 확인하지 못했더라면 깜짝 놀랐을 것이다.

그는 가발을 원래 있었던 좌석 위로 휙 던지고 옆자리에 놓인 핸드백을 흘끗 쳐다본 다음 핸드백 옆에 놓인 물건을 자세히 들여다보았다. 아무 장식 없는 금으로 된 결혼반지였다. 그는 반지를 집어서 살펴보고 원래 있었던 자리에 내려놓았다. 그런 다음 비행기 뒤쪽으로 천천히 걸어가기 시작했다. 앨버트는 신기한 광경에 감탄하느라 비행기는 누가 조종하고 있으며 자동조종 모드라면 무슨 수로 비행기에서 내릴 수 있을지에 대한 궁금증을 일 분도 안 돼서 모두 잊어버리고 말았다.

29편 항공기의 승객들은 사라졌지만 근사한—때로는 당혹스러운—귀중품을 두고 떠났다. 거의 모든 좌석마다 보석이 있었다. 대개 결혼반지였지만 다이아몬드, 에메랄드, 루비도 있었다. 귀걸이들은 대부분 싸구려 잡화점에서 파는 종류였지만, 앨버트가 판단하기에 제법 값나가 보이는 것들도 있었다. 그의 엄마에게도 괜찮은 액세서리가 몇 개 있었지만 가장 비싼 것도 여기에 비하면 염가 할인 매장에서 건진 물건처럼 보였다. 조그만 단추처럼 생긴 귀걸이, 목걸이, 커프스단추, 이름이 새겨진 팔찌. 그리고 시계, 시계, 시계들. 타이맥스에서 롤렉스에 이르기까지 못해도 이백 개는 됨직한 시계들이 좌석, 좌석 사이 바닥, 통로에 놓인 채 불빛을 받으며 반짝였다.

안경도 육십 개는 됨직했다. 쇠테, 뿔테, 금테. 단정한 안경도 있고 펑크 스타일의 안경도 있고, 테에 모조 다이아몬드가 박힌 안경도 있었다. 레이밴도 있고 폴라로이드도 있고 포스터 그랜츠도 있었다.

허리띠 버클도 있고 배지도 있고 동전들도 무더기로 쌓여 있었다. 지폐는 없었지만 이십오 센트, 십 센트, 오 센트, 일 센트짜리 동전들을 다 합하면 사백 달러는 거뜬히 될 듯했다. 지갑도 있었다. 핸드백만큼 많지는 않았지만 그래도 고급 가죽에서 비닐에 이르기까지 다양한 소재로 만들어진 지갑이 열댓 개는 됐다. 주머니칼도 있었다. 휴대용 계산기도 열 개는 넘어 보였다.

좀더 특이한 물건들도 있었다. 그는 원통 모양의 살구색 플라스틱을 들고 거의 삼십 초 동안 이리저리 뜯어보다 딜도*가 맞는다는 결론을 내리고 얼른 내려놓았다. 얇은 금줄에 달린 조그만 금숟가락도 있었다. 좌석과 바닥 여기저기에서 반짝이는 금속 조각들은

* 남근 모양의 섹스 토이.

대부분 은이지만 금도 있었다. 몇 개를 집어서 그가 내린 미심쩍은 판단이 맞는지 확인해보았다. 크라운도 있지만 대부분 치아를 때우는 데에 썼던 보철물이었다. 그는 뒷줄 어느 좌석에서 철로 된 조그만 막대 두 개를 집어 들었다. 그는 막대를 잠깐 동안 들여다보다 수술용 철심이라는 것을 깨달았다. 승객들이 거의 다 사라진 비행기의 부품이 아니라 어떤 승객의 무릎이나 어깨에 박혀 있던 것이었다.

그는 승객을 한 명 더 발견했다. 가장 마지막 줄의 좌석 두 개를 차지하고 대자로 드러누워서 양조장 냄새를 풍기며 요란하게 코를 골고 있는, 턱수염을 기른 젊은 남자였다.

거기서 두 좌석 옆에 인공 심장 박동기처럼 보이는 장치가 놓여 있었다.

앨버트는 비행기 뒤편에 서서 텅 빈 대형 관처럼 생긴 기내를 쳐다보았다.

"염병할, 이게 도대체 무슨 일이야?" 그는 떨리는 목소리로 나지막이 자문했다.

4

"이게 무슨 일인지 당장 알아야겠어요!" 크루넥 저지를 입은 남자가 큰 소리로 외쳤다. 그는 적대적 매수에 나선 기업 사냥꾼처럼 일등석 앞쪽에 달린 갤리로 성큼성큼 들어왔다.

"지금 뭐하는 거냐고요? 이 문에 달린 자물쇠를 부수려는 참인데요.” 닉 호프웰이 크루넥을 똑바로 쳐다보며 말했다. “승무원들도 다른 승객들과 함께 줄행랑친 모양인데 그래도 운이 좋았어요. 방금 전에 인사를 나눈 이분이 비행을 마치고 돌아오시던 조종사라…….”

“누가 무임승차를 했다, 이 말이로군.” 크루넥이 말했다. “누군지 내가 알아내고야 말겠어.” 그는 닉을 쳐다보지도 않은 채 지나치더니 심판의 판정에 이의를 제기하는 선수처럼 거칠게 브라이언 앞에 자기 얼굴을 들이댔다. “아메리칸 프라이드 직원이라고요?”

“그렇습니다.” 브라이언이 말했다. “하지만 그 문제는 나중에 짚고 넘어가도록 하죠. 지금 그게 중요한 게 아니라…….”

“뭐가 중요하고 안 중요하고는 내가 결정해!” 크루넥이 고함을 질렀다. 그의 침이 옅은 안개처럼 뺨 위로 뿌려지자 브라이언은 이 작자의 목을 붙잡고 어디까지 돌리면 안에 든 것이 부러질지 알아보고 싶은 충동이 갑작스럽고 놀라우리만치 어마어마하게 치솟는 바람에 참느라 애를 먹었다. “오늘 아침 9시에 프루덴셜 센터에서 뱅커스 인터내셔널 대표들과 만나기로 했단 말이오. 9시 정각에! 이 항공사를 철석같이 믿고 좌석 예약을 했으니 회의에 늦을 생각은 추호도 없어요. 지금 당장 세 가지를 알아야겠소. 내가 자는 동안 누가 예정에도 없는 정차를 승인했는지, 어디에 항공기가 정차했는지, 왜 그랬는지!”

“〈스타트렉〉 본 적 있습니까?” 닉 호프웰이 느닷없이 물었다.

크루넥은 화가 나서 시뻘게진 얼굴을 홱 돌렸다. 이 영국인이 미친 게 분명하다고 생각하는 표정이었다. “도대체 지금 무슨 소리를 하는 거요?"

"기막히게 훌륭한 미국 텔레비전 드라마 시리즈 말입니다." 닉이 말했다. "SF 시리즈죠. 댁의 머릿속에 들어 있는 그런 이상한 신세계를 탐험하는. 당장 아가리 닥치지 않으면 스팍의 유명한 벌컨식 실신 기술이 어떤 건지 보여주겠소."

"내 앞에서 함부로 지껄이지 마요!" 크루넥이 으르렁거렸다. "내가 누군지 알고 하는 소리요?"

"알다마다요." 닉이 말했다. "항공기 탑승권을 위대하고 고귀하신 창조주의 신분증으로 착각하고 버럭버럭하는 인간이잖아요. 거기다 겁에 바짝 질려 있고요. 그러거나 말거나 상관은 없는데 지금 댁 때문에 거추장스럽잖아."

크루넥의 얼굴로 피가 어찌나 많이 몰렸는지 조만간 폭발하지 않을까 걱정스러울 지경이었다. 브라이언은 머리가 폭발하는 장면을 영화에서 본 적이 있었다. 현실에서는 그런 광경을 맞닥뜨리고 싶지 않았다. "내 앞에서 함부로 지껄이지 마! 너는 미국 시민도 아니잖아!"

닉 호프웰의 움직임이 하도 날렵해서 브라이언은 무슨 일이 벌어졌는지 거의 보지도 못했다. 좀 전까지만 해도 닉은 다림질한 청바지 허리춤에 두 손을 올려놓고 브라이언 옆에 편한 자세로 서 있고 크루넥 저지를 입은 남자가 그의 얼굴에 대고 고함을 지르고 있었다. 그런데 눈 깜짝할 새 닉이 오른쪽 엄지손가락과 집게손가락으로 크루넥의 코를 단단히 잡았다.

크루넥이 손을 뿌리치려고 했다. 닉은 손가락에 힘을 주고……

마개를 조이거나 알람시계 태엽을 감는 사람처럼 살짝 돌렸다. 크루넥이 고함을 질렀다.

"부러뜨릴 수도 있어." 닉이 부드럽게 말했다. "그 정도는 식은 죽 먹기지, 진짜로."

크루넥이 고개를 뒤로 빼려고 했다. 그러면서 닉의 팔을 두 손으로 쳤지만 허탕이었다. 닉이 다시 코를 비틀자 크루넥은 또 한 번 고함을 질렀다.

"내가 한 말을 못 들은 모양이네? 부러뜨릴 수도 있다니까. 알아들었어? 알아들었으면 신호를 보내."

그가 크루넥의 코를 세 번째로 비틀었다.

이번에는 크루넥이 고함을 지르지 않았다. 비명을 질렀다.

"와우." 몽롱한 표정의 여자아이가 뒤에서 말했다. "코 잡기."

"댁의 업무 약속에 대해 의논할 시간 없어." 닉이 크루넥에게 나지막이 말했다. "공격으로 위장한 히스테리를 상대할 시간도 없고. 지금 고약하고 당혹스러운 상황이거든. 보아하니 댁이 사태를 해결하는 데 도움을 주지는 않겠는데, 댁 때문에 문제가 커지는 건 내가 바라는 바가 아니야. 그러니까 객실로 돌아가. 빨간 셔츠를 입은 여기 이분께서……."

"돈 개프니라고 합니다." 빨간 셔츠를 입은 신사가 말했다. 그 역시 브라이언만큼이나 놀란 눈치였다.

"고맙습니다." 닉이 말했다. 그는 크루넥의 코를 여전히 꽉 잡고 있었다. 한쪽 콧구멍에서 핏줄기가 흘러나오는 것이 브라이언의 눈에 보였다.

닉은 크루넥을 곁으로 바짝 당겨서 따뜻하고 은근한 목소리로 말했다.

"개프니 씨가 댁을 에스코트할 거야. 객실로 돌아가거든 좌석 벨트를 단단히 매고 앉아 있어, 골치 아픈 친구야. 여기 계신 기장님께서 비행기가 산이나 건물이나 다른 비행기와 충돌하지 않겠다고 결론을 내리면 그때 가서 현재 상황에 대해 좀더 자세하게 이야기를 나누도록 하지. 하지만 당분간은 댁의 조언이 필요 없어. 내가 한 말 다 알아들었지?"

크루넥은 고통과 분노에 겨운 고함을 질렀다.

"알아들었으면 엄지손가락을 들어서 알려주겠나?"

크루넥이 한쪽 엄지손가락을 들었다. 브라이언이 보니 손톱이 깔끔하게 손질되어 있었다.

"좋아." 닉이 말했다. "한 가지 더. 내가 손을 놓으면 복수심이 생길 수도 있어. 그런 감정을 느끼는 건 괜찮아. 하지만 그 감정을 분출하는 건 끔찍한 실수가 될 거야. 내가 댁의 코에다 한 짓을 고환에다가도 똑같이 할 수 있다는 걸 기억해줘. 사실 내가 거길 잡았다가 놓으면 어린아이가 날린 비행기처럼 객실까지 날아갈 수 있을 텐데. 지금 바로 이분과……."

닉은 묻는 얼굴로 빨간 셔츠를 입은 남자를 쳐다보았다.

"개프니올시다." 빨간 셔츠를 입은 남자가 아까 했던 말을 반복했다.

"맞아요, 개프니. 죄송합니다. 지금 바로 개프니 씨와 떠나주길 바라. 한마디라도 입 밖에 내면 지금까지 경험하지 못했던 고통을 맛보게 될 거야. 이 말도 알아들었으면 엄지손가락 들어."

크루넥이 엄지손가락을 어찌나 열심히 흔드는지 설사가 난 히치하이커처럼 보일 정도였다.

"좋아, 그럼!" 닉은 말하면서 크루넥의 코를 놓았다.

크루넥은 분노와 당혹감이 담긴 눈빛으로 닉 호프웰을 노려보며 뒷걸음질을 쳤다. 찬물을 양동이째 뒤집어쓴 고양이 같았다. 분노의 표정밖에 없었다면 브라이언은 아무 감정도 느끼지 못했을 것이다. 하지만 당혹스러워하는 표정 때문에 크루넥이 조금 가엾게 느껴졌다. 자신도 당혹스럽기 그지없었던 것이다.

크루넥은 손을 들어서 코가 제자리에 달려 있는지 확인했다. 담배 포장지를 벗기는 띠만큼 가는 피가 양쪽 콧구멍에서 흘러내리고 있었다. 손끝에 피가 묻어 나오자 그는 못 믿겠다는 듯이 핏자국을 쳐다보더니 입을 벌렸다.

"나라면 관두겠소." 돈 개프니가 말했다. "저 친구 그냥 하는 소리가 아니거든. 나랑 같이 가는 게 좋을 거요."

그가 크루넥의 팔을 잡았다. 크루넥은 부드럽게 잡아당기는 개프니에게 잠깐 저항하며 다시 입을 벌렸다.

"안 좋은 생각이에요." 몽롱해 보이는 여자아이가 말했다.

크루넥은 입을 다물고 일등석 뒤편까지 개프니에게 끌려갔다. 그는 눈을 휘둥그레 뜨고 어안이 벙벙한 표정으로 어깨 너머를 돌아보더니 또다시 코를 만졌다.

그새 닉은 크루넥에 대해 흥미를 잃고 창밖을 내다보고 있었다. "로키산맥을 넘고 있는 것 같네요. 안전한 고도를 유지하고 있는 듯하고요."

브라이언도 창밖을 잠깐 내다보았다. 과연 로키산맥이었고 생김새로 보건대 중심부 근처였다. 고도는 십 킬로미터 정도 되는 것 같았다. 멜라니 트레버에게 듣기로도 그 근처였다. 아직까지는 괜찮았다. 최소한 당분간은 그랬다.

"자." 그가 말했다. "이 문을 부술 수 있게 도와주세요."

닉이 그가 있는 문 쪽으로 합류했다. "이 부분은 내가 진두지휘해도 될까요, 브라이언? 경험이 있거든요."

"그러세요." 브라이언은 닉 호프웰이 어떤 일을 하느라 상대방의 코를 비틀고 문을 부수는 데 경험을 쌓았는지 궁금해졌다. 아무래도 긴 이야기일 것 같았다.

"자물쇠가 얼마나 튼튼한지 알면 도움이 되겠는데요." 닉이 말했다. "너무 세게 몸을 던졌다가 조종실 안으로 날아갈 수도 있으니까요. 그러다 부딪히면 안 되는 곳에 부딪히면 어쩝니까."

"잘 모르겠어요." 브라이언은 솔직하게 대답했다. "아주 단단하지는 않을 겁니다."

"알겠습니다." 닉이 말했다. "몸을 돌려서 나를 마주보고 서세요. 당신은 오른쪽 어깨가, 나는 왼쪽 어깨가 문 쪽을 향하도록."

브라이언은 그가 시키는 대로 했다.

"숫자를 셀게요. 셋 하면 같이 어깨로 미는 겁니다. 몸을 날리는 순간 다리를 구부리세요. 문의 아랫부분을 쳐야 자물쇠가 잘 부서지니까. 체중을 전부 실어서 부딪치지는 마요. 반 정도만 실어요. 그걸로 부족하면 다시 시도하면 되니까. 알았죠?"

"알았어요."

이제 좀 정신이 들었는지 사태를 파악한 여자아이가 물었다. "도어 매트 밑에 열쇠를 두거나 그러지는 않았겠죠?"

닉은 깜짝 놀란 얼굴로 그녀를 쳐다보다 브라이언 쪽으로 다시 고개를 돌렸다. "승무원들이 다른 데 열쇠를 보관했을 가능성도 있을까요?"

브라이언은 고개를 저었다. "없을 겁니다. 테러를 예방하기 위한 조치니까요."

"그렇겠죠." 닉이 말했다. "당연히 그렇겠죠." 그는 여자아이를 흘끗 쳐다보며 윙크했다. "그래도 머리 좀 썼네."

여자아이는 그를 보며 머뭇머뭇 미소를 지었다.

닉은 다시 브라이언에게 고개를 돌렸다. "자, 준비됐죠?"

"준비됐습니다."

"좋아요. 하나…… 둘…… 셋!"

그들이 완벽하게 타이밍을 맞춰서 다리를 구부리며 몸을 날리자 문이 어처구니없을 만큼 쉽게 열렸다. 갤리와 조종실 사이에 조그만 턱—계단이라고 하기에는 최소 칠팔 센티미터가 부족했다—이 있었다. 브라이언은 여기에 신발이 걸리는 바람에 닉이 어깨를 잡아주지 않았더라면 모로 넘어질 뻔했다. 닉은 고양이처럼 날렵하기 그지없었다.

"좋아요." 그가 말했다. 브라이언에게 한 말이라기보다 혼잣말에 가까웠다. "여기는 어떤 상황인지 확인해봅시다."

5

조종실에는 아무도 없었다. 안을 들여다본 순간 브라이언의 팔과 목덜미에 소름이 돋으며 털이 곤두섰다. 767기는 관성항법장치에 입력된 정보에 따라 자동조종 모드로 수천 킬로미터도 비행할 수 있다는 것을 알긴 하지만—그 역시 그런 식으로 비행한 거리가 얼마나 되는지 모른다—두 개의 빈자리를 눈으로 확인하는 것은 다른 차원의 문제였다. 오싹해진 이유는 그 때문이었다. 그는 조종사 인생을 통틀어서 운항중에 모든 조종사가 자리를 비운 조종실을 단 한 번도 본 적이 없었다.

지금 그런 조종실이 그를 맞이했다. 조종 장치들이 저절로 움직이며 보스턴까지 예정된 항로를 유지할 수 있도록 미세한 수정을 가했다. 계기판은 초록색이었다. 고도를 의미하는 두 개의 조그만 날개가 가상의 지평선 위로 일정한 간격을 유지하고 있었다. 윗부분이 사선인 두 개의 조그만 창문 너머에서 새벽하늘을 배경으로 수십억 개의 별들이 반짝였다.

"와우." 십 대 여자아이가 나지막이 속삭였다.

"어라." 그와 동시에 닉은 이렇게 말했다. "형씨, 저길 보세요."

조종사석 왼쪽 팔걸이 옆 음료 테이블에 놓인 반쯤 남은 커피잔을 보고 하는 말이었다. 커피잔 옆에는 두 입 먹다 만 대니시 패스트리가 있었다. 그걸 보자 아까의 꿈이 물밀듯 떠오르면서 브라이언의 몸이 격하게 떨렸다.

"무슨 사태인지 몰라도 순식간에 벌어졌네요." 브라이언이 말했다. "저기를 보세요. 그리고 저기도요."

그는 조종석 의자와 부조종석 옆 바닥을 차례대로 가리켰다. 손목시계 두 개가 계기판 불빛을 받고 반짝였다. 하나는 내압 기능을 갖춘 롤렉스고 다른 하나는 디지털 펄사였다.

"시계 갖고 싶으면 마음대로 고를 수 있어요." 그들 뒤에서 목소리가 들렸다. "저 뒤에 엄청 많거든요." 브라이언이 어깨 너머를 쳐다보자 까만색의 조그만 모자를 쓰고 하드 록 카페 티셔츠를 입은, 단정해 보이는 소년 앨버트 카우스너가 눈에 들어왔다. 그 옆에는 닳아서 해진 재킷을 입은 나이 많은 신사가 서 있었다.

"그래요?" 닉이 물었다. 만난 이래 처음으로 평정심을 잃은 것처럼 보였다.

"시계, 보석, 안경." 앨버트가 말했다. "핸드백도 있어요. 하지만 가장 섬뜩한 건…… 사람들 몸속에 있었을 게 분명한 물건들도 보인다는 거예요. 철심이나 인공 심장 박동기 같은 거 말이에요."

닉은 브라이언 엥글을 쳐다보았다. 안색이 눈에 띄게 창백해졌다. "나는 아까 그 예의 없고 말 많던 친구하고 비슷하게 추측하고 있었거든요." 닉이 말했다. "내가 자는 동안 비행기가 어떤 이유로 어딘가에 착륙했다고. 그리고 대부분의 승객들이—승무원들도—어찌어찌 비행기에서 내렸다고."

"비행기가 하강하기 시작했다면 내가 당장 눈을 떴을 겁니다. 습관적으로요." 브라이언은 빈 조종석, 마시다 남은 커피잔, 먹다 남은 대니시 패스트리에서 눈을 뗄 수가 없었다.

"평소 같았으면 나도 그랬을 거예요." 닉이 맞장구쳤다. "그래서 누가 내 술에 약을 탔나 보다고 결론을 내렸죠."

'이 남자 직업이 뭔지 모르겠군.' 브라이언은 생각했다. '중고차 딜러가 아닌 것만큼은 분명해.'

"내 음료에는 아무도 약을 타지 않았어요." 브라이언이 말했다. "나는 아무것도 안 마셨거든요."

"저도요." 앨버트가 말했다.

"아무튼 우리가 자는 동안 비행기가 착륙했다가 이륙했을 리는 없어요." 브라이언이 그들에게 말했다. "비행기는 자동조종 모드로 운항을 할 수 있고 콩코드기는 자동조종 모드로 착륙까지도 할 수 있지만, 이륙은 사람이 해야 하거든요."

"그럼 착륙을 하지 않았다는 거네요." 닉이 말했다.

"그렇죠."

"그렇다면 다들 어디 갔을까요, 브라이언?"

"나도 모르겠어요." 브라이언은 조종석으로 가서 앉았다.

6

29편 항공기는 멜라니 트레버가 이야기했던 것처럼 십일 킬로미터 상공에서 090도 방향으로 비행하고 있었다. 앞으로 한 시간이나 두 시간쯤 지나면 각도가 바뀌면서 비행기가 좀더 북쪽으로 진로를 틀게 될 것이다. 브라이언은 항법 지도를 들고 대기 속도계를 확인하면서 재빨리 암산을 했다. 그런 다음 헤드폰을 썼다.

"덴버 관제소, 여기는 아메리칸 프라이드 29편이다, 오버."

그는 토글스위치를 눌렀지만…… 아무 소리도 들리지 않았다. 전혀 들리지 않았다. 지직거리는 소리도, 사람들이 잡담을 나누는 소리도, 지상 관제소에서 나는 소리도, 다른 비행기 소리도 들리지 않았다. 그는 무선 응답기 주파수를 확인했다. 규정대로 7700에 맞추어져 있었다. 그는 다시 토글스위치를 눌러 송신 모드로 바꾸었다. "덴버 관제소, 응답 바란다, 여기는 아메리칸 프라이드 29편이다, 다시 한번 반복한다, 여기는 아메리칸 프라이드 항공기, 문제가 생겼다, 덴버, 문제가 생겼다."

그는 토글스위치를 눌러서 수신 모드로 바꾸었다. 그러고는 귀를 기울였다.

잠시 후 브라이언이 저지른 짓을 보고 앨버트 에이스 카우스너의 심장은 두려움으로 빠르게 뛰기 시작했다. 브라이언이 계기판 아래에 달린 무선 장비를 손바닥으로 때린 것이다. 보잉 767기는 최신 설비를 갖춘 최첨단 여객기였다. 그런 비행기에 달린 장비를 저런 식으로 작동하려드는 사람이 어디 있을까? 방금 전에 그가 저지른 짓은 자선 경매에서 오래된 필코 라디오를 일 달러에 사가지고 집으로 들고 와 보니 작동이 되지 않았을 때에나 함 직한 행동이었다.

브라이언은 다시 덴버 관제소와 교신을 시도했다. 하지만 아무 응답이 없었다. 전혀 응답이 없었다.

7

그전까지 브라이언은 멍하고 무척 당혹스러웠다. 그런데 이제는 여기에 공포가—엄청난 공포가—더해지기 시작했다. 지금까지는 두려워할 만한 여유가 없었다. 그는 계속 그 상태가 유지되길 바랐지만…… 그렇지가 않았다. 그는 비상 주파수로 바꾸어서 또다시 시도했다. 응답이 없었다. 맨해튼에서 911로 연락했는데 주말이라 근무자가 없다는 음성 메시지가 나온 것이나 다름없었다. 비상 주파수로 도움을 청하면 항상 즉각적인 응답이 있었다.

'최소한 지금까지는 말이지.' 브라이언은 생각했다.

그는 자가용 비행기 조종사들이 소규모 공항에서 착륙 지시를 받을 때 쓰는 UNICOM으로 주파수를 바꾸었다. 응답이 없었다. 열심히 귀를 기울였지만…… 아무 소리도 들리지 않았다. 있을 수 없는 일이었다. 자가용 비행기 조종사들은 전봇대에 앉아 있는 찌르레기처럼 수다를 떨었다. 파이퍼 조종사는 날씨를 알고 싶어 했다. 세스나 조종사는 저녁 손님 세 명을 데리고 간다고 부인에게 알려줄 사람을 구하지 못하면 크게 혼이 날 거라고 했다. 리어 조종사들은 아르바다 공항의 데스크 직원이 전세기를 이용할 승객들에게 비행기가 십오 분 늦겠지만 기다려달라고, 시카고에서 야구 경기가 열리는 시각에 맞춰 도착할 수 있다고 전해주길 바랐다.

지금은 아무 소리도 들리지 않았다. 찌르레기들이 모두 날아가버려서 전봇대가 텅 빈 것 같았다.

그는 다시 FAA 비상 주파수로 바꾸었다. "덴버, 응답하기 바란다! 당장 응답하기 바란다! 여기는 AP 29편, 응답하란 말이다, 젠장!"

닉이 그의 어깨를 건드렸다. "형씨, 진정해요."

"개가 짖질 않아요!" 브라이언은 미친 사람처럼 외쳤다. "있을 수가 없는 일인데 그러고 있다고요! 빌어먹을, 어떻게 된 일이지? 염병할 핵전쟁이라도 터졌나?"

"진정해요." 닉이 같은 말을 반복했다. "흥분하지 말고요, 브라이언. 그리고 개가 짖질 않는다니 무슨 뜻인지 얘기해봐요."

"덴버 관제소 말이에요!" 브라이언이 말했다. "그 개가! FAA 비상 주파수! 그 개도! UNICOM, 그 개도! 지금까지 이런 적은……."

브라이언은 다른 스위치를 켰다. "이걸 봐요. 이게 중단파 주파수예요. 원래는 뜨겁게 달구어진 인도 위의 개구리처럼 여기저기서 하는 말들이 튀어나와야 하는데 지금은 아무 소리도 들리질 않아요."

브라이언은 또 다른 스위치를 켜고 가까이 다가온 닉과 앨버트 카우스너를 올려다보았다. "덴버에서 보내는 VOR 신호가 잡히지 않아요."

"그러니까?"

"설명하자면 무선 연락도 안 되고 덴버에서 보내는 운항 신호도 안 잡히는데 계기판에 따르면 아무 문제가 없대요. 헛소리죠. 헛소리일 수밖에 없다고요."

강물 위로 떠오른 익사체처럼 끔찍한 생각 하나가 브라이언의 머릿속에서 점점 떠오르기 시작했다.

"저기, 학생…… 창밖 좀 봐줘. 왼쪽 창밖을. 뭐가 보이는지 알려줘."

앨버트 카우스너는 창밖을 내다보았다. 한참을 내다보았다. "아무것도 안 보여요." 그가 말했다. "전혀 안 보여요. 로키산맥이 끝나면서 평원이 시작되는 것말고는요."

"불빛도 없고?"

"네."

브라이언은 힘이 빠져서 후들거리는 다리로 자리에서 일어섰다. 그렇게 서서 한참 동안 아래를 내려다보았다.

이윽고 닉 호프웰이 조용히 물었다. "덴버가 없어진 거죠?"

브라이언도 알다시피 항법 지도와 계기판의 항법 장치에 따르면 지금 그들은 덴버 남쪽으로 팔십 킬로미터도 안 되는 지점을 지나고 있어야 하는데…… 발아래로 보이는 것이라고는 대평원의 시작을 알리는 시커멓고 별 특색 없는 풍경뿐이었다.

"네. 덴버가 없어졌어요."

8

조종실에 완벽한 정적이 흐르고 잠시 후 닉 호프웰이 앨버트, 닳아서 해진 재킷을 입은 남자, 여학생으로 이루어진 오합지졸을 돌아보았다. 그가 유치원 선생님이라도 되는 양 씩씩하게 손뼉을 쳤다. 그러고는 유치원 선생님 비슷한 목소리로 말했다. "좋아요, 여러분! 자리로 돌아가세요. 조용히 있어야겠으니까."

"우리 지금까지 조용히 있었는데요." 여학생이 반발하고 나섰다. 맞는 말이었다.

"조용히 해달라기보다 프라이버시가 필요하다는 뜻에서 하신 말씀인 것 같은데." 닳아서 해진 재킷을 입은 남자가 말했다. 말투는 교양 있었지만 걱정이 담긴 그의 부드러운 시선은 브라이언에게서 떠날 줄 몰랐다.

"제 말이 바로 그겁니다." 닉이 말했다. "부탁할게요."

"저 친구 괜찮겠어요?" 닳아서 해진 재킷을 입은 남자가 나지막이 물었다. "좀 흥분한 것 같은데."

닉은 그를 따라서 은밀한 목소리로 대답했다. "네. 괜찮을 겁니다. 제가 옆에서 지켜볼게요."

"애들아, 가자." 닳아서 해진 재킷을 입은 남자가 말했다. 그는 여학생의 어깨를 한 팔로 감싸고 앨버트의 어깨를 다른 팔로 감쌌다. "자리로 돌아가서 앉아 있자꾸나. 기장님께서 할 일이 있으시다니."

그들은 굳이 목소리를 낮출 필요가 없었다. 브라이언 엥글은 머리 위로 새떼가 지나가는 가운데 개울에서 먹이를 먹는 물고기나 다름없었다. 새소리가 물고기에게 전달될지 몰라도 어떤 의미가 부여되지는 않았다. 브라이언은 무선 주파수를 이리저리 맞추고 항로상에 있는 이 도시 저 도시에 돌아가며 연락을 시도하느라 정신이 없었다. 소용없었다. 덴버가 없었다. 콜로라도스프링스도 없었다. 오마하도 없었다. 모두 사라지고 없었다.

눈물처럼 뺨을 타고 흐르는 땀과 등에 들러붙은 셔츠가 느껴졌다.

'나한테서 돼지 같은 냄새가 나겠군. 아니면…….'

그때 퍼뜩 떠오른 생각이 있었다. 그는 엄격한 금지규정을 어기고 군용 채널로 주파수를 맞추었다. 오마하는 전략 공군 사령부의 땅이나 다름없었다. 그쪽에서 당장 나가라고, FAA에 보고하겠다고 으름장을 놓을 수도 있었지만 브라이언은 기꺼이 감수할 용의가 있었다. 덴버가 휴가를 간 모양이라고 맨 처음 그들에게 알리는 주인공이 될 수 있을지 몰랐다.

"공군 관제소, 공군 관제소, 여기는 아메리칸 프라이드 29편인데 문제가 생겼다. 엄청난 문제가 생겼다. 내 말 들리나? 오버."

그곳에서도 개가 짖지 않았다.

바로 그 순간 브라이언은 무언가가—문 비슷한 것이—머릿속 깊은 곳에서 열리는 것을 느꼈다. 그러고 조직적인 사고 체계가 전부 깊은 구멍 속으로 서서히 빠져 들어가는 것을 느꼈다.

9

닉 호프웰이 그의 목 근처 어깨에 한 손을 올려놓고 꼭 잡았다. 브라이언은 자리에서 벌떡 일어섰다가 비명을 지를 뻔했다. 고개를 돌려보니 닉의 얼굴이 그의 코 앞 십 센티미터도 안 되는 곳에 있었던 것이다.

'이제 내 코를 잡고 비틀게 생겼군.' 브라이언은 생각했다.

닉은 그의 코를 잡지 않았다. 브라이언의 눈을 똑바로 쳐다보며 조용하고 진지한 목소리로 말했다. "형씨, 눈빛을 보니까 알겠는데…… 눈을 보지 않아도 그런 눈빛일 줄 알겠더군요. 형씨 목소리에서 들었고, 앉은 자세에서 느낄 수 있었으니까. 이제 내 말 들어요, 내 말 잘 들어요. 공포는 금물이에요."

브라이언은 파란 눈에 붙들린 채 닉을 빤히 쳐다보고만 있었다.

"내 말 알아들었어요?"

그는 가까스로 입을 열었다. "공포를 잘 느끼는 사람들은 이런 직업을 가질 수 없어요, 닉."

"알아요. 그런데 지금은 특수한 상황이잖아요. 하지만 이 비행기에는 열몇 명의 승객이 있고, 당신의 임무는 예나 지금이나 변함없다는 걸 명심해요. 승객을 지상까지 안전하게 모시는 것."

"이래라저래라 하지 않아도 내 일은 내가 알아서 합니다!" 브라이언이 쏘아붙였다.

"내가 그랬다면 미안해요. 다행히 당신 안색이 좀 전보다 두 배는 나아 보이네요."

브라이언은 안색이 나아진 정도가 아니라 기운까지 나기 시작했다. 닉이 책임감이라는 가장 예민한 부분을 찌른 것이다. '찔러야 할 데를 제대로 찌른 거지.' 그는 생각했다.

"닉, 직업이 뭡니까?" 그는 떨리는 목소리로 물었다.

닉은 고개를 뒤로 젖히고 웃음을 터뜨렸다. "영국 대사관 부상무관입니다."

"지나가던 개가 웃겠네."

닉은 어깨를 으쓱했다. "뭐……. 서류상으로는 그렇게 되어 있으니까 그렇다면 그런 거죠. 다른 말로 하자면 대영제국의 정비사라고 할 수 있을 거예요. 고쳐야 할 것을 고치는 사람이니까. 지금은 그 대상이 당신이고."

"고맙군요." 브라이언은 짜증 섞인 목소리로 말했다. "하지만 나는 손볼 데가 없어요."

"잘됐네요. 그럼…… 이제 어쩔 작정입니까? 땅에 반짝이는 불빛이 없어도 길을 찾을 수 있나요? 다른 비행기들을 피할 수 있나요?"

"기내 장비만으로도 얼마든지 길을 찾을 수 있어요. 그리고 다른 비행기로 말할 것 같으면……." 브라이언이 레이더 화면을 가리켰다. "이 자식이 그러는데 다른 비행기가 없다고 하네요."

"만약 있다면요?" 닉이 부드럽게 말했다. "무전기와 레이더가 잠깐 고장난 거 아닐까요? 좀 전에 핵전쟁 어쩌고 했죠, 브라이언? 만약 핵무기가 사용되었다면 우리도 느꼈을 거예요. 그렇다고 해서 아무 일 없었다는 말은 아니고요. 전자기파라는 현상에 대해 압니까?"

브라이언은 멜라니 트레버를 언뜻 떠올렸다. '그리고 모하비사막 위로 북극광이 떠 있다는 예보가 있어요. 주무시지 않으면 보실 수 있겠네요.'

설마. 기상이변으로 벌어진 일일까?

그럴 수도 있다. 하지만 그렇더라도 무전기에서 잡음조차 들리지 않는 이유는 무엇일까? 레이더 스크린상에서 전파간섭도 발생하지 않는 이유는 무엇일까? 왜 이렇게 짙은 암흑뿐일까? 게다가 그가 생각하기에는 백오십 명에서 이백 명가량의 승객이 사라진 이유가 북극광은 아니었다.

"네?" 닉이 대답을 재촉했다.

"상당히 실력 있는 정비사네요, 닉." 이윽고 브라이언이 말했다.

"하지만 EMP 때문은 아닐 겁니다. 기내 장비들이—방향 장치를 비롯해서—전부 아무 이상 없어 보이거든요." 그는 디지털 나침반을 가리켰다. "만약 우리가 전자기파를 맞았다면 이 녀석이 정신없이 오락가락했을 거예요. 하지만 흔들림이 없잖습니까."

"그렇다면. 이대로 보스턴까지 갈 작정입니까?"

'그럴 작정이냐고?'

그 말을 듣는 순간 마지막 한 방울의 공포마저 브라이언의 머릿속에서 빠져나갔다. '그래.' 그는 생각했다. '이제는 내가 이 비행기의 기장이야……. 이 한마디로 요약이 되는 거야. 당신이 진작 그 사실을 일깨워주었더라면 우리 둘 다 골머리를 앓을 필요 없었을 텐데.'

"이 나라에서, 아니, 전 세계적으로 무슨 일이 벌어지고 있는지 모르는 마당에 새벽에 로건 공항에 착륙하자고요? 그건 절대 안 되죠."

"그럼 목적지가 어디입니까? 생각할 시간이 필요한가요?"

필요 없었다. 그뿐 아니라 또 어떤 조치들이 필요한지 척척 생각이 났다.

"할 일이 있어요. 이제 승객들에게 사태를 알릴 때가 된 것 같은데요. 몇 명 안 남은 승객들에게 말입니다."

브라이언이 마이크를 들었을 때 비즈니스석 객실에서 자고 있던 대머리 남자가 조종실 안으로 고개를 들이밀었다. "승무원들이 다 어디 갔는지 혹시 아는 분 계신가요?" 그가 짜증 섞인 말투로 물었다. "푹 자고 일어났더니…… 이제 저녁을 먹고 싶은데요."

10

다이너 벨먼은 상태가 많이 좋아졌다. 다른 사람들이 옆에 있어서, 그들의 존재감이 느껴져서 마음이 놓였다. 그녀는 앨버트 카우스너, 로럴 스티븐슨, 로버트 젱킨스라고 이름을 밝힌, 닳아서 해진 재킷을 입은 남자와 함께 옹기종기 앉아 있었다. 그는 사십여 권의 미스터리 소설을 출간한 작가이고, 미스터리 독자들이 대거 모이는 자리에서 강연을 하러 보스턴으로 가던 길이라고 했다.

"그런데 내가 감히 글로 쓸 생각조차 할 수 없을 만큼 얼토당토않은 미스터리에 휘말리게 되었네요."

이 네 명은 이코노미석 객실의 앞쪽 가운데 좌석에 앉아 있었다. 크루넥 저지를 입은 남자는 몇 줄 뒤 오른쪽 통로에 앉아서 (몇 분 전에 피가 멎었건만) 손수건으로 코를 막고 열심히 씩씩대고 있었다. 돈 개프니는 근처에 앉아서 남자를 불안하게 감시했다. 개프니는 딱 한 번 입을 열어서 크루넥에게 이름이 뭐냐고 물었다. 크루넥은 대답하지 않았다. 꾸깃꾸깃하게 뭉친 자기 손수건 너머로 표독스럽게 개프니를 노려볼 따름이었다.

개프니는 다시 묻지 않았다.

"이게 도대체 무슨 일인지 눈곱만큼이라도 아는 분 계세요?" 로럴이 애원조로 물었다. "내일부터 십 년 만에 처음으로 휴가다운 휴가를 즐길 예정이었는데 이런 일이 벌어졌네요."

스티븐슨 양이 이 말을 꺼냈을 때 앨버트가 마침 그녀를 똑바로 쳐다보고 있었다. 십 년 만에 휴가다운 휴가 어쩌고 하는 부분에서 그녀가 눈동자를 갑자기 오른쪽으로 돌리더니 먼지라도 들어간 것처럼 빠르게 서너 번 깜빡였다. 순간, 어떤 생각 하나가 확실하다고 장담할 수 있을 만큼 분명하게 그의 머릿속에 떠올랐다. 앨버트는 그 생각이 맞는다고 확신했다. 그녀는 거짓말을 하고 있었다. 이유는 알 수 없지만 거짓말을 하고 있었다. 그는 그녀를 유심히 들여다보았지만 눈에 띌 만한 구석은 없었다. 미모가 사그라져가는 여자, 이십 대에서 급속도로 벗어나 중년으로 진입해가는 여자(앨버트가 보기에는 서른 살이 중년의 시작점이었다), 금세 무색 투명한 인간이 될 여자. 하지만 지금은 색깔이 있었다. 두 뺨이 어떤 색깔로 물들어 있었다. 어떤 의도가 담긴 거짓말인지 알 수 없었지만, 덕분에 그녀의 미모가 잠시나마 되살아나서 예뻐 보이기까지 했다.

'거짓말을 자주 해야 하는 여자도 있군.' 앨버트는 생각했다. 그나 다른 누가 그녀에게 대꾸할 겨를도 없이 머리 위에 달린 스피커에서 브라이언의 목소리가 들렸다.

"승객 여러분, 저는 기장입니다."

"기장은 무슨 얼어죽을." 크루넥이 으르렁거렸다.

"입다물어요!" 개프니가 통로 건너편에서 소리를 질렀다.

크루넥은 놀란 얼굴로 그를 쳐다보며 꼬리를 내렸다.

"모두들 아시다시피 지금 이 비행기에서 이상한 상황이 벌어졌습니다." 브라이언이 말을 이었다. "제가 굳이 설명하지 않아도 주위를 둘러보면 어떤 상황인지 아실 거라 믿습니다."

"전혀 모르겠는데." 앨버트가 중얼거렸다.

"제가 알게 된 다른 몇 가지 사실들도 있습니다. 안타깝게도 희소식은 아닙니다만, 다 같이 한 배를 타게 된 만큼 최대한 솔직하게 말씀드리려고 합니다. 현재 조종실과 지상 간의 교신 수단이 없습니다. 그리고 약 오 분 전부터 비행기에서 덴버의 불빛을 또렷하게 볼 수 있었어야 했는데 보이지 않았습니다. 지금 제가 내릴 수 있는 결론은 누가 전기 요금 내는 것을 깜빡했다는 겁니다. 조금 더 사태를 파악하기 전에는 누구든 그런 결론을 내릴 수밖에 없겠고요."

그가 말을 멈추었다. 로럴은 다이너의 손을 잡고 있었다. 앨버트는 나지막이 외경심이 담긴 휘파람을 불었다. 미스터리 작가 로버트 젱킨스는 허벅지 위에 두 손을 올려놓고 꿈을 꾸듯 멍하니 허공을 바라보았다.

"여기까지는 안 좋은 소식이었고요." 브라이언이 말을 이었다. "이제 좋은 소식을 알려드립니다. 비행기에는 아무 이상이 없고, 연료가 충분하며, 저는 이 항공기의 이 기종을 운항할 수 있는 자격을 갖추고 있습니다. 착륙시킬 수 있는 자격도 있고요. 지상에 안전하게 착륙하는 것이 우리의 최우선 과제라는 데 여러분도 동의하실 줄 믿습니다. 그전까지는 여러분께서 취할 수 있는 조치가 아무것도 없으므로 안전하게 착륙할 수 있다는 믿음을 가지고 휴식을 취해주시기 바랍니다.

마지막으로 한 가지 더 말씀드립니다. 비행기의 목적지가 메인주 뱅고어로 변경되었습니다."

크루넥이 홱 하고 일어나 앉았다. "뭐라고?" 그가 고함을 질렀다.

"기내 항법 장비는 문제없이 작동되고 있지만 항법 장비와 더불어 사용되는 전파, 즉 VOR은 그렇지가 않은 듯합니다. 상황이 이렇다 보니 로건 상공으로 진입하지 않는 쪽을 선택하게 되었습니다. 무선으로 공중이나 지상의 어느 누구와도 연락이 되지 않습니다. 항공기의 무선 장비는 외관상 제대로 작동되는 듯하지만 이런 상황에서는 외관을 근거로 판단하지 않는 편이 좋을 듯합니다. 뱅고어 국제공항에는 여러 장점이 있습니다. 수상이 아니라 지상으로 단거리 접근이 가능하고, 도착 예정 시간인 오전 8시 30분 무렵에 항공 교통량이 훨씬 적을 것이며—운항중인 다른 항공기가 있다는 가정하에 말이죠—뱅고어 국제공항은 과거에 다우 공군기지로 쓰였던 곳으로서 미국 동부를 통틀어 민간용 활주로가 가장 깁니다. 영국과 프랑스 친구들도 뉴욕으로 진입이 불가능하면 그곳에 콩코드기를 착륙시키죠."

크루넥이 버럭 소리를 질렀다. "오늘 아침 9시에 프루덴셜 센터에서 중요한 사업 회의가 있다고! 우라질 메인 공항으로 가겠다니 용납할 수 없어!"

다이너는 움찔했다가 크루넥의 목소리에 몸을 움츠리며 로럴 스티븐슨의 옆구리에 뺨을 대고 꼭 눌렀다. 울지는 않았지만—아직은 그랬다—로럴은 아이의 가슴이 들썩이기 시작하는 것을 느낄 수 있었다.

"내 말 듣고 있나?" 크루넥이 고래고래 고함을 질렀다. "보스턴에서 어마어마한 채권 중개 건으로 회의를 하기로 해서 무슨 일이 있어도 제시간에 회의에 참석해야 한다니까!" 그는 벨트를 풀고 자리에서 일어서기 시작했다. 두 뺨은 시뻘겠고 눈썹은 새하얗고 창백했다. 로럴은 그의 멍한 눈빛에 소름이 끼쳤다. "이것들이 지금……."

"그만하세요." 로럴이 말했다. "그만하세요, 선생님. 아이가 겁에 질렸잖아요."

크루넥이 고개를 돌리자 그 심란한 멍한 시선이 그녀에게로 향했다. 로럴은 괜히 입을 열었다 싶었다. "아이가 겁에 질렸다고? 지금 우리가 어디 달렸는지도 모를 시시껄렁한 개떡 같은 공항으로 가게 생겼는데 걱정한다는 게……."

"앉아서 입다물지 않으면 내 주먹맛을 보게 될 거야." 개프니가 자리에서 일어서며 말했다. 그는 크루넥보다 아무리 못해도 스무 살은 많았지만 몸집이 더 크고 가슴도 훨씬 넓었다. 빨간 플란넬 셔츠 소매를 팔꿈치까지 걷어붙였는데, 주먹을 쥐자 팔뚝 근육이 불끈 솟았다. 이제 슬슬 일을 접으려고 하는 벌목꾼 같았다.

크루넥의 윗입술이 젖혀지면서 이가 드러났다. 개처럼 찡그린 그의 얼굴에 로럴은 섬뜩함을 느꼈다. 크루넥 저지를 입은 남자는 자기가 그런 표정을 짓고 있는 줄 모르는 것 같았다. 그녀는 이 남자가 정신이 나간 게 아닐지 모른다는 생각을 했다. 그런 생각을 한 사람은 그들 중에서 그녀가 처음이었다.

"댁 혼자서 나를 상대할 수 있을까?" 크루넥이 말했다.

"혼자 상대할 필요 없을 거요." 비즈니스석에 앉아 있던 대머리 남자가 말했다. "입다물지 않으면 나도 한 방 날릴 테니까."

앨버트 카우스너도 있는 용기를 그러모아서 말했다. "나도 그럴 거예요, 멍청이 아저씨." 그렇게 말을 하고 났더니 속이 후련했다. 알라모 요새*에서 트래비스 대령**이 땅에 표시한 선을 넘은 사람이 된 듯한 기분이 들었다.

크루넥은 사방을 둘러보았다. 그의 입술이 오르락내리락하며 개가 으르렁거리는 듯한 괴상한 표정을 지었다. "알았어. 알았다고. 다들 나한테 등을 돌리겠다 이거지? 좋아." 그는 자리에 앉아서 살기 어린 눈빛으로 그들을 노려보았다. "당신들이 남아메리카 채권 시장에 대해서 아는 게 하나라도 있다면……."그는 말끝을 흐렸다. 옆 좌석 팔걸이에 칵테일 냅킨이 있었다. 그는 냅킨을 집어서 쳐다보더니 뜯기 시작했다.

"이런 식으로 서로 으르렁거릴 필요 없잖소." 개프니가 말했다. "나도 똥고집은 아니에요. 체질적으로 그런 성격도 못 되고." 로럴이 보기에 그는 사근사근하게 이야기하려는 듯했지만, 말투에서 경계심과 분노마저 느껴졌다. "긴장 풀고 느긋하게 생각해요. 좋게 생각하란 말이에요! 아마 항공사에서 비행기 푯값을 전액 환불해줄 거요."

크루넥은 돈 개프니 쪽을 흘끗 쳐다보았다가 다시 칵테일 냅킨 쪽으로 시선을 돌렸다. 이제는 뜯기를 멈추고 길게 찢기 시작했다.

"갤리에 있는 조그만 오븐 쓰는 법 아는 분 계신가요?" 아무 일 없었다는 듯이 대머리가 물었다. "저녁을 먹고 싶은데."

아무도 대꾸를 하지 않았다.

* 텍사스 독립 전쟁 당시 텍사스 주민들이 이 요새에서 멕시코 정규군과 맞서 싸우다 전멸했다.

** 텍사스 독립 전쟁 당시 미국의 사령관.

"없는 모양이로군요." 대머리가 슬픈 목소리로 말했다. "요즘은 분업의 시대죠. 살아 있기 부끄러운 시절이에요." 대머리는 철학적인 선언을 남기고 비즈니스석으로 되돌아갔다.

로럴이 내려다보니 까만 안경에 달린 빨간색의 경쾌한 플라스틱 테 너머로 드러난 다이너 벨먼의 두 뺨이 눈물로 젖어 있었다. 로럴은 잠시나마 일말의 두려움과 당혹감을 잊고 아이를 끌어안았다. "울지 마, 아가. 저 아저씨는 속상해서 그런 거야. 이젠 괜찮아졌어."

'자리에 앉아서 최면에 걸린 사람처럼 냅킨을 찢는 게 괜찮아진 거라고 볼 수 있다면 말이지.' 그녀는 생각했다.

"무서워요." 다이너가 속삭였다. "아저씨 눈에는 우리 모두 괴물처럼 보일 거예요."

"아냐, 그렇지 않을 거야." 로럴은 이렇게 말했지만, 놀랐고 조금 충격을 받았다. "왜 그렇게 생각하니?"

"모르겠어요." 다이너는 말했다. 그녀는 이 여자가 좋았지만—목소리를 들은 순간부터 그랬다—목소리가 큰 남자를 돌아보는 나머지 사람들의 모습을 자기 자신의 모습까지 포함해서 잠깐 보았노라고 고백할 생각은 추호도 없었다. 그녀는 목소리가 큰 남자—이름이 툼스 아니면 터니 아니면 그 비슷했다—의 안에 들어가 있었는데 그의 눈에는 나머지 사람들 모두가 자기밖에 모르는 사악한 트롤처럼 보였다.

그녀가 이 이야기를 하면 리 선생님은 제정신이 아니라고 생각할 것이다. 만난 지 얼마 되지도 않은 이 여자도 그렇게 생각하지 않을 이유가 없었다.

그래서 다이너는 아무 말도 하지 않았다.

로럴은 아이의 뺨에 입을 맞추었다. 입술에 닿은 피부가 뜨끈했다. "무서워하지 마, 아가. 최대한 순조롭게 사태를 해결하고 있고—느껴지지?—몇 시간만 기다리면 안전하게 착륙할 테니까."

"다행이에요. 그래도 비키 이모가 있으면 좋겠는데. 지금 어디 계실까요?"

"글쎄다." 로럴이 말했다. "나도 어디 계신지 알았으면 좋겠는데."

다이너는 소리지르던 남자의 눈에 비친 얼굴들을 다시 떠올렸다. 사악한 얼굴들, 잔인한 얼굴들. 그가 자기 얼굴을 보며 어떤 식으로 판단했는지도 생각이 났다. 커다랗고 까만 안경으로 눈을 가린 돼지 같은 애새끼 얼굴이라고 했다. 순간 다이너는 상심해서 쉰 목소리로 흐느껴 울었고 그 소리에 로럴의 억장이 무너졌다. 생각나는 방법이 그것밖에 없었기에 아이를 품에 안았고 이내 그녀도 눈물을 흘렸다. 둘이서 거의 오 분 동안 울었을 때 다이너가 다시금 진정이 됐다. 이름이 앨버트라고 했는지 앨빈이라고 했는지 기억 안 나는 호리호리한 남자아이를 로럴이 흘끗 쳐다보니 그 아이도 눈가가 촉촉했다. 그는 그녀의 시선이 느껴지자 얼른 자기 손을 내려다보았다.

다이너는 숨을 헐떡이며 마지막 흐느낌을 터뜨린 다음 로럴의 가슴에 머리를 가만히 기댔다. "울어도 달라지는 건 없겠죠?"

"그래, 아마 그렇겠지." 로럴은 맞장구쳤다. "좀 자지 그러니, 다이너?"

다이너는 한숨을 쉬었다. 눈물을 머금은 구슬픈 한숨이었다. "잠이 안 올 것 같아요. 자다 깼거든요."

'누가 아니라니.' 로럴은 생각했다. 그러는 동안에도 29편 항공기는 십일 킬로미터 상공에서 동쪽을 향해 시속 팔백여 킬로미터의 속도로 어두컴컴한 미국의 중부를 가로질렀다.

3장

연역법. 사건과 통계. 어림으로 계산한 확률.

해구 안의 압력. 베서니의 문제. 하강 시작.

1

"저 여자아이가 한 시간쯤 전에 희한한 소리를 했는데." 로버트 젱킨스가 문득 말했다.

문제의 그 여자아이는 잠이 안 올 것 같다고 했음에도 불구하고 금세 다시 잠이 들었다. 앨버트도 툼스톤의 상상 속의 거리로 돌아갔는지 꾸벅꾸벅 졸고 있었다. 머리 위 선반에 두었던 바이올린 케이스를 꺼내 와 무릎에 대고 끌어안은 채였다.

"허?" 그가 물으며 똑바로 앉았다.

"미안." 젱킨스가 말했다. "졸고 있었나 보구먼?"

"아니에요." 앨버트가 말했다. "말똥말똥하게 깨어 있었어요." 그는 증명이라도 하려는 듯 충혈된 커다란 두 눈을 젱킨스에게로 돌렸다. 거무스름한 그늘이 눈 아래에 자리잡고 있었다. 젱킨스는 그가 쓰레기통을 뒤지다 화들짝 놀란 너구리를 닮았다고 생각했다.

"아이가 뭐라고 했는데요?"

"스티븐슨 양한테 자다 깨서 잠이 안 올 것 같다고 그랬거든. 좀 전까지 자다 깨서."

앨버트는 다이너를 잠깐 쳐다보았다. "뭐, 지금은 잠이 들었네요."

"나도 알아. 중요한 건 그게 아니야, 학생. 중요한 건 그게 아니라고."

앨버트는 미시시피 서쪽에서 가장 빠른 히브리인이자 알라모 전투 당시 텍사스 주민들 중에서 유일하게 살아남았던 에이스 카우스너는 학생이라는 소리를 좋아하지 않는다고 젱킨스 씨에게 말할까 하다가…… 이번만큼은 그냥 넘어가기로 했다. "그럼 뭔데요?"

"나도 자고 있었거든. 기장이—원래 기장 말이야—금연 표시등을 끄기도 전에 곯아떨어졌지. 나는 늘 그래. 열차가 됐건 버스가 됐건 비행기가 됐건 움직이기만 하면 갓난아이처럼 곧장 잠이 들어. 자네는 어땠나, 학생?"

"저는 어땠냐니 뭐가요?"

"자네도 자고 있었나? 자고 있었지, 그렇지?"

"음, 네."

"우리는 다 자고 있었어. 사라진 사람들은 다 깨어 있었고."

앨버트는 그 부분에 대해 생각해보았다. "흠…… 글쎄요."

"글쎄요가 아니지." 젱킨스는 명랑하다 싶은 목소리로 말했다. "나는 미스터리 소설 작가야. 추론이 생업이라고. 그 사람들이 사라졌을 때 누가 깨어 있었다면 죽어라고 비명을 질러서 우리를 깨우지 않았겠어?"

"그랬겠죠." 앨버트는 생각에 잠긴 목소리로 맞장구를 쳤다. "맨 뒷줄에 누워 있었던 남자는 빼고요. 공습경보가 울렸어도 그 남자는 깨지 않았을 거예요."

"좋아. 자네 의견은 접수하겠네. 어쨌든 아무도 비명을 지르지 않았잖아. 어떻게 된 영문인지 나서서 설명한 사람도 없었고. 그러니까 깨어 있었던 사람들만 제거된 거라고 추론할 수 있지. 승무원들도 마찬가지고."

"그러게요. 그랬을 수 있겠네요."

"심란해 보이는군, 학생. 내 추론이 그럴듯하기는 하지만 백 퍼센트 마음에 들지는 않는다는 표정이야. 왜 그런지 물어봐도 될까? 내가 놓친 부분이라도 있는 건가?" 젱킨스는 그럴 리 없다고 믿는 표정이었지만, 젱킨스로 말할 것 같으면 어머니에게 예의 바르게 행동해야 한다는 가정교육을 받고 자란 사람이었다.

"잘 모르겠는데요." 앨버트는 솔직히 대답했다. "저희가 지금 몇 명이죠? 열한 명인가요?"

"응. 뒷줄의 남자—혼수상태인 사람—까지 포함해서 열한 명이지."

"선생님의 추론이 맞는다면 이보다 숫자가 더 많아야 하지 않을까요?"

"어째서?"

앨버트는 어렸을 때 기억이 문득 생생하게 떠올라서 말을 잃었다. 그는 종교적으로 따졌을 때 정통파는 아니지만 그렇다고 불가

지론자도 아닌 부모님의 영향으로 경계 지대에서 성장했다. 그와 그의 형제들은 음식과 관련된 전통(전통이 아니라 계율이라고 해야 할지 모르겠지만 아무튼)을 대부분 준수했고, 바르 미츠바*를 치렀으며, 그들이 누구이고 어디에서 왔으며 그것이 무엇을 의미하는지 배웠다. 앨버트가 어린시절에 찾아간 성전에서 가장 생생하게 기억하는 것은 파라오를 덮친 최후의 역병 이야기였다. 여호와가 보낸 어둠의 천사가 그들을 섬뜩한 제물로 바쳤다는 이야기였다.

천사가 이집트 대신 29편 항공기를 훑으며 대부분의 승객을 그 소름 끼치는 가슴에 품는 모습이 머릿속에서 그려졌다. 그들이 그렇게 된 이유는 상인방에 (아니면 좌석 등받이라든지) 피를 묻혀야 하는데 깜빡 잊어버려서 그런 게 아니라…….

이유가 뭘까? 무슨 이유에서였을까?

앨버트는 알 수 없었지만 몸서리가 쳐졌다. 오래전에 들은 섬뜩한 이야기를 떠올린 것을 후회했다. '내 상용 고객을 보내라.**' 그는 생각했다. 하나도 재미가 없었다.

"앨버트?" 젱킨스 씨의 목소리가 먼 데서 들리는 것처럼 느껴졌다. "앨버트, 괜찮니?"

"네. 생각 좀 하느라고요." 그는 헛기침을 했다. "잠이 든 승객들이 다 제외됐다면 적어도 육십 명은 남았어야 하지 않을까요? 아니면 그보다 더 많이 남든지. 이러니저러니 해도 야간 비행이니까요."

* 유대교 남자아이들이 열세 살이 되면 치르는 성인식.

** 파라오에 얽힌 일화가 소개된 「출애굽기」에 나오는 구절을 살짝 바꾼 것이다.

"학생, 지금까지……."

"앨버트라고 불러주시겠어요, 젱킨스 씨? 그게 제 이름인데요."

젱킨스는 앨버트의 어깨를 토닥였다. "미안하네. 진심으로 사과하지. 무시하려고 그런 게 아니라 불안해서 그런 거야. 나는 불안하면 도피하는 성향이 있거든……. 껍데기 속으로 머리를 집어넣는 거북처럼 말이지. 나는 소설 속으로 도피한다는 차이점이 있지만. 내가 파일로 밴스 흉내를 내고 있었나 봐. 지금은 고인이 된 S.S. 밴다인이 탄생시킨 명탐정이지. 자네는 그가 등장하는 작품을 한 번도 읽어본 적 없을 거야. 안타까운 노릇이지만 요즘은 누구라도 그럴 테지. 아무튼 사과하겠네."

"괜찮습니다." 앨버트는 거북하게 말했다.

"자네는 앨버트이고 앞으로도 계속 앨버트일 거야." 로버트 젱킨스는 약속했다. "내가 물어보려던 말은 지금까지 야간 비행을 해본 적 없느냐는 거였어."

"네. 비행기를 타고 우리 나라를 횡단한 적은 없어요."

"흠, 나는 있어. 여러 번 있지. 심지어 몇 번은 내 본능을 누르고 잠깐 동안이나마 깨어 있은 적도 있었고. 주로 지금보다 젊고 비행기가 지금보다 시끄러웠을 때. 그나저나 맨 처음 횡단 여행에 나섰을 때 탔던 게 TWA 프로펠러 비행기였는데 연료를 보충하느라 중간에 두 번 섰다고 하면 내 나이를 고스란히 폭로하는 셈이 되겠지?

내가 야간 비행에서 관찰한 바에 따르면 처음 한 시간까지는 자는 사람이 몇 명 안 돼. 그러다 모두 잠이 들지. 한 시간 동안에는 대부분 경치를 감상하고, 배우자나 동행과 이야기를 나누고, 음료도 한두 잔 마시고……."

"그런 식으로 새로운 환경에 적응한다는 거죠?" 앨버트가 거들었다. 젱킨스 씨가 하는 말이 무얼 의미하는지 완벽하게 이해됐다. 그는 새로운 환경에 적응하기라는 귀한 과정을 거치지 않았다. 여행과 그를 기다리는 새로운 인생 때문에 흥분이 돼서 이삼 일 동안 잠을 자지 못했던 것이다. 그래서 767기의 이륙과 동시에 스위치 내린 전등처럼 까무룩 잠이 들었다.

"조그만 보금자리를 만드는 거지." 젱킨스도 맞장구쳤다. "조종실 밖에 음료 카트가 세워져 있던데 혹시 그거 보았나, 학…… 앨버트?"

"네, 거기 있던데요." 앨버트가 대답했다.

젱킨스의 눈이 반짝였다. "그렇지. 보거나 보지 못하고 발에 걸려 넘어지거나 둘 중 하나지. 그런데 제대로 보았느냐 말이야."

"그렇지는 않은 것 같네요. 선생님은 보고 저는 보지 못한 게 있다면."

"제대로 보는 건 눈이 아니라 머리가 하는 일이야, 앨버트. 연역적으로 생각할 줄 아는 훈련이 된 머리가. 내가 셜록 홈스는 아니지만 카트를 보니 조그만 보관장에서 방금 전에 꺼낸 거였고, 이륙하기 전에 음료를 서빙할 때 썼던 컵들이 맨 아래 선반에 아직 쌓여 있었어. 그걸 보고 나는 다음과 같은 결론을 내렸지. 비행기는 정상적으로 이륙해서 순항고도로 진입했고 다행스럽게도 자동조종 모드로 전환이 되었다고. 그런 다음 기장이 좌석 벨트 표시등을 껐다고. 내가 증거를 제대로 해석했다면 이 모든 게 이륙 후 삼십 분 안에…… 그러니까 태평양 연안 표준시 기준으로 새벽 1시 무렵까지 벌어진 일이야. 좌석 벨트 표시등이 꺼지자 승무원들이 일어나서 첫 번째 임무를 시작했지. 칠 킬로미터에서 계속 고도가 상승하는 가운데 약 백오십 명의 승객들에게 칵테일 서빙하기. 그동안 조종사는 십일 킬로미터 상공에서 어쩌고저쩌고를 향해 동쪽으로 수평비행하도록 자동조종 프로그램을 입력했고. 몇몇 승객들은—우리 열한 명 말이야—잠이 들었어. 꾸벅꾸벅 조는 사람들도 있었겠지만 (뭔지 모를 사건을 모면할 수 있을 만큼 깊이 잠든 건 아니었지) 대부분 말똥말똥 깨어 있었고."

"보금자리를 만들면서 말이죠." 앨버트가 말했다.

"그렇지! 보금자리를 만든 거지!" 젱킨스는 말을 멈추었다가 연극적으로 덧붙였다. "그러고 나서 잠시 후에 사건이 터졌고!"

"어떤 사건이었을까요, 젱킨스 씨? 짐작 가는 구석이라도 있으세요?"

젱킨스는 대답을 하지 않다가 한참 만에 웃음기가 사라진 목소리로 입을 열었다. 앨버트는 그의 이야기를 듣다 보니 로버트 젱킨스가 겉으로는 연극배우인 척하고 있지만 속으로는 앨버트 못지않게 두려워하고 있다는 것을 느낄 수 있었다. 그래도 별 상관없었다. 덕분에 후줄근한 재킷을 입은 나이 많은 미스터리 작가가 좀더 현실적인 인물로 느껴질 따름이었다.

"밀실 미스터리는 가장 순수한 형식의 추리소설이지." 젱킨스가 말했다. "나도 몇 편 쓴 적 있지만—솔직히 몇 편 정도가 아니지—내가 밀실 미스터리에 휘말리게 될 줄이야."

앨버트는 그를 쳐다보았지만 뭐라고 대꾸하면 좋을지 알 수가 없었다. 제목이 「얼룩 끈」이었던 셜록 홈스의 이야기가 생각났다. 작품에서는 독사가 환풍구를 타고 그 유명한 밀실로 들어갔다. 불멸의 셜록은 사건을 해결하는 데 뇌세포를 다 동원하지도 않았다.

하지만 29편 항공기의 머리 위 선반이 독사로 가득채워져 있다고 한들—독사로 터질 지경이라고 한들—시신들은 어디로 갔을까? 시신들은 어디로 갔을까? 공포가 그의 다리를 타고 내장 속으로 스멀스멀 기어 올라오는 듯한 기분이 들었다. 유명한 살인 청부업자 에이스 카우스너와 이렇게 거리감을 느낀 적은 난생처음이었다.

"단순히 비행기에 국한된 문제라면." 젱킨스가 나지막이 말을 이었다. "시나리오를 하나 만들 수도 있을 것 같은데……. 내가 지난 이십오 년 동안 그 일로 먹고살았으니 말이지. 내가 만든 시나리오를 들어보겠나?"

"좋죠." 앨버트는 말했다.

"좋았어. '더 샵'이라는 비밀 정부 조직이 어떤 실험을 벌이기로 했는데 우리가 피험자야. 현재 상황을 감안했을 때 실험의 목적은 극심한 정신적 감정적 스트레스가 평범한 미국인에게 미치는 영향을 파악하는 것. 실험을 주관하는 과학자들은 기내 산소 공급 장치에 무색무취의 마취제를 넣어서……."

"실제로 그런 게 있나요?" 이야기에 푹 빠진 앨버트가 물었다.

"있다마다. 디아잘린도 그렇고, 메토프로미놀도 그렇고. '진지한' 독자를 자칭하는 사람들이 색스 로머가 쓴 '푸 만추' 시리즈*를 보고 비웃은 적이 있었지. 과장의 극치를 달리는 낯뜨거운 작품이라면서." 젱킨스는 천천히 고개를 저었다. "이제 우리는 생물학계의 연구와 CIA나 DIA처럼 알파벳으로 이루어진 기관들의 편집증 덕분에 색스 로머가 그린 가장 끔찍한 악몽이나 다름없는 세상에서 살게 됐어.

신경가스인 디아잘린이 가장 좋은 방법이지. 효과가 빠르다고 하거든. 그 가스가 공기 중에 살포되자 모두 잠이 들고 방독면을 통해 오염되지 않은 공기를 흡입한 조종사만 남지."

"하지만……." 앨버트가 끼어들었다.

젱킨스는 미소를 지으며 한쪽 손을 들었다. "뭐라고 반박하려는지 나도 알아, 앨버트. 내 설명을 끝까지 들어주겠나?"

앨버트는 고개를 끄덕였다.

"조종사가 비행기를 착륙시켜. 이를테면 네바다의 비밀 활주로 같은 곳에. 〈안드로메다 스트레인〉 스타일의 하얀 옷을 입은 사악한 인간들이 가스가 살포될 때 깨어 있던 승객들을—두말하면 잔소리지만 승무원들까지—처리하지. 자고 있었던 승객들—자네하고 나처럼 말이야—은 좀 전보다 더 깊이 잠이 들도록 내버려두고. 그러고 나면 조종사가 29편 항공기의 고도와 방향을 원래대로 돌려놓고 자동조종 모드를 실행해. 비행기가 로키산맥에 닿을 무렵 가스의 효과가 사라지기 시작하지. 디아잘린은 이른바 깨끗한 약물이

* 범죄에 천부적인 재능이 있는 중국인 악당 푸 만추를 주인공으로 한 소설 시리즈.

기 때문에 눈에 띄는 후유증을 전혀 남기지 않아. 그러니까 숙취 같은 게 없다는 뜻이야. 이때 앞을 못 보는 여자아이가 이모를 찾는 소리가 인터폰을 통해서 조종사의 귀에 들려. 아이의 울음소리 때문에 다른 승객들이 깨게 생겼어. 이제 실험 시작이지. 그는 자리에서 일어나 조종실 밖으로 나가서 문을 잠가."

"무슨 수로요? 바깥쪽에는 문손잡이가 없는걸요."

젱킨스는 무시하듯 손사래를 쳤다. "아주 간단해, 앨버트. 스카치테이프를 반대로 붙여서 쓰면 돼. 안에서 걸쇠가 내려가면 문이 잠기지."

존경의 미소가 앨버트의 얼굴 위로 번지다…… 그대로 얼어붙었다. "그렇다면 조종사가 우리 안에 있는 거네요?" 그가 물었다.

"그럴 수도 있고 아닐 수도 있지. 내 시나리오에 따르면 이 조종사가 그 조종사야, 앨버트. 보스턴으로 돌아가느라 우연히 기내에 있었던 조종사. 일이 터졌을 때 조종실 문까지 십 미터도 안 되는 일등석에 앉아 있었던 조종사."

"엥글 기장." 앨버트가 경악한 목소리로 나지막이 중얼거렸다.

젱킨스는 까다로운 정리를 증명하고 그 아래에 Q.E.D.(증명 종료)라고 쓴 기하학 교수처럼 의기양양하면서도 자아도취적인 목소리로 대답했다. "엥글 기장이지." 그도 맞장구를 쳤다.

크루넥이 시뻘건 눈을 번뜩이며 자기들을 쳐다보고 있는 줄은 두 사람 모두 알아차리지 못했다. 크루넥은 이제 앞 좌석에 달린 주머니에서 기내 잡지를 꺼내 표지를 뜯더니 천천히 세로로 찢기 시작했다. 종잇조각들은 바닥으로 펄럭펄럭 떨어져 그의 갈색 로퍼 주변에 흩어진 칵테일 냅킨 파편들과 한데 섞였다.

와중에 그의 입술은 소리 없이 움직이고 있었다.

2

앨버트가 신학을 공부했다면 초기 그리스도교도들을 가장 열심히 박해했던 사울이 다마스쿠스로 가는 길에 눈에서 비늘이 떨어져 나왔을 때 어떤 심정이었을지 이해했을 것이다. 머릿속에서 졸음기가 말끔히 사라진 그는 열의를 반짝이며 로버트 젱킨스를 빤히 쳐다보았다.

생각해보면—또는 닳아서 해진 재킷을 입었거나 말거나 정말 똑똑한 젱킨스 씨 같은 사람의 생각을 들어보면—놓치고 지나가려야 지나갈 수 없을 만큼 눈에 확연하고 명백한 사실이었다. 모하비사막과 로키산맥 사이에서 아메리칸 프라이드 29편 항공기의 승객과 승무원 대부분이 사라졌는데…… 몇 명 안 되는 생존자들 가운데 그의 표현에 따르면 "이 항공기의 이 기종을 운항할 수 있는 자격과 착륙시킬 수 있는 자격을 갖추고 있다"는 아메리칸 프라이드의 다른 조종사가 있다니 놀라워라, 놀라워라!

젱킨스는 앨버트를 유심히 들여다보다 미소를 지었다. 익살기라고는 느껴지지 않는 미소였다. "그럴듯한 시나리오지. 안 그런가?"

"착륙하자마자 당장 붙잡아놔야겠어요." 앨버트가 한 손으로 뺨을 미친듯이 긁으며 말했다. "선생님이랑 저랑 개프니 씨랑 그 영국 사람이랑 힘을 합쳐서. 그 사람 힘이 좋아 보이던데. 그런데…… 영국인도 한패면 어쩌죠? 뭐랄까, 엥글 기장의 보디가드일 수도 있잖아요. 선생님처럼 사태를 파악하는 승객이 나타날 경우에 대비해서 준비해놓은 사람요."

젱킨스가 대답하려고 입을 열었지만 앨버트가 선수를 쳤다.

"그래도 그 둘을 힘으로 제압해야 해요. 무슨 수를 써서라도." 그는 젱킨스 씨를 보며 희미한 미소를 지었다. 에이스 카우스너의 냉정하고 딱딱하고 위험한 미소였다. 지옥보다 빠르고, 자기가 그만큼 빠르다는 것을 아는 남자의 미소였다. "젱킨스 씨, 제가 이 세상에서 가장 똑똑한 사람은 아닐지 몰라도 실험실의 쥐는 아니거든요."

"허점이 있다는 게 문제야." 젱킨스가 부드럽게 말했다.

앨버트는 눈을 깜빡였다. "네?"

"내가 아까 설명한 시나리오 말이지. 허점이 있다고."

"하지만…… 방금 전에 말씀하시기로는……."

"단순히 비행기에 국한된 문제라면 시나리오를 하나 만들 수 있을 것 같다고 했잖아. 그래서 만들어냈지. 훌륭한 걸로. 이게 작품의 아이디어였다면 계약하자는 출판사가 있었을 거야. 하지만 안타깝게도 비행기에 국한된 문제가 아니란 말이지. 덴버가 저 아래에 아직 남아 있을지 몰라도 불빛은 전혀 보이질 않아. 내가 손목시계로 우리의 이동 경로를 파악하고 있는데, 이제는 덴버만의 문제가 아니야. 오마하, 디모인……. 이 도시들까지 어둠 속으로 숨어버렸어. 사실상 아무 불빛도 보이질 않아. 농가도, 곡식 창고도, 선적장도, 주간 고속도로도. 이런 곳들은 밤이 되면 잘 보이거든. 신식 고도 조명 덕분에 십일 킬로미터 높이에서도 잘 보여. 그런데 저 아래는 아주 새까맣단 말이지. 이제는 우리의 반응을 관찰하려고 전 승객을 상대로 약물을 쓸 만큼 비윤리적인 정부 기관이 있다고 해도 믿겠어. 이론상으로는 말이지. 하지만 아무리 '더 샵'이라고 해도 우리밖에 남은 사람이 없다는 착각을 더욱 부채질할 수 있도록 비행경로상의 모든 사람들을 소등해달라고 설득할 수 있을지, 그건 못 믿겠단 말이지."

"음……. 어쩌면 몽땅 조작극일 수 있지 않을까요?" 앨버트가 의견을 제시했다. "비행기는 아직 이륙하지 않았고 창밖으로 보이는 모든 것은 영상인 거예요. 예전에 그런 영화를 본 적 있거든요."

젱킨스는 유감스럽다는 듯이 천천히 고개를 저었다. "재미있는 작품이었겠지만 현실에서는 먹히지 않을 거야. 이론상의 비밀 정부 기관이 울트라 와이드 스크린 3D 영사 기술을 완벽하게 개발하지 않은 이상. 이게 무슨 사태인지 몰라도 무대가 비행기 안으로 국한되지 않는다는 데서 추론에 금이 가기 시작하지."

"조종사는요?" 앨버트가 막무가내로 외쳤다. "어떻게 조종사가 마침 알맞게 여기 있을 수 있어요?"

"야구 좋아하나, 앨버트?"

"네? 아뇨. 가끔 텔레비전으로 다저스 경기 중계를 볼 때도 있지만 그렇게 좋아하지는 않아요."

"그럼 통계를 먹고 사는 야구 경기의 역사를 통틀어서 가장 놀라운 통계 자료를 알려줄까? 1957년에 테드 윌리엄스는 십육 타석 연속 출루 기록을 세웠지. 여섯 경기에 걸쳐 세운 기록이었어. 1941

년에 조 디마지오는 오십육 경기 연속 안타를 기록했지만, 윌리엄스의 업적에 비교하면 디마지오의 기록도 빛을 잃지. 확률이 20억분의 1 정도 되거든. 야구팬들은 디마지오에 필적하는 기록은 절대 나오지 않을 거라고 하지만 내 생각은 달라. 인류가 천 년 뒤에 야구를 하고 있다해도 윌리엄스의 십육 타석 연속 출루 기록이 깨지지 않을 가능성이 더 크다는 데 돈을 걸겠어."

"이게 다 어떤 의미에서 하시는 말씀인가요?"

"엥글 기장이 오늘밤에 이 비행기를 타고 있었던 것도 테드 윌리엄스의 십육 타석 연속 출루처럼 우연에 불과하다는 거지. 그리고 현재 상황을 감안했을 때 다행스러운 우연이야. 우리네 인생이 미스터리 소설처럼 우연의 일치가 용납되지 않고 반전이라고는 가뭄에 콩 나듯 한다면 훨씬 깔끔하겠지. 하지만 내가 깨달은 바에 따르면 실생활에서 우연의 일치는 이례적인 경우가 아니라 일반적인 현상이야."

"그럼 지금 무슨 사태가 벌어지고 있는 건가요?" 앨버트가 속삭였다.

젱킨스는 길고 불안한 한숨을 내뱉었다. "그걸 나한테 물으면 안 되지. 래리 니븐이나 존 발리가 이 비행기에 타지 않은 게 아쉬울 따름이야."

"그분들이 누군데요?"

"SF 작가." 젱킨스가 대답했다.

3

“SF 안 읽죠?” 불현듯 닉 호프웰이 물었다. 브라이언은 고개를 돌리고 그를 쳐다보았다. 브라이언이 두 시간 전에 29편 항공기의 조종간을 잡은 이래 닉은 항법사 자리에 아무 말 없이 앉아 있었다. 브라이언이 지상이나 상공의 누군가와—아무하고라도—교신하려고 계속 애를 쓰는 동안 그는 가만히 듣고만 있었다.

“어렸을 때는 SF라면 사족을 못 썼어요.” 브라이언이 말했다. “당신은요?”

닉은 미소를 지었다. “열여덟 살 때까지는 로버트 하인라인, 존 크리스토퍼, 존 윈덤이 성 삼위일체라고 믿었죠. 지금 여기 앉아서 예전에 읽었던 작품들을 머릿속으로 전부 되짚어보고 있어요. 시간 왜곡, 공간 왜곡, 외계인 습격단, 이런 신기한 내용들을 떠올리면서.”

브라이언은 고개를 끄덕였다. 마음이 놓였다. 자기 혼자만 말도 안 되는 생각을 하는 게 아니라는 것을 알게 돼서 기분이 좋았다.

“저 아래에 뭔가가 남아 있는지 어떤지 우리로서는 알 방법이 없겠죠?”

“그렇죠. 알 방법이 없죠.”

일리노이 상공에서는 낮게 깔린 구름에 가려서 저 아래로 시커멓게 이어지는 육지가 보이지 않았다. 그는 시커먼 그것이 육지라고 장담할 수 있었지만—다행히 로키산맥은 십일 킬로미터 상공에서도 낯이 익었다—그것말고는 아무것도 장담할 수 없었다. 게다가 구름 장막이 뱅고어까지 이어질 수도 있었다. 항공 교통 관제소와 교신이 두절돼서 확인할 방법이 없긴 했지만, 브라이언은 몇 개의 시나리오를 상상하고 있었는데, 그중에서 가장 암울한 시나리오는 구름 장막을 뚫고 나와 보니 인간의 흔적이—그가 착륙할 계획이었던 공항마저—모조리 사라지고 보이지 않는다는 것이었다. 그렇다면 이 새를 어디에다 내려놓아야 한단 말인가.

"예전부터 느낀 거지만 기다리는 게 가장 힘들더라고요." 닉이 말했다.

'무슨 일을 하기에 기다리는 게 가장 힘든 부분이라는 걸까?' 브라이언은 궁금했지만 묻지 않았다.

"이 킬로미터 정도로 고도를 낮추면 어떨까요?" 닉이 갑작스럽게 제안했다. "잠깐 확인할 겸. 소도시와 주간 고속도로를 몇 군데 보고 나면 마음이 진정될지 모르잖아요."

브라이언도 고민했던 점이었다. 간절한 열망을 달래며 고민했던 점이었다. "그러고 싶은 마음이야 굴뚝같죠." 그가 말했다. "하지만 안 됩니다."

"왜요?"

"내가 최우선으로 생각해야 하는 대상은 승객들이에요, 닉. 어떻게 할 작정인지 미리 설명을 하더라도 다들 겁에 질릴 겁니다. 프루덴셜 센터에서 중요한 회의가 있다는 시끄러운 친구가 특히. 당신이 코를 비튼 친구 말이에요."

"그자는 내가 처리할 수 있어요. 거칠게 나오는 사람이 있으면 누구라도."

"그러시겠죠. 하지만 쓸데없이 승객들을 불안하게 만들 필요 없잖아요. 결국에는 알게 될 텐데. 우리가 영원히 이 위를 떠다닐 수는 없을 거 아닙니까."

"그야 그렇죠." 닉이 무미건조하게 말했다.

"일 킬로미터나 이 킬로미터로 고도를 낮춰 구름 아래로 내려갈 수 있다고 장담할 수 있으면 한번 시도해보겠는데, 항공 교통 관제소나 다른 비행기를 통해 확인할 방법이 없으니 알 수가 있어야 말이죠. 심지어 구름 아래로 내려갔을 때 날씨가 어떨지 그것조차 알 수가 없어요. 비정상적인 현상이 기다리고 있을 수도 있고요. 비웃어도 좋지만……."

"형씨, 비웃지 않아요. 비웃을 생각조차 없어요. 정말이에요."

"우리가 SF처럼 시간 왜곡을 거쳤다고 칩시다. 구름 아래로 내려가서 어떤 농부의 벌판에서 풀을 뜯는 브론토사우루스 무리를 잠깐 구경하고 곧바로 회오리바람에 휩쓸려서 산산조각이 나거나 어마어마한 뇌우를 맞고 통닭 신세가 되면 어쩌려고요."

"정말 그럴 수도 있다고 생각해요?" 닉이 물었다. 브라이언은 빈정대는 건가 싶어서 그를 유심히 쳐다보았다. 그렇게 보이지는 않았지만 판단하기가 쉽지 않았다. 영국인들은 천연덕스러운 농담을 잘하기로 유명하지 않던가.

브라이언은 〈환상 특급〉에서 비슷한 내용을 본 적 있다고 말하려다 그의 신뢰도에 전혀 도움이 안 되겠다는 결론을 내렸다. "그럴 가능성은 거의 없지만 무슨 뜻에서 하는 말인지 알잖아요. 어떤 상황이 벌어질지 알 수가 없다는 거죠. 뉴욕 북부였던 곳에 산이 생겨서 부딪힐 수도 있어요. 아니면 다른 비행기와 충돌하든지.

뭐…… 우주를 왕복하는 로켓하고 충돌할 수도 있죠. 시간이 왜곡된 거라면 과거로 날아갈 수 있듯이 미래로 날아갈 수도 있으니까."

닉은 창밖을 내다보았다. "우리가 하늘을 독차지하고 있는 것처럼 보이는데."

"여기서는 그렇죠. 아래로 내려가면 어떻게 될지 누가 알겠어요? 이런 게 항공기 조종사 입장에서는 위험한 상황이란 말이죠. 뱅고어에 도착했는데도 구름이 걷히지 않으면 그냥 지나칠 거예요. 대서양까지 갔다가 돌아오면서 장막 아래로 고도를 낮출 거예요. 물위에서 하강을 시도했을 때 생존 확률이 더 높으니까."

"당분간은 계속 이렇게 가겠다?"

"넵."

"그러면서 기다리겠다?"

"넵."

닉은 한숨을 쉬었다. "뭐, 당신이 기장이니까."

브라이언은 미소를 지었다. "똑같은 대답을 세 번째로 반복해야겠네요."

4

태평양과 인도양의 해구 깊숙한 곳에 사는 어떤 물고기들은 태양을 단 한 번도 보지도 느끼지도 못하고 죽는다. 이 놀라운 생물들은 자체 발광으로 주변을 밝히며 으스스한 풍선처럼 깊은 곳을 떠다닌

다. 생김새는 야리야리하지만, 인간을 눈 깜빡할 새 창유리처럼 납작하게 찌그러뜨릴 수 있을 만큼 엄청난 수압을 견디도록 설계된 기적의 생물이다. 하지만 이들의 엄청난 장점은 엄청난 약점이기도 하다. 이질적인 몸에 갇힌 수감자 신세라 깊고 어두컴컴한 곳을 영원히 떠날 수가 없다. 생포돼서 햇빛이 비치는 수면으로 끌려나오면 터져버린다. 외압 때문이 아니라 외압이 없기 때문에 터져버리는 것이다.

크레이그 투미는 컴컴한 해구 속에서 성장했고 팽팽한 긴장감이 흐르는 환경 속에서 살았다. 뱅크오브아메리카의 중역으로 장기 출장이 잦았던 그의 아버지는 만화에서나 볼 수 있을 법한 전형적인 과다 성취 지향자였다. 외아들도 자기 자신을 대하듯 호되게, 인정사정없이 다그쳤다. 어렸을 때 크레이그는 아버지가 잠자리에서 해주는 이야기를 들으면 겁에 질렸다. 그럴 만도 했던 것이, 로저 투미가 아들의 가슴속에 심어주려 했던 감정이 바로 공포였다. 이야기들은 대부분 랭골리어라는 괴물에 관한 내용이었다.

랭골리어들이 하는 일, 그들의 생의 목표는 (로저 투미가 사는 세상에서는 무엇이든지 직업이 있고 무엇이든지 제대로 된 일을 해야 했다) 게으르고 시간을 허투루 흘려보내는 아이들을 잡아먹는 것이었다. 일곱 살 무렵에 크레이그는 아버지처럼 전형적인 과다 성취 지향자가 되었다. 랭골리어에게 잡아먹히지 않겠다고 결심했기 때문이다.

A로 도배되지 않은 성적표는 용납이 안 되는 성적표였다. A-가 하나라도 있으면 땅을 파거나 쓰레기통을 치우면서 살면 좋겠느냐는 끔찍한 일장 연설이 이어졌고, B가 하나라도 있으면 벌을 받았

다. 대부분 일주일 동안 방안에 갇혀 지내는 식이었다. 그럴 때면 크레이그는 학교에 가거나 식사를 할 때만 방밖으로 나올 수 있었다. 아무리 근신해도 처벌 기간이 줄지는 않았다. 반면 아무리 훌륭한 성적을 거두어도—예컨대 크레이그가 세 개 학교 통합 10종 운동경기에서 우승했을 때도—이에 상응하는 보상은 없었다. 크레이그가 메달을 보여주자—전교생 앞에서 받은 메달이었다—그의 아버지는 흘끗 한번 쳐다보고 뭐라고 툴툴거리더니 보던 신문 쪽으로 고개를 돌렸다. 그의 아버지는 크레이그가 아홉 살 때 심장마비로 세상을 떠났다. 그는 뱅크오브아메리카의 패튼 장군*이 죽었다는 것을 사실 다행스럽게 생각했다.

그의 어머니는 알코올의존자였는데, 유일한 고삐가 남편에 대한 두려움이었다. 로저 투미가 땅에 묻혀 이제는 그녀의 술병을 뒤져서 깨부수거나 뺨을 때리며 정신 차리라고 혼을 낼 수 없게 되자 캐서린 투미는 필생의 업적을 열심히 쌓기 시작했다. 혈관을 데우는 술기운이 어느 정도인지에 따라 아들에게 숨막힐 듯한 애정 공세를 퍼붓거나 매몰차게 외면했다. 캐서린 투미의 행동은 특이할 뿐 아니라 가끔은 괴악했다. 크레이그가 열 살이 되던 날, 그녀는 아들의 발가락 사이에 성냥을 꽂고 성냥이 그의 살을 향해 서서히 타들어가는 동안 생일 축하 노래를 불렀다. 발을 흔들어서 성냥을 끄거나 멀리 내동댕이치면 당장 고아원에 보낼 거라고 했다. 고아원은 캐

* 미국의 군인. 엄격한 규율과 거친 성격으로 유명했다.

서린 투미가 종종 동원한 협박 도구였다. "그러거나 말거나 보내버려야겠어." 그녀는 성냥이 얇은 초라도 되는 양, 눈물 흘리는 아들의 발가락 사이에 꽂고 불을 붙이며 말했다. "너는 아버지랑 똑같아. 네 아버지도 인생을 즐길 줄 몰랐고 너도 마찬가지야. 크레이기웨기, 너는 하품 나는 인간이야." 그녀는 크레이그의 오른쪽 두 번째와 세 번째 발가락이 그슬리는 수준에 이르렀을 때 노래를 마치고 불을 껐지만 크레이그는 노란 불꽃, 시커멓게 구부러지던 성냥개비, 어머니가 술에 취한 목소리로 음도 안 맞게 끝을 길게 늘여가며 "생일 축하합니다. 사랑하는 크레이기웨기, 생일 축하합니다아아" 하고 재잘대는 동안 점점 뜨거워지던 발가락을 절대 잊지 못했다.

압력.

해구의 압력.

크레이그 투미는 계속 전과목 A를 받았고 계속 자기 방에 틀어박혀 지냈다. 감옥이었던 곳이 그의 피난처가 되었다. 보통은 방안에서 공부를 했지만 가끔—주변 분위기가 험악해지거나 누군가가 그를 벽에 대고 누르는 듯한 기분이 느껴질 때면—공책을 한 장씩 뜯어서 가늘게 찢곤 했다. 찢긴 종잇조각들이 나풀나풀 떨어져서 발 주변으로 쌓이는 동안 허공을 멍하니 바라보았다. 자주 그렇게 넋을 놓지는 않았다. 당시에는 그랬다.

그는 고등학교 졸업식에서 졸업생 대표로 고별사를 했다. 어머니는 오지 않았다. 술에 취해서 올 수가 없었다. 그는 UCLA 경영 대학원을 9등으로 졸업했다. 그때도 어머니는 오지 않았다. 세상을 떠난 뒤라 올 수가 없었다. 심장 한가운데 존재하는 시커먼 해구 속에 갇혀 지내던 크레이그는 랭골리어가 드디어 어머니를 잡아먹으러 온 거라고 믿어 의심치 않았다.

크레이그는 임원 연수 프로그램 대상자로 캘리포니아의 데저트 선 은행에 입사했다. 그의 실적은 훌륭했다. 그럴 만했던 것이, 크레이그 투미는 전부 A를 받을 운명의 사나이, 심연의 수압 속에서 무럭무럭 성장할 운명의 사나이였다. 가끔 회사에서 좌절을 겪으면 (겨우 오 년 전에 불과한 당시에는 좌절이라고 한들 사소한 수준이었다) 웨스트우드의 아파트에 가서—브라이언 엥글이 이혼 후에 지내게 될 맨션과 팔백 미터도 안 되는 거리에 있었다— 몇 시간이고 종이를 찢었다. 종이를 찢는 간격이 점점 짧아졌다.

오 년 동안 크레이그는 트랙에서 가짜 토끼를 쫓는 사냥개처럼 초고속으로 승진 가도를 달렸다. 데저트 선의 빛나는 사십 년 역사를 통틀어 최연소 부사장이 될 거라는 소문이 돌았다. 하지만 어느 정도 선까지만 떠오를 수 있도록 태어난 물고기도 있기 마련이다. 그런 물고기들은 태생적인 한계를 넘으면 터져버린다.

팔 개월 전에 크레이그 투미는 난생처음으로 대규모 프로젝트를 단독으로 맡았다. 다른 데 비유하자면 석사 논문에 해당되는, 채권 부서에서 만든 프로젝트였다. 채권—외국채가 됐건 정크본드가 됐건(그 둘이 동음이의어인 경우가 대부분이었다)—은 크레이그의 전공 분야였다. 신중하게 정한 스케줄에 따라 위험한 남아메리카 채권—가끔 부실채권이라고 불리기도 하는—을 일정량 매입하는 것이 프로젝트의 핵심이었다. 이런 채권으로 들 수 있는 보험에는 한

계가 있어서 거래에 따르는 감세 혜택이 이익으로 귀결되기 때문에(미국은 남아메리카의 복잡한 채무 구조가 카드로 만든 집처럼 와르르 무너지는 사태를 막으려고 사실상 총력을 기울이고 있었다) 이론상으로는 충분히 해볼 만한 사업이었다. 신중을 기하는 것이 관건이었다.

크레이그 투미는 대부분의 사람이 눈썹을 치켜세울 만큼 과감한 전략을 제시했다. 부실채권 중에서도 최악으로 꼽히는 아르헨티나의 여러 채권을 대거 매입하겠다는 것이었다. 크레이그는 근거와 수치와 추정치를 제시해가며 아르헨티나 채권이 보기보다 훨씬 안전하다고, 강하고 설득력 있게 주장했다. 과감한 한 방으로 데저트선이 미국 서부에서 가장 중요한—그리고 가장 부유한—외채 매입사가 될 수 있다고 했다. 수익보다 중요한 것이 장기적으로 쌓을 신용이었다.

상당한 논의 끝에—격론이 펼쳐진 때도 있었다—크레이그의 프로젝트에 허가가 떨어졌다. 회의 뒤에 선임 부사장 톰 홀비가 크레이그를 따로 불러서 축하 인사와 함께…… 경고를 전했다. "회계연도를 마감하는 시점에서 이 사업이 예상 실적을 거둔다면 자네는 모든 이가 우러러볼 총아가 될 거야. 그렇지 않으면 크레이그, 자네의 입지가 위태로워질 테고. 앞으로 몇 개월 동안 폭풍을 피할 수 있는 대피소를 만들어놓는 게 좋을지 몰라."

"대피소는 필요 없을 겁니다, 홀비 부사장님." 크레이그는 자신만만하게 이야기했다. "이 사업이 끝났을 때 제게 필요한 물건은 행글라이더가 될 테니까요. 금세기 최고의 채권 매입 사례가 될 겁니다. 창고 세일에서 다이아몬드를 발견하는 거나 다름없을 만큼.

두고 보세요."

그는 그날 저녁에 일찍 퇴근했고, 아파트 문을 닫고 삼중으로 자물쇠를 잠그자마자 자신만만했던 미소가 얼굴에서 사라졌다. 그 대신 보는 사람을 불안하게 만드는 멍한 표정이 등장했다. 퇴근하는 길에 사 온 시사 잡지가 몇 권 있었다. 그는 잡지를 들고 부엌으로 가서 식탁 위에 네모반듯하게 쌓은 뒤 길고 얇게 찢기 시작했다. 여섯 시간이 넘도록 계속 찢었다. 갈기갈기 찢긴 《뉴스위크》, 《타임스》, 《US 뉴스 앤드 월드 리포트》가 바닥 위에 쌓일 때까지 그랬다. 구찌 구두가 파묻혔다. 그는 색종이 테이프 공장 폭발 사고에서 혼자 살아남은 사람 같았다.

매입을 제안한 채권—그중에서도 특히 아르헨티나 채권—은 그가 말한 것보다 위험부담이 훨씬 컸다. 어떤 부분은 과장하고 어떤 부분은 축소하고…… 심지어 있지도 않은 부분을 날조해가면서까지 기획안을 밀어붙였다. 솔직히 말해서 날조한 부분들이 많았다. 그러고는 집으로 돌아가서 몇 시간 동안 종이를 찢으며 왜 그랬을까 의아해했다. 그는 해구에서 살며 평생 햇빛 한번 보지 못하고 죽는 물고기가 있다는 것을 알지 못했다. 압력이 아니라 압력의 부재를 두려워하는 물고기와 인간이 있다는 것을 알지 못했다. 그는 그저 그 채권을 사고 싶은, 목표를 설정해서 이마에 붙이고 싶은, 억누를 수 없는 충동을 느꼈을 따름이었다.

그는 이제 보스턴의 프루덴셜 센터에서 다섯 개 대규모 은행의 채권 담당자들과 만나야 했다. 관련 정보를 비교하고, 전 세계 채권 시장의 미래를 예측하고, 지난 십육 개월의 매입 사례와 그 결과에 대해 의논하는 자리가 될 예정이었다. 그리고 그들은 사흘로 예정된 회의의 첫째 날이 끝나기도 전에 크레이그 투미가 구십 일 전부터 알고 있던 사실을 알게 될 것이다. 그가 일 달러에 매입한 채권의 가치가 이제는 육 센트도 안 된다는 것을. 그리고 머지않아 데저트 선의 고위층은 진실의 나머지 부분까지 알게 될 것이다. 그가 매입한 채권의 양이 승인된 양의 세 배도 넘는다는 것을. 그는 사재까지 탈탈 털어서 투자했다. 다른 사람들은 그 부분에 아무 관심도 보이지 않겠지만.

깊은 해구에서 잡힌 물고기가 순식간에 수면 위로—한 번도 어렴풋이나마 느낀 적 없는 햇빛을 향해—끌어올려질 때 어떤 기분일지 어느 누가 알 수 있을까? 마지막 순간이 공포보다는 환희로 가득찰 수도 있지 않을까? 물고기는 온몸을 누르고 있었던 압력의 존재를, 그 압력이 마침내 사라지기 시작했을 때서야 느낄 수도 있지 않을까? 드디어 압박에서 벗어났다!는 생각에—물고기도 생각할 수 있다는 가정 아래—광분할 수도 있지 않을까? 아마 아닐 것이다. 어두컴컴한 심연에서 사는 물고기는 아무 감각도 없을 테고, 적어도 우리가 아는 그런 방식으로 감각을 느끼지는 않을 테고, 생각은 당연히 하지 않을 것이다. 하지만 인간은 그렇지 않다.

크레이그 투미는 보스턴으로 향하는 아메리칸 프라이드 29편 항공기에 탑승했을 때 수치심이 아니라 엄청난 안도감과 광적이고 섬뜩한 행복을 느꼈다. 그는 터질 예정이었고 그러거나 말거나 상관없었다. 사실은 그 순간이 기다려졌다. 수면을 향해 떠오르자 피부를 누르고 있던 압력이 떨어져 나가는 것이 느껴졌다. 그는 몇 주

만에 처음으로 종이를 찢지 않았다. 심지어 29편 항공기가 게이트에서 빠져나오기도 전에 잠이 들어, 앞 못 보는 꼬맹이가 바락바락 악을 쓰기 전까지 단잠을 자고 있었다.

그런데 이제 와서 모든 게 달라졌다니 용납할 수 없는 일이었다. 용납해서는 안 될 일이었다. 그는 그물에 갇혀 꼼짝 못 하는 신세였고, 아찔하게 위로 계속 끌려 올라가는 동안 이를 보완하느라 늘어난 피부가 느껴졌다. 그런데 이제 와서 저들의 생각이 바뀌었다며 그를 해구 속으로 다시 떨어뜨릴 수는 없었다.

뱅고어라고?

메인 주 뱅고어라고?

안 된다. 절대 안 된다.

크레이그 투미는 29편 항공기의 승객들이 대부분 사라졌다는 것을 희미하게 인식하고 있었지만 개의치 않았다. 그들은 중요하지 않았다. 그들은 아버지가 즐겨 말하던 '큰 그림'의 일부분이 아니었다. 프루덴셜 센터에서 거행될 회의가 '큰 그림'의 일부분이었다.

메인 주 뱅고어로 방향을 돌린다는 정신 나간 생각을 하다니……. 정확히 누구의 발상이었을까?

당연히 조종사의 발상이다. 엥글의 발상이었다. 기장이라는 작자의 발상이었다.

엥글이라……. 엥글은 '큰 그림'의 일부분일 가능성이 높았다. 어쩌면 '적이 보낸 요원'일 수도 있다. 크레이그는 엥글이 기내 방송을 했을 때부터 직감적으로 느끼고 있었는데 이제는 굳이 직감에 의존할 필요도 없었다. 정말 그랬다. 그는 비쩍 마른 남자아이와 염가 대매출 때 산 재킷을 입은 남자가 나누는 대화를 들었다. 남자의 옷 고르는 취향은 형편없었지만 하는 이야기는 완벽하게 앞뒤가 맞았다. 어느 정도까지는 그랬다.

'그렇다면 조종사가 우리 안에 있는 거네요?' 아이가 물었다.

'그럴 수도 있고 아닐 수도 있지.' 싸구려 재킷을 입은 남자는 이렇게 대답했다. '내 시나리오에 따르면 이 조종사가 그 조종사야. 보스턴으로 돌아가느라 우연히 기내에 있었던 조종사. 일이 터졌을 때 조종실 문까지 십 미터도 안 되는 일등석에 앉아 있었던 조종사.'

그러니까 엥글이라는 소리였다.

그리고 다른 녀석, 크레이그의 코를 비틀었던 남자도 분명 한패거리였다. 우연히 사태를 파악한 사람으로부터 엥글을 보호하는 일종의 기내 사복 경관이다.

그는 남자아이와 싸구려 재킷을 입은 남자의 대화를 더이상 엿듣지 않았다. 싸구려 재킷을 입은 남자가 덴버, 디모인, 오마하 어쩌고 하면서 말도 안 되는 헛소리를 지껄이기 시작했기 때문이었다. 미국의 대도시 세 개가 감쪽같이 사라질 수 있다니 정신 나간 소리였지만…… 그렇다고 그가 한 모든 이야기가 정신 나간 소리인 건 아니었다.

이건 분명 실험이다. 절대 실없는 소리가 아니다. 하지만 그들 모두가 피험자라는 것은 어처구니없는 발상이었다.

'나야.' 크레이그는 생각했다. '나야. 내가 피험자라고.'

크레이그는 평생 동안 이런 실험의 피험자가 된 기분으로 지내왔다. '여러분, 이건 비율의 문제예요. 압력 대 성공의 비율. 알맞은 비율이 되면 미지의 요인이 탄생하지요. 미지의 요인이 뭐냐고요? 우리 피험자인 크레이그 투미 씨가 보여줄 겁니다.'

그때 크레이그 투미가 그들이 예상하지 못했던 짓, 실험용 쥐나 모르모트는 감히 상상도 못한 짓을 저질렀다. 실험에서 빠지겠다고 한 것이다.

'안 돼! 그러면 터질 거야!'

'그래요? 상관없어요.'

이제 모든 게 분명해졌다. 아주 분명해졌다. 다른 사람들은 아무것도 모르는 구경꾼 아니면 어처구니없는 연극에 필요한 신빙성을 가미하기 위해 동원된 엑스트라다. 모두가 한 가지 목표를 위해 만들어진 조작극이다. 크레이그 투미를 보스턴에 가지 못하도록, 실험에서 빠지지 못하도록 막기 위해서.

'내가 보여주겠어.' 크레이그는 생각했다. 그는 기내 잡지를 한 장 더 뜯어 쳐다보았다. 랭골리어 이야기는 들어본 적 없는, 그들이 지평선 너머의 모든 덤불과 나무와 그늘 속에 숨어 있는 줄 모르는 행복한 남자의 사진이 실린 페이지였다. 행복한 남자는 에이비스 렌터카를 몰고 시골길을 달리고 있었다. 에이비스 카운터에 아메리칸 프라이드 우수 고객 카드를 제시하면 렌터카는 물론이고 그 차를 운전해줄 퀴즈 프로그램 여자 진행자까지 제공할지 모른다는 광고였다. 그는 코팅된 광고지를 옆에서부터 찢기 시작했다. 종이가 길게, 천천히 찢기는 소리를 들으면 괴로운 동시에 기묘하게 진정이 됐다.

'내가 그만두겠다면 그만두고야 만다는 걸 보여주겠어.'

그는 찢은 종잇조각을 바닥에 떨어뜨린 뒤 다음 종잇조각 만들기에 착수했다. 최대한 얇게 찢는 것이 관건이지만 너무 얇게 찢으려고 하면 갈수록 가늘어지다 중간에 끊길 수 있다. 예리한 시선과 두려움 없는 손길을 가져야 매번 알맞은 두께로 찢을 수 있었다. '그리고 나는 알맞은 조건을 갖추고 있지. 믿어도 좋아. 내 말을 믿어도 좋아.'

찌이익.

'조종사를 죽여야 할지도 몰라.'

그의 손이 종이 중간에서 멈추었다. 창밖으로 시선을 돌리자 어둠을 배경으로 길고 창백한 얼굴이 보였다.

'영국인도 죽여야 할지 몰라.'

크레이그 투미는 평생 누군가를 죽인 적이 없었다. 과연 할 수 있을까? 그는 커져가는 안도감 속에서 할 수 있다는 결론을 내렸다. 두말하면 잔소리지만 비행 도중에는 안 될 말씀이었다. 영국인은 아주 빠르고 힘이 셌고, 이 안에는 확실한 무기가 없었다. 하지만 착륙한 뒤라면?

'할 수 있어. 해야만 한다면 할 수 있어.'

어차피 프루덴셜 센터에서 열릴 회의는 사흘 일정이었다. 지각을 면할 수 없게 생겼지만 최소한 설명은 할 수 있었다. 약물에 취해서 정부 기관의 인질로 붙잡혀 있었다고 말이다. 그들은 깜짝 놀랄 것이다. 채권과 부채를 논의하기 위해 전 세계 각국에서 모였다가 정부의 음흉한 계략에 대해서 듣고 아연해진 삼백 명의 금융업자들이 그의 앞에서 어떤 표정을 지을지 눈에 선했다. '여러분, 제가 납치

를 당했다가…….'

찌이익.

'……탈출했는데…….'

찌이익.

'해야만 한다면 둘 모두 죽일 수 있어. 전부 죽일 수도 있지.'

크레이그 투미의 손이 다시금 움직이기 시작했다. 그는 종이를 마저 찢고 다음 부분으로 옮아갔다. 잡지는 여러 장으로 이루어져 있고 각 장마다 여러 조각으로 찢을 수 있으니 비행기가 착륙하기 전까지 할 일이 많았다. 그는 걱정하지 않았다.

크레이그 투미는 '할 수 있다' 정신으로 무장한 사나이였다.

5

로럴 스티븐슨은 다시 잠이 들지는 않았지만 깜빡 졸았다. 그러다 보스턴으로 가고 있었던 진짜 이유가 생각—정신이 어디 매이지 않은 지금의 상태에서는 생각보다는 꿈에 가까웠지만—났다.

'십 년 만에 처음으로 휴가다운 휴가를 즐길 예정이었는데.' 그녀는 이렇게 말했지만 거짓말이었다. 일말의 진실이 담겨 있기는 했지만 그 말을 했을 때 신빙성 있게 들렸을지 의심스러웠다. 그녀는 거짓말에 익숙하지 않았다. 29편 항공기에 남은 승객들은 별로 신경쓰지 않는 것 같기는 했다. 이런 상황에서는 그럴 수밖에 없을 것이다. 동쪽으로 날아가던 비행기에서 승객 대부분과 승무원 전원이 사라진 사건에 비하면 평생 한 번도 본 적 없는—동침할 확률은 거의 백 퍼센트인—남자를 만나러 보스턴으로 가는 사건쯤은 아무것도 아니었다.

로럴에게

당신을 만날 날을 손꼽아 기다리고 있어요. 비행기에서 내렸을 때 내 사진을 다시 확인할 필요도 없을 거예요. 가슴이 한껏 부풀어서 천장 근처에 둥둥 떠 있는 남자를 찾으면 될 테니까요…….

그의 이름은 대런 크로즈비였다.

사진을 확인할 필요는 없었다. 그것만큼은 확실했다. 그가 보낸 편지를 대부분 외웠듯 얼굴도 외우고 있으니까. 문제는 이유였다. 그 부분에 대해서는 그녀도 대답할 방법이 없었다. 짐작조차 할 수 없었다. J.R.R. 톨킨이 한 말이 맞는다는 또 하나의 증거였다. 톨킨은 문밖으로 나설 때마다 조심해야 한다고, 문 앞에서 길이 시작되고 그 길이 끊임없이 이어질지 모른다고 했다. 방심했다가는…… 음…… 어쩌다 여기까지 오게 됐는지 모를 곳으로 휩쓸려 갈 가능성이 컸다.

로럴은 모두에게 행선지를 밝혔지만 왜 가는지, 거기서 뭘 할 작정인지는 이야기하지 않았다. 그녀는 캘리포니아 대학교 졸업생으로 도서관학 석사 학위까지 받았다. 모델 수준은 아니었지만 군살 없는 몸매에 인상도 좋았다. 주변에 좋은 친구도 몇 명 있었는데, 그들은 그녀의 계획을 들으면 기절초풍할 게 분명했다. 편지만 주고받은 남자, 《친구와 연인》이라는 잡지의 펜팔 코너를 통해 알게 된 남자를 만나러 보스턴까지 가다니.

솔직히 그녀도 기절초풍할 일이었다.

대런 크로즈비는 키 183센티미터에 몸무게는 82킬로그램이고 눈은 짙은 파란색이었다. 스카치위스키를 즐기고(과하지는 않게), 스탠리라는 이름의 고양이를 기르며, 헌신적인 이성애자이고, 완벽한 신사이며(그가 주장하기로는 그랬다), 지금까지 들어본 이름 중에서 로럴이라는 이름이 가장 예쁘다고 생각했다. 그가 보내준 사진에는 호감형이고 솔직하며 지적으로 보이는 남자가 있었다. 그녀가 보기에는 아침저녁으로 면도를 하지 않으면 인상이 험악해지는 타입인 듯했다. 여기까지가 그녀가 아는 전부였다.

로럴은 오륙 년 동안 대여섯 명쯤 되는 남자들과 편지를 주고받았지만—일종의 취미 생활이었다—다음 단계, 이런 단계로 넘어갈 줄은 꿈에도 몰랐다. 대런의 비딱하고 자학적인 유머 감각이 매력적이기는 했지만 그녀도 씁쓸하게 깨닫고 있다시피 진짜 이유는 그가 아니라 그녀에게 있었다. 그녀는 자신답지 않은 강렬한 욕망을 이해할 수 없다는 데서 진정으로 매력을 느꼈다. 번쩍하고 제대로 번개가 쳐주길 바라며 미지의 세계로 무작정 날아가는 데서.

'너 지금 뭐하는 거니?' 그녀는 또 한 번 자기 자신에게 물었다.

비행기가 가벼운 난기류를 지나 다시 잔잔한 상공으로 진입했다. 로럴은 깜빡 졸다 말고 일어나 주위를 둘러보았다. 십 대 여자아이가 그녀와 통로를 사이에 두고 옆자리에 앉아 있었다. 거기서 창밖을 내다보고 있었다.

"뭐가 보이니?" 로럴이 물었다. "뭐라도 보이는 거 있어?"

"뭐, 해가 떴네요. 하지만 그뿐이에요."

"땅은?" 로럴은 일어나서 직접 확인하고 싶지 않았다. 다이너가 그녀에게 머리를 기대고 있어서 깨우고 싶지 않았다.

"안 보여요. 구름이 자욱해서요." 로럴은 주변을 둘러보았다. 그녀의 눈빛이 또렷해졌고 얼굴에 살짝—많이는 아니고 조금—화색이 돌기 시작했다. "제 이름은 베서니 심스예요. 언니 이름은 뭐예요?"

"로럴 스티븐슨."

"우리 괜찮을까요?"

"그럴 거야." 로럴은 내키지는 않지만 덧붙였다. "그랬으면 좋겠다."

"저 구름 아래에 뭐가 있을지 무서워요." 베서니가 말했다. "안 그래도 무서웠는데. 보스턴 말이에요. 엄마가 갑자기 쇼나 이모랑 이삼 주 같이 지내다 오면 좋겠다고 결정을 내렸거든요. 열흘 뒤면 개학인데도. 내가 양처럼 고분고분 비행기에서 내리면 이모가 나를 마음대로 조종하기로 둘이서 계획을 세웠나 봐요."

"조종하다니 어떤 식으로?"

"너는 이제 끝장이라고, 국물도 없다고, 가장 가까운 재활원으로 직행해서 재활 치료를 받으라고." 베서니는 말이 끝나자 짧고 검은 머리를 두 손으로 쓸어 올렸다. "처음부터 처참한 상황이었기 때문에 지금이라고 별반 다를 것도 없어요." 그녀는 로럴을 유심히 살피다가 진지한 목소리로 덧붙였다. "이거 진짜로 벌어지고 있는 일 맞죠? 내 살을 꼬집어봤어요. 몇 번씩이나. 달라지는 게 없더라고요."

"진짜야."

"진짜 같지 않아요. 황당한 재난영화 같아요. 〈에어포트 1990〉, 뭐 그런. 윌퍼드 브림리나 올리비아 더해빌런드 같은 나이 많은 배우들이 있지 않나 계속 찾고 있어요. 그런 사람들은 끔찍한 상황에서 만나 사랑에 빠지잖아요."

"그런 사람들이 이 비행기에 타고 있을 것 같지는 않은데?" 로럴은 진지한 목소리로 대답했다. 두 사람은 서로의 눈을 들여다보았고 하마터면 같이 웃음을 터뜨릴 뻔했다. 같이 웃음을 터뜨렸더라면 둘이 친구가 될 수 있었을 텐데…… 그러지 못했다. 아직까지는 그랬다.

"언니는 어때요? 언니도 재난영화 주인공이 될 만한 뭔가가 있어요?"

"없는 것 같은데." 로럴은 대답하고…… 웃음을 터뜨렸다. '이 거짓말쟁이!' 하는 생각이 빨간 네온사인처럼 머리를 스치고 지나갔기 때문이다.

베서니는 입을 가리고 키득거렸다.

"맙소사." 잠시 후 그녀가 말했다. "정말이지 심하게 엉킨 털 뭉치 같은 일이네요."

로럴은 고개를 끄덕였다. "그러게." 그녀는 말을 멈추었다 이내 물었다. "재활 치료를 받아야 하니, 베서니?"

"글쎄요." 그녀는 고개를 돌리고 다시 창밖을 내다보았다. 미소는 사라졌고 목소리는 뚱했다. "아마도요. 예전에는 그냥 재미있는 장난이라고 생각했는데 지금은 잘 모르겠어요. 걷잡을 수 없게 되어버린 것 같아요. 그래도 이런 식으로 쫓겨나다니……. 도축장 컨베이어 벨트에 오른 돼지가 된 기분이에요."

"딱해라." 로럴은 이렇게 말했지만 딱한 신세이기는 그녀도 마찬가지였다. 앞 못 보는 아이가 그녀를 선점했다. 또 한 명의 입양아는 필요 없었다. 정신을 차리고 보니 겁이 났다. 죽도록 겁이 났다. 재난영화급 고뇌를 쏟아낼 작정이라면 이 아이의 쓰레기통 옆에 있고 싶지 않았다. 그런 생각이 들자 다시금 미소가 지어졌다. 어쩔 수가 없었다. 그야말로 심하게 엉킨 털 뭉치였다. 정말 그랬다.

"제가 봐도 딱한 신세네요." 베서니가 말했다. "하지만 지금은 그런 걱정할 때가 아니겠죠?"

"아마도." 로럴이 말했다.

"〈에어포트 1990〉 시리즈에서는 조종사는 없어지지 않았는데."

"내가 기억하기에도 그래."

"6시가 거의 다 됐어요. 두 시간 반만 더 가면 돼요."

"응."

"아직 세상이 남아 있을지 모르겠지만. 지금 당장은 세상이 남아 있기만 해도 충분하겠어요." 그녀는 로럴을 빤히 쳐다보았다. "마리화나 없죠?"

"응, 미안."

베서니는 어깨를 으쓱하고 로럴에게 지친 미소를 지어 보였는데 이상하게도 매력적이었다. "우와. 언니가 나보다 낫네요. 이런 상황에서 미안하다는 말까지 할 줄 알고."

6

잠시 후에 브라이언 엥글은 방향, 속도, 항법 장비상의 수치, 항법 지도를 다시 확인했다. 그런 다음 마지막으로 손목시계를 확인했다. 8시 2분이었다.

"자." 그는 돌아보지 않은 채 닉에게 말했다. "이제 운명의 시간이 됐네요. 모가 나오느냐 도가 나오느냐."

그는 손을 뻗어 좌석 벨트 표시등을 켰다. 나지막하고 유쾌한 종소리가 났다. 그는 그런 다음 인터폰 스위치를 올리고 마이크를 집었다.

"승객 여러분, 안녕하십니까. 엥글 기장입니다. 이 비행기는 현재 메인 해변에서 동쪽으로 약 오십 킬로미터 거리의 대서양 상공을 비행중이며, 조만간 뱅고어 일대로 하강을 시작할 예정입니다. 보통은 이렇게 일찍부터 좌석 벨트 표시등을 켜지 않지만, 현재는 일반적인 상황이 아닌데다 저희 어머니께서 말씀하시길 신중함이 용기의 태반이라고 하셨죠. 그 정신을 본받아서 좌석 벨트를 단단히 매주시길 바랍니다. 아래 상황이 위협적인 것 같지는 않지만 무선통신이 두절된 관계로 어떤 날씨가 우리를 기다리고 있을지 두근두근합니다. 구름이 걷히길 바랐는데 버몬트 상공에서 조그만 구멍이 몇 개 보이는 듯하다가 아쉽게도 닫혀버렸네요. 조종사 근무 경험을 근거로 추측하건대 여러분의 발아래 깔린 구름을 보았을 때 날씨가 나쁠 것 같지는 않습니다. 뱅고어는 흐리고 보슬비가 내리지 않을까 싶습니다. 이제 하강을 시작하겠습니다. 불안해하실 것 없습니다. 현재 계기판이 모두 초록색이고 조종실에서는 모든 절차가 평소와 다름없이 이루어지고 있으니까요."

브라이언은 자동조종 모드로 하강하도록 설정하지 않았기 때문에 직접 하강 준비에 착수했다. 767기가 타원을 천천히 그린 뒤 일 킬로미터 상공의 구름을 향해 서서히 활공하기 시작하자 조종석이 살짝 앞으로 기울었다.

"방송을 들으니까 안심이 됩니다." 닉이 말했다. "정치를 할걸 그랬어요, 형씨."

"승객들이 과연 마음 편하게 앉아 있을까요?" 브라이언이 말했다. "나는 안 그렇거든요."

그는 사실 비행기 조종간을 잡은 이래 이렇게 무서웠던 적이 없었다. 7편 항공기를 몰고 도쿄에서 오는 동안 내부 공기가 누출됐던 것은 여기에 비하면 사소한 결함처럼 느껴졌다. 가슴속에서 심장이 장례식에서 연주되는 북처럼 천천히 묵직하게 고동쳤다. 침을 삼키자 목에서 딸깍하는 소리가 났다. 29편 항공기는 고도 구 킬로미터를 지나서 계속 하강했다. 단조로운 하얀 구름이 좀더 가까워졌다. 특이한 문양의 댄스홀 바닥인 것처럼 구름이 이쪽 지평선에서 저쪽 지평선까지 이어졌다.

"나는 똥줄 당기게 무서워요." 닉 호프웰이 묘한 쉰 목소리로 말했다. "포클랜드전쟁 때 죽은 사람들도 보았고, 나도 다리에 총을 맞아서 인공 무릎관절이 증거로 남았고, 베이루트에서 하마터면 폭탄 트럭에 날아갈 뻔한 적도 있었지만—1982년에 말입니다—지금처럼 무서웠던 적은 없어요. 당신을 붙잡고 다시 위로 올라가라고 하고 싶은 마음이 생길 정도예요. 이 비행기가 갈 수 있는 한도 내에서 최대한 높이 올라가자고."

"그래봐야 소용없어요." 브라이언이 대답했다. 이제는 그의 목소리도 침착하지 않았다. 심장이 두근거릴 때마다 목소리의 높낮이가 미묘하게 흔들리는 것이 느껴졌다. "내가 아까 했던 얘기 기억 안 나요? 영원히 여기 머물러 있을 수는 없어요."

"알아요. 그래도 구름 아래 뭐가 있을지 두렵단 말이죠. 아니, 구름 아래 뭐가 없을지."

"뭐, 같이 알아봅시다."

"어쩔 도리가 없는 거겠죠?"

"전혀 없죠."

767기는 고도 칠 킬로미터를 지나서 계속 하강했다.

7

승객들은 모두 이코노미석 객실에 있었다. 심지어 비행 내내 비즈니스석을 고집했던 대머리 남자까지 건너왔다. 그들 모두 깨어 있었는데 맨 뒷자리의 수염 기른 남자만 예외였다. 그가 아무 근심 없이 코를 고는 소리가 들리자 앨버트 카우스너는 한순간 격렬한 질투심을 느꼈고, 수염 기른 남자처럼 지상에 안전하게 착륙한 뒤에 일어나서 '여기가 도대체 어디예요?' 하고 물을 수 있으면 얼마나 좋을까 하는 생각이 들었다.

그것말고 들리는 소리라고는 크레이그 투미가 찌이익…… 찌이

익…… 찌이익 하고 기내 잡지를 찢는 소리밖에 없었다. 그는 종잇조각 깊숙이 구두를 파묻은 채 앉아 있었다.

"그것 좀 그만하면 안 되겠소?" 돈 개프니가 물었다. 딱딱하고 힘이 들어간 목소리였다. "그 소리 때문에 돌아버릴 지경인데."

크레이그는 고개를 돌렸다. 동그랗고 평온하며 아무 표정 없는 눈으로 돈 개프니를 쳐다보았다. 그러고는 다시 고개를 돌렸다. 마침 그가 찢고 있던 페이지에 아메리칸 프라이드 노선도의 동쪽 절반이 소개되어 있었다.

찌이익.

개프니는 뭐라 말하려고 입을 열었다가 꾹 다물었다.

로럴은 다이너의 어깨를 감싸 안고 있었다. 다이너는 두 손으로 로럴의 손을 붙잡고 있었다.

앨버트는 개프니 바로 앞자리에 로버트 젠킨스와 함께 앉아 있었다. 그 앞에는 검은 머리를 짧게 자른 여자아이가 앉아 있었다. 그녀는 철사로 칭칭 묶이기라도 한 것처럼 꼿꼿하게 앉아서 창밖을 내다보는 중이었다. 그리고 그녀의 앞에는 비즈니스석에서 건너온 대머리가 앉아 있었다.

"이제 뭐 좀 먹을 수 있겠군요!" 그가 큰 소리로 말했다.

아무도 대꾸를 하지 않았다. 긴장감이라는 뻣뻣한 껍질이 이코노미석 객실을 감싸고 있는 듯했다. 앨버트 카우스너는 차려 자세로 선 온몸의 털을 한 올 한 올 느낄 수 있었다. 그는 사막의 군주, 번트라인의 대가인 에이스 카우스너라는 숨을 곳을 찾았지만 찾을 수가 없었다. 에이스가 휴가를 떠나고 없었다.

구름이 훨씬 더 가까워지자 이제는 평평하게 보이지 않았다. 폭신폭신한 곡선과 이른 아침의 그늘이 만든 뭉툭한 톱니 모양이 로럴의 눈에 들어왔다. 대런 크로즈비가 로건 공항의 아메리칸 프라이드 홀 어딘가에 마련된 도착 게이트에서 진득하게 그녀를 기다리고 있을까? 그녀는 그가 그러거나 말거나 상관없다는 것을 깨달았을 때 별로 놀라지 않았다. 그녀의 시선은 다시 구름으로 향했고 스카치위스키를 즐기고(과하지는 않게) 자칭 완벽한 신사인 대런 크로즈비는 까맣게 잊혔다.

그녀는 화가 난 아이가 장난감을 움켜쥐듯 커다란 초록색 손이 구름을 뚫고 불쑥 솟아올라 767기를 움켜쥐는 모습을 상상했다. 그 손이 쥐고 비틀자 제트연료가 폭발하면서 거대한 손가락 사이로 주황색 불꽃이 넘실대는 광경을 상상하고는 눈을 감았다.

'내려가지 마요!' 그녀는 외치고 싶었다. '제발 부탁이에요, 내려가지 마요!'

하지만 달리 무슨 수가 있을까? 무슨 수가 있을까?

"너무 무서워요." 베서니 심스가 울먹이며 웅얼거렸다. 그녀는 가운데 칸으로 자리를 옮겨서 좌석 벨트를 맨 다음 배를 양손으로 세게 눌렀다. "기절할 것 같아요."

크레이그 투미는 그녀를 흘끗 쳐다보더니 노선도를 다시 찢기 시작했다. 잠시 후 앨버트가 좌석 벨트를 풀고 자리에서 일어나더니 베서니 옆으로 가서 벨트를 맸다. 그가 벨트를 매자마자 베서니가 손을 붙잡았다. 손이 대리석처럼 차가웠다.

"아무 일 없을 거야." 그는 두려움을 모르는 터프가이, 미시시피 서쪽에서 가장 빠른 히브리인이 하는 말처럼 들리게 하려고 애를 썼다. 하지만 바지에 실례하기 직전인 열일곱 살의 바이올린 전공생 앨버트 카우스너가 하는 말처럼 들렸다.

"그랬으면 좋겠지만……." 그녀가 말을 꺼낸 순간 29편 항공기가 흔들리기 시작했다. 베서니는 비명을 질렀다.

"무슨 일이에요?" 다이너가 불안해하며 가냘프게 물었다. "비행기에 무슨 문제가 생겼어요? 우리 추락하는 거예요?"

"나도 잘……."

스피커에서 브라이언의 목소리가 흘러나왔다. "여러분, 방금 겪으신 것은 가벼운 수준의 평범한 기류 변화입니다. 불안해하실 것 없습니다. 구름 속으로 들어가면 심하게 덜컹거릴 수 있습니다. 대부분 경험하셨을 테니 진정해주시기 바랍니다."

찌이익.

돈 개프니는 크루넥 저지를 입은 남자 쪽을 다시 쳐다보았다. 또라이 새끼의 손에 들린 기내 잡지를 낚아채서 그를 후려치고 싶은, 갑작스럽고 걷잡을 수 없는 충동을 느꼈다.

이제 구름이 눈앞으로 다가왔다. 바로 아래 깔린 새하얀 구름 위로 드리워진 767기의 시커먼 그림자가 로버트 젱킨스의 눈에 들어왔다. 조만간 비행기는 자기 그림자와 입을 맞추면서 구름 안으로 사라질 것이다. 그는 평생 예감이라는 것을 느낀 적이 없었는데, 이 순간 확실하고 완벽한 예감을 느꼈다. '이 구름을 뚫고 내려가면 어떤 인간도 본 적 없는 광경이 우리를 기다리고 있을 거야. 말 그대로 믿기지 않는 광경이……. 하지만 우리는 믿어야겠지. 달리 선택

의 여지가 없으니까.'

그는 양쪽의 좌석 팔걸이를 세게 움켜쥐었다. 땀 한 방울이 눈을 찔렀다. 젱킨스는 손을 들어 땀을 닦지 않고 눈을 깜빡였다. 손은 좌석 팔걸이에 못박힌 듯 움직일 줄 몰랐다.

"아무 일 없겠죠?" 다이너가 허둥지둥 물었다. 그녀는 로럴의 손을 꽉 잡고 있었다. 고사리 같은 손인데도 아플 지경이었다. "정말 아무 일 없겠죠?"

로럴은 창밖을 내다보았다. 767기가 구름의 맨 윗부분을 통과하는 중이라 창밖으로 가닥가닥 지나가는 솜사탕이 맨처음으로 보였다. 비행기가 다시 덜컹거렸기 때문에 그녀는 신음 소리를 내지 않으려고 목구멍을 막았다. 공포로 육체적인 고통을 느끼기는 난생처음이었다.

"그랬으면 좋겠다. 그랬으면 좋겠어. 하지만 솔직히 나도 잘 모르겠다."

8

"레이더에 뭐가 보여요, 브라이언?" 닉이 물었다. "특이한 거 있어요? 뭐가 보이긴 해요?"

"아뇨." 브라이언이 말했다. "저 아래에 육지가 있다, 알려주는 정보가 전부예요. 이제……."

"잠깐." 닉이 말했다. 목구멍이 바늘구멍만 하게 좁아지기라도 한 것처럼 죄어서 답답한 목소리였다. "다시 올라가요. 다시 한번 생각해봅시다. 구름이 걷힐 때까지 기다렸다가…….”

“그럴 만한 시간도 연료도 없어요.” 브라이언은 계기판에서 시선을 떼지 않았다. 비행기가 다시 덜커덩거리기 시작했다. 그는 기계를 건드려 설정을 변경했다. “꽉 잡아요. 들어갑니다.”

그는 조종간을 앞으로 밀었다. 고도계 바늘이 둥근 유리 아래에서 좀더 빠르게 움직이기 시작했다. 이윽고 29편 항공기가 구름 속으로 미끄러져 들어갔다. 처음에는 꼬리가 푹신푹신한 구름 위로 상어 지느러미처럼 고개를 내밀고 있었다. 잠시 후에 그마저 사라지자 상공이 텅 비어서…… 애초부터 비행기라고는 있지도 않았던 것처럼 보였다.

4장

구름 속에서. 뱅고어에 오신 것을 환영합니다. 박수갈채.
슬라이드와 컨베이어 벨트. 아무 전화도 울리지 않는 소리.
항로에서 벗어난 크레이그 투미. 앞 못 보는 소녀의 경고.

1

밝은 햇살이 비치던 이코노미석 객실 안이 저물어가는 황혼처럼 어둑어둑해졌고 비행기는 더 세게 요동쳤다. 한 번 유난히 심하게 흔들리고 났을 때 앨버트는 무언가가 오른쪽 어깨를 지그시 누르는 것을 느꼈다. 고개를 돌려보니 베서니가 잘 익은 시월의 호박처럼 무거운 머리를 대고 있었다. 기절한 것이다.

비행기가 다시 한번 널뛰기를 했을 때 일등석 객실에서 쿵 하는 소리가 들렸다. 이번에는 다이너가 비명을 지르고 개프니가 고함을 터뜨렸다. "무슨 소리야? 도대체 무슨 소리냐고?"

"음료 카트요." 밥 젱킨스가 건조한 목소리로 나지막이 대답했다. 그는 모두 들을 수 있게 언성을 높이려고 했지만 그럴 수가 없었다. "음료 카트가 남아 있었잖아요. 그게 굴러가서……."

비행기가 롤러코스터처럼 아찔하게 위로 솟구쳤다 비틀거리며 홱 하니 내려오자 쾅 소리와 함께 카트가 쓰러졌다. 유리잔이 깨졌다. 다이너가 다시 비명을 질렀다.

"괜찮아." 로럴이 허둥지둥 말했다. "그렇게 세게 날 잡지 마, 다이너. 걱정 말고……."

"죽기 싫어요! 죽고 싶지 않아요!"

"여러분, 정상적인 기류 변화입니다." 브라이언의 목소리가 스피커에서 흘러나왔다. 침착하게 들렸지만…… 밥 젱킨스는 그 목소리에서 금방이라도 터져 나올 듯한 공포를 느낄 수 있을 것 같았다. "불안해하실 것……."

또다시 기체가 비틀거리며 위로 솟구쳤다. 뒤집힌 카트에서 유리잔과 작은 음료병들이 굴러떨어지면서 또다시 와장창 소리가 들렸다.

"……없습니다." 브라이언이 하던 이야기를 마쳤다.

돈 개프니의 왼쪽 통로 옆에서 소리가 들렸다. 찌이익.

개프니는 그쪽으로 고개를 돌렸다. "이 새끼야, 당장 집어치워! 안 그러면 남은 잡지를 네 목구멍에다 쑤셔박을 테다."

크레이그는 담담하게 그를 쳐다보았다. "어디 한번 해보시지, 꼴통아."

비행기가 다시 위아래로 요동쳤다. 앨버트는 베서니를 지나 창문 쪽으로 몸을 기울였다. 그러자 그녀의 가슴이 팔에 살짝 닿았지만 지난 오 년을 통틀어서 처음으로 머릿속이 당장 하얘지지 않았다. 그는 창밖을 내다보며 구름 틈새를 필사적으로 찾았고 구름 사이가 벌어지도록 열심히 주문을 걸었다.

하지만 여러 색조의 짙은 회색말고는 아무것도 보이지 않았다.

2

"운고가 얼마나 되죠?" 닉이 물었다. 일단 구름 속으로 들어오자 진정이 된 모양이었다.

"글쎄요." 브라이언이 말했다. "내 기대치보다 낮은 것만큼은 분명해요."

"너무 낮으면 어떻게 되는데요?"

"기기가 살짝이라도 고장나면 바다에 빠지겠죠." 그는 딱 잘라 말했다. "하지만 그럴 일은 없을 겁니다. 백오십 미터까지 내려갔는데도 가망이 없으면 다시 고도를 높여서 포틀랜드로 갈 생각이에요."

"지금 당장 그쪽으로 기수를 돌려야 하는 건 아니고요?"

브라이언은 고개를 저었다. "그쪽은 항상 이쪽보다 날씨가 안 좋아요."

"프레스크아일은 어때요? 거기에 예전에 전략공군 사령부 기지가 있지 않았나요?"

브라이언은 이 남자가 필요 이상으로 많은 것을 알고 있다는 생각을 잠깐 했다. "너무 멀어요. 가다가 숲으로 추락할 거예요."

"보스턴도 너무 멀겠군요."

"그렇죠."

"판단을 잘못 내린 게 아닌가 싶은데요, 형씨."

또다시 눈에 안 보이는 난기류와 부딪히자 767기가 오한이 든 개처럼 부르르 떨었다. 이코노미석 객실에서 희미한 비명소리가 들렸다. 브라이언은 필요한 수정 사항을 입력하는 와중에도 아무것 아니라고, 767기는 이보다 스무 배 더 심각한 난기류에도 끄떡없다고 알릴 수 있으면 좋겠다는 생각을 했다. 문제는 운고였다.

"아직 삼진 아웃은 아니에요." 그가 말했다. 고도계는 꾸준히 칠백 미터를 가리키고 있었다.

"하지만 점점 낮아지고 있잖아요."

"그래도……." 브라이언은 대꾸를 하려다 말고 멈추었다. 안도감이 물밀듯 밀려왔다. "봐요. 무사히 통과했네요."

767기의 까만 기수 앞에서 구름이 급속도로 열어지고 있었다. 버몬트를 지난 이래 처음으로 희끄무레한 장막 사이로 얇은 틈새가 등장했다. 그 사이로 탁한 회색의 대서양이 보였다.

브라이언은 마이크에 대고 말했다. "승객 여러분, 비행기는 구름을 거의 통과했습니다. 완전히 통과하면 가벼운 난기류도 사라질 것으로 보입니다. 몇 분 뒤, 기체 아래에서 쿵 하는 소리가 들릴 겁니다. 바퀴가 내려와서 고정되는 소리입니다. 이 비행기는 뱅고어 일대로 하강중입니다."

그는 마이크를 끄고 항법사석에 앉아 있는 남자 쪽으로 고개를 돌렸다.

"행운을 빌어줘요, 닉."

"아, 진심으로 행운을 빌어요……. 진심으로."

3

로럴은 숨을 참고 창밖을 내다보았다. 이제 구름이 빠른 속도로 흩어지고 있었다. 바다가 잠깐 드러났다 사라지기를 반복했다. 파도, 흰 물결, 죽은 괴물의 송곳니처럼 물위로 삐죽 고개를 내민 바위. 부표인가 싶은 밝은 주황색 물건도 언뜻 보였다.

나무로 뒤덮인 조그만 섬 위를 지날 때 몸을 기울이고 고개를 길게 빼자 코앞에서 해안선이 보였다. 끝나지 않을 듯한 사십오 초 동안 연기처럼 옅은 구름이 시야를 가렸다. 구름이 걷히자 767기는 다시 육지 위를 날고 있었다. 그들은 들판과 조그만 숲과 호수처럼 보이는 곳을 지났다.

'하지만 집들은 어디 있을까? 도로와 자동차와 건물과 고압전선들은 어디 있을까?'

그때 그녀의 입에서 탄성이 터졌다.

"왜요?" 다이너는 비명을 지르다시피 했다. "왜요, 언니? 뭐가 잘못됐어요?"

"전혀!" 그녀는 의기양양하게 외쳤다. 바닷가의 조그만 마을로 이어지는 좁은 도로가 보였다. 이 위에서 내려다보니 조그만 장난감 자동차들이 큰길가에 세워져 있는 장난감 마을처럼 느껴졌다. 교회 뾰족탑, 마을 채석장, 리틀리그 야구장이 보였다. "잘못된 거 전혀 없어! 다 잘 있어! 여전히 다 잘 있어!"

그녀의 뒤에서 로버트 젱킨스가 말을 걸었다. 차분하고 침착하며 상당히 실망한 목소리였다. "아가씨. 엄청난 착각을 하고 있는 것 같은데요."

4

하얀색의 기다란 여객기가 뱅고어 국제공항 동쪽으로 오십오 킬로미터쯤 되는 지점을 천천히 순항했다. 꼬리에 767이라는 숫자가 큼지막하고 당당하게 찍혀 있었다. 기체에는 아메리칸 프라이드라는 단어가 속도를 강조하기 위해 바람에 날리듯 뒤로 비스듬히 누워 있었다. 기수 양옆에 이 항공사의 트레이드마크가 그려져 있다. 큼지막한 붉은 독수리였다. 펼쳐진 날개에 파란 별이 점점이 박혀 있고, 발톱은 구부러졌으며, 고개는 살짝 숙이고 있었다. 여객기처럼 독수리도 착륙을 하려는 것처럼 보였다.

비행기가 전면의 도시를 향해 날아가도 그림자가 생기지 않았다. 비는 내리지 않았지만 흐리고 해가 나지 않은 오전이었다. 비행기의 아랫부분이 스르르 열렸다. 착륙장치가 내려와서 펼쳐졌다. 바퀴가 동체와 조종실 아래로 움직여 고정됐다.

아메리칸 프라이드 29편 항공기는 뱅고어를 향해 미끄러지듯 왼쪽으로 살짝 선회하며 하강했다. 이제 육안으로 경로를 수정할 수 있었기 때문에 그렇게 했다.

"보여요!" 닉이 외쳤다. "공항이 보여요! 맙소사, 이렇게 아름다울 수가 있나!"

"공항이 보인다니 자리에 앉아 있지 않다는 뜻이네요." 브라이언이 말했다. 고개를 돌리지 않은 채였다. 이제는 고개를 돌릴 틈이 없었다. "벨트 매고 입다물어요."

하지만 한 줄의 기다란 활주로는 정말로 아름다웠다.

브라이언은 비행기의 기수를 활주로 정중앙에 맞추고 삼백 미터를 지나 이백오십 미터까지 고도를 낮추었다. 29편 항공기의 날개 아래로 끝이 보이지 않을 듯한 소나무숲이 지나갔다. 마침내 숲이 끝나면서 얼기설기 자리한 건물들이 보였고—브라이언은 무의식적으로 시선을 이리저리 움직이며 평소처럼 모텔과 주유소와 패스트푸드점의 위치를 파악했다—잠시 후 그들은 퍼노브스컷 강을 지나 뱅고어 상공에 진입했다. 브라이언은 계기판을 점검해 양쪽 보조날개에 이상이 없는 것을 확인하고 다시 한번 공항과 교신을 시도했지만…… 소용없는 짓이라는 것은 알고 있었다.

"뱅고어 관제탑, 여기는 29편 항공기다. 비상사태가 발생했다. 다시 한번 반복한다. 비상사태가 발생했다. 활주로에 다른 항공기가 있으면 정리해주기 바란다. 지금 진입하겠다."

속도계를 확인하니 마침 140킬로미터 이하로 떨어지고 있었다. 이론상 착륙이 가능한 수치였다. 아래에서는 나무들이 듬성듬성해지다가 골프 코스가 등장했다. 홀리데이 인 네온사인을 흘끗 확인하고 잠시 후, 활주로—33이라는 숫자가 하얀색으로 큼지막하게 적혀 있었다—의 끝을 알리는 불빛이 그를 향해 돌진했다.

불빛이 빨간색도 아니고 초록색도 아니었다.

꺼져 있었다.

생각하고 말고 할 겨를이 없었다. 리어젯 경비행기나 작고 통통한 도이카 경비행기가 그들 앞으로 느닷없이 튀어나와 느릿느릿 활주로로 진입하면 어떻게 할지 생각하고 말고 할 겨를이 없었다. 이제는 착륙말고 다른 데 신경쓸 겨를이 없었다.

작은 풀밭과 자갈길을 지나자 콘크리트 활주로가 구 미터 아래에서 펼쳐졌다. 첫 번째 하얀 줄무늬에 이어 스키드 마크—아마 주 공군기가 남긴 자국일 것이다—가 등장하기 시작했다.

브라이언은 767기를 아기처럼 살살 활주로로 유도했다. 두 번째 줄무늬가 바로 아래에서 퍼뜩 지나가고……. 잠시 후 주 착륙장치가 바닥에 닿으면서 기체가 덜컹거렸다. 이제 29편 항공기는 기수를 위로 들고 날개를 가볍게 기울인 채 33번 활주로를 시속 190킬로미터로 질주했다. 브라이언은 보조날개를 펴고 역추진 엔진을 최대로 가동했다.

그러자 비행기 속도가 190킬로미터에서 160킬로미터로, 160킬로미터에서 130킬로미터로, 130킬로미터에서 60킬로미터로, 60킬로미터에서 인간의 달리기 속도로 줄었다.

끝났다. 그들은 지상에 착륙했다.

"정석 착륙이에요. 별거 아니죠." 브라이언은 몸서리치며 긴 한숨을 토하고 가장 가까운 유도로까지 아직 360미터 남은 지점에서 비행기를 완전히 멈추었다. 전율로 그의 호리호리한 몸이 뒤틀렸다. 그는 손을 들어 얼굴에서 뜨끈한 땀을 한 움큼 닦아냈다. 그러고 나서 땀을 보며 힘없이 웃음을 터뜨렸다.

손 하나가 그의 어깨를 짚었다. "괜찮아요, 브라이언?"

"네." 그는 대답하고 인터폰 마이크를 다시 집었다. "승객 여러분, 뱅고어에 오신 것을 환영합니다."

브라이언은 뒤에서 일제히 터진 환호성을 듣고 다시 웃음을 터뜨렸다.

닉 호프웰은 웃지 않았다. 그는 브라이언의 좌석 위로 몸을 내밀어 조종실 창밖을 내다보았다. 격자 모양의 활주로에서 아무 움직임도 보이지 않았다. 유도로에서도 아무 움직임이 보이지 않았다. 아스팔트길을 오가는 트럭이나 보안 차량 한 대 없었다. 자동차도 몇 대 보였고, 바깥쪽 유도로에 서 있는 육군 수송기—C-12였다—도 보였고, 탑승교 앞에 서 있는 델타 727기도 보였지만, 모두들 동상처럼 미동조차 없었다.

"환영해줘서 고마워요." 닉이 조용히 말했다. "우리를 환영할 사람이 당신 한 명밖에 없기 때문에 마음속 깊은 데서 우러난 감사 인사를 전하는 거예요. 이곳에 인적 하나 없거든요."

5

브라이언은 무전기가 계속 잠잠했음에도 불구하고 닉이 내린 결론을 선뜻 받아들일 수 없었지만, 두 여객 터미널의 탑승교 사이로 이동했을 즈음에는 다르게 생각할 도리가 없었다. 사람만 없는 게 아니라 뜻밖에 등장한 이 767기를 보고 무슨 일인가 싶어서 달려오는 보안 차량 한 대 없었다. 뱅고어 국제공항은 천 년, 아니면 십만 년 동안 방치되었던 것처럼 죽은듯이 고요했다. 지프가 끌고 가는 수화물 운송차가 평평한 짐칸에 수화물 몇 개를 듬성듬성 싣고 델타기의 한쪽 날개 아래에 서 있었다. 29편 항공기를 터미널에 최대한 가깝게 대는 동안 브라이언의 시선은 번번이 그곳으로 향했다. 열두어 개쯤 되는 가방들이 엄청난 고대 도시에서 발굴된 유물만큼이나 오래되어 보였다. '투탕카멘의 무덤을 발견한 사람이 지금의 나 같은 심정이었을지 궁금하네.'

그는 엔진을 끄고 잠깐 그 자리에 앉아 있었다. 이제 기체 뒤편에 달린 보조 동력 장치—네 개 중 하나였다—가 내는 희미한 속삭임 말고는 아무 소리도 들리지 않았다. 브라이언은 "내부 동력"이라고 적힌 스위치 쪽으로 손을 움직여 스위치를 건드리기만 하고 손을 거두었다. 문득 엔진을 완전히 멈추기 싫어졌다. 그러지 말아야 할 이유가 없는데도 강렬한 직감이 느껴졌다.

'게다가 연료 낭비한다고 욕할 사람도 없잖아……. 얼마 안 되는 연료지만 낭비해도 돼.'

그는 이내 벨트를 풀고 자리에서 일어났다.

"이제 어쩌죠, 브라이언?" 닉이 물었다. 그도 자리에서 일어난 상태였다. 브라이언은 닉이 자기보다 아무리 못해도 키가 십 센티미터는 크다는 사실을 지금에야 깨달았다. 그는 생각했다. '지금까지 내가 책임자였지. 이 희한한 사건이 벌어진 이래—좀더 정확히 말하자면 이 사건이 벌어졌다는 사실을 발견한 이래—내가 책임자였지. 조만간 바뀌게 생겼네.'

그러거나 말거나 상관없었다. 767기를 몰고 구름 속으로 들어가느라 용기를 그러모았지만, 침착하게 임무를 완수해주어서 고맙다는 인사는 전혀 기대하지 않았다. 그에게 주어지는 보수가 그렇게 용기를 내는 것에 대한 대가였다. 어느 조종사가 했던 말이 생각났다. "회사에서 우리한테 십만 달러 수준의 연봉을 지급하는 이유는 딱 하나야, 브라이언. 일을 하다 보면 대부분의 조종사가 삼사십 초 안에 중대한 결단을 내려야 하는 순간을 맞이하거든. 그런 순간이 닥쳤을 때 얼어붙지 말라고 그 돈을 주는 거야."

이성은 구름이 있건 없건 내려가야 한다고, 선택의 여지가 없다고 말하지만, 신경 말단에서는 계속 묵은 경고를 외치며 미지의 세계에 대한 막강한 공포를 발산했다. 심지어 정체가 뭔지, 지상에서 무슨 일을 했는지 알 길이 없는 닉조차 궁지에 몰리자 구름 위로 다시 올라가자고 했다. 브라이언이 있어야 필요한 조치를 취할 수 있었다. 그뿐 아니라 다른 모든 사람들도 브라이언이 있어야 용기를 낼 수 있었다. 이제 그들은 착륙했고 구름 아래에는 괴물이 없었다. 섬뜩한 정적과 델타 727기 날개 아래 방치된 수화물 운송차만 있을 따름이었다.

'그러니까 코 비트는 친구, 당신이 인수인계 받아서 대장 노릇을 하고 싶다면 마음대로 해. 원하면 모자까지 빌려줄 용의가 있으니까. 하지만 비행기에서 내린 다음의 이야기야. 육지에 발을 딛기 전까지는 당신과 다른 얼간이들 모두 내 책임이니까.'

하지만 닉은 질문을 했으니 대답을 들을 자격이 있었다.

"이제 내려서 뭐가 어떻게 된 건지 보죠." 브라이언은 이렇게 말하면서 영국인 옆을 지나갔다.

닉이 그의 어깨를 한 손으로 잡으며 저지했다. "당신은 어떻게 생각……."

브라이언은 그답지 않게 분노가 치밀어 올랐다. 그는 어깨를 흔들어 닉의 손을 떼어냈다. "내가 생각하기에는 비행기에서 내리는 게 좋겠어요. 탑승교나 계단을 연결해줄 사람이 없으니 비상용 슬라이드를 써야겠고요. 그 이후에는 당신 마음대로 하시지요, 형씨."

그는 일등석으로 들어가려다…… 옆으로 쓰러진 음료 카트에 걸려서 넘어질 뻔했다. 깨진 유릿조각이 수북했고 알코올 냄새에 눈이 시큰거렸다. 그는 카트 위를 넘어갔다. 닉이 일등석 객실 뒤편에서 그를 잡았다.

"브라이언, 내 말 때문에 기분이 상했다면 미안해요. 끝내주게 대처를 잘해주었는데."

"그런 거 없어요. 지난 열 몇 시간 동안 태평양을 넘는 와중에 내부 공기가 누출되질 않나, 보스턴 아파트에 빌어먹을 불이 나서 헤어진 아내가 죽었다질 않나, 미국이 삭제되질 않나. 그래서 그래요. 좀 피곤하네요."

그는 비즈니스석을 지나 이코노미석 객실로 들어갔다. 그곳에는 침묵이 흘렀다. 그들은 새하얗게 질린 얼굴로 아무것도 모르는 바보 같은 표정을 지으며 가만히 앉아서 그를 쳐다보기만 했다.

잠시 후 앨버트 카우스너가 박수를 치기 시작했다.

순식간에 밥 젱킨스…… 그리고 돈 개프니…… 그리고 로럴 스티븐슨이 합류했다. 대머리 남자도 주위를 둘러보다 박수를 치기 시작했다.

"왜 그래요?" 다이너가 로럴에게 물었다. "무슨 일이에요?"

"기장님이 오셨어." 로럴이 말했다. 그리고는 울음을 터뜨렸다. "우리를 안전하게 착륙시켜주신 기장님이 오셨어."

다이너도 박수를 치기 시작했다.

브라이언은 할말을 잃은 채 그들을 빤히 쳐다보았다. 그의 뒤에 서 있던 닉도 박수에 합세했다. 그들은 벨트를 풀고 박수를 치며 자리에서 일어났다. 기절한 베서니와 뒷줄에서 여전히 코를 골며 자고 있는 수염 기른 남자, 파르스름하니 이상한 눈빛으로 그들을 한 명씩 살피다 다시 기내 잡지를 찢기 시작한 크레이그 투미만 예외였다.

6

브라이언은 얼굴이 벌게졌다. 정말이지 촌스러운 반응이었다. 그가 두 손을 들었지만 그들은 아랑곳하지 않고 계속 박수를 쳤다.

"승객 여러분, 그만하세요. 그만하세요……. 분명히 말씀드리지만 정석적인 착륙이었고……."

"아아, 부인. 그 정도는 아무것도 아니죠." 밥 젱킨스가 게리 쿠퍼 흉내를 그럴듯하게 내자 앨버트가 웃음을 터뜨렸다. 그의 옆에서 베서니가 실룩거리며 눈을 뜨더니 멍한 눈빛으로 주위를 둘러보았다.

"무사히 착륙한 거죠, 그렇죠?" 그녀가 물었다. "맙소사! 정말 다행이에요! 다 같이 죽는 줄 알았는데!"

"그만하세요." 브라이언이 말했다. 그러면서 팔을 좀더 높이 치켜들자 희한하게도 당의 사 년 연임 요청을 수락하는 리처드 닉슨이 된 듯한 기분이 들었다. 그는 갑작스레 터지려는 웃음을 끙끙대며 참았다. 웃을 수는 없었다. 승객들이 이해하지 못할 터였다. 그들은 영웅을 원했고 그가 영웅으로 뽑혔다. 역할을 수락하고…… 활용하는 편이 나았다. 어쨌거나 그들을 비행기에서 내리게 만들어야 했다. "여러분, 주목해주세요!"

그들은 한 명씩 박수를 멈추고 기대에 찬 눈빛으로 그를 쳐다보았다. 갑자기 단호하게 잡지를 옆으로 내던진 크레이그만 예외였다. 그는 벨트를 풀고 자리에서 일어나 수북이 쌓인 종잇조각을 발로 차며 통로로 나왔다. 그러고는 집중하느라 눈살을 찌푸려가며 머리 위 선반을 뒤지기 시작했다.

"여러분도 창밖을 보셔서 저만큼 아실 겁니다." 브라이언이 말했다. "우리가 잠든 새 대부분의 승객과 승무원 전원이 비행기에서 사라졌습니다. 그것만으로도 황당한 노릇인데, 그보다 더 황당한 상황이 우리를 기다리고 있는 듯합니다. 보아하니 사라진 사람들이 많은 것 같습니다……. 하지만 논리적으로 따졌을 때 어딘가에 분명 다른 사람들이 있을 겁니다. 우리가 뭔지 모를 사태에서 살아남았듯이 살아남은 사람들이 분명 더 있을 테니까요."

미스터리 작가 밥 젱킨스가 나지막이 뭐라고 중얼거렸다. 앨버트는 그 소리를 들었지만 내용을 제대로 알아듣지 못했다. 그가 젱킨스 쪽으로 몸을 반쯤 돌렸을 때 미스터리 작가가 두 단어를 다시 속삭였다. 이번에는 알아들었다. "잘못된 논리"라고 중얼거린 거였다.

"한 단계씩 차근차근 사태를 해결하는 것이 최선일 것 같은데요. 1단계는 비행기에서 내리는 겁니다."

"나는 보스턴으로 가는 표를 샀어요." 크레이그 투미가 차분하고 논리적인 투로 말했다. "나는 보스턴으로 가고 싶은데요."

닉이 브라이언의 등뒤에서 걸어나왔다. 크레이그는 그를 흘끗 쳐다보더니 실눈을 떴다. 그의 인상이 또다시 성질 고약한 집고양이처럼 변했다. 닉이 주먹 쥔 손을 들더니 두 손가락 마디를 붙인 채로 끄집어내서 코를 꼬집는 동작을 취했다. 어머니가 '생일 축하합니다' 노래를 부르는 동안 발가락 사이에 불붙은 성냥을 꽂고 서 있어야 했던 크레이그 투미는 그 뜻을 당장 알아들었다. 그는 뭐든 빨리 배웠다. 또한 기다릴 수도 있었다.

"비상용 슬라이드로 내려갈 겁니다." 브라이언이 말했다. "그래서 여러분과 함께 필요한 절차를 복습할까 합니다. 잘 들으신 다음 한 줄로 서서 비행기 앞쪽까지 저를 따라오세요."

7

사 분 뒤, 아메리칸 프라이드 29편의 전면 출입구가 안으로 열렸다. 열린 틈으로 중얼중얼 대화를 나누는 소리가 흘러나오는가 싶더니 차갑고 고요한 공기 속으로 묻혀버렸다. 쉭쉭거리는 소리에 이어 주황색의 큼지막한 천 조각이 출입문 앞에 불쑥 튀어나왔다. 언뜻 보면 이상하게 생긴 잡종 해바라기 같았다. 내려가는 동안 점점 펼쳐지더니 가로로 골이 진 불룩한 미끄럼틀 형태가 되었다. 밑바닥이 활주로에 닿으면서 나지막이 펑 하는 소리가 나자 미끄럼틀은 주황색의 거대한 에어 매트리스처럼 비스듬히 기운 채로 고정이 됐다.

브라이언과 닉이 일등석 객실 좌측의 짧은 줄 맨 앞에 서 있었다.

"바깥공기가 좀 이상해요." 닉이 나지막이 말했다.

"무슨 소리예요?" 브라이언이 물었다. 그는 목소리를 좀 전보다 낮추었다. "유독 물질이라도?"

"아뇨……. 그런 것 같지는 않은데. 아무 냄새도 없고 맛도 없어요."

"지금 제정신이에요?" 브라이언은 불안한 목소리로 물었다.

"무슨 소리." 닉이 말했다. "여기는 얼어죽을 건초밭이 아니라 비행장이잖아요, 형씨. 그런데 석유나 휘발유 냄새가 나요? 나는 못 맡겠는데."

브라이언은 코를 킁킁거렸다. 만약 공기가 오염됐다면—믿기지는 않았지만 만에 하나 그렇다면—효과가 천천히 나타나는 유독 물질로 오염이 된 거였다. 폐의 기능에는 아무 문제가 없었다. 하지만 닉의 말이 맞았다. 아무 냄새도 나지 않았다. 그리고 그가 맛이라고 표현한 좀더 미묘한 부분으로 말할 것 같으면…… 그것 역시 느껴지지 않았다. 열린 문밖의 공기는 무색무취했다. 마치 밀봉된 느낌이었다.

"무슨 문제라도 있나요?" 베서니 심스가 불안해하며 물었다. "문제가 있더라도 알고 싶은지 잘 모르겠지만 그래도……."

"아무 문제 없어." 브라이언은 사람들의 숫자를 세서 열 명인 것을 확인하고 다시 닉에게 고개를 돌렸다. "뒷줄의 그 남자 아직 자고 있는데. 깨워야 할까요?"

닉은 잠시 고민하다 고개를 저었다. "그냥 둡시다. 안 그래도 골치 아픈 일이 많은데 숙취에 시달리는 인간 뒤치다꺼리까지 할 필요 없잖아요."

브라이언은 씩 웃었다. 그도 같은 생각이었다. "맞아요, 그렇겠죠? 좋아요……. 당신이 제일 먼저 내려가요, 닉. 내려가서 슬라이드 아랫부분 잡아줘요. 내가 나머지 승객들을 도울게요."

"당신이 먼저 내려가는 게 낫지 않겠어요? 목소리 큰 내 친구가 엉뚱한 곳에 비행기를 세웠다고 발끈할 경우에 대비해서." 닉은 '엉뚱한 곳'을 영국식으로 발음했다.

브라이언은 크루넥 저지를 입은 남자를 흘끗 쳐다보았다. 남자는 모노그램 무늬가 있는 얇은 서류 가방을 한 손에 들고 맨 뒤에 서서 천장을 멍하니 올려다보고 있었다. 얼굴 가득 백화점 마네킹 같은 표정을 짓고 있었다. "저 친구하고는 아무 문제 없을 거예요." 브라이언이 말했다. "저 친구가 뭘 하든 관심도 없으니까. 저 친구가 같이 가든 여기 남든, 나로서는 아무 상관없어요."

닉은 씩 웃었다. "그렇다면 다행이고요. 그럼 대탈출을 시작할까요?"

"신발 벗었어요?"

닉은 새끼 염소 가죽으로 만든 까만색 로퍼를 들어 보였다.

"좋아요……. 출발." 브라이언은 베서니를 돌아보았다. "잘 봐요, 아가씨. 아가씨가 다음 차례니까."

"맙소사……. 이런 거 질색인데."

그래도 베서니는 닉 호프웰이 슬라이드 쪽으로 다가가는 동안 브라이언 옆에 바짝 붙어 서서 열심히 지켜보았다. 그는 트램펄린 위에서 앉은 자세로 점프하려는 사람처럼 두 다리를 동시에 들고 뛰었다. 엉덩이로 착지해서 아래까지 미끄러져 내려갔다. 마무리까지 깔끔했다. 슬라이드 아랫부분은 거의 움직이지도 않았다. 그는 양말을 신은 발로 활주로를 차고 일어나서 뒤로 뱅그르르 돌더니 두 팔을 뒤로 뻗으며 우스꽝스럽게 절을 했다.

"식은 죽 먹기예요!" 닉이 외쳤다. "다음 분!"

"아가씨 차례야." 브라이언이 말했다. "이름이 베서니라고 했던가?"

"네." 그녀는 초조한 목소리로 대답했다. "할 수 있을지 모르겠어요. 세 학기 내내 체육 수업에서 F를 받아서 결국에는 체육 대신 가정 수업을 다시 들었거든요."

"잘할 수 있을 거야." 브라이언이 말했다. 기억을 더듬어보건대 사람들은 위험한 상황—기체에 구멍이 났다든지 좌측 엔진에 불이 났다든지 하는 식의—을 눈으로 확인할 수 있을 때 구슬리지 않아도 냉큼 슬라이드 위로 뛰어내렸다. "신발 벗었지?"

베서니는 신발—낡은 분홍색 운동화였다—을 벗은 상태였지만 밝은 주황색 슬라이드가 연결된 입구에서 뒤로 물러나려고 했다. "물 한 잔 마시면 좋겠는데……."

"호프웰 씨가 슬라이드를 잡고 있으니까 아무 문제 없을 거야." 브라이언은 살살 달랬지만 뒤에서 떠밀어야 하는 것 아닌가 싶어서 슬슬 걱정이 되기 시작했다. 그러고 싶지는 않았지만 얼른 뛰어내리지 않으면 방법이 없었다. 용기가 날 때까지 기다려보자며 맨 끝으로 보낼 수는 없다. 그것은 비상용 슬라이드 앞에서 절대 해서는 안 되는 행동이었다. 그러면 모두들 맨 끝으로 가겠다고 할 것이다.

"힘내, 베서니." 앨버트가 불쑥 말했다. 그는 머리 위 선반에서 꺼낸 바이올린 케이스를 한쪽 옆구리에 끼고 있었다. "나도 저게 죽도록 무섭지만 네가 하면 따라서 하는 수밖에 없어."

그녀는 놀란 얼굴로 그를 쳐다보았다. "왜?"

앨버트의 얼굴이 시뻘게졌다. "너는 여자니까." 그는 거두절미하고 말했다. "성차별적인 발언이라는 건 알지만 아무튼 그래."

베서니는 그를 쳐다보다가 웃으며 슬라이드 쪽으로 고개를 돌렸다. 브라이언은 그녀가 다시 돌아보거나 뒤로 물러서면 등을 밀칠 작정이었는데 그럴 필요가 없었다. "어휴, 마리화나 좀 있으면 소원이 없겠네." 그녀는 이렇게 말하고 뛰어내렸다.

그녀는 닉의 엉덩이 낙하를 보았기에 어떤 식으로 하면 되는지 알았지만 뛰어내리는 마지막 순간에 무서워지는 바람에 다리를 조금 내렸다. 덕분에 몸이 슬라이드 표면과 부딪혔을 때 튀어 오르면서 옆으로 미끄러졌다. 브라이언은 저러다 밖으로 떨어지겠다고 생각했지만 베서니가 위험을 감지하고 몸을 눕혔다. 한 손을 머리 위로 들고 오른쪽으로 누워서 슬라이드를 타고 내려오자 블라우스가 거의 목까지 말려 올라갔다. 닉이 잡아주자 그녀는 옆으로 발을 내디뎠다.

"우와." 그녀가 숨을 헐떡이며 말했다. "다시 아이로 돌아간 기분이에요."

"괜찮니?" 닉이 물었다.

"네. 바지가 젖었을지 몰라도 괜찮아요."

닉은 그녀를 향해 미소를 지어 보이고 슬라이드 쪽으로 고개를 돌렸다.

앨버트는 미안해하는 얼굴로 브라이언을 쳐다보며 바이올린 케이스를 내밀었다. "이것 좀 부탁드려도 될까요? 슬라이드에서 떨어지면 부서질까 봐서요. 그럼 엄마 아빠 손에 죽을 거예요. 그레치거든요."

브라이언은 바이올린을 받아들었다. 표정은 차분하고 진지했지만 속으로는 웃고 있었다. "구경해도 되니? 천 년쯤 전에 나도 바이올린 연주를 곧잘 했는데."

"그럼요." 앨버트가 말했다.

브라이언이 관심을 보이자 아이가 긴장을 풀었다. 노림수가 적중했다. 앨버트는 세 개의 버클을 풀고 케이스를 열었다. 안에 든 바이올린은 정말로 그레치였고 유명한 그 브랜드의 저가 제품도 아니었다. 브라이언이 짐작하기로 이 바이올린을 살 돈이면 소형 승용차를 한 대 살 수 있었다.

"멋지네." 그는 말하며 네 개의 현을 차례대로 잽싸게 퉁겨보았다. 미, 라, 레, 솔. 소리가 맑고 아름다웠다. 브라이언은 케이스를 닫고 다시 버클을 채웠다. "내가 안전하게 들고 있을게. 약속."

"고맙습니다." 앨버트는 출입구 앞에 서서 숨을 깊이 들이쉰 다음 내뱉었다. "제로니모*." 그는 들릴락 말락 하게 중얼거리고 뛰어

* 자기 부족을 이끌고 멕시코와 미국을 상대로 투쟁한 아파치족의 주장.

내렸다. 그러면서 양손을 겨드랑이에 끼웠다. 몸을 다칠 수도 있는 상황이 닥치면 손만은 보호해야 한다는 생각이 머릿속에 깊이 각인되어 있기 때문에 나타난 반사작용이었다. 그는 엉덩이로 깔끔하게 바닥까지 미끄러져 내려갔다.

"잘했다!" 닉이 말했다.

"별거 아니네요." 에이스 카우스너는 남부 사투리식으로 뒤를 길게 늘여 말하면서 슬라이드에서 걸어나오다 하마터면 자기 발에 걸려서 넘어질 뻔했다.

"앨버트!" 브라이언이 위에서 외쳤다. "받아라!" 그는 몸을 앞으로 내밀고 바이올린 케이스를 슬라이드 한가운데 얹은 다음 손을 놓았다. 앨버트는 바닥에 닿기 1.5미터 전에 바이올린 케이스를 거뜬히 받아서 옆구리에 끼고 뒤로 물러섰다.

젱킨스는 눈을 감고 뛰어내렸고 뼈만 앙상한 엉덩이 한쪽으로 삐딱하게 내려왔다. 닉이 재빨리 슬라이드 왼쪽으로 건너가서 떨어지기 직전에 잡아준 덕분에 미스터리 작가는 콘크리트 바닥으로 위험하게 굴러떨어질 뻔한 사태를 모면할 수 있었다.

"고마워요, 젊은 양반."

"별말씀을요, 형씨."

개프니가 뒤따라 내려왔고, 대머리도 이어 내려왔다. 이제 로럴과 다이너 벨먼이 승강구 앞에 섰다.

"무서워요." 다이너가 떨리는 가느다란 목소리로 말했다.

"아무 일 없을 거야." 브라이언이 말했다. "뛰어내릴 필요도 없어." 그는 다이너의 어깨에 손을 얹어서 슬라이드를 등지고 그를 마주보도록 돌려세웠다. “내가 손을 잡고 슬라이드 위에 눕혀줄게.”

다이너는 등뒤로 손을 감추었다. “아저씨는 싫어요. 언니한테 부탁할래요.”

브라이언은 까만 머리의 젊은 여자를 쳐다보았다. “할 수 있겠어요?”

“네. 어떻게 하면 되는지 가르쳐주세요.”

“다이너가 이미 알고 있어요. 손을 잡고 슬라이드 위에 눕혀주세요. 발끝을 꼿꼿하게 세운 다음 슬라이드에 배를 대고 누우면 똑바로 내려갈 수 있어요.”

로럴의 손을 잡은 다이너의 손이 차가웠다. “무서워요.” 그녀는 아까 했던 말을 반복했다.

“놀이터 미끄럼틀 타는 거랑 똑같을 거야.” 브라이언이 말했다. “영국 말투를 쓰는 아저씨가 너를 잡아주려고 아래에서 기다리고 있어. 야구 시합의 포수처럼 두 손을 들고.” 그는 그게 어떤 자세인지 다이너는 모르겠다는 생각이 들었다.

다이너는 별 바보 같은 소리 다 듣겠다는 듯이 그를 쳐다보았다. “그게 아니고요. 여기가 무섭다고요. 냄새가 이상해요.”

로럴은 긴장해서 흐르는 자기 땀냄새말고는 아무 냄새도 맡지 못했기 때문에 속절없이 브라이언을 쳐다보았다.

“아가.” 브라이언은 앞을 못 보는 소녀 앞에 한쪽 무릎을 꿇고 앉으며 말했다. “우리는 비행기에서 내려야 해. 그건 알고 있지?”

까만 안경이 그를 돌아보았다. “왜요? 왜 비행기에서 내려야 하는데요? 여기에는 아무도 없잖아요.”

브라이언과 로럴은 서로 쳐다보았다.

"음." 브라이언이 말했다. "확인해보기 전에는 확실히 알 수 없잖아?"

"나는 알아요. 아무 냄새도 안 나고 아무 소리도 안 들리거든요. 하지만…… 하지만……."

"하지만 뭐, 다이너?" 로럴이 물었다.

다이너는 머뭇거렸다. 그녀는 이런 식으로 비행기에서 내리는 것 때문에 심란해하는 게 아니라고 그들을 이해시키고 싶었다. 그녀는 전에도 미끄럼틀을 타본 적이 있었고 로럴을 믿었다. 위험하다 싶으면 로럴은 절대 그녀의 손을 놓지 않을 것이다. 이곳은 뭔가가 이상하고 이상했고, 그녀는 그 이상한 것을 두려워했다. 조용해서 그런 것도 아니고 아무도 없어서 그런 것도 아니었다. 그 둘과 연관이 있을지 몰라도 단순히 그런 문제가 아니었다.

뭔가가 이상했다.

하지만 어른들은 아이들을 믿지 않았다. 특히 앞 못 보는 아이들을, 특히 앞 못 보는 여자아이들을. 그녀는 여기 있으면 안 된다고, 여기는 안전한 곳이 못 된다고, 다시 비행기를 타고 떠나야 한다고 말하고 싶었다. 하지만 그러면 어른들은 뭐라고 할까? 그래, 그렇지, 다이너의 말이 맞아, 모두 다시 비행기를 타세요, 할까? 천만의 말씀이었다.

'다들 알게 되겠지. 아무도 없다는 걸 알고 나면 다시 비행기를 타고 다른 데로 가자고 하겠지. 느낌이 이상하지 않은 곳으로. 아직은 시간이 있어. 아마도.'

"아니에요." 그녀는 로럴에게 말했다. 결심을 한 듯 나지막한 목소리였다. "저를 눕혀주세요."

로럴이 그녀를 슬라이드 위에 조심스럽게 눕혔다. 잠시 후에 다이너는 맨발을 양옆으로 벌리고 주황색 슬라이드에 엎드려서 그녀를 올려다보는 자세가 되었다. '정말로 올려다보는 건 아니지.' 로럴은 생각했다. '앞을 전혀 볼 수 없으니까.'

"괜찮겠니, 다이너?" 로럴이 물었다.

"아뇨. 여긴 괜찮은 게 아무것도 없어요." 다이너가 먼저 로럴의 손을 놓았다. 바닥까지 미끄러져 내려가자 닉이 잡아주었다.

그다음으로 나선 로럴은 깔끔하게 슬라이드 위로 몸을 날린 다음 새침하게 치맛자락을 잡고 바닥까지 내려갔다. 이제 남은 사람은 브라이언, 비행기 뒤칸에서 자고 있는 술꾼, 재미있는 것이라면 사족을 못 쓰고 종이 찢기를 좋아하는 파티광 크루넥뿐이었다.

'저 친구하고는 아무 문제 없을 거예요.' 브라이언은 이렇게 말했었다. '저 친구가 뭘 하든 관심도 없으니까.' 그런데 이제 와 생각해 보니 그렇지가 않았다. 그는 제정신이 아니었다. 앞을 보지 못하는 꼬마 숙녀도 알아차리지 않았을까 싶었다. 그를 남겨두고 갔는데, 난동을 부리기로 마음을 먹으면 어떻게 될까? 난동을 부리는 와중에 조종실을 때려 부수기로 마음을 먹으면 어떻게 될까?

'무슨 상관이야? 다른 데로 갈 것도 아닌데. 연료도 거의 바닥났잖아.'

그래도 꺼림칙했다. 767기가 수백만 달러짜리 장비이기 때문만은 아니었다. 어쩌면 다이너가 슬라이드에서 위를 올려다보며 지은 표정의 잔상이 희미하게 남았기 때문일 수도 있었다. 이곳은 뭔가 이상한 느낌이 들었다. 겉으로 보이는 것보다 훨씬 더 이상할 거라는 느낌이 들었고…… 어떻게 그보다 더 이상할 수 있을지 알 수 없었기에 무서웠다. 하지만 비행기 안은 괜찮았다. 연료가 거의 바닥나기는 했어도 그가 알고 이해하는 세상이었다.

"손님 차례입니다." 브라이언은 최대한 공손하게 말했다.

"나는 정식으로 불만을 제기할 거예요." 크레이그 투미는 섬뜩하게 부드러운 목소리로 말했다. "항공사를 상대로 삼천만 달러짜리 소송을 걸고 당신을 제1피고로 지목할 거예요."

"좋으실 대로 하시죠. 성함이……."

"투미요. 크레이그 투미."

"투미 씨." 브라이언은 머뭇거리다 말을 꺼냈다. "투미 씨, 지금 어떤 일이 벌어졌는지 알고 계십니까?"

크레이그는 출입구 밖을 내다보았다. 아무도 없는 활주로와 터미널 2층에 달린 넓은 편광 유리창을 내다보았다. 도착하는 승객들을 맞이하러 나온 행복한 표정의 친구나 친척들, 자기가 탈 비행기 편명이 호명되길 초조하게 기다리는 여행객들이 보이지 않았다.

당연히 그는 알고 있었다. 랭골리어였다. 아버지가 입버릇처럼 이야기했다시피 랭골리어들이 멍청한 게으름뱅이들을 잡으러 온 것이다.

크레이그는 좀 전처럼 부드러운 목소리로 말했다. "데저트 선 은행 채권부에서 내 별명이 일꾼이에요. 알아요?" 그는 말을 멈추고 브라이언의 대꾸를 기다렸다. 브라이언이 아무 대꾸도 하지 않자 크레이그는 이야기를 계속했다. “당연히 모르시겠지. 보스턴의 프루덴셜 센터에서 열리는 회의가 얼마나 중요한지도 모르니까. 관심도 없으니까. 내가 한 가지만 알려줄게요, 기장님. 이 나라의 경제가 회의 결과에 따라 달라질 수도 있어요. 나 없이 진행될 그 회의 결과에 따라.”

“투미 씨, 흥미진진한 이야기지만 지금 시간이 없어서…….”

“시간이 없다고!” 크레이그가 느닷없이 고함을 질렀다. “당신이 시간에 대해서 뭘 안다고 그래? 나한테 물어봐! 나한테 물어봐! 나는 시간에 대해서 알아! 나는 시간에 대해서 다 알아! 시간이 부족하지요, 선생님! 시간이 우라지게 부족하지요!”

‘더이상 못 들어주겠네. 이 정신 나간 자식의 등을 떠밀든지 해야지.’ 브라이언은 생각했다. 하지만 그가 실행에 옮기기 전에 크레이그 투미가 몸을 돌리더니 뛰어내렸다. 서류 가방을 가슴에 안고 완벽한 자세로 엉덩이를 바닥에 댄 그를 보며 브라이언은 엉뚱하게 O.J. 심슨이 양복에 넥타이 차림으로 이 공항 저 공항을 날아다니던 예전의 허츠 렌터카의 텔레비전 광고를 떠올렸다.

“시간이 열나게 부족하지요!” 크레이그는 이렇게 외치면서 방패처럼 서류 가방으로 가슴을 덮고, 쓸려 올라간 바지 자락 아래로 무릎까지 올라오는 까만색 나일론 양말을 드러내며 미끄러져 내려갔다.

브라이언은 중얼거렸다. “뭐야, 저 어이없는 또라이는.” 그는 슬라이드 꼭대기에 서서 비행기라는 편안하고 익숙한 세계를 다시 한번 둘러본 다음…… 뛰어내렸다.

8

기수에 빨간색과 파란색 독수리가 그려진 767기의 거대한 날개 아래에 열 명이 두 그룹으로 나뉘어 옹기종기 모여 있었다. 한쪽 그룹은 브라이언, 닉, 대머리, 베서니 심스, 앨버트 카우스너, 로버트 젱킨스, 다이너, 로럴 그리고 돈 개프니였다. 그리고 '일꾼' 크레이그 투미가 사람들과 조금 거리를 두고서 혼자만의 그룹을 형성하고 있었다. 크레이그는 허리를 숙이고 호들갑을 떨며 왼손으로 꼼꼼하게 바지에 잡힌 주름을 폈다. 오른손은 서류 가방 손잡이를 꽉 쥐고 있었다. 그런 다음에는 가만히 서서 동그랗고 무심한 눈으로 주변을 둘러보았다.

"이제 어쩌죠, 기장님?" 닉이 씩씩하게 물었다.

"당신이 지시를 내려요. 나한테. 아니 우리한테."

닉은 진심이냐고 묻듯이 한쪽 눈썹을 살짝 치켜세우고 그를 쳐다보았다. 브라이언은 고개를 일 센티미터쯤 모로 꼬았다. 그것으로 충분했다.

"일단 터미널로 들어가는 게 어떨까 싶은데요. 터미널로 가는 가장 빠른 방법이 뭘까요? 혹시 알아요?"

브라이언은 메인 터미널의 돌출부 아래에 일렬로 세워져 있는 수화물 운송차를 턱으로 가리켰다. "탑승교 다음으로 빠른 방법은 수화물 컨베이어 벨트를 타고 가는 거예요."

"좋아요. 여러분, 저기까지 걸어갈까요?"

짧은 거리였지만 다이너와 손을 잡고 걸어가던 로럴은 지금까지 살면서 이렇게 희한한 도보 이동은 처음이라는 생각이 들었다. 넓은 콘크리트 바닥을 터벅터벅 느릿느릿 가로지르는 몇 명 안 되는 그들이 어떤 모습일지, 마치 위에서 내려다보는 것처럼 눈에 선했다. 바람 한 점 없었다. 지저귀는 새 한 마리 없었다. 저멀리서 부르릉거리는 자동차 소리도, 비정상적인 침묵을 깨는 인간의 목소리도 들리지 않았다. 심지어 그들의 발소리도 이상하게 들렸다. 그녀는 하이힐을 신고 있었는데, 평소처럼 또각거리는 날렵한 소리가 아니라 조그맣고 둔탁하게 쿵쿵 소리를 내는 것처럼 느껴졌다.

'느껴진다는 거. 그게 포인트야. 상황이 이상하다 보니 모든 게 이상하게 느껴지고 있어. 콘크리트라서 그렇겠지. 하이힐이 콘크리트와 부딪히면 이런 소리가 나는 거겠지.'

하지만 그녀는 전에도 하이힐을 신고 콘크리트 바닥을 걸어본 적이 있었다. 이런 소리를 들어본 기억이 없었다. 이 소리는 어쩐지…… 맥이 없었다. 힘이 없었다.

그들은 주차된 수화물 운송차에 도착했다. 닉이 앞장서서 그 사이로 비집고 들어가 고무 커튼이 달린 구멍에서 나오다 멈춘 컨베이어 벨트 앞에 섰다. 컨베이어 벨트는 담당 직원들이 수화물을 부리는 계류장에서 넓은 원을 그린 다음 고무 커튼이 달린 또 다른 구멍을 통해 터미널 안으로 들어갔다.

"저 고무 커튼은 왜 달려 있는 거예요?" 베서니가 신경질적으로 물었다.

"날이 추울 때 찬바람을 막는 용도 아닐까?" 닉이 말했다. "저 사이로 머리를 들이밀어서 살펴봐야겠어요. 걱정할 것 없어요. 잠깐이면 될 테니까." 그는 누가 대꾸할 새도 없이 컨베이어 벨트 위로 올라가서 건물에 난 구멍을 향해 허리를 숙이고 걸어갔다. 그 앞에 도착하자 그는 무릎을 꿇고 고무 커튼 사이로 고개를 넣었다.

'경적 소리에 이어서 쿵 하는 소리가 들릴 거야.' 앨버트는 엉뚱한 상상을 했다. '그를 끄집어내면 머리가 잘리고 없을 거야.'

경적 소리도, 쿵 소리도 들리지 않았다. 닉이 뒤로 물러났을 때 머리는 목에 단단히 붙어 있었고, 얼굴은 생각하는 표정을 짓고 있었다. "안전해요." 그는 이렇게 말했지만 앨버트의 귀에는 그의 명랑한 목소리가 이제는 연극처럼 느껴졌다. "가시죠, 여러분. 한 몸이 한 몸을 만나면 어쩌고저쩌고하는 말도 있잖습니까."

베서니가 뒷걸음질을 쳤다. "몸이라고요? 아저씨, 저 안에 죽은 사람들이 있어요?"

"내가 본 바로는 없었어요, 아가씨." 닉은 대답하고 유쾌한 척하려던 시도를 접었다. "재미있을까 싶어서 로버트 번스의 시를 내 멋대로 바꿔서 말한 거예요. 그런데 재미있기는커녕 천박한 농담이 되었네요. 사실 아무도 보이지 않았어요. 그 정도는 우리도 예상했던 거잖아요?"

그랬다……. 그래도 그들은 상당한 충격을 받았다. 말투로 보건대 닉도 마찬가지였다.

그들은 한 명씩 컨베이어 벨트 위로 올라가서 닉을 따라 고무 커튼 아래로 기어 들어갔다.

다이너는 커튼 앞에서 잠깐 멈추고 로럴 쪽으로 고개를 돌렸다. 흐릿한 햇살이 까만 안경에 부딪히자 안경이 잠깐 거울처럼 되었다.

"여기는 정말 이상한 곳이에요." 다이너는 같은 말을 반복하고는 저쪽으로 기어갔다.

9

그들은 멈추어버린 컨베이어 벨트 옆으로 이국적인 수화물들이 잔뜩 놓여 있는 뱅고어 국제공항 메인 터미널로 한 명씩 들어섰다. 앨버트가 다이너를 도와주고 나서 다 같이 그 자리에 선 채로 말없이 놀라워하며 주변을 둘러보았다.

비행기 안에서 자다 일어나보니 다른 사람들이 감쪽같이 사라지고 없을 때 느낀 충격은 어느 정도 가라앉았다. 이제는 혼란스러움이 놀라움을 대신했다. 개미 한 마리 얼씬 않는 공항 터미널은 모두 처음이었다. 렌터카 부스에 아무도 없었다. 도착과 출발을 알리는 모니터는 꺼져서 시커멨다. 델타, 유나이티드 에어라인, 노스웨스트 에어링크, 미드코스트 에어웨이 카운터에 아무도 서 있지 않았다. 층 한가운데 놓인 거대한 수족관에는 "메인 주의 바닷가재 사세요"라고 쓰인 현수막이 걸려 있고 물이 가득한데 바닷가재는 한 마리도 없었다. 천장의 형광등도 모두 꺼졌고 저쪽에 달린 문을 통해 들어오는 한줌 햇살은 여기까지 닿지 않아서 29편 항공기에서 내린 몇 안 되는 사람들은 기분 나쁜 어둠의 둥지 속에 옹송그리고 있어야 했다.

"좋아요." 닉이 말했다. 그는 씩씩한 척하려고 했지만 본의 아니게 불안감만 드러냈다. "전화가 되는지 한번 알아볼까요?"

그가 줄줄이 늘어선 공중전화기 쪽으로 걸어가는 동안 앨버트는 버짓 렌터카 부스 쪽으로 어슬렁어슬렁 다가갔다. 뒷벽 정리함에 브리그스, 핸들퍼드, 마천트, 펜워, 페스틀먼이라고 적힌 파일들이 꽂혀 있었다. 각 파일에는 분명 임대 계약서와 메인 중심부 지도가 들어 있을 테고, 지도마다 현재 위치를 의미하는 화살표가 뱅고어 시를 가리키고 있을 것이다.

'하지만 우리가 실제로 있는 곳은 어디일까?' 앨버트는 궁금해졌다. '그리고 브리그스, 핸들퍼드, 마천트, 펜워, 페스틀먼은 어디 있을까? 다른 차원으로 이송됐을까? 어쩌면 록 밴드 그레이트풀 데드 때문일지 몰라. 그레이트풀 데드가 남쪽 어딘가에서 공연을 한다니까 모두들 그 공연을 보러 간 걸지 몰라.'

바로 뒤에서 무언가가 건조하게 긁히는 소리가 났다. 앨버트는 펄쩍 뛰며 바이올린 케이스를 곤봉처럼 들고 뒤로 획 돌았다. 베서니가 그의 뒤에 서서 성냥을 담배 끝에 대고 있었다.

그녀가 눈썹을 치켜세웠다. "나 때문에 놀랐어?"

"조금." 앨버트는 케이스를 내리며 어색한 미소를 지어 보였다.

"미안." 그녀는 성냥을 흔들어서 끄고 바닥에 떨어뜨린 뒤 담배를 깊게 한 모금 빨아들였다. "휴. 이제 살겠네. 비행기 안에서는 무서워서 못 피우겠더라. 뭐가 폭발하지 않을까 싶어서."

밥 젱킨스가 어슬렁어슬렁 다가왔다. "나는 그거 십 년 전에 끊었다만."

"잔소리는 사양할게요." 베서니가 말했다. "제정신으로 살아서 돌아가면 한 달 동안 잔소리를 들어야 할 테니까요. 꼬박 한 달 동안. 끊임없이."

젱킨스는 눈썹을 치켜세웠지만 설명을 요구하지는 않았다. "사실 나도 한 대 달라고 하려던 참이었어. 예전 습관으로 돌아가기에 완벽한 시점인 것 같아서 말이다."

베서니는 웃으며 그에게 말보로를 한 개비 주었다. 젱킨스가 받아들자 불도 붙여주었다. 그는 한 모금 빨아들이더니 봉화 같은 연기를 내뿜으며 연달아 콜록거렸다.

"진짜 제대로 끊으셨네요." 그녀가 무덤덤하게 말했다.

젱킨스는 그렇다고 했다. "하지만 금세 다시 적응이 될 거야. 그래서 습관이 끔찍한 거니까. 너희들, 시계 봤니?"

"아뇨." 앨버트가 말했다.

젱킨스가 남녀 화장실 문 위를 가리켰다. 거기 달린 시계가 4시 7분에 멈춰 있었다.

"딱 맞아." 그가 말했다. "우리도 알다시피 이륙하고 조금 지났을 때—달리 표현할 방법이 없으니 그 사건이라고 하자꾸나—그 사건이 벌어졌잖니. 동부 표준시로 오전 4시 7분이 태평양 연안 표준시로 오전 1시 7분이지. 그러니까 사건이 벌어진 시점을 알 수 있게 된 거야."

"우와, 대단하네요." 베서니가 말했다.

"그렇지." 그녀의 말투에 가미된 빈정거리는 기미를 알아차리지 못했는지 아니면 모른 체하기로 마음먹었는지 젱킨스는 이렇게 말했다. "그런데 거기에는 한 가지 오류가 있지. 날씨가 화창하면 얼마나 좋을까. 그럼 확실히 알 수 있는데."

"무슨 말씀이세요?" 앨버트가 물었다.

"시계—전자시계 말이다—는 아무 쓸모가 없어. 전기가 끊겨서. 날씨가 화창하면 그림자의 길이와 방향을 보고 몇 시쯤 됐는지 알 수 있지. 내 손목시계는 지금이 9시 15분이라지만 못 믿겠어. 느낌상으로는 그보다 더 된 것 같거든. 증거도 없고 설명할 방법도 없지만 확실해."

앨버트는 곰곰이 생각해보았다. 주변을 둘러보았다. 그러다 다시 젱킨스를 쳐다보았다. "그러네요. 점심시간이 다 된 느낌이에요. 말도 안 되는 거 아니에요?"

"말도 안 되는 거 아니야." 베서니가 말했다. "시차 때문에 그래."

"그건 아니다." 젱킨스가 말했다. "우리가 서쪽에서 동쪽으로 왔잖니. 서쪽에서 동쪽으로 이동한 여행객들은 일시적인 혼란을 느끼더라도 반대로 느끼지. 실제보다 시간이 덜 된 것처럼 말이야."

"선생님이 비행기 안에서 했던 말 중에 여쭤보고 싶은 게 있는데요." 앨버트가 말했다. "기장님이 여기에 분명 다른 사람들이 있을 거라고 했을 때 선생님이 '잘못된 논리'라고 했잖아요. 그것도 두 번씩이나. 그런데 제가 생각하기에는 논리상 맞거든요. 우리 모두 잠을 자고 있었기 때문에 여기 있는 거잖아요. 그런데 이 사건이……." 앨버트는 시계를 흘끗 확인했다. "뱅고어 시간으로 새벽 4시 7분에 벌어졌다면 이 도시 사람들이 대부분 자고 있지 않았겠어요?"

"그렇지." 젱킨스는 담담하게 말했다. "그런데 다들 어디 있을까?"

앨버트는 당황했다. "음……."

닉이 공중전화기를 쾅 하고 세게 내려놓는 소리가 났다. 일렬로 늘어선 전화기 중에서 마지막 전화기였다. 모든 전화기를 확인해 본 것이다. "헛수고했네. 전부 먹통이에요. 비상 전화는 물론이고 동전도 안 먹어요. 아무 개도 짖지 않는 소리에 아무 전화도 울리지 않는 소리를 추가해도 되겠어요, 브라이언."

"이제 어쩌죠?" 로럴이 물었다. 자기 목소리가 어찌나 쓸쓸하게 들리는지 그녀는 아주 작아진 느낌, 아주 난감해진 느낌이 들었다. 로럴의 주변을 다이너가 천천히 맴돌고 있었다. 인간 위성안테나 같았다.

"위층으로 올라갑시다." 대머리가 의견을 내놓았다. "거기 가면 식당이 있을 거예요."

그들은 일제히 그를 쳐다보았다. 개프니는 콧방귀를 뀌었다. "한 가지 생각밖에 할 줄 모르는 성격이로군, 선생."

대머리는 한쪽 눈썹을 치켜세우고 그를 쳐다보았다. "첫째, 내 이름은 선생이 아니라 루디 워릭이에요." 그가 대답했다. "둘째, 사람들은 배가 부를 때 머리 회전이 더 빨라지죠." 그는 어깨를 으쓱했다. "그게 자연의 법칙이에요."

"워릭 씨의 말씀도 일리가 있다고 생각합니다." 젱킨스가 말했다. "다 같이 요기할 방법을 강구해볼 수도 있고…… 위층에 가면 무슨 일이 있었는지 단서를 찾을 수 있을지 몰라요. 분명 찾을 수 있을 거라고 생각합니다."

닉은 어깨를 으쓱했다. 갑자기 피곤하고 혼란스러워진 것처럼 보였다. "그러죠, 뭐." 그가 말했다. "빌어먹을 로빈슨 크루소가 된 듯한 기분이 들기 시작하네요."

그들은 삼삼오오 제멋대로 흩어져서 작동을 멈춘 에스컬레이터를 향해 발걸음을 옮겼다. 앨버트, 베서니, 밥 젱킨스는 뒤쪽에서 함께 걸었다.

"뭔가 알고 계시죠, 그렇죠?" 앨버트가 느닷없이 물었다. "뭘 아시는 거예요?"

"알고 있는 게 있을 수도 있지." 젱킨스가 바로잡았다. "없을 수도 있고. 당분간은 아무 말도 하지 않으련다……. 한 가지 충고만 하고."

"어떤 충고를요?"

"너한테가 아니라 아가씨한테." 그는 베서니를 돌아보았다. "성냥 아껴두렴. 그게 내 충고야."

"네?" 베서니는 그를 보며 눈살을 찌푸렸다.

"못 들은 척하지 마."

"네, 듣긴 들었죠. 왜 그러시는지 이해가 안 돼서요. 2층에 뉴스 가판대가 있을 거예요, 젱킨스 씨. 거기에 성냥 많겠죠. 담배랑 일회용 라이터도 많고요."

"맞아." 젱킨스가 말했다. "그래도 성냥 아껴두는 게 좋을 거야."

'파일로 크리스티인가 뭔가 하는 역할에 다시 몰입하셨군.' 앨버트는 생각했다.

앨버트가 이 부분을 지적하며 이게 그가 쓴 소설이 아니라는 걸 제발 잊지 말라고 젱킨스에게 이야기하려던 찰나, 브라이언 엥글이 에스컬레이터 앞에서 갑자기 멈추어 서는 바람에 로럴은 그와 부딪히지 않도록 앞 못 보는 아이의 손을 홱 잡아당겨야 했다.

"앞 좀 보고 다니세요, 네?" 로럴이 말했다. "모르셨나 본데, 이 아이는 앞을 보지 못한다고요."

브라이언은 그녀의 말을 무시했다. 그는 몇 안 되는 난민들을 훑어보고 있었다. "투미 씨 어디 있죠?"

"누구요?" 대머리—워릭—가 물었다.

"보스턴에 중요한 약속이 있다고 했던 남자요."

"무슨 상관이오?" 개프니가 물었다. "골칫거리가 없어서 속이 다 시원하네."

하지만 브라이언은 걱정이 됐다. 투미가 혼자 슬그머니 어디론가 갔다니 기분이 찜찜했다. 왠지 모르겠지만 기분이 정말 찜찜했다. 그는 닉을 흘끗 쳐다보았다. 닉은 어깨를 으쓱하고 고개를 저었다. "사라지는 걸 못 봤어요. 전화기 들고 노닥거리느라. 미안해요."

"투미!" 브라이언은 큰 소리로 외쳤다. "크레이그 투미! 어디 있어요?"

대답이 없었다. 섬뜩하고 숨막히는 정적만 흘렀다. 바로 그때 무언가가 느껴지면서 로럴의 몸에 소름이 돋았다. 브라이언은 손을 모아서 입에 갖다 대고 에스컬레이터 위를 향해 외쳤다. 천장이 높은 곳에서 그렇게 외치면 소리가 조금이라도 울릴 수밖에 없었다.

그런데 울리지 않았다.

소리가 전혀 울리지 않았다.

10

다른 사람들이 1층에서 딴 데 정신을 팔고 있는 동안—두 명의 십 대와 나이 많은 영감은 렌터카 부스 옆에 서 있었고 나머지는 전화를 걸어보다 쾅 하고 내려놓는 영국인을 지켜보고 있었다—크레이그 투미는 멈춰 선 에스컬레이터를 생쥐처럼 살금살금 올라갔다. 그는 목적지를 정확히 알고 있었다. 거기에 도착하면 뭘 찾을 생각인지 정확히 알고 있었다.

그는 서류 가방을 오른쪽 무릎 옆으로 흔들며 넓은 대합실을 뚜벅뚜벅 가로질렀다. 텅 빈 의자와 레드 배런이라는 텅 빈 술집은 못 본 체했다. 대합실 저쪽 끝, 넓고 어두컴컴한 복도 입구에 표지판이 걸려 있었다. 거기에 적힌 문구는 다음과 같았다.

5번 게이트 국제선 도착

면세점

미국 세관

공항 보안실

그는 복도 입구에 다다랐을 때 활주로 쪽으로 난 널찍한 유리창을 흘끗 쳐다보다…… 멈칫했다. 그는 천천히 유리창으로 다가가 밖을 내다보았다.

텅 빈 콘크리트 땅과 미동도 없는 하얀 하늘말고는 아무것도 없었지만 그의 눈은 점점 휘둥그레졌고 심장 속으로 공포가 스며들기 시작하는 것이 느껴졌다.

'그들이 오고 있어.' 죽은 이의 목소리가 문득 말했다. 아버지의 목소리였다. 크레이그 투미가 심장 속 어두컴컴한 한구석에 처박아 두었던, 귀신이 사는 작은 묘지에서 흘러나왔다.

"아니야." 그가 속삭이자 입술 앞 창문 위로 조그만 꽃이 피듯 김이 서렸다. "아무도 오지 않아."

'너는 그동안 불량했어. 그 정도가 아니라 게을렀어.'

"아니야!"

'맞아. 약속이 있었는데 빼먹었잖아. 도망쳤잖아. 많고 많은 한심한 도시 중에서도 메인 주의 뱅고어로 도망쳤잖아.'

"내 잘못이 아니었어." 그는 이제 아플 정도로 세게 서류 가방의 손잡이를 쥐고 있었다. "내 뜻하고는 상관없이 여기로 오게 되었어. 나는…… 나는 강제로 끌려온 거라고!"

심장 속의 목소리는 아무 대꾸가 없었다. 비난의 파동만 내보냈다. 크레이그는 그를 누르는 압력, 그칠 줄 모르는 끔찍한 압력, 심연의 무게를 다시 한번 감지했다. 심장 속의 목소리는 핑계는 있을 수 없다고 말할 필요가 없었다. 크레이그는 알고 있었다. 오래전부터 알고 있었다.

'그들이 왔다 갔어……. 그리고 다시 올 거야. 너도 알지?'

그는 알았다. 랭골리어는 다시 올 것이다. 그를 잡으러 올 것이다. 그들을 느낄 수 있었다. 본 적은 없었지만 얼마나 끔찍할지는 알고 있었다. 그걸 아는 사람이 그 혼자뿐일까? 아닐 것이다.

그가 생각하기에는 앞 못 보는 여자아이도 랭골리어에 대해서 뭔가 알고 있는 것 같았다.

하지만 별 상관없는 문제였다. 보스턴으로 가는 것이 관건이었다. 이 끔찍한 파멸의 소굴로 들이닥친 랭골리어들에게 비명을 지르며 산 채로 잡아먹히기 전에 보스턴으로 가는 것이 관건이었다. 프루덴셜 센터에서 열리는 회의에 참석해서 무슨 짓을 저질렀는지 밝히면 그는…….

해방될 수 있다.

그는 해방될 수 있다.

크레이그는 유리창을 등지고, 공허와 정적을 등지고, 표지판이 달린 복도로 뛰어들었다. 텅 빈 가게들을 쳐다보지도 않고 지나쳤다. 복도를 지나 그가 찾던 문 앞에 다다랐다. 과녁의 정중앙만 한 작은 구멍 바로 위에 직사각형의 조그만 명패가 달려 있었다. "공항 보안실".

그는 안으로 들어가야 했다. 무슨 수를 써서라도 그 안으로 들어가야 했다.

'이 모든 일을…… 이 말도 안 되는 일을…… 내가 감당할 필요 없잖아. 내가 책임질 필요 없잖아. 이제는.'

크레이그는 손을 내밀어 공항 보안실의 문고리를 잡았다. 멍하던 눈빛이 분명하게 결심한 눈빛으로 바뀌었다.

'나는 오랫동안, 아주 오랫동안 스트레스에 시달려왔어. 일곱 살 때부터였나? 아니야. 그전부터 시작됐던 것 같아. 내 기억이 닿는 먼 옛날부터 스트레스에 시달려왔지. 가장 최근에 벌어진 이 말도 안 되는 일은 새로운 변종에 불과해. 아마 닳아서 너덜너덜한 재킷을 입은 남자가 말한 것처럼 실험일 거야. 비밀 정부 기관이나 사악한 외국의 요원들이 벌인 실험. 하지만 나는 더이상 어떤 실험에도 참여하지 않겠어. 책임자가 우리 아버지라도, 어머니라도, 경영 대학원장이라도, 데저트 선 은행의 이사진이라도 상관없어. 나는 참여하지 않을 거야. 도망칠 거야. 보스턴으로 가서 내가 아르헨티나 채권을 사자고 했을 때부터 계획했던 일을 마무리짓겠어. 그러지 않으면…….'

그러지 않으면 무슨 일이 벌어질지 그는 알고 있었다.

미쳐버릴 것이다.

크레이그는 문고리를 돌려보았다. 문고리는 옴짝달싹도 하지 않았지만 그가 좌절감을 실어서 살짝 밀자 문이 열렸다. 걸쇠가 풀려 있었든지 아니면 전기가 나가고 보안 시스템이 꺼지면서 잠금장치가 해제된 모양이었다. 어느 쪽이었건 상관없었다. 옷을 구겨가며 냉난방 배관 같은 데로 기어 들어가지 않아도 된다는 것이 핵심이었다. 무슨 수를 써서라도 오늘 안으로 회의에 참석할 생각인데, 먼지와 기름 때문에 지저분해진 옷을 입고 회의장에 등장하고 싶지 않았다. 단순하고 평범한 인생의 진리가 있다. 양복에 먼지가 묻은 남자는 믿을 만한 남자가 못 된다는 것.

그는 문을 밀고 안으로 들어갔다.

11

브라이언과 닉이 에스컬레이터 꼭대기에 먼저 올라갔고 나머지 사람들이 둘 주변으로 하나둘씩 모였다. 이곳은 뱅고어 국제공항 대합실, 인체 공학적인 플라스틱 의자들로 가득하고 (팔걸이에 동전을 넣으면 볼 수 있는 텔레비전이 달린 의자도 있었다) 한쪽 벽에 달린 전면 편광 유리창이 인상적인 정사각형의 널찍한 공간이었다. 바로 왼쪽에 신문 가판대와 1번 게이트 역할을 하는 보안 검색대가 있었다. 오른쪽으로 대합실 저쪽 끝에는 레드 배런 술집과 클라우드 나인 레스토랑이 있었다. 식당을 지나면 공항 보안실과 국제선 도착용 별관으로 이어지는 복도가 나왔다.

"이쪽으로……." 닉이 말문을 열었을 때 다이너가 말했다. "잠깐만요."

강하고 다급한 어조라 모두들 호기심을 느끼며 아이를 돌아보았다.

다이너는 로럴의 손을 놓고 양손을 들었다. 엄지손가락을 귀 뒤에 대고 부채처럼 손가락을 펼쳤다. 특이하고 조금 괴상한 경청 자세를 취한 채 말뚝처럼 가만히 서 있었다.

"왜……." 브라이언이 말문을 열자 다이너는 "쉬이잇!" 하고 누가 들어도 무슨 뜻인지 알 만한 소리를 냈다.

그녀가 왼쪽으로 고개를 돌렸다가 멈추고, 창문을 관통한 하얀 빛이 얼굴 위로 곧장 쏟아지는 지점까지 반대 방향으로 고개를 돌리자 그렇잖아도 창백했던 얼굴이 귀신처럼 섬뜩하게 변했다. 그녀는 안경을 벗었다. 안경으로 덮여 있었던 갈색의 큰 눈동자엔 아무 표정도 없지 않았다.

"저기……." 그녀가 꿈을 꾸듯 나지막이 속삭이자 로럴은 공포가 차가운 손으로 심장을 어루만지는 것이 느껴졌다. 그녀만 그런 게 아니었다. 베서니가 한쪽 옆으로 다가왔고, 돈 개프니가 반대쪽 옆으로 바짝 가까워졌다. "저기서…… 빛이 느껴져요. 병원에서는 그래서 내가 다시 앞을 볼 수 있다고 장담할 수 있는 거랬어요. 나는 빛을 항상 느낄 수 있어요. 머릿속에 불덩이가 들어 있기라도 한 것처럼."

"다이너, 그게 무슨……." 브라이언이 물으려고 했다.

닉이 팔꿈치로 그를 찔렀다. 영국인의 얼굴은 우울한 표정으로 일그러져 있었고 이마에는 주름살이 가득했다. "조용히 해봐요, 형씨."

"빛이…… 여기 있어요."

다이너는 두 손을 여전히 부채처럼 귀에 대고, 가는 길에 뭔가가 있으면 감지할 수 있도록 팔꿈치를 앞으로 내민 채 천천히 걸음을 옮겼다. 아이는 창문에서 육십 센티미터도 안 되는 지점까지 다가갔다. 그러더니 천천히 손가락을 내밀어 유리를 건드렸다. 손가락이 하얀 하늘을 배경으로 까만 불가사리처럼 보였다. 아이가 슬픈 목소리로 조그맣게 중얼거렸다.

"유리도 이상하네요." 그녀가 예의 꿈꾸는 듯한 목소리로 말했다.

"다이너……." 로럴이 말문을 열었다.

"쉬이이……." 다이너는 돌아보지도 않고 속삭였다. 아버지가 퇴근하길 기다리는 꼬마처럼 창문 앞에 서 있었다. "무슨 소리가 들려요."

이 속삭임을 들었을 때 본능적인 공포가 앨버트 카우스너의 머릿속을 관통했다. 어깨를 누가 누르는 느낌이 들기에 내려다보니 두 팔을 교차해서 자기 어깨를 힘껏 끌어안고 있었다.

브라이언은 온 정신을 집중해서 귀를 기울였다. 그의 숨소리와 다른 사람들의 숨소리가 들렸고…… 그게 전부였다. '저 아이가 착각한 거야.' 그는 생각했다. '상상일 뿐이야.'

하지만 의구심이 들었다.

"뭐라고?" 로럴이 다급하게 물었다. "무슨 소리가 들리는데, 다이너?"

"모르겠어요." 아이는 창문 앞에서 고개를 돌리지도 않고 대답했다. "희미해요. 비행기에서 내렸을 때 소리가 들렸는데 그때는 내가 착각했나 보다고 생각하기로 했거든요. 그런데 여기로 오니까 더 잘 들려요. 유리를 통해서도 들려요. 어떠냐면…… 라이스 크리스피 시리얼에 우유를 부을 때 나는 소리 비슷해요."

브라이언은 닉을 돌아보며 나지막이 물었다. "뭐 들리는 거 있어요?"

"하나도 없어요." 닉도 브라이언과 마찬가지로 나지막하게 대답했다. "하지만 저 아이는 앞을 못 보잖아요. 귀가 두 배의 몫을 하도록 훈련이 되어 있겠죠."

"히스테리 아닐까요?" 브라이언이 말했다. 그는 이제 닉의 귀에 입술을 닿을락 말락 하게 대고 속삭이고 있었다.

다이너가 고개를 돌리더니 두 사람의 대화를 흉내냈다.

"'뭐 들리는 거 있어요?' '하나도 없어요. 하지만 저 아이는 앞을 못 보잖아요. 귀가 두 배의 몫을 하도록 훈련이 되어 있겠죠.'" 다이너는 말을 멈추었다가 덧붙였다. "'히스테리 아닐까요?'"

"다이너, 그게 무슨 소리니?" 로럴이 어리둥절해하며 겁에 질린 목소리로 물었다. 그녀는 다이너보다 브라이언과 닉에 훨씬 가까이 있었는데도 중얼중얼 나눈 대화를 듣지 못했던 것이다.

"저 두 분한테 물어보세요." 다이너가 말했다. 목소리가 떨렸다. "나는 미치지 않았어요! 앞을 못 볼지 몰라도 미치지는 않았다고요!"

"알았다." 브라이언은 충격을 받은 목소리로 말했다. "알았어, 다이너." 그러고 나서 로럴에게 말했다. "내가 닉한테 말을 했거든요. 그걸 들은 거예요. 저 창문 앞에서 우리 대화를 들은 거예요."

"귀가 아주 좋네." 베서니가 말했다.

"들리는 것만 듣는 거예요." 다이너가 말했다. "저기서 무슨 소리가 들려요. 저쪽 방향에서." 그녀는 창문 너머 동쪽을 가리켰다. 보지 못하는 그녀의 눈이 그들을 한 바퀴 쓸고 지나갔다. "그런데 나빠요. 소름 끼치는 소리, 무서운 소리예요."

돈 개프니가 머뭇머뭇 말했다. "그게 뭔지 알면 아마 도움이 될 것 같은데."

"모르겠어요. 전보다 가까워졌다는 건 알겠어요." 다이너는 부들부들 떨리는 손으로 까만 안경을 다시 썼다. "여기서 나가야 해요. 빨리 나가야 해요. 뭔가가 오고 있어요. 시리얼 소리를 내는 나쁜 뭔가가."

"다이너." 브라이언이 말했다. "우리가 타고 온 비행기의 연료가 거의 다 떨어졌어."

"그럼 보충해야 해요!" 다이너가 그를 향해 날카롭게 소리쳤다. "그게 오고 있어요. 모르겠어요? 그게 도착했을 때 우리가 여기 있으면 죽을 거예요! 전부 죽을 거예요!"

목소리가 갈라졌고 아이는 울음을 터뜨렸다. 다이너는 예언자나 무당이 아니라 완벽한 어둠의 공포 속에서 살아야만 했던 어린 소녀에 불과했다. 평정심을 완전히 잃은 채 그들 쪽으로 비틀비틀 걷던 다이너가 보안 검색대로 가는 길을 표시한 줄에 걸려서 넘어지기 전에 로럴이 잡아서 꼭 끌어안았다. 로럴은 아이를 달래려고 했지만 마지막 몇 마디가 충격으로 혼란스러운 그녀의 머릿속에서 메아리치며 울렸다.

그게 도착했을 때 우리가 여기 있으면 죽을 거예요.

전부 죽을 거예요.

12

크레이그 투미는 계집애가 어딘가에서 악을 쓰는 소리를 들었지만 무시했다. 라벨기로 "마키"라고 찍어서 붙인 세 번째 사물함에 그가 찾던 물건이 들어 있었다. 맨 위 선반에는 마키 씨의 점심—갈색 종이봉투 위로 튀어나온 샌드위치—이 들어 있었다. 맨 아래 선반에는 마키 씨의 출퇴근용 신발이 나란히, 단정하게 들어 있었다. 그 사이에 아무 무늬 없는 하얀색 셔츠와 권총 케이스가 달린 허리띠가 고리에 함께 걸려 있었다. 마키 씨의 근무용 리볼버가 케이스 밖으로 고개를 내밀고 있었다.

크레이그는 안전띠를 풀고 총을 꺼냈다. 그는 총에 대해서 아는 게 별로 없었지만—32구경이건 38구경이건 심지어 45구경이건 그가 보기에는 다 똑같았다—멍청하지는 않았기 때문에 잠깐 동안 어설프게 시도한 끝에 탄창을 돌릴 수 있었다. 탄창은 총알 여섯 개로 꽉 차 있었다. 그는 탄창을 다시 넣고 찰칵하는 소리가 들리자 고개를 끄덕이고 나서 공이치기와 손잡이 양옆을 살폈다. 안전장치가 있는지 보았는데 없는 듯했다. 그는 방아쇠에 손가락을 대고 공이치기와 탄창이 움직이는 게 보일 때까지 눌렀다. 그런 다음 만족감에 고개를 끄덕였다.

몸을 돌리자 어른이 된 이래 가장 강렬한 외로움이 예고도 없이 그를 강타했다. 총이 무거워졌는지 손이 축 늘어졌다. 이제 그는 오른손에는 서류 가방을 들고 왼손에는 보안 요원의 리볼버를 대롱거린 채 어깨를 늘어뜨리고 섰다. 그의 얼굴은 완벽하게, 철두철미하게 비참한 표정을 짓고 있었다. 문득 오랫동안 잊고 지냈던 기억이 떠올랐다. 열두 살의 크레이그 투미는 침대에 누운 채 뜨거운 눈물을 흘리며 부들부들 떨고 있었다. 다른 방에서는 어머니가 스테레오의 볼륨을 한껏 높여놓고 취객 특유의 음정도 안 맞고 늘어지는 목소리로 메릴리 러시의 노래를 따라 부르고 있었다. "나를 천사라고 불러줘……. 아침의 천사라고, 베이비……. 내 볼을 만져줘……. 날 떠나기 전에, 베이비……."

그는 그렇게 침대에 누워 있었다. 몸을 부들부들 떨면서. 울면서. 숨을 죽이고서. 그리고 생각했다. '엄마, 나를 사랑해주면 안 되나요, 나를 그냥 내버려두면 안 되나요? 나를 사랑해주면 안 되나요,

나를 그냥 내버려두면 안 되나요?'

"아무도 해치고 싶지 않아." 크레이그 투미는 눈물을 흘리며 중얼거렸다. "그러고 싶지 않아. 하지만 이건…… 이건 못 참겠어."

맞은편 벽에 텔레비전 모니터가 꺼진 채로 줄줄이 달려 있었다. 그가 잠깐 모니터들을 쳐다보는데 과거의 진실이, 현재의 진실이 한꺼번에 떠오르려 했다. 복잡한 신경 방어 체계를 뚫고 그가 생활하는 방공호 속으로 들어올 뻔했다.

'전부 사라졌어, 크레이기웨기. 너와 비행기에 있었던 사람들만 빼고 온 세상이 사라졌어.'

"아니야." 그는 신음 소리를 내며 보안실 한가운데 놓인 포마이카 테이블 주변의 의자에 털썩 주저앉았다. "아니야, 그렇지 않아. 그렇지 않아. 나는 부인하겠어. 절대 부인하겠어."

'랭골리어들이 왔다 갔어……. 그들은 다시 올 거야.' 그의 아버지가 말했다. 늘 그랬듯이 어머니의 목소리는 아버지의 목소리에 먹혀 들어갔다. '그들이 도착하기 전에 떠나는 게 좋을 거야……. 안 그러면 무슨 일이 벌어질지 알지?'

그는 분명히 알았다. 잡아먹힐 것이다. 랭골리어들에게 잡아먹힐 것이다.

"하지만 나는 아무도 해치고 싶지 않아." 그는 음울하고 심란한 목소리로 같은 말을 반복했다. 식탁 위에 근무자 명단 복사본이 있었다. 크레이그는 서류 가방을 놓고 총을 옆 테이블에 올려놓았다. 그런 다음 근무자 명단을 집어서 초점 없는 눈으로 쳐다보다 왼쪽에서부터 길게 찢기 시작했다.

찌이익.

이내 얇은 종잇조각들이—지금까지 찢은 종잇조각 중에서 가장 얇은 것 같았다!—테이블 위로 펄럭펄럭 떨어지기 시작했고 그는 최면 상태로 빠져들었다. 그 순간에도 아버지의 차가운 목소리는 그를 떠날 줄 몰랐다.

'안 그러면 무슨 일이 벌어질지 알지?'

5장

성냥갑. 살라미 샌드위치의 모험. 연역법의 또 다른 예.
바이올린을 연주하는 애리조나의 유대인.
시내에서 들리는 유일한 소리.

1

다이너의 경고에 이어 얼음처럼 깔린 침묵을 마침내 깬 사람은 로버트 젱킨스였다. "문제가 몇 가지 생겼네요." 그는 강연을 하는 듯 무미건조한 목소리로 말했다. "다이너가 무슨 소리를 들었다면—나는 좀 전에 다이너가 보여준 놀라운 능력을 놓고 판단했을 때 무슨 소리를 들었을 가능성이 크다고 생각해요—그 소리의 정체를 알 수 있다면 도움이 되겠죠. 그런데 우리는 모릅니다. 그게 첫 번째 문제예요. 비행기의 연료가 부족하다는 것이 두 번째 문제고요."

"저기 727기가 있잖아요." 닉이 말했다. "탑승교에 바짝 붙어 있는. 그것도 조종할 수 있나요, 브라이언?"

"네." 브라이언이 대답했다.

닉은 밥 쪽으로 손바닥을 펼치고 자, 매듭 하나는 이미 해결됐네요, 라고 말하는 듯이 어깨를 으쓱했다.

"다시 이륙할 수 있다고 가정한다면 어디로 가야 할까요?" 밥 젱킨스가 말을 이었다. "그게 세 번째 문제죠."

"멀리요." 다이너가 곧바로 대답했다. "그 소리에서부터 멀리요. 그 소리로부터, 그 소리를 내는 존재로부터 도망쳐야 해요."

"시간이 얼마나 남았을까?" 밥이 그녀에게 다정한 목소리로 물었다. "그게 여기 도착하기까지 시간이 얼마나 남았을까, 다이너? 혹시 알 수 있겠니?"

"아뇨." 그녀는 로럴의 품에 꼭 안긴 채로 대답했다. "아직 멀리 있는 것 같아요. 아직 시간이 있는 것 같아요. 하지만……."

"그럼 워릭 씨가 제안한 대로 합시다." 밥이 말했다. "식당에 가서 뭘 좀 먹으면서 앞으로 어떻게 하면 좋을지 의논하기로요. 음식은 푸아로 씨가 작은 회색 뇌세포라고 부른 것에 유익한 영향을 미치니까요."

"여유 부리면 안 돼요." 다이너가 조바심을 내며 말했다.

"십오 분이야." 밥이 말했다. "겨우 십오 분. 유익한 행동보다 유익한 고민이 선행되어야 한다는 건 네 나이에도 알고 있어야지."

앨버트는 미스터리 작가가 식당에 가고 싶어 하는 이유가 따로 있음을 퍼뜩 깨달았다. 젱킨스 씨의 작은 회색 뇌세포는 작동하는 데 전혀 아무 문제가 없었고—적어도 앨버트가 느끼기에는 그랬다—비행기 안에서 상황을 섬뜩하리만치 예리하게 분석한 것으로 보았을 때 어느 정도 신뢰할 수 있었다. '우리한테 뭔가를 보여주거나 증명하고 싶은 거야.'

"십오 분 정도는 괜찮지 않겠니?" 그가 살살 달래며 말했다.

"음……." 다이너는 마지못해 말했다. "아마도요……."

"좋아." 밥이 씩씩하게 말했다. "그럼 그렇게 하기로 한 거다." 그는 다른 사람들도 당연히 따라올 거라고 믿는 듯 대합실을 가로질러 식당으로 향했다.

브라이언과 닉은 서로를 쳐다보았다.

"따라가봐요." 앨버트가 조용히 말했다. "저분 뭘 좀 아시는 것 같던데."

"어떤 걸?" 브라이언이 물었다.

"정확하게는 잘 모르겠지만 어떤 건지 알아볼 만할 거예요."

앨버트는 밥을 따라갔다. 베서니는 앨버트를 따라갔다. 로럴이 다이너의 손을 잡았고 나머지도 일렬로 그들을 따라갔다. 여자아이는 얼굴이 창백했다.

2

클라우드 나인 레스토랑은 냉장 진열대 가득 음료수와 샌드위치가 들어 있고, 여러 칸으로 나뉜 기다란 음식 보온기 옆으로 스테인리스스틸 카운터가 달린 식당이었다. 음식 보온기의 각 칸에는 아무것도 없었고 반짝반짝 깨끗했다. 그릴에 기름 얼룩 하나 없었다. 뒤쪽 선반에 유리잔—옆면이 울퉁불퉁하고 잘 깨지지 않는 식당용 유리잔이었다—이 피라미드 모양으로 깔끔하게 쌓여 있고, 그 옆에 더 튼튼한 식당용 사기그릇이 다양하게 갖추어져 있었다.

로버트 젱킨스는 금전등록기 옆에 서 있다가 앨버트와 베서니가 들어오자 말했다. "담배 한 개비 더 빌릴 수 있을까, 베서니?"

"어휴, 엄청나게 빈대 잘 붙으시네요." 그녀는 이렇게 말했지만 농담조였다. 그녀는 말보로 갑을 꺼내 흔들어서 담배 한 개비를 내밀었다. 밥은 담배를 집더니 베서니가 성냥갑을 꺼내려고 하자 손을 툭 쳤다.

"그냥 이거 쓸게." 금전등록기 옆에 놓인 그릇에는 라살 경영 대학원을 홍보하는 종이 성냥이 가득 들어 있었다. 그릇 옆으로 조그만 안내문이 보였다. "성냥이 필요한 분들 쓰세요." 밥은 그중 하나를 집어서 열고 성냥 하나를 뜯었다.

"그러세요." 베서니가 말했다. "그런데 왜요?"

"이제 이유를 설명할 거야." 그는 다른 사람들을 흘끗 쳐다보았다. 다들 반원으로 서서 그를 쳐다보고 있는데 루디 워릭만 뒤편으로 가서 진열대의 내용물을 유심히 살피고 있었다.

밥이 성냥을 그었다. 마찰 면에 하얀 자국만 남고 불은 붙지 않았다. 다시 그었지만 이번에도 마찬가지였다. 세 번째로 시도하자 종이 성냥이 구부러졌다. 어차피 인화성 물질이 발린 머리도 거의 남지 않았다.

"이런, 이런." 그가 전혀 놀랍지 않다는 듯이 말했다. "눅눅한가 봅니다. 맨 밑바닥에 있는 성냥으로 불을 붙여볼까요? 그건 눅눅하지 않을 테니까요."

그는 성냥첩 몇 개를 카운터 위로 흘려가며 그릇 깊숙이 손을 집어넣었다. 앨버트가 보기에는 다 보송보송한 성냥 같았다. 그의 뒤에서 닉과 브라이언이 서로 쳐다보았다.

밥은 다른 성냥첩을 집어서 성냥 한 개비를 뜯은 다음 마찰 면에 대고 그었다. 불이 붙지 않았다.

"이런 망할." 그가 말했다. "또 다른 문제점을 발견한 것 같은데요. 네 성냥 좀 빌릴 수 있을까, 베서니?"

그녀는 군소리 없이 성냥갑을 건넸다.

"잠깐만요." 닉이 느릿느릿 말했다. "뭘 알고 있는 겁니까, 형씨?"

"우리가 애초에 생각했던 것보다 사태가 훨씬 더 심각하다는 거요." 밥이 말했다. 그의 눈빛은 차분했지만 얼굴은 초췌했다. "그리고 우리가 한 가지 중대한 실수를 저질렀을지 모른다는 생각도 듭니다. 상황을 감안했을 때 충분히 이해가 되는 일이지만……. 문제를 바라보는 시각을 바로잡지 않는 한 아무 진전도 없을 겁니다. 그러니까 관점의 오류를 바로잡기 전에는요."

워릭이 그들 쪽으로 어슬렁어슬렁 걸어왔다. 포장된 샌드위치와 병맥주를 들고 있었다. 그 둘을 입수하고 기분이 상당히 좋아진 모양이었다. "여어, 도대체 무슨 일이랍니까?"

"무슨 일인지 알면 좋게요." 브라이언이 말했다. "아무튼 영 탐탁지가 않네요."

밥 젱킨스는 베서니의 성냥갑에 든 성냥을 꺼내서 마찰 면에 대고 그었다. 단번에 불이 붙었다. "아." 그는 말하면서 성냥불을 담배 끄트머리에 갖다 댔다. 브라이언이 느끼기에 연기 냄새가 유난히 자극적이고 향기로웠다. 잠시 고민해보니 이유를 알 수 있었다. 닉 호프웰의 톡 쏘는 듯한 희미한 셰이빙 로션과 로럴의 향수말고는 느낄 수 있는 냄새가 그것뿐이기 때문이었다. 이제 와서 생각해 보니 브라이언은 일행의 땀냄새도 느낄 수 있었다.

밥은 불붙은 성냥을 계속 들고 있었다. 그는 그릇에서 꺼낸 성냥첩의 덮개를 뒤로 구부리고 성냥 머리 부분에 불을 갖다 댔다. 한참 동안 아무 일도 벌어지지 않았다. 그가 불붙은 성냥을 들고 앞뒤로 왔다갔다해도 불이 붙지 않았다. 다른 사람들은 넋을 잃고 그 광경을 지켜보았다.

마침내 피유우우우 하는 희미한 소리와 함께 성냥 몇 개가 잠깐 느른하게 깨어났다. 하지만 완전히 불이 붙은 것은 아니었다. 조금 발개졌다가 이내 꺼져버렸다. 포도 덩굴 같은 연기가 피어올랐지만…… 연기에서 아무 냄새도 나지 않는 듯했다.

밥은 그들을 한 명씩 바라보며 암울한 미소를 지었다. "예상했던 것보다 훨씬 심하네요."

"그렇군요." 브라이언이 말했다. "무슨 뜻인지 이제 얘기해주시죠. 제가 알기로는……."

순간 루디 워릭이 넌더리를 내며 고함을 질렀다. 다이너는 비명을 지르며 로럴에게 바짝 몸을 기댔다. 앨버트는 심장이 철렁 내려앉았다.

루디가 샌드위치 포장을 벗겨서—브라이언이 보기에는 살라미와 치즈 같았다— 한입 덥석 베어 문 모양이었다. 그런데 오만상을 쓰며 바닥에다 샌드위치를 뱉고 있었다.

"상했어요!" 루디가 큰 소리로 외쳤다. "이런, 젠장! 속이 뒤집히네!"

“상했다고요?” 밥 젱킨스가 잽싸게 물었다. 그의 두 눈이 파란 전기 불꽃처럼 번뜩였다. “설마요. 요즘 가공육류는 워낙 방부제에 절어서 뜨거운 태양에 여덟 시간 정도 노출이 되어야 맛이 가는데요. 시계를 보면 알 수 있다시피 진열대 전원이 나간 지 다섯 시간도 안 됐어요.”

“아닐 수도 있죠.” 앨버트가 딱 잘라 말했다. “손목시계상의 시간보다 더 된 것처럼 느껴진다고 아저씨가 그러셨잖아요.”

“그렇지. 하지만…… 진열대가 차갑던가요, 워릭 씨? 진열대를 열었을 때 아직 차갑던가요?”

“차갑지는 않았지만 시원했어요.” 루디가 말했다. “하지만 샌드위치는 완전 육시랄 상태라니까요? 과격한 표현을 써서 죄송합니다, 여성분들. 자요.” 그가 샌드위치를 내밀었다. “상하지 않았을 것 같으면 한번 먹어봐요.”

밥은 용기를 그러모으는 것처럼 샌드위치를 빤히 쳐다보더니 루디가 건드리지 않은 나머지 절반에서 조그맣게 한입 베어 먹었다. 메스꺼워하는 표정이 만면으로 번졌지만 당장 뱉지는 않았다. 한 번…… 두 번…… 씹고 나서 고개를 돌리고 자기 손바닥에 뱉었다. 그는 뱉은 샌드위치를 양념 선반 아래 있는 쓰레기통에 버리고 남은 샌드위치도 잇따라 던졌다.

“상한 건 아닙니다.” 그가 말했다. “아무 맛도 없는 거죠. 그뿐 아니라 아무 질감도 없는 것 같더군요.” 그의 입꼬리가 저절로 내려가면서 메스꺼워하는 표정이 되었다. “맛이 밍밍하다는 이야기인데—아무 양념도 하지 않은 쌀밥이나 삶은 감자처럼—아무리 밍밍한 음식이라도 아예 무맛은 아니지 않나요? 저 샌드위치는 아무 맛도 없었어요. 꼭 종이를 씹는 느낌이더군요. 그러니 상했다고 생각하실 수밖에요."

"상했다니까요." 대머리 남자는 고집스럽게 같은 말을 반복했다.

"맥주를 마셔보세요." 밥이 권했다. "그건 상할 수가 없는 음식이잖습니까. 뚜껑이 아직 닫혀 있고, 뚜껑이 닫힌 병맥주는 냉장 보관하지 않더라도 상할 수가 없으니까요."

루디는 손에 쥔 버드와이저병을 유심히 쳐다보더니 고개를 저으며 밥에게 내밀었다. "이제는 맥주가 안 당기네요." 그는 냉장 진열대를 흘끗 쳐다보았다. 젱킨스가 재미없는 장난을 치는 건 아닌지 의심이라도 하는 것처럼 눈빛이 표독스러웠다.

"어쩔 수 없다면 내가 마실 수도 있어요." 밥이 말했다. "하지만 내 몸을 이미 한 번 실험 도구로 활용한 상태라. 맥주 마셔보실 분 있나요? 중요한 문제인 것 같은데."

"저를 주세요."닉이 말했다.

"아니." 돈 개프니가 말했다. "나한테 줘요. 맥주 한잔 마시고 싶어서 죽겠으니까. 예전에 따뜻하게도 마셔봤는데 전혀 아무렇지 않았어요."

그는 맥주를 받고 뚜껑을 돌려서 연 다음 입에 대고 거꾸로 들었다. 잠시 후 그는 뱅그르르 돌더니 바닥에 맥주를 뱉어냈다.

"으웩!" 그가 울부짖었다. "김이 다 빠졌네! 완전히 다 빠졌어!"

"그렇습니까?" 밥이 명랑하게 물었다. "좋아요! 훌륭해요! 다 같이 확인해볼까요?" 그는 단박에 카운터 뒤로 돌아가서 선반에 있던 유리잔을 하나 꺼냈다. 개프니는 맥주병을 금전등록기 옆에 내려놓았다. 브라이언이 유심히 지켜보는 가운데 밥 젱킨스가 병을 집어 들었다. 주둥이 안쪽에 들러붙은 거품이 없었다. '물로 변한 거면 차라리 나을 수도 있는데.' 밥은 생각했다.

하지만 밥이 유리잔에 따른 액체는 물로 보이지 않았다. 맥주로 보였다. 김이 빠진 맥주였다. 거품도 생기지 않았다. 유리잔 안쪽으로 조그만 기포가 몇 방울 들러붙기는 했지만 수면 위로 떠오르지는 않았다.

"그러네요." 닉이 느릿느릿 말했다. "김이 다 빠졌네요. 그럴 때도 있잖아요. 공장에서 뚜껑을 제대로 닫지 않아서 가스가 다 빠져 버리면. 누구라도 김빠진 맥주를 마실 때가 가끔 있잖아요."

"하지만 여기에 아무 맛도 나지 않는 살라미 샌드위치를 보태면 연상되는 게 있지 않나요?"

"뭐가 연상된다는 겁니까?" 브라이언은 폭발했다.

"잠깐만 기다려주세요." 밥이 말했다. "호프웰 씨가 거론한 부분부터 먼저 처리합시다." 그는 몸을 돌리더니 양손으로 유리잔을 꺼내 (두세 개가 떨어져 바닥에 부딪히며 산산조각이 났다) 바텐더처럼 날렵하게 카운터 위에 늘어놓기 시작했다. "맥주 몇 개 더 갖다주세요. 가는 김에 탄산음료도."

앨버트와 베서니가 냉장 진열대로 가서 각자 마구잡이로 네댓 병씩 꺼냈다.

"저 아저씨, 정신이 이상한 거 아니야?" 베서니가 나지막이 물었다.

"아닐걸?" 앨버트가 말했다. 그는 미스터리 작가가 무얼 보여주려고 하는지 어렴풋이 알 것 같았는데…… 머릿속에 떠오른 생각이 영 마음에 들지 않았다. "성냥 아껴두라고 했던 거 기억하지? 그래서 우리를 식당으로 데려오지 못해서 안달을 냈던 거야. 보여주고 싶어서."

3

근무자 명단은 삼십여 개의 가느다란 조각으로 찢겼고 랭골리어들은 더 가까워졌다.

크레이그는 그들이 다가오는 것을 마음속 깊은 곳에서 느낄 수 있었다. 무게가 늘었다.

견딜 수 없는 무게가 늘었다.

이제 떠나야 할 시간이었다.

그는 총과 서류 가방을 들고 자리에서 일어나 보안실을 나섰다. 천천히 걸으며 대사를 연습했다. '당신을 쏘고 싶지 않지만 선택의 여지가 없으면 쏠 거야. 보스턴으로 데려다줘. 당신을 쏘고 싶지 않지만 선택의 여지가 없으면 쏠 거야. 보스턴으로 데려다줘.'

"선택의 여지가 없으면 쏠 거야." 크레이그는 다시 대합실로 걸어가며 중얼거렸다. "선택의 여지가 없으면 쏠 거야." 그는 손가락으로 공이치기를 찾아서 뒤로 당겼다.

대합실을 절반쯤 지났을 때 창문 사이로 들어오는 흐릿한 햇살에 또다시 정신이 팔려 그쪽으로 방향을 틀었다. 그 너머에 있는 존재들이 느껴졌다. 랭골리어. 그들은 쓸모없고 게으른 인간들을 모조리 잡아먹고 이제 그를 찾아서 돌아오고 있었다. 보스턴으로 가야만 했다. 그것이 그의 남은 부분을 지킬 수 있는 유일한 방법이었다. 그들의 죽음은 끔찍할 것이다. 그들의 죽음은 분명 끔찍할 것이다.

그는 창가로 천천히 걸어가서 밖을 내다보았다. 뒤에서 다른 승객들이 웅얼거리는 소리는—지금 당장은—못 들은 척했다.

4

밥 젱킨스는 음료수를 하나씩 잔에 따랐다. 각 잔에 담긴 내용물이 맨 처음에 따랐던 맥주처럼 밋밋했다. "이제 확실히 알겠어요?" 그가 닉에게 물었다.

"그러네요." 닉이 말했다. "이게 어떻게 된 영문인지 알고 있다면 얘기해주시죠. 제발 부탁드립니다."

"한 가지 의견이 있긴 한데." 밥이 말했다. "그게…… 그게 별로 위로가 되는 내용은 아니겠지만 나는 아는 게 모르는 것보다 낫다고—안전하다고—생각하는 사람이에요. 처음 알게 됐을 때 아무리 실망스럽더라도 말입니다. 무슨 말인지 알겠어요?"

"아뇨." 그의 말이 떨어지기가 무섭게 개프니가 대답했다.

밥은 어깨를 으쓱하고 희미하게 쓴웃음을 지었다. "설령 그렇다 하더라도 내 생각에는 변함이 없네요. 논의를 진행하기 전에 여러분이 주위를 둘러보고 뭐가 보이는지 알려주면 좋겠는데요."

그들은 옹기종기 모여 있는 테이블과 의자에 집중해 주위를 둘러보느라 크레이그 투미가 대합실 저쪽에 그들을 등지고 서서 활주로를 내다보고 있는 것을 알아차리지 못했다.

"아무것도 안 보이는데요." 이윽고 로럴이 말했다. "죄송하지만 제 눈에는 아무것도 안 보여요. 젱킨스 씨의 눈매가 저보다 더 예리하신 모양이네요."

"그럴 리가요. 저도 마찬가지랍니다. 아무것도 보이지 않아요. 하지만 공항은 이십사 시간 운영되는 곳이죠. 이 일—이 사건—이 벌어졌을 때가 이십사 시간으로 이루어진 사이클 중에서 딱 간조에 해당되는 시점이었을지 몰라도 여기서 커피를 마시고 이른 아침을 해결하는 사람이 한 명도 없지는 않았을 겁니다. 항공기 정비사. 공항 직원. 어쩌면 자정부터 6~7시까지 연결 항공편을 기다리는 동안 돈을 아끼려고 근처 모텔 대신 터미널에서 시간을 때우기로 작정한 승객들까지. 나는 수화물 컨베이어 벨트에서 내려서 주위를 둘러보았을 때 어안이 벙벙했어요. 왜냐고요? 경찰서나 소방서처럼 공항은 절대 인적이 완전히 사라질 수 없는 곳이잖아요. 그런데 이제 주변을 다시 한번 둘러보면서 여러분에게 물어보세요. 먹다 남은 음식과 마시다 만 음료가 든 유리잔은 어디 있을까? 맨 아래 칸에 사용한 잔이 몇 개 놓여 있었던 비행기 음료 카트 기억하죠? 조종실의 조종석 옆에 먹다 만 패스트리와 마시다 만 커피잔이 있었던 것도 기억하죠? 여기에는 그런 게 없어요. 사건이 벌어졌을 때 사람들이 있었다는 일말의 흔적이 다 어디로 간 걸까요?"

앨버트는 주위를 다시 둘러보고 느릿느릿 말했다. "앞 갑판의 파이프 담배가 없단 말씀이죠?"

밥은 그를 뚫어져라 쳐다보았다. "뭐라고? 지금 뭐라고 했니, 앨버트?"

"비행기에 타고 있었을 때." 앨버트는 느릿느릿 말문을 열었다. "예전에 책에서 읽은 범선이 생각났거든요. 이름이 메리 설레스트호였는데, 정처 없이 떠내려가는 걸 어떤 사람이 발견했대요. 음…… 책에서 말하길 돛이 펼쳐져 있었다고 하니까 떠내려가고 있었다고 볼 수는 없겠지만. 발견한 사람들이 배에 올라가서 보니까 메리 설레스트호에 타고 있었을 사람들이 다 사라지고 없었대요. 그런데 소지품은 그대로 있었고 스토브에서 음식도 만들어지고 있었어요. 심지어 어떤 사람은 앞 갑판에서 파이프 담배를 발견했는데 아직 불이 붙어 있었고요."

"브라보!" 밥이 흥분한 목소리로 외쳤다. 그들은 모두 밥을 쳐다보고 있었기 때문에 그들 쪽으로 천천히 걸어오는 크레이그 투미를 아무도 보지 못했다. 그가 찾은 총이 이제는 바닥이 아닌 다른 곳을 겨누고 있었다.

"브라보, 앨버트! 정확하게 지적했다! 그리고 유명한 실종 사건이 하나 더 있지. 로어노크 섬이라고…… 내가 알기로 노스캐롤라이나 연안에 있는 어느 섬에서 이주민이 통째로 사라진 사건이야. 한 명도 남김없이 사라졌는데 캠프파이어, 어수선한 집, 쓰레기 더미는 고스란히 남아 있었지. 그런데 앨버트, 이걸 한 단계 더 발전시켜보자. 이 터미널은 우리가 타고 온 비행기하고 또 어떻게 다를까?"

앨버트는 멍한 표정을 지었지만, 잠시 후 깨달음이 그의 눈빛을 물들였다. "반지!" 그는 큰 소리로 외쳤다. "핸드백! 지갑! 돈! 수술용 철심! 여기에는 그런 물건들이 없어요!"

"맞았어." 밥은 부드럽게 말했다. "제대로 맞혔다. 네가 말한 것처럼 여기에는 그런 물건들이 없어. 하지만 우리 생존자들이 눈을 떴을 때 비행기 안에는 그런 것들이 있었지? 심지어 조종실에는 커피잔이랑 먹다 만 패스트리까지 있었잖니. 앞 갑판의 파이프 담배에 해당하는 물건이 말이다."

"우리가 다른 차원으로 날아왔다고 생각하시는 거죠?" 앨버트가 물었다. 경외감이 어린 목소리였다. "SF에 나오는 것처럼 말이에요."

다이너가 고개를 모로 꼬자 예전에 RCA 빅터 음반사의 로고로 쓰였던 니퍼라는 개와 놀라우리만치 닮은꼴이 되었다.

"아니야." 밥이 말했다. "내 생각에는……."

"조심하세요!" 다이너가 날카롭게 외쳤다. "무슨 소리가……."

한발 늦었다. 일단 마비 상태에서 벗어나자 크레이그 투미가 빠르게 움직이기 시작했던 것이다. 닉이나 브라이언이 고개나마 겨우 돌렸을 때 그는 벌써 한쪽 팔로 베서니의 목을 단단히 감싸서 뒤로 끌고 갔다. 그러고는 그녀의 관자놀이에 총을 겨누었다. 베서니는 겁에 질려서 필사적으로 꽥꽥거렸다.

"이 아이를 쏘고 싶지 않지만 선택의 여지가 없으면 쏠 거야." 크레이그가 헐떡이며 말했다. "보스턴으로 데려다줘." 그의 눈빛은 더 이상 멍하지 않았다. 공포와 편집증으로 물든 형형한 눈빛이 사방을 흘끗흘끗 노려보았다. "내 말 안 들려? 보스턴으로 데려다달라고!"

브라이언이 그를 향해 발걸음을 옮기려 하자 닉이 크레이그에게 시선을 고정한 채 브라이언의 가슴에 손을 얹었다. "형씨, 가만히 있어요." 그가 나지막이 말했다. "위험해요. 우리 친구가 완전히 맛이 갔거든요."

크레이그의 팔에 꽉 붙잡힌 베서니가 꼼지락거렸다. "숨막혀요! 제발 이러지 마요, 숨막힌다고요!"

"무슨 일이에요?" 다이너가 외쳤다. "뭐예요?"

"가만히 있어!" 크레이그가 베서니에게 고함을 질렀다. "움직이지 마! 자꾸 그러면 나도 원치 않는 짓을 저지를 수 있어!" 그는 총구를 그녀의 옆머리에 대고 눌렀다. 그런데도 그녀가 계속 반항하자, 앨버트는 문득 그에게 총이 있다는 사실을 그녀가 모른다는 걸 깨달았다. 총으로 머리를 누르고 있는데도 모르는 것이다.

"얘야, 가만히 있어!" 닉이 날카롭게 외쳤다. "반항하지 말고!"

앨버트는 꿈속이 아닌 현실에서 난생처음으로 단순히 애리조나의 유대인처럼 생각만 하는 게 아니라 그 유명한 전설적 인물처럼 행동으로 보여주는 경지에 이르렀다. 그는 크루넥 저지를 입은 정신병자에게 시선을 고정한 채 천천히 바이올린 케이스를 들었다. 손잡이를 잡고 있던 손을 옮겨서 두 손으로 케이스의 목 부분을 잡았다. 투미는 그가 아닌 다른 데를 보고 있었다. 그의 시선은 브라이언과 닉 사이를 빠르게 왔다갔다했고 베서니를 잡고 있느라—말 그대로—빈손이 없었다.

"이 아이를 쏘고 싶지 않지만……." 크레이그는 다시 대사를 읊기 시작했다. 여자아이가 껑충 뛰어서 그를 들이받고 뒷발로 그의 사타구니를 걷어차자 그의 팔이 위로 스르르 움직였다. "아야! 아야아야!" 크레이그는 비명을 질렀다.

그의 팔이 느슨해졌다. 베서니는 몸을 수그렸다. 투미가 총으로 베서니를 겨눈 순간 앨버트가 바이올린 케이스를 들고 달려들었다. 투미의 얼굴이 고통과 분노로 일그러졌다.

"안 돼, 앨버트!" 닉이 고함을 질렀다.

크레이그 투미는 달려오는 앨버트를 보고 총구를 그쪽으로 옮겼다. 앨버트는 총구를 똑바로 들여다보았는데, 꿈속이나 상상과 전혀 달랐다. 꼭 열린 무덤을 들여다보는 느낌이었다.

'어쩌면 내가 잘못 판단했을 수도 있겠다.' 그는 생각했고, 이내 크레이그가 방아쇠를 당겼다.

5

폭발음 대신 조그맣게 빵 하는 소리가 났다. 옛날 옛적의 데이지 공기총 같은 소리만 나고 그만이었다. 앨버트는 무언가가 그의 하드 록 카페 티셔츠 가슴께를 쿵 하고 때리는 것을 느끼면서 총에 맞았음을 알아차렸고, 그 순간이 지나자 바이올린 케이스로 투미의 머리를 내려쳤다. 둔중한 타격감이 그의 팔을 타고 올라왔고 머릿속에서 갑자기 아버지의 성난 목소리가 들렸다. '앨버트, 너 지금 제정신이냐? 귀한 악기를 그런 식으로 다루다니!'

바이올린이 튀면서 놀라기라도 한 것처럼 케이스 안에서 뾰잉 하는 소리가 들렸다. 황동 버클 하나가 투미의 이마에 박히자 피가 분수처럼 뿜어져 나왔다. 잠시 후 무릎이 꺾인 그가 고속 엘리베이터처럼 앨버트 앞에서 주저앉았다. 눈동자가 뒤집혀서 흰자위만 보이는가 싶더니 정신을 잃고 앨버트의 발치로 쓰러졌다.

어처구니없지만 근사한 생각 하나가 잠깐 앨버트의 머릿속을 가득채웠다. '맙소사, 내 평생 이렇게 훌륭한 연주는 처음이야!' 그러다 숨이 안 쉬어진다는 사실을 깨달았다. 그는 입꼬리를 올려서 당황한 미소를 지으며 다른 사람들을 돌아보았다. "저 아무래도 맞은 것 같아요." 에이스 카우스너가 이렇게 말했을 때 세상이 회색빛으로 바랬고, 그의 무릎도 꺾였다. 그는 바이올린 케이스 위로 풀썩 쓰러졌다.

6

그가 정신을 잃은 시간은 삼십 초도 안 됐다. 눈을 떠보니 브라이언이 걱정하는 얼굴로 그의 뺨을 가볍게 때리고 있었다. 베서니는 그 옆에 무릎을 꿇고 앉아서 영웅 대하듯 눈을 반짝이며 앨버트를 쳐다보고 있었다. 그녀의 뒤에서는 다이너 벨먼이 로럴의 품에 안겨서 울고 있었다. 앨버트는 베서니를 마주보자 심장이—전과 다름없이 멀쩡했다—가슴속에서 부풀어오르는 것을 느낄 수 있었다. "애리조나의 유대인, 다시 말에 오르다*." 그는 중얼거렸다.

* 〈데스트리, 다시 말에 오르다〉라는 서부영화 제목을 살짝 바꾼 것이다.

"뭐라고, 앨버트?" 그녀가 물으며 그의 뺨을 쓰다듬었다. 그녀의 손은 믿을 수 없을 만큼 보드랍고 믿을 수 없을 만큼 시원했다. 앨버트는 자신이 사랑에 빠진 게 분명하다는 결론을 내렸다.

"아무것도 아니야." 그가 말했을 때 조종사가 그의 얼굴을 다시 찰싹 때렸다.

"괜찮아, 학생?" 브라이언이 묻고 있었다. "괜찮아?"

"그런 것 같아요." 앨버트가 말했다. "그만 좀 때리실래요? 그리고 제 이름은 앨버트예요. 친구들은 에이스라고 부르고요. 제가 얼마나 심하게 다쳤나요? 아직까지는 아무것도 못 느끼겠는데. 무슨 수로 지혈을 하셨어요?"

닉 호프웰이 베서니 옆으로 쭈그리고 앉았다. 그는 못 믿겠다는 듯이 어리벙벙한 미소를 짓고 있었다. "목숨을 부지할 수 있겠어. 내 평생 그런 광경은 처음 봤다……. 산전수전을 다 겪었는데도 말이지. 너희 미국인들은 너무 멍청해서 사랑에 빠지지 않을 수가 없군. 손 내밀면 기념품을 주마."

앨버트가 사건의 여파로 주체할 수 없을 만큼 떨리는 손을 내밀자 닉이 그 위로 뭔가를 떨어뜨렸다. 앨버트가 눈앞에 갖다 대고 확인해보니 총알이었다.

"바닥에서 주웠어." 닉이 말했다. "찌그러지지도 않았더라고. 네 가슴을 정통으로 맞힌 다음—셔츠에 화약 자국이 남아 있어—튕겨 나왔나 봐. 불발탄이었던 거지. 하나님이 너를 좋아하는 모양이다."

"성냥을 생각했어요." 앨버트는 힘없이 말했다. "아예 발사가 되지 않을 줄 알았는데."

"아주 용감하면서도 멍청한 짓이었다." 밥 젱킨스가 말했다. 그는 얼굴이 시체처럼 새하얘서 금방이라도 기절할 것처럼 보였다. "작가의 말은 절대 믿으면 안 돼. 귀는 기울이되 절대 믿으면 안 돼. 맙소사, 내 짐작이 틀렸으면 어쩔 뻔했니?"

"틀리지 않았어요." 브라이언은 말하면서 앨버트가 일어나도록 거들어주었다. "다른 성냥—그릇 안에 들어 있던 것 말이죠—에 불을 붙였을 때도 그랬잖아요. 총알을 총구 밖으로 내보낼 폭발력은 남아 있었던 거죠. 그 힘이 조금만 더 셌더라면 앨버트의 허파에 총알이 박혔을 겁니다."

현기증이 또다시 앨버트를 덮쳤다. 그가 선 채로 비틀거리자 베서니가 냉큼 한쪽 팔로 허리를 감싸주었다. "정말 용감했어." 그녀는 앨버트 카우스너가 백금으로 된 똥구멍에서 다이아몬드 똥을 싼다고 믿는 듯한 눈빛으로 그를 올려다보며 말했다. "정말 대단했다고."

"고마워." 에이스는 태연하게(조금 멍할지는 몰라도) 웃으며 말했다. "그리 대단한 일도 아니었는데, 뭐." 미시시피 서쪽에서 가장 빠른 히브리인은 그녀가 그에게 몸을 붙이고 있다는 것을, 그녀의 체취가 견딜 수 없을 만큼 황홀하다는 것을 느낄 수 있었다. 기분이 좋아졌다. 솔직히 말해서 평생 이렇게 기분이 좋은 적이 없었다. 잠시 후 그는 바이올린이 생각나서 허리를 숙여 케이스를 집었다. 케이스 한쪽이 움푹 들어갔고 버클 하나가 튕겨져 나갔다. 거기 묻은 핏자국과 머리카락을 보는 순간, 앨버트는 위장이 천천히 뒤집히는 것을 느꼈다. 그는 케이스를 열고 안을 들여다보았다. 바이올린은 아무 이상 없는 듯했다. 그는 조그맣게 한숨을 내쉬었다.

그때 크레이그 투미가 떠오르자 안도감이 사라지며 더럭 겁이 났다.

"저기, 제가 그 사람을 죽이지는 않았죠? 엄청 세게 치기는 했는데." 그는 레스토랑 입구에 누워 있는 크레이그 쪽을 쳐다보았다. 돈 개프니가 그 옆에 무릎을 꿇고 앉아 있었다. 앨버트는 문득 또다시 기절할 것 같은 기분이 들었다. 크레이그의 얼굴과 이마가 피투성이였다.

"죽지 않았어." 돈이 말했다. "전등처럼 불이 나갔을 뿐이지."

꿈속에서 앨버트는 저 남자보다 골치 아픈 이름 모를 상대를 여러 번 해치웠건만 속이 뒤틀렸다. "맙소사, 피를 엄청 많이 흘렸네요!"

"괜찮아." 닉이 말했다. "두피가 찢어지면 원래 피가 많이 나거든." 그는 돈의 옆으로 다가가 크레이그의 손목을 잡고 맥을 짚었다. "이자가 저 아이의 머리에 총을 겨누고 있었다는 사실을 명심해라. 그 정도 거리에서 방아쇠를 당겼으면 저 아이는 끝장났을 거야. 몇 년 전에 공포탄으로 자살한 배우 기억하지? 투미 씨가 자초한 일이야. 백 퍼센트 자기 탓이라고. 그러니까 신경쓰지 마."

닉은 크레이그의 손목을 놓고 일어났다.

"게다가." 그가 테이블에 놓인 통에서 냅킨을 한 움큼 끄집어내며 말했다. "맥박이 강하고 일정해. 몇 분 있으면 깨어날 테고 머리는 깨질 듯이 아프겠지만 그 밖의 다른 증상은 없을 거다. 즐거웠던 사건을 감안해서 몇 가지 예비 조치를 취하는 게 좋을 것 같은데. 개프니 씨, 저쪽 술집 테이블에 식탁보가 깔려 있는 것 같은데—이상하지만 진짜 테이블보—몇 장 갖다주실래요? 보스턴에 가야 한다는 이 작자의 손을 등뒤로 묶게요."

"꼭 그래야 해요?" 로럴이 조용히 물었다. "의식도 없고 피를 흘리고 있는데요."

닉은 임시방편으로 들고 온 냅킨을 크레이그 투미의 찢어진 머리에 대고 꾹 누르면서 로럴을 올려다보았다. "이름이 로럴이라고 했죠?"

"맞아요."

"저기 로럴, 괜히 왈가왈부하지 맙시다. 이 남자는 정신병자예요. 우리가 겪고 있는 이 사건 때문에 그렇게 됐는지 톱시*처럼 성장 과정에서 그렇게 됐는지 모르겠지만 위험한 인물이라는 것만큼은 분명해요. 만약 다이너가 더 가까이 있었다면 베서니가 아니라 다이너를 인질로 붙잡았을 거예요. 묶지 않고 그대로 두면 다음번에는 그럴 수도 있어요."

크레이그가 신음 소리를 내며 힘없이 손을 흔들었다. 브라이언 엥글이 권총을 집어서 자기 바지 허리춤에 단단히 묶어두었음에도 불구하고 그가 움직이자 밥 젱킨스는 뒤로 물러섰고 로럴도 다이너를 잡아당기며 물러섰다.

* 『톰 아저씨의 오두막』에 등장하는 사고뭉치 캐릭터.

"죽은 사람 있어요?" 다이너가 불안해하며 물었다. "아무도 없죠, 그렇죠?"

"응."

"그 사람이 오는 소리를 좀더 일찍 들을 수도 있었는데 선생님처럼 말하는 아저씨 이야기를 듣느라 그러지 못했어요."

"괜찮아." 로럴이 말했다. "아무 일 없었어, 다이너." 그녀는 이렇게 말하고 나서 텅 빈 터미널을 쳐다보자 자기 말에서 어폐를 느꼈다. 이곳은 괜찮지 않았다. 전혀 괜찮지 않았다.

돈이 양손에 빨간색과 하얀색으로 된 체크무늬 식탁보를 들고 왔다.

"훌륭해요." 닉이 말했다. 그는 식탁보 하나를 받아들더니 능숙한 솜씨로 잽싸게 꼬아서 밧줄을 만들었다. 그런 다음 풀리지 않도록 식탁보 한가운데를 이로 물고 인간 오믈렛이라도 되는 것처럼 양손으로 크레이그를 뒤집었다.

크레이그가 비명을 터뜨리며 눈꺼풀을 실룩였다.

"그렇게 거칠게 다루지 않아도 되잖아요?" 로럴이 날카롭게 물었다.

닉이 흘끗 쳐다보자 그녀는 시선을 떨어뜨렸다. 닉 호프웰의 눈과 대런 크로즈비가 보낸 사진 속의 눈을 비교하지 않으려야 않을 수가 없었다. 대런은—평범한 축에 들지 몰라도— 인상이 좋고 미간이 넓으며 눈매가 또렷했다. 하지만 눈빛이 비교적 평범한 편이었다. 그녀가 애초에 이번 여행을 결심하게 된 것도 대런의 눈과 상당 부분, 어쩌면 상당히 많은 부분 연관이 있었다. 유심히 연구한

끝에 처신이 바른 남자의 눈이라고 결론을 내렸기 때문이었다. 그만하라고 하면 그만할 남자의 눈이라고.

그녀는 이제 엄청난 모험이 펼쳐질 거라고, 로맨스 속에서 화려한 탱고를 추게 될 거라고, 대륙을 충동적으로 가로질러서 베일에 가려진 훤칠하고 낯선 남자의 품속으로 덥석 뛰어들어들 거라고 속으로 되뇌며 29편 항공기에 탑승했다. 하지만 살다 보면 가끔 더이상 진실을 외면할 수 없는 성가신 상황에 놓이기 마련이다. 로럴이 생각하기에 진실은 이것이었다. 그녀가 대런 크로즈비를 선택한 이유는 그의 사진과 편지들을 보았을 때 그녀가 열다섯 살 정도부터 만나왔던 남자들, 비 오는 날에 집안으로 들어오면 현관 매트에 신발부터 문질러야 한다는 것을 금세 터득할 남자들, 부탁하지 않아도 행주를 들고 설거지를 거들 남자들, 놓아달라고 분명하게 말하면 놓아줄 남자들과 별반 다르지 않게 느껴졌기 때문이라는 것.

사진 속에 대런의 짙은 파란색 눈이 아니라 닉 호프웰의 부드러운 갈색눈이 있었다면 그녀는 과연 오늘밤에 29편 항공기에 탑승했을까? 아니었을 것이다. 다정하지만 별 감정 없는 편지—'답장과 사진 고마워요, 호프웰 씨. 하지만 우리 둘이 천생연분은 아닌 것 같아요'—를 보내고 대런 같은 남자를 찾아 나섰을 것이다. 게다가 호프웰 씨 같은 남자들이 친구나 애인을 찾는 사람들을 위한 잡지는 둘째치고 그런 잡지의 펜팔 코너를 과연 볼까 싶었다. 그런데 그녀는 지금 이 기이한 상황 속에 그와 함께 있었다.

뭐…… 완전히 중년이 되기 전에 딱 한 번 모험을 해보고 싶기는 했다. 그렇기는 했다. 맞다. 그녀는 지금 여기서 톨킨이 한 말이 맞않음을 증명해 보이고 있었다. 간밤에 평소와 똑같이 문밖으로 나왔다가 어떻게 되었는지 보라. 이상하고 음울한 환상의 나라로 오게 되지 않았는가. 모험이기는 했다. 비상 착륙…… 아무도 없는 공항…… 총을 든 정신병자. 이건 분명 모험이었다. 오래전에 읽은 글귀가 로럴의 머릿속을 스치고 지나갔다. '아무렇게나 소원을 빌면 안 된다. 바라는 대로 이루어져버릴 수도 있다.'

이 얼마나 딱 들어맞는가.

그리고 이 얼마나 당황스러운가.

닉 호프웰의 눈빛에는 당황스러운 기색이 없었지만…… 동정심의 기미도 전혀 없었다. 그 눈을 보고 있으면 로럴은 몸이 떨렸지만 그 떨림은 로맨틱한 감정과 거리가 멀었다.

'장담할 수 있어?' 머릿속에서 이런 속삭임이 들리자 로럴은 당장 지워버렸다.

닉은 크레이그의 몸에 깔려 있던 손을 빼내서 등뒤에 대고 손목을 한데 모았다. 크레이그가 이번에는 더 크게 신음 소리를 내며 힘없이 반항하기 시작했다.

"가만히 있어, 착한 친구." 닉이 달래듯이 말했다. 그는 식탁보로 만든 밧줄로 크레이그의 아래 팔뚝을 두 번 감싸고 단단히 매듭을 지었다. 크레이그는 팔꿈치를 퍼덕이며 괴상한 비명을 무력하게 질렀다. "됐다!" 닉이 말하면서 일어났다. "신부님이 만든 크리스마스 칠면조만큼 단단히 묶었어요. 그걸로 부족하다 싶으면 여분도 하나 있고요." 그는 한 테이블 가장자리에 걸터앉아서 밥 젱킨스를 쳐다보았다. "난폭한 사건으로 중단되기 전에 선생님이 무슨 얘기를 하고 있었죠?"

밥은 못 믿겠다는 듯이 멍하니 그를 바라보았다. "뭐라고요?"

"계속하세요." 닉이 말했다. 그는 두 손이 묶인 채 자기 피 웅덩이 속에 누운 사람을 옆에 두고 아무도 없는 공항 식당의 테이블에 앉아 있는 남자라기보다 호기심이 하늘을 찌르는 수강생 같았다. "29편 항공기가 메리 설레스트호 비슷하다는 부분까지 말씀하셨죠? 흥미진진한 발상이에요."

"그 이야기를…… 계속하라고요?" 밥이 미심쩍다는 듯이 물었다. "아무 일도 없었던 것처럼?"

"나 좀 일으켜줘!" 크레이그가 외쳤다. 식당에 깔린 업소용 카펫 때문에 웅얼거리는 것처럼 들렸지만, 그래도 불과 오 분 전에 바이올린 케이스에 맞아서 기절한 사람치고는 목소리가 생생했다. "지금 당장 일으켜줘! 내 요구 사항을 들어주지 않으면……."

그러자 닉이 저지른 짓을 보고, 크레이그의 코를 욕조에 달린 수도꼭지처럼 비트는 그를 견뎠던 사람들마저 충격을 받았다. 크레이그의 갈비뼈를 짧고 강하게 발로 걷어찬 것이었다. 마지막 순간에 힘을 빼기는 했지만…… 많이 빼지는 않았다. 크레이그는 고통에 겨운 신음 소리를 내뱉고 입을 다물었다.

"다시 시작하면 갈비뼈를 부숴주지." 닉이 험상궂게 내뱉었다. "더이상 못 참아주겠으니까."

"이봐요!" 개프니가 당혹스러워하며 외쳤다. "그게 도대체 무슨……."

"내 말 잘 들으라고!" 닉은 이렇게 말하며 그들을 둘러보았다.

점잖던 태도가 처음으로 완전히 사라졌다. 분노와 다급함으로 목소리가 떨렸다. "다들 정신 차려야 하는데 내가 나긋하게 깨워줄 시간이 없네요. 저기 저 아이—다이너—가 말하길 지금 심각한 상황이라는데 나는 그 말을 믿습니다. 무언가가 이쪽으로 다가오는 소리를 들었다는데 그 말도 믿고요. 내 귀에는 아무 소리도 들리지 않지만 뜨거운 팬에 두른 기름처럼 신경이 움찔거리거든요. 신경이 움찔거릴 때면 나는 촉각을 곤두세워요. 내 생각에는 지금 다가오는 뭔가가 여기 도착했을 때 우리한테 진공청소기 부속품이나 최근에 출시된 보험 상품을 팔 것 같지는 않단 말이죠. 이제 이 정신 나간 인간을 두고 교양인답게 입바른 소리를 지껄이든지 우리에게 무슨 일이 벌어진 건지 이해하려고 노력해보든지, 둘 중 하나예요. 이해한들 목숨을 부지하지 못할 수도 있지만 이해하지 못하면 조만간 끝장이라는 확신이 점점 강해지거든요." 그의 시선이 다이너에게로 옮아갔다. "내 말이 틀렸다 싶으면 얘기해주기 바란다, 다이너. 네 말은 기꺼이 들을 생각이니까."

"투미 씨를 아프게 하는 건 싫지만 아저씨 말이 틀리지는 않았어요." 다이너가 울먹이며 조그맣게 말했다.

"그래." 닉이 말했다. "알았다. 다시는 그러지 않도록 최대한 노력하겠지만…… 약속은 하지 않겠어. 우리 간단한 사실부터 짚고 넘어갑시다. 내가 꽁꽁 묶은 이 작자는……."

"투미예요." 브라이언이 말했다. "이름이 크레이그 투미예요."

"알았어요. 투미 씨는 지금 제정신이 아니에요. 우리가 있어야 할 곳으로 돌아갈 방법을 찾거나 다른 사람들이 어디로 갔는지 알아내면 그를 위해 적절한 조치를 취할 수도 있겠죠. 하지만 지금 당장은 그를 꼼짝 못 하게 만들어놓고—내가 무모할지언정 마음씨 착한 앨버트의 도움을 받아 묶어놓은 것처럼 말입니다—당면 과제로 돌아가는 수밖에 없어요. 여기에 반대하는 분 있습니까?"

아무 대꾸가 없었다. 29편 항공기에 탑승했던 다른 승객들은 불안한 눈빛으로 닉을 쳐다보았다.

"좋습니다." 닉이 말했다. "계속하시죠, 젱킨스 씨."

"나…… 나는 이런 데 익숙지가 않아서……." 밥은 마음을 가라앉히려는 기색이 역력했다. "내가 책 속에서는 우리가 타고 온 비행기의 모든 좌석을 채울 수 있을 만큼 많은 사람들을 죽였을지 몰라도 폭력 현장을 직접 목격한 건 이번이 처음이에요. 내가…… 어…… 처신을 잘못하고 있다면 사과할게요."

"잘하고 계신데요, 젱킨스 아저씨." 다이너가 말했다. "그리고 저는 아저씨 목소리를 듣는 게 좋아요. 들으면 기분이 좋아져요."

밥은 고맙다는 듯이 그녀를 쳐다보며 미소를 지었다. "고맙다, 다이너." 그는 주머니 속에 손을 쑤셔넣고 심란한 눈빛으로 크레이그 투미를 쳐다보았다가 아무도 없는 대합실로 시선을 옮겼다.

"우리 사고방식의 결정적인 오류에 대해서 이야기를 하고 있었던 것 같은데요." 마침내 그가 입을 열었다. "그게 뭔가 하면 이 사건의 심각성을 깨달았을 때 우리 모두 다른 사람들에게 무슨 일인가가 벌어졌다고 생각한 겁니다. 우리는 전부 멀쩡한데 남들은—LA 국제공항에서 같이 탑승한 승객들까지—사라진 것처럼 보이니 그렇게 짐작할 만도 하죠. 하지만 앞에 놓인 증거를 보면 우리의 가

정과 맞아떨어지지가 않아요. 그러니까 이것은 우리한테만 벌어진 일인 거죠. 우리가 살던 세상은 여느 때와 다름없이 돌아가고 있을 거예요.

사라진 쪽은 우리—그러니까 29편 항공기에서 실종된 승객이자 열한 명의 생존자—인 거죠."

7

"내가 머리가 잘 안 돌아가서 그런가, 무슨 소린지 이해를 못 하겠네요." 잠시 후에 루디 워릭이 말했다.

"저도요." 로럴이 거들었다.

"좀 전에 유명한 두 가지 실종 사건에 대해 언급했죠." 밥이 조용히 말했다. 크레이그 투미도 귀를 기울이고 있는지…… 어쨌든 반항을 멈추었다. "첫 번째는 바다에서 벌어진 메리 설레스트호 사건. 두 번째는 바닷가 근처에서 벌어진 로어노크 섬 사건. 그 두 개만 있는 게 아니에요. 지금 당장 생각나는 항공기 관련 사건만 해도 최소 두 개는 됩니다. 태평양에서 실종된 조종사 어밀리아 에어하트, 대서양의 버뮤다 삼각지에서 사라진 해군기 몇 대. 내가 알기로 1945년인가 1946년에 벌어진 일일 겁니다. 선도기 조종사가 잘 알아들을 수 없는 무전을 보냈고 플로리다의 공군기지에서 즉시 구조기를 띄웠지만 비행기와 승무원들의 흔적조차 찾을 수 없었죠."

"저도 그 사건에 대해서 들은 적 있습니다." 닉이 말했다. "덕분에 버뮤다 삼각지가 악명을 떨치게 됐죠."

"거기서 실종된 배하고 비행기가 엄청 많아요." 앨버트가 끼어들었다. "찰스 벌리츠가 그걸 주제로 쓴 책을 읽었거든요. 엄청 재미있던데." 그는 주위를 두리번거렸다. "저한테 그런 사건이 벌어질 줄은 꿈에도 모르고요. 무슨 뜻인지 다들 아시겠지만."

젱킨스가 말했다. "미국 대륙 위에서 비행기가 사라진 적이 있는지는 잘 모르겠지만……."

"경비행기들은 그런 경우가 많죠." 브라이언이 말했다. "삼십오년 전쯤에 일반 여객기가 사라진 적도 있어요. 백여 명의 승객이 타고 있었는데. 1955년인가 1956년이었고요. 항공사는 TWA 아니면 모나크였는데 정확히 기억이 나지는 않네요. 샌프란시스코에서 덴버로 가던 비행기였어요. 조종사가 리노 관제탑과 교신을 한 뒤로—통상적인 교신이었어요—연락이 두절됐죠. 당연히 수색 작업이 펼쳐졌지만…… 아무 성과도 없었고요."

브라이언은 넋을 잃은 얼굴로 그를 쳐다보는 사람들을 보고 어색하게 웃음을 터뜨렸다.

"조종사들 사이에 떠도는 괴담이에요." 그는 미안해하는 투로 말했다. "게리 라슨이 그리는 만화 캡션에 어울림 직한 내용이죠?"

"철저하게 수색을 했을 텐데." 미스터리 작가가 중얼거렸다. 그는 다시 손으로 얼굴 옆을 문지르기 시작했다. 괴로워하는 것처럼 보였다. 겁에 질린 것처럼 보였다. "시신이 발견되었다면 이야기가 달라지겠지만……."

"알고 계시거나 안다고 생각되는 게 있으면 제발 알려주세요." 로럴이 말했다. "이…… 이 일의 여파를…… 한 사람이 뒤집어쓰고 있는 것 같아서요. 금방 대답을 못 해주실 것 같으면 저도 묶어서 투미 씨 옆으로 놓아주세요."

"잘난 척하고 있네." 크레이그가 웅얼웅얼하게나마 딱 잘라 말했다.

밥은 언짢은 눈빛으로 크레이그를 한 번 흘끗 쳐다보더니 생각을 정리한 듯한 기미를 보였다. "여기는 깨끗한데 비행기 안은 엉망진창이죠. 여기는 전기가 끊겼는데 비행기 안에서는 전기가 들어왔고. 물론 그게 결정적인 단서라고 볼 수는 없어요. 비행기는 자체 전력 시스템을 갖추고 있고 여기는 다른 발전소에서 전기를 끌어다 쓰니까. 하지만 성냥을 생각해봐요. 베서니가 비행기 안에 있었을 때는 성냥에 아무 문제가 없었어요. 내가 여기 그릇에서 꺼낸 성냥은 불이 붙지 않았고. 투미 씨가 들고 나온 총—보안실에서 들고 나왔겠죠—도 제대로 발사가 되지 않았고요. 아마 건전지를 넣어서 쓰는 손전등도 제대로 작동이 안 될 거예요. 작동이 되더라도 얼마 못 가서 꺼지고요."

"맞아요." 닉이 말했다. "그 가설을 입증하느라 손전등을 찾을 필요도 없어요." 그는 손가락으로 위를 가리켰다. 주방 그릴 뒤쪽 벽에 비상등이 달려 있었다. 그런데 천장에 달린 전등처럼 꺼져 있었다. "저게 건전지를 쓰는 전등이거든요. 빛에 민감한 솔레노이드로 되어 있어서 전기가 나가면 켜지게 되어 있죠. 그런데 여기가 이렇게 어두컴컴한데도 켜지질 않았잖아요. 그러니까 솔레노이드의 회로가 나갔든지 건전지가 죽었든지, 둘 중 하나라는 얘기예요."

"둘 다일 겁니다." 밥 젱킨스가 말했다. 그는 천천히 식당 입구

쪽으로 걸어가서 밖을 내다보았다. "이곳은 일견 온전하고 질서정연해 보이지만 고갈에 임박한 세상이에요. 탄산음료는 김이 빠졌죠. 음식에서는 아무 맛도 나지 않아요. 공기에서는 아무 냄새도 나지 않아요. 우리한테는 아직 체취가 남아 있지만—예컨대 로럴의 향수, 기장님의 애프터셰이브 로션 냄새가 느껴지거든요—다른 모든 것은 냄새를 잃었죠."

앨버트는 맥주가 담긴 잔을 들어서 열심히 냄새를 맡았다. 냄새가 느껴지기는 했지만 아주 아주 희미했다. 책갈피에 오랫동안 끼워져 있었던 꽃잎처럼 아스라한 향기의 흔적만 남았다.

"소리도 마찬가지예요." 밥이 말을 이었다. "밋밋하고 일차원적이며 울림이라고는 전혀 없죠."

로럴은 그녀의 하이힐이 콘크리트 바닥을 때릴 때마다 두궁두궁하고 둔탁한 소리가 났던 것과 엥글 기장이 입가에 두 손을 모으고 에스컬레이터 위로 투미 씨의 이름을 불렀을 때 소리가 전혀 울리지 않았던 것을 떠올렸다.

"앨버트, 바이올린을 연주해보겠니?" 밥이 물었다.

앨버트는 베서니를 흘끗 쳐다보았다. 그녀는 미소를 지으며 고개를 끄덕였다.

"좋아요. 사실 어떤 소리가 날지 궁금했거든요." 그는 크레이그 투미를 흘끗 쳐다보았다. "아시다시피 그런 일이 있은 뒤라."

그는 크레이그 투미의 이마에 상처를 낸 버클에 손가락이 닿자 얼굴을 찡그려가며 케이스를 열고 바이올린을 꺼냈다. 바이올린을 잠깐 쓰다듬은 뒤 오른손에 활을 들고 턱 아래로 바이올린을 넣었다. 그는 잠깐 서서 생각했다. 아무 전화도 울리지 않고 아무 개도 짖지 않는 이 새롭고 신기한 세상에는 어떤 음악이 어울릴까? 랠프 본 윌리엄스? 스트라빈스키? 모차르트? 아니면 드보르자크? 아니었다. 모두 마땅치 않게 느껴졌다. 그때 퍼뜩 영감이 떠올라 그는 냇 킹 콜의 〈다이너와 함께 부엌에 있는 사람(someone's in the Kitchen with Dinah)〉을 연주하기 시작했다.

중반부에 다다랐을 때 활이 머뭇머뭇 움직임을 멈추었다.

"그걸로 저 사람을 치는 바람에 바이올린이 이상해진 모양인데?" 돈 개프니가 말했다. "솜뭉치가 가득 들어 있는 것 같은 소리가 나는걸."

"아니에요." 앨버트가 느릿느릿 말했다. "제 바이올린은 완벽하게 아무 이상 없어요. 느낌이랑 손가락으로 집었을 때 현의 움직임을 보면 알아요. 그게 아니라 다른 문제가 있는데……. 이쪽으로 와보세요, 개프니 씨." 개프니가 다가가 앨버트 옆에 섰다. "바이올린에 최대한 가깝게 서보세요. 아뇨…… 그 정도로 가깝게는 말고요. 그러다 활에 눈 찔리겠어요. 거기요. 딱 좋아요. 거기서 다시 한번 들어보세요."

앨버트는 이 통속적이지만 끝없이 유쾌하고 촌스러운 곡을 연주할 때 늘 그랬듯 속으로 따라 부르면서 다시 연주를 시작했다.

피파이피들리아이오

피파이피들리아이오오오오

피파이피들리아이오

낡은 밴조를 퉁겨라.

"차이가 느껴지세요?" 연주가 끝났을 때 그가 물었다.

"가까이서 들으니까 훨씬 낫구먼. 그걸 물어보는 건지 모르겠지만." 개프니가 존경심이 가득 담긴 눈빛으로 앨버트를 쳐다보며 말했다. "솜씨가 훌륭한데?"

앨버트는 개프니를 보며 미소를 지었지만, 사실은 베서니 심스를 염두에 두고 말을 이었다. "음악 선생님이 자리를 비우면 가끔 레드 제플린의 곡을 연주할 때도 있거든요. 바이올린으로 연주하면 진짜 끝내줘요. 들으면 놀라실 거예요." 그는 밥을 쳐다보았다. "아무튼 선생님이 하신 말씀이 맞네요. 가까이 다가갈수록 바이올린 소리가 좋게 들려요. 악기가 아니라 공기가 이상해서요. 제대로 전달해주지 않으니까 소리가 맥주 맛 비슷하게 되어버리는 거예요."

"밋밋하게." 브라이언이 말했다.

앨버트는 고개를 끄덕였다.

"고맙다, 앨버트." 밥이 말했다.

"별말씀을요. 이제 다시 넣어도 될까요?"

"그럼." 밥이 하던 이야기를 잇는 동안 앨버트는 바이올린을 다시 케이스에 넣고 더러워진 버클과 그의 손가락을 냅킨으로 닦았다. "지금 이곳에서는 맛과 소리만 이상한 게 아니에요. 예컨대 구름도 그렇죠."

"구름이 뭐가 어떤데요?" 루디 워릭이 물었다.

"우리가 도착한 이래 움직이지 않았고 앞으로도 움직이지 않을 거예요. 우리에게 익숙했던 기후 변화도 멈추거나 낡은 회중시계처럼 점점 느려질 테고요."

밥은 잠깐 말을 멈추었다. 갑자기 그가 늙고 무기력하며 겁에 질린 사람처럼 보였다.

"호프웰 씨 같으면 시시콜콜 따지지 말자고 하겠죠. 이곳은 모든 게 이상하게 느껴져요. 모든 감각이—육감이라고 하는 묘하고 애매한 감각까지—우리보다 발달되어 있는 다이너가 가장 강하게 느꼈겠지만 우리 모두 어느 정도는 느꼈을 텐데요. 이곳은 모든 게 그냥 이상해요.

우리는 이런 현상의 한복판에 발을 들여놓은 겁니다."

그는 고개를 돌려 사람들과 마주보았다.

"불과 십오 분 전에 내가 점심시간처럼 느껴진다고 했죠? 지금은 그보다 시간이 더 지난 것처럼 느껴지네요. 오후 3시나 4시쯤으로. 지금 내 배는 아침을 달라고 꼬르륵거리는 게 아니에요. 애프터눈 티를 달라고 그러는 거지. 시계상으로는 오전 9시 45분인데 밖이 어두워지기 시작할 것 같은 끔찍한 예감이 드네요."

"본론을 얘기하시죠, 형씨." 닉이 말했다.

"이제 그래야 할 때가 된 것 같네요." 밥이 조용히 말했다. "이건 앨버트가 얘기한 차원의 문제가 아니라 시간의 문제예요. 가끔 시간의 흐름에 구멍이 생긴다면 어떻게 될까요? 시간이 왜곡되는 게 아니라 시간이 찢어진다면 말이죠. 시간이라는 천이 찢어진다면 말이죠."

"살다 살다 이렇게 황당한 헛소리는 처음 듣겠네!" 돈 개프니가 외쳤다.

"아멘!" 크레이그 투미가 바닥에서 동의했다.

"천만에요." 밥이 날카롭게 대꾸했다. "황당한 이야기가 필요하면 이 미터 거리에 서 있었을 때 앨버트의 바이올린 소리가 어떻게 들렸는지 생각해보세요. 아니면 주위를 둘러보시든지요, 개프니 씨. 주위를 둘러보세요. 어떤 일이 벌어지고 있는지…… 우리가 어떤 공간에 있는지…… 그게 바로 황당한 이야기죠."

돈은 눈살을 찌푸리며 주머니 깊숙이 손을 찔러 넣었다.

"계속하세요." 브라이언이 말했다.

"그래요. 내 추측이 옳다는 건 아닙니다. 그냥 이 상황에 들어맞는 가설을 제시하고 있는 거예요. 시간이라는 천에 가끔 그런 균열이 생기는데 대부분 사람이 살지 않는 곳에서 생긴다고 칩시다. 바다 같은 곳에서요. 왜 그런지는 모르겠지만 대부분의 실종 사건이 바다에서 벌어지고 있으니 논리상 올바른 추측이죠."

"해상의 기후 양상은 대부분 대륙과 다르니까요." 브라이언이 말했다. "그 때문에 그럴 수도 있겠습니다."

밥은 고개를 끄덕였다. "맞든 틀리든 그런 식으로 해석하면 좋죠. 우리가 익숙한 맥락에서 이해할 수가 있거든요. 가끔 보도되는 이상기후와 비슷한 현상일 수 있어요. 위아래가 뒤집힌 회오리바람, 동그란 무지개, 대낮에 보이는 별빛, 이런 것 말입니다. 시간의 균열은 무작위로 나타났다 사라지고 기압계처럼 움직이기도 하지만 지상에서 벌어지는 경우는 거의 없어요.

하지만 통계 전문가에 따르면 벌어질 수 있는 일은 언젠가 벌어지기 마련이라고 하니 어젯밤에는 시간의 균열 현상이 지상에서 벌어졌다고 칩시다. 우리는 비행기를 타고 가다 재수없게 그 틈으로 들어왔다고요. 그런데 우리가 아는 사실이 한 가지 더 있죠. 이 믿기지 않는 기상이변의 뭔지 모를 규칙 아니면 특성상, 살아 있는 생물은 깊이 잠들어 있는 상태가 아니면 통과할 수 없다는 것."

"에이, 무슨 동화 속 이야기도 아니고." 개프니가 말했다.

"옳소." 크레이그가 바닥에서 말했다.

"아가리 닥쳐." 개프니가 그를 향해 으르렁거렸다. 크레이그는 눈을 깜빡이더니 윗입술을 들어서 희미하게 비웃음을 지었다.

"맞는 것 같아요." 베서니가 나지막이 중얼거렸다. "우리가 모든 것과…… 어긋난 느낌이거든요."

"승무원과 다른 승객들은 어떻게 됐을까요?" 앨버트가 물었다. 멀미가 난 얼굴이었다. "비행기가 그 사이로 들어갔다가 나왔다면 다른 사람들은 어떻게 됐을까요?"

그가 상상력을 발휘하자 잊히지 않을 이미지가 퍼뜩 떠올랐다. 수백 명의 사람들이 하늘에서 떨어지고, 넥타이와 바지들이 물결치고, 원피스 자락이 뒤집혀서 가터벨트와 속옷이 드러나고, 신발들이 떨어지고, 볼펜들(비행기로 복귀하지 않은 볼펜들)이 주머니에서 발사되는 광경이었다. 사람들이 희박한 공기 속에서 팔다리를 허우적거리며 비명을 지르려고 했다. 지갑, 핸드백, 잔돈 그리고 최소 한 개 이상의 인공 심장박동기를 남기고 떠난 사람들이었다. 그들이 불발탄처럼 바닥에 부딪히고, 덤불을 납작하게 찌부러뜨리고, 흙먼지를 피워 올리고, 사막에 그들과 똑같은 모양의 자국을 남기는 광경이 눈앞에 선했다.

"증발하지 않았을까 싶어." 밥이 말했다. "육신이 사라져버린 거지."

다이너는 처음에는 무슨 소리인지 이해하지 못했다. 그러다 여행자수표가 고스란히 담긴 비키 이모의 핸드백을 떠올리고 나지막이 흐느끼기 시작했다. 로럴이 앞 못 보는 그녀의 어깨 위로 팔짱을 끼고 꼭 끌어안았다. 한편 앨버트는 막판에 어머니가 생각을 바꿔서 동부까지 따라나서지 않았던 것을 미친듯이 신께 감사했다.

"대부분의 경우에는 소지품도 함께 딸려 갔죠." 미스터리 작가는 하던 이야기를 계속했다. "지갑이며 핸드백을 남긴 사람들은 그…… 사건이 벌어진 순간에 그걸 꺼내놓고 있었을 겁니다. 하지만 장담할 수는 없어요. 뭐가 없어지고 뭐가 남았는지—무엇보다 가발이 생각나는데요—일관성도 없고 논리도 없어 보이거든요."

"맞아요." 앨버트가 말했다. "예를 들어 수술용 철심 말이에요. 그걸 하고 있던 사람이 심심하니까 가지고 놀아야겠다며 어깨나 무릎에서 꺼냈을 것 같지는 않거든요."

"맞아요." 루디 워릭이 말했다. "그 정도로 심심해질 만큼 비행기를 오래 타고 있지도 않았고요."

베서니는 놀란 얼굴로 그를 쳐다보다 웃음을 터뜨렸다.

"내 고향이 캔자스예요." 밥이 말했다. "예측할 수 없는 변덕을 겪고 나니 여름에 가끔 들이닥치는 회오리바람이 생각나네요. 농장 본채는 깡그리 없애면서 변소는 남겨두거나, 헛간은 산산조각을 내면서 바로 옆에 있는 곡식 창고 탑은 지붕널 하나 건드리지도 않고 그러거든요."

"결론으로 들어갑시다, 형씨." 닉이 말했다. "우리가 지금 어떤 시간 속으로 들어왔는지 몰라도 하루가 거의 저문 것 같은 기분이 드니까."

브라이언은 보스턴에 가야 한다던 크레이그 투미가 비상용 슬라이드 꼭대기에 서서 외치던 게 생각났다. '시간이 부족하지요! 시간이 우라지게 부족하지요!'

"알았어요." 밥이 말했다. "결론. 시간의 균열이라는 게 있고 우리가 그걸 통과했다고 칩시다. 내가 보기에는 우리가 과거로 건너오면서 시간 여행의 불쾌한 진실을 발견한 것 같아요. 1963년 11월 22일에 텍사스 교과서 보관 창고로 들이닥쳐서 케네디의 암살을 막을 수는 없다는 것. 피라미드 건설이나 로마 약탈 광경을 구경할 수는 없다는 것. 공룡의 시대를 두 눈으로 조사할 수는 없다는 것."

그는 그들이 처한 침묵의 세계를 통째로 감싸 안으려는 듯이 손바닥을 펼친 채 두 팔을 들었다.

"저와 같이 시간 여행에 나선 동료 여러분, 주변을 잘 둘러보세요. 이곳은 과거입니다. 여기에는 아무것도 없습니다. 조용합니다. 이 세상—아니면 우주—에서는 모든 감각과 의미가 쓰고 버린 페인트 통 수준입니다. 아주 짧은 시간을 거슬러 왔다고, 십오 분 정도 거슬러 왔다고 믿고 싶으시겠죠. 최소한 처음에는 그랬을지 모릅니다. 하지만 우리 주변에서 세상이 점점 풀려 나오고 있어요. 감각 정보가 사라지고 있죠. 전기는 이미 끊겼고요. 날씨는 우리가 과거 속으로 뛰어들었을 때 그대로고요. 그런데 제가 느끼기에 세상은 점점 풀려 나오는데 시간 그 자체는 나선 모양으로 감기고 있는 것 같아요. 서로 겹쳐지고 있는 거죠."

"여기가 미래일 수는 없을까요?" 앨버트가 조심스럽게 물었다.

밥 젱킨스는 어깨를 으쓱했다. 그는 피곤해 보였다. "물론 나도 정확하게는 모르지만—어떻게 알 수 있겠니?—그건 아닌 것 같다. 이곳은 오래되고 둔하고 약하고 의미 없는 느낌이잖니. 마치…… 음……."

그때 다이너가 입을 열었다. 모두들 아이를 쳐다보았다.

"마치 끝나버린 것처럼 말이죠." 다이너가 조용히 말했다.

"그래." 밥이 말했다. "고맙다. 내가 찾던 단어가 그거였어."

"젱킨스 씨?"

"응?"

"제가 좀 전에 얘기했던 소리 있잖아요. 그 소리가 다시 들려요." 다이너는 잠깐 말을 멈추었다. "점점 가까워지고 있어요."

8

그들은 다 같이 숨을 죽이고 우울한 얼굴로 열심히 귀를 기울였다. 브라이언은 무슨 소리를 들은 것 같았지만 자기 심장이 뛰는 소리가 아닐까 싶었다. 아니면 단순한 착각이거나.

"창문이 있는 곳으로 다시 나가봐야겠어요." 닉이 말하더니 내려다보지도 않고 크레이그의 몸을 넘어서 아무 말도 없이 성큼성큼 식당 밖으로 걸어나갔다.

"저기요!" 베서니가 외쳤다. "저기요, 저도 같이 갈래요!"

앨버트도 따라갔다. 대부분 그들을 뒤쫓아갔다. "두 분은 어쩌실래요?" 브라이언이 로럴과 다이너에게 물었다.

"저는 나가고 싶지 않아요." 다이너가 말했다. "여기서도 잘 들리거든요." 그녀는 잠깐 말을 멈추었다가 덧붙였다. "그런데 여기서 얼른 도망치지 않으면 그 소리가 점점 더 잘 들릴 것 같아요."

브라이언은 로럴 스티븐슨을 흘끗 쳐다보았다.

"나는 다이너 옆에 있을게요." 그녀가 조용히 말했다.

"좋아요." 브라이언이 말했다. "투미 씨 근처에는 가지 마세요."

"'투미 씨 근처에는 가지 마세요.'" 크레이그가 바닥에 엎드린 채 으르렁거리며 말을 따라 했다. 그는 끙끙대며 고개를 돌려서 눈을 부라리며 브라이언을 쳐다보았다. "당신은 처벌을 면하지 못할 거야, 엥글 기장. 당신이랑 영국에서 온 친구가 뭐라고 착각하고 있는지 몰라도 절대 처벌을 면하지 못할 거라고. 이다음에는 해가 진 뒤에 콜롬비아에서 코카인을 실어나르는 비행기나 조종하게 될걸? 친구들 앞에서 당신이 얼마나 끝내주는 조종사인지 떠벌려도 좋아. 마약 운반만큼은 끝내주게 잘할 테니까."

브라이언은 뭐라고 대꾸를 하려다 생각을 바꾸었다. 닉은 이 남자가 일시적으로나마 제정신이 아니라고 했고 브라이언이 보기에도 닉의 진단이 맞았다. 미친 인간 상대는 아무짝에도 쓸모없는 시간 낭비였다.

"멀찌감치 떨어져 있을게요, 걱정 마세요." 로럴이 말했다. 그녀는 다이너를 조그만 테이블로 데리고 가서 같이 앉았다. "아무 문제 없을 거예요."

"알겠습니다." 브라이언이 말했다. "이자가 밧줄을 풀려고 하거든 소리를 지르세요."

로럴은 힘없이 미소를 지었다. "그럴게요."

브라이언은 허리를 숙여서 닉이 크레이그의 손을 묶어놓은 테이블보를 점검하고, 전면 유리창 앞에 한 줄로 서 있는 다른 사람들을 향해 대합실을 가로질렀다.

9

브라이언은 대합실을 반도 지나가기 전부터 그 소리를 들었다. 다른 사람들이 서 있는 곳에 도착했을 무렵에 소리는 환청으로 간주할 수 없을 수준이었다.

'그 아이의 귀가 정말 대단하구나.' 브라이언은 이런 생각이 들었다.

소리는 희미했지만—적어도 그가 느끼기에는 그랬다—분명히 들렸고 동쪽에서 다가오고 있는 듯했다. 다이너는 라이스 크리스피 시리얼에 우유를 부을 때의 소리 비슷하다고 했다. 브라이언이 느끼기에는 무전기 잡음—가끔 흑점의 활동이 최고조에 달했을 때 나는 지독한 잡음—과 비슷했다. 한 가지 면에 있어서만큼은 그도 다이너와 생각이 같았다. 소리가 불길했다.

소리에 대한 반응으로 목덜미 털이 뻣뻣해지는 게 느껴졌다. 다른 사람들을 살펴보니 하나같이 겁에 질려서 경악한 표정을 짓고 있었다. 닉이 가장 감정 조절을 잘하고 있었고 슬라이드 앞에서 멈칫거렸던 여자아이—베서니—가 가장 겁먹은 얼굴이었지만, 모두들 그 소리를 듣고 똑같은 느낌을 받았다.

불길했다.

불길한 무언가가 이쪽으로 오고 있었다. 서둘러서 오고 있었다.

닉이 그를 돌아보았다. "저게 뭘까요, 브라이언? 혹시 알겠어요?"

"아뇨." 브라이언이 대답했다. "전혀 모르겠는데요. 시내에서 들리는 유일한 소리라는 것말고는 아무것도 모르겠어요."

"아직 시내까지 오지는 않았어요." 돈이 말했다. "하지만 언젠가 도착하겠죠. 얼마나 걸릴지 알면 좋겠는데."

그들은 다시 입을 다물고 동쪽에서부터 꾸준히 전해 오는 치직거리는 소리에 귀를 기울였다. 브라이언은 생각했다. '무슨 소리인지 알 것도 같은데. 시리얼에 우유를 부을 때 나는 소리도 아니고 무전기 잡음도 아니고……. 뭐더라? 너무 희미하게 들려서…….'

하지만 그는 알고 싶지 않았다. 그런 생각이 강하게 들었다. 전혀 알고 싶지 않았다. 뼛속 깊숙한 데서 혐오감이 일었다.

"여기서 도망쳐야겠어요!" 베서니가 말했다. 큰 목소리가 떨리고 있었다. 앨버트가 그녀의 허리를 감싸 안자 그녀는 두 손으로 그의 손을 쥐었다. 전전긍긍하며 꽉 쥐었다. "지금 당장 여기서 도망쳐야겠어요!"

"맞아요." 밥 젱킨스가 말했다. "베서니의 말이 맞아요. 저 소리가 무슨 소리인지는 모르겠지만 끔찍하네요. 여기서 도망쳐야겠어요."

그들이 일제히 브라이언을 쳐다보자 브라이언은 생각했다. '내가 다시 대장이 된 모양이로군. 오래가지는 못하겠지만.' 그들은 알지 못했다. 다른 방면에서는 날카로운 추론의 능력을 발휘했던 젱킨스조차 그들이 아무데도 갈 수 없다는 것을 알지 못했다.

무엇이 그런 소리를 내며 다가오고 있든 상관없었다. 그것이 도착할 때까지 그들은 여기 있을 것이다. 운명을 피할 방법이 없었다. 남들은 모르겠지만 브라이언은 왜 그럴 수밖에 없는지 이유를 알고 있었고……. 쿵쿵거리며 계속 다가오는 사냥꾼의 발소리를 들었을 때 덫에 갇힌 동물이 어떤 심정일지 브라이언 엥글은 문득 이해가 됐다.

6장

오도 가도 못하는 신세. 베서니의 성냥. 양방 통행.
앨버트의 실험. 해질녘. 어둠과 칼날.

1

브라이언은 고개를 돌려서 미스터리 작가를 쳐다보았다. "여기서 도망쳐야 된다고 하셨죠?"

"네. 가능한 한 빨리……."

"어디로 가면 좋을까요? 애틀랜틱시티? 마이애미비치? 클럽 메드 호텔?"

"우리가 갈 수 있는 데가 아무데도 없다고 생각하시는 모양이로군요, 엥글 기장님. 하지만 저는 기장님의 판단이 틀렸다고 생각합니다. 아니, 틀렸길 바랍니다. 좋은 수가 있거든요."

"뭡니까?"

"좀 있다가요. 먼저 제가 묻는 말에 대답해주세요. 비행기에 연료 보충하는 방법 아시나요? 전기가 나갔어도 할 수 있나요?"

"아마도요. 건장한 남자들의 도움이 있으면 할 수 있어요. 그런 다음에는 어쩌게요?"

"다시 이륙하는 거예요." 밥이 말했다. 주름살이 깊게 파인 그의 얼굴 위로 작은 땀방울이 배어 나왔다. 투명한 기름방울 같았다. "저 소리—저 바스락거리는 소리—는 동쪽에서 들리고 있죠. 시간의 균열이 생긴 지점은 여기서 서쪽으로 몇천 킬로미터 떨어진 곳이에요. 원래 항로를 되짚어간다면……. 가능하겠어요?"

"네." 브라이언이 대답했다. 그는 보조 동력 장치를 끄지 않았고 그 말은 곧 관성항법장치 컴퓨터 프로그램이 돌아가고 있다는 뜻이었다. 29편 항공기가 캘리포니아 남부에서 이륙한 순간부터 메인 중부에 착륙한 순간까지의 정확한 기록이 프로그램 안에 들어 있었다. 버튼 하나만 누르면 항로를 거꾸로 되짚으라는 명령을 내릴 수 있었다. 이륙 이후에 다른 버튼을 누르면 항로에 따라 자동조종 모드로 비행할 수 있었다. 텔레다인 관성항법장치가 미미한 각도상의 변화까지 고스란히 재연할 것이다. "할 수 있죠. 그런데 왜요?"

"시간의 균열이 아직 남아 있을 수도 있으니까요. 모르겠어요? 우리가 그곳을 통해 돌아갈 수 있을지 모른다고요."

닉은 놀란 눈빛으로 밥을 유심히 들여다보더니 브라이언 쪽으로 고개를 돌렸다. "일리가 있는 것 같은데요, 형씨. 그럴 가능성도 있겠어요."

앨버트 카우스너는 엉뚱하지만 매력적인 옆길로 빠져들어서 상상의 나래를 펼쳤다. 틈새가 아직 남아 있고 29편 항공기가 남들도 애용하는 고도와 경로—이를테면 하늘 위의 동서 간 대로나 다름없는—로 비행중이었다면 오늘 새벽 1시 7분부터 지금(지금이 언제인지는 알 수 없지만)까지 그곳을 통과한 다른 비행기가 있을지 모른다는 생각이 들었다. 다른 비행기도 인적 없는 미국의 다른 공항에 착륙중이거나 착륙해서 승무원과 승객들이 어리둥절해하며 헤매고 있을지 모르는데…….

'아니야.' 그는 생각했다. '우리 비행기에는 우연히 조종사가 타고 있었잖아. 그런 일이 두 번 있을 가능성이 얼마나 되겠어?'

그는 테드 윌리엄스가 십육 타석 연속 출루할 수 있었던 확률을 놓고 젱킨스 씨가 한 말을 떠올리며 몸을 부르르 떨었다.

"그럴 가능성이 있을 수도 있고 없을 수도 있죠." 브라이언이 말했다. "그러거나 말거나 상관없어요. 저 비행기로는 아무데도 가지 못하니까."

"왜요?" 루디가 물었다. "연료를 보충할 수 있는데 왜 안 되는지……."

"성냥 기억하죠? 식당 그릇 안에 들어 있었던 성냥. 불이 안 붙었던 그거 말이에요."

멍한 표정을 지은 루디와는 달리 소스라치게 놀란 표정이 밥 젱킨스의 얼굴 위로 떠올랐다. 그는 한 손으로 이마를 짚고 한 걸음 물러섰다. 그들이 보는 앞에서 몸이 줄어든 것처럼 보였다.

"왜요?" 돈이 물었다. 그는 눈썹을 한데 모으고 브라이언을 쳐다보고 있었다. 혼란스러워하면서도 의심스러워하는 얼굴이었다. "그게 무슨 상관이기에……."

하지만 닉은 알아차렸다.

"모르겠어요?" 그가 조용히 물었다. "모르겠어요, 형씨? 건전지가 작동하지 않으면, 성냥불이 켜지지 않으면……."

"제트기 연료도 연소되지 않겠죠." 브라이언이 대신 끝을 맺었다. "이 세상의 다른 모든 물건들처럼 진이 다 빠져서 못 쓰게 되겠죠." 그는 그들을 한 사람씩 차례대로 쳐다보았다. "차라리 당밀로 연료 탱크를 채우는 게 나을지 몰라요."

2

"두 숙녀분은 랭골리어라고 들어봤어요?" 크레이그가 난데없이 물었다. 목소리가 명랑하다 싶을 만큼 밝았다.

로럴은 움찔하며 창문 앞에 서서 이야기를 나누고 있는 다른 사람들 방향을 불안한 눈빛으로 쳐다보았다. 다이너는 전혀 놀라지 않았는지 크레이그의 목소리가 들리는 쪽으로 고개를 돌리고 그만이었다.

"아뇨." 다이너가 차분한 목소리로 말했다. "그게 뭔데요?"

"저 사람한테 말 걸지 마, 다이너." 로럴이 속삭였다.

"다 들려요." 크레이그가 좀 전과 다름없이 생기발랄한 목소리로 말했다. "다이너만 귀가 좋은 게 아니거든요."

로럴은 얼굴이 뜨거워지는 것을 느꼈다.

"내가 그 아이를 해칠 일은 없을 거예요." 크레이그가 말을 이었다. "아까 다른 아이를 해칠 생각이 없었던 것처럼. 그냥 무서워서 그럽니다. 두 분은 안 그런가요?"

"무섭죠." 로럴은 톡 쏘아붙였다. "그래도 나는 인질을 붙잡고 십 대 남학생을 총으로 쏘지는 않아요."

"당신은 LA 램스 미식축구팀 공격수들이 나를 향해 일제히 달려드는 듯한 기분을 몰라서 그래요." 크레이그가 말했다. "게다가 그 영국인 친구는……." 그는 웃음을 터뜨렸다. 조용한 공간에서 그의 웃음소리가 불안하리만치 명랑하게, 불안하리만치 정상적으로 들렸다. "아무튼 내가 하고 싶은 말은 뭔가 하면, 그자는 제대로 관찰하지 못했기 때문에 나더러 미쳤다고 한다는 거예요. 그자는 머리 대신 전기톱이 달린 작자라고요."

로럴은 뭐라고 대꾸하면 좋을지 알 수 없었다. 이전까지만 해도 그런 줄 몰랐는데 그의 말을 듣고 보니 정말 그런 기분이었겠다는 생각이 들었다. 영국인에 내린 그의 평가는 틀리지 않았다. 그의 눈빛하며…… 투미 씨를 묶은 뒤에 갈비뼈를 걷어찬 것하며…… 로럴은 몸서리가 쳐졌다.

"랭골리어가 뭐예요, 투미 씨?" 다이너가 물었다.

"음, 예전에는 나도 그들이 상상 속의 존재인 줄 알았지." 크레이그는 좀 전처럼 사근사근한 목소리로 말했다. "이제는 과연 그럴까 싶어. 왜냐하면…… 나도 들었거든, 아가씨. 들었고말고."

"그 소리를요?" 다이너가 가만히 물었다. "그게 랭골리어 소리예요?"

로럴이 다이너의 어깨에 한 손을 얹었다. "더이상 아무 말도 하지 않았으면 좋겠다, 아가. 저 사람 때문에 불안해."

"왜요? 묶여 있지 않아요?"

"그렇지. 하지만……."

"도움이 필요하면 다른 분들을 부르면 되고요."

"그래도……."

"저는 랭골리어에 대해서 알고 싶어요."

크레이그가 끙끙대며 고개를 돌려서 그들을 쳐다보자…… 로럴은 크레이그가 부모님이 써준 강압적인 대본에 따라 출세가도를 달렸을 때 원동력 역할을 했던 일말의 매력과 개성을 느낄 수 있었다. 이마와 왼쪽 뺨에 피딱지를 달고 손을 뒤로 묶인 채 바닥에 엎드려 있는데도 그랬다.

"우리 아버지가 말하길 랭골리어는 벽장이나 하수구같이 어두컴컴한 데 사는 작은 녀석들이라고 했어."

"요정 같은 건가요?" 다이너는 궁금해했다.

크레이그는 웃으며 고개를 저었다. "그렇게 귀엽지는 않을걸? 아버지 말로는 털과 이빨과 작고 빠른 다리뿐이라고 했거든. 작은 다리가 빨라서 못된 아이들이 아무리 열심히 종종거려도 따라잡을 수 없다고."

"그만해요." 로럴이 차갑게 말했다. "아이가 무서워하겠어요."

"아니에요." 다이너가 말했다. "저도 상상 속 이야기는 들으면 알아요. 재미있기만 한걸요." 그녀의 표정을 보면 재미있기만 한 게 아니었다. 넋이 팔린 듯 엄청난 관심을 보이고 있었다.

"그렇지?" 크레이그는 그녀의 관심에 희희낙락했다. "로럴은 내 이야기를 듣고 자기가 무서워지니까 그렇게 말했을 거야. 내가 제대로 알아맞혔죠, 로럴? 만약 그렇다면 부상으로 엘 프로덕토 시가 부탁해요. 싸구려 화이트 아울스말고." 그는 다시 웃음을 터뜨렸다.

로럴은 아무 대꾸도 하지 않았다. 잠시 후에 크레이그는 하던 이야기를 계속했다.

"우리 아버지 말로는 랭골리어가 수천 마리라고 했어. 이리저리 종종거리고 다니는 못된 아이들이 수백만 명이니 그럴 수밖에 없다고 했지. 아버지는 늘 그런 식으로 표현했어. 아버지는 평생 뛰어다니는 아이를 한 번도 본 적이 없었지. 아버지가 보기에 아이들은 늘 종종거리고 다니는 존재였으니까. 아마 몰지각하고 목적의식도 없고 비생산적인 뉘앙스가 느껴져서 그 단어를 좋아했을 거야. 하지만 랭골리어들은…… 달리지. 그들은 목적이 있어. 사실 랭골리어는 목적의식의 화신이라고 볼 수도 있어."

"아이들이 뭐 그렇게 못된 짓을 했기에요?" 다이너가 물었다. "뭐 그렇게 못된 짓을 했기에 랭골리어들이 쫓아와요?"

"그것참 반가운 질문이로구나. 우리 아버지 기준으로 못된 사람은 게으른 사람이었어. 게으른 사람은 큰 그림의 일부분이 될 수 없었지. 절대로. 우리집에서는 사람을 큰 그림의 일부분이 되거나 맡은 일을 깔고 드러눕거나 둘 중 하나로 분류했는데 후자가 가장 못된 사람이었지. 만약 큰 그림의 일부분이 되지 못하면 랭골리어들이 와서 나를 그림에서 완전히 빼버린다고 했어. 어느 날 밤에 침대에 누워 있는데 그들이…… 입맛을 다시며 저벅저벅 다가오는 소리가 들릴 거라고……. 아무리 종종거리며 도망쳐도 잡히고야 말 거라고. 왜냐하면 작고 빠른 다리로……."

"그만해요." 로럴이 말했다. 그녀의 목소리는 밋밋하고 건조했다.

"저기서 소리가 들린다니까요." 크레이그가 말했다. 그녀를 바라보는 눈빛이 장난꾸러기처럼 환했다. "그걸 아니라고 할 수는 없어요. 저기서 정말로 소리가……."

"그만해요. 안 그러면 내 손에 맞을 줄 알아요."

"알았어요." 크레이그는 얼굴을 찡그리며 몸을 굴려서 똑바로 눕더니 한 바퀴 더 굴러서 그들 반대편으로 갔다. "사람이 손발이 묶인 채로 바닥에 누워 있다 보면 맞는 데 진절머리가 나거든요."

이번에는 로럴의 얼굴이 발그레해진 정도가 아니라 화끈거렸다. 그녀는 입술을 깨물고 아무 말도 하지 않았다. 울고 싶어졌다. 이런 인간은 어떤 식으로 상대해야 할까? 어떤 식으로? 처음에는 빈대처럼 광분하는 것 같더니 이제는 더이상 멀쩡해 보일 수가 없었다. 그리고 그사이 온 세상—투미 씨가 말한 큰 그림—은 엉망진창이 되어버렸다.

"아빠가 무서웠겠네요. 그렇죠, 투미 씨?"

크레이그는 놀란 얼굴로 어깨 너머 다이너를 돌아보았다. 그러다 다시 미소를 지었는데 이번 미소는 달랐다. 상처가 느껴지는 우수어린 미소였고 포장의 기미가 전혀 없었다. "이번에는 네가 시가를 부상으로 받아야겠네. 무서웠지."

"돌아가셨어요?"

"응."

"아빠가 맡은 일을 깔고 드러누우셨어요? 그래서 랭골리어들이 잡아갔어요?"

크레이그는 한참 동안 생각에 잠겼다. 아버지가 회사에서 심장마비를 일으켰다는 이야기를 들었던 게 기억났다. 비서가 10시에 중역 회의가 있다는 걸 알리려 인터폰을 했는데 아무 대답이 없기에 들어가보니 그가 불룩 튀어나온 눈을 하고 입가에 말라붙은 게거품을 남기고 숨이 끊긴 채로 카펫 위에 쓰러져 있었다.

'나한테 그렇게 얘기한 사람이 있었던가?' 그는 문득 궁금해졌다. '눈은 불룩 튀어나왔고 입가에는 게거품을 남겼다고? 실제로 나한테 그렇게 얘기한 사람이 있었니, 아니면 그랬으면 좋겠다고 상상한 거였니?'

"투미 씨? 그런 거예요?"

"응." 크레이그는 생각에 잠긴 목소리로 대답했다. "그랬나 봐. 그래서 랭골리어들이 잡아갔나 봐."

"투미 씨?"

"응?"

"나는 아저씨가 보는 대로 생기지 않았어요. 못생기지 않았어요. 우리 전부 다요."

그는 놀란 얼굴로 다이너를 쳐다보았다. "네가 내 눈에 어떻게 보이는지 어떻게 아니, 앞 못 보는 아이야?"

"알면 놀라실걸요?"

로럴은 문득 그 어느 때보다 찜찜한 기분이 들어서 다이너를 돌아보았지만…… 당연히 아무것도 볼 수 없었다. 다이너의 까만 안경 앞에서 호기심은 힘을 잃었다.

3

다른 승객들은 대합실 저쪽에 서서 나지막이 덜커덩거리는 소리를 말없이 듣고 있었다. 모두 더이상 할말이 없는 듯했다.

"이제 어쩌죠?" 돈이 물었다. 그는 빨간색 럼버잭 셔츠 안에서 시들어버린 것처럼 보였다. 앨버트는 셔츠 자체가 가지고 있던 유쾌한 마초 분위기가 다소 사라져버렸다는 생각이 들었다.

"글쎄요." 브라이언이 말했다. 뱃속에서 꾸역꾸역 올라오는 끔찍한 무력감이 느껴졌다. 그는 잠깐 그의 것이었던 비행기를 내다보며 깔끔한 윤곽선과 매끈한 곡선미에 넋을 잃었다. 그에 비하면 왼쪽 탑승교 앞에 서 있는 델타 727기는 촌스러운 아주머니처럼 보였다. '두 번 다시 하늘을 날 수 없는 비행기라 좋아 보이는 거겠지. 리무진 뒷자리에 앉아 있는 미인을 보는 거랑 똑같아. 네 것이 아님을, 네 것이 될 수 없음을 알기에 실제보다 더 아름답게 보이잖아.'

"연료가 얼마나 남았어요, 브라이언?" 닉이 갑자기 물었다. "이곳에서는 연소율이 다를 수도 있잖아요. 당신이 생각한 것보다 훨씬 많이 남아 있을 수도 있잖아요."

"모든 계기판이 완벽하게 정상적으로 작동하고 있어요." 브라이언이 말했다. "착륙했을 때 남은 연료가 270킬로그램이 안 됐어요. 이 사태가 벌어진 곳으로 돌아가려면 최소 23톤은 있어야 하는데."

베서니가 담배를 꺼내 밥에게 권했다. 그는 고개를 저었다. 그녀는 한 개비를 입에 물고 성냥을 꺼내서 그었다.

불이 붙지 않았다.

"이런." 그녀가 말했다.

앨버트가 흘끗 쳐다보았다. 그녀는 성냥을 긋고…… 긋고…… 또 그었다. 아무 일도 벌어지지 않았다. 그녀는 겁에 질린 얼굴로 앨버트를 쳐다보았다.

"이리 줘." 앨버트가 말했다. "내가 해볼게."

그는 성냥을 받아서 한 개 더 뜯어냈다. 그런 다음 뒷면의 마찰면에 대고 그었다. 아무 일도 벌어지지 않았다.

"이 현상이 뭔지 몰라도 전염성이 있는 모양이네요." 루디 워릭이 말했다.

베서니가 울음을 터뜨리자 밥이 손수건을 건넸다.

"잠깐." 앨버트가 말하고 성냥을 다시 그었다. 이번에는 불이 붙었지만…… 불꽃이 작고 힘없이 펄럭였다. 불꽃을 부들부들 떨고 있는 베서니의 담배 끝부분에 갖다 댄 순간, 선명한 이미지 하나가 느닷없이 그의 머릿속을 가득채웠다. 지난 삼 년 동안 10단 변속 자전거를 타고 패서디나 고등학교로 등하교할 때마다 지나간 표지판이었다. 표지판에는 이렇게 적혀 있었다. "주의: 양방 통행로 기점".

'그게 도대체 무슨 뜻일까?'

그는 알 수 없었다……. 아직은 그랬다. 확실히 장담할 수 있는 사실이 있다면 어떤 아이디어가 밖으로 나오고 싶어 하는데 당장은 톱니바퀴에 끼어 있다는 것뿐이었다.

앨버트는 성냥을 흔들어서 껐다. 열심히 흔들 필요도 없었다.

베서니가 담배를 한 모금 빨더니 얼굴을 찡그렸다. "으웩! 칼턴 담배나 뭐 그런 담배 맛이 난다."

"내 얼굴에 대고 연기를 불어봐." 앨버트가 말했다.

"뭐라고?"

"귀 먹었어? 내 얼굴에 대고 연기를 불어보라고."

그녀가 시킨 대로 하자 앨버트는 연기 냄새를 맡았다. 달콤했던 향기가 이제는 약해졌다.

'이 현상이 뭔지 몰라도 전염성이 있는 모양이네요.'

주의: 양방 통행로 기점.

"나는 식당으로 다시 돌아갈게요." 닉이 말했다. 그는 우울해 보였다. "저기 저 카시우스*가 군살이 없어서 잘 빠져나갈 것 같은 분위기를 풍기거든요. 숙녀분들한테 너무 오래 맡겨놓으면 안 되겠어요."

브라이언이 그를 따라 나서자 나머지 사람들도 뒤따라갔다. 앨버트는 이 행렬에 재미있는 구석이 있다는 생각이 들었다. 그들은 대기에서 천둥을 감지한 소떼처럼 행동하고 있었다.

"뭐해?" 베서니가 말했다. "가자." 그녀는 피우다 만 담배를 재떨이에 넣고 밥의 손수건으로 눈을 훔쳤다. 그런 다음 앨버트의 손을 잡았다.

대합실을 반쯤 지났을 때 앨버트는 개프니 씨가 입은 빨간색 셔츠의 등판을 쳐다보는데 똑같은 이미지가 이번에는 좀더 강렬하게 떠올랐다. 양방 통행로 기점.

* 카이사르 암살단의 주범.

"잠깐만!" 그는 느닷없이 베서니의 허리를 팔로 감싸 안고 끌어당기더니 그녀의 목에서 움푹 들어간 부분에 얼굴을 대고 숨을 깊이 들이쉬었다.

"맙소사! 우리는 서로 잘 알지도 못하는 사이잖아!" 베서니가 외쳤다. 그러더니 속절없이 키득거리며 앨버트의 목을 두 팔로 끌어안았다. 앨버트는 평소 부끄럼을 잘 타는 성격인데 꿈속에서는 그렇지 않았다. 하지만 지금 그는 전혀 개의치 않았다. 그는 다시 한번 숨을 깊이 들이쉬었다. 머리, 땀, 향수 냄새가 아직 남아 있지만 희미했다. 아주 희미했다.

사람들이 일제히 돌아보았다. 앨버트는 그새 베서니를 놓고 허둥지둥 창문 쪽으로 달려갔다.

"와우!" 베서니가 말했다. 그녀는 새빨개진 얼굴로 계속 키득거렸다. "이상한 녀석이잖아!"

앨버트는 29편 항공기를 바라보고 몇 분 전에 브라이언이 느낀 것을 느꼈다. 비행기가 깔끔하고 매끈하며 불가능에 가까울 정도로 하얬다. 창밖의 칙칙한 정지 화면 속에서 진동하는 느낌이었다.

문득 아이디어가 떠올랐다. 그의 눈 뒤에서 폭죽처럼 터졌다. 눈부시게 타오르는 공이 결정적인 장면이었다. 거기서 함축적인 의미들이 시뻘건 반짝이처럼 뿜어져 나왔다. 잠깐 동안 말 그대로 숨쉬는 것을 잊을 정도였다.

"앨버트?" 밥이 물었다. "앨버트, 무슨 일로……."

"엥글 기장님!" 앨버트가 비명을 질렀다. 식당 안에서 로럴이 자세를 바르게 하고 앉았고 다이너는 맹수의 발톱 같은 두 손으로 그녀의 팔을 움켜쥐었다. 크레이그 투미는 고개를 길게 빼고 쳐다보았다. "엥글 기장님, 이쪽으로 와보세요!"

4

밖으로 나가자 소리가 더 크게 들렸다.

브라이언의 귀에는 무전기 잡음이었다. 닉 호프웰은 바짝 마른 열대지방의 풀들이 강풍에 서로 스치는 소리 같다는 생각을 했다. 지난여름에 맥도널드에서 아르바이트를 했던 앨버트는 깊고 두툼한 냄비에 감자 튀기는 소리를 떠올렸고, 밥 젱킨스에겐 멀리 떨어져 있는 어느 방에서 종이를 구기는 소리였다.

네 명은 고무 커튼 사이로 기어나가서 크레이그 투미가 랭골리어라고 불렀던 소리에 귀를 기울이며 하역장으로 내려갔다.

"얼마나 더 다가왔을까요?" 브라이언이 닉에게 물었다.

"잘 모르겠네요. 좀더 다가온 것처럼 들리기는 하지만 좀 전까지 우리가 건물 안에 있었잖아요."

"얼른 가요." 앨버트가 조바심을 내며 말했다. "무슨 수로 다시 탑승하죠? 슬라이드를 기어 올라가나요?"

"그럴 필요 없을 거야." 브라이언이 말하면서 손가락으로 가리켰다. 2번 게이트 쪽에 이동식 계단이 있었다. 그들은 느른하게 콘크리트 밟는 소리를 내며 그쪽으로 걸어갔다.

"이게 얼마나 가망 없는 일인지는 알고 있지, 앨버트?" 걸어가는 동안 브라이언이 물었다.

"네, 하지만……."

"가망 없는 일이나마 저질러보는 게 낫죠." 닉이 그를 대신해서 마무리를 지었다.

"생각대로 되지 않았을 때 너무 실망하지 않았으면 해서요."

"걱정 마요." 밥이 가만히 말했다. "내가 우리 모두를 대신해서 충분히 실망할 테니까. 아이의 발상이 논리적으로는 그럴듯해요. 성공할 것 같지만…… 앨버트, 우리가 미처 발견하지 못한 요소들이 있을지 모른다는 건 알지?"

"네."

이동식 계단에 도착하자 브라이언이 바퀴에 달린 풋 브레이크를 발로 찼다. 닉이 왼쪽 난간에 달린 손잡이를 차지했고 브라이언이 오른쪽에 달린 손잡이를 잡았다.

"잘 굴러갔으면 좋겠는데." 브라이언이 말했다.

"그럴 거예요." 밥 젱킨스가 대답했다. "물리적이고 화학적인 일상 요소들은 일부—어쩌면 대부분—변함없이 작동하는 것 같거든요. 우리 몸은 공기를 처리하고, 문은 열리고 닫히고……."

"중력도 있잖아요." 앨버트가 끼어들었다. "땅이 여전히 우리를 잡아당기고 있어요."

"말은 그만하고 한번 밀어봅시다." 닉이 말했다.

계단은 별 무리 없이 움직였다. 두 남자가 계단을 끌고 활주로를 가로질러 767기로 향했고 앨버트와 밥은 그 뒤를 따라갔다. 바퀴 한쪽이 리드미컬하게 끼익끼익거렸다. 그 소리말고는 동쪽 지평선 너머 어딘가에서 나지막이 이어지는 바스락 덜커덩 바스락 소리뿐이었다.

"이걸 보세요." 767기에 거의 다 도착했을 때 앨버트가 말했다. "이걸 좀 보세요. 이 비행기에는 다른 것보다 얼마나 더 많이 남아 있는지 모르시겠어요?"

대답할 필요가 없었기에 아무도 대답하지 않았다. 브라이언은 인정하고 싶지 않았지만 이 아이에게 뭔가 있을지 모른다는 생각을 자기도 모르게 하기 시작했다.

그들은 꼭대기에서 다리를 벌리면 문에 닿을 만한 거리까지 비상용 슬라이드와 기체 사이에 비스듬히 계단을 갖다 댔다. "내가 먼저 올라갈게요." 브라이언이 말했다. "내가 슬라이드를 안으로 치우면 닉, 당신과 앨버트가 계단을 좀더 좋은 위치로 옮겨요."

"알겠습니다, 기장님." 닉이 말하고, 집게손가락과 가운뎃손가락으로 이마를 건드리며 잽싸게 경례를 했다.

브라이언은 코웃음을 터뜨렸다. "좋아요, 부사무관." 그는 이렇게 말하고 계단을 재빠르게 달려 올라갔다. 잠시 후 그가 비상용 슬라이드 끈을 잡아당겨서 안으로 들였다. 그런 다음 몸을 밖으로 내밀고, 닉과 앨버트가 767기 전면 출입구 바로 아래에 꼭대기가 오도록 계단을 조심스럽게 움직이는 광경을 지켜보았다.

5

이번에는 루디 워릭과 돈 개프니가 크레이그를 지켰다. 베서니, 다이너, 로럴은 대합실 창문 앞에 한 줄로 서서 밖을 내다보았다.

"지금 뭐하고 있어요?" 다이너가 물었다.

"슬라이드를 치우고 문 앞에 계단을 갖다 대고 있어." 로럴이 말했다. "이제 올라간다." 그녀는 베서니를 쳐다보았다. "저들이 어쩔 생각인지 너도 모르니?"

베서니는 고개를 끄덕였다. "에이스—그러니까 앨버트—가 미친 사람처럼 날뛰었다는 것말고는 아무것도 몰라요. 사람을 미치게 만드는 제 성적 매력 때문에 그렇게 된 거라고 생각하고 싶지만 그건 아니었던 것 같고요." 그녀는 말을 멈추고 미소를 짓더니 이야기를 계속했다. "아직은요. 아무튼 저기 있는 비행기는 더 많이 남았고 내 향수 냄새는 더 옅어졌다고 했어요. 코코 샤넬인가? 그 여자가 들으면 좋아하지 않겠지만. 그리고 양방 통행로라는 말도 했어요. 무슨 말인지 못 알아듣겠더라고요. 하도 속사포처럼 지껄여서."

"나는 알 것 같아요." 다이너가 말했다.

"어쩔 생각인 것 같은데?"

다이너는 고개만 저을 따름이었다. "서둘러줬으면 좋겠어요. 가엾은 투미 씨 말이 맞거든요. 랭골리어들이 오고 있어요."

"다이너, 그건 투미 씨의 아버지가 지어낸 이야기야."

"예전에는 지어낸 이야기였을지 모르죠." 다이너가 앞을 보지 못하는 두 눈을 다시 창문 쪽으로 돌리며 말했다. "이제는 아니에요."

6

"좋았어, 에이스." 닉이 말했다. "공연을 시작하자."

앨버트는 쿵쾅거리는 심장과 떨리는 손을 달래며 천 년 전, 이 대륙의 반대편에서 멜라니 트레버라는 여자가 오렌지주스 한 통과 샴페인 두 병을 두었던 일등석 객실 선반에 실험 도구 네 개를 꺼내놓았다.

브라이언은 성냥첩, 버드와이저, 펩시, 식당 냉장 진열대에서 꺼낸 땅콩버터와 잼 샌드위치를 내놓는 앨버트를 유심히 지켜보았다. 샌드위치는 비닐 랩에 꽁꽁 싸여 있었다.

"됐어요." 앨버트가 말하고 숨을 크게 들이쉬었다. "이제 여기 어떤 것들이 있는지 한번 볼까요?"

7

돈은 식당을 나서 창가로 걸어갔다. "어쩌고 있어요?"

"모르겠어요." 베서니가 말했다. 그녀는 다른 성냥으로 어찌어찌 불을 붙여서 다시 담배를 피우고 있었다. 그녀가 담배를 입에서 빼자 너덜너덜해진 필터가 로럴의 눈에 들어왔다. "비행기 안으로 들어가서 계속 거기 있어요. 그걸로 끝이에요."

돈은 몇 초 동안 물끄러미 밖을 내다보았다. "밖은 달라 보이는군. 왠지 모르겠지만 그래 보여."

"빛이 사라지고 있어요." 다이너가 말했다. "그게 달라요." 그녀의 목소리는 침착했지만 조그만 얼굴에는 외로움과 두려움이 각인되어 있었다. "빛이 사라지는 게 느껴져요."

"다이너 말이 맞아요." 로럴이 맞장구쳤다. "날이 밝은 지 두세 시간밖에 안 된 것 같은데 벌써 다시 어두워지기 시작하네요."

"나는 계속 이게 꿈일 거라는 생각이 들어요." 돈이 말했다. "내가 지금까지 꾼 꿈 중에서 가장 끔찍한 악몽이지만 조만간 깨어날 거라고."

로럴은 고개를 끄덕였다. "투미 씨는 어쩌고 있어요?"

돈은 건조한 웃음을 터뜨렸다. "믿기지 않을 거요."

"믿기지 않다니 뭐가요?" 베서니가 물었다.

"잠이 들었어."

8

두말하면 잔소리지만 크레이그 투미는 깨어 있었다. 예수가 겟세마네 동산에서 기도하고 있었을 때 망을 보기로 한 그 작자처럼, 결정적인 순간에 잠을 자는 사람들이야말로 큰 그림의 일부분이 되지 못할 가능성이 가장 컸다.

그는 살짝 눈을 뜨고 두 남자를 예의 관찰하며 한 명이라도, 아니면 둘 다 자리를 비우도록 주문을 외웠다. 결국 빨간 셔츠를 입은 남자가 자리를 비웠다. 큼지막한 틀니를 낀 대머리의 워릭은 크레이그 쪽으로 걸어와서 허리를 숙였다. 크레이그는 눈을 완전히 감았다.

"이봐요." 워릭이 불렀다. "이봐요, 깨어 있소?"

크레이그는 눈을 감고 가만히 누워서 고르게 숨을 쉬었다. 조그맣게 코를 고는 소리도 낼까 하다 그만두었다.

워릭이 옆구리를 찔렀다.

크레이그는 눈을 꼭 감고 고르게 숨을 쉬었다.

대머리는 허리를 펴고 그를 넘어서 다른 사람들을 보려고 식당 문 쪽으로 걸어갔다. 크레이그는 실눈을 뜨고 워릭이 그에게 등을 돌리고 있는지 확인했다. 그런 다음 조용히, 조심스럽게 8 자 모양으로 단단하게 묶은 매듭 안에서 손목을 위아래로 움직이기 시작했다. 식탁보로 만든 밧줄이 벌써부터 느슨해진 느낌이 들었다.

그는 워릭이 몸을 돌리려는 기미를 보이는 순간 동작을 멈추고 눈을 감을 태세를 갖추고 예의 주시하며 손목을 짧게 흔들었다. 워릭이 몸을 돌리지 않도록 주문을 외웠다. 꼴 보기 싫은 인간들이 비행기에서 돌아오기 전에 밧줄을 풀고 싶었다. 특히 영국 놈, 코를 비틀고 누워 있는 그에게 발길질을 한 그놈이 문제였다. 영국 놈의 결박 솜씨가 훌륭했다. 나일론 끈이 아니라 기껏해야 식탁보이길 다행이었다. 나일론 끈이었다면 가망이 없었을 텐데.

매듭 하나가 느슨해지자 크레이그는 손목을 좌우로 돌리기 시작했다. 랭골리어들이 다가오는 소리가 들렸다. 그는 랭골리어들이 도착하기 전에 이곳에서 빠져나가 보스턴으로 떠날 작정이었다. 보스턴에 가면 안전할 것이다. 은행 직원들로 가득한 회의실에 있으면 종종거릴 겨를이 없었다.

그를 방해하려드는 작자가 있으면—남녀노소를 불문하고—신의 가호를 빌어야 할 것이다.

9

앨버트는 식당에서 가져 온 성냥첩을 집었다. "증거물 제1호." 그가 말했다. "갑니다."

그는 성냥을 한 개비 뜯어서 마찰 면에 대고 그었다. 하지만 손이 떨리는 바람에 성냥첩 아래에 있는 까칠까칠한 마찰 면에서 족히 오 센티미터는 위로 올라간 곳에 대고 그었다. 성냥이 구부러졌다.

"젠장!" 앨버트가 외쳤다.

"내가 대신……." 밥이 운을 뗐다.

"가만 내버려두세요." 브라이언이 말했다. "이건 앨버트의 공연이니까요."

"침착하게 해, 앨버트." 닉이 말했다.

앨버트는 성냥을 한 개비 더 뜯어내고 그들을 보며 느글느글한 미소를 지은 뒤 마찰 면에 대고 그었다.

불이 붙지 않았다.

다시 한번 그었다.

불이 붙지 않았다.

"그 정도면 되지 않았을까?" 브라이언이 물었다. "달리……."

"냄새가 났어." 닉이 말했다. "유황 냄새가 났어! 다른 걸로 붙여봐, 에이스!"

앨버트는 똑같은 성냥을 까칠까칠한 마찰 면에 대고 세 번째로 그었고…… 이번에는 확 불이 붙었다. 인화가 잘되는 머리에만 불이 붙었다가 가물가물 꺼지는 정도가 아니었다. 밑바닥은 파랗고 꼭대기는 노란, 낯익은 눈물 모양으로 꼿꼿하게 서서 종이 막대를 태우기 시작했다.

앨버트는 함박웃음을 지으며 올려다보았다. "이것 봐요." 그가 말했다. "이것 보라고요."

그는 성냥을 끄고 바닥에 던진 뒤 다른 성냥을 뜯었다. 이번에는 한 방에 불이 붙었다. 그는 밥 젱킨스가 식당에서 했던 것처럼 성냥첩 껍데기를 뒤로 구부리고 다른 성냥에 불을 갖다 댔다. 이번에는 픅 하고 마른 소리를 내며 일제히 활활 타올랐다. 앨버트는 생일 초라도 되는 것처럼 성냥을 불어서 껐다. 두 번 불자 모조리 꺼졌다.

"보셨죠?" 그가 물었다. "이게 무슨 뜻인지 아시겠죠? 양방 통행로! 우리가 우리 시간대를 여기까지 가지고 온 거라고요! 저 밖은 과거고…… 아마 우리가 통과한 구멍 동쪽은 다 그럴 테지만……. 이 안은 계속 현재예요! 비행기 안에 현재가 갇혀 있어요!"

"글쎄, 그럴까." 브라이언은 이렇게 말하면서도 모든 걸 다시 해볼 만하겠다 싶었다. 그는 앨버트를 와락 끌어안아 등을 두드려주고 싶은, 참을 수 없을 만큼 강렬한 충동을 느꼈다.

"브라보, 앨버트!" 밥이 말했다. "맥주! 맥주를 한번 마셔봐!"

앨버트가 맥주 마개를 따는 동안 닉이 난장판이 된 음료 카트 주변에서 깨지지 않은 유리잔을 건졌다.

"연기가 안 나네?" 브라이언이 물었다.

"연기라뇨?" 밥이 어리둥절해하며 물었다.

"연기가 정확한 표현은 아니겠지만 맥주를 따면 연기 비슷한 게 입구 주변에 생기잖아요."

앨버트는 냄새를 맡아보더니 브라이언 쪽으로 맥주를 기울였다. "맡아보세요."

브라이언은 냄새를 맡고 씩 웃었다. 웃지 않을 수가 없었다. "맙소사, 연기가 있건 없건 분명 맥주 냄새야."

잔을 내미는 닉의 손이 살짝 흔들리는 것을 보고 앨버트는 반가운 기분이 들었다. "따라봐." 그가 말했다. "얼른…… 내 주치의가 말하길 긴장감은 노인네 심장에 안 좋다고 했어."

앨버트가 맥주를 따랐을 때 그들의 미소가 사라졌다.

맥주가 밍밍했다. 완전히 밍밍했다. 닉이 찾은 위스키잔에 소변 샘플처럼 얌전히 담겨 있었다.

10

"아이고 이런, 날이 저물고 있잖아!"

루디 워릭이 합류하자 창가에 서 있던 사람들이 뒤를 돌아보았다.

"정신병자를 지키고 있어야 하는 거 아니오?" 돈이 물었다.

루디는 짜증을 내며 손을 까닥였다. "완전히 나가떨어졌어요. 머리를 얻어맞았을 때 생각보다 심하게 골이 흔들린 모양이에요. 저기서 뭐하는 거예요? 이렇게 금세 날이 저무는 이유는 뭐고요?"

"우리도 몰라요." 베서니가 말했다. "그냥 그런가 보다 하지. 그 이상한 아저씨, 혼수상태나 뭐 그런 거에 빠질까요?"

"글쎄." 루디가 말했다. "그렇다 한들 우리가 더이상 걱정할 필요는 없지 않을까? 아이고, 저 소리 정말 소름 끼치네! 마약에 취한 흰개미떼가 발사 나무로 만든 글라이더를 타고 날아오는 소리 같아." 루디는 비로소 식욕을 잊은 듯했다.

다이너가 로럴을 올려다보았다. "투미 씨를 확인해보는 게 좋겠어요." 그녀가 말했다. "걱정돼요. 분명히 무서울 텐데."

"다이너, 정신을 잃었다면 우리로서는 어쩔 도리가……."

"정신을 잃은 것 같지 않아요." 다이너가 조용히 말했다. "잠이 든 것 같지도 않고요."

로럴은 생각에 잠긴 얼굴로 아이를 내려다보다 손을 잡았다. "알았어." 그녀가 말했다. "가서 살펴보자."

11

닉 호프웰이 크레이그의 오른쪽 손목 위로 단단히 묶어놓았던 매듭이 마침내 손을 뺄 수 있을 만큼 느슨해졌다. 그는 오른손으로 왼손에 묶인 고리를 잡고 아래로 당겼다. 그런 다음 잽싸게 일어섰다. 통증이 머리를 번쩍 관통해 잠깐 휘청거렸다. 까만 점들이 눈앞에서 어른거리다 서서히 사라졌다. 어둠이 터미널을 집어삼키고 있었다. 때 이른 밤이 찾아오고 있었다. 이제는 와삭 바스락 와삭 하는 랭골리어들의 소리가 훨씬 선명하게 들렸다. 그의 귀가 그 소리에 주파수를 맞추고 있거나 그들이 좀더 가까이 왔기 때문이었다.

터미널 저쪽에서 키가 큰 그림자와 작은 그림자, 이렇게 둘이 무리에서 떨어져 나와 식당으로 돌아오는 게 보였다. 목소리가 앙칼진 여자와 얼굴이 못생기고 뿌루퉁한 앞 못 보는 아이였다. 그들이 경보를 울리도록 내버려두면 안 된다. 상황이 나빠질 것이다.

크레이그는 다가오는 두 사람에게 시선을 고정한 채 좀 전까지 엎드려 있었던 피 묻은 카펫 쪽으로 뒷걸음질쳤다. 해가 어찌나 금세 사라지는지 적응이 되지 않았다.

금전등록기 왼쪽으로 카운터에 식기 통이 놓여 있었지만 식기가 다 플라스틱 허섭스레기라 아무 쓸모가 없었다. 몸을 수그리고 금전등록기 뒤로 돌아가보니 좀더 나은 도구가 보였다. 그릴 옆 카운터에 고기 써는 칼이 있었던 것이다. 그는 칼을 집어 들고 금전등록기 뒤에 쭈그리고 앉아서 다가오는 그들을 지켜보았다. 특히 여자아이를 열심히 지켜보았다. 그 아이는 아는 게 많았다……. 어쩌면 너무 많을 수도 있었다. 문제는 어디에서 지식을 얻었느냐는 것이었다.

흥미로운 질문이었다.

그렇지 않은가?

12

닉은 앨버트에게서 밥에게로 시선을 옮겼다. "흠." 그가 말했다. "성냥은 됐지만 맥주는 안 됐다." 그는 선반 위에 놓은 맥주잔 쪽으로 고개를 돌렸다. "그게 무슨 의미……."

갑자기 맥주잔 바닥에서 조그만 구름처럼 생긴 거품이 나타났다. 거품은 순식간에 솟아올라 사방으로 퍼지더니 얇게 윗면을 덮었다. 닉의 눈이 휘둥그레졌다.

"보아하니……." 밥이 무미건조한 목소리로 말했다. "변화에 적응하려면 시간이 조금 걸리는 모양이네요." 그는 잔을 들어서 깨끗이 비우고 입술을 핥았다. "훌륭해요." 밥의 말에 그들은 유리잔 안쪽에 복잡한 레이스 모양으로 남은 하얀색 거품을 일제히 쳐다보았다. "내 평생 이렇게 맛있는 맥주는 처음이라고 단언할 수 있어요."

앨버트가 맥주를 좀더 따랐다. 이번에는 나오면서 거품이 생겼다. 거품이 넘쳐서 잔 밖으로 흘러내렸다. 브라이언이 잔을 들었다.

"진짜 마실 작정이에요, 형씨?" 닉이 씩 웃으며 물었다. "댁들은 '술병에서 조종간까지 스물네 시간'이라는 소리를 입버릇처럼 하지 않나?"

"시간 여행의 경우에는 그 규칙이 유예되죠." 브라이언이 말했다. "의심스러우면 찾아봐요." 그는 잔을 기울여서 맥주를 마시고 큰 소리로 웃었다. "맛있네요." 그가 밥에게 말했다. "이렇게 우라지게 맛있는 맥주는 처음이에요. 콜라도 따라봐, 앨버트."

앨버트가 캔을 따자 펑, 치이익 하고, 수많은 청량음료 광고에서 가장 중요한 역할을 하는 익숙한 탄산 소리가 들렸다. 그는 콜라를 한 모금 크게 들이켰다. 캔을 내려놓았을 때 그는 웃는 얼굴이었지만…… 두 눈에 눈물이 고여 있었다.

"여러분, 오늘은 펩시 콜라도 아주 훌륭합니다." 그가 수석 웨이터처럼 낭랑하게 외치자 모두 웃음을 터뜨렸다.

13

로럴과 다이너가 식당에 들어섰을 때 돈 개프니가 그들을 따라잡았다. "아무래도……." 그는 무슨 말을 하려다 멈추었다. 그러고는 사방을 휘휘 둘러보았다. "이런 젠장. 어디 간 거지?"

"글쎄……." 로럴이 대답을 하려고 하자 옆에서 다이너 벨먼이 말했다. "조용히 해보세요."

다이너가 꺼진 탐조등처럼 천천히 고개를 돌렸다. 잠깐 동안 식당에 정적이 흘렀다. 적어도 로럴에게는 아무 소리도 들리지 않았다.

"저기요." 마침내 다이너가 금전등록기 쪽을 가리키며 말했다. "저기 숨어 있어요. 뭔지 모를 물건 뒤에."

"어떻게 알았니?" 돈이 딱딱하고 신경질적인 목소리로 물었다. "나는 아무것도 듣지……."

"저는 들려요." 다이너가 조용히 말했다. "금속 위에 놓인 아저씨의 손톱 소리가 들려요. 심장 소리도 들리고요. 빠르게 쿵쾅거리고 있어요. 죽도록 무서운 거예요. 아저씨가 진짜 불쌍해요." 그녀는 문득 로럴의 손을 놓고 앞으로 발을 내디뎠다.

"다이너, 안 돼!" 로럴이 비명을 질렀다.

다이너는 아랑곳하지 않았다. 그녀는 팔을 내밀고 손가락으로 장애물이 있는지 살피며 금전등록기를 향해 걸어갔다. 어둠이 팔을 뻗어 그녀를 감싸 안으려는 것처럼 보였다.

"투미 씨? 나오세요. 우리는 아저씨를 해치고 싶지 않아요. 제발 걱정 말고……."

금전등록기 뒤에서 어떤 소리가 나기 시작했다. 높고 날카로운 비명소리였다. 한 단어 아니면 단어가 되려는 무엇이지만 그 비명에서 제정신의 기미라고는 느껴지지 않았다.

"너어어어어어어어어어어……."

크레이그는 상대가 그녀라는 것을, 그녀도 그들 중 한 명이라는 것을, 까만 안경으로 눈을 가렸지만 그들 중 한 명이라는 것을, 그냥 랭골리어가 아니라 다른 녀석들을 불러모으는, 앞을 보지 못하는 죽은 눈으로 다른 녀석들을 불러모으는 대장이라는 것을 문득 깨닫고, 눈을 번뜩이며 고기 써는 칼을 치켜들고 숨어 있던 곳에서 벌떡 일어났다.

"너어어어어어어어어어어……."

크레이그는 비명을 지르며 다이너를 향해 돌진했다. 돈 개프니가 로럴을 바닥으로 쓰러질 정도로 세차게 옆으로 밀치고 앞으로 달려나갔다. 그의 반응이 빠르기는 했지만 충분히 빠르지는 않았다. 크레이그 투미는 제정신이 아니었고 랭골리어의 속도로 움직였다. 그는 죽기 살기로 다이너에게 달려갔다. 그의 사전에 종종거림이란 없었다.

"……어어어어어어어어어어……."

"괜찮아요, 투미 씨." 다이너가 말했다. "걱정 말고……." 바로 그 순간 크레이그는 아이의 가슴에 고기 써는 칼을 찔러 넣고 비명을 지르며 로럴을 지나 터미널로 달려갔다.

다이너는 잠깐 서 있었다. 원피스 바깥으로 튀어나온 나무 손잡이가 손에 닿자 손가락으로 더듬으며 정체를 파악했다. 그런 다음 천천히, 우아하게 바닥으로 쓰러져 점점 더 짙어져가는 어둠 속의 또 다른 그림자가 되었다.

7장

어둠의 골짜기로 건너간 다이너. 미시시피 서쪽에서
가장 빠른 토스터. 시간과의 경주. 닉, 결단을 내리다.

1

앨버트, 브라이언, 밥 그리고 닉은 땅콩버터와 잼을 바른 샌드위치를 돌아가며 먹었다. 두 입씩 먹자 다 없어졌지만……. 앨버트는 이렇게 맛있는 음식을 먹은 적은 평생 처음이라는 생각이 들었다. 깨어난 위장이 음식을 더 달라고 아우성치기 시작했다.

"머리 벗어진 우리 친구 워릭 씨는 이 부분을 제일 좋아하겠네요." 닉이 샌드위치를 삼키며 말했다. 그가 앨버트를 쳐다보았다. "너는 천재야, 에이스. 알고 있지? 그것도 엄청난 천재야."

앨버트는 좋아하며 얼굴을 붉혔다. "별로 대단한 것도 아니었어요." 그가 말했다. "그냥 젱킨스 씨가 연역법이라고 한 걸 조금 써 보았을 뿐이에요. 다른 방향에서 흘러 들어온 두 개의 물줄기가 합쳐지면 소용돌이가 만들어지잖아요. 베서니의 성냥에서 그런 현상을 눈치채고 여기에서도 그 비슷한 현상이 벌어지고 있는 게 아닐까 생각했을 뿐이에요. 그리고 개프니 씨의 밝은 빨간색 셔츠도요. 색이 희미해지기 시작했거든요. 비행기에서 벗어났을 때 모든 게 시들기 시작한다면 시들어버린 물건을 다시 비행기 안으로 들고 오면……."

"중간에 끼어들기는 싫다만……." 밥이 부드럽게 말했다. "다시 탑승할 작정이면 최대한 서두르는 게 좋지 않을까 싶은데. 들리는 소리도 걱정스럽지만 그보다 더 걱정스러운 게 한 가지 있거든. 이 비행기는 밀폐된 공간이 아니야. 그러니까 조만간 이 비행기도 그 뭐냐…… 음……."

"일시적으로 온전한 상태가 깨질 것 같다고요?"

"그래. 제대로 표현했다. 탱크에 연료를 채우면 지금은 연소될지 몰라도…… 몇 시간 뒤에는 안 그럴 수 있거든."

달갑지 않은 상상이 브라이언의 머릿속에 떠올랐다. 767기가 나라를 반쯤 횡단했을 때 십일 킬로미터 상공에서 연료 연소가 중단되는 상상이었다. 그는 이 이야기를 꺼내려고 입을 열었다가…… 닫았다. 어쩔 도리가 없는 상황에 놓인 사람들의 머릿속에 그런 상상을 심어서 뭐가 좋을까?

"어떤 식으로 시작하면 될까요, 브라이언?" 닉이 딱 부러지는 사무적인 투로 물었다.

브라이언은 필요한 과정을 머릿속으로 점검해보았다. 항공기를 접한 경험이라고는 모형 비행기가 전부일 게 분명한 사람들과 일을 하려면 조금 난처하겠지만 그래도 할 수 있을 것 같았다.

"엔진을 켜고 천천히 움직여서 델타 727기에 최대한 바짝 대야 해요." 그가 말했다. "그러고 난 다음에는 우측 엔진을 끄고 좌측 엔진은 계속 돌아가게 내버려둘 거예요. 다행이에요. 이 767기에는 연료 탱크가 날개에 달렸고 APU 시스템이 갖추어져 있어서……."

브라이언의 목소리 뒤로 나지막이 깔린 덜커덩거리는 소리를 가르며, 공포에 가득찬 날카로운 비명소리가 슬레이트 칠판을 포크로 긁는 것처럼 들려 왔다. 이어서 계단을 달려 올라오는 소리가 들렸다. 닉이 그쪽 방향으로 몸을 돌리더니 두 손을 들어서 앨버트도 한눈에 알아볼 수 있는 자세를 취했다. 그는 예전에 다니던 학교에서 무술 좋아하는 애들이 동작 연습하는 광경을 본 적이 있었다. 태권도의 전형적인 방어 자세였다. 잠시 후 겁에 질려서 새하얗게 된 베서니의 얼굴이 등장하자 닉은 손을 내렸다.

"가요!" 베서니가 외쳤다. "가보셔야 해요!" 그녀는 숨이 차서 헐떡였고 계단 꼭대기에서 뒤로 휘청했다. 저러다 아래로 굴러떨어져서 목이 부러지겠다는 생각이 앨버트와 브라이언의 뇌리를 스치고 지나갔다. 순간 닉이 번개같이 나아가 그녀의 뒷목을 손으로 받치고 비행기 안으로 끌어당겼다. 베서니는 하마터면 큰일날 뻔했다는 것조차 알아차리지 못한 눈치였다. 그들을 보며 새하얀 얼굴에 달린 까만 눈을 번뜩였다. "얼른요! 그자가 아이를 칼로 찔렀어요! 죽을 것 같아요!"

닉은 그녀의 어깨에 두 손을 얹고 입을 맞추려는 사람처럼 자기 얼굴을 그녀에게로 갖다 댔다. "누가 누굴 찔렀다는 거니?" 그가 조용히 물었다. "누가 죽을 것 같다는 거야?"

"내가…… 그 아이…… 투, 투, 투미 씨가……."

"베서니, 찻잔이라고 말해봐."

그녀는 그의 의도를 이해하지 못하고 충격을 받은 눈빛으로 그를 쳐다보았다. 브라이언은 제정신이냐는 듯이 닉을 쳐다보았다.

닉은 그녀의 어깨를 살짝 흔들었다.

"찻잔이라고 말해봐. 얼른."

"차, 차, 찻잔."

"찻잔과 잔받침. 말해봐, 베서니."

"찻잔과 잔받침."

"잘했어. 좀 괜찮아졌니?"

그녀는 고개를 끄덕였다. "네."

"좋아. 앞으로 넋이 나갈 것 같거든 바로 찻잔이라고 말해. 그러면 정신이 다시 돌아올 거야. 자…… 누가 찔렸다고?"

"앞 못 보는 아이. 다이너요."

"이런 젠장. 알겠다, 베서니. 이제……." 베서니 뒤에서 계단으로 달려가는 브라이언과 그 뒤를 쫓아가는 앨버트가 보이자 닉은 언성을 높였다. "안 돼요!" 단호하고 냉정한 그의 고함소리를 듣고 두 사람은 동작을 멈추었다. "여기 가만히 있어요!"

브라이언은 베트남에 두 번 파병된 전적이 있기 때문에 왈가왈부할 수 없는 명령을 들으면 왈가왈부하면 안 된다는 것을 알았다. 그가 갑자기 걸음을 멈추는 바람에 앨버트가 그의 등 한가운데에 정면으로 부딪혔다. '이럴 줄 알고 있었어.' 브라이언은 생각했다. '그가 앞으로 나설 줄 알고 있었어. 시간과 상황의 문제였을 뿐.'

"어쩌다 이런 일이 벌어졌는지, 가증스러운 우리 일행이 지금 어디 있는지 아니?" 닉이 베서니에게 물었다.

"그분……. 빨간 셔츠를 입은 그분이 말하길……."

"알았다. 됐어." 그는 브라이언을 흘끗 쳐다보았다. 분노로 눈에 핏발이 서 있었다. "멍텅구리들이 그를 혼자 놔둔 거예요. 그랬을 거라는 데 내 연금을 걸어도 좋아요. 아무튼 그런 일은 두 번 다시 없을 거예요. 투미 씨의 미친 짓은 이제 끝이니까."

그는 다시 베서니를 쳐다보았다. 그녀는 고개를 떨어뜨린 채였다. 머리카락이 맥없이 얼굴에 들러붙었다. 그대로 가슴을 크게 들썩이며 울음기가 섞인 숨을 쉬고 있었다.

"아이는 아직 살아 있니, 베서니?" 그가 부드럽게 물었다.

"그건…… 그건…… 그건……."

"찻잔, 베서니."

"찻잔!" 베서니는 고함을 지르고, 눈물이 맺혀서 충혈된 눈으로 그를 올려다보았다. "그건 잘 모르겠어요. 제가…… 여기로 달려왔을 때는 아직 살아 있었어요. 지금은 죽었을 수도 있어요. 진짜 제대로 찔렸거든요. 에이씨, 왜 우라질 사이코랑 같이 있으라고 했어요? 그 인간이 없어도 충분히 암울한 상황 아니었어요?"

"그 작자를 지키기로 되어 있었던 너희들은 그자가 아이를 공격한 다음에 어디로 갔는지 전혀 모른단 말이지?"

베서니는 두 손으로 얼굴을 가리고 흐느끼기 시작했다. 대답은 그것으로 충분했다.

"너무 다그치지 마세요." 앨버트가 조용히 말하고 베서니의 허리를 한 팔로 감싸 안았다. 베서니는 앨버트의 어깨에 고개를 묻고 더욱 큰 소리로 흐느껴 울었다.

닉은 두 사람을 옆으로 밀었다. "누군가를 다그칠 작정이었다면 나를 다그쳤을 거다, 에이스. 내가 남았어야 하는 건데."

닉은 브라이언을 돌아보았다.

"나는 터미널로 돌아갈게요. 당신은 여기 남고. 젱킨스 씨 말이 맞아요. 시간이 없어요. 얼마나 부족할지 생각하기도 싫지만. 엔진을 켜되 아직 이동은 하지 마요. 아이가 살아 있다면 계단으로 옮겨야 하니까. 밥, 계단 아래쪽으로. 투미라는 그 새끼가 오지 않는지 보초를 서주세요. 앨버트, 너는 나랑 같이 가자."

그러고 나서 닉이 내뱉은 말에 다들 등골이 오싹해졌다.

"미안한 말이지만 아이가 죽었으면 하는 마음도 있어요. 그래야 시간을 아낄 수 있을 테니까."

2

다이너는 죽지 않았고 심지어 의식을 잃지도 않았다. 로럴이 얼굴에 맺힌 땀을 닦아주려고 안경을 벗기자 다이너는 보이지 않는 짙은 갈색눈을 휘둥그레 뜨고, 로럴의 푸르스름한 초록색 눈을 올려다보았다. 돈과 루디가 그녀의 뒤에 나란히 서서 걱정스러운 얼굴로 내려다보고 있었다.

"미안하다." 루디가 다섯 번째로 말했다. "정말로 그자가 기절한 줄 알았어. 완전히 기절한 줄 알았어."

로럴은 그의 말을 못 들은 척했다. "좀 어떠니, 다이너?" 그녀가 가만히 물었다. 그녀는 아이의 원피스 밖으로 튀어나온 나무 손잡이를 쳐다보고 싶지 않았지만 시선을 뗄 수가 없었다. 아직까지 피는 거의 나지 않았다. 칼날이 꽂힌 위치에 작은 커피잔만 한 동그라미가 생긴 게 전부였다.

아직까지는.

"아파요." 다이너가 힘없이 말했다. "숨을 쉬기 힘들어요. 그리고 뜨거워요."

"괜찮을 거야." 로럴은 말했지만 그녀의 시선은 가차없이 칼 손잡이 쪽으로 향했다. 칼날이 왜 이토록 작은 아이의 몸을 관통하지 않았는지 모를 일이었다. 아이가 왜 아직 죽지 않았는지 모를 일이었다.

"……해요." 다이너가 말했다. 그녀가 얼굴을 찡그리자 걸쭉한 핏덩이가 입에서 서서히 나와 뺨을 타고 흘렀다.

"아무 말도 하지 마." 로럴이 말하면서 다이너의 이마에 들러붙은 축축한 고수머리를 빗어 넘겼다.

"여기서 빠져나가야 해요." 다이너가 우겼다. 목소리가 속삭임에 가까웠다. "그리고 투미 씨를 욕하지 마세요. 아저씨는…… 무서워서 그런 거예요, 그뿐이에요. 그들이 무서워서 그런 거예요."

돈은 사납게 주위를 둘러보았다. "그 자식을 찾으면 내가 혼쭐을 낼 테다." 그는 이렇게 말하고 주먹을 쥐었다. 손가락에 낀 프리메이슨 반지가 짙어가는 어둠 속에서 반짝 빛났다. "태어난 걸 후회하게 만들어줄 테다."

잠시 후 닉이 앨버트와 함께 식당으로 들어왔다. 그는 사과 한마디 없이 루디 워릭을 밀치고 다이너 옆에 무릎을 꿇고 앉았다. 그의 빛나는 눈이 칼 손잡이에 머물렀다가 아이의 얼굴로 옮겨갔다.

"안녕, 아가씨." 그는 명랑하게 말을 건넸지만 눈빛이 어두워졌다. "시원하게 구멍이 생겼네? 걱정 마. 금세 삼발이처럼 멀쩡해질 테니까."

다이너는 살짝 미소를 지었다. "삼발이가 뭐예요?" 그녀가 속삭였다. 말을 하자 입에서 피가 또 흘러나왔고, 로럴은 피가 묻은 치아를 볼 수 있었다. 속이 서서히 뒤틀렸다.

"나도 잘 몰라. 하지만 뭔가 근사한 거겠지." 닉이 대답했다. "네 머리를 한쪽으로 돌릴 거야. 최대한 가만히 있어야 한다?"

"알았어요."

닉이 그녀의 머리를 잡고 뺨이 카펫에 닿을 때까지 조심스럽게 돌렸다. "아프니?"

"네." 다이너가 속삭였다. "뜨거워요. 숨을 쉬면…… 아파요." 속삭이는 목소리가 쉬어서 갈라졌다. 그녀의 입에서 흘러나온 가느다란 핏줄기가 크레이그 투미의 핏자국이 말라가는 지점에서 삼 미터도 안 떨어진 카펫 위에 웅덩이처럼 고였다.

밖에서 갑자기 끼익끽 하고 비행기 엔진이 가동되는 카랑카랑한 소리가 들렸다. 돈, 루디, 앨버트는 그쪽을 돌아보았다. 닉은 아이에게서 결코 시선을 떼지 않았다. 그가 부드럽게 물었다. "기침이 나올 것 같니, 다이너?"

"네……. 아뇨……. 잘 모르겠어요."

"기침을 안 하는 게 좋아. 간질간질한 느낌이 들면 무시하려고 노력해봐. 더이상 말은 하지 말고, 알았지?"

"투미 씨를…… 해치지…… 마세요." 그녀의 목소리는 속삭임에 불과했지만 단호하고 집요했다.

"그래, 아가씨. 그럴 생각조차 하지 않을게. 나를 믿어."

"……아저씨는…… 믿지…… 못하겠어요……."

그는 허리를 숙여서 아이의 뺨에 입을 맞추고 귀에 대고 속삭였다. "믿을 수 있어. 나를 믿어봐. 지금 너는 가만히 누워서 우리한테 모든 걸 맡기면 돼."

그는 로럴을 올려다보았다.

"칼을 빼려고 하지 않았죠?"

"아…… 네." 로럴은 침을 꿀꺽 삼켰다. 뜨겁고 까칠까칠한 것이 목구멍에 걸려 있었다. 침을 삼켜도 덩어리는 꼼짝하지 않았다. "뺐어야 하나요?"

"그랬으면 살 확률이 더 낮아졌겠죠. 간호 경험 있어요?"

"아뇨."

"알았어요. 뭘 어떻게 하면 되는지 알려줄게요. 하지만 그전에 당신이 피를 보면—그것도 아주 많이—기절할 것 같은지, 그것부터 알아야겠는데요. 솔직히 대답해줘요."

로럴이 말했다. "같이 숨바꼭질을 하다가 여동생이 문에 부딪혀서 이가 두 개 빠졌을 때말고는 피가 많이 나는 것을 본 적이 없긴 해요. 하지만 그때 기절하지는 않았어요."

"좋아요. 그럼 이번에도 기절하지 않을 거예요. 워릭 씨, 모퉁이 돌아가면 나오는 싸구려 술집에서 식탁보 대여섯 장만 갖다줄래요?" 그는 아이를 내려다보며 미소를 지었다. "다이너, 일이 분만 있으면 훨씬 괜찮아질 거야. 젊은 호프웰 박사님은 여자들한테 친절하기 그지없거든. 특히 어리고 예쁜 아가씨들한테 말이야."

로럴은 손을 내밀어서 닉의 머리카락을 만지고 싶은, 갑작스럽고 얼토당토않은 충동을 느꼈다.

'너 도대체 왜 그러니? 이 아이가 죽을지도 모르는데 그의 머리카락이 어떤 느낌일지 궁금해하다니! 정신 차려! 어디까지 바보 같아지려고 그래?

글쎄, 어디 보자……. 친구 만들자는 잡지의 펜팔 코너를 통해서 알게 된 남자를 만나러 비행기를 타고 나라를 횡단할 만큼 바보 같지. 남자가 제법 괜찮다 싶으면…… 그리고 두말하면 잔소리지만 입냄새가 나지 않으면 같이 자겠다는 계획을 세울 만큼 바보 같기도 하고.

어휴, 정신 차려! 정신 차려, 로럴!'

'맞아.' 그녀의 머릿속에서 또 다른 목소리가 맞장구를 쳤다. '네 말이 맞아. 지금 같은 때 그런 생각을 하다니 미친 짓이지. 정신 차릴게……. 하지만 젊은 호프웰 박사님이 침대에서는 어떨지 궁금하단 말이지. 부드러울지 아니면…….'

로럴은 몸을 부르르 떨며 신경쇠약증이 보통 이런 식으로 시작되는 걸까 생각했다.

"그들이 더 가까워졌어요." 다이너가 말했다. "이제……." 기침을 하자 입술 사이로 큼지막한 핏방울이 맺혔다. 방울이 터지면서

빰 위로 피가 튀었다. 돈 개프니는 뭐라고 중얼거리며 고개를 돌렸다. "……진짜로 서둘러야 해요." 아이가 하려던 말을 마쳤다.

닉의 명랑한 미소는 조금도 변함이 없었다. "나도 알아."

3

터미널을 가로지른 크레이그는 에스컬레이터 난간을 날렵하게 뛰어넘어서 계단을 달려 내려갔다. 공포가 머릿속을 두드리며 포효하는 소리는 폭풍우가 들이닥친 바다 소리와 비슷했다. 랭골리어들이 끈질기게 와삭거리고 바스락거리는 소리가 묻힐 정도였다. 떠나는 그를 아무도 보지 못했다. 그는 1층 로비를 가로질러 출입문으로 달려가다…… 문에 부딪혔다. 전기가 나가면 자동문도 작동을 멈춘다는 사실을 비롯해 모든 것을 잊어버린 탓이었다.

튕겨져 나온 그는 숨이 턱 막히는 바람에 그물에 잡힌 물고기처럼 헐떡이며 바닥으로 쓰러졌다. 그는 잠깐 동안 그렇게 누운 채 머릿속에 남은 잔상들을 더듬다 자신의 눈이 오른손을 물끄러미 향하고 있음을 느꼈다. 점점 짙어가는 어둠 속의 하얀 반점에 불과했지만 그 위로 점점이 튄 까만 얼룩이 보였다. 그는 얼룩의 정체를 알고 있었다. 계집애의 핏자국이었다.

'하지만 사실은 계집애가 아니었어. 겉모습은 계집애처럼 생겼지만 대장 랭골리어였어. 그 애가 죽으면 다른 녀석들은…… 다른 녀석들은…… 다른 녀석들은…….

다른 녀석들은 뭐?

너를 찾으러 오지 못할 거라고?'

하지만 굶주린 그들이 다가오는 소리가 계속 들렸다. 동쪽 어딘가에서 굶주린 거대한 벌레떼가 행진해 오기라도 하는 것처럼 사람을 미치게 만드는 와사삭 소리가 그칠 줄 몰랐다.

크레이그는 머릿속이 어지러웠다. 혼란스럽기 그지없었다.

공항 밖으로 나가는 좀더 작은 출입문이 보이자 크레이그는 일어나서 그쪽으로 걸음을 옮겼다. 그러다 멈추었다. 밖에는 길이 있고 그 길을 따라가면 분명 뱅고어 시내가 나오겠지만 그래서 어쩌겠다는 건가? 그는 뱅고어에 관심조차 없었다. 뱅고어는 그 전설적인 큰 그림의 일부분이 아니었다. 그가 가야 하는 곳은 보스턴이었다. 그곳으로 갈 수만 있다면 모든 문제가 사라질 것이다. 그런데 그게 무슨 뜻일까? 그의 아버지라면 단박에 알아차렸겠지만 종종거림일랑 집어치우고 사태를 파악해야 한다는 뜻이었다.

그는 난파당하면 난파선의 잔해를 잽싸게 붙잡는 자세, 물위에 떠 있는 것이라면 변소 문짝이라도 소중히 여기는 태도가 중요하다는 생각을 했다. 보스턴으로 갈 수만 있다면 이 모든 사태가…… 이 모든 사태가…….

"지나간 일이 될 거야." 그는 중얼거렸다.

그러자 이성이라는 환한 햇살이 어둠을 뚫고 머릿속을 비추었고 누군가가 (아마 그의 아버지였을 것이다) '그렇지!' 하고 딱 잘라서 외쳤다.

어떻게 하면 좋을까? 보스턴까지 걸어가기에는 너무 멀었고, 아직 작동이 되는 딱 한 대뿐인 비행기에 탑승하려고 하면 다른 사람들이 가만히 있지 않을 것이다. 앞 못 보는 그들의 마스코트에게 그런 짓을 저질렀으니 더욱 그럴 것이다.

"몰라서 그러는 거야." 크레이그는 속삭였다. "계집애의 정체를 모르잖아. 내가 자기들 좋은 일을 해준 줄 몰라서 그러는 거야." 그는 점잖게 고개를 끄덕였다. 휘둥그렇고 축축한 그의 눈이 어둠 속에서 번뜩였다.

'몰래 타.' 아버지가 속삭였다. '비행기에 몰래 타.'

'그렇지!' 어머니도 거들었다. '몰래 타! 그럼 되겠다, 크레이기 웨기! 몰래 타면 표도 필요 없을 거 아냐?'

크레이그는 반신반의하며 수화물 컨베이어 벨트 쪽을 쳐다보았다. 그곳을 통과하면 활주로로 나갈 수 있지만 그들이 비행기 옆에 보초를 심어놓았으면 어쩐다? 조종사는 그럴 생각조차 하지 못하겠지만—조종실 밖에서는 저능아였다—영국인이라면 그랬을 가능성이 거의 백 퍼센트였다.

어떻게 해야 할까?

뱅고어 쪽 터미널도 가망 없고 활주로 쪽 터미널도 역시 가망 없다면 어떻게 해야 하며 어디로 가야 할까?

크레이그는 작동을 멈춘 에스컬레이터를 초조하게 바라보았다. 그들이 조만간 들이닥칠 텐데—영국인이 분명 앞장설 것이다—방금 전에 관객석으로 유두 가리개와 티 팬티를 내던진 스트리퍼처럼 온몸을 다 드러내고 로비 한복판에 이렇게 서 있다니.

'숨어야 해, 적어도 당분간은.'

밖에서 제트기 엔진이 작동하는 소리가 들렸지만 그는 걱정하지 않았다. 비행기에 관한 일말의 지식 덕분에 연료를 보충하기 전에는 엥글이 아무데도 갈 수 없다는 것을 알기 때문이었다. 연료를 보충하려면 시간이 걸린다. 따라서 그들이 그를 두고 떠나지 않을까 걱정할 필요가 없었다.

아직까지는 그랬다.

'숨어, 크레이기웨기. 지금은 숨어야 할 때야. 그들이 너를 찾으러 나서기 전에 숨어야 해.'

그는 짙어가는 어둠 속에서 실눈을 뜨고 가장 알맞은 장소를 찾으려 천천히 고개를 돌렸다. 에이비스 카운터와 뱅고어 여행사 사이에 있는 문에 달린 간판이 그의 눈에 들어왔다.

공항 서비스

대부분의 업무를 총괄하는 공간이었다.

크레이그는 불안한 눈빛으로 어깨 너머를 흘끗거리며 허둥지둥 그 앞으로 달려가 문고리를 돌려보았다. 공항 보안실처럼 문고리는 돌아가지 않았지만 밀자 문이 열렸다. 크레이그는 어깨 너머를 마지막으로 돌아보며 아무도 없는 걸 확인한 다음 등뒤로 문을 닫았다.

완벽한 어둠이 그를 삼켰다. 이 안에서 그는 칼에 맞은 계집애처럼 앞 못 보는 신세였다. 상관없었다. 그는 어둠을 무서워하지 않았다. 솔직히 좋아하는 편이었다. 여자와 같이 있을 때라면 모를까, 어둠 속에서 상대방이 의미 있는 행동을 할 거라고 생각하는 사람은 없었다. 어둠 속으로 들어가면 행동이 의미를 잃었다.

다행히 랭골리어들이 와삭거리는 소리도 작게 들렸다.

크레이그는 손을 내밀고 발을 질질 끌며 천천히 앞으로 걸어갔다. 그렇게 세 걸음 걸었을 때 책상 모서리가 아닐까 싶은 단단한 물건에 허벅지가 닿았다. 그는 앞으로 내민 손을 내렸다. 맞았다. 책상이었다. 그는 책상을 더듬으며 미국 화이트칼라의 익숙한 도구에서 위안을 느꼈다. 종이 더미, 기결 서류와 미결 서류를 넣어두는 바구니, 압지 모서리, 클립이 가득 든 상자, 연필과 볼펜 세트. 책상 반대쪽으로 걸어가자 엉덩이에 의자 팔걸이가 부딪혔다. 크레이그는 의자와 책상 사이로 어찌어찌 들어가서 의자에 앉았다. 책상 앞에 앉았더니 기분이 훨씬 좋아졌다. 차분하고 침착한 원래 모습으로 돌아간 기분이 들었다. 그는 더듬거리며 제일 위 서랍을 찾아서 열었다. 무기가 될 만한 날카로운 물건이 없는지 안쪽을 더듬었다. 편지 봉투용 칼이 곧바로 만져졌다.

그는 칼을 꺼낸 다음 서랍을 닫고 칼을 오른손 옆에 올려놓았다.

그는 가만히 앉아서 숨죽인 자신의 심장 소리와 희미한 제트기 엔진 소리를 듣고 있다가 책상 위를 더듬어 종이 더미를 찾았다. 제일 위 장을 집어서 가지고 왔지만 하얗게 반짝이지 않았다. 눈앞에 바짝 갖다 대도 마찬가지였다.

'괜찮아, 크레이기웨기. 어두컴컴한 이곳에 가만히 앉아 있어. 움직일 때가 될 때까지 여기 앉아서 기다려. 때가 되면…….'

'내가 알려주마.' 그의 아버지가 엄숙하게 마무리를 지었다.

"알겠어요." 크레이그는 말했다. 그의 손가락들이 오른쪽 모서리를 향해 보이지 않는 종이 위를 거미처럼 움직였다. 그는 부드럽게 종이를 찢었다.

찌이익.

평온함이 시원하고 파란 물처럼 머릿속을 채웠다. 그는 보이지 않는 책상 위로 보이지 않는 종잇조각을 떨어뜨리고, 다시 종이 위로 손가락을 옮겼다. 모든 게 다 잘될 것이었다. 다 잘될 것이었다. 그는 음도 안 맞는 노래를 나지막이 속삭이기 시작했다.

"나를 천사라고 불러줘……. 아침의 천사라고, 베이비……."

찌이익.

"내 볼을 만져줘, 날 떠나기 전에…… 베이비……."

이제 평정심을 되찾은 크레이그는 어렸을 때 수없이 그랬던 것처럼, 이제 어떻게 하면 되는지 아버지가 알려줄 때까지 앉아서 기다렸다.

4

"내 말 잘 들어, 앨버트." 닉이 말했다. "아이를 비행기로 옮겨야 하는데 그러려면 들것이 필요해. 기내에는 들것이 없겠지만 이 안에는 분명 어딘가에 있을 거야. 어디 있을까?"

"맙소사, 호프웰 씨. 저보다는 엥글 기장님이 더 잘……."

"엥글 기장님은 여기 없잖아." 닉이 짜증을 내며 말했다. "우리끼리 알아서 찾아야 한다고."

앨버트가 미간을 찌푸리자…… 1층에서 본 간판이 생각났다. "공항 서비스? 거기 있을 것 같지 않아요?"

"그렇겠다. 어디서 봤니?"

"아래층에서요. 렌터카 카운터 옆에 있었어요."

"좋았어." 닉이 말했다. "앞으로 해야 할 일을 설명할게. 너하고 개프니 씨에게 공식 들것 발견자 겸 들것 운반자 역할을 맡기마. 개프니 씨, 카운터 뒤편 그릴 옆쪽을 보세요. 거기에 날카로운 칼이 있을 겁니다. 우리의 불쾌한 친구도 거기서 칼을 찾았을 게 분명하거든요. 개프니 씨 몫으로 한 개, 앨버트 몫으로 또 한 개를 들고 오세요."

돈은 군소리 없이 카운터 뒤로 걸어갔다. 레드 배런 술집으로 파견됐던 루디 워릭이 빨간색과 하얀색 체크무늬 식탁보를 한아름 안고 돌아왔다.

"정말 미안……." 그가 다시 말문을 열었지만 닉이 말허리를 잘랐다. 닉은 계속 앨버트를 쳐다보고 있었다. 닉의 얼굴은 이제 시커멓게 보이는 다이너의 조그만 몸 위로 뜬 하얀색 동그라미에 불과했다. 어둠이 내려앉았기 때문이다.

"투미 씨와 마주칠 일은 없을 거야. 겁에 질려서 무기도 없이 도망쳤을 테니까. 지금쯤 어딘가에 숨어 있거나 터미널을 빠져나갔을 거야. 행여 그와 마주치더라도 꼭 필요한 상황이 아닌 이상 몸싸움은 삼가기 바란다." 돈이 고기 써는 칼 두 개를 들고 돌아오자 그는 돈 쪽으로 고개를 획 돌렸다. "두 사람 모두 우선순위를 기억해주기 바랍니다. 여러분의 임무는 투미 씨를 다시 잡아서 정의의 심판을 받도록 하는 게 아니에요. 최대한 빨리 들것을 찾아서 여기로 들고 오는 거지. 이 공항을 얼른 빠져나가야 하거든요."

돈이 앨버트에게 칼 한 자루를 내밀었지만 앨버트는 고개를 젓고 루디 워릭을 쳐다보았다. "그 대신 저 식탁보를 한 장 들고 가면 안 될까요?"

돈은 제정신이냐고 묻는 듯한 눈빛으로 앨버트를 쳐다보았다. "식탁보? 그건 도대체 어디다 쓰게?"

"보여드릴게요."

앨버트는 다이너 옆에 무릎을 꿇고 앉아 있다가 자리에서 일어나 카운터 뒤쪽으로 건너갔다. 그는 주변을 두리번거렸다. 뭘 찾고 있는지 콕 집어서 말할 수는 없었지만 보면 알 수 있을 게 분명했다. 과연 그의 짐작이 맞았다. 카운터 저편에 구멍 두 개짜리 구식 토스터가 놓여 있었다. 그는 토스터를 집어서 벽에 꽂힌 플러그를 빼고, 코드를 단단히 감으며 다른 사람들이 있는 곳으로 돌아갔다. 그는 식탁보를 하나 집어서 펼쳐 토스터를 한쪽 구석에 내려놓았다. 그런 다음 크리스마스 선물처럼 식탁보로 토스터를 싸서 두 번 굴렸다. 마지막으로 귀퉁이를 모아 토끼 귀 모양으로 단단히 묶어서 주머니처럼 만들었다. 그가 식탁보 끝을 잡고 일어서자 토스터가 임시 투석기 안에 집어넣은 돌이 되었다.

"어렸을 때 인디애나 존스 놀이를 자주 했거든요." 앨버트가 변명조로 말했다. "이런 걸 만들어서 채찍인 척했어요. 하마터면 동생 데이비드의 팔을 부러뜨릴 뻔한 적도 있어요. 헌 담요에다 차고에서 발견한 창틀 추를 넣었는데 엄청 멍청한 짓이었죠. 위력이 얼마나 셀지 몰랐거든요. 덕분에 엉덩이를 얼마나 맞았는지 몰라요. 이게 우습게 보일지 몰라도 효과는 좋아요. 최소한 예전에는 그랬어요."

닉은 앨버트가 임시변통으로 만든 무기를 미심쩍은 눈빛으로 쳐다보기만 할 뿐 아무 말도 하지 않았다. 식탁보로 싼 토스터를 들었을 때 더 마음 편하게 1층으로 내려갈 수 있다면 그것으로 충분했다.

"그럼 됐어. 이제 가서 들것을 찾아서 가져와. 공항 서비스 사무실에 없으면 다른 데도 뒤져보고. 십오 분 안으로 아무것도 찾지 못하면—아니, 십 분으로 하자—그냥 와. 우리가 들어서 옮기게."

"안 돼요!" 로럴이 작게 외쳤다. "내부 출혈이라도 있으면……."

닉은 그녀를 올려다보았다. "이미 내부 출혈이 있어요. 그리고 십 분 이상은 할애하지 못해요."

로럴은 뭐라고 대꾸를 하려고, 이의를 제기하려고 입을 열었지만 다이너의 쉰 목소리가 그녀를 말렸다. "이 아저씨 말씀이 맞아요."

돈은 칼을 허리춤에 찼다. "얘야, 가자." 그들은 나란히 터미널을 가로질러서 1층으로 향하는 에스컬레이터를 걸어 내려가기 시작했다. 앨버트는 토스터를 넣은 식탁보로 손을 감고 내려갔다.

5

닉은 바닥에 누운 아이에게로 다시 관심을 돌렸다. "좀 어떠니, 다이너?"

"많이 아파요." 다이너가 희미하게 말했다.

"그래, 그럴 거야." 닉이 말했다. "그런데 미안하지만 아저씨가 지금 어떤 조치를 취하면 최소한 몇 초 동안 훨씬 더 아플 거야. 하지만 칼이 네 허파를 찌르고 있어서 빼내야 해. 그건 너도 알지?"

"네." 그녀는 앞을 보지 못하는 까만 눈으로 그를 올려다보았다. "무서워요."

"나도 그렇다, 다이너. 나도 그래. 하지만 해야 하는 일이야. 견딜 수 있겠니?"

"네."

"착하지." 닉은 허리를 숙여서 아이의 뺨에 살짝 입을 맞추었다. "착하고 용감하기도 하지. 잠깐이면 될 거야. 아저씨가 약속할게. 최대한 가만히 누워서 기침을 참아야 해. 알았지? 그게 포인트야. 기침을 참아야 한다는 거."

"노력해볼게요."

"잠깐 숨이 막히는 것처럼 느껴질 수도 있어. 구멍난 타이어처럼 바람이 빠지는 듯한 느낌이 들 수도 있고. 그러면 무서워져서 몸을 움직이거나 소리를 지르고 싶어질지 몰라. 하지만 그러면 안 돼. 기침도 절대 하면 안 되고."

다이너가 뭐라고 대답을 했지만 어느 누구도 알아듣지 못했다.

닉은 침을 꿀꺽 삼키고 이마에 묻은 땀을 팔뚝으로 얼른 닦아낸 다음 로럴에게 고개를 돌렸다. "식탁보 두 장을 정사각형으로 접어서 패드를 만들어줘요. 최대한 두껍게. 그런 다음 내 옆에 무릎을 꿇고 앉아요. 최대한 가깝게. 워릭, 허리띠 풀어요."

루디는 군소리 없이 그가 시키는 대로 했다.

닉이 다시 로럴을 쳐다보았다. 그녀는 그의 강렬한 시선에 또 한 번 넋을 잃었는데, 이번에는 불쾌하지 않았다. "내가 칼 손잡이를 잡고 빼낼 거예요. 갈비뼈에 걸려 있지 않으면—위치로 봤을 때 그런 것 같아요—천천히, 부드럽게 빠질 거예요. 칼이 나오자마자 당신이 아이의 가슴 쪽으로 바짝 다가갈 수 있도록 내가 뒤로 물러날게요. 그러면 상처에 패드를 대고 눌러요. 세게. 아이가 다치지 않을까, 너무 세게 누르면 숨을 못 쉬지 않을까 그런 걱정은 하지 마요. 이 아이의 허파에는 구멍이 최소 한 군데 이상 있어요, 내가 보기에는 두 군데가 아닐까 싶어요. 우리가 걱정해야 할 부분은 그거예요. 알아들었죠?"

"네."

"당신이 패드를 대면 내가 당신이 누르는 방향과 반대 방향으로 다이너의 몸을 들 거예요. 그러면 워릭 씨가 남은 패드를 아래로 넣어주세요. 아이의 원피스 뒤쪽으로 피가 샜는지 확인할 수 있게요. 그런 다음 워릭 씨의 허리띠로 패드를 묶을 거예요." 그는 루디를 흘끗 올려다보았다. "내가 허리띠 달라고 하면 얼른 줘요. 두 번 얘기하게 만들지 말고."

"알았어요."

"잘 안 보이는데 할 수 있겠어요, 닉?" 로럴이 물었다.

"아마도요." 닉이 대답했다. "할 수 있길 빌어야죠." 그는 다이너를 다시 쳐다보았다. "준비됐니?"

다이너는 뭐라고 중얼거렸다.

"그래." 닉이 숨을 길게 들이쉬고 뱉었다. "주여, 도와주소서."

그는 길고 가는 손가락으로 야구방망이 잡듯 칼 손잡이를 감싸쥐었다. 그가 칼을 잡아당겼다. 다이너가 비명을 질렀다. 아이의 입에서 왈칵하고 피가 뿜어져 나왔다. 긴장한 채로 몸을 앞으로 숙이고 있던 로럴이 얼굴에 다이너의 피를 뒤집어썼다. 그녀는 움찔하며 물러났다.

"안 돼요!" 닉이 돌아보지 않은 채로 그녀를 향해 내뱉었다. "내 앞에서 절대 약한 척하지 마요! 절대로!"

로럴은 구역질을 참으며 부들부들 떨리는 몸을 다시 앞으로 숙였다. 다이너의 가슴에서 빠져나온 칼날이 짙은 어둠 속에서 삼각형 모양의 은빛으로 희미하게 반짝였다. 앞 못 보는 아이의 가슴이 위로 들렸고, 상처가 안으로 빨려 들어가면서 높고 섬뜩한 휘파람 소리가 났다.

"자!" 닉이 끙끙거렸다. "눌러요! 최대한 세게!"

로럴은 몸을 앞으로 숙였다. 다이너의 가슴에 뚫린 구멍에서 쏟아져 나오는 피가 잠깐 보였다가 상처를 덮었다. 식탁보가 그녀의 손 밑에서 당장 뜨끈하고 축축해졌다.

"더 세게!" 닉이 그녀를 향해 으르렁거렸다. "더 세게 눌러요! 막아요! 상처를 막아요!"

로럴은 정신을 완전히 놓는 게 어떤 건지 깨달았다. 그녀가 지금 정신을 완전히 놓기 직전이었다. "못 하겠어요! 그랬다가 갈비뼈가 부러질까 봐……."

"갈비뼈는 우라질! 상처를 막아야 한다니까!"

로럴은 무릎을 꿇은 채 몸을 앞으로 내밀어서 두 손에 체중을 전부 실었다. 식탁보를 두툼하게 접었는데도 그녀의 손가락 사이로 천천히 배어 나오는 물기를 느낄 수 있었다.

닉은 칼을 옆으로 던지고 다이너의 얼굴에 자기 얼굴이 닿을 때까지 몸을 숙였다. 그녀는 눈을 감고 있었다. 그가 한쪽 눈꺼풀을 뒤집었다. "드디어 기절한 모양이네요." 그가 말했다. "눈이 워낙 다르게 생겨서 장담은 못 하겠지만 부디 내 짐작이 맞기를." 그의 이마 위로 머리카락이 쏟아졌다. 그는 짜증난다는 듯이 손으로 휙 쓸어넘기고 로럴을 쳐다보았다. "잘하고 있어요. 계속 그러고 있어요, 알았죠? 이제 내가 아이를 들게요. 당신은 계속 누르고 있어요."

"피가 너무 많이 나요." 로럴은 신음 소리를 냈다. "이러다 피에 빠져 죽는 거 아니에요?"

"글쎄요. 계속 누르고 있어요. 워릭 씨, 준비됐나요?"

"으, 맙소사, 아마도요." 루디 워릭이 쉰 목소리로 대답했다.

"좋아요. 그럼 시작합니다." 닉은 두 손을 다이너의 오른쪽 견갑골 아래로 넣더니 얼굴을 찡그렸다. "생각했던 것보다 심각하군." 그가 중얼거렸다. "훨씬 심각해. 흠뻑 젖었네." 그는 세게 누르고 있는 로럴에 대고 다이너를 천천히 위로 올렸다. 다이너가 쉰 목소리로 굵은 신음 소리를 냈다. 반쯤 엉겨붙은 핏덩이가 그녀의 입에서 튀어나와 바닥 위로 튀겼다. 아이의 몸에서 흘러나온 피가 카펫 위로 비처럼 떨어지는 소리가 로럴의 귀에 들렸다.

문득 세상이 그녀에게서 멀어지기 시작했다.

"계속 세게 눌러요!" 닉이 외쳤다. "힘을 빼면 안 돼요!"

그녀는 정신을 잃어가고 있었다.

로럴이 다음과 같이 행동할 수 있었던 것은 여기서 기절하면 닉 호프웰의 눈에 그녀가 어떻게 보일까에 생각이 미쳤기 때문이다.

로럴은 웃기려는 아이처럼 이 사이로 내밀고 있는 혀를 힘껏 깨물었다. 번쩍하고 날카로운 통증이 느껴졌고 찝찔한 피맛이 곧장 그녀의 입속을 채웠지만…… 수족관 속의 덩치 크고 게으른 물고기처럼 세상이 점점 그녀에게서 멀어져가던 느낌이 사라졌다. 의식이 다시 이곳으로 돌아왔다.

1층에서 갑자기 고통과 충격으로 얼룩진 비명소리가 들렸다. 그러고 나서 걸걸한 고함소리가 이어졌다. 꼬리를 물고 날카롭고 요란한 비명소리가 잇따랐다.

루디와 로럴, 두 사람 모두 그쪽 방향으로 고개를 돌렸다. "남자아이 목소리예요!" 루디가 말했다. "그 아이하고 개프니요! 두 사람이……."

"결국 투미 씨를 찾은 모양이네요." 닉이 말했다. 그는 끙끙대느라 표정이 복잡했다. 목의 힘줄이 강철 도르래처럼 튀어나왔다. "두 사람이 잘 처리하고 있길……."

1층에서 쿵 소리에 이어 끔찍한 울부짖음이 들렸다. 그 뒤로 나지막이 쾅쾅 소리가 연달아 이어졌다.

"……바랄밖에요. 당장은 어쩔 도리가 없으니까. 지금 하던 걸 중단하면 이 아이는 분명히 죽을 거예요."

"하지만 그 남자아이 목소리 같았다고요!"

"그래도 어쩔 수 없잖아요? 패드를 아이 밑으로 넣어요, 워릭. 얼른. 안 그러면 빌어먹을 엉덩이를 제대로 걷어차줄 테니까."

6

돈은 앞장서서 에스컬레이터를 내려가다 맨 아래 칸에 다다르자 걸음을 잠깐 멈추고 주머니를 뒤졌다. 그가 꺼낸 정사각형의 무언가가 어둠 속에서 희미하게 반짝였다. "지포 라이터야." 그가 말했다. "이건 작동되지 않을까?"

"글쎄요." 앨버트가 말했다. "어쩌면…… 잠깐은 될지 몰라요. 꼭 필요한 상황이 될 때까지 아껴두세요. 작동됐으면 좋겠는데. 그게 없으면 아무것도 볼 수가 없을 테니까요."

"공항 서비스 사무실이라는 데가 어디 있어?"

앨버트는 크레이그 투미가 오 분도 되기 전에 들어간 방의 문을 가리켰다. "바로 저기요."

"문이 열려 있을까?"

"흠." 앨버트가 말했다. "알아보려면 딱 한 가지 방법밖에 없겠죠?"

그들은 터미널을 가로질렀다. 돈이 오른손에 라이터를 들고 앞장섰다.

7

크레이그는 그들이 다가오는 소리를 들었다. 랭골리어의 하인들인 게 분명했다. 하지만 걱정 없었다. 계집애로 변장한 녀석을 처리했으니 다른 녀석들도 처리할 수 있을 것이다. 그는 편지 봉투용 칼을 움켜쥐고 자리에서 일어나 게걸음으로 책상을 돌아 나갔다.

"문이 열려 있을까?"

"흠, 알아보려면 한 가지 방법밖에 없겠죠?"

'너희들이 뭔가 알아내긴 알아낼 거야.' 크레이그는 생각했다. 그는 문 옆쪽 벽에 도착했다. 종이를 쌓아놓은 책꽂이가 벽면을 가득 메우고 있었다. 손을 내밀자 경첩이 만져졌다. 좋았어. 문이 열리면 거기에 가려서 나를 보지 못하겠군……. 어차피 그들은 크레이그를 보지 못할 가능성이 컸다. 방안이 코끼리 똥구멍처럼 시커멨다. 그는 편지 봉투용 칼을 어깨 높이로 들었다.

"손잡이가 꿈쩍도 않네." 크레이그는 긴장을 풀었지만…… 그것도 잠시뿐이었다.

"잡고 밀어봐요." 그 똑똑한 아이였다.

문이 열리기 시작했다.

8

돈은 어둠 속에서 눈을 깜빡이며 안으로 들어갔다. 그는 엄지손가락으로 라이터 뚜껑을 열어서 높이 치켜들고 톱니바퀴를 튕겼다. 불똥이 일면서 곧바로 심지에 불이 붙자 불꽃이 나지막이 피어올랐다. 사무실과 창고가 한데 어우러진 공간이 그들을 맞았다. 한쪽 구석에 수하물이 난잡하게 쌓여 있고 다른 쪽 구석에는 복사기가 놓여 있었다. 뒷벽에는 책꽂이가 즐비한데 책꽂이마다 각종 서류로 보이는 종이가 쌓여 있었다.

돈은 펄럭이는 촛불을 들고 어두컴컴한 동굴 안으로 들어선 탐험

가처럼 라이터를 치켜들고 사무실 안으로 좀더 깊숙이 들어갔다. 그가 오른쪽 벽을 가리켰다. "어이, 학생! 에이스! 저것 좀 봐!"

정장을 입은 남자가 알딸딸한 얼굴로 손목시계를 확인하며 비틀비틀 술집에서 걸어나오는 포스터가 걸려 있었다. 포스터에서 충고하길 일은 술꾼들의 저주라고 했다. 그 옆에 빨간색의 큼지막한 십자가가 달린 하얀색의 플라스틱 상자가 있었다. 접힌 들것은 그 아래쪽에 비스듬히 세워져 있었다. 바퀴가 달린 들것이었다.

하지만 앨버트는 포스터나 구급함이나 들것이 아닌 다른 데를 보고 있었다. 그의 시선은 방 한가운데 놓인 책상에 고정되어 있었다.

찢긴 종잇조각이 무더기로 쌓여 있었다.

"조심하세요!" 그가 외쳤다. "조심하세요, 그자가 이 안에……."

크레이그 투미가 문 뒤에서 나와 공격했다.

9

"허리띠." 닉이 말했다.

루디는 꿈쩍하지 않았고 대답도 하지 않았다. 식당 입구 쪽을 바라보고 있었다. 1층에서 들리던 소리가 멈추었다. 이제는 덜커덩거리는 소리와 어두운 바깥에서 제트기 엔진이 웅웅거리는 소리밖에 들리지 않았다.

닉이 노새처럼 뒷발질로 루디의 정강이를 걷어찼다.

"아야!"

"허리띠 달라고요! 얼른!"

루디는 어설프게 무릎을 꿇고 주저앉아서, 한 손으로는 다이너를 잡고 다른 손으로는 식탁보를 그녀의 등에 대고 누르고 있는 닉의 옆쪽으로 움직였다.

"패드 아래로 허리띠를 넣어요." 숨을 헐떡이는 닉의 얼굴을 타고 굵은 땀줄기가 흘러내렸다. "얼른! 더이상 못 잡고 있겠으니까!"

루디가 패드 아래로 허리띠를 넣었다. 닉은 다이너를 내려놓고 조그만 몸 위로 팔을 뻗어서 그녀의 왼쪽 어깨를 들고 허리띠를 반대편으로 꺼냈다. 그런 다음 그녀의 가슴 위로 당겨서 단단히 조였다. 닉은 허리띠 한쪽 끝을 로럴의 손에 쥐여주었다. "계속 누르고 있어요." 그는 이렇게 말하며 일어섰다. "버클은 쓰면 안 돼요. 애가 작으니까."

"아래층으로 내려가려고요?" 로럴이 물었다.

"네. 그래야 할 것 같네요."

"조심하세요. 제발 조심하세요."

그가 씩 웃어 보이자 하얀 치아가 어둠 속에서 놀라우리만치 환하게 빛났다. 그런데 그게 무섭게 느껴지지 않았다. 오히려 정반대였다.

"당연히 그래야죠. 그게 내가 살아가는 방식인데." 닉이 손을 뻗어서 로럴의 어깨를 꽉 잡았다. 그의 손은 따뜻했고 그 손길에 가벼운 전율이 그녀의 몸을 훑고 지나갔다. "아주 잘해주었어요, 로럴. 고마워요."

그가 몸을 돌리려는 순간, 작은 손 하나가 더듬더듬 청바지 끝자락을 붙잡았다. 아래를 내려다보니 다이너가 앞 못 보는 눈을 다시 뜨고 있었다.

"아저씨……." 그녀가 말문을 열자 고여 있던 재채기가 그녀를 흔들며 터져 나왔다. 그녀의 코에서 고운 물보라처럼 피가 뿜어져 나왔다.

"다이너, 그러면……."

"아저씨…… 그 아저씨…… 죽이지 마요!" 로럴은 다이너가 얼마나 필사적으로 말을 하는지 어둠 속에서도 느낄 수 있었다.

닉은 사려 깊게 아이를 내려다보았다. "그 자식은 너를 찔렀어. 그런데도 왜 해치지 말라고 그렇게 고집을 부리는 거니?"

그녀의 좁은 가슴이 허리띠 아래에서 조여졌다. 피로 물든 식탁보가 위로 들썩였다. 그녀는 힘겹게 한마디를 더 내뱉었다. 그들 모두 들을 수 있었다. 다이너가 온 힘을 다해서 또렷하게 이야기했기 때문이다. "제가 아는 건…… 이게…… 전부예요. 그 아저씨가 필요하다는 거." 그녀는 이렇게 속삭이고 다시 눈을 감았다.

10

크레이그는 돈 개프니의 뒷덜미에 편지 봉투용 칼을 깊이 꽂았다. 돈은 비명을 지르며 라이터를 떨어뜨렸다. 바닥에 부딪힌 라이터는 그 자리를 가만히 지키며 멀미가 나도록 불꽃을 일렁였다. 앨버트는 돈에게로 다가가는 크레이그를 보고 놀라서 고함을 질렀다. 돈은 뒷목에 비죽 튀어나온 물건을 힘없이 붙잡고 책상 쪽으로 비틀비틀 걸어갔다.

크레이그는 한 손으로 칼을 잡고 다른 손은 돈의 등에 댔다. 그가 칼을 뽑는 동시에 돈을 떠밀자 허기진 남자가 잘 익은 칠면조 다리를 뜯는 소리가 났다. 돈은 좀 전보다 더 크게 비명을 지르며 책상 위에 대자로 뻗었다. 앞으로 날아간 그가 두 팔로 기결 서류와 미결 서류를 넣어두는 바구니와 크레이그가 찢어놓은 분실 수화물 신고서 종잇조각 더미를 쳤다.

크레이그가 앨버트 쪽으로 몸을 돌리자 편지 봉투용 칼날에서 핏방울이 튀었다. "너도 그 녀석들 중 한 명이지?" 그가 내뱉었다. "꺼져. 나는 보스턴에 갈 거고 너는 나를 막을 수 없어. 너희들 중 누구도 나를 막을 수 없어." 그 순간 바닥에 떨어져 있던 라이터가 꺼지자 그들은 어둠 속에 놓였다.

앨버트는 뒤로 한 걸음 물러섰다. 불과 일 초 전에 앨버트가 서 있던 지점을 향해 크레이그가 칼을 휘두르자 뜨끈한 공기가 그의 얼굴을 훑고 지나갔다. 크레이그는 칼(점점 꺼져가던 흐릿한 지포 라이터 불빛으로 보았을 때 칼인 것 같았다)을 쓸 수 있는데 자기가 들고 온 무기가 무용지물이 되어버릴 구석으로 몰리면 큰일이라는 생각에 앨버트는 아무것도 들지 않은 손을 뒤쪽으로 마구 휘저었다. 손가락 사이로 빈 공간만 느껴지자 뒷걸음질로 문을 지나서 로비로 건너갔다. 그는 자기 자신이 끝내주는 인물처럼 느껴지지 않았다. 미시시피에서 가장 빠른 히브리인처럼 느껴지지 않았다. 시퍼런 칼날보다 빠른 것처럼 느껴지지 않았다. 개떡같은 정신병자가 2층에서 여자아이한테 무슨 짓을 했는지 보았음에도 이런 상황이 벌어질 수 있다고 믿지 않았기 때문에—정말로, 정말로 믿지 않았기 때문에—바보처럼 진짜 무기가 아니라 어린시절 장난감을 들고 온, 겁에 질린 아이처럼 느껴졌다. 자신에게서 나는 냄새가 느껴졌다. 답답한 공기 속에 갇혀 있는데도 자신에게서 냄새가 났다. 원숭이 오줌처럼 코를 찌르는 공포의 냄새였다.

크레이그가 편지 봉투용 칼을 들고 미끄러지듯 문지방을 넘었다. 그는 어둠 속에서 춤을 추는 그림자처럼 움직였다. "다 보인다, 아가." 그가 내뱉었다. "고양이 같은 내 눈에는 다 보여."

그가 스르르 다가오기 시작했다. 앨버트는 뒷걸음질쳤다. 달려든 크레이그가 그의 목이나 가슴에 칼을 꽂기 전에 제대로 한 방 날릴 수 있는 기회는 딱 한 번뿐이라는 생각을 하며, 그와 동시에 토스터를 앞뒤로 흔들기 시작했다.

'그를 맞히지도 못했는데 토스터가 빌어먹을 식탁보 밖으로 날아가버리면 나는 죽은 목숨이야.'

11

크레이그는 바구니 밖으로 고개를 내민 뱀처럼 상체를 좌우로 물결치듯 움직이며 점점 앨버트와의 간격을 좁혔다. 무표정한 미소가 희미하게 그의 입가를 장식하자 조그만 보조개가 생겼다. '그렇지.' 크레이그의 머릿속에 구축된 불멸의 요새 안에서 아버지가 냉혹하게 말했다. '놈들을 한 명씩 겨냥하면 해치울 수 있어. 노배안이야, 크레이그, 기억하지? 노배안. 노력은 배신하지 않는다.'

'맞아, 크레이기웨기.' 어머니도 맞장구쳤다. '할 수 있어, 그리

고 해야만 해.'

"미안하다." 미소를 지은 크레이그는 새하얗게 질린 아이에게 중얼거렸다. "정말, 정말 미안하지만 어쩔 수 없어. 너도 내 입장에서 생각하면 이해할 수 있을 거야."

그는 편지 봉투용 칼로 앨버트의 눈을 겨누며 다가갔다.

12

앨버트가 뒤를 흘끗 돌아보니 뒷걸음질치는 방향이 유나이티드 항공 매표소 쪽이었다. 더이상 물러나면 투석기를 뒤로 흔들 때 문제가 생길 수 있었다. 조만간 결판을 내야 했다. 그는 땀이 밴 손으로 배배 꼰 식탁보를 움켜쥐고 토스터를 좀더 빨리 흔들기 시작했다.

크레이그는 어둠 속에서 그 움직임을 보았지만 아이가 흔드는 것이 무엇인지 파악할 수 없었다. 상관없었다. 상관할 수가 없었다. 그는 정신을 가다듬고 돌진했다.

"나는 보스턴에 갈 거야!" 그는 비명을 질렀다. "나는 보스턴에……."

이미 어둠에 적응한 앨버트는 달려오는 크레이그를 볼 수 있었다. 토스터는 포물선을 그리며 뒤로 절반쯤 가 있는 상태였다. 앨버트는 손목을 꺾어서 방향을 바꾸기보다 토스터의 무게에 따라 팔을 움직여서 과장된 투구 자세를 취하듯 토스터를 머리 위로 들었다. 그와 동시에 왼쪽으로 발을 옮겼다. 토스터가 원심력에 의해 주머니 안으로 단단히 틀어박히자 허공에서 짧고 단단한 둥근 관이 만들어졌다. 토스터가 포물선을 그리며 아래로 떨어졌을 때 크레이그가 마침 그 속으로 뛰어들어주었다. 토스터가 크레이그의 이마와 콧잔등에 부딪혔다. 단단하고 단조로운 우드득 소리가 났다.

크레이그는 고통으로 울부짖으며 편지 봉투용 칼을 떨어뜨렸다. 양손을 얼굴에 갖다 대며 비틀비틀 뒷걸음질을 쳤다. 부러진 코를 움켜쥔 손가락 사이로 고장난 급수전처럼 피가 쏟아졌다. 앨버트는 자기가 저지른 짓에 겁이 났지만 투미가 다치자 더 겁이 나서 오히려 멈출 수가 없었다. 그는 왼쪽으로 한 걸음 더 움직여서 식탁보를 옆으로 휘둘렀다. 공기를 가른 식탁보가 턱 소리와 함께 크레이그의 가슴 한복판을 강타했다. 크레이그는 뒤로 쓰러지는 와중에도 울부짖음을 멈추지 않았다.

앨버트 에이스 카우스너는 오직 한 가지 생각뿐이었다. 그 밖의 다른 것들은 와르르 무너져서 소용돌이치는 빛깔과 이미지와 감정의 조각들에 불과했다.

'저자를 기절시키지 않으면 다시 일어나서 나를 죽일 거야. 저자를 기절시키지 않으면 다시 일어나서 나를 죽일 거야.'

최소한 크레이그의 무기는 떨어뜨릴 수 있었다. 그의 무기가 로비 카펫 위에서 반짝였다. 앨버트는 한쪽 신발로 그것을 밟고 토스터를 다시 휘둘렀다. 토스터가 내려올 때에 맞춰 앨버트는 왕족을 맞이하는 옛날 집사처럼 허리를 숙였다. 식탁보에 든 덩어리가 숨을 헐떡이던 크레이그 투미의 입을 박살냈다. 손수건으로 싼 유리잔이 부서지는 것 같은 소리가 났다.

'하나님 맙소사.' 앨버트는 생각했다. '이가 부러지는 소리잖아.'

크레이그가 바닥 위에서 퍼덕이며 꿈틀거렸다. 보고 있기 끔찍한, 어쩌면 빛이 거의 없기 때문에 더 끔찍한 광경이었다. 그의 가증스러운 생명력에는 왠지 모르게 소름 끼치고 끈질기며 벌레 같은 면이 있었다.

그의 손이 앨버트의 신발을 잡았다. 앨버트가 혐오감에 작게 비명을 지르며 편지 봉투용 칼에서 발을 떼자 크레이그는 칼을 잡으려고 했다. 눈 사이의 코가 터져서 퉁퉁 부어 그는 앨버트를 거의 보지도 못했다. 거대한 하얀색 빛무리가 크레이그의 시야를 삼켜버렸다. 높은 울음소리가 머릿속에서 계속 울렸다. 텔레비전 화면 조정 시간에 나오는 소리의 볼륨을 최대로 높인 듯했다.

그는 더이상 어떤 공격도 할 수 없는 상태였지만 앨버트는 몰랐다. 앨버트는 겁에 질려서 크레이그의 머리를 토스터로 다시 내리쳤다. 토스터 안에 달린 열선이 부서지면서 금속성의 와드득 절거덕 소리가 났다.

크레이그는 움직임을 멈추었다.

앨버트는 그의 위에 서서 묵직한 식탁보를 한 손에 대롱대롱 매단 채 흐느끼며 숨을 헐떡였다. 그런 다음 에스컬레이터 쪽으로 어기적어기적 길게 두 걸음 다가가다 허리를 깊게 숙이고 바닥에 속을 게웠다.

13

브라이언은 성호를 그으며 767기의 INS 단말기 화면을 덮고 있던 까만색의 플라스틱 덮개를 벗겼다. 아무 반응 없는 텅 빈 화면이 그를 맞이할지도 모른다는 생각이 들었다. 그는 화면을 뚫어져라 쳐다보고 나서…… 깊은 안도의 한숨을 내쉬었다.

LAST PROGRAM COMPLETE

단말기는 시원한 청록색의 글자를 띄웠고 그 아래에서 이렇게 물었다.

NEW PROGRAM? Y N

브라이언은 Y를 선택한 다음 문자를 입력했다.

REVERSE AP29: LAX/LOGAN

화면이 잠깐 까매졌다가 다시 글자가 떴다.

INCLUDE DIVERSION IN REVERSE PROGRAM AP 29? Y N

브라이언은 Y를 선택했다.

COMPUTING REVERSE

단말기는 이렇게 알렸고 오 초도 안 돼서 다시 소식을 전했다.

PROGRAM COMPLETE

"엥글 기장님?"

브라이언은 고개를 돌렸다. 베서니가 조종실 문간에 서 있었다. 기내 불빛에 비친 그녀는 안색이 창백하고 초췌해 보였다.

"내가 지금 좀 바쁜데, 베서니."

"두 사람이 왜 안 돌아올까요?"

"글쎄다."

"밥—젱킨스 씨—한테 터미널 안에서 누가 움직이는 게 보였느냐고 물었는데 안 보였대요. 다 죽었으면 어떻게 해요?"

"그랬을 리는 없을 거야. 마음이 불편하면 로버트와 함께 계단 아래에 있지 그러니? 나는 여기서 할 일이 좀 남았거든." '할 일이 남았길 바랄 따름이지만.'

"무서우세요?" 그녀가 물었다.

"응. 당연하지."

그녀는 미소를 지었다. "좀 반갑네요. 혼자만 무서우면 기분 나쁘거든요. 완전 싫어요. 이제 자리 비켜드릴게요."

"고맙다. 두 사람은 조만간 올 거야."

그녀가 나갔다. 브라이언은 다시 INS 모니터 쪽으로 고개를 돌리고 문장을 입력했다.

ARE THERE PROBLEMS WITH THIS PROGRAM?

그리고 실행 버튼을 눌렀다.

NO PROBLEMS. THANK YOU FOR FLYING AMERICAN PRIDE.

"고맙다니 천만에." 브라이언은 중얼거리고 소맷자락으로 이마를 훔쳤다.

'이제 연료만 제대로 연소되면 되는데.' 그는 생각했다.

14

밥은 계단을 내려오는 발소리가 들리자 잽싸게 몸을 돌렸다. 베서니가 천천히, 조심스럽게 내려오는 소리였지만 그래도 심장이 벌렁거렸다. 동쪽에서 들리는 소리가 점점 더 커지고 있었다.

점점 더 가까워지고 있었다.

"안녕, 베서니. 담배 한 대 더 빌릴 수 있을까?"

그녀는 담배가 몇 개 남지 않은 담뱃갑을 그에게 건네고 자기 몫으로 한 개비 꺼냈다. 그녀는 앨버트의 실험에 쓰인 성냥첩을 셀로판 포장지 아래 넣어두었는데, 마찰 면에 대고 긋자 금세 불이 붙었다.

"간 사람들, 아무 흔적도 안 보여요?"

"'흔적'의 기준을 어디에 두느냐에 따라 달라지지." 로버트가 조심스럽게 말했다. "네가 내려오기 직전에 고함소리를 들은 것 같거든." 실제로 그가 들은 것은 비명소리—까놓고 말해서 악을 지르는 소리—였지만 아이에게 솔직히 이야기할 이유가 없었다. 그녀는 로버트 못지않게 겁을 먹은 듯했고 앨버트를 좋아하는 눈치였다.

"다이너가 괜찮으면 좋겠는데." 그녀가 말했다. "잘 모르겠어요. 진짜 심하게 찔렸거든요."

"기장님 보고 왔니?"

베서니는 고개를 끄덕였다. "기장님한테 쫓겨난 거나 다름없어요. 무슨 장치 같은 걸 설정하고 있는 것 같아요."

밥 젱킨스는 진지하게 고개를 끄덕였다. "네 짐작이 맞았으면 좋겠다."

대화가 끊겼다. 두 사람 모두 동쪽을 바라보았다. 이제는 바스락거리고 와삭거리는 소리 아래로 더 섬뜩한 소리가 추가됐다. 무생물이 내는 고음의 비명소리였다. 그 희한한 기계음에서 밥은 오일이 바닥난 자동변속기가 생각났다.

"이제는 많이 가까워졌죠?"

밥은 마뜩잖아하며 고개를 끄덕였다. 그가 담배를 빨아들이자 빨간 불씨가 피로와 공포에 전 두 눈을 잠깐 비추었다.

"저게 무얼까요, 젱킨스 씨?"

그는 천천히 고개를 저었다. "아가씨, 나는 저것의 정체가 뭔지 모르고 지나갔으면 하는 심정이야."

15

닉이 에스컬레이터를 반쯤 내려갔을 때 쓸모없는 공중전화기들이 일렬로 놓인 곳에 허리를 숙이고 있는 사람이 눈에 들어왔다. 앨버트인지 크레이그 투미인지 알 방법이 없었다. 그는 짤랑거리는 소리가 나지 않도록 왼손으로 누른 채 오른쪽 앞주머니에 손을 넣어서 손대중으로 이십오 센트짜리 동전을 두 개 골라냈다. 오른손으로 주먹을 쥐고 손가락 사이에 동전을 끼워서 임시로 브래스 너클을 만들었다. 그런 다음 로비로 내려갔다.

닉이 등장하자 전화기 옆에 서 있던 인물이 고개를 들었다. 앨버트였다. "토해놓은 거 밟지 않게 조심하세요." 그가 멍하니 말했다.

닉은 동전들을 다시 주머니에 넣고, 스스로의 운동 능력을 과대평가한 늙은이처럼 두 손으로 무릎을 짚고 서 있는 아이에게로 서둘러 달려갔다. 코를 찌르는 시큼한 토사물 냄새가 났다. 그것과 아이에게서 나는 축축한 공포의 냄새는 너무나 잘 아는 냄새였다. 남태평양의 포클랜드 시절부터, 좀더 가깝게는 북아일랜드 시절부터 알던 냄새였다. 그가 왼쪽 팔로 어깨를 감싸 안자 앨버트는 천천히 허리를 폈다.

"다른 사람들은 어디 있니, 에이스?" 닉이 조용히 물었다. "개프니하고 투미, 두 사람은 어디 있니?"

"투미 씨는 저기 있어요." 그는 바닥에 구겨져 있는 인물을 가리켰다. "개프니 씨는 공항 서비스 사무실에 있고요. 둘 다 죽은 것 같아요. 투미 씨가 공항 서비스 사무실에 있었어요. 아마도 문 뒤에요. 개프니 씨가 먼저 들어가는 바람에 그의 손에 죽었어요. 만약 제가 먼저 들어갔다면 제가 죽었을 거예요."

앨버트는 침을 꿀꺽 삼켰다.

"그러고 나서 제가 투미 씨를 죽였어요. 어쩔 수 없었어요. 저를 쫓아왔거든요. 어디에선가 또 다른 칼을 찾아가지고 저를 쫓아왔어요." 앨버트의 말투는 무관심한 말투로 오인할 수도 있었지만 닉은 그렇게 어리석지 않았다. 게다가 하얀 앨버트의 얼굴에 드러난 표정도 무관심한 표정이 아니었다.

"진정할 수 있겠니, 에이스?" 닉이 물었다.

"모르겠어요. 누굴 죽, 죽, 죽여본 적이 없어서……." 앨버트는 숨가쁘고 애처로운 흐느낌을 내뱉었다.

"알아." 닉이 말했다. "끔찍한 일이지. 하지만 극복할 수 있어. 내가 알아. 그리고 극복해야 해, 에이스. 잠들기 전에 먼길을 가야 하고 지금은 심리 치료를 받을 시간이 없거든. 소리가 점점 커지고 있어서."

그는 앨버트를 두고 바닥에 구겨져 있는 인물 쪽으로 다가갔다. 크레이그 투미가 한쪽 팔로 얼굴 일부분을 가린 채 옆으로 누워 있었다. 닉은 그의 몸을 굴려서 똑바로 눕힌 뒤 들여다보고는 나지막이 휘파람을 불렀다. 투미는 아직 살아 있었지만—귀에 거슬리는 거친 숨소리가 들렸다—닉은 이번에는 연극이 아니라는 데 전 재산을 걸 수 있었다. 그의 코는 단순히 부러진 수준이 아니라 증발했다. 입은 산산이 부서진 잇조각들로 가득한 피투성이 구멍이 되었다. 한가운데가 심란하게 푹 들어간 투미의 이마를 보건대 앨버트가 이자의 두개골을 창의적으로 재배치한 모양이었다.

"이게 다 토스터로 한 짓이라고? 하나님 아버지, 성모마리아, 거시기 아무개일세." 닉은 일어나서 언성을 높였다. "아직 살아 있어, 에이스."

닉이 떠나자 앨버트는 다시 허리를 숙이고 있었다. 그런데 이제 천천히 허리를 펴고 그가 있는 쪽으로 한 걸음 발을 내디뎠다. "정말요?"

"잘 들어봐. 녹다운되기는 했지만 아직 경기는 끝나지 않았어." '숨소리를 들어보면 얼마 남지는 않았지만.' "개프니 씨도 확인해 보자. 그도 다행히 기절한 것일 수 있으니까. 그나저나 들것은 어떻게 됐니?"

"에?" 앨버트는 외국어를 들은 듯한 표정으로 닉을 쳐다보았다.

"들것." 닉은 열려 있는 공항 서비스 사무실 문으로 걸어가며 짜증내지 않고 다시 말했다.

"찾았어요." 앨버트가 말했다.

"그래? 굉장한데!"

앨버트는 안으로 들어가자마자 걸음을 멈추었다. "잠깐만요." 그는 중얼거리더니 쭈그리고 앉아서 더듬더듬 돈의 라이터를 찾았다. 잠시 후 라이터가 손에 집혔다. 아직 따뜻했다. 그는 다시 일어섰다. "개프니 씨는 책상 반대편에 있을 것 같아요."

그들은 굴러떨어진 종이 더미와 기결 서류와 미결 서류를 넣어두는 바구니를 넘어서 책상을 돌아갔다. 앨버트는 라이터를 높이 들고 톱니바퀴를 퉁겼다. 다섯 번째로 시도했을 때 심지에 불이 붙었고 삼사 초 동안 희미한 불꽃이 일었다. 그것으로 충분했다. 닉은 톱니바퀴에서 불똥이 튀겼을 때 이미 확인했지만 앨버트에게 함구하고 있었을 따름이었다. 돈 개프니는 눈을 뜬 채 끔찍하게 놀란 표정으로 굳어버린 얼굴을 하고 대자로 똑바로 누워 있었다. '다행히 기절'한 것은 절대 아니었다.

"너는 어떻게 투미의 공격을 피했니?" 잠시 후에 닉이 물었다.

"그가 여기 있다는 걸 알아차렸거든요." 앨버트가 말했다. "개프니 씨가 공격을 당하기 전부터 알았어요." 그의 목소리는 아직도 무미건조하고 떨렸지만 마음은 조금 진정되었다. 가엾은 개프니 씨를 실질적으로 마주하고 났더니―이를테면 그의 눈을 똑바로 들여다보고 났더니―마음이 조금 진정되었다.

"소리를 들었어?"

"아뇨……. 저걸 봤어요. 책상 위에 있는 저것요." 앨버트는 쌓여 있는 종잇조각을 가리켰다.

"다행이었구나." 닉은 어둠 속에서 앨버트의 어깨에 손을 얹었다. "너는 죽지 않을 자격이 있어. 네 손으로 그 특전을 따낸 거야. 알지?"

"그렇게 생각해볼게요." 앨버트가 말했다.

"그래. 그래야 악몽을 많이 줄일 수 있어. 경험자가 하는 말이야."

앨버트는 고개를 끄덕였다.

"버텨, 에이스. 그러기만 하면 돼. 끝까지 버티면 괜찮을 거야."

"호프웰 씨?"

"응?"

"그 이름으로 부르지 않으시면 좋겠어요. 이제는……." 앨버트는 목이 메어서 요란하게 헛기침을 했다. "이제는 그 이름이 마음에 안 드는 것 같아서요."

16

삼십 초 뒤에 그들은 공항 서비스 사무실이라는 어두컴컴한 동굴에서 빠져나왔다. 닉이 접혀 있는 들것의 손잡이를 들었다. 닉이 줄줄이 늘어선 전화기 앞에 다다랐을 때 들것을 건네자 앨버트는 아무 소리 없이 받아들었다. 식탁보가 투미에게서 약 일 미터 정도 떨어진 곳의 바닥에 놓여 있었다. 투미는 이제 박자도 안 맞게 컥컥대며 요란하게 코를 골고 있었다.

시간이 부족하지만, 시간이 우라지게 부족하지만 닉은 확인해야 했다. 반드시 확인해야 했다.

그는 식탁보를 집어서 토스터를 꺼냈다. 빵 넣는 구멍에 걸린 열선 한 개를 빼고 나머지는 바닥 위로 와르르 쏟아졌다. 타이머 다이얼과 빵을 넣고 누르는 손잡이는 떨어져 나갔다. 토스터 한쪽 귀퉁이가 안으로 찌그러져 들어갔다. 왼쪽은 어딘가에 세게 부딪쳐서 동그란 모양으로 움푹 꺼졌다.

'투미의 코가 여기 부딪힌 거로군.' 닉은 생각했다. '엄청난데?' 그는 토스터를 흔들어 떨어져나온 부품들이 안에서 덜거덕거리는 소리를 들었다.

"토스터라니." 그는 놀라워했다. "앨버트, 나한테 친구들—이런 일을 전문적으로 하는 친구들—이 있는데 안 믿을 거야. 나도 믿기지가 않는다. 세상에…… 토스터라니."

앨버트는 고개를 돌렸다. "던져버리세요." 그가 쉰 목소리로 말했다. "보고 싶지 않아요."

닉은 시키는 대로 하고 앨버트의 어깨를 한 대 쳤다. "들것 들고 2층으로 올라가. 나도 곧바로 따라갈게."

"뭐하시게요?"

"사무실에 쓸 만한 물건이 있는지 둘러보고 싶어서."

앨버트는 그를 잠깐 쳐다보았지만 어두컴컴해서 닉의 이목구비가 보이지 않았다. 이윽고 그가 말했다. "그 말 못 믿겠어요."

"믿을 필요 없어." 닉은 묘하게 다정한 목소리로 말했다. "가라, 에이스…… 아니, 앨버트. 금방 따라갈게. 뒤돌아보지 말고."

앨버트는 그를 물끄러미 쳐다보다 고개를 숙이고 오른손에 쥔 들것을 서류 가방처럼 대롱거리며 얼어붙은 에스컬레이터를 터벅터벅 올라가기 시작했다. 뒤돌아보지 않았다.

17

닉은 아이가 어둠 속으로 사라질 때까지 기다렸다. 그런 다음 누워 있는 크레이그 투미에게 돌아가 옆에 쭈그리고 앉았다. 투미는 여전히 의식이 없었지만 숨을 좀더 고르게 쉬는 듯했다. 닉이 보기에는 일이 주 정도 병원에서 치료를 받으면 원래 상태로 회복될 수도 있을 것 같았다. 투미가 입증한 사실이 최소한 한 가지 있었다. 머리는 무시무시하게 단단하다는 것.

'그런데 그 안에 들어 있는 뇌는 유감스럽게도 말랑말랑하기 그지없지, 형씨.' 닉은 생각했다. 그는 한 손으로는 투미의 입을 막고 다른 손으로는 코—또는 코의 흔적—를 막으려고 팔을 내밀었다. 일 분만 투자하면 크레이그 투미 씨에 대해 걱정할 필요가 없어질 것이다. 다른 사람들 같으면 그런 조치에 경악하며 움찔하겠지만—피도 눈물도 없는 살인이라고 하겠지만—닉이 보기에는 보험, 그 이상도 이하도 아니었다. 투미는 완전히 의식을 잃은 것처럼 보였다가 한 번 깨어난 전적이 있으며 그 때문에 그들 중에서 한 명은 죽었고 다른 한 명은 치명적일 만큼 심하게 다쳤다. 똑같은 실수를 반복할 이유가 없었다.

생각할 부분이 그것말고 또 한 가지 있었다. 투미를 살려둔다고 한들 무슨 의미가 있겠는가? 죽어버린 이 세상에서 두려움에 떨며 짧은 시간 동안 살아보라고? 모든 기상 변화가 멈추어서 미동도 없는 하늘 아래에서 죽어가는 공기를 마셔보라고? 거대한 개미떼가 습격하는 듯한 소리를 내며 동쪽에서 다가오는 뭔지 모를 존재를 만나보라고?

아니다. 그런 운명에서 꺼내주는 것이 최선이다. 고통 없이 끝날 테고 그거면 충분하다.

"이 새끼한테 그 정도면 감지덕지지." 닉은 이렇게 말하면서도 머뭇거렸다.

앞을 보지 못하는 짙은 갈색 눈을 들어 그를 올려다보던 여자아이가 생각났다.

'그 아저씨 죽이지 마요!' 그건 부탁이 아니라 명령이었다. 그녀는 어딘가에 비축해두었던 마지막 남은 기운을 끌어모아서 명령했다. '제가 아는 건 이게 전부예요. 그 아저씨가 필요하다는 거.'

왜 그렇게 이 사람을 싸고도는 걸까?

그는 엉망이 된 크레이그 투미의 얼굴을 들여다보며 잠깐 더 앉아 있었다. 그러다 에스컬레이터 꼭대기에서 루디 워릭의 목소리가 들리자 마귀의 소리라도 들은 것처럼 화들짝 놀랐다.

"호프웰 씨? 닉? 안 올라오세요?"

"바로 갑니다!" 그는 어깨 너머로 외쳤다. 그는 투미의 얼굴을 향해 손을 내밀었다가 아이의 짙은 눈을 떠올리며 멈추었다.

'그 아저씨가 필요해요.'

"갑니다." 그는 숨을 쉬느라 괴로워하는 크레이그 투미를 내버려둔 채 벌떡 일어서서 외치고 에스컬레이터를 가볍게 달려 올라갔다.

8장

급유. 이른 새벽 비행. 다가오는 랭골리어.

아침의 천사. 영원을 기록하는 자. 이룩.

1

베서니가 거의 아무 맛도 안 나는 담배를 던지고 계단을 반쯤 올라갔을 때 밥 젱킨스가 외쳤다. "사람들이 밖으로 나오려나 봐!"

베서니는 몸을 돌려서 계단을 달려 내려왔다. 까만 점들이 수화물 하역장 너머에서 줄줄이 등장하더니 컨베이어 벨트를 기어왔다. 밥과 베서니는 달려가서 그들을 맞았다.

다이너는 들것에 묶여 있었다. 루디가 이쪽 끝을, 닉이 다른 쪽 끝을 들고 무릎으로 기어나왔다. 대머리 남자가 거칠게 숨을 헐떡이는 소리가 베서니의 귀에 들렸다.

"제가 도와드릴게요." 그녀가 말하자 루디는 냉큼 잡고 있던 들것을 맡겼다.

"흔들리지 않게 조심해." 닉이 컨베이어 벨트 아래로 다리를 내리며 말했다. "앨버트, 베서니 쪽을 네가 잡아서 아이를 계단으로 옮길 수 있게 도와줘. 최대한 수평을 유지해야 해."

"상태가 얼마나 심각해?" 베서니가 앨버트에게 물었다.

"좋지 않아." 그가 암울한 목소리로 말했다. "의식은 잃었지만 아직 살아 있어. 내가 아는 건 그게 전부야."

"개프니랑 투미는?" 그들이 비행기 쪽으로 다가오자 밥이 물었다. 들을 수 있도록 언성을 높여야 했다. 바스락거리는 소리가 전보다 커진데다 숨어 있던 고장난 변속기 같은 날카로운 소리가 이제는 전면으로 드러나서 사람을 미치게 만들었다.

"개프니는 죽었고 투미도 아마 죽을 거예요. 지금 당장은 신경쓸 겨를이 없어서." 닉은 계단 발치에서 걸음을 멈추었다. "두 사람, 맡은 임무에 충실해줘."

그들은 천천히, 조심스럽게 들것을 계단 위로 옮겼다. 앞쪽을 든 닉은 허리를 숙인 채 뒷걸음질을 쳤고 앨버트와 베서니는 들것 뒤쪽을 이마 높이로 들고 엉덩이를 부딪혀가며 좁은 계단을 올라갔다. 밥, 루디, 로럴이 그 뒤를 따라 올라갔다. 로럴은 앨버트와 닉이 돌아온 이래 투미가 죽었느냐고 물었을 때말고는 한마디도 하지 않았다. 죽지 않았다고 닉이 대답하자 그녀는 그를 유심히 쳐다보다 잠시 후에 안도하는 듯이 고개를 끄덕였다.

닉이 계단 꼭대기까지 올라와서 들것의 앞부분을 안으로 들였을 때 브라이언이 조종실 문 앞에서 그를 맞았다.

"아이를 일등석에 눕히고 싶은데요." 닉이 말했다. "머리가 발보다 위로 가게 이쪽 끝을 높여서. 그래도 되죠?"

"그럼요. 좌석 벨트들로 머리 부분을 감아서 들것을 고정하세요. 어디로 가면 되는지 알죠?"

"알아요." 그는 대답하고 앨버트와 베서니에게 말했다. "따라와. 잘하고 있다."

다이너의 뺨과 턱에 남은 핏자국 위로 객실 조명이 비치자 누르스름하니 하얀 얼굴과 선명하게 대조됐다. 다이너는 눈을 감고 있었다. 입술은 은은한 연보라색이었다. (닉이 다른 구멍들보다 훨씬 안쪽에 새 구멍을 뚫은) 허리띠 아래로 보이는 임시 압박붕대는 검붉은색이었다. 브라이언은 그녀의 숨소리를 들을 수 있었다. 아무것도 남지 않은 유리잔 바닥을 빨대로 빨아들이는 듯한 소리가 났다.

"상태가 심각하네요." 브라이언이 나지막이 말했다.

"심장이 아니라 허파이고 피가 차는 속도가 걱정했던 것보다 훨씬 느리기는 하지만……. 맞아요, 심각해요."

"돌아갈 때까지 버틸 수 있을까요?"

"내가 어찌 압니까?" 닉이 버럭 고함을 질렀다. "난 군인이지 빌어먹을 의사가 아니란 말이오!"

모두들 얼어붙어서 조심스러운 눈빛으로 그를 쳐다보았다. 로럴은 다시 소름이 돋는 게 느껴졌다.

"미안해요." 닉이 중얼거렸다. "시간 여행이 신경을 곤두서게 만드네요. 정말 미안해요."

"사과할 필요 없어요." 로럴이 말하며 그의 팔을 건드렸다. "우리 모두 스트레스가 엄청난걸요."

그는 지친 미소를 지어 보이며 그녀의 머리카락을 만졌다. "로럴,

당신은 참 착한 여자예요, 정말로요. 자…… 이제 이 아이를 고정시키고 어떻게 하면 여기서 빠져나갈 수 있을지 보자고요."

2

오 분 뒤에 다이너의 들것은 머리를 위로, 발을 아래로 둔 비스듬한 형태로 일등석 좌석 두 칸에 걸쳐 고정되었다. 나머지 승객들은 브라이언이 있는 일등석 갤리 주변으로 옹기종기 모였다.

"이제 비행기에 연료를 보충해야 합니다." 브라이언이 말했다. "내가 다른 엔진까지 가동해서 이 비행기를 탑승교에 있는 저 727-400편기에 최대한 가깝게 댈 거예요." 그는 어둠 속에서 회색 덩어리로만 보이는 델타 비행기를 가리키며 말했다. "이 비행기의 기체가 더 높기 때문에 오른쪽 날개를 델타의 왼쪽 날개 위로 겹칠 수 있습니다. 그러면 여러분 넷이 가서 호스 카트를 끌고 오세요. 호스 카트는 다른 탑승교 옆에 있어요. 해 지기 전에 봤어요."

"저 뒤칸의 잠자는 미녀를 깨워서 도움을 청하는 게 좋지 않을까요?" 로버트가 물었다.

브라이언은 잠깐 생각해보다가 고개를 저었다. "지금 상황에서 가장 필요 없는 게 겁에 질려서 우왕좌왕하는—거기다 숙취까지 끝내주는—승객이 하나 더 추가되는 거예요. 게다가 비상시에는 장정 둘이서 호스 카트를 밀 수 있어요. 전에도 그러는 걸 본 적 있거든요. 변속기 레버를 중립으로만 설정하면 됩니다. 겹쳐진 비행기 날개 바로 아래로 카트를 가져와야 해요. 알겠죠?"

사람들은 일제히 고개를 끄덕였다. 브라이언은 일행을 살피다 루디와 베서니는 들것을 옮기느라 기운을 다 써서 별 도움이 안 되겠다는 결론을 내렸다. "닉, 밥 그리고 앨버트. 세 사람이 뒤에서 밀어요. 로럴이 운전을 하고. 알았죠?"

그들은 고개를 끄덕였다. 브라이언이 돌아보니 착륙한 이래 처음으로 그들의 눈빛이 또렷하고 초롱초롱하게 빛나고 있었다. '당연하지.' 그는 생각했다. '이제 할 일이 생겼으니까. 다행히 나도 마찬가지고.'

3

로럴은 아무것도 없는 탑승교 왼편에 서 있는 호스 카트를 향해 걸어가던 도중에 카트가 육안으로 보인다는 사실을 깨달았다. "맙소사." 그녀가 말했다. "벌써 동이 트고 있어요. 날이 어두워진 지 얼마나 됐죠?"

"내 시계로는 사십 분도 안 지났어요." 밥이 말했다. "그런데 비행기 밖으로 나오면 시계가 별로 정확하지 않은 느낌이 들어요. 여기서는 시간이 중요하지 않은 것 같기도 하고요."

"투미 씨는 어떻게 될까요?" 로럴이 물었다.

그들은 호스 카트 앞에 도착했다. 지붕은 없이 뒤에는 탱크가, 양옆에는 돌돌 말린 까만색의 두툼한 호스가 달린 조그만 차량이었다. 닉이 로럴의 허리를 한쪽 팔로 감싸 안더니 얼굴을 자기 쪽으로 돌렸다. 순간 그가 입을 맞추려나 보다는 황당한 착각에 빠져 그녀는 심장박동이 빨라지는 걸 느꼈다.

“그자가 어떻게 될지, 그건 몰라요.” 그가 말했다. “나는 그저 상황이 닥쳤을 때 다이너가 시킨 대로 했을 뿐이에요. 정신을 잃고 바닥에 쓰러진 채로 내버려뒀죠. 됐어요?”

“아뇨.” 그녀는 떨리는 목소리로 대답했다. “하지만 어쩔 수 없겠죠.”

그는 미소 띤 얼굴로 고개를 끄덕이며 그녀를 안은 팔에 힘을 주었다. “LA로 무사히 돌아가면 나랑 저녁 먹을래요?”

“그래요.” 그녀는 말이 떨어지기가 무섭게 대답했다. “뭔가 기다릴 만한 일이 있으면 좋잖아요.”

그는 고개를 끄덕였다. “이하 동문. 하지만 비행기에 연료를 넣기 전에는 아무데도 못 가요.” 그는 지붕 없는 호스 카트를 쳐다보았다. “기어를 중립에 넣을 수 있겠어요?”

로럴은 운전석 바닥에 달린 수동 변속기를 열심히 쳐다보았다. “수동 변속기는 다뤄본 적이 없는데.”

“제가 할게요.” 앨버트가 운전석 위로 펄쩍 올라가서 클러치를 밟고 변속기 레버 손잡이에 새겨진 눈금을 쳐다보았다. 그의 뒤에서 767기의 두 번째 엔진이 애처로운 소리를 내며 잠에서 깨어났고, 브라이언이 출력을 높이자 양쪽 엔진이 요란하게 진동하기 시작했다. 소리가 시끄러웠지만 로럴은 개의치 않았다. 덕분에 다른 소리가 잠시나마 가려졌다. 그리고 그녀는 계속 닉을 쳐다보고 싶었다. 그가 정말로 저녁을 같이 먹자고 한 걸까? 벌써부터 믿기지 않았다.

앨버트가 기어를 바꾸고 변속기 레버를 흔들었다. "됐어요." 그가 뛰어내렸다. "타세요, 로럴 누나. 일단 움직이기 시작하면 핸들을 오른쪽으로 돌려서 한 바퀴 돌아야 해요."

"알았어."

세 남자가 닉을 중심으로 호스 카트 뒤에 일렬로 서자 그녀는 불안해하며 뒤를 돌아보았다.

"다들 준비됐나요?" 닉이 물었다.

앨버트와 밥이 고개를 끄덕였다.

"좋아요, 그럼…… 영차."

밥은 지난 십 년 동안 빌어먹을 요통에 시달려왔음에도 불구하고 있는 힘껏 밀 준비를 하고 몸에 힘을 주니 카트가 의외로 쉽게 밀렸다. 로럴은 온 힘을 다해서 뻣뻣하고 말도 잘 안 듣는 핸들을 돌렸다. 노란색 카트가 회색 활주로 위에서 조그만 원을 그린 뒤, 델타 제트기 오른편으로 서서히 다가가고 있는 767기를 향해 굴러가기 시작했다.

"두 비행기가 엄청 다르네요." 밥이 말했다.

"그러게요." 닉이 맞장구를 쳤다. "네 말이 맞았어, 앨버트. 우리가 현재에서 떨어져나왔을지 몰라도 저 비행기는 희한하게 현재와 아직 연결이 돼 있단 말이지."

"우리도 마찬가지예요." 앨버트가 말했다. "적어도 아직까지는요."

767기의 터빈이 꺼지고 보조 동력 장치가 나지막이 웅웅거리는 소리만 남았다. 브라이언이 보조 동력 장치 네 개를 전부 작동시켰다. 소리가 우렁차지는 않아서 동쪽에서 들리는 소리를 완전히 덮지는 못했다. 전에는 하나의 소리로 들렸는데 점점 가까워지면서 가닥가닥 해체되었다. 한 소리 안에 다른 소리가 들어 있는가 하면, 그것들이 한데 뭉쳐서 섬뜩하리만치 귀에 익은 소리를 내기 시작했다.

'동물들이 먹이를 먹는 시간.' 로럴은 이런 생각을 하며 몸서리를 쳤다. '그때 나는 소리 같아. 동물들이 먹이를 먹을 때 나는 소리가 앰프를 통과하면서 섬뜩하게 커진 것 같아.'

그녀의 몸이 미친듯이 떨렸고 공포가 머릿속을 갉아먹기 시작했다. 저 소리를 어쩔 수 없는 것처럼 그녀의 힘으로 어쩔 수 없는 자연스러운 반응이었다.

"저것의 정체를 확인하면 상대할 수 있을지도 몰라." 호스 카트를 다시 밀기 시작했을 때 밥이 말했다.

앨버트는 그를 흘끗 쳐다보고 나서 말했다. "아닐걸요?"

4

767기의 전면 출입구 앞으로 모습을 드러낸 브라이언이 계단을 이쪽으로 옮겨달라고 베서니와 루디에게 손짓했다. 그들이 시킨 대로 하자 브라이언은 계단 꼭대기에 서서 이번에는 겹쳐진 날개 쪽을 가리켰다. 그는 두 사람이 밀어주는 계단을 타고 날개 방향으로 이동하는 동안 점점 더 다가오는 소리에 귀를 기울이며 오래전에 심야 영화로 본 작품을 떠올렸다. 찰턴 헤스턴이 남아메리카의 대농장 주인으로 나오는 작품이었다. 그런데 그 농장이 나무, 풀, 건물, 소, 사람까지 지나가는 길에 있는 거라면 뭐든 다 먹어치우며 거대한 카펫처럼 움직이는 병정개미떼의 습격을 받았다. 영화 제목이 뭐였더라? 브라이언은 기억이 나지 않았다. 찰턴이 개미들을 막아보려고, 공격 속도를 늦추기만이라도 하려고 점점 절박한 수단을 동원했던 것만 생각났다. 그가 결국 녀석들을 물리쳤던가? 기억이 나지 않았다. 그 어떤 것과도 연관성이 없어 심란했던 꿈속의 한 장면만 퍼뜩 생각났다. 불길한 빨간색으로 별똥별 외 출입 금지라고 적혀 있었던 문구가.

"그만!" 브라이언이 루디와 베서니에게 외쳤다.

그들이 멈추자 브라이언은 델타 여객기의 날개 밑면과 그의 머리가 수평이 될 때까지 조심스럽게 계단을 내려왔다. 767기와 727기는 둘 다 왼쪽 날개에 구멍 하나짜리 주유구가 달려 있었다. 연료 탱크 주입구와 급유 전에 차단 밸브 확인이라고 적힌 조그만 정사각형 모양의 덮개가 보였다. 누가 주유구 덮개에 노란색의 스마일 얼굴 스티커를 붙여놓았다. 비현실적인 분위기의 결정판이었다.

앨버트, 밥, 닉이 호스 카트를 그의 아래로 옮겨놓고, 밝아오는 미명 속에 지저분한 회색 동그라미처럼 보이는 얼굴을 들어서 그를 올려다보고 있었다. 브라이언은 허리를 숙이고 닉에게 외쳤다.

"카트 양쪽에 호스가 한 개씩 달려 있을 거예요! 짧은 걸 줘요!"

닉이 호스를 꺼내서 위로 건넸다. 브라이언은 계단과 호스 노즐을 한 손으로 잡고 날개 아래로 고개를 숙여 주유구 덮개를 열었다. 금속 막대가 손가락처럼 삐죽 튀어나온 커넥터가 안에 들어 있었다. 브라이언은 몸을 좀더 앞으로 내밀다가…… 계단에서 미끄러졌다. 그는 계단 난간을 붙잡았다.

"기다려요, 형씨." 닉이 계단을 올라오며 말했다. "내가 도와줄게요." 그는 브라이언이 서 있는 곳까지 세 칸 남았을 때 걸음을 멈추더니 그의 허리띠를 붙잡았다. "부탁 하나만 합시다."

"뭔데요?"

"방귀 뀌지 마요."

"노력은 하겠지만 장담은 못 해요."

브라이언은 다시 몸을 앞으로 내밀고 아래를 내려다보았다. 이제는 루디와 베서니까지 밥, 앨버트와 함께 날개 아래에 서 있었다. "제트기 연료로 샤워하고 싶지 않으면 비켜요!" 그가 큰 소리로 외쳤다. "내가 델타 여객기의 차단 밸브를 움직일 수가 없어서 기름이 샐 수도 있어요!" 그는 그들이 물러서길 기다리는 동안 생각했다. '물론 그러지 않을 수도 있겠지. 이 탱크 안에 기름 한 방울 없을 수도 있을 테니까.'

그는 이제 닉을 닻 삼아서 몸을 앞으로 내밀고 두 손으로 노즐을 주유구에 힘차게 꽂았다. 잠깐 동안 기름이 사방으로 튀더니—상황을 감안했을 때 반가운 현상이었다—철컥하는 금속성의 소리가 들렸다. 브라이언은 노즐을 오른쪽으로 90도 돌려서 맞물린 다음 기름이 호스를 타고 카트로 흘러가는 소리를 뿌듯해하며 들었다. 카트에 달린 밸브가 잠겨 있어서 기름이 샐 일이 없었다.

"됐다." 그는 한숨을 쉬며 다시 계단 쪽으로 무게중심을 옮겼다. "지금까지는 잘되고 있어요."

"이제는 어떻게 해요? 무슨 수로 저 카트를 작동시키죠? 비행기에 연결해서 시동이라도 걸어야 하나?"

"케이블을 챙긴 사람이 있다 한들 그게 가능할까 싶은데요?" 브라이언이 말했다. "다행히 작동시킬 필요가 없어요. 카트는 연료를 걸러서 옮기는 도구에 불과하거든요. 빨대로 잔에 든 레모네이드를 마시듯이 우리 비행기에 달린 보조 동력을 써서 727기의 연료를 빨아들일 거예요."

"시간이 얼마나 걸릴까요?"

"최적의 조건이 갖추어졌을 때—그러니까 지상 동력 장치로 퍼올렸을 때—분당 0.9톤을 넣을 수 있어요. 이런 식으로는 얼마나 걸릴지 계산이 잘 안 되네요. 보조 동력 장치로 연료를 주유해본 적이 없어서. 최소 한 시간은 걸릴 거예요. 아니면 두 시간."

닉은 걱정스러운 눈빛으로 동쪽을 쳐다보다 나지막이 말했다. "부탁 하나만 합시다, 형씨. 다른 사람들한테는 비밀로 해줘요."

"왜요?"

"두 시간의 여유가 없을 것 같거든요. 어쩌면 한 시간도 없을지 몰라요."

5

일등석에 홀로 남아 있던 다이너 캐서린 벨먼이 눈을 떴다.

그리고 보았다.

"크레이그." 그녀가 속삭였다.

6

'크레이그.'

그는 그 이름을 듣고 싶지 않았다. 혼자 있고 싶은 마음뿐이었다. 자기의 이름을 두 번 다시 듣고 싶지 않았다. 사람들이 그의 이름을 부르면 항상 나쁜 일이 벌어졌다. 항상.

'크레이그! 일어나요, 크레이그!'

아니다. 그는 일어나지 않을 것이다. 그의 머리는 여러 개의 방으로 나뉜 거대한 벌집이 되었다. 삐죽빼죽한 방과 삐뚤빼뚤한 복도에서 고통이 울부짖고 고함을 질렀다. 벌들이 찾아왔다. 벌들은 그가 죽은 줄 알았다. 그래서 그의 머리를 공격하고 두개골을 벌집으로 만들었다. 그런데 이제 와서…… 이제 와서…….

'벌들이 내 생각을 감지하고 침으로 쏘아서 죽이려 하고 있어.' 그는 고통으로 얼룩진 굵은 신음 소리를 내뱉었다. 1층 로비에 깔린 업소용 카펫 위에서 피로 얼룩진 주먹을 폈다가 쥐었다. '나를 죽게 내버려둬. 제발 부탁이야, 그냥 죽게 내버려둬.'

'크레이그, 일어나야 해요! 얼른!'

아버지의 목소리, 그가 한 번도 거부하거나 안 들리게 막지 못했던 목소리였다. 하지만 이제 거부할 것이다. 이제 막아버릴 것이다.

"가요." 그는 쉰 목소리로 꺽꺽댔다. "난 아버지가 싫어요. 가요."

고통이 관통하자 금빛 트럼펫 소리가 머리를 뒤흔들었다. 화가 나서 침을 곧추세운 벌떼가 트럼펫 주둥이에서 몰려나왔다.

'아, 죽게 내버려둬요.' 그는 생각했다. '아, 그냥 죽게 내버려둬

요. 이건 지옥이야. 나는 지금 벌떼와 금관악기 악단으로 이루어진 지옥 속에 있어.'

'일어나, 크레이기웨기. 오늘은 네 생일이잖아. 그거 아니? 네가 일어나자마자 누가 맥주를 건네면서 네 머리를 때릴 거야……. 생일빵으로!'

"싫어. 맞는 건 이제 싫어." 그의 손이 카펫 위에서 질질 움직였다. 눈을 떠보려고 했지만 피가 말라 들러붙어서 눈꺼풀이 떨어지지 않았다. "당신들은 죽었어. 둘 다 죽었어. 당신들은 날 때리지 못해. 이렇게 해라, 저렇게 해라 시키지도 못해. 둘 다 죽었으니까. 그리고 나도 죽고 싶다고."

하지만 그는 죽지 않았다. 유령들의 목소리 너머 어딘가에서 끽끽대는 제트기 엔진 소리가 들렸고…… 그 소리도 들렸다. 랭골리어들이 행진하는 소리가. 달려오는 소리가.

'크레이그, 일어나요. 일어나야 해요.'

그는 그것이 아버지의 목소리도, 어머니의 목소리도 아님을 깨달았다. 부상을 입은 가엾은 머리가 들은 환청에 불과했다. 어디에서 들리는 목소리인가 하면…….

(위인가?)

다른 어디, 고통은 상상의 소산이고 스트레스는 꿈속 이야기인 밝고 높은 어딘가에서 들리는 목소리였다.

'크레이그, 그들이 당신을 데리러 왔어요……. 당신이 보고 싶어 했던 모든 사람들이. 그들이 보스턴에서 여기로 건너왔어요. 당신이 그들에게 그만큼 중요한 존재인 거예요. 당신은 지금도 할 수 있어요, 크레이그. 지금이라도 일을 그만둘 수 있어요. 사표를 내고 아버지의 군대를 박차고 나오면 돼요……. 그럴 만한 용기가 있다면 말이에요.

그럴 만한 용기가 있다면 말이에요.'

"그럴 만한 용기?" 그는 쉰 목소리로 꺽꺽댔다. "그럴 만한 용기? 너 누구냐? 지금 장난해?"

그는 다시 눈을 떠보려고 했다. 끈적끈적한 피떡이 들썩이기는 했지만 눈꺼풀이 떨어지지 않았다. 그는 가까스로 한 손을 얼굴로 옮겼다. 그러다 코의 잔해가 만져지자 고통 때문에 낮고 피곤한 비명이 터졌다. 머릿속에서 트럼펫 소리가 울려 퍼지고 벌들이 웅웅거렸다. 그는 격렬한 통증이 잦아들 때까지 기다렸다가 손가락 두 개를 내밀어서 눈꺼풀을 벌렸다.

빛무리가 아직도 그 자리에 있었다. 빛무리가 어둠 속에 어렴풋이 기억을 자극하는 형체를 만들었다.

크레이그는 천천히, 아주 조금씩 고개를 들었다.

그러자 그녀가 보였다.

그녀가 빛무리 안에 서 있었다.

그 소녀가 까만 안경을 벗고 다정한 눈빛으로 그를 쳐다보고 있었다.

'어서요, 크레이그. 일어나요. 힘든 거 알지만 일어나야 해요……. 일어나야 한다고요. 그들이 전부 찾아와서 기다리고 있는데……. 언제까지고 기다려주지는 않을 거예요. 랭골리어들이 내버려두지 않을 거예요.'

이제 보니 그녀는 바닥에 서 있지 않았다. 신발이 바닥 위로 몇 센티미터 떠 있는 듯했고 밝은 빛이 온 사방에서 그녀를 감싸고 있었다. 그녀에게서 무지갯빛 오라가 퍼져 나왔다.

'어서요, 크레이그. 일어나요.'

그는 비틀비틀 일어나기 시작했다. 정말 힘이 들었다. 균형 감각이 사라지다시피 했고 머리를 들고 있기가 힘들었다. 두말하면 잔소리지만 화가 난 꿀벌들로 가득하기 때문이었다. 그는 두 번 쓰러졌지만, 다정한 눈빛으로 영원한 해방을 약속하는 눈부신 아이에게 홀려서 다시 몸을 일으켰다.

'그들이 전부 기다리고 있어요, 크레이그. 당신을요.

그들이 당신을 기다리고 있어요.'

7

다이너는 들것에 누워서 크레이그 투미가 한쪽 무릎을 딛고 일어났다가 옆으로 고꾸라졌다가 다시 몸을 일으키는 것을 앞을 보지 못하는 눈으로 지켜보았다. 다치고 부러진 이 남자, 폭발의 순간만을 기다리는 이 살인 심해어가 지독하게 가엾어서 가슴이 찢어질 것 같았다. 뭉개지고 피로 얼룩진 그의 얼굴에서 끔찍한 감정의 소용돌이를 읽을 수 있었다. 두려움, 희망 그리고 일종의 가차 없는 투지.

'미안해요, 투미 씨.' 다이너는 생각했다. '아저씨가 그런 짓을 저지르기는 했지만 미안해요. 하지만 아저씨가 필요해요.'

다이너는 꺼져가는 의식을 동원해서 그를 다시 불렀다.

'일어나요, 크레이그! 얼른! 이러다 늦겠어요!'

그리고 다이너는 늦었음을 직감했다.

8

브라이언은 두 개의 호스 중에서 긴 쪽을 767기의 배 아래로 늘어뜨려 주유구에 연결한 다음 조종실로 돌아가서 보조 동력 장치들을 차례대로 켜고 727-400기의 연료 탱크를 말끔하게 비우는 작업에 착수했다. 그는 오른쪽 탱크의 상태를 알리는 LED 판독기가 10톤을 향해 천천히 올라가는 것을 지켜보며, 보조 동력 장치들이 연소가 잘되지 않는 연료를 먹고 끙 하고 기지개를 펴는 순간을 초조하게 기다렸다.

오른쪽 탱크 수치가 3.6톤을 알리는 지점에 다다랐을 때 꼬리 쪽에 달린 조그만 제트 엔진 소리가 달라진 게 느껴졌다. 점점 더 큰 소리를 내며 끙끙거렸다.

"이게 무슨 일이에요, 형씨?" 닉이 물었다. 그는 다시 부조종석에 앉아 있었다. 머리칼은 헝클어졌고 말쑥하던 버튼다운 셔츠에 기름과 피가 여기저기 묻었다.

"보조 동력 장치의 엔진들이 727기의 기름을 맛보고 투덜거리는 소리예요." 브라이언이 말했다. "앨버트의 마법이 효과를 발휘했으면 좋겠지만 자신이 없네요."

오른쪽 탱크의 상태를 알리는 LED 판독기가 4톤을 가리키기 직전에 첫 번째 보조 동력 장치가 멎었다. 계기판에 엔진 정지라는 빨간색 글씨가 떴다. 브라이언은 보조 동력 장치 스위치를 껐다.

"어쩌려고요?" 닉이 자리에서 일어나 브라이언의 어깨 너머로 들여다보려고 다가오며 물었다.

"다른 보조 동력 장치 세 개로 펌프를 계속 돌리면서 기도해야죠." 브라이언이 말했다.

두 번째 보조 동력 장치가 삼십 초 뒤에 작동을 멈추었고, 브라이언이 그걸 끄려고 손을 뻗는 순간 세 번째 장치도 작동을 멈추었다. 그와 함께 조종실 불이 나갔다. 이제 남은 것이라고는 불규칙적으로 칙칙거리는 유압펌프 소리와 깜빡이는 계기판 불빛뿐이었다. 마지막 한 개 남은 보조 동력 장치가 뚝뚝 끊기는 웅웅 소리와 함께 위아래로 오르내리며 비행기를 흔들었다.

"다 꺼야겠어요." 브라이언이 말했다. 자기 목소리가 귀에 거슬리고 까칠하게 느껴졌다. 능력 한참 밖의 일을 하느라 역류에 휘말려서 금세 피곤해져버린 남자의 목소리였다. "델타의 연료가 우리 비행기의 시간의 흐름인지 시간의 틀인지 하여간 그 우라질 뭔가에 합류할 때까지 기다려야겠어요. 이런 식으로 밀어붙이면 안 돼요. 마지막 보조 동력 장치를 멈추기 전에 압력이 갑자기 높아지면 관성항법장치 정보가 다 날아갈 수 있어요. 심지어 타버릴 수도 있고요."

브라이언이 스위치로 손을 뻗는 동안 뚝뚝 끊기던 엔진 소리가 일정해지기 시작했다. 그는 고개를 돌리고 못 믿겠다는 듯이 닉을 쳐다보았다. 닉은 브라이언을 돌아보며 천천히 환한 미소를 지었다.

"어쩌면 우리한테 운이 따르는 걸지 몰라요, 형씨."

브라이언은 손가락으로 십자가를 만들어 허공에 대고 흔들었다. "제발 그랬으면 좋겠네요." 그는 말하고 다시 계기판으로 고개를 돌렸다. APU 1, 3, 4라고 적힌 스위치를 켰다. 모두 부드럽게 발동이 걸렸다. 조종실 조명이 다시 켜졌다. 객실에서 벨 소리가 울려 퍼졌다. 닉은 함성을 지르며 브라이언의 등을 쳤다.

베서니가 그들 뒤 문가에서 모습을 드러냈다. "무슨 일이에요? 별일 없는 거죠?"

"아무래도 말이다." 브라이언이 고개를 돌리지도 않은 채 말했다. "우리가 이 아이를 깨운 것 같아."

9

크레이그는 비틀거리면서도 마침내 똑바로 일어섰다. 빛이 나는 여자아이가 이제는 수화물 컨베이어 벨트 위에 떠 있었다. 거기서 믿기지 않을 정도의 다정함과 또 다른 감정이 실린 표정으로 그를 쳐다보고 있었다. 그가 평생 갈망하던 감정인데…… 뭐였을까?

그는 열심히 기억을 더듬은 끝에 드디어 알아냈다.

연민이었다.

연민과 이해였다.

주위를 둘러보니 어둠이 빠져나가고 있었다. 그가 밤새도록 정신을 잃었다는 뜻일까? 알 수 없었다. 상관도 없었다. 중요한 한 가지는 빛이 나는 여자아이가 그들—투자 상담가, 채권 전문가, 증권 중개사—을 그에게 데려왔다는 사실이었다. 그들은 여기 모인 만큼 젊은 크레이기웨기 투미우미 씨가 그동안 뭘 하고 있었는지 설명을 듣고 싶어 할 것이다. 황홀한 진실을 밝히자면 장난질이었다. 그가 그동안 하고 있었던 일이 그것이었다. 한도 끝도 없는 장난질이었다. 그가 사실을 밝히면…….

"그들은 날 놓아줄 수밖에 없을 거야……. 안 그래?"

'맞아요.' 아이가 말했다. '하지만 서둘러야 해요, 크레이그. 저들이 아저씨가 안 오는 줄 알고 떠나버리기 전에 서둘러야 해요.'

크레이그는 천천히 앞으로 걸어가기 시작했다. 아이의 발은 미동이 없었지만, 그가 다가가자 아이는 수화물 인수대와 수화물 하역장 사이에 달린 고무 커튼 쪽으로 신기루처럼 둥둥 물러났다.

그리고…… 오, 눈부시게 아름다워라. 그녀는 미소를 짓고 있었다.

10

이제 모두 비행기에 탑승했고, 밥과 앨버트만 계단에 앉아서 간헐적인 파도처럼 느릿느릿 밀려오는 소리를 듣고 있었다.

로럴 스티븐슨이 열려 있는 전면 출입구에 서서 터미널을 바라보며 투미 씨를 어떻게 해야 하나 고민중일 때 베서니가 그녀의 블라우스 뒷자락을 잡아당겼다.

"다이너가 잠꼬대 같은 걸 하고 있어요. 정신이 오락가락하는 것 같은데. 가보실래요?"

로럴은 그녀를 따라갔다. 루디 워릭이 다이너의 한쪽 손을 잡고 맞은편에 앉아서 근심 어린 표정으로 쳐다보고 있었다.

"잘은 모르겠지만." 그가 걱정스러워하며 말했다. "잘은 모르겠지만, 아무래도 버티지 못하려나 봐요."

로럴은 그녀의 이마를 짚어보았다. 건조하고 뜨거웠다. 출혈은 속도가 느려지거나 완전히 멈춘 듯했지만, 숨을 쉴 때마다 가련한 휘파람 소리가 났다. 입가에 굳은 핏자국이 꼭 딸기 소스 같았다.

로럴이 "제가 보기에는……." 하고 말문을 열었을 때 다이너가 제법 분명하게 말했다. "저들이 아저씨가 안 오는 줄 알고 떠나버리기 전에 서둘러야 해요."

로럴과 베서니는 곤혹스러워하며 겁에 질린 눈빛을 주고받았다.

"내가 보기에는 그 투미라는 남자 꿈을 꾸나 봐요." 루디가 로럴에게 말했다. "좀 전에 그의 이름을 불렀거든요."

"네." 다이너가 말했다. 눈은 감고 있었지만 귀를 기울이는 것처럼 고개를 살짝 옆으로 움직였다. "네, 그럴게요. 아저씨가 그래달라고 하면 그럴게요. 하지만 서둘러요. 아프다는 거 알지만 서둘러야 해요."

"지금 저 아이, 정신이 오락가락하는 거 맞죠?" 베서니가 속삭였다.

"아냐." 로럴이 말했다. "아닐 거야. 아마…… 꿈을 꾸고 있을 거야."

그녀는 사실 다른 생각을 했다. 그녀가 실제로 한 생각은 다이너가 뭔가를

(보고 있을지)

하고 있을지 모른다는 것이었다. 어떤 생각 하나가 머릿속 깊숙한 곳에서 어지럽게 돌며 춤을 추었지만, 그녀는 그게 뭔지 알고 싶지 않았다. 마음만 먹으면 그 생각을 밖으로 끄집어낼 수 있다는 것을 알면서도 끄집어내지 않았다. 지금 여기서 섬뜩한 일, 아주 섬뜩한 일이 벌어지고 있는데

(그 아저씨 죽이지 마요……. 그 아저씨가 필요해요.)

투미 씨와 연관이 있는 것 같은 느낌을 떨쳐버릴 수가 없기 때문이었다.

"가만 내버려둬." 그녀는 건조하고 퉁명스럽게 말했다. "가만 내버려둬.

(그와 관련된 일을 처리하게)

좀 자게."

"어휴, 얼른 이륙했으면 좋겠네." 베서니가 애처로운 목소리로 말하자 루디가 그녀의 어깨를 한 팔로 감싸 안았다.

11

컨베이어 벨트에 다다른 크레이그는 그 위로 쓰러졌다. 하얀 장막과 같은 고통이 머리와 목과 가슴을 잡아 찢었다. 이게 어찌된 영문인지 기억을 더듬었지만 생각이 나지 않았다. 멈추어 선 에스컬레이터를 달려 내려왔고, 조그만 방에 숨었고, 어두컴컴한 데 앉아서 종이를 찢었는데…… 거기에서 기억이 끊겼다.

그는 머리카락이 쏟아져서 눈앞을 가리는 가운데 고개를 들어서, 이제는 컨베이어 벨트 위로 이삼 센티미터쯤 떠서 고무 커튼 앞에 책상다리를 하고 앉아 있는 빛이 나는 소녀를 쳐다보았다. 평생 그렇게 아름다운 광경은 처음이었다. 어떻게 그녀를 그들 중 한 명이라고 착각했을까?

"너는 천사니?" 그는 꺽꺽대며 물었다.

'네.' 빛이 나는 소녀는 이렇게 대답했고, 크레이그는 고통을 압도하는 기쁨을 느꼈다. 눈앞이 부예지더니 눈물이—성인이 된 이래 처음으로 흘린 눈물이었다—뺨을 타고 천천히 흘러내리기 시작했다. 문득 술에 취한 어머니가 웅얼웅얼 달콤하게 부르던 노래가 생각났다.

"너는 아침의 천사니? 내 아침의 천사가 되어줄래?"

'네……. 그럴게요. 아저씨가 그래달라고 하면 그럴게요. 하지만 서둘러요. 아프다는 거 알지만 투미 씨, 서둘러야 해요.'

"그래." 크레이그는 흐느끼며 그녀를 향해 수화물 컨베이어 벨트를 열심히 기어가기 시작했다. 움직일 때마다 새로운 고통이 불규칙한 궤적을 그리며 지그재그로 몸을 관통했다. 뭉개진 코와 너덜너덜해진 입에서 피가 뚝뚝 흘렀다. 그래도 최대한 서둘렀다. 앞에서 소녀가 고무 커튼을 흐트러뜨리지도 않은 채 그 너머로 사라졌다.

"떠나기 전에 내 뺨을 한 번만 만져줘." 크레이그가 말했다. 그는 스펀지처럼 물컹물컹한 핏덩어리를 벽에 대고 뱉어서 죽은 거미처럼 들러붙게 만들고 더 열심히 기었다.

12

공항 동쪽에서 귀청을 때리는 탁탁 소리가 섬뜩한 아침을 채웠다. 밥과 앨버트는 새하얗게 질린 얼굴과 끔찍한 질문들로 가득한 머리로 계단에서 일어섰다.

“무슨 소리일까요?” 앨버트가 물었다.

“나무 소리일 거야.” 밥이 이렇게 대답하고는 입술을 핥았다.

“하지만 바람 한 점 없는걸요!”

“그렇지.” 밥도 맞장구를 쳤다. “바람 한 점 없지.”

이제는 무언가가 쪼개지는 소리가 바리케이드처럼 움직였다. 어떤 소리들이 뚜렷이 들리는가 싶었다가도…… 정체를 파악할 새도 없이 뒤로 멀어졌다. 앨버트는 한순간 무언가가 짖는 소리를 들었다고 장담할 수 있었는데, 전기가 흐르듯 웅웅거리는 기분 나쁜 소리가 짖는다고 해야 할지…… 으르렁거린다고 해야 할지…… 뭔지 모를 소리를 삼켜버렸다. 바스락거리는 소리와 드릴로 구멍을 뚫는 윙윙 소리만 변함없었다.

“무슨 일이에요?” 뒤에서 베서니가 날카롭게 물었다.

“아무것도…….” 앨버트가 대답하려는데 밥이 그의 어깨를 붙잡으며 손으로 가리켰다.

“저것 좀 봐!” 그가 외쳤다. “저기 저쪽을 봐!”

저멀리 동쪽 지평선에서 송전탑 행렬이 우뚝한 나무들로 덮인 산등성이를 넘어 북쪽과 남쪽으로 줄줄이 진격하고 있었다. 앨버트가 지켜보는 가운데 송전탑 하나가 장난감처럼 비틀거리다 쓰러지자 이리저리 엉킨 송전선이 딸려갔다. 잠시 후 또 다른 송전탑이 한 개, 두 개, 세 개 잇따라 등장했다.

"저게 다가 아니에요." 앨버트가 멍하니 말했다. "나무 좀 보세요. 저기 저 나무들이 덤불처럼 흔들리고 있어요."

단순히 흔들리는 게 아니었다. 앨버트와 다른 이들이 지켜보는 가운데 나무들이 쓰러지기 시작했다. 사라지기 시작했다.

바스락, 탁, 바스락, 쿵, 킹!

바스락, 탁, 킹! 쿵, 바스락.

"도망쳐야 해." 밥이 말했다. 그가 앨버트를 두 손으로 붙잡았다. 휘둥그레 뜬 두 눈이 바보처럼 공포에 질려서 이글거렸다. 그 표정은 지적인 분위기를 풍기는 그의 날카로운 얼굴과 메스껍고 보기 흉한 대조를 이루었다. "지금 당장 도망쳐야 해."

십오 킬로미터쯤 멀리 떨어진 지평선 위에서 키 큰 방송탑이 부들부들 떨다 한쪽으로 기우뚱하더니 굉음과 함께 흔들리는 나무들 사이로 사라졌다. 이제 그들은 땅이 진동하는 것을 느낄 수 있었다. 진동은 계단을 타고 올라와서 발까지 흔들었다.

"멈춰줘요!" 출입구 앞에 서 있던 베서니가 느닷없이 비명을 질렀다. 그녀는 손으로 귀를 막았다. "제발 멈춰줘요!"

하지만 소리가 그들을 향해 물결처럼 밀려왔다. 랭골리어들이 바스락, 탁탁거리며 먹이를 먹는 소리가 밀려왔다.

13

"브라이언, 귀찮게 자꾸 물어봐서 미안한데 얼마나 더 기다려야 하나요?" 닉이 긴장한 목소리로 물었다. "여기서 동쪽으로 육 킬로미터쯤 되는 곳에 강이 하나 있는데—여기 착륙할 때 봤어요—뭔지 모를 녀석들이 지금 강 건너편에 도착한 것 같거든요."

브라이언은 판독기를 흘끗 확인했다. 오른쪽 날개에 10톤, 왼쪽 날개에 7.25톤이었다. 주입되는 속도가 점점 빨라져서 델타의 연료를 반대편 날개로 옮길 필요도 없었다.

"십오 분요." 그가 말했다. 눈썹에 맺힌 큼직한 땀방울들이 느껴졌다. "연료를 조금 더 넣어야 해요, 닉. 안 그러면 모하비사막에서 추락할 거예요. 그런 다음 호스 빼고 덮개 닫고 활주로를 향해 천천히 이동하는 데 또 십 분이 걸리고요."

"단축할 수 없어요? 좀더 단축할 수 없는 거 분명해요?"

브라이언은 고개를 젓고 다시 판독기로 고개를 돌렸다.

14

크레이그는 손가락들이 흐느적흐느적 등을 쓰다듬는 듯한 느낌을 받으며 고무 커튼 아래로 천천히 기어나왔다. 새로운—아주 짧아진—날이 밝았음을 알리는 죽음의 하얀빛 속으로 나왔다. 식인 부대가 우르르 몰려오는 소리가 끔찍하고 어마어마했다. 하늘마저 흔들리는 듯했다. 그는 공포로 얼어붙었다.

'저걸 봐요.' 그의 아침의 천사가 말하며 손가락으로 가리켰다.

크레이그는 그것을 보았고…… 공포를 잊었다. 아메리칸 프라이드 767기 너머, 두 개의 유도로와 한 개의 활주로로 막힌 삼각형 모양의 죽은 풀들이 있는 공간에 마호가니로 만든 기다란 회의 테이블이 놓여 있었다. 탁자가 느른한 햇빛을 받고 반짝였다. 자리마다 노란색 메모지, 얼음물 주전자, 워터퍼드사社의 유리잔이 놓여 있었다. 수수한 양복을 입고 테이블 주변에 앉아 있던 스물 몇 명의 사람들이 일제히 그를 쳐다보았다.

별안간 그들이 박수를 치기 시작했다. 일어나서 그를 박수로 맞이했다. 크레이그는 감사의 함박웃음이 얼굴로 번지는 것을 느낄 수 있었다.

15

다이너는 일등석에 혼자 남아 있었다. 이제는 힘겹게 숨을 몰아쉬며 목 졸린 쉰 소리를 냈다.

"그들한테로 달려가요, 크레이그! 얼른요! 얼른요!"

16

크레이그는 비틀비틀 컨베이어 벨트에서 내려오다 뼈가 덜거덕거리는 소리와 더불어 쿵 하고 콘크리트 바닥에 떨어졌지만 두 팔을 휘저으며 일어섰다. 이제 통증은 중요하지 않았다. 천사가 그들을 데려왔다! 그렇고말고! 천사들은 스크루지 이야기에 등장하는 유령들처럼 뭐든 마음대로 할 수 있으니까! 그녀를 감싼 빛무리가 희미해지면서 그녀의 모습도 점점 사라져갔지만 상관없었다. 그녀가 구조대를 불러왔다. 그는 마침내 그물에 잡히는 축복을 누릴 수 있었다.

'그들한테로 달려가요, 크레이그! 비행기를 돌아서 달려가요! 비행기에서 멀찌감치 떨어져서 달려가요! 그들한테로 당장 달려가요.'

크레이그는 달리기 시작했다. 어기적어기적 걸어가다 이내 절뚝절뚝하며 전력 질주했다. 달리는 그의 고개가 줄기가 부러진 해바라기처럼 위아래로 까닥였다. 그는 유머와 용서라고는 모르는 구조대를 향해, 의심스러운 구석이라고는 전혀 없는 은색 하늘 저편에 배를 띄우고 얼마나 엄청난 놈들이 잡혔는지 확인하러 그물을 거두는 어부 같은 남자들을 향해 달렸다.

17

연료가 9.5톤에 달하자 왼쪽 탱크의 상태를 알리는 LED 판독기의 수치가 올라가는 속도가 느려지기 시작하더니 10톤으로 정점을 찍자 거의 멈추었다. 브라이언은 이를 보고 얼른 스위치를 내려서 유압펌프를 잠갔다. 727-400기는 제몫을 다했다. 20톤이 조금 넘는 제트기 연료를 주었다. 이 정도면 충분할 것이다.

"됐어." 그가 일어서며 말했다.

"됐다니 뭐가요?" 닉도 따라 일어서며 물었다.

"호스를 빼고 얼른 여길 뜨자고요."

점점 다가오는 소음이 귀가 먹먹해지는 수준에 다다랐다. 바스락, 탁 하는 소리와 변속기가 끽끽대는 소리에 나무 쓰러지는 소리, 건물들이 쿵 하고 무너지는 둔탁한 소리까지 추가됐다. 무언가가 쩍쩍 갈라지는 소리가 몇 번 이어지다 풍덩하는 저음이 반복됐다. 닉이 보았다는 강물 속으로 다리가 무너지는 소리가 아닐까 싶었다.

"투미 씨!" 베서니가 갑자기 비명을 질렀다. "투미 씨예요!"

닉이 브라이언보다 먼저 문을 박차고 나가서 일등석 객실에 다다랐다. 두 사람 모두 어기적어기적, 휘청거리며 유도로를 가로지르는 크레이그를 볼 수 있었다. 그는 비행기를 무시했다. 그의 목적지는 십자 교차로로 막힌 삼각형 모양의 텅 빈 풀밭인 듯했다.

"뭐하는 걸까요?" 루디가 나직이 물었다.

"신경쓰지 마세요." 브라이언이 말했다. "시간이 없으니까. 닉? 우선 계단 내려가요. 내가 호스 빼는 동안 잡고 있어줘요." 브라이언은 해일이 수평선 위로 솟아올라 해변으로 달려오는데 알몸으로 바닷가에 서 있는 사람이 된 심정이었다.

닉은 그를 따라 계단을 내려갔고, 브라이언이 몸을 앞으로 내밀고 호스 노즐을 비틀어서 빼는 동안 허리띠를 잡아주었다. 잠시 후 브라이언이 노즐을 빼서 시멘트 바닥으로 던지자 노즐에 달린 고리에서 땡그랑하고 둔탁한 소리가 났다.

"갑시다." 닉이 잡아당겨주자 그가 말했다. 얼굴이 시커먼 회색

빛이었다. "여기에서 빠져나가자고요."

닉은 꿈쩍하지 않았다. 그 자리에 얼어붙은 채 동쪽을 멍하니 쳐다보기만 했다. 안색은 백지장처럼 변했다. 얼굴은 꿈에서나 볼 수 있는 공포의 표정을 짓고 있었다. 윗입술을 떨고 있어서 지독한 두려움에 으르렁거리지도 못하는 개처럼 보였다.

브라이언이 닉이 바라보는 방향으로 천천히 고개를 돌리자 오래된 철망 문에 달린 녹슨 나사처럼 목의 힘줄이 삐걱거리는 소리가 들렸다. 그가 고개를 돌리자 무대 왼쪽으로 마침내 등장한 랭골리어들이 보였다.

18

"이제 다들 아셨죠?" 크레이그가 탁자 상석에 놓인 빈 의자로 걸어가 탁자를 둘러싸고 앉아 있는 사람들 앞에 서며 말했다. "저와 함께 일을 했던 중개인들은 비양심적이었을 뿐 아니라 대부분 저와 같은 금융업자들—빠른 시일 안에 빈약한 주식 보유 목록을 채워야 하는 사람들—을 찾아가서 등쳐먹는 CIA 첩자였어요. 목표—남아메리카의 공산주의 타도—가 모든 수단을 정당화한다는 식이죠."

"어떤 방법을 동원해서 이들을 색출했나요?" 파란색의 값비싼 양복을 입은 뚱뚱한 남자가 물었다. "보증 보험사를 이용했나요, 아니면 당신이 근무하는 은행은 그런 경우에 대비해서 특별 수사팀을 보유하고 있나요?" 동그랗고 턱이 늘어진 파란 양복의 얼굴은 완벽하게 면도가 되어 있었다. 뺨은 건강해서 그런 건지 사십 년 동안 마신 스카치 소다 덕분인지 발그스름했다. 두 눈은 파란 얼음 조각처럼 냉혹했다. 멋진 눈이었다. 아버지의 눈이었다.

어딘가에서, 프루덴셜 센터 꼭대기로부터 두 층 아래에 있는 이 회의실과 멀찍이 떨어진 곳에서 시끄러운 소리가 들렸다. 도로 공사를 하는 모양이었다. 보스턴에서는 항상 도로 공사가 진행중이었고 그가 보기에는 대부분 불필요한 공사였다. 비양심적인 인간들이 방심한 인간들을 즐겁게 등쳐먹는, 빤한 스토리였다. 그와는 상관없는 일이었다. 전혀 상관없는 일이었다. 파란 양복을 입은 남자를 상대하는 것이 그의 임무였고 얼른 임무에 착수하고 싶어서 좀이 쑤실 지경이었다.

"기다리고 있었네, 크레이그." 그가 다니는 은행의 수장이 말했다. 크레이그는 깜짝 놀랐지만—파커 씨는 이 회의에 참석하지 않기로 되어 있었다—잠시 후에 놀라움은 기쁨에 묻혀버렸다.

"아무 방법도 쓰지 않았어요!" 그는 충격을 받은 그들의 면전에 대고 즐겁게 외쳤다. "그냥 사고 사고 또 샀어요! 아무, 방법도, 쓰지, 않았죠!"

그는 말을 이으려다, 좀더 자세하게 설명을 하려다, 작정하고 해설이라는 것을 하려다 어떤 소리를 듣고 멈추었다. 이 소리는 멀리서 나는 게 아니었다. 아주 가까운 데서, 어쩌면 회의실 안에서 들렸다.

목마르고 굶주린 이가 무언가를 나지막이 부수는 듯한 소리였다.

크레이그는 문득 종이를 찢고 싶은 심오한 충동을 느꼈다. 아무

종이나 상관없었다. 그는 탁자 위, 자기 자리에 놓인 메모지를 향해 손을 뻗었지만 메모지가 사라졌다. 테이블도 그랬다. 금융업자들도 그랬다. 보스턴도 그랬다.

"여기가 어디지?" 그는 어리둥절한 목소리로 조그맣게 물으며 주위를 둘러보았다. 문득 그는 깨달았고…… 문득 그는 그들을 보았다.

랭골리어들이 왔다.

그들이 그를 잡으러 왔다.

크레이그 투미는 비명을 지르기 시작했다.

19

브라이언은 그들을 보았지만 자기가 보고 있는 것이 무엇인지 알아차리지 못했다. 그들은 희한한 방식으로 시각을 무시하는 듯했다. 과도한 압박감에 시달려서 제정신을 잃은 브라이언의 머리가 입수되는 정보를 변경하려고, 21번 활주로의 동쪽 끝에 등장한 형체를 자기가 이해할 수 있는 무엇인가로 바꾸려고 하는 것이 느껴졌다.

처음에는 형체가 두 개밖에 없었다. 하나는 까맣고 또 하나는 토마토처럼 짙은 빨간색이었다.

'공인가?' 그의 머리가 미심쩍어하며 물었다. '공일까?'

그의 머리 한복판에서 실제로 스위치가 딸깍 켜졌고 그것들은 비치볼 비슷한 공이 되었다. 공들은 아지랑이 속에 있기라도 한 것처럼 잔물결을 일으키고는 줄어들었다가 팽창하기를 반복했다. 그것들이 21번 활주로 끝에 있는 죽어버린 키 큰 풀들이 있는 공간을 데굴데굴 굴러오자 그 뒤로 시커멓게 풀이 베인 자국이 이어졌다. 어떻게 해서인지 풀을 베었는데…….

'아니야.' 그의 머리가 머뭇머뭇 부인했다. '저것들은 단순히 풀을 베는 게 아니야. 너도 알잖아. 저것들은 풀보다 훨씬 많은 것을 베고 있어.'

그것들이 지나간 자리에는 좁고 새까만 줄이 남았다. 이제 그것들은 하얀색 콘크리트로 된 활주로 끝에서 장난치듯이 달려오며 좁고 까만 줄을 남겼다. 줄이 타르처럼 번들거렸다.

'아니야.' 그의 머리가 머뭇머뭇 부인했다. '타르가 아니야. 그 까만색이 뭔지 알잖아. 아무것도 남지 않은 거야. 아무것도 남지 않은 거야. 저것들이 활주로 표면보다 훨씬 더 많은 것을 먹고 있는 거야.'

그들의 태도에는 심술궂은 장난기가 있었다. 그들은 엇갈리게 움직여서 바깥쪽 유도로에 까만색의 출렁이는 엑스 자를 그렸다. 하늘 높이 뛰어올라 활기 넘치게 서로 교차하는 곡예를 펼친 다음 비행기를 향해 일직선으로 달려왔다.

그들이 달려오자 브라이언은 비명을 질렀다. 옆에서 닉도 비명을 질렀다. 달려오는 공의 표면 아래에 얼굴들이 숨어 있었다. 흉측하고 이상하게 생긴 얼굴들이었다. 빛이 나는 메탄가스로 만들어진 양 어른거리고 씰룩이고 흔들렸다. 눈은 아무렇게나 구멍을 뚫어놓은 수준이었고 입은 거대했다. 반원 모양의 동굴 속에 줄줄이 달린 얼룩덜룩한 이빨을 부득부득 가는 소리가 났다.

그들이 세상을 좁고 길쭉하게 말아 먹으며 달려오고 있었다.

바깥쪽 유도로에 텍사코 정유사의 연료 트럭이 주차되어 있었다. 랭골리어들이 희끄무레한 몸뚱이 밖으로 툭 튀어나온 초고속 이빨로 윙윙, 으드득 소리를 내며 트럭 위를 덮쳤다. 일말의 망설임도 없이 트럭을 관통했다. 한 녀석이 뒤 타이어를 뚫고 똑바로 길을 내자 브라이언은 타이어들이 폭삭 주저앉기 직전에 녀석이 만들어놓은 모양을 볼 수 있었다. 꼭 만화에서 봤던, 굽도리널에 뚫린 쥐구멍 같았다.

또 다른 녀석이 펄쩍 뛰어올라 텍사코 트럭의 상자 모양 연료 탱크 뒤로 잠깐 자취를 감추었다가 일직선으로 돌진하자 금속 테두리의 구멍이 만들어지면서 칙칙한 호박색 항공용 연료가 뿜어져 나왔다. 녀석들은 바닥을 치고 스프링 위에 올라타기라도 한 것처럼 튀어 올라서 다시 엑스 자 모양으로 서로 교차하더니 비행기를 향해 달려왔다. 녀석들의 아래에서 좁은 띠 모양으로 현실이 벗겨져나갔다. 녀석들이 건드리면 어디가 됐건 뭐가 됐건 모두 다 벗겨져나갔다. 녀석들이 가까이 다가오자 브라이언은 녀석들이 세상 너머를 가르고 있다는 것을, 영원의 밑바닥까지 모조리 열어젖히고 있다는 것을 알아차렸다.

활주로 끝에 다다르자 녀석들이 동작을 멈추었다. 녀석들이 안절부절못하며 머뭇거리는 모습이 옛날 영화관의 노래 자막 위로 폴짝폴짝 뛰어다니던 공처럼 보였다.

하지만 잠시 후에 녀석들은 몸을 돌려서 새로운 방향으로 세상을 가르며 돌진했다.

녀석들을 보며 하얀 하늘에 대고 비명을 지르던 크레이그 투미 쪽으로 세상을 가르며 돌진했다.

브라이언은 엄청난 노력 끝에 마비 상태에서 퍼뜩 깨어났다. 그는 꼼짝 않고 아래에 서 있는 닉을 팔꿈치로 찔렀다. "갑시다!" 닉이 꿈쩍도 하지 않자 브라이언은 팔꿈치를 더 세게 휘둘러서 이번에는 닉의 이마를 제대로 찔렀다. "가자고요! 움직여요! 여기에서 빠져나가자고요!"

공항 저 끝에서 더 많은 까맣고 빨간 공이 등장했다. 녀석들은 뛰어 오르고 춤을 추고 원을 그리며…… 그들을 향해 달려왔다.

20

'녀석들한테서 도망칠 수는 없어.' 그의 아버지는 그렇게 말했었다. '녀석들의 다리 때문에. 짧고 빠른 그 다리 때문에.'

그래도 크레이그는 시도해보았다.

그는 몸을 돌리고, 겁에 질려서 찡그린 얼굴로 뒤를 돌아보며 터미널을 향해 달렸다. 구두가 포장도로에 부딪히며 소리를 냈다. 그는 엔진 소리가 정점을 향해 치닫는 아메리칸 프라이드 767기를 무시하고 수화물 하역장으로 달렸다.

'아니야, 크레이그.' 아버지가 말했다. '너는 지금 네가 달린다고 생각할지 몰라도 아니야. 네가 뭘 하고 있는지 너도 알잖아. 너는 지금 종종거리고 있어.'

그의 뒤에서 공 두 개가 속력을 높이더니 땅 짚고 헤엄치듯 즐겁게 간격을 좁혔다. 녀석들은 죽어버린 세상에서 재주를 자랑하는 한 쌍의 얼간이처럼 엑스 자를 그리며 두 번 교차해 삐죽빼죽한 까만 선을 남겼다. 녀석들이 서로 이십 센티미터 정도 간격을 두고 데굴데굴 크레이그를 쫓아가자 희미하게 일렁이는 녀석들의 섬뜩한 몸 뒤로 스키 트랙 비슷한 까만 자국이 남았다. 녀석들은 수화물 컨베이어 벨트에서 오 미터쯤 떨어진 지점에서 그를 따라잡아 1000분의 1초 만에 발을 물어뜯었다. 방금 전까지만 해도 그의 두 발은 씩씩하게 종종거리고 있었다. 그런데 눈 깜빡하는 새 크레이그의 키가 팔 센티미터 줄어들었다. 발이 값비싼 발리 로퍼와 함께 그냥 없어져버렸다. 피도 나지 않았다. 모든 것을 태우는 랭골리어가 지나가자마자 상처가 지져져 지혈이 되었기 때문이다.

크레이그는 발이 없어진 줄도 몰랐다. 발목이 뭉툭하게 잘린 채로 종종거리다 다리를 타고 지글지글 올라오는 통증을 느낄 무렵, 랭골리어들이 급선회를 하더니 포장도로를 나란히 데굴데굴 굴러왔다. 이번에는 녀석들이 엑스 자로 두 번 교차하자 시멘트 위로 까만 테두리의 초승달이 등장했다. 꼭 어린이용 색칠공부 책에 나오는 달님 같았다. 한 가지 다른 점이 있다면 이 초승달은 땅속이 아니라—지면 아래에 땅이 있는 것 같지 않았다—아무것도 없는 곳으로 가라앉기 시작했다는 것이었다.

이번에는 랭골리어들이 앞뒤로 완벽한 일렬을 이루며 위로 튀어 올랐다가 크레이그의 무릎을 베어먹었다. 그는 넘어진 채로 계속 달리려다가 대자로 뻗어서 뭉툭하게 잘린 다리를 버둥거렸다. 종종거리던 날들이 이제 끝났다.

"안 돼!" 그가 외쳤다. "안 돼요, 아빠! 안 돼요! 앞으로 잘할게요! 제발 저 녀석들을 내쫓아주세요! 앞으로 잘할게요, 저 녀석들을 내쫓아주기만 하면 앞으로 평생 잘하겠다고 맹세……."

녀석들이 끽끽대고 종알거리고 웅웅대고 낑낑거리며 다시 그를 향해 달려왔다. 크레이그는 녀석들이 자신을 마구잡이로 토막 내기 직전 찰나의 순간에 기계처럼 정신없이 돌아가며 바득바득 갈리는 이빨을 볼 수 있었고, 광적이고 맹목적인 녀석들의 생명력에서 뿜어져 나오는 뜨거운 열기를 느낄 수 있었다.

그가 마지막으로 한 생각은 이거였다. '짧은 다리로 어떻게 빨리 쫓아온다는 걸까? 다리가 달려 있지도 않……'

21

이제 까만 녀석들이 수십 개 등장했다. 로럴도 알다시피 조만간 그 숫자는 수백 개, 수천 개, 수백만 개, 수십억 개로 늘어날 게 분명했다. 브라이언이 계단과 델타 비행기의 날개에서 767기를 떼어내는 동안 절규하는 제트기 엔진 소리가 열려 있는 전면 출입구를 타고 흘러들어오는데도 불구하고 그녀는 무시무시하고 요란한 울부짖음을 계속 들을 수 있었다.

까만 나선이 21번 활주로 끝을 왔다 갔다 수놓았다. 그 자국들은 터미널로 이어졌고, 공들이 크레이그 투미를 향해 달려가자 한 점으로 모아졌다.

'저것들은 생고기를 자주 먹지 못했나 봐.' 그녀는 이런 생각이 들자 문득 구역질이 났다.

닉 호프웰이 못 믿겠다는 듯이 마지막으로 한 번 흘끗 쳐다보고 나서 전면 출입구를 쾅 소리 나게 단단히 닫았다. 그런 다음 술 취한 사람처럼 좌우로 비틀거리며 통로를 어기적어기적 걸어갔다. 얼굴에서 오직 눈만 보였다. 피가 턱을 타고 흘러내렸다. 아랫입술을 깊숙이 깨물었던 것이다. 그는 로럴을 감싸 안고 그녀의 목과 어깨가 만나는 움푹 파인 곳에 뜨끈한 얼굴을 묻었다. 그녀는 팔로 그를 감싸고 꼭 끌어안았다.

22

조종실에서 브라이언은 767기의 속력을 최대한 빨리 높여서 무모한 속도로 유도로를 질주했다. 공항 동쪽 끝이 공들의 습격으로 이제 새까매졌다. 21번 활주로 끝부분은 완전히 자취를 감추었고 그 너머에서 세상이 사라져가고 있었다. 미동도 없이 하얗던 하늘이 여기저기 휘갈겨진 까만 줄과 쓰러진 나무 위로 둥그렇게 구부러졌다.

비행기가 유도로 끝에 다다르자 브라이언은 마이크를 잡고 고함을 질렀다. "벨트 매세요! 벨트 매세요! 벨트 안 맸으면 꽉 잡아요!"

그는 살짝 속도를 늦추어서 33번 활주로 쪽으로 홱 방향을 틀었다. 그 순간 맞닥뜨린 광경에 그는 속으로 움찔하며 울부짖었다. 활주로 동쪽으로 자리잡은 세상의 거대한 부분들이, 들쭉날쭉한 현실의 조각들이 정체를 알 수 없는 공허의 덩어리들만 남긴 채 화물 엘리베이터처럼 땅속으로 추락하고 있었다.

'저 녀석들이 세상을 삼키고 있어. 맙소사, 하나님 맙소사, 저 녀석들이 세상을 삼키고 있어.'

바로 그때 브라이언의 앞에서 이착륙장이 통째로 회전하는가 싶더니 29편 항공기의 기수가 서쪽을 향했고, 길고 아무것도 없이 뻥 뚫린 33번 활주로가 그 앞으로 펼쳐졌다.

23

767기가 활주로 쪽으로 휙 방향을 틀자 머리 위 선반들이 열리면서 휴대용 수화물들이 죽음의 우박처럼 객실로 와르르 쏟아졌다. 미처 좌석 벨트를 매지 못했던 베서니는 앨버트 카우스너의 무릎 위로 내동댕이쳐졌다. 앨버트는 무릎 위에 쓰러진 여자아이의 따뜻한 몸도, 코앞 구십 센티미터 지점에서 둥그스름한 벽에 부딪히고 튕겨져 나온 서류 가방의 존재도 알아차리지 못했다. 비행기 왼쪽으로 21번 활주로를 쌩하니 가로지르는 시커먼 형체와 검게 번들거리는 그들의 흔적말고는 아무것도 보지 못했다. 그들의 흔적은 한데 모여서 수화물 하역장이 있었던 곳을 시커먼 우물로 만들었다.

'저 녀석들은 투미 씨한테 이끌린 거야.' 앨버트는 생각했다. '아니면 투미 씨가 있었던 곳으로. 그가 터미널 밖으로 나오지 않았다면 녀석들이 그 대신 비행기를 선택했겠지. 이 비행기—그 안에 타

고 있는 우리들까지—를 바퀴에서부터 먹어치웠겠지.'

그의 뒤에서 밥 젱킨스가 경외감에 떨리는 목소리로 말을 걸었다. "이제 우리는 알게 된 거야, 그렇지 않니?"

"뭘요?" 로럴이 자기 목소리라고 볼 수 없을 만큼 이상하고 숨가쁜 목소리로 날카롭게 물었다. 그녀의 무릎 위로 더플백이 떨어졌다. 닉이 고개를 들고 그녀를 놓더니 멍하니 더플백을 쳐서 통로로 떨어뜨렸다. "뭘 알게 됐다는 거죠?"

"오늘이 어제가 되면 오늘이 어떻게 되는지, 현재가 과거가 되면 현재가 어떻게 되는지를 말이에요. 과거는 기다려요. 죽고 텅 비고 버려진 채로 그들을 기다리죠. 뒤에서 달려오며 가장 효율적인 방식으로…… 먹어치우는 것으로 쓰레기를 처리하는 영원의 계시원을요."

"투미 씨는 그들의 존재를 알고 있었어요." 다이너가 꿈을 꾸는 듯한 목소리로 또박또박 말했다. "투미 씨는 그들이 랭골리어래요." 그 순간 제트기 엔진이 최대 출력치에 도달했고 비행기는 33번 활주로를 질주했다.

24

브라이언은 공 두 개가 그들 앞의 활주로를 쌩하니 가로지르며 현실의 표피를 벗기자 윤기가 흐르는 흑단처럼 번들번들한 자국 두 개가 나란히 생기는 것을 보았다. 이제 와서 비행기를 멈추기에는 너무 늦었다. 767기는 빈 공간을 향해 질주하며 오한이 든 개처럼 부들부들 떨었지만 활주로를 이탈하지는 않았다. 그는 조절판 레버를 앞으로 밀고 정점을 향해 올라가는 대지 속도계 바늘을 지켜보았다.

지금도 녀석들이 미친듯이 씹고 삼키는 소리가 귓가에 어른거렸지만…… 정말로 들리는 건지 아니면 어지러운 머릿속에서 들리는 환청인지 알 수 없었다. 어느 쪽이건 상관없었다.

25

닉은 로럴 쪽으로 몸을 내밀고 창밖을 내다보다 뱅고어 국제공항 터미널이 잘리고 썰리고 다져지고 파이는 광경을 목격했다. 공항은 다양한 모양의 퍼즐 조각으로 나뉘어서 휘청거리다 미친 어둠의 골짜기 속으로 와르르 무너지기 시작했다.

베서니 심스가 비명을 질렀다. 까만 줄 하나가 767기와 나란히 달리며 활주로 가장자리를 씹어먹고 있었다. 까만 줄은 갑자기 오른쪽을 들쭉날쭉 난도질하더니 비행기 아래로 사라졌다.

다시 쿵 하는 굉음이 들렸다.

"우리가 잡혔나요?" 닉이 고함을 질렀다. "우리가 잡힌 거냐고요?"

아무도 대답을 하지 않았다. 모두들 겁에 질려서 새하얘진 얼굴로 창밖을 뚫어져라 바라보기만 할 뿐 대답하지 않았다. 나무들이 회색이 섞인 초록색으로 흐릿하게 지나갔다. 조종실에서는 브라이언이 몸에 잔뜩 힘을 준 채로 앉아서 조종실 창문 너머로 튀어 오른

공 하나가 총알같이 비행기를 관통하는 순간을 기다렸다. 하지만 그런 일은 없었다.

마지막 남은 계기판의 빨간불이 초록색으로 바뀌었다. 브라이언이 조종간을 잡아당기자 767기는 하늘로 날아올랐다.

26

객실에서는 까만 수염을 기른 남자가 같은 비행기에 탄 승객들을 향해 충혈된 눈을 부엉이처럼 껌뻑이며 비틀비틀 앞으로 걸어나왔다. "아직 보스턴에 도착 안 했죠?" 그가 누구에게라고 할 것 없이 물었다. "그랬으면 좋겠는데. 다시 눕고 싶어서요. 머리가 깨질 듯이 아프네요."

9장

뱅고어여 안녕. 밤낮을 뚫고 서쪽으로. 남의 눈으로 보기. 끝없는 구덩이. 구멍. 경고. 브라이언의 결단. 착륙. 별똥별 외 출입 금지.

1

비행기가 동쪽으로 급선회하자 까만 수염을 기른 남자는 이코노미석 객실의 3분의 2지점에 해당하는 빈 좌석에 내동댕이쳐졌다. 그는 겁에 질려서 휘둥그레진 눈으로 빈 좌석들을 둘러보다 눈을 꽉 감았다. "맙소사." 그가 중얼거렸다. "섬망증이야. 빌어먹을 섬망증이야. 지금까지 겪어본 섬망증 중에서 최악인데?" 그는 겁에 질린 눈빛으로 주변을 둘러보았다. "다음으로 벌레들이 나타날 차례인데…… 염병할 벌레들은 어디 갔지?"

'벌레는 없어.' 앨버트는 생각했다. '하지만 공들이 보일 테니까 기다려. 마음에 들 거야.'

"벨트 매요, 형씨." 닉이 말했다. "그리고 입은 다물……."

닉은 말을 멈추고 공항을…… 아니, 공항이 있었던 곳을 믿기지 않는다는 듯이 내려다보았다. 본관 건물이 사라졌고 서쪽 끝에 있었던 주 공군기지가 사라져가고 있었다. 29편 항공기는 점점 번져가는 어둠의 심연 상공을, 끝이 없어 보이는 영원의 저수지 위를 날고 있었다.

"오, 주여. 닉." 로럴은 떨리는 목소리로 말하고 두 손으로 눈을 가렸다.

비행기가 33번 활주로 오백 미터 상공을 날고 있을 때 닉은 육십 개 아니면 백 개쯤 되는 평행선이 콘크리트를 길게 가닥가닥 가르자 활주로가 공허 속으로 가라앉는 광경을 목격했다. 그 가닥을 보니 크레이그 투미가 생각났다.

찌이익.

통로 저편에서 베서니가 앨버트의 좌석 옆에 달린 장문 덮개를 쾅하고 내렸다.

"저걸 열 생각은 하지도 마!" 그녀는 히스테릭한 목소리로 나무라듯 외쳤다.

"걱정 마." 앨버트는 이렇게 대답하고 났을 때 바이올린을 두고 왔다는 게 퍼뜩 생각났다. 뭐…… 지금쯤 보나마나 없어졌을 것이다. 그는 두 손을 들어서 얼굴을 덮었다.

2

브라이언은 서쪽으로 기수를 돌리기 전에 뱅고어 동쪽에 무엇이 있는지 확인했다. 아무것도 없었다. 전혀 아무것도 없었다. 아직도 하얀 돔 모양의 하늘 아래에서 거대한 암흑의 강이 이쪽 지평선에서 저쪽 지평선까지 모든 걸 휩쓸며 움직이고 있었다. 나무들이 사라졌고 도시가 사라졌고 땅 자체가 사라졌다.

'우주를 비행하면 이런 느낌이겠군.' 그는 이런 생각이 들었고 동쪽으로 향하고 있자니 머릿속의 나사가 풀리는 게 느껴졌다. 그는 필사적으로 정신을 차리고 비행기를 조종하는 데 전념했다.

그는 얼른 구름 속으로 들어가서 끔찍한 광경을 차단하고 싶은 마음에 급속도로 고도를 높였다. 그런 다음에서야 29편 항공기의 기수를 다시 서쪽으로 돌렸다. 구름 속으로 들어가기 직전에 그는 도시 서쪽으로 이어지던 언덕과 숲과 호수가 수천 개의 까만 거미줄에 의해 잔인하게 난도질당하는 광경을 목격했다. 거대한 현실의 조각들이 점점 커져가는 심연의 입속으로 소리 없이 미끄러져 들어가는 광경을 바라보던 브라이언은 지금까지 비행기 조종실에서 한 번도 저지른 적 없었던 짓을 저질렀다. 눈을 감았다.

다시 눈을 떠보니 그들은 구름 안에 있었다.

3

이번에는 난기류가 거의 없었다. 밥 젱킨스가 예측했던 것처럼 기상 변화가 낡은 시계처럼 멈춘 듯했다. 29편 항공기는 구름 속으로 들어간 지 십 분 만에 오 킬로미터 상공에서 시작되는 밝은 파란색 세상으로 모습을 드러냈다. 남은 승객들이 불안한 얼굴로 서로 쳐다보고 있었을 때 스피커에서 브라이언의 목소리가 들렸다.

"이 비행기는 이륙했습니다." 그는 간단하게 말했다. "이제 어떻게 할지 여러분도 모두 아실 겁니다. 우리가 통과한 문인지 뭔지가 아직까지 열려 있길 바라며 왔던 길을 정확히 거슬러 돌아갈 예정입니다. 만약 그 문이 아직 열려 있다면 통과를 시도할 겁니다."

그는 잠깐 말을 멈추었다가 다시 이었다.

"귀환 비행에는 네 시간 반에서 여섯 시간 정도가 소요될 예정입니다. 좀더 정확하게 말씀드리고 싶지만 그럴 수가 없음을 양해해 주시기 바랍니다. 정상적인 상황이라면 바람의 방향으로 인해 동쪽 비행보다 서쪽 비행에 드는 시간이 더 길어지지만 조종실의 여러 기기를 보고 말씀드리자면 바람이 전혀 불지 않고 있습니다." 브라이언은 잠깐 말을 멈추었다가 덧붙였다. "이곳에서 움직이는 것은 이 비행기밖에 없습니다." 브라이언은 할말이 남아 있기라도 한 것처럼 잠깐 동안 인터폰을 켜놓았다가 딸깍 소리와 함께 껐다.

4

"이게 도대체 무슨 일이죠?" 까만 수염을 기른 남자가 떨리는 목소리로 물었다.

앨버트는 그를 잠깐 쳐다보다가 말했다. "알고 싶지 않을걸요?"

"내가 다시 병원에 입원한 건가요?" 까만 수염을 기른 남자가 겁에 질린 눈빛으로 쳐다보자 앨버트는 문득 남자가 불쌍해졌다.

"그러는 게 도움이 될 것 같으면 병원에 있다고 생각하지 그래요?"

까만 수염을 기른 남자는 망연자실한 표정으로 앨버트를 쳐다보다 선언했다. "다시 자야겠어요. 지금 당장." 그는 좌석을 뒤로 젖히고 눈을 감았다. 일 분도 안 지나서 그의 가슴이 일정하게 위아래로 깊숙이 움직이기 시작했고 숨을 쉴 때마다 코를 골았다.

앨버트는 그가 부러워졌다.

5

닉은 로럴을 다시 한번 껴안은 후 벨트를 풀더니 자리에서 일어났다. "앞으로 가봐야겠어요. 같이 갈래요?"

로럴은 고개를 젓고 통로 저편의 다이너를 손으로 가리켰다. "저 아이랑 같이 있을래요."

"당신이 할 수 있는 일은 아무것도 없어요. 이제는 하나님의 소관이에요."

"나도 알아요. 그래도 같이 있고 싶어요."

"알았어요, 로럴." 그는 손바닥으로 그녀의 머리카락을 가볍게 쓸어넘겼다. "이름 참 예쁘네. 당신한테 잘 어울려요."

로럴은 그를 올려다보며 미소를 지었다. "고마워요."

"둘이서 같이 저녁 먹기로 한 거, 까먹지 않았죠?"

"그럼요." 그녀는 여전히 웃는 얼굴이었다. "까먹지 않았고, 앞으로도 까먹을 일 없을 거예요."

그는 허리를 숙여서 로럴의 입술 위를 가볍게 스치며 입을 맞추었다. "좋아요. 나도 까먹을 일 없을 거예요."

그는 앞으로 갔다. 로럴은 그의 입맞춤을 원래 있어야 할 자리에 붙잡아놓기라도 하려는 것처럼 손가락으로 입술을 살짝 눌렀다. 닉 호프웰—베일에 가려진 미지의 낯선 남자—과 함께 하는 저녁 식사라. 어쩌면 촛불과 근사한 와인 한 병이 곁들여질지 모른다. 그러고 난 다음에는 몇 번의 입맞춤이 이어질 것이다. 진짜 입맞춤이. 그녀가 가끔 읽는 할리퀸 로맨스 소설에서나 일어날 법한 일처럼 느껴졌다. 그런들 어떤가? 달콤하고 어느 누구에게도 해가 될 것 없는 꿈들로 가득한 기분 좋은 이야기였다. 꿈을 꾸면 안 될 이유도 없지 않을까?

지당하신 말씀이었다. 그런데 이루어질 가능성이 거의 없는 꿈처럼 느껴지는 이유는 무엇일까?

그녀는 벨트를 풀고 통로 저편으로 건너가서 아이의 이마에 손을 얹었다. 열이 내렸다. 이제는 다이너의 피부가 밀랍처럼 서늘했다.

'아무래도 버티지 못하려나 봐요.' 이륙하느라 무턱대고 돌진하기 직전에 루디가 말했다. 그 말이 로럴의 머릿속에 울려 퍼지자 그럴지도 모른다는 생각이 들며 구역질이 났다. 다이너는 얕은 숨을 헐떡였고, 상처 위에 식탁보를 단단히 대고 허리띠로 꼭 묶은 가슴은 보일락 말락 하게 위아래로 움직였다.

로럴은 아이의 이마를 덮은 머리카락을 몇 번이고 조심스럽게 쓸어 넘겨주며 식당에서 다이너가 손을 내밀어 닉의 바짓단을 잡았던, 이상했던 순간을 떠올렸다. '그 아저씨 죽이지 마요……. 그 아저씨가 필요해요.'

'네가 우리를 살린 거니, 다이너? 네가 투미 씨를 이용해서 우리

를 살린 거니? 그의 목숨과 우리 목숨을 맞바꾸도록 그를 조종한 거니?'

그녀는 그랬을지 모른다는 생각이 들었다. 만약 그게 사실이라면 앞을 보지 못하고 중상을 입은 이 어린아이가 암흑 속에서 끔찍한 결단을 내린 셈이었다.

그녀는 몸을 기울여 다이너의 차가운 눈꺼풀에 한쪽씩 입을 맞추었다. "끝까지 버텨줘." 그녀가 속삭였다. "제발 끝까지 버텨줘, 다이너."

6

베서니는 앨버트 쪽으로 고개를 돌려서 그의 두 손을 맞잡으며 물었다. "연료가 말썽을 일으키면 어떻게 될까?"

앨버트는 진지하면서도 다정한 눈빛으로 그녀를 쳐다보았다. "너도 어떻게 되는지 알잖아, 베서니."

"나를 베스라고 불러도 돼."

"그래."

그녀는 주섬주섬 담배를 꺼냈다가 금연 표시등을 보고 집어넣었다. "그래." 그녀가 말했다. "나도 알아. 추락하겠지. 그걸로 끝이겠지. 그런데 너, 그거 알아?"

그는 살짝 미소를 지으며 고개를 저었다.

"만약 그 구멍을 못 찾으면 엥글 기장님이 착륙 시도조차 하지 않아주었으면 좋겠어. 그냥 높고 근사한 산을 하나 골라서 꼭대기를 들이받아주었으면 좋겠어. 그 정신 나간 아저씨가 어떻게 됐는지 봤지? 나는 그런 일 겪고 싶지 않아."

그녀가 몸서리를 치자 앨버트가 한 팔로 감싸 안아주었다. 그녀가 노골적으로 앨버트를 올려다보았다. "나한테 키스하고 싶어?"

"응." 앨버트가 대답했다.

"그럼 얼른 해. 늦으면 늦을수록 늦어질 뿐이니까."

앨버트는 과감하게 저질렀다. 미시시피 서쪽에서 가장 빠른 히브리인이 여자아이와 입을 맞춘 것은 이번이 고작해야 세 번째였다. 황홀했다. 돌아가는 내내 아무 걱정도 하지 않고 이 아이와 입술을 맞댈 수 있을 것 같았다.

"고마워." 그녀가 말하고 앨버트의 어깨에 머리를 묻었다. "필요하던 거였어."

"또 필요하거든 말만 해." 앨버트가 말했다.

그녀는 재미있어하는 표정으로 그를 올려다보았다. "꼭 내가 말을 해야 하니, 앨버트?"

"그렇지는 않을 것 같아." 애리조나의 유대인은 끝을 길게 빼며 느릿느릿 대답하고는 다시 해야 할 일에 돌입했다.

7

닉은 조종실로 가던 길에 걸음을 멈추고 밥 젱킨스에게 말을 걸었다. 끔찍한 생각이 떠올라서 미스터리 작가의 의견을 듣고 싶었기 때문이었다.

"이 위에도 그 녀석들이 있을까요?"

밥은 잠깐 생각해보았다. "뱅고어에서 목격한 광경을 종합해보았을 때 없을 것 같아요. 하지만 딱 잘라서 말하긴 어렵죠, 안 그래요? 이런 일은 지레짐작이 무의미하니까요."

"네. 그렇죠. 지레짐작이 무의미하죠." 닉은 이 말을 잠깐 생각해보았다. "선생님이 얘기한 그 시간의 균열 어쩌고 하는 건요? 그걸 다시 찾을 수 있다는 데 한 표 던질 수 있겠습니까?"

밥 젱킨스는 천천히 고개를 저었다.

루디 워릭이 뒤에서 말을 거는 바람에 두 사람 모두 화들짝 놀랐다. "나한테는 묻지 않았지만 내 생각도 같아요. 내가 보기에는 찾을 확률이 1000분의 1이에요."

닉은 그의 말을 잠깐 생각해보았다. 흔히 볼 수 없는 환한 미소가 얼굴 위로 번졌다. "그 정도면 나쁘지 않네요." 그가 말했다. "대안을 감안하면 말이죠."

8

사십 분도 채 지나지 않았을 때 29편 항공기가 지나는 하늘의 색이 점점 짙어지기 시작했다. 남색으로 천천히 물이 들다가 짙은 자주색이 되었다. 조종실에 앉아서 기기를 살피며 커피 한잔 마셨으면 좋겠다고 생각하던 브라이언의 머릿속에 옛날 노래가 떠올랐다. '나른한 뜨락의 담벼락 위로…… 짙은 자주색이 내리면…….'

이 주변에 뜨락의 담벼락은 없었지만 창공에서 얼음 조각처럼 반짝이는 별들이 보이기 시작했다. 오랜 역사를 자랑하는 별자리들이 오랜 역사를 자랑하는 자리에 하나씩 차례대로 등장하자 왠지 모르게 안심이 되고 마음이 편안해졌다. 그는 다른 많은 것들이 심하게 궤도를 이탈한 와중에도 별들은 어떻게 변함없을 수 있는지 알 수 없었지만 그래주어서 정말 고마웠다.

"점점 빨라지고 있죠?" 닉이 뒤에서 물었다.

브라이언은 조종석을 돌려서 그를 마주보았다. "네. 맞아요. 한참 동안 '낮'과 '밤'들이 카메라 셔터 누르는 속도만큼이나 빠르게 지나갈 거예요."

닉은 한숨을 쉬었다. "지금 가장 어려운 단계를 거치고 있네요. 어떻게 될지 기다려야 하는 단계. 기도를 하면서 말이죠."

"기도를 해서 나쁠 건 없죠." 브라이언은 재는 눈빛으로 한참 동안 닉 호프웰을 바라보았다. "나는 이혼한 아내가 어이없는 화재로 죽는 바람에 보스턴으로 가던 길이었어요. 다이너는 여러 의사들이 새 눈을 약속했기 때문에 보스턴으로 가던 길이었고요. 밥은 세미나, 앨버트는 음악학교, 로럴은 휴가 여행지에 가던 길이었고요. 닉, 당신은 무슨 일로 보스턴에 가던 길이었나요? 고백을 하시지요, 날이 점점 저물고 있나니."

닉은 생각에 잠긴 눈빛으로 그를 한참 동안 쳐다보다 웃음을 터뜨렸다. "뭐, 그러는 게 좋겠죠?" 닉이 물었지만 브라이언은 이것이 의사를 타진하기 위한 질문이라고 착각할 만큼 어리석지 않았다. "털북숭이 살인마들이 온 세상을 낡은 카펫처럼 돌돌 말아서 먹는 광경을 목격한 마당에 최고 기밀 등급이 무슨 의미 있겠어요?"

그는 다시 웃음을 터뜨렸다.

"비열한 수법과 은밀한 작전 분야에서 미국만이 시장을 장악하고 있는 건 아니에요." 그가 브라이언에게 말했다. "우리 영국인들이 저질러놓고 잊어버린 못된 장난들은 당신네 미국인들이 상상하는 것보다 훨씬 많아요. 인도, 남아프리카, 중국 그리고 이스라엘이 된 팔레스타인의 일부분을 어찌나 신나게 휘젓고 다녔는지 몰라요. 그 시절에 우리 나라는 못된 친구들과 열심히 오줌 싸기 시합을 벌이곤 했죠. 우리 영국인들은 첩보 활동의 엄청난 신봉자이고 그 유명한 MI5는 첩보 활동이 끝나는 곳이 아니라 시작되는 곳에 불과해요. 나는 십팔 년 동안 군 생활을 했어요, 브라이언. 그중에서 마지막 오 년은 특수작전을 수행했고요. 그 이후로는 여러 가지 특이한 일을 하고 있는데, 아무한테도 해가 되지 않는 일도 있었고 어마어마하게 고약한 일도 있었죠."

이제 밖은 완전히 어두워졌고, 별들이 여자들 이브닝드레스에 달린 스팽글처럼 반짝였다.

"LA에 있다가—사실 휴가를 즐기는 중이었는데—보스턴으로 가라는 연락을 받았어요. 갑작스러운 통보였죠. 나흘 동안 샌게이브리얼을 배낭여행하느라 기진맥진한 상태여서 젱킨스 씨가 말한 그 사건이 벌어졌을 때 내가 세상모르게 자고 있었던 거예요.

보스턴에 좀 유명한 정치인이 있어요. 아니…… 있었다고 해야 하나…… 있을 예정이라고 해야 하나, 아무튼(시간 여행을 했더니 시제가 미치도록 헷갈리네요), 배후에서 엄청난 영향력을 행사하는 그런 사람이죠. 이 사람—편의상 오배니언 씨라고 할게요—은 엄청나게 돈이 많고 아일랜드 공화국 군의 열렬한 지지자예요. 일각에서는 보스턴이 가장 좋아하는 자선단체라고 부르는 그 조직에 수백만 달러를 쏟아부었고 수많은 사람들을 죽인 책임이 있죠. 영국군뿐 아니라 학교 운동장에서 뛰어놀던 아이들, 빨래방에 있던 여자들, 유모차에 타고 있던 아기들까지 폭탄으로 산산조각이 났으니까. 그야말로 가장 위험한 부류의 이상주의자죠. 대학살의 현장을 직접 목도할 필요가 없는 사람, 잘려서 하수구에 처박힌 한쪽 다리를 볼 이유가 없었기 때문에 경험에 비추어 행동을 재고할 필요가 없었던 사람."

"오배니언이라는 사람을 죽이는 게 당신의 임무였나요?"

"필요하다면요." 닉이 조용히 말했다. "그는 아주 돈이 많은데, 문제가 그것뿐만이 아니에요. 뼛속까지 정치인이라 아일랜드를 흔드는 것말고도 발을 담근 분야가 많아요. 유력한 미국인 친구들도 많은데, 그중 일부는 우리 친구들이기도 하고…… 정치의 속성이 그렇거든요. 벽이 고무로 된 방안에서 대부분의 시간을 보내는 사람들이 만든 고양이 침대 같은 게 정치예요. 오배니언을 죽이면 정치적으로 엄청난 위험부담이 따르죠. 대신 그가 곁에 두고 지내는 젊은 여자가 있거든요. 그 여자를 죽이는 게 내 임무였어요."

"경고의 의미에서인가요." 브라이언은 넋을 잃은 목소리로 나지막이 중얼거렸다.

"그렇죠. 경고의 의미에서."

일 분 정도가 지난 다음에서야 두 사람은 의자에 앉아서 마주보았다. 들리는 소리라고는 제트기 엔진이 나른하게 웅웅거리는 소리밖에 없었다. 브라이언은 충격을 받은 눈빛이었고 왠지 모르게 젊어진 듯했다. 닉은 피곤해 보일 따름이었다.

"이 사태에서 벗어나면." 이윽고 브라이언이 말문을 열었다. "무사히 돌아가면 임무를 수행할 생각인가요?"

닉은 고개를 저었다. 천천히 하지만 단호하게 고개를 저었다. "나는 예수 재림파 신도들이 영혼 개조라고 부르는 경험을 했다고 봐요. 호프웰 부인의 아들 니콜러스는 앞으로 한밤중에 살금살금 기어 다니거나 극단적으로 못된 일을 하지 않을 겁니다. 이 사태에서 벗어나면—아직까지는 확률이 희박하지만—은퇴할 생각이에요."

"은퇴해서 무슨 일을 하려고요?"

닉은 생각에 잠긴 표정으로 브라이언을 일이 초 정도 쳐다보다 대답했다. "음…… 비행기 조종법을 배울까 해요."

브라이언은 웃음을 터뜨렸다. 잠시 후 호프웰 부인의 아들 니콜러스도 덩달아 웃음을 터뜨렸다.

9

삼십오 분 뒤, 햇빛이 29편 항공기의 객실로 스며들기 시작했다. 그로부터 삼 분이 지나자 오전 중반이 된 듯했고, 그로부터 십오 분이 지나자 정오가 된 듯했다.

로럴은 주위를 둘러보다 다이너가 앞을 보지 못하는 눈을 뜨고 있는 것을 발견했다.

그런데 정말로 앞을 전혀 보지 못할까? 그녀의 눈에는 말로 설명할 수 없는 무언가가 있어서 로럴의 호기심을 자극했다. 그녀는 생소한 경외감을, 스멀스멀 올라오는 공포에 가까운 감정을 느낄 수 있었다.

그녀는 손을 뻗어서 다이너의 한쪽 손을 가만히 잡았다. "아무 말도 하지 마." 그녀가 조용히 말했다. "깨어 있더라도 아무 말도 하지 마, 다이너. 그냥 듣기만 해. 우리는 지금 하늘을 날고 있어. 돌아가는 중이고 너는 괜찮을 거야. 내가 장담할게."

다이너가 그녀의 손을 꼭 쥐었고, 잠시 후 로럴은 다이너가 그녀를 잡아당기고 있다는 사실을 깨달았다. 그녀는 단단히 묶인 들것 위로 몸을 기울였다. 다이너는 예전 목소리를 완벽하게 축소해놓은 모형 같은 목소리로 조그맣게 말했다.

"제 걱정은 마요, 언니. 저는…… 바라던 것을 얻었어요."

"다이너, 그러면 안……."

앞을 보지 못하는 갈색눈이 로럴의 목소리가 들리는 쪽으로 움직였다. 핏자국이 남은 다이너의 입가에 희미한 미소가 떠올랐다. "저는 봤어요." 그녀가 유리 피리처럼 금방이라도 부서질 것 같은 조그만 목소리로 말했다. "저는 투미 씨의 눈을 통해서 봤어요. 처음에 그리고 마지막에. 마지막이 더 나았어요. 처음에는 그 아저씨 눈에 모든 게 나쁘고 형편없게 보였거든요. 마지막이 더 나았어요."

로럴은 감당할 수 없는 경이로움을 담아 그녀를 바라보았다.

아이는 로럴의 손을 놓더니 그녀의 뺨을 만지기 위해 바들바들 떨며 손을 위로 들었다. "그렇게 나쁜 사람은 아니었어요." 다이너는 기침을 했다. 조그만 핏방울이 그녀의 입에서 튀어나왔다.

"그러면 안 돼, 다이너." 로럴이 말했다. 그녀도 문득 앞을 보지 못하는 이 아이를 통해서 앞을 볼 수 있을 것 같은 느낌이 들자 갈 곳을 잃은 숨막히는 공포가 엄습했다. "더이상 아무 말도 하지 마."

다이너는 미소를 지었다. "언니도 봤어요. 언니는 예뻐요. 모든 게 아름다웠어요……. 심지어 죽은 것들까지. 정말 환상적이었어요……. 그러니까…… 볼 수 있다는 게요."

그녀는 조그맣게 숨을 마셨다가 내뱉고는 더이상 숨을 쉬지 않았다. 앞을 보지 못하는 눈이 이제는 로럴 스티븐슨 너머의 머나먼 어딘가를 보고 있는 듯했다.

"숨을 쉬어, 다이너." 로럴이 말했다. 그녀는 아이의 손을 잡고, 입을 맞추면 이제 저 너머로 떠나버린 그 손을 되살릴 수 있기라도 한 것처럼 계속 입을 맞추었다. 그들을 모두 살린 다이너가 죽다니 불공평한 일이었다. 하나님이라도 어쩌다 보니 시간의 흐름에서 벗어난 사람들을 위해 그런 희생을 요구할 수는 없었다. "숨을 쉬어. 제발, 제발, 제발 숨을 쉬어."

다이너는 숨을 쉬지 않았다. 한참 뒤에 로럴은 아이의 손을 무릎 위에 올려놓고 창백하고 고요한 얼굴을 가만히 들여다보았다. 로럴은 두 눈에 눈물이 고이길 기다렸지만 눈물이 나지 않았다. 하지만 엄청난 슬픔으로 가슴이 아팠고, 분노 어린 격한 항의를 하느라 머리가 지끈거렸다. '안 돼요! 불공평해요! 이건 불공평해요! 취소하세요, 하나님! 취소하세요, 빌어먹을 하나님, 취소해, 취소해, 취소해!'

하나님은 취소하지 않았다. 제트기 엔진은 꾸준히 웅웅거렸고, 햇빛은 잘 차려입은 다이너의 여행용 원피스의 피로 얼룩진 소매 위에서 직사각형 모양으로 반짝였고, 하나님은 취소하지 않았다. 로럴이 통로 건너편을 쳐다보니 앨버트와 베서니가 입을 맞추고 있었다. 앨버트가 티셔츠 위로 베서니의 한쪽 가슴을 가볍게, 조심스럽게, 거의 거룩하게 만지고 있었다. 그 둘은 어떤 의식의 뼈대, 생명의 상징, 가장 끔찍한 반전과 운명의 터무니없는 장난에도 끈질기게 생명을 이어나가는 뭐라 말할 수 없는 불꽃을 만들어내고 있는 것처럼 보였다. 로럴은 희망을 안고 그들에게서 다이너에게로 시선을 옮겼지만…… 하나님은 취소하지 않았다.

하나님은 취소하지 않았다.

로럴은 고요하고 비스듬한 다이너의 뺨에 입을 맞추고 아이의 얼굴 위로 손을 올렸다. 하지만 아이의 눈꺼풀에서 겨우 이삼 센티미터 떨어진 지점에서 손가락을 멈추었다.

'저는 투미 씨의 눈을 통해서 봤어요. 모든 게 아름다웠어요……. 심지어 죽은 것들까지. 정말 환상적이었어요, 볼 수 있다는 게.'

"그래." 로럴이 말했다. "그 말을 가슴에 품고 살게."

그녀는 다이너의 눈을 감기지 않았다.

10

아메리칸 프라이드 29편 항공기는 느릿느릿 흘러가는 두툼한 구름의 거대한 행렬을 뚫고 지나가기라도 하는 것처럼 밤낮으로, 빛에서 어둠으로, 다시 어둠에서 빛으로 옮겨가며 서쪽으로 날았다. 하나의 주기가 끝나는 시간이 조금씩 빨라졌다.

비행을 시작한 지 세 시간이 조금 지났을 때, 그들이 동쪽으로 비행을 시작했던 바로 그 지점에서 구름이 멈추었다. 브라이언은 전선이 삼십 센티미터도 움직이지 않았다는 데 기꺼이 내기를 걸 수 있었다. 저 아래에서 밤색과 흑색이 섞인 고요하고 광활한 대지 위로 대평원이 펼쳐졌다.

"이 주변에는 그 녀석들의 기미조차 없네요." 루디 워릭이 말했다. 무슨 소리인지 굳이 설명할 필요가 없었다.

"그러게요." 밥 젱킨스가 맞장구쳤다. "공간상으로 아니면 시간상으로 그 녀석들을 따돌린 모양입니다."

"둘 다일 수도 있고요." 앨버트가 끼어들었다.

"그래……. 둘 다일 수도 있지."

하지만 그렇지가 않았다. 29편 항공기가 로키산맥을 넘자 이 정도 높이에서는 실처럼 가는 까만 줄이 다시 보이기 시작했다. 그 줄들은 거칠고 울퉁불퉁한 산비탈을 오르내리며 이어졌고, 푸른빛이 도는 회색 나무 카펫 사이로 의미심장한 무늬를 그렸다. 닉은 전면 출입구 앞에 서서 둥근 창 너머로 내다보았다. 이 창에는 묘한 확대 기능이 있어서 이내 그가 원한 것 이상으로 많은 정보를 얻을 수 있었다. 그가 지켜보는 가운데 까만 줄 두 개가 서로 갈라져서 눈으로 덮인 삐죽삐죽한 봉오리를 뱅 돌아가며 경주를 벌이다 맞은편에서 만나 엑스 자 모양으로 교차한 뒤에 다른 쪽 산비탈을 각기 다른 방향으로 달려 내려갔다. 그들 아래에서 산꼭대기가 통째로 무너지자 끝이 잘린 꼭대기에 칼데라가 거대하게 자리잡은 화산처럼 보였다.

"하나님 아버지, 예수님 맙소사." 닉은 중얼거리며 부들부들 떨리는 손으로 이마를 훔쳤다.

그들이 유타 주 쪽으로 웨스턴 슬로프를 넘자 다시 어둠이 내리기 시작했다. 저물어가는 태양이 산산조각이 난 지옥 같은 풍경 위에서 주홍색으로 이글거리는데, 그들 모두 그 광경을 지켜볼 수가 없었다. 한 명씩 베서니를 따라 창문 덮개를 내렸다. 닉은 휘청거리며 자기 자리로 돌아가서 차가운 손으로 이마를 움켜쥐었다. 잠시 후에 그가 로럴을 돌아보자 로럴은 아무 말 없이 그를 안아주었다.

브라이언은 그 광경을 보고 있을 수밖에 없었다. 조종실에는 창문 덮개가 없었다.

콜로라도 서부와 유타 동부가 그의 아래와 앞에서 들쭉날쭉하게 동강이 난 채 영원의 구덩이 속으로 조금씩 무너졌다. 엑스 자 모양으로 움직이는 랭골리어들이 죽은 과거라는 썩어가는 옷감에서 산, 언덕, 고원, 그리고 야트막한 고개들을 오려내 햇빛도 들지 않고 끝도 없는 영원의 구덩이 속으로 무너뜨리자 하나씩 소멸됐다. 여기에서는 소리가 들리지 않았다. 그것이 가장 끔찍했다. 저 아래 세상이 티끌처럼 조용히 사라져가고 있었다.

잠시 후에 자비로운 어둠이 찾아오자 브라이언은 당분간 별에 집중할 수 있었다. 그는 이 끔찍한 세상에 단 하나 남은 진짜라고 할 수 있는 별들에게 무섭도록 매달렸다. 사냥꾼 오리온, 한밤중을 밝히는 준마 페가수스, 별로 만든 의자에 앉아 있는 카시오페이아.

11

삼십 분 뒤에 다시 해가 뜨자 브라이언은 자신의 이성이 심하게 몸서리를 치며 심연의 낭떠러지를 향해 조금씩 미끄러져가는 것을 느낄 수 있었다. 저 아래 세상이 사라져버렸다. 마침내 완전히 사라져버렸다. 짙어가는 파란 하늘은 가장 짙고 가장 깨끗한 흑단색 대양을 덮은 돔 같았다.

29편 항공기 아래에서 세상이 갈기갈기 찢어졌다.

브라이언도 베서니와 똑같은 생각을 했었다. 어쩔 수 없는 순간이 찾아오면, 상황이 최악으로 치달으면 767기를 산에 거꾸로 처박아서 영원히 끝내버리면 된다는 생각을 했었다. 그런데 이제는 가서 부딪힐 산이 없었다.

이제는 가서 부딪힐 땅이 없었다.

'구멍을 다시 못 찾으면 우리는 어떻게 될까?' 그는 궁금해졌다. '연료가 다 떨어지면 어떻게 될까? 어디 충돌할 거라고 말하지는 말아줘, 못 믿겠으니까. 아무것도 없는 곳에 충돌할 수는 없잖아. 그냥 추락하고…… 추락하고…… 또 추락하겠지. 얼마나 오랫동안 그럴까? 어디까지 그럴까? 아무것도 없는 공간 속으로 얼마나 추락할 수 있을까?'

생각하지 말자.

하지만 어떻게 그럴 수 있을까? 어떻게 아무것도 생각하지 않을 수 있을까?

그는 계산한 숫자를 적어놓은 종이 쪽으로 관심을 돌렸다. 관성항법장치의 수치를 계속 참고해가며 빛이 다시 희미해지기 시작할 때까지 열심히 계산에 매달렸다. 이제는 해가 뜨고 저물 때까지 걸리는 시간이 약 이십팔 분이었다.

그는 객실 인터폰을 작동하는 스위치로 손을 뻗어서 인터폰을 켰다.

"닉? 앞쪽으로 잠깐 와줄래요?"

삼십 초도 안 돼서 닉이 조종실 입구에 등장했다.

"다들 창문 덮개 내렸어요?" 브라이언은 그가 조종석까지 들어오기 전에 물었다.

"그럼요." 닉이 말했다.

"잘했네요. 앞으로 가능한 한 아래를 내려다보지 마요. 잠시 후에 내가 창밖을 잠깐 봐달라고 부탁을 할 텐데, 그러면 아래를 내려다보고 싶은 충동을 느낄 수밖에 없겠죠. 하지만 최대한 참는 게 좋을 거예요. 별로…… 보기 좋은 광경이 못 되거든요."

"사라졌군요?"

"네. 전부요."

"아이도 죽었어요. 다이너요. 로럴이 마지막을 지켰어요. 로럴은 잘 견디고 있어요. 그 아이를 좋아했는데. 나도 마찬가지였고요."

브라이언은 고개를 끄덕였다. 놀랍지는 않았다. 아이가 입은 부상은 응급실에서 당장 처치를 받아야 할 뿐 아니라 처치를 받았더라도 예후가 불분명한 정도였다. 가슴이 쓰라렸다. 그도 다이너를 좋아했고 로럴과 같은 생각이었다. 그들이 지금까지 살아 있는 것은 다른 누구보다도 그 아이 덕분이라고 생각했다. 그 애가 투미 씨에게 무슨 수를 부려서 희한하게 이용을 했기 때문인데…… 브라이언은 투미가 그런 식으로 이용을 당한 데 기분 나빠하지 않을 거라는 생각이 들었다. 따라서 다이너의 죽음이 일종의 징조라면 최악의 징조였다.

"눈수술을 받지 못했네요." 그가 말했다.

"그러게요."

"로럴은 괜찮다고요?"

"그런 편이에요."

"로럴을 좋아하죠, 그렇죠?"

"맞아요." 닉이 말했다. "내 친구들은 이 얘기를 들으면 웃겠지만 진짜로 좋아해요. 눈물이 많긴 하지만 강단이 있어요."

브라이언은 고개를 끄덕였다. "돌아가게 되거든 행운을 빌게요."

"고마워요." 닉은 다시 부조종석에 앉았다. "당신이 전에 했던 질문에 대해서 생각해봤어요. 이 사달에서 벗어나면 뭘 할 건지…….

그러니까 사랑하는 로럴과 저녁을 같이 먹는 것말고요. 결국에는 오배니언 씨를 찾아갈 것 같아요. 내가 보기에 그는 우리 친구 투미와 별다를 게 없는 인물이거든요."

"다이너가 당신더러 투미 씨를 죽이지 말아달라고 했죠." 브라이언이 지적했다. "그것과 동일선상에서 생각해야 하지 않을까요?"

닉은 고개를 끄덕였다. 머리가 너무 무거워져서 가누고 있기 힘든 사람처럼 끄덕였다. "그럴지도 모르죠."

"내 말 잘 들어요, 닉. 내가 당신을 이곳으로 부른 이유는 밥이 말한 시간의 균열이 실제로 존재한다면 우리가 통과한 그 지점에 가까워졌기 때문이에요. 당신과 내가 같이 망루를 지킬 거예요. 당신이 우측과 오른쪽 가운데 창문을 맡아요. 내가 좌측과 왼쪽 가운데를 맡을게요. 시간의 균열 비슷한 게 보이면 소리를 질러요."

닉은 천진난만하게 두 눈을 크게 뜨고 브라이언을 가만히 쳐다보았다. "그 머시기 스타일의 구멍을 찾으면 될까요, 아니면 펑키델릭한 분위기의 구멍일까요?"

"하. 하. 하." 브라이언은 자기도 모르게 입가에 번지는 미소를 느낄 수 있었다. "어떻게 생겼을지, 심지어 그걸 찾을 수나 있을지 전혀 모르겠어요. 구멍이 움직였든지 고도가 변경됐든지 해서 찾지 못하면 곤란해지는데 말이죠. 여기에 비하면 건초 더미에서 바늘 찾기는 애들 장난이겠어요."

"레이더로는 어떤데요?"

브라이언은 RCA/TL 컬러 레이더 모니터를 가리켰다. "보다시피 아무것도 안 보여요. 그럴 줄 알았어요. 레이더상에 그 망할 것이 보였다면 애초에 조종사가 거길 통과했을 리 없으니까요."

"육안으로 보였더라도 통과했을 리 없을 테고요." 닉이 암울한 목소리로 지적했다.

"꼭 그렇지만은 않아요. 너무 늦게 봐서 피하지 못했을 수도 있거든요. 제트여객기가 워낙 빠른데다 조종사가 비행 내내 이상한 게 없는지 하늘을 주시하는 건 아니니까요. 그럴 필요가 없어요. 지상 관제 팀에서 하는 일이니까. 삼십 분에서 삼십오 분이 지나면 이륙하는 데 필요한 주요 작업들은 끝이 나요. 비행기는 이륙해서 LA 상공을 벗어났지, 충돌 방지 경보가 켜져서 구십 초마다 삑삑거리며 아무 이상 없이 작동되고 있음을 알리지. 관성항법장치 프로그램이 하나부터 열까지 설정되어 있어서—심지어 이륙 전부터 설정 완료예요—자동조종장치에 지시 사항을 전달하지. 조종실의 상태로 보건대 당시 조종사와 부조종사는 커피를 마시면서 쉬고 있었어요. 여기 마주보고 앉아서 최근에 어떤 영화를 보았는지, 할리우드 공원에서 고도를 얼마나 낮추었는지 그런 얘기를 나누고 있었겠죠. 그 사건이 벌어지기 직전에 승무원이 여기 들어와 있었다면 보초가 한 명 더 늘었겠지만 우리도 알다시피 그렇지가 않았잖아요. 그 일이 벌어졌을 때 조종사들은 커피를 마시면서 대니시 패스트리를 먹고 있었죠. 승무원들은 승객들에게 제공할 음료를 준비중이었고요."

"상세한 시나리오네요." 닉이 말했다. "지금 나를 설득하려는 건가요, 당신 자신을 설득하려는 건가요?"

"지금으로서는 아무라도 설득할 수 있으면 다행이겠네요."

닉은 웃으며 우측 창문 쪽으로 다가갔다. 그러자 그의 시선이 무심결에 땅이 있어야 할 아래로 향했고, 순간 미소가 처음에는 얼음처럼 굳더니 점차 얼굴에서 사라졌다. 닉은 무릎이 휘청거려서 한 손으로 칸막이벽을 붙잡고 몸을 지탱했다.

"똥밭이네." 그가 경악한 목소리로 조그맣게 외쳤다.

"별로 보기 좋은 광경이 아니죠?"

닉은 브라이언을 돌아보았다. 창백한 얼굴 위로 두 눈만 둥둥 떠 있는 것처럼 보였다. "나는 지금까지 사람들이 아무것도 없는 땅을 운운하면 늘 오스트레일리아를 생각했는데 그건 아무것도 아니네요. 저 아래 저것이야말로 아무것도 없는 땅이네요."

브라이언은 잽싸게 관성항법장치와 지도를 다시 점검했다. 그가 빨간색으로 조그맣게 동그라미를 그려놓은 항해도가 있었다. 이제 그 동그라미가 의미하는 상공에 진입하기 직전이었다. "내가 부탁한 대로 할 수 있겠어요? 못 하겠으면 못 하겠다고 해요. 지금 이 상황에서 자존심은 사치……."

"당연히 할 수 있죠." 닉은 중얼거렸다. 그는 벌써 비행기 아래로 펼쳐진 까만색의 거대한 구멍에서 시선을 들어 하늘을 살피고 있었다. "뭘 찾으면 되는지 알 수만 있으면 좋겠는데."

"보면 알 거예요." 브라이언이 말했다. 그는 말을 멈추었다가 덧붙였다. "보이면 말이죠."

12

밥 젱킨스는 추운 사람처럼 가슴 위로 단단히 팔짱을 끼고 앉아 있었다. 춥기는 했지만 몸은 아니었다. 그의 머리에서 한기가 흘러나오고 있었다.

뭔가 이상했다.

그게 뭔지는 알 수 없었지만 뭔가가 이상했다. 어긋났든지…… 놓쳤든지…… 깜빡한 뭔가가 있었다. 실수가 저질러졌거나 아니면 저질러질 예정이었다. 넓게 분포되어 있어서 정확한 위치를 파악할 수 없는 통증처럼 그런 느낌이 그를 괴롭혔다. 뭔가 잘못된 듯한 느낌이 구체적인 생각으로 발전할 것 같다가도…… 제대로 길들여지지 않은 조그만 짐승처럼 쪼르르 달아나버렸다.

뭔가 이상했다.

아니면 어긋난 게 있었다. 아니면 놓친 게 있었다.

아니면 깜빡한 게 있었다.

그의 앞에서는 앨버트와 베서니가 서로 껴안고 좋아하고 있었다. 뒤에서는 루디 워릭이 눈을 감고 입술을 달싹이고 있었다. 그의 한쪽 주먹에 묵주가 쥐여 있었다. 통로 건너편에서는 로럴 스티븐슨이 다이너 옆에 앉아서 그녀의 손을 잡고 부드럽게 쓰다듬고 있었다.

뭔가 이상했다.

밥은 좌석 옆에 달린 창문 덮개를 올려서 밖을 내다본 다음 세게 닫았다. 그곳을 보고 있으면 이성적인 판단을 하는 데 도움이 되기는커녕 이성이 지워지지나 않으면 다행이었다. 비행기 아래로 펼쳐진 광경은 한마디로 터무니가 없었다.

'내가 알려야 해. 그래야 해. 이들은 내 가설에 따라 움직이고 있는데 가설이 잘못됐다면—그리고 위험하다면—내가 알려야 해.'

그런데 뭐라고 알려야 하지?

이번에도 그 녀석은 고도로 집중된 사고 체계가 비추는 불빛 안으로 들어올 것 같더니 슬그머니 사라져서 어둠 속의 어둠이 되어…… 한쪽 눈만 짐승처럼 반짝였다.

그는 갑자기 벨트를 풀고 자리에서 일어섰다.

앨버트가 뒤를 돌아보았다. "뭐하시려고요?"

"클리블랜드." 밥은 무뚝뚝하게 대답하고, 머릿속에서 들리는 비상벨의 근원지를 추적하며 통로를 걸어 비행기 꼬리 쪽으로 가기 시작했다.

13

브라이언은 하늘—벌써 다시 동이 트려는 기미를 보이고 있었다—에서 시선을 옮겨서 관성항법장치상의 수치와 지도 위의 동그라미를 차례대로 얼른 확인했다. 그들은 이제 동그라미의 저쪽 가장자리에 해당하는 지점으로 다가가고 있었다. 시간의 균열이 아직 존재한다면 조만간 보여야 했다. 보이지 않으면 그가 직접 조종간을 잡고 비행기를 돌려서 고도와 기수를 살짝 바꾼 다음 다시 지나갈 생각이었다. 안 그래도 연료가 빠듯한 이 시점에서 엄청난 부담이 되겠지만 모든 게 가망이 없는 마당에 무슨 상관이…….

"브라이언?" 닉이 떨리는 목소리로 그를 불렀다. "브라이언? 뭔가가 보이는 것 같아요."

14

밥 젱킨스는 비행기 뒤편에 다다르자 뒤로 돌아 빈 좌석들을 한 줄씩 지나치며 통로를 천천히 되짚어 오기 시작했다. 그는 지나면서 좌석과 좌석 앞 바닥에 놓인 물건들을 관찰했다. 핸드백…… 안경…… 손목시계…… 회중시계…… 아마도 신발 뒤축이었을 초승달 모양의 닳은 금속 두 개…… 치과 충전제…… 결혼반지…….

'뭔가 이상하다.'

그래? 정말 그럴까, 아니면 혹사당한 그의 머리가 아무것도 아닌 일에 난리를 부리는 걸까? 피곤하면 근육이 계속 실룩이는 것처럼 머릿속도 그러는 걸까?

'그냥 내버려둬.' 그는 자신을 설득하려고 했지만 그럴 수가 없었다.

'뭔가가 정말로 이상하다면 왜 네 눈에 안 보이겠니? 그 남자아이한테 추론이 생업이라고 자부하지 않았나? 너는 지금까지 사십 편의 미스터리 소설을 썼고 그중에서도 열댓 권은 제법 괜찮았잖아. 《뉴게이트 캘린더》는 『잠자는 성모마리아』를 가리켜서 '논리의 걸작'이라고 하지 않았느냐…….'

밥 젱킨스는 눈을 휘둥그레 뜨며 그 자리에 멈추어 섰다. 그의 시선은 객실 앞쪽의 좌측 좌석에서 떠날 줄 몰랐다. 거기서 까만 수염 남자가 다시 열심히 코를 골며 자고 있었다. 겁이 많은 짐승이 드디어 밥의 머릿속에서 벌벌 떨며 불빛 안으로 들어왔다. 그런데 생각했던 것만큼 작지가 않았다. 그 짐승은 바로 그가 저지른 실수였다. 가끔은 뭔가가 너무 작아서 안 보일 때도 있지만 너무 크고 빤해서 무시할 때도 있는 법이다.

'잠자는 성모마리아.'

잠자는 남자.

그는 비명을 지르려고 입을 벌렸지만 아무 소리도 나오지 않았다. 목구멍이 닫혀버렸다. 공포가 가슴을 돌덩이처럼 눌렀다. 다시 비명을 지르려고 했지만 숨죽인 소리만 빽 하고 나올 따름이었다.

잠자는 성모마리아, 잠자는 남자.

살아남은 그들은 모두 잠을 자고 있었다.

지금은 수염을 기른 남자말고는 모두 깨어 있다.

밥은 다시 비명을 지르려고 입을 벌렸지만 역시 아무 소리도 나오지 않았다.

15

"하나님 맙소사." 브라이언이 속삭였다.

약 백사십 킬로미터 앞, 767기의 기수에서 우측으로 7도쯤밖에 안 되는 곳에 시간의 균열이 있었다. 옆으로 이동했더라도 많이 이동하지 않은 셈이었다. 브라이언이 추측건대 위치가 살짝 달라진 이유는 운항상의 사소한 오류 때문인 듯했다.

까만 공동이 아니라 마름모 모양의 진짜 구멍이었다. 북극광처럼 분홍빛이 도는 자주색의 희미한 빛을 내며 빙글빙글 돌았다. 그 너머로 별들이 보였고 그 별들도 잔물결처럼 일렁이고 있었다. 안으로 빨려들어가고 있는지 안에서 흘러나오고 있는지 모를 넓은 띠 모양의 하얀 수증기가 걸려 있었다. 생김새가 이상야릇한 천상의 고속도로 같았다.

'저 길을 따라서 들어가면 돼.' 브라이언은 흥분을 달래며 생각했다. '계기착륙방식 신호보다 훨씬 편하네!'

"모든 준비가 끝났어요!" 그는 바보처럼 웃으며 허공에 대고 주먹을 흔들었다.

"너비가 삼 킬로미터쯤 되겠어요." 닉이 속삭였다. "맙소사. 브라이언, 여길 통과한 비행기가 몇 대나 될까요?"

"글쎄요." 브라이언이 말했다. "하지만 되돌아올 생각을 한 사람들은 우리뿐일 거라는 데 내 총이랑 개를 걸 수 있어요."

그는 인터폰을 켰다.

"승객 여러분, 우리가 찾던 것을 찾았습니다." 성취감과 안도감에 그의 목소리가 갈라졌다. "앞으로 무슨 일이 벌어질지, 어떤 식일지, 왜 그럴지 알 수 없지만 하늘에서 거대한 뚜껑 문처럼 생긴 구멍을 발견했습니다. 그 한가운데로 곧장 비행기를 몰고 갈 예정입니다. 건너편에 뭐가 있는지 다 같이 알아보도록 하죠. 이제 모두 좌석 벨트를 착용해주시고……."

바로 그때 밥 젱킨스가 고래고래 비명을 지르며 미친듯이 통로를 달려왔다. "안 돼! 안 돼! 거기로 들어가면 전부 죽을 거야! 비행기를 돌려! 비행기를 돌려야 해요!"

브라이언은 자리에 앉은 채로 몸을 휙 돌려서 닉과 어리둥절한 눈빛을 주고받았다.

닉이 벨트를 풀고 자리에서 일어났다. "밥 젱킨스예요." 그가 말했다. "흥분해서 정신을 잃은 모양이네요. 계속 진행해요, 브라이언. 저 사람은 내가 처리할 테니까."

"알았어요." 브라이언이 말했다. "가까이 오지 않게만 해주면 돼요. 저 사람이 결정적인 순간에 나를 잡아채서 저 구멍의 가장자리로 쏠리긴 싫으니까."

그는 자동조종장치를 끄고 767기 조종간을 잡았다. 눈앞에 보이는 길고 반짝이는 구멍을 향해 선회하자 바닥이 오른쪽으로 기울었다. 구멍이 하늘 위에서 미끄러지듯 움직이는 것처럼 보이다 767기의 기수 앞, 정중앙으로 자리잡았다. 이제 웅웅거리는 제트기 엔진 사이로 다른 소리가 들렸다. 커다란 디젤 엔진이 공회전하는 것처럼 나지막이 울리는 소리였다. 수증기의 강으로 다가가자—이제 보니 수증기는 흘러나오는 게 아니라 구멍으로 흘러들어가고 있었다—그 안에서 반짝이는 빛깔들이 브라이언의 눈에 띄었다. 초록색, 파란색, 보라색, 빨간색, 옅은 분홍색이었다. '이쪽 세계에서 처음으로 마주친 진짜 색깔이로군.' 그는 생각했다.

그의 뒤에서 밥 젱킨스가 일등석 객실을 전력 질주하고 갤리와 연결된 좁은 통로를 지나…… 기다리고 있던 닉의 품에 도착했다.

"진정해요, 형씨." 닉이 달랬다. "이제 모든 게 다 잘될 거예요."

"안 돼요!" 밥이 격렬하게 몸부림쳤지만 닉은 몸부림치는 고양이를 잡듯 그를 너끈히 붙잡았다. "안 돼요, 당신은 몰라서 이러는 거예요! 비행기를 돌려야 해요! 너무 늦기 전에 비행기를 돌려야 해요!"

닉은 그를 조종실 문간에서 떼어내 일등석 객실로 끌고 갔다. "우리, 여기 앉아서 벨트 매고 있을까요?" 그는 좀 전처럼 달래는 목소리로 다정하게 말했다. "조금 흔들릴 수도 있으니까요."

브라이언에게 닉의 목소리는 희미한 웅얼거림에 불과했다. 시간의 틈새로 흘러 들어가는 넓은 수증기의 강으로 진입하자 큼지막하고 엄청나게 힘이 센 손이 비행기를 잡고 열심히 끌어가는 게 느껴졌다. 도쿄에서 LA로 오는 동안 내부 공기가 누출되자 밀폐된 공간에서 공기가 구멍 사이로 얼마나 금세 빠져나갔는지 생각이 났다.

'이 세상이—아니면 이 세상에서 남은 부분이—전부 저 구멍 사이로 빠져나가는 듯한 느낌이로군.' 이런 생각이 들자 바로 그 순간, 꿈에서 보았던 기묘하고 섬뜩한 문구가 떠올랐다. 별똥별 외 출입 불가.

'들어간다.' 그는 생각했다. '신이시여, 굽어살피소서. 진짜로 들어갑니다.'

16

닉이 한 손으로 그를 일등석 좌석에 붙잡아놓고 다른 손으로 좌석 벨트를 채우는 동안 밥은 계속 몸부림쳤다. 밥은 물에 흠뻑 젖어도 몸무게가 육십삼 킬로그램을 넘지 않을 만큼 왜소했지만 공포로 기운이 넘쳤기 때문에 닉이 제압하기가 힘들었다.

"정말 괜찮을 거예요, 형씨." 닉이 말했다. 그는 마침내 밥에게 좌석 벨트를 채우는 데 성공했다. "저길 지나서 나왔을 때도 그랬잖아요, 안 그래요?"

"저길 지나서 나왔을 때는 우리 다 자고 있었다고, 이 멍청아!" 밥이 그의 얼굴에 대고 소리를 질렀다. "모르겠어? 우리는 자고 있었어! 저 사람을 멈춰야 해!"

닉은 자기도 벨트를 매려다 말고 얼어붙었다. 밥이 하는 말이—밥이 지금까지 하려고 했던 말이—떨어진 벽돌 더미처럼 갑자기 그를 후려쳤다.

"하나님 맙소사." 닉이 중얼거렸다. "주여, 우리가 무슨 생각을 하고 있었던 거지?"

그는 벌떡 일어나서 조종실을 향해 달렸다.

"브라이언, 멈춰요! 비행기 돌려요! 비행기 돌려!"

17

브라이언은 구멍으로 다가가는 동안 최면에 걸린 사람처럼 그곳을 멍하니 쳐다보고 있었다. 난기류는 없었지만 어마어마하게 센 힘의 느낌이, 거대한 강물로 빨려들어가듯 구멍 속으로 빨려들어가는 느낌이 증폭됐다. 계기판을 내려다보니 767기의 대기 속도가 급속도로 증가하고 있었다. 바로 그때 닉이 고함을 지르기 시작하더니 잠시 후에 그의 뒤로 들이닥쳐 어깨를 잡고 앞에서 점점 부풀어 오르는 구멍을 멍하니 바라보았다. 짙어져가는 빛깔들이 뺨과 이마를 가로지르자 닉의 얼굴이 화창한 날에 스테인드글라스 창문을 쳐다보는 사람처럼 변했다. 꾸준히 웡웡거리던 소리가 이제는 음울한 천둥소리로 바뀌었다.

"비행기를 돌려요, 브라이언. 비행기를 돌려야 해요!"

닉이 그런 소리를 할 만한 이유가 있는 걸까, 밥의 공포에 전염된 걸까? 이성적인 판단을 내릴 만한 여유가 없었다. 고요하게 째깍거리는 본능에게 물어볼 찰나의 순간밖에 없었다.

브라이언 엥글은 조종간을 잡고 좌측으로 힘껏 돌렸다.

18

닉은 조종실 저편의 칸막이벽으로 내동댕이쳐졌다. 팔이 부러지면서 뚝 하는 역겨운 소리가 났다. 브라이언이 뱅고어 공항 쪽으로 방향을 틀자 객실의 머리 위 선반에서 짐이 쏟아져서 둥그스름한 벽을 때리고 사나운 우박처럼 창문을 두드렸다. 까만 수염을 기른 남자는 양배추 인형처럼 좌석 밖으로 날아가서 흐릿하게 외마디 비명을 지른 뒤 어느 좌석 팔걸이에 머리를 부딪히고 사지가 보기 흉하게 얽힌 채 통로로 떨어졌다. 베서니는 비명을 질렀고 앨버트는 그녀를 꼭 끌어안았다. 두 줄 뒤에서는 좌석이 기우는 가운데 루디 워릭이 눈을 더 질끈 감고, 묵주를 더 세게 쥐고, 더 빠르게 기도를 중얼거렸다.

이제 난기류가 생겼다. 29편 항공기는 날개 달린 서핑 보드가 되어 흔들리고 비틀거리고 쿵쾅거리며 불안정한 대기를 갈랐다. 잠시 떨어져나왔던 브라이언의 손이 조종간을 다시 붙잡았다. 그러는 동시에 스로틀을 끝까지 열자 비행기 터보 엔진이 항공사 격납고에서 점검을 받을 때말고는 거의 들을 일이 없는 나지막하게 으르렁거리는 소리를 냈다. 난기류가 더 세졌다. 비행기가 심하게 위아래로 널을 뛰었고, 과부하가 걸린 금속이 비명을 지르는 끔찍한 소리가 어디에선가 들렸다.

일등석 객실에서는 밥 젱킨스가 어찌어찌 벨트를 매준 영국인에게 멍하니 고마운 마음을 느끼며 좌석 팔걸이를 붙잡았다. 제트기 엔진을 달고 미친듯이 날뛰는 스카이 콩콩에 붙들려 있는 기분이었다. 비행기가 다시 솟구치며 좌측 날개를 향해 수직으로 기울자 입에서 틀니가 튀어나왔다.

'들어가고 있는 걸까? 오, 주여, 들어가고 있는 걸까?'

알 수 없었다. 그가 아는 것이라고는 세상이 쿵쾅거리며 위아래로 요동치는 악몽으로 변했고…… 그는 여전히 그 안에 머물러 있다는 것뿐이었다.

적어도 지금 당장은 그 안에 머물러 있다는 것뿐이었다.

19

브라이언이 구멍으로 흘러들어가는 넓은 수증기의 강을 가로지르도록 767기의 방향을 바꾸자 난기류가 더 심해졌다. 비행기가 우측으로 움직이는데도 기수 앞에서 구멍이 계속 부풀어 올랐다. 그러다 한 번 더 유난히 심하게 덜커덕거린 끝에 그들은 급류에서 벗어나 잔잔한 대기로 진입할 수 있었다. 시간의 균열이 왼쪽으로 멀어져갔다. 그들은 그렇게 구멍을 놓쳐버렸다. 얼마나 간발의 차이였는지 브라이언은 생각하고 싶지도 않았다.

그는 계속 비행기를 선회했지만 좀 전처럼 극단적인 각도로 틀지는 않았다. "닉!" 그는 고개를 돌리지도 않은 채 고함을 질렀다. "닉, 괜찮아요?"

닉은 오른쪽 팔을 왼손으로 잡아서 배에 대고 천천히 일어섰다. 얼굴이 창백했고 고통에 얼굴을 찡그리며 이를 꽉 다물고 있었다. 코에서 핏방울이 찔끔찔끔 떨어졌다. "괜찮아졌어요. 팔이 부러진 모양이에요. 이 가엾은 녀석이 당한 게 처음도 아니에요. 그냥 보낸 거죠, 그렇죠?"

"그냥 보냈어요." 브라이언은 맞장구쳤다. 그는 천천히, 커다랗게 원을 그리도록 비행기를 움직였다. "그걸 찾아서 여기까지 왔는데 왜 그냥 보내야했는지 당장 설명해요. 팔이 부러졌건 안 부러졌건 간에 그럴듯한 이유가 있는 게 좋을 겁니다."

그는 인터폰 스위치 쪽으로 손을 뻗었다.

20

로럴은 브라이언이 방송을 시작했을 때 눈을 떴고 다이너의 머리가 그녀의 무릎에 얹혀 있는 것을 발견했다. 그녀는 다이너의 머리칼을 다정하게 쓰다듬고 들것 위에 똑바로 누울 수 있도록 자세를 바로잡아주었다.

"여러분, 엥글 기장입니다. 죄송합니다. 아슬아슬했지만 별일 없습니다. 계기판도 초록색이고요. 설명드리자면 우리가 찾던 것을 찾았습니다만……."

그가 갑자기 인터폰을 껐다.

다른 사람들은 기다렸다. 베서니 심스는 앨버트의 가슴에 대고 흐느껴 울었다. 그들 뒤에서 루디는 계속 기도문을 중얼거리고 있었다.

21

브라이언은 밥 젱킨스가 뒤에 서 있다는 것을 깨닫고 방송을 중단했다. 미스터리 작가는 부들부들 떨고 있었고, 바지에 젖은 자국이 있었고, 입이 이상하게 움푹 꺼져 보이는 것이 브라이언으로서는 처음 접하는 모습이었지만…… 이성을 잃지는 않은 듯했다. 그의 뒤에서 닉이 얼굴을 찡그리고 팔을 감싸 안은 채 부조종석에 털썩 주저앉았다.

"도대체 무슨 일입니까?" 브라이언이 밥에게 정색하고 물었다. "난기류가 조금 더 심했더라면 이 비행기는 산산조각이 났을 거예요."

"내가 저기다 대고 얘기해도 될까요?" 밥이 인터폰이라고 되어 있는 스위치를 가리키며 물었다.

"네, 하지만……."

"그럼 켜주세요."

브라이언은 뭐라고 군소리를 하려다 생각을 바꾸었다. 그는 스위치를 켰다. "얘기하세요. 켰으니까." 그러고 나서 그는 했던 말을 반복했다. "그럴듯한 이유가 있는 게 좋을 겁니다."

"여러분, 제 말 잘 들으세요!" 밥이 고함을 질렀다.

그들의 뒤에서 항의의 의미가 담긴 우는소리가 들렸다. "우리는……."

"그냥 평소처럼 얘기하세요." 브라이언이 말했다. "저 사람들 고막 찢어지겠어요."

밥은 마음을 가라앉히려고 눈에 띄게 애를 쓰더니 좀 전보다 낮은 목소리로 말을 이었다. "우리는 기수를 돌려야 했고 그래서 기수를 돌렸습니다. 기장님 말로는 아슬아슬했다더군요. 운이 좋았지만…… 멍청하기도 했습니다. 지금까지 내내 눈앞에 있었는데도 불구하고 가장 기본적인 사항을 잊고 있었으니 말이죠. 처음에 시간의 균열을 통과했을 때 깨어 있었던 승객들은 다 사라졌어요."

브라이언이 의자에 앉은 채로 움찔했다. 한 대 얻어맞은 듯한 느낌이었다. 767기의 앞, 약 오십 킬로미터 멀리에서 거대한 준보석처럼 보이는 마름모꼴이 희미하게 반짝이며 다시금 등장했다. 그 마름모꼴은 그를 조롱하는 듯했다.

"우리는 지금 다 깨어 있죠." 밥이 말했다. (이코노미석 객실에서 앨버트는 통로에 대자로 누워서 세상모르게 자고 있는 검은 수염을 기른 남자를 쳐다보며 한 명만 빼고, 라고 생각했다.) "논리적으로 따졌을 때 우리가 저곳을 통과하려고 하면 사라져버릴 겁니다." 그는 이 부분에 대해서 잠깐 생각하고는 이렇게 덧붙였다. "드리고 싶은 말씀은 이게 전부입니다."

브라이언은 아무 생각 없이 인터폰을 껐다. 닉이 못 믿겠다는 듯이 고통에 겨운 웃음을 터뜨렸다.

"이게 전부라고요? 이게 우라질 전부라고요? 그러면 이제 어떻게 해야 하는데요?"

브라이언은 그를 보며 아무 대꾸도 하지 않았다. 밥 젱킨스도 마찬가지였다.

22

베서니는 고개를 들어서 어색하게 얼떨떨한 표정을 짓고 있는 앨버트의 얼굴을 바라보았다. "자야 한다고? 무슨 수로? 내 평생 이렇게 정신이 말똥말똥한 적이 없었는데!"

"그러게." 그는 희망에 찬 눈빛으로 통로 건너편의 로럴을 쳐다보았다. 그녀는 고개를 젓고 있었다. 그녀도 자고 싶었지만, 잠으로 이 황당한 악몽을 끝내고 싶었지만, 베서니와 마찬가지로 이렇게 정신이 말똥말똥하기는 평생 처음이었다.

23

밥은 한 걸음 앞으로 나아가서 넋을 잃은 표정으로 조종실 창문 너머를 말없이 바라보았다. 한참 뒤에 경외감 어린 목소리로 나지막이 말했다. "그게 저렇게 생겼군요."

브라이언은 로큰롤 가사 한 구절이 생각났다. '보는 건 좋지만 건드리지는 않는 게 좋을 거야.' 그는 LED 연료 게이지를 확인했다. 전혀 안심할 수 있는 수치가 아니었기에 시선을 들어서 속절없이 닉을 쳐다보았다. 다른 사람들처럼 그 역시 평생 이렇게 정신이 말똥말똥한 적이 없었다.

"이제 어떻게 하면 좋을지 모르겠네요." 그가 말했다. "하지만 저 구멍을 통과할 생각이면 얼른 조치를 취해야 해요. 지금 연료로는 기껏해야 한 시간 아니면 그보다 조금 더 버티는 정도예요. 그

이후에는 꿈도 꾸지 말아야 하는데. 무슨 좋은 수 있나요?"

닉은 점점 부풀어오르는 팔을 감싸 안은 채 고개를 숙였다. 잠시 후에 그가 다시 고개를 들었다. "네." 그가 말했다. "솔직히 말해서 있어요. 비행기 여행객들은 처방약을 부치는 짐에 잘 넣지 않잖아요. 수화물이 엉뚱한 데로 가는 바람에 되찾을 때까지 며칠 걸리는 경우에 대비해서 기내에 들고 타지. 그러니까 기내 휴대 수화물을 뒤지면 진정제가 우르르 나올 거예요. 가방들을 선반에서 꺼낼 필요도 없어요. 소리로 미루어 짐작하건대 대부분 이미 바닥으로 떨어진 것 같으니까…… 왜요? 무슨 문제 있어요?"

'처방약'이라는 단어가 닉의 입에서 튀어나오자마자 고개를 젓기 시작한 밥 젱킨스에게 묻는 말이었다.

"처방을 받아야 살 수 있는 진정제에 대해서 알아요?" 그가 닉에게 물었다.

"조금요." 닉은 이렇게 대답했지만 자신이 없는 목소리였다. "네, 조금요."

"나는 많이 알아요." 밥이 무미건조한 목소리로 말했다. "광범위하게 자료 조사를 한 적이 있거든요. 올나이트에서부터 자낙스에 이르기까지. 아시다시피 내 분야에서는 수면제를 동원한 살인이 인기가 많으니까요. 첫 번째 가방에서 곧바로 약효가 센 약을 찾는다 하더라도—그럴 확률조차 낮긴 하지만—안전 용량을 지키면 효과를 보기가 힘들어요."

"도대체 왜요?"

"약효가 발휘되려면 최소한 사십 분은 기다려야 하니까요…….

그리고 모든 사람들에게 효과가 있을지 여부도 의심스러워요. 스트레스를 받으면 머리는 자연스럽게 그런 약물에 저항하려는 반응을 보이거든요. 거부하려고 들죠. 그런 반응은 어쩔 도리가 없어요, 닉…… 차라리 심장박동을 통제하기가 더 쉽지. 만약 약을 충분히 찾을 수 있다면 치사량을 복용해서 비행기를 존스타운*으로 만드는 수밖에 없어요. 그러면 구멍을 통과하더라도 우리는 죽겠죠."

"사십 분이라니." 닉이 말했다. "맙소사. 확실해요? 백 퍼센트 장담할 수 있어요?"

브라이언은 하늘에서 반짝이는 마름모 모양을 내다보았다. 그가 29편 항공기를 선회비행하도록 설정해놓았기 때문에 시야에서 사라지기 직전이었다. 조만간 또 볼 수 있겠지만…… 가까이 다가갈 수는 없었다.

"믿을 수가 없네." 닉이 느릿느릿 말했다. "그 많은 일들을 겪고…… 무사히 이륙해서 여기까지 왔는데…… 망할 구멍까지 찾았는데…… 잠을 자지 못해서 구멍을 통과해 우리 시간대로 돌아갈 수 없다니."

"어차피 사십 분의 여유도 없어요." 브라이언이 말했다. "그 시간 동안 기다렸다가는 비행기가 공항에서 동쪽으로 백 킬로미터 떨어진 지점에 추락할 테니까."

"다른 비행장도 있을 테니까……."

* 1970년대에 인민 사원 신자들이 집단 자살을 했던 곳.

"있죠. 하지만 이 정도 크기의 비행기를 처리할 수 있을 만큼 넓은 곳은 없어요."

"구멍을 통과한 다음에 동쪽으로 기수를 돌리면요?"

"라스베이거스가 있죠. 하지만 라스베이거스도……." 브라이언은 계기판을 흘끗 확인했다. "…… 팔 분 있으면 물 건너간 얘기가 돼요. 내가 보기에는 LA로 갈 수밖에 없어요. 거기까지 가려면 최소 삼십오 분은 걸릴 텐데. 공항 측에서 활주로를 다 치워놓고 곧바로 착륙 허가를 내린다 하더라도 삼십오 분이면 빠듯해요. 그러니까……." 그는 다시 크로노미터를 확인했다. "…… 아무리 늦어도 이십 분 안에 사태를 해결하고 구멍을 통과해야 한다는 소리죠."

밥은 생각에 잠긴 눈빛으로 닉을 쳐다보았다. "어떻게 생각해요?"

"어떻게 생각하느냐니 뭐가요?"

"당신은 군인인 것 같은데…… 평범한 군인은 아닌 것 같단 말이죠. 혹시 특수부대 아니에요?"

닉의 표정이 딱딱해졌다. "특수부대나 그 비슷한 거면 어쩌게요?"

"그러면 당신이 우릴 재울 수 있지 않을까 싶어서요." 밥이 말했다. "특수부대에서는 그런 거 가르치지 않나요?"

브라이언은 문득 닉이 맨 처음 크레이그 투미와 충돌했을 때가 생각났다. 〈스타트렉〉 본 적 있어요? 그는 크레이그에게 이렇게 물었었다. 기막히게 훌륭한 미국 텔레비전 시리즈 말입니다……. 지금 당장 아가리 닥치지 않으면 스팍의 그 유명한 벌컨식 실신 기술이 어떤 건지 보여줄게요.

“그건 어때요, 닉?” 그가 조심스럽게 물었다. “그 유명한 벌컨식 실신 기술이 필요한 때가 있다면 바로 지금인데.”

닉은 아연한 표정으로 밥에게서 브라이언으로, 그랬다가 다시 밥에게로 시선을 옮겼다. “제발 웃기지 마요. 웃으면 팔이 더 아파진다고요.”

“그게 무슨 소리예요?” 밥이 물었다.

“나는 진정제에 대해서 어마어마한 착각을 했어요, 그렇죠? 그런데 두 분은 나에 대해서 어마어마한 착각을 하고 있네요. 난 제임스 본드가 아니에요. 실제 현실에서는 제임스 본드가 있을 수가 없어요. 목을 쳐서 밥, 당신을 죽이거나 혹은 평생 전신마비 신세로 만들 가능성이 더 높아요. 심지어 기절조차 시키지 못할 수도 있고요. 그리고 이 문제도 있고.” 닉은 얼굴을 찡그리며 급속도로 부어가는 오른쪽 팔을 들어 보였다. “내가 주로 쓰는 손이 이쪽 손인데, 그쪽 팔이 방금 전에 부러져버렸어요. 아마 아무 훈련도 받지 않은 사람을 상대한다면 왼손으로 방어는 할 수 있겠지만 당신이 말한 그런 기술은? 못 해요. 절대 못 해요.”

“다들 가장 중요한 부분을 잊고 계시네요.” 새로운 목소리가 이렇게 말했다.

그들은 고개를 돌렸다. 얼굴이 새하얗고 초췌한 로럴 스티븐슨이 조종실 문 앞에 서 있었다. 추운 사람처럼 가슴에 팔짱을 끼고 손으로 팔꿈치를 감싸고 있었다.

“우리가 다 잠이 들어버리면 비행기는 누가 조종하나요?” 그녀가 말했다. "누가 비행기를 몰고 LA까지 가나요?"

세 남자는 아무 말 없이 입을 떡 벌리고 그녀를 쳐다보았다. 그들 뒤에서 거대한 준보석처럼 생긴 시간의 균열이 살그머니 다시 시야로 들어왔다.

"망했네." 닉이 조용히 말했다. "알겠어요? 우리 완전 망했다고요." 닉은 웃음을 터뜨렸다가 부러진 팔이 배에 부딪히자 얼굴을 찡그렸다.

"아닐지도 몰라요." 앨버트가 말했다. 그와 베서니가 로럴 뒤에서 모습을 드러냈다. 앨버트는 베서니의 허리를 한쪽 팔로 감싸 안고 있었다. 땀에 전 고수머리가 이마에 덕지덕지 붙어 있었지만 까만 눈만큼은 또렷하고 확고했다. 그 눈이 브라이언을 똑바로 쳐다보고 있었다. "제가 보기에는 기장님이 우리를 재울 수 있어요." 그가 말했다. "그리고 기장님이 이 비행기를 착륙시킬 수 있고요."

"그게 무슨 소리냐?" 브라이언이 험상궂게 물었다.

앨버트가 대답했다. "기압요. 지금 기압을 얘기하는 거예요."

24

그때 브라이언이 꾸었던 꿈이 어찌나 생생하게 되살아나는지 다시 꿈을 꾸고 있나 싶을 정도였다. 앤이 비행기 벽에 난 틈새를 손으로 단단히 막고 있는데, 틈새 위에 별똥별 외 출입 금지라는 문구가 빨간 글씨로 적혀 있었다.

기압.

'봤지, 여보? 전부 처리했어.'

"저 아이가 지금 무슨 말을 하는 거예요, 브라이언?" 닉이 물었다. "당신 표정을 보니까 뭔가 있는 것 같은데. 뭐예요?"

브라이언은 닉의 말을 못 들은 척했다. 그들이 처한 난처한 상황에서 빠져나갈 수 있는 방법을 방금 전에 생각해낸 듯한 열일곱 살의 음악 전공생을 쳐다보기만 했다.

"그런 다음에는 어쩌라고?" 그가 물었다. "통과한 다음에는 어쩌라고? 무슨 수로 내가 다시 깨어나서 비행기를 착륙시킬 수 있다는 거지?"

"아무라도 설명 좀 해주면 안 될까요?" 로럴이 애원했다. 그녀가 닉의 곁으로 다가가자 닉이 성한 쪽 팔로 그녀의 허리를 안은 상태였다.

"앨버트는 나더러 이걸 써서……." 브라이언은 제어판에 달린 가감저항기를 두드렸다. 객실 여압이라고 적혀 있었다. "우리를 다 기절시키라는 거예요."

"그럴 수 있어요, 형씨? 정말 그럴 수 있어요?"

"네." 브라이언이 말했다. "술에 취한 승객이 난동을 부려서 그 승객이나 승무원이 위험하겠다 싶으면 그런 방법을 쓰는 조종사—임대기 조종사—도 있다고 들었어요. 기압을 낮춰서 술꾼을 기절시키는 건 그리 어려운 일도 아니에요. 다 기절시키려면 기압을 좀 더 낮춰야 할 텐데……. 말하자면 해면 기압의 절반 정도로요. 산소마스크 없이 삼 킬로미터를 올라가는 것과 마찬가지거든요. 그러면 쾅 하고 정신을 잃는 거죠."

"그게 정말로 효과가 있다면 테러리스트를 상대로 그 방법을 쓰지 않는 이유가 뭡니까?" 밥이 물었다.

"산소마스크가 있기 때문이겠죠?" 앨버트가 물었다.

"맞아요." 브라이언이 말했다. "여객기를 타면 맨 처음에 객실 승무원들이 산소마스크 쓰는 법을 알려주잖아요. 금색 컵을 입과 코에 씌우고 평소처럼 숨을 쉬라고. 기내 기압이 12psi 이하로 떨어지면 산소마스크가 자동으로 내려와요. 인질로 잡힌 조종사가 기압을 낮춰서 테러리스트를 기절시키려고 해봐야 테러리스트들은 마스크를 잡아서 쓰고 총을 난사하면 그만이에요. 리어젯처럼 작은 제트기는 그렇지가 않죠. 기내 기압이 떨어지면 승객들이 직접 머리 위 선반을 열어야 해요."

닉은 크로노미터를 확인했다. 이제 남은 시간이 십사 분밖에 없었다.

"얘기는 그만하고 얼른 실행에 옮기는 게 좋겠는데요?" 그가 말했다. "시간이 흐르고 있어요."

"아직은 안 돼요." 브라이언이 말하고 다시 앨버트를 쳐다보았다. "나는 이 비행기를 몰고 틈새를 무사히 통과할 수 있고 틈새를 향해 가면서 감압을 시작할 수 있어, 앨버트. 기내 기압을 정확하게 조절해서 틈새를 통과하기 전에 우리 모두를 기절시킬 수도 있어. 하지만 로럴이 궁금해한 부분은 그래도 해결되지 않아. 전부 기절하면 누가 비행기를 조종하느냔 말이지."

앨버트는 입을 열었다가 다물고 고개를 저었다.

그때 밥 젱킨스가 말문을 열었다. 그의 목소리는 사형을 선고하는 판관처럼 무미건조하고 단조로웠다. "내가 보기에는 브라이언, 당신이 우리를 집까지 데려다줄 수 있어요. 하지만 그러려면 누군가가 당신을 대신해서 죽어야 해요."

"설명을 들어봅시다." 닉이 딱딱하게 말했다.

밥은 설명을 시작했다. 그리 오래 걸리지 않았다. 설명이 끝났을 무렵에는 루디 워릭도 조종실 문 앞으로 합류했다.

"되겠어요, 브라이언?" 닉이 물었다.

"네." 브라이언은 멍하니 대답했다. "안 될 이유가 없네요." 그는 다시 크로노미터를 확인했다. 이제 십일 분이 남았다. 십일 분 안에 틈새를 통과해야 했다. 비행기의 방향을 맞추고, 자동조종장치를 설정하고, 육십오 킬로미터를 이동하는 데 거의 그 정도 시간이 걸릴 터였다. "하지만 누가 그 역할을 맡죠? 제비뽑기라도 해야 하나요?"

"그럴 필요 없어요." 닉이 말했다. 가볍고 별일 아니라는 투였다. "내가 할 테니까."

"안 돼요!" 로럴이 말했다. 휘둥그레 뜬 그녀의 눈은 검은자위만 보였다. "왜요? 왜 당신이 해야 해요?"

"시끄러워요!" 베서니가 그녀를 향해 화난 목소리로 나지막이 말했다. "하겠다는데 그냥 하게 내버려두라고요!"

앨버트는 비참한 표정으로 베서니와 로럴을 쳐다보다 다시 닉에게로 시선을 돌렸다. 내가 자청하고 나서야 한다고, 이것이야말로 애리조나의 유대인과 같은 알라모 전투의 터프한 생존자에게 알맞은 일이라고 속삭이는 목소리가—그것도 강하게—들렸다. 하지만 삶을 끔찍하게 사랑하다 보니…… 아직 끝내고 싶지 않은 마음이 굴뚝같았다. 그래서 그는 입을 열었다가 아무 말 없이 다물었다.

"왜 당신이어야 하느냐고요." 로럴이 다급한 목소리로 다시 물었다. "왜 제비뽑기를 하면 안 돼요? 왜 밥이 하면 안 돼요? 왜 루디가 하면 안 돼요? 왜 내가 하면 안 돼요?"

닉은 그녀의 팔을 붙잡았다. "나랑 잠깐 얘기 좀 해요." 그가 말했다.

"닉, 시간이 별로 없어요." 브라이언이 말했다. 그는 가능한 한 평온한 목소리를 유지하려고 했지만 거기서 새어 나오는 절망이—어쩌면 공포까지도—느껴졌다.

"알아요. 필요한 조치를 시작해요."

닉은 로럴을 끌고 문밖으로 나갔다.

25

그녀는 잠깐 반항하다 따라나섰다. 그는 움푹 들어간 갤리의 조그만 공간 안에서 걸음을 멈추고 그녀를 마주보았다. 그의 얼굴이 십 센티미터도 안 될 만큼 가깝게 다가온 그 순간, 그녀는 암울한 진실을 깨달았다. 그는 그녀가 보스턴에서 찾으려던 남자였다. 그 남자가 줄곧 이 비행기에 타고 있었다. 하지만 그녀가 깨달은 진실에는 낭만적인 구석이 전혀 없었다. 끔찍하기만 했다.

"나는 당신과 나, 우리 둘 사이에 뭔가가 있다고 생각해요." 그가 말했다. "당신도 그렇다고 생각하나요? 그러면 그렇다고 대답해요……. 재고 따질 시간 없으니까. 절대 없으니까."

"맞아요." 그녀가 말했다. 그녀의 목소리는 무미건조하고 불안정했다. "나도 그렇다고 생각해요."

"하지만 우리는 모르죠. 알 수가 없죠. 결국에는 모두 시간에 얽힌 문제예요, 안 그래요? 시간…… 잠…… 그리고 알지 못하는 것. 내가 그 역할을 맡아야 해요, 로럴. 나는 지금까지 인생 장부를 꼼꼼하게 기록하고 있었는데 지금까지 엄청난 적자였어요. 이번이 적자를 만회할 기회이고 나는 이 기회를 놓치지 않을 거예요."

"그게 무슨 소리인지 잘……."

"모르겠죠……. 하지만 나는 알아요." 그는 랩에 가까울 만큼 속사포로 말을 쏟아냈다. 그는 이제 손을 뻗어서 그녀의 팔을 붙잡고 끌어당겼다. "당신은 어떤 모험에 나선 길이었죠, 로럴?"

"그게 무슨 소리인지……."

그는 그녀를 잡고 한 번 세게 흔들었다. "말했잖아요……. 재고 따질 시간 없다고! 모험을 하러 나선 거 아니었어요?"

"어…… 맞아요."

"닉!" 조종실에서 브라이언이 외쳤다.

닉은 그쪽을 홱 쳐다보았다. "가요!" 그는 고함을 지르고 다시 로럴을 쳐다보았다. "당신한테 또 다른 모험을 소개할게요. 그러니까 여기서 빠져나가면, 그리고 떠날 마음이 있다고 하면."

그녀는 입술을 떨며 그를 쳐다보고만 있었다. 뭐라고 대답하면 좋을지 전혀 알 수가 없었다. 머릿속이 뒤죽박죽 엉망진창이었다. 그가 그녀의 팔을 세게 잡고 있었다. 그녀는 나중에 남은 손자국을 보고서야 알았다. 그 순간에는 그의 시선이 훨씬 더 강렬했다.

"자. 내 말 잘 들어요." 닉은 말을 멈추었다가 침착하게 또박또박 힘을 주어서 말했다. "나는 그만둘 작정이었어요. 그렇게 결심했어요."

"그만두다니 뭘요?" 그녀는 떨리는 목소리로 조그맣게 물었다.

닉은 짜증난다는 듯이 고개를 저었다. "상관없어요. 중요한 건 당신이 내 말을 믿느냐 안 믿느냐, 그거예요. 내 말 믿어요?"

"믿어요." 그녀가 말했다. "당신이 무슨 소리를 하는지 모르겠지만 진심이라고 믿어요."

"닉!" 브라이언이 조종실에서 경고했다. "지금 그쪽으로 다가가고 있어요!"

그는 실눈을 번뜩이며 조종실 쪽을 흘끗 쳐다보았다. "지금 가요!" 그가 외쳤다. 그가 다시 그녀를 쳐다보는 순간, 로럴은 누군가가 이렇게 강렬하고 흔들림 없는 시선으로 그녀를 바라보는 것이 난생처음이라는 생각이 들었다. "우리 아버지가 런던 남쪽의 플루팅이라는 마을에 살아요." 그가 말했다. "중심가의 아무 상점에나 들어가서 물어봐요. 호프웰 씨를 아느냐고. 노인네들은 아직도 우리 아버지를 감독이라고 부르죠. 아버지를 찾아가서 내가 그만두기로 했다고 전해줘요. 같은 말을 끈질기게 반복해야 할 거예요. 아버지는 내 이름을 들으면 고개를 돌리고 큰 소리로 욕을 하곤 하거든요. 자기한테는 아들이 없다는 식으로. 그럴 수 있겠어요?"

"네."

그는 고개를 끄덕이고 으스스한 미소를 지었다. "좋아요! 나한테 들은 말을 전하면서 당신은 나를 믿었다고 얘기해줘요. 내가 벨파스트의 교회 뒤에서 벌어졌던 그날의 일을 속죄하려고 최선을 다했다고."

"벨파스트."

"맞아요. 그런데도 아버지가 딴청을 부리면 잘 들어야 한다고 얘기해요. 데이지 때문이라고. 내가 데이지를 들고 온 것 때문이라고. 거기까지 기억할 수 있겠어요?"

"왜냐하면 예전에 당신이 아버지에게 데이지를 드렸기 때문이라고."

닉은 하마터면 웃음을 터뜨릴 뻔했다. 하지만 그녀는 그렇게 슬픔과 괴로움으로 가득한 얼굴을 한 번도 본 적이 없었다. "아뇨……. 아버지한테 드린 건 아니었는데 그래도 알아들으실 거예요. 그게 당신에게 주어진 모험이에요. 할 수 있겠어요?"

"네……. 하지만……."

"다행이다. 로럴, 고마워요." 닉은 왼손으로 그녀의 목덜미를 잡고 얼굴을 끌어당겨서 입을 맞추었다. 그의 입술은 차가웠고 숨결에서는 공포의 맛이 느껴졌다.

그러고 나서 잠시 후, 그는 걸음을 옮겼다.

26

"그러면 말이죠……. 목이 졸리는 느낌일까요?" 베서니가 물었다. “숨이 막히는 느낌일까요?”

“아니.” 브라이언이 말했다. 그는 닉이 오는지 보려고 자리에서 일어난 참이었다. 바로 그때 닉이 새하얗게 질린 로렐 스티븐슨을 뒤에 데리고 등장하자 브라이언은 다시 자리에 앉았다. “머리가 살짝 어지럽고…… 아찔하다가…… 아무것도 느끼지 못할 거야.” 그는 닉을 흘끗 쳐다보았다. “다시 깨어날 때까지.”

“맞아!” 닉이 명랑한 목소리로 말했다. “그리고 혹시 모르지. 내가 안 죽고 살아 있을지도. 밉상들은 계속 얼굴을 들이미는 습성이 있거든. 안 그래요, 브라이언?”

“무슨 일이든 있을 수 있겠죠.” 브라이언이 말했다. 그는 스로틀을 앞으로 살짝 밀었다. 하늘이 다시 밝아지고 있었다. 그들 앞으로 보이는 구멍은 꼼짝도 하지 않았다. “다들 자리에 앉아주세요. 닉, 여기 내 옆으로 와요. 뭘 어떻게 하면 되는지 가르쳐줄게요……. 언제 하면 되는지도.”

“잠깐만요.” 로렐이 말했다. 얼굴빛과 평정심을 어느 정도 회복한 모습이었다. 그녀가 까치발을 하고 닉의 입술에 입을 맞추었다.

“고마워요.” 닉이 엄숙한 목소리로 말했다.

“당신은 그만둘 작정이었어요. 그렇게 결심했어요. 그런데도 그분께서 듣지 않으려고 하면 당신이 데이지를 들고 왔던 날을 이야기하면 돼요. 맞죠?”

닉은 씩 웃었다. “토씨 하나 안 틀리고 맞았어요. 토씨 하나 안 틀리고.” 그는 왼팔로 그녀를 감싸 안고 한참 동안 힘껏 입을 맞추었다. 그녀를 놓았을 때 그의 입가에는 부드럽고 다정한 미소가 어려 있었다. "그러면 돼요. 아주 좋아요."

27

삼 분 뒤에 브라이언은 인터폰을 켰다. "지금 감압을 시작하겠습니다. 모두들 벨트를 맸는지 확인해주세요."

그들은 시키는 대로 했다. 앨버트는 무슨 소리—예컨대 쉭 하고 바람이 빠진다든지 하는—가 들리길 기다렸지만 제트기 엔진이 웅웅대는 소리말고는 아무것도 들리지 않았다. 그는 그보다 더 정신이 멀쩡할 수가 없었다.

"앨버트?" 베서니가 겁에 질린 목소리로 조그맣게 불렀다. "나 좀 안아줄래?"

"그래." 앨버트가 말했다. "네가 나를 안아주면."

그들 뒤에서는 루디 워릭이 기도문을 중얼거리고 있었다. 통로 건너편에서는 로럴 스티븐슨이 좌석 팔걸이를 붙잡았다. 입술에 남은 닉 호프웰의 온기가 여전히 느껴졌다. 그녀는 고개를 들어서 머리 위 선반을 쳐다보며 천천히 심호흡을 하기 시작했다. 마스크가 떨어지길 기다렸는데…… 구십 초 정도 뒤에 정말로 마스크가 떨어졌다.

'벨파스트의 그날도 기억해야 해.' 그녀는 생각했다. '교회 뒤. 속죄의 수단이라고 했잖아. 속죄의…….'

그녀는 그런 생각을 하다 말고 의식을 잃었다.

28

“어떻게 하면 되는지…… 알겠죠?” 브라이언이 재차 확인했다. 꿈을 꾸듯 목소리가 몽롱했다. 그들 앞에서 조종실 창문 너머로 시간의 균열이 다시 한번 너울 치며 하늘 위로 펼쳐졌다. 이제는 새벽으로 물들어서 진과 다른 환상적인 빛깔들이 한데 똬리를 틀고 어지럽게 움직이다 깊고 섬뜩한 구멍 속으로 흘러들어갔다.

“알아요.” 닉이 말했다. 그는 브라이언 옆에 서 있었다. 산소마스크를 하고 있어서 웅얼거리는 것처럼 들렸다. 고무 덮개 위로 보이는 눈빛이 침착하고 또렷했다. “걱정 마요, 브라이언. 전부 무사할 테니까. 얼른 자요. 좋은 꿈이나 꾸면 돼요.”

브라이언은 이제 정신이 혼미해졌다. 의식이 사라져가는 게 느껴지는데도…… 그는 현실이라는 옷감에 뚫린 거대한 구멍을 물끄러미 쳐다보며 버티고 있었다. 그 구멍이 조종실 창문을 향해 너울치며 비행기를 향해 다가오는 것처럼 느껴졌다. ‘이렇게 아름다울 수가.’ 그는 생각했다. ‘맙소사, 이렇게 아름다울 수가!’

그는 투명한 손이 비행기를 잡고 다시 그쪽으로 끌어가는 것을 느꼈다. 이번에는 기수를 돌릴 방법이 없었다.

“닉.” 그가 말했다. 이제는 엄청난 노력을 기울여야 말을 할 수 있었다. 뇌에서 입까지 거리가 백 킬로미터는 되는 듯했다. 그는 손을 들었다. 손이 긴 엿가락 같은 팔 끝에서 끝도 없이 늘어지는 것처럼 느껴졌다.

“자요.” 닉이 그의 손을 잡으며 말했다. “나와 같이 가고 싶지 않으면 참지 마요. 이제 얼마 안 남았어요."

"그냥…… 고맙다는 말을 하고 싶었어요."

닉은 미소를 지으며 브라이언의 손을 꼭 잡았다. "천만에요. 기억에 남을 만한 비행기 여행이었어요. 영화도 못 보고 공짜 칵테일도 못 마셨지만."

브라이언은 다시 구멍을 쳐다보았다. 휘황찬란한 빛깔들로 이루어진 강물이 그 안으로 쏟아져 들어가고 있었다. 그 빛깔들이 소용돌이치고…… 섞이면서…… 몽롱한 그의 눈앞에서 글귀를 만드는 듯했다.

별똥별 외 출입 금지

"우리가…… 별똥별?" 그는 신기한 듯이 물었다. 이제는 목소리가 머나먼 우주에서 전해지는 것처럼 들렸다.

어둠이 그를 삼켰다.

29

이제 닉 혼자 남았다. 29편 항공기에서 깨어 있는 사람은 예전에 벨파스트의 교회 뒤에서 수류탄처럼 보이게 짙은 회색으로 칠한 감자를 내던지던 세 아이를 총으로 쏘아 죽인 한 명뿐이었다. 아이들은 왜 그런 짓을 저질렀을까? 일종의 무모한 도전이었을까? 그로서는 죽을 때까지 모를 일이었다.

두렵지는 않았지만 엄청난 외로움이 그를 채웠다. 낯선 감정은 아니었다. 다른 사람들의 목숨줄을 붙잡고 혼자 보초를 선 게 이번이 처음은 아니었다.

구멍이 앞으로 점점 다가왔다. 그는 기내 기압을 조절하는 가감 저항기 위로 고개를 숙였다.

'멋지네.' 그는 생각했다. 구멍 밖으로 활활 타오르는 빛깔들이 지난 몇 시간 동안 겪었던 모든 일들과 선명한 대조를 이루는 듯했다. 그는 지금 새로운 생명과 새로운 움직임으로 이루어진 도가니를 보고 있었다.

'아름다울 수밖에 없지 않을까? 생명이—어쩌면 모든 생명이—시작되는 곳인데. 날마다, 매초마다 새롭게 생명이 잉태되는 곳. 창조의 요람이자 시간의 원천. 랭골리어들은 이 너머로 들어올 수 없겠지.'

여러 빛깔들이 분수에서 뿜어져 나온 물보라처럼 뺨과 이마를 가로질렀다. 정글 같은 초록색이 용암 같은 주황색에게 자리를 내주었다. 용암 같은 주황색은 열대지방의 햇빛처럼 노란빛이 도는 하얀색으로 대체되었다. 햇빛은 북쪽 바다처럼 싸늘한 파란색으로 교체되었다. 제트기 엔진의 굉음이 멀게 느껴졌다. 그는 아래를 내려다보았다. 구부정하게 잠이 든 브라이언 엥글이 온갖 빛깔에 휩싸여서 형체며 이목구비가 변화무쌍한 빛의 만화경 속에 파묻힌 것을 보고도 놀라지 않았다. 브라이언은 근사한 유령이 되었다.

자신의 손과 팔이 점토처럼 창백해진 것을 보고도 놀라지 않았다. '유령은 브라이언이 아니라 나구나.'

구멍이 점점 다가왔다.

이제는 새로운 소리 속에 완전히 묻혀서 제트기 엔진 소리가 전혀 들리지 않았다. 767기가 깃털로 가득한 바람굴을 전속력으로 관통하는 듯한 느낌이었다. 천상의 불꽃놀이가 펼쳐지듯 기수 바로 앞에서 어마어마한 빛의 신성이 폭발했다. 닉 호프웰은 그 안에서 어느 누구도 상상할 수 없었던 빛깔들을 보았다. 빛깔들은 시간의 균열만 채운 것이 아니라 거대하고 찬란한 불꽃으로 그의 머리와 신경과 근육과 뼈까지 채웠다.

"하나님 맙소사, 이렇게 아름다울 수가 있을까!" 그는 외쳤고, 29편 항공기가 틈새로 빠져들자 기내 기압을 조절하는 가감저항기를 다시 끝까지 돌렸다.

눈 깜짝할 새 닉의 치아 보철물들이 조종실 바닥으로 후두둑 떨어졌다. 그의 무릎을 대신했던 테플론 디스크—북아일랜드에서 있었던 일보다 눈곱만큼 명예로운 사건이 남긴 기념품이었다—가 그 대열에 합류하자 조그맣게 쿵 소리가 났다. 그게 다였다.

닉 호프웰은 그렇게 소멸되었다.

30

브라이언이 맨 처음 느낀 것은 셔츠가 축축하다는 것과 머리가 아프기 시작했다는 것이었다.

그는 욱신거리는 머리에 얼굴을 찡그리며 좌석에서 천천히 일어나 자신이 누구이고, 여긴 어디이며, 왜 그렇게 얼른 일어나야 할 것 같은 엄청난 조바심을 느꼈는지 기억을 더듬었다. 무슨 중요한 일을 하고 있었을까?

'누출.' 그의 머리가 속삭였다. '이코노미석 객실에서 내부 공기가 누출돼서 사태가 진정되지 않으면 엄청나게 골치가 아파질…….'

아니다, 그게 아니었다. 내부 공기 누출은 진정됐고—신기하게 저절로 해결됐다—그는 7편 항공기를 몰고 LA 공항에 무사히 착륙했다. 그러자 초록색 재킷을 입은 남자가 와서…….

'앤의 장례식! 맙소사, 내가 늦잠을 자다니!'

그는 번쩍 눈을 떴지만 모텔 객실도, 리비어에 있는 앤의 남동생네 집도 아니었다. 조종실 창문 너머로 별빛 가득한 하늘이 보였다.

문득 모든 기억이 되살아났다……. 하나도 남김없이.

그는 벌떡 일어섰다. 머리가 메스꺼운 숙취를 알리며 비명을 질렀다. 흘러나온 코피가 중앙의 제어판 위로 흩뿌려졌다. 아래를 내려다보니 셔츠 앞섶이 코피로 흠뻑 젖어 있었다. 누출이 있었던 게 맞았다. 그의 안에서.

'당연히 이럴 수 있지.' 그는 생각했다. '감압하면 종종 그러니까. 승객들한테 미리 경고했어야 하는데……. 그나저나 승객이 몇 명 남았더라?'

기억이 나지 않았다. 머릿속이 안개로 자욱했다.

그는 연료 게이지가 최저 수치를 향해 급속도로 치닫고 있는 것을 확인한 다음 관성항법장치를 점검했다. 비행기가 설정해놓은 대로 LA를 향해 고속 하강중이라 근처에 다른 비행기가 있으면 당장이라도 루트를 침범할 수 있었다.

그러고 보니 정신을 잃기 직전에 그의 공간에 누군가가 함께 있었는데……. 누구였더라?

기억을 더듬어보니 생각이 났다. 닉이었다. 닉 호프웰이었다. 그런데 사라졌다. 그렇게 나쁜 사람은 아니었던 모양이다. 그가 제 임무를 완수하지 않았더라면 브라이언은 지금 이렇게 깨어 있지 못했을 것이다.

그는 얼른 무전기를 켰다.

"LAX 지상관제 센터, 여기는 아메리칸 프라이드……." 그는 말을 하다 말고 멈추었다. 편명이 뭐였더라? 기억이 나지 않았다. 안개가 생각을 방해했다.

"29편 아니었나요?" 뒤에서 불안정하고 몽롱한 목소리가 들렸다.

"고마워요, 로럴." 브라이언은 뒤를 돌아보지도 않았다. "이제 돌아가서 벨트 매요. 곡예비행을 해야 할지도 모르니까."

그는 다시 무전기에 대고 말했다.

"아메리칸 프라이드 29편이다. 다시 한번 반복한다, 29편이다. 메이데이, 지상관제 센터, 비상사태다. 우리 앞쪽을 깨끗이 정리해주기 바란다. 85도 방향에서 접근중인데 연료가 없다. 소방차를 준비해야 하고……."

"아, 그만하세요." 로럴이 뒤에서 심드렁하게 말했다. "그만하세요."

브라이언은 그제야 머리를 번쩍 관통하는 새로운 통증과 새롭게 뿜어져 나오는 코피를 무시하며 뒤로 홱 돌았다. “앉으라고요, 젠장!” 그는 으르렁거렸다. “우리는 지금 교통량이 많은 상공에 예고도 없이 진입하고 있어요. 목이 부러지고 싶지 않으면…….”

“저 아래에 다른 비행기는 없어요.” 로럴은 좀 전처럼 심드렁한 목소리로 말했다. “다른 비행기도 없고 소방차도 없어요. 닉은 허무하게 죽었고 나는 그의 메시지를 전할 길이 없을 거예요. 직접 확인해보세요.”

브라이언은 그녀의 말대로 했다. 그들은 지금 LA 외곽 지역 위편을 지나고 있었음에도 불구하고 어둠말고는 아무것도 보이지 않았다.

아래에 아무도 없는 것 같았다.

전혀 아무도 없는 것 같았다.

그의 뒤에서 로럴 스티븐슨이 공포와 좌절이 담긴, 거칠고 격렬한 흐느낌을 터뜨렸다.

31

하얀색의 기다란 여객기가 LA 국제공항 동쪽으로 이십오 킬로미터 지점을 천천히 순항했다. 꼬리에 767이라는 숫자가 큼지막하고 당당하게 찍혀 있었다. 기체에는 아메리칸 프라이드라는 단어가 속도를 강조하기 위해 바람에 날리듯 뒤로 비스듬히 누워 있었다. 기수 양옆에는 날개에 파란 별이 점점이 박힌 빨갛고 큼지막한 독수리가 그려져 있었다. 그 그림이 그려진 여객기처럼 독수리도 착륙을 하려는 것처럼 보였다.

비행기가 아무도 없는 격자무늬의 길 위를 지나가도 그림자가 남지 않았다. 동이 트려면 아직 한 시간이 남았다. 아래에서 차가 지나가거나 가로등이 켜지지도 않았다. 온 사방이 고요하고 미동도 없었다. 반짝이는 활주로 불빛도 없었다.

비행기의 아랫부분이 스르르 열렸다. 착륙장치가 내려와서 펼쳐졌다. 바퀴가 제자리에 고정됐다.

아메리칸 프라이드 29편 항공기는 LA를 향해 미끄러지듯 하강했다. 오른쪽으로 선회하며 하강했다. 브라이언은 이제 육안으로 경로를 수정할 수 있었기 때문에 직접 했다. 공항 근처 모텔촌을 지나자 터미널 단지 중심부에 서 있는 기념물이 브라이언의 시야에 잠깐 들어왔다. 다리는 곡선 모양이고 한가운데 음식점이 있는 우아한 삼각대였다. 죽은 잔디밭 위를 금세 지나 십 미터 아래로 콘크리트 활주로가 펼쳐졌다.

이번에는 767기를 아기처럼 다룰 겨를이 없었다. 연료 게이지가 바닥을 때려서 비행기가 발광하기 직전이었다. 비행기는 벽돌을 가득 실은 썰매처럼 거칠게 내려앉았다. 쿵 소리와 함께 이가 떨렸고 다시 코피가 나기 시작했다. 가슴에 매는 좌석 벨트가 조여졌다. 부조종석에 앉아 있던 로럴은 비명을 질렀다.

그는 보조날개를 펴고 역추진 엔진을 최대로 가동했다. 비행기가 속도를 늦추기 시작했다. 속도가 시속 백육십 킬로미터를 살짝 넘겼을 때 역추진 엔진 두 개가 멎고 빨간색 엔진 정지 사인이 켜졌다. 그는 인터폰 스위치를 눌렀다.

"꼭 붙잡으세요! 엄청난 속도로 질주하고 있어요! 꼭 붙잡으세요!"

2번 엔진과 4번 엔진도 좀 버티는가 싶더니 몇 초 뒤에 멎어버렸다. 29편 항공기가 섬뜩한 정적 속에 활주로를 질주하는데 이제는 속도를 늦출 도구가 보조날개밖에 없었다. 브라이언은 아래로 지나가는 콘크리트 활주로와 멀리서 다가오는 종횡으로 얽힌 유도로를 속절없이 바라보았다. 바로 코앞에 퍼시픽 항공사의 터보팬 제트기가 시체처럼 버티고 있었다.

767기의 속도는 여전히 아무리 못해도 시속 백이십 킬로미터였다. 브라이언은 죽어버린 조종간을 있는 힘껏 오른쪽으로 돌렸다. 비행기가 미적미적 반응을 보인 덕분에 서 있는 터보팬 제트기를 겨우 십오 센티미터 간격으로 피할 수 있었다. 제트기의 창문들이 줄줄이 이어지는 시각장애인의 눈처럼 번뜩 지나갔다.

이제 그들은 길게 이어지는 탑승교에 최소 열두 대의 비행기가 젖 먹는 아기들처럼 얌전히 늘어서 있는 유나이티드 터미널을 향해 가고 있었다. 767기의 속도는 시속 오십 킬로미터 정도였다.

"다들 마음의 준비를 하세요!" 브라이언은 이 비행기도 이제 다른 비행기들처럼 죽어버려서 인터폰이 쓸모없게 되었다는 사실을 잠깐 잊고 인터폰에 대고 외쳤다. "충돌에 대비해서 마음의 준비를 하세요! 충돌……."

아메리칸 프라이드 29편 항공기는 대략 시속 오십 킬로미터의 속도로 유나이티드 에어라인 터미널의 29번 게이트에 부딪혔다. 요란하고 둔탁한 쿵 소리에 이어 금속이 찌그러지고 유리가 부서지는 소리가 났다. 브라이언의 몸은 벨트가 당겨지도록 앞으로 튕겨나갔다가 좌석으로 내동댕이쳐졌다. 그는 잠깐 동안 뻣뻣하게 그 자리에 앉아서 비행기가 폭발하기를 기다렸다가…… 탱크에 폭발할 연료가 남지 않았음을 기억해냈다.

그는 제어판에 달린 스위치를 모두 끈 다음—제어판이 불통인데도 뼈에 박힌 습관이었다—고개를 돌려 로럴의 상태를 확인했다. 그녀는 아무 감정이 없는 멍한 눈으로 그를 쳐다보았다.

"하마터면 비행기가 박살날 뻔했어요." 브라이언은 떨리는 목소리로 말했다.

"충돌하게 그냥 내버려두지 그랬어요. 우리가 시도했던 모든 것…… 다이너…… 닉…… 전부 헛수고였어요. 여기도 똑같아요. 똑같아요."

브라이언은 벨트를 풀고 비틀거리며 일어섰다. 그는 뒷주머니에서 손수건을 꺼내 그녀에게 건넸다. "닦아요. 코피가 나고 있어요."

그녀는 손수건을 받아들고 평생 처음 보는 물건인 양 쳐다보기만 했다.

브라이언은 그녀를 지나서 이코노미석 객실 쪽으로 터벅터벅 천천히 걸어갔다. 승객들—그러니까 남아 있는 몇 명—은 모두 별 이상 없어 보였다. 베서니는 앨버트의 가슴에 고개를 묻고 목 놓아 흐느끼고 있었다. 루디 워릭은 좌석 벨트를 풀고 일어났다가 위에 달린 선반에 머리를 부딪히고 다시 자리에 앉았다. 그는 상황 파악을 못 하는 멍한 눈으로 브라이언을 쳐다보았다. 브라이언은 루디가 아직도 배가 고플까 궁금해졌다. 아마 아닐 것이다.

“내립시다.” 브라이언이 말했다.

베서니가 고개를 들었다. “언제쯤 그것들이 들이닥칠까요?” 그녀가 히스테릭한 목소리로 그에게 물었다. “이번에는 시간이 얼마나 지나야 그것들이 들이닥칠까요? 그것들이 내는 소리가 들리는 사람 있어요?”

통증이 다시금 브라이언의 머리를 강타했고, 그는 휘청하며 이러다 정신을 잃을 게 분명하다는 생각을 했다.

누군가가 든든한 팔로 허리를 감싸주자 그는 놀라서 뒤를 돌아보았다. 로럴이었다.

“엥글 기장님 말씀이 맞아요.” 그녀가 조용히 말했다. “여기서 내려요. 어쩌면 보기보다 괜찮을 수도 있어요.”

베서니는 히스테리 환자처럼 하, 하고 웃음을 터뜨렸다. “얼마나 괜찮을 수 있는데요?” 그녀는 따져 물었다. “도대체 얼마나 괜찮을 수…….”

“뭔가가 달라.” 앨버트가 문득 말했다. 그는 창밖을 내다보고 있었다. “뭔가가 달라졌어. 뭔지는 모르겠지만…… 달라.” 그는 먼저 베서니를 쳐다보았다가 브라이언과 로럴 쪽으로 시선을 옮겼다. “달라요.”

브라이언은 밥 젱킨스 옆으로 허리를 숙여서 창밖을 내다보았다. 뱅고어 국제공항과 별반 다를 게 없어 보였지만—물론 비행기 수가 더 많기는 했지만 마찬가지로 인적이 없고 죽은듯 고요했다—브라이언은 뭔가를 발견한 것 같았다. 눈으로 목격했다기보다 느낌이 그랬다. 뭔지 모르겠지만 결정적인 차이가 있었다. 헤어진 아내의 향수 이름이 그랬던 것처럼 그게 뭔지는 생각이 날 듯 말 듯했다.

랑부아야, 여보. 내가 항상 뿌렸던 향수 이름. 기억 안 나?

기억 안 나?

"갑시다." 그가 말했다. "이번에는 조종실 출구로 내립시다."

32

브라이언은 삐죽 튀어나온 계기판 아래 바닥에 달린 문을 열며, 슬라이드를 동원하는 것보다 훨씬 더 간편한데 뱅고어 국제공항에서는 왜 여기로 승객들을 내리게 하지 않았는지 기억을 더듬었다. 이유가 있어서 그런 것 같지는 않았다. 아마 비상시에는 가장 먼저 비상용 슬라이드를 떠올리도록 훈련을 받았기 때문에 미처 생각하지 못했을 것이다.

그는 화물칸으로 뛰어내려서 고개를 숙이고 이리저리 엉킨 전선을 지나 767기의 기수 바닥에 달린 출입구를 열었다. 뒤따라온 앨버트가 베서니를 도와주었다. 브라이언은 로럴을 도운 다음 앨버트와 함께 뼈가 유리로 변한 것처럼 움직이는 루디를 도왔다. 루디는 아직까지 한 손에 묵주를 꼭 쥐고 있었다. 조종실 아래 공간이 이제 꽉 찼다. 밥 젱킨스가 위에서 손으로 문을 고정하고 문 너머로 그들을 내려다보며 기다리고 있었다.

브라이언이 사다리를 꺼내서 단단히 설치했고 한 명씩 차례차례 활주로로 내려갔다. 맨 처음이 브라이언, 맨 마지막이 밥이었다.

브라이언은 발이 활주로에 닿자 가슴에 손을 얹고 이렇게 외치고 싶은 말도 안 되는 충동을 느꼈다. '이 상한 젖과 시큼한 꿀이 흐르는 땅을 29편 항공기 생존자들의 것으로 선포하노라……. 적어도 랭골리어들이 들이닥치기 전까지는!'

하지만 아무 말도 하지 않았다. 그저 다른 사람들과 함께 제트여객기의 기수 아래 서서 한쪽 뺨에 와닿는 산들바람을 느끼며 주위를 둘러볼 따름이었다. 저멀리서 무슨 소리가 들렸다. 뱅고어에서 점점 피부로 느껴졌던 씹고 부수는 소리는 아니었지만—전혀 달랐다—무슨 소리인지 정확하게 결론을 내릴 수가 없었다.

"저게 뭐예요?" 베서니가 물었다. "저 웅웅거리는 소리 뭐예요? 꼭 전기 흐르는 소리 같은데."

"아니야, 그게 아니야." 밥은 생각에 잠긴 목소리로 중얼거렸다. "무슨 소리 같으냐면……." 그는 고개를 저었다.

"지금까지 저 비슷한 소리는 들어본 적 없는 것 같은데요." 브라이언은 이렇게 말했지만 장담할 수 없었다. 이미 알고 있거나 알아야 할 무언가가 생각날 듯 말 듯 머릿속에서 춤을 추는 듯한 기분이 엄습했다.

"그것들이죠?" 베서니가 히스테리 환자처럼 물었다. "그것들이 다가오는 소리죠? 다이너가 말한 랭골리어들요."

"아닐 거야. 소리가 전혀 달라." 말은 그렇게 해도 뱃속에서 시작되는 공포가 느껴졌다.

"이제 어쩝니까?" 루디가 물었다. 목소리가 까마귀 울음소리처럼 거칠었다. "처음부터 다시 시작해야 하나요?"

"일단 컨베이어 벨트는 필요 없겠네요. 출발이 좋아요." 브라이언이 말했다. "탑승교 문이 열려 있거든요." 그는 767기 기수 밖으로 나가서 손으로 가리켰다. 그들이 29번 게이트 앞으로 기세 좋게 등장하는 바람에 바퀴 달린 계단이 멀찌감치 굴러가버리기는 했지만 그래도 원래 있었던 자리로 끌고 오기는 어렵지 않았다. "가지러 갑시다."

그들은 계단을 향해 걸었다.

"앨버트?" 브라이언이 말했다. "같이 계단……."

"잠깐만요." 밥이 말했다.

브라이언이 고개를 돌려보니 밥이 놀란 얼굴로 조심스럽게 주변을 둘러보고 있었다. 좀 전까지만 해도 멍하던 두 눈에 어린 저것은…… 희망의 눈빛이라고 해야 할까?

"왜요? 뭔데요, 밥? 뭐가 보이는데요?"

"또다시 아무도 없는 공항이 보이죠. 그게 아니라 느낌이." 그는 자기 뺨으로 손을 올리더니…… 차를 얻어타려는 사람처럼 밖으로 내밀어서 들고 있었다.

브라이언은 무슨 소리냐고 물으려다 무슨 뜻인지 깨달았다. 여객기 기수 아래 서 있었을 때 그도 느끼지 않았던가? 느꼈다가 그대로 잊어버리지 않았던가?

얼굴 위로 산들바람이 불고 있었다. 대단하지는 않고 입김 수준이었지만 그래도 바람은 바람이었다. '공기가 움직이고 있다?'

"어라?" 앨버트가 말했다. 그는 손가락 하나를 입에 넣어서 침을 묻히고 세워서 들었다. 못 믿겠다는 듯한 함박웃음이 그의 얼굴을 스치고 지나갔다.

"그뿐만이 아니에요." 로럴이 말했다. "이걸 들어봐요!"

그녀는 서 있던 자리에서 767기의 날개 쪽으로 뛰어갔다. 그런 다음 머리카락을 휘날리며 다시 제자리로 달려왔다. 그녀의 하이힐이 콘크리트에 부딪히며 또각또각 경쾌한 소리를 냈다.

"들었어요?" 그녀가 물었다. "들었어요?"

그들도 들었다. 울림 없던 답답한 소리는 이제 과거의 것이었다. 브라이언은 로럴의 목소리를 듣자 뱅고어에서는 그들 모두 둔탁한 금속—놋쇠 아니면 납 같은—으로 만든 종 속에 머리를 넣고 말하는 것처럼 들렸다는 것을 느낄 수 있었다.

베서니가 손을 들더니 옛날 연주 그룹인 라우터스의 곡 〈렛츠 고〉의 백비트에 맞춰서 빠르게 박수를 쳤다. 박수 소리가 달리기 시합의 총소리만큼이나 깨끗하고 또렷했다. 기쁨의 미소가 그녀의 얼굴에 번졌다.

"그게 무슨 의……." 루디가 말문을 열었다.

"비행기!" 앨버트가 신이 나서 카랑카랑하게 외치자 순간 브라이언은 엉뚱하게도 〈판타지 아일랜드〉라는 옛날 텔레비전 프로그램에 나왔던 키 작은 남자가 생각났다. 그는 하마터면 큰 소리로 웃을 뻔했다. "뭐가 다른지 알겠어요! 비행기를 보세요! 다른 비행기들하고 똑같잖아요!"

그들은 고개를 돌려서 확인했다. 한참 동안 아무도 말을 하지 않았다. 어쩌면 모두가 말문이 막혀서 그랬을 수도 있었다. 뱅고어에서 아메리칸 프라이드 제트여객기 옆에 서 있었던 델타 727기는 칙칙하고 우중충하며 왠지 모르게 767기보다 진짜 같지 않아 보였다.

그런데 지금은 모든 비행기—29편 항공기와 그 뒤편으로 기다란 탑승교를 따라 나란히 서 있는 유나이티드 에어라인의 다른 비행기들까지—가 똑같이 환하고 새것처럼 보였다. 심지어 어두컴컴한 와중에도 도장과 트레이드마크 로고가 반짝이는 것처럼 보일 정도였다.

"무슨 의미죠?" 루디가 밥에게 물었다. "무슨 의미일까요? 모든 게 정말 정상으로 되돌아왔다면 전기는 어떻게 된 거예요? 사람들은 어디 있고요?"

"그리고 저 소리는 뭐고요?" 앨버트가 끼어들었다.

그 소리는 이미 가까워졌고 또렷해졌다. 베서니가 말했던 것처럼 웅웅거리는 소리였지만 전기 흐르는 소리와는 전혀 달랐다. 바람이 뻥 뚫린 관을 관통하거나 동물 합창단이 목구멍을 열고 한 음절을 일제히 중얼거리는 소리 같았다. 아아아아아아아…….

밥은 고개를 저었다. "모르겠네." 그는 이렇게 말하면서 고개를 돌렸다. "저 계단을 옮겨서 안으로……."

로럴이 그의 어깨를 붙잡았다.

"뭔가 알고 계신 거죠!" 그녀가 말했다. 잔뜩 힘이 들어가고 긴장한 목소리였다. "눈치챘어요. 우리한테도 알려주세요, 네?"

그는 망설이다 고개를 저었다. "아직은 그럴 준비가 안 됐어요, 로럴. 일단 안으로 들어가서 둘러봅시다."

그들은 그쯤에서 물러나는 수밖에 없었다. 브라이언과 앨버트가 계단을 원래 있었던 자리로 끌고 왔다. 계단 다리 한쪽이 살짝 휘는 바람에 브라이언이 잡고 있는 동안 한 명씩 올라갔다. 브라이언은 맨 마지막에 휜 다리 반대쪽을 밟고 올라갔다. 그가 올 때까지 기다렸다가 다 같이 탑승교를 지나서 터미널로 들어갔다.

둥그스름한 한쪽 벽을 따라서 탑승구들이 띄엄띄엄 배치된 넓고 동그란 공간이 그들을 맞았다. 줄줄이 놓인 의자들은 인적 없이 으스스하고 천장에 달린 형광등은 시커먼 사각형이었지만 앨버트는 이곳에서 다른 사람들의 냄새가 나는 것 같았다. 29편 항공기의 생존자들 전체가 탑승교에서 빠져나오기 불과 몇 초 전에 다른 사람들이 떼를 지어서 나간 느낌이었다.

눈에 보이지 않는 파도가 서서히 다가오듯 밖에서 들리는 웅웅거리는 합창 소리가 점점 더 커졌다. 아아아아아아아아아아아아아.

"나를 따라와요." 밥 젱킨스가 자연스럽게 리더를 자청했다. "얼른요."

그가 중앙 홀 쪽으로 걸음을 옮기자 나머지도 일렬로 따라갔고, 앨버트와 베서니는 서로 허리를 감싸 안고 걸었다. 카펫이 깔린 유나이티드 에어라인 항공사의 탑승 라운지에서 벗어나 중앙 홀로 들어서자 그들의 신발 뒤축 소리가 사방에 울려 퍼져서 여섯 명이 아니라 스물 몇 명은 되는 것처럼 느껴졌다. 그들은 벽에 걸린 어두침침한 광고를 지나갔다. CNN을 시청하세요, 말보로를 피우세요, 허츠 렌터카를 타세요, 《뉴스위크》를 읽으세요, 디즈니랜드를 구경하세요.

목구멍을 열고 웅얼거리는 듯한 그 소리는 점점 더 커졌다. 밖에 있었을 때만 해도 로렐은 그 소리가 서쪽에서 다가오고 있다고 단언할 수 있었다. 그런데 지금은 가수들—가수인지 뭔지 알 수 없었지만—이 이미 도착해서 이 자리에 그들과 함께 있는 듯한 느낌이었다. 소리가 무섭게 느껴지지는 않았지만 경외감으로 팔과 등줄기에 소름이 돋았다.

카페테리아 스타일의 식당에 도착하자 밥이 그들을 데리고 안으로 들어갔다. 그는 거침없이 카운터 너머로 들어가서 카운터 위에 쌓여 있던 포장된 패스트리를 집어 들었다. 그는 이로 포장지를 벗기려다…… 틀니를 비행기에 두고 왔음을 깨달았다. 그는 조그맣게 넌더리를 내며 패스트리를 카운터 너머의 앨버트에게 건넸다.

“네가 까.” 그가 말했다. 그의 눈빛이 이글거렸다. “얼른, 앨버트! 얼른!”

“서두르게, 왓슨. 사건이 일어났어!” 앨버트는 이렇게 말하고 미친 사람처럼 웃었다. 그가 랩을 벗기고 밥을 쳐다보자 밥은 고개를 끄덕였다. 앨버트는 패스트리를 꺼내서 한 입 먹었다. 크림과 산딸기 잼이 양옆으로 삐져나왔다. 앨버트는 씩 웃었다. “맛있어요!” 그는 부스러기를 사방으로 튀기며 말했다. “맛있어요!” 그가 패스트리를 베서니에게 건네자 베서니는 그보다 더 크게 한입 베어 먹었다.

산딸기 잼 냄새가 전해지자 로럴의 뱃속에서 천둥소리가 들렸다. 그녀는 웃음을 터뜨렸다. 갑자기 들뜨고 기쁘고 마약에 취한 듯한 기분이 들었다. 거미줄 같았던 감압의 여파는 완전히 사라졌다. 머릿속이 덥고 미치도록 후덥지근한 오후에 상쾌한 바닷바람이 불어온 2층 방처럼 느껴졌다. 그녀는 여기에 없는 닉, 나머지 사람들이 이곳에 있을 수 있도록 자기 목숨을 희생한 닉을 떠올리며 이런 기분을 느낀다 한들 닉이 섭섭해하지는 않을 거라는 생각을 했다.

방향도 없고 출처도 없이 온 사방에서 들리는 한숨의 노랫소리가 점점 더 커졌다.

아아아아아아아아아아아아아아.

밥 젱킨스는 잽싸게 카운터에서 나온답시고 금전등록기 앞을 바짝 돌다 발을 헛딛는 바람에 넘어지지 않으려고 양념통이 담긴 카트를 붙잡았다. 그는 무사했지만 스테인리스스틸 카트가 듣기 좋은 낭랑한 소리를 내며 뒤집혀서 플라스틱 식사 도구와 머스터드, 케첩, 렐리시 봉지가 온 사방으로 날아갔다.

"서둘러요!" 그가 외쳤다. "여기 있으면 안 돼요! 조만간 그 사태가 벌어질 텐데—지금 당장이라도 그럴 수 있어요—그때 여기 있으면 안 돼요! 위험해요!"

"뭐가 위험하다는……." 베서니가 말문을 열었지만 앨버트가 팔로 그녀의 어깨를 감싸서 재촉하며, 정신 나간 여행 가이드처럼 이미 카페테리아 밖으로 뛰쳐나간 밥을 따라갔다.

그들은 그를 따라서 다시 유나이티드 에어라인 항공사 탑승 라운지로 달려갔다. 이제는 아무도 없는 터미널을 가득 메우고 여러 갈래로 뻗은 복도에 부딪혀 메아리치고 또 메아리치는 엄청난 웅얼거림에 달그락거리는 그들의 발소리가 거의 묻혀버렸다.

브라이언은 하나의 거대한 줄기에 균열이 생기는 소리를 들었다. 산산이 흩어지거나 달라지려는 게 아니라 랭골리어들의 소리가 뱅고어로 다가오면서 그랬던 것처럼 한곳으로 집중되는 소리였다.

탑승 라운지로 들어서자 빈 의자, 출발과 도착을 알리는 시커먼 텔레비전 모니터, 탑승 데스크 위로 천상의 빛이 미끄러지듯 움직이는 게 보였다. 파란색 다음은 빨간색, 빨간색 다음은 노란색, 노란색 다음은 초록색이었다. 다채롭고 이질적인 기대감이 허공을 가득 메우고 있는 듯한 느낌이었다. 머리끝에서 발끝까지 전율이 흘렀다. 온몸의 털이 곤두서려는 게 느껴졌다. 선명한 확신이 아침 햇살처럼 그를 가득채웠다. '무슨 일인가가 벌어지려 하고 있어. 대단하고 근사한 일이.'

"이쪽으로!" 밥이 외쳤다. 그는 방금 전에 통과한 탑승교 옆쪽 벽으로 그들을 안내했다. 탑승객만 들어갈 수 있는 곳이라 빨간색 벨벳 로프로 막혀 있었다. 밥은 고등학교 장애물경주 선수처럼 간단하게 로프를 넘었다. 어쩌면 정말로 장애물경주 선수였을지도 모를 일이었다. "벽에 바짝 기대요!"

"벽에 바짝 기대란다, 이 육시랄 것들아!" 앨버트가 갑자기 발작적으로 웃으며 외쳤다.

그와 나머지 사람들은 밥을 따라서 경찰서에 잡혀 온 용의자처럼 벽에 바짝 기대고 섰다. 그들 앞으로 보이는 인적 없는 동그란 라운지에서 여러 빛깔들이 잠깐 눈부시게 너울지다…… 희미해지기 시작했다. 하지만 소리는 점점 깊어지고 생생해졌다. 브라이언이 생각하기에는 그 안에 사람들 목소리와 발소리, 심지어 아기들이 칭얼거리는 소리까지 담겨져 있는 것 같았다.

"뭔지 모르겠지만 근사하네요!" 로럴이 외쳤다. 그녀는 울다가 웃다가 하고 있었다. "정말 좋아요!"

"여기는 안전했으면 좋겠는데." 밥이 말했다. 그는 언성을 높여서 말을 해야 했다. "아마 안전할 거요. 오가는 인구가 많은 곳에서 벗어났으니까."

"무슨 일이 벌어진다는 겁니까?" 브라이언이 물었다. "뭘 알고 계신 거죠?"

"우리가 시간의 균열을 지나서 동쪽으로 갔을 때는 시간을 거슬러 갔잖아요!" 밥은 고함을 질렀다. "과거로 갔죠! 기껏해야 십오 분에 불과하지 않을까 싶은데……. 내가 그런 소리했던 거 기억나요?"

브라이언이 고개를 끄덕였을 때 앨버트의 얼굴이 환해졌다.

"이번에는 우리가 미래로 온 거예요!" 앨버트가 큰 소리로 외쳤다. "맞죠, 그렇죠? 이번에는 시간의 균열이 우리를 미래로 데려온 거예요!"

"맞아, 내 생각은 그래!" 밥도 같이 고함을 질렀다. 그는 속절없이 웃고 있었다. "죽은 세상—우리를 빼놓고 지나가버린 세상—이 아니라 태어나길 기다리는 세상으로 날아온 거야. 이제 막 피어나려는 장미꽃처럼 신선하고 새로운 세상에! 지금 그런 일이 벌어지려는 게 아닐까 싶어. 우리가 듣고 느낀 게…… 우리를 황홀하고 감당할 수 없는 기쁨으로 채운 게 바로 그거야. 조만간 우리는 지금껏 어떤 사람도 목격한 적 없는 일을 보고 경험하게 될 거야. 세상의 죽음은 이미 보았지. 이번에는 세상의 탄생을 보게 될 거야. 현재가 이제 금방 우리를 따라잡을 거야."

빛깔들이 눈부시게 너울지다 희미해지자 나지막이 진동하던 소리도 갑자기 잦아들었다. 그와 동시에 그 안에 들어 있던 소리들이 커지고 선명해졌다. 로럴은 단어들을, 심지어 한 구절을 통째로 알아들을 수 있었다.

"그녀가 결정하기 전에 전화를 해야……."

"대안이 없을 것 같은데……."

"이걸 모회사로 넘길 수 있으면 성공인데……."

이런 말들이 벨벳 로프 저쪽의 빈 공간을 가르며 그들 앞을 똑바로 지나갔다.

브라이언은 황홀감이 그의 안에서 뭉게뭉게 피어올라 경이로움과 행복의 빛으로 충만해지는 것을 느낄 수 있었다. 그는 로럴의 손을 잡았고, 그녀가 깍지를 끼자 그녀를 향해 씩 웃으며 깍지 낀 손을 있는 힘껏 잡았다. 그들 옆에서는 앨버트가 난데없이 베서니를 끌어안았고 그러자 그녀는 웃으며 그의 온 얼굴에 키스 세례를 퍼부었다. 밥과 루디는 오래전에 헤어졌다가 이 세상에서 가장 터무니없는 두메산골에서 우연히 만난 친구처럼 서로를 쳐다보며 환하게 웃었다.

천장에 달린 정사각형 모양의 형광등이 켜지기 시작했다. 한가운데에서부터 차례차례 불이 들어오자 빛의 동그라미가 중앙 홀의 바깥쪽으로 점점 번지면서 까만 양떼라도 되는 듯한 밤의 그림자를 쫓아냈다.

온갖 냄새들이 느닷없이 쾅하고 브라이언을 강타했다. 땀, 향수, 애프터셰이브, 오드콜로뉴, 담배 연기, 가죽, 비누, 청소용 세제.

넓고 동그란 탑승 라운지는 그 뒤로도 잠깐 동안 완전히 살아 있다고 할 수 없는 이들의 목소리와 발소리가 출몰하는 인적 없는 공간으로 남아 있었다. 브라이언은 생각했다. '나는 그걸 보게 될 거야. 움직이는 현재가 이 정지된 미래를 단단히 물고서, 남부와 서부의 작고 조용한 마을을 지나가는 급행열차가 기찻길 옆 우편 기둥에 걸려 있는 우편 행낭을 갈고리로 낚아채듯 미래를 끌어당기는 광경을. 여름날 아침에 피는 장미꽃처럼 시간이 피어나는 광경을.'

"마음의 준비를 해요." 밥이 중얼거렸다. "충격이 있을 수도 있으니까."

그로부터 딱 일 초가 지났을 때 브라이언은 충격을 느꼈다. 발뿐만이 아니라 온몸으로 느꼈다. 그와 동시에 보이지 않는 손이 등 한복판을 세게 미는 것 같은 기분도 느꼈다. 그는 앞으로 휘청했고, 로럴도 덩달아 앞으로 휘청하는 게 느껴졌다. 앨버트는 넘어지지 않으려고 루디를 붙잡았다. 루디는 전혀 개의치 않았다. 바보 같은 함박웃음이 그의 얼굴을 일그러뜨렸다.

"봐요!" 로럴이 헉 소리를 냈다. "아, 브라이언…… 봐요!"

그는 보았고…… 숨이 목에서 막히는 것을 느꼈다.

탑승 라운지가 유령들로 가득찼다.

투명한 천상의 존재들이 넓은 라운지 한복판을 가로지르고 엑스자로 교차했다. 양복을 입고 서류 가방을 든 남자들, 깔끔한 여행용 원피스를 입은 여자들, 리바이스 청바지와 록그룹 로고가 찍힌 티셔츠를 입은 십 대들. 유령 아버지가 두 명의 유령 어린이를 데리고 가는 광경도 보였고, 의자에 앉아서 투명한《코스모폴리탄》과《에스콰이어》와《US 뉴스 앤드 월드 리포트》를 읽는 사람들도 그들 너머로 보였다. 그러다 빛깔이 혜성처럼 연속으로 깜빡이며 형체들 속으로 뛰어들어 그 형체를 고체로 만들었고, 메아리치던 소리들은 진짜 인간의 목소리로 이루어진 입체음향으로 바뀌었다.

'별똥별.' 브라이언은 감탄하며 생각했다. '별똥별 외 출입 금지.'

이 변화가 일어났을 때 두 아이만 29편 항공기의 생존자들을 똑바로 쳐다보았다. 방금 전까지만 해도 벽밖에 없었던 곳에 등장한 네 남자와 두 여자를 두 아이만 보았다.

"아빠!" 남자아이가 외치며 아버지의 오른손을 잡아당겼다.

"아빠!" 여자아이가 부르며 그의 왼손을 잡아당겼다.

"왜?" 그는 짜증난 눈빛으로 아이들을 흘끗 쳐다보며 물었다. "아빠 지금 너희 엄마 찾고 있잖아!"

"새로운 사람들이에요!" 여자아이가 브라이언과 후줄근한 승객 5인조를 가리키며 말했다. "새로운 사람들 좀 보세요!"

남자는 브라이언과 다른 사람들을 흘끗 쳐다보며 신경질적으로 입술을 굳게 다물었다. 브라이언이 추측건대 피 때문인 것 같았다. 그와 로럴과 베서니는 모두 코피를 흘렸다. 남자는 아이들을 잡은 손에 힘을 주고 아이들을 잽싸게 끌고 갔다. "그래, 이제 엄마 찾을 수 있게 도와줘. 여기가 이렇게 정신없을 줄 몰랐네."

"하지만 좀 전까지만 해도 저 사람들이 없었어요!" 남자아이가 주장했다. "저 사람들은……."

그러더니 그들은 바삐 움직이는 인파 속으로 사라졌다.

브라이언이 텔레비전 모니터를 흘끗 올려다보니 새벽 4시 17분이었다.

'여기에 사람들이 너무 많잖아.' 그는 생각했다. '왜 그런지 이유를 알 것 같지만.'

그의 짐작을 뒷받침이라도 하려는 듯 천장에 달린 스피커가 쩌렁쩌렁 울렸다. "모하비사막 상공의 이례적인 기상 현상으로 인하여 LA 국제공항에서 동부로 가는 비행편이 모두 지연되고 있습니다. 불편을 끼쳐드린 데 사과의 말씀드립니다. 안전 조치를 취하는 동안 승객 여러분의 양해 바랍니다. 다시 한번 말씀드립니다. 모하비사막……."

'이례적인 기상 현상이라.' 브라이언은 생각했다. '그렇지. 그렇게 우라지도록 이상한 기상 현상은 내 평생 처음이었지.'

로럴이 브라이언 쪽으로 고개를 돌려서 그의 얼굴을 올려다보았다. 눈물이 뺨을 타고 흘러내리는데 그녀는 닦을 생각조차 하지 않았다. "그 아이가 한 말 들었어요? 그 여자아이가 한 말 들었어요?"

"네."

"우리일까요, 브라이언? 새로운 사람들? 우리일까요?"

"글쎄요." 그는 말했다. "느낌상으로는 그러네요."

"환상적이었어요." 앨버트가 말했다. "맙소사, 최고로 환상적이었어요."

"완전 짱이었지!" 베서니는 기쁨의 함성을 지르더니 다시 〈렛츠고〉 박수를 치기 시작했다.

"이제 어떻게 하면 좋을까요, 브라이언?" 밥이 물었다. "좋은 생각 있어요?"

브라이언은 꽉 막힌 탑승 라운지를 좌우로 살피며 말했다. "밖으로 나가고 싶네요. 상쾌한 공기도 마시고. 하늘도 보고요."

"관계 당국에 알려야 하지……."

"그러죠." 브라이언이 말했다. "하지만 하늘 먼저 보고요."

"가는 길에 뭘 좀 먹는 건 어떨까요?" 루디가 기대하는 목소리로 물었다.

브라이언은 웃음을 터뜨렸다. "그러죠, 뭐."

"내 시계가 멈추었어요." 베서니가 말했다.

브라이언이 손목을 내려다보니 그의 시계도 멈춰 있었다. 그들이 차고 있었던 시계가 전부 멈춰 있었다.

브라이언은 시계를 풀어서 무심하게 바닥에 떨어뜨리고 로럴의 허리를 감싸 안았다. "얼른 여기서 나갑시다. 동부로 떠나는 다음 비행기를 기다리실 분은 없죠?"

"오늘은 싫어요." 로럴이 말했다. "하지만 조만간 떠나야죠. 영국까지. 찾아야 할 사람이 있는데……." 순간 끔찍하게도 이름이 생각나지 않았다가…… 생각났다. "플루팅. 중심가에서 아무나 붙잡고 물어볼 것. 노인네들은 아직도 그를 감독이라고 부름."

"그게 무슨 소리예요?" 앨버트가 물었다.

"데이지." 그녀는 여기까지 말하고 웃음을 터뜨렸다. "나 지금 데이지 얘기하나 봐. 자…… 가요."

밥은 연분홍색 잇몸을 드러내며 활짝 웃었다. "나는 다음에 보스턴에 갈 일이 있으면 기차를 탈까 생각중이에요."

로럴은 브라이언의 시계를 발끝으로 건드리며 물었다. "이거 정말로 버릴 거예요? 비싸 보이는데."

브라이언은 씩 웃으며 고개를 젓고는 그녀의 이마에 입을 맞추었다. 그녀의 머리카락에서 나는 향기가 놀라우리만큼 달콤했다. 그는 기분이 좋은 정도가 아니라 다시 태어난 기분이었다. 온몸 구석구석이 새롭고 신선하며 세상의 때가 묻지 않은 것처럼 느껴졌다. 사실상 팔을 벌리면 엔진의 도움 없이 하늘을 날 수 있을 것 같은 기분이었다. "전혀 필요 없어요. 지금 몇 시인지 알거든요."

"그래요? 지금 몇 신데요?"

"삼십 분 지난 현재예요."

앨버트가 브라이언의 등을 철썩 때렸다.

그들은 비행기가 지연돼서 툴툴거리는 승객들 틈바구니를 뚫고 떼를 지어서 탑승 라운지 밖으로 나갔다. 상당히 많은 수의 승객들이 호기심 어린 눈빛으로 그들을 쳐다보았는데, 그중 몇 명이 방금 전에 코피가 난 것처럼 보여서 그런 것도 아니었고 그들이 불편을 겪어서 화가 난 사람들 사이를 웃으며 지나가서 그런 것도 아니었다.

그 여섯 명이 번잡한 라운지에서 어느 누구보다 더 밝아 보였기 때문에 쳐다보았다.

어느 누구보다 더 진짜 같아 보였기 때문에.

어느 누구보다 더 그곳에 존재하는 것처럼 보였기 때문에.

'별똥별 외 출입 금지.' 브라이언은 이 구절을 생각하다 문득 비행기 안에 승객이 한 명 더 남아 있다는 사실을 떠올렸다. 까만 수염을 기른 남자. '그치는 이번에 겪은 숙취를 절대 잊지 못하겠지.' 브라이언은 씩 웃었다. 그는 로럴을 휙 낚아채서 함께 달렸다. 그녀는 웃음을 터뜨리며 그를 끌어안았다.

그들 여섯 명은 에스컬레이터를 향해, 그 너머의 바깥세상을 향해 중앙 홀을 함께 달렸다.

2

자정 2분 뒤

비밀의 창,
비밀의 화원

척 베릴에게 바친다.

자정 2분 뒤:
「비밀의 창, 비밀의 화원」에 붙이는 서문

나로 말할 것 같으면 삶은 일련의 회로로 이루어졌다고 믿는 사람이다. 톱니바퀴 안에 또 다른 톱니바퀴가 있으며 어떤 것들은 서로 맞물려 있고 또 어떤 것은 혼자 돌아가지만, 결국에는 한데 모여서 일정 개수의 반복적인 기능을 수행한다고 말이다. 내가 효율적으로 움직이는 공장의 기계 같은 추상적인 이미지를 좋아하는 이유는 어쩌면 삶을 자세히 들여다보면 엉망진창이고 이상하게 느껴지기 때문인지도 모른다. 가끔씩은 삶에서 멀리 떨어져 "결국에는 패턴이 있었어! 거기에 어떤 의미가 담겨져 있는지는 모르겠지만, 맙소사, 나는 그 패턴을 봤어!"라고 말할 수 있다면 좋겠다.

이 톱니바퀴들은 비슷한 시점에 회전을 멈추고, 그들이 회전을 멈추면—내 추측에 따르면 약 이십 년마다 한 번씩 멈춘다—우리는 하던 일을 정리하는 시기를 맞이한다. 심리학자들은 국회에서 쓰는 용어를 슬쩍해서 이런 현상을 '종결'이라고 부른다.

내 나이 마흔두 살인 지금, 지난 사 년을 돌이켜보면 온갖 종류의 종결이 기억난다. 그런 현상이 가장 두드러졌던 분야가 내 작품이다. 『그것』에서는 아이들과, 아이들의 내면세계를 밝히는 다양한 인식에 대해 이야기하는 데 어마어마한 분량을 할애했다. 내년에는 '캐슬록' 시리즈의 최종판인 『당신의 욕망을 팝니다Needful Things』(이 중편집의 맨 마지막에 실린 「폴라로이드 개」가 그 작품의 프롤로그 격이다)을 출간할 예정이다. 그리고 이번 이야기는 작가와 글쓰기와 현실과 환상 사이에 존재하는 이상한 중간 지대를 다룬 마지막 작품이 될 것이다. 이 주제에 넋이 팔린 나를 오랫동안 참고 견뎌온 오랜 팬들은 환영할 만한 소식이 아닐까.

나는 몇 년 전, 1987년에 『미저리』라는 소설을 통해서 독자를 쥐고 흔드는 픽션의 엄청난 힘을 부분적으로나마 보여주려고 노력한 바 있다. 1989년에 출간한 『다크 하프』에서는 정반대로 작가를 쥐고 흔드는 픽션의 엄청난 힘에 대해 알아보려고 했다. 그 작품을 퇴고하는 동안, 『다크 하프』의 플롯을 전혀 다른 시각으로 접근해서 양쪽의 이야기를 동시에 하는 방법이 있을지 모른다는 생각이 들기 시작했다. 내가 보기에 글쓰기는 비밀스러운—꿈만큼이나 비밀스러운—행위이다. 낯설고 위험한 글쓰기의 한 측면인 그런 비밀스러움에 대해서 나는 생각해본 적이 별로 없었다.

예전 작품을 개작 출간하는 작가도 있다는 것을 알지만—존 파울스의 『마법사』가 그렇고 내가 쓴 『스탠드』도 그렇다—내가 염두에 둔 것은 개정판이 아니었다. 나는 낯익은 요소들을 전혀 새로운 방식으로 조합하고 싶었다. 예전에도 브램 스토커가 쓴 『드라큘라』

의 기본적인 요소들을 재구성하고 현대화해서 『살렘스 롯』을 탄생시킨 적이 있었기 때문에 나로서는 상당히 익숙한 발상이었다.

1987년 늦가을의 어느 날, 이런 아이디어들이 머릿속에서 마구 돌아다니고 있을 때 나는 지저분한 셔츠를 세탁기에 넣으려고 세탁실로 들어갔다. 우리집 세탁실은 2층에 있는 작고 좁은 반침이다. 나는 셔츠를 처리하고 나서 그 방에 달린 두 개의 창문 가운데 하나로 다가갔다. 일상적인 호기심에서 한 일이었다. 나는 그 집에서 산 지 십일 년에서 십이 년 정도 되었는데 세탁실에 달린 창문을 제대로 관찰한 적이 한 번도 없었다. 이유는 지극히 단순했다. 창문이 바닥 높이에 있고 건조기 뒤에 숨어 있는데다 수선할 옷을 넣어두는 바구니들로 반쯤 가려져 있어서 밖을 내다보기 어려웠기 때문이다.

그래도 틈새로 파고들어서 밖을 내다보았다. 우리집과 일광욕실 사이로 바닥에 벽돌이 깔려 있고 움푹 들어간 조그만 공간이 내려다보였다. 날마다 보는 곳인데…… 각도가 달랐다. 아내가 십일월 초의 햇볕을 좀 쪼이라는 뜻에서인지 화분 예닐곱 개를 그곳에 내놓은 덕분에 만들어진 조그맣고 근사한 화원을 나만 볼 수 있었다. 두말하면 잔소리지만 여기에서 이 작품의 제목이 떠올랐다. 내가 보기에 작가들—특히 미스터리 작가들—이 밤낮으로 하는 일을 묘사하기에 이보다 훌륭한 비유는 없는 듯하다. 타자기 앞에 앉거나 연필을 집어 드는 것은 육체적인 행위다. 잊힌 창을 통해 평범한 풍경을 전혀 다른 각도, 그러니까 평범한 풍경을 비범하게 만드는 각도에서 바라보는 것은 여기에 상응하는 정신적인 행위다. 그 창문 너머를 물끄러미 응시하며 뭐가 보이는지 보고하는 것이 작가의 일이다.

가끔 창문이 깨질 때도 있다. 이 작품의 가장 큰 화두가 그것이다. 현실과 비현실을 가르던 창문이 깨지고 유리가 흩날리기 시작하면 눈을 크게 뜨고 내다보던 사람은 어떻게 될까?

2

비밀의 창, 비밀의 화원

| 모턴(모트) 레이니 |

슬럼프에 빠진 작가.

| 존 슈터 |

모턴 레이니를 위협하는 미시시피의 농부.

| 에이미 |

모턴 레이니의 전 부인.

| 테드 밀너 |

에이미와 불륜을 저지른 부동산 중개업자.

| 그레그 카스테어스 |

호수와 지역 건물들의 관리인.

| 톰 그린리프 |

호수와 지역 건물들의 또 다른 관리인.

| 프레드 에번스 |

보험사의 방화 전문 현장 조사관.

1

"당신이 내 소설을 훔쳤어요." 문간에서 어떤 남자가 말했다. "당신이 내 소설을 훔쳐갔으니 조치를 취해주셔야겠는데요. 옳은 건 옳은 거고 좋은 게 좋은 거라고, 조치를 취해주셔야겠어요."

낮잠을 자다 방금 일어나서 비몽사몽인 모턴 레이니는 뭐라고 대꾸하면 좋을지 아무 생각도 나지 않았다. 일을 할 때는 아프건 건강하건, 말똥말똥 깨 있건 반쯤 졸고 있건 절대 없는 일이었다. 그는 작가였고, 필요한 경우에 딱 맞는 말대꾸로 등장인물의 입을 채우는 데 막막함을 느낀 적이 없었다. 레이니는 입을 열었다가 딱 맞는 말대꾸를 찾지 못하고 (심지어 맥 빠진 말대꾸마저 찾지 못했다) 다시 다물었다.

그는 생각했다. '이 남자는 현실 속의 인물 같지 않아. 윌리엄 포

크너의 소설에서 걸어나온 등장인물 같아.'

상황을 해결하는 데 아무 도움도 되지 않는 생각이었지만 그래도 맞는 말이었다. 메인 주 서부의 아무도 모르는 이곳으로 찾아와서 레이니의 집 초인종을 누른 이 남자는 마흔다섯 살쯤 되어 보였다. 몸은 비쩍 말랐다. 평화로워 보일 정도로 침착한 표정의 얼굴 여기저기에는 주름이 깊게 파여 있었다. 주름살이 일정한 파동을 그리며 넓은 이마 위에서 가로로 움직이고, 얇은 입술 양쪽 끝에서 턱선까지 세로로 가르며, 눈가에서는 가는 물보라처럼 방사상으로 퍼져나갔다. 눈은 밝고 쨍한 파란색이었다. 머리색은 알 수 없었다. 둥그스름한 까만색의 큼지막한 모자를 단정하게 쓰고 있었다. 챙 끝이 귀의 윗부분에 닿았다. 퀘이커교도들이 쓸 직한 모자였다. 구레나룻도 없었다. 모턴 레이니가 보기에는 둥그스름한 모자 속에 영화배우 텔리 사발라스 같은 대머리가 들어 있을 수도 있었다.

그는 파란색 작업용 셔츠를 입고 있었다. 넥타이는 매지 않았으며 면도 때문에 울긋불긋하고 축 늘어진 턱살 아래까지 단정하게 단추를 채웠다. 셔츠 아랫자락은 그에게는 조금 커 보이는 청바지 안으로 집어넣었다. 바지 아랫단은 접어서 노새 궁둥이와 일 미터 정도 거리를 두고 지력이 다한 밭고랑을 걸을 때 신는 용도로 만들어진 듯한, 빛바랜 노란색의 작업 신발 위에 깔끔하게 얹었다.

"저기요?" 레이니가 계속 아무 말도 하지 않자 그가 물었다.

"나는 당신이 누군지 모르는데요." 마침내 레이니는 이렇게 말했다. 소파에서 일어나 문을 열어주러 나온 이래 처음으로 한 말이었는데, 스스로 듣기에도 바보 같은 말이었다.

“나도 압니다.” 남자가 말했다. “그건 중요한 문제가 아니에요. 나는 당신을 알아요, 레이니 씨. 중요한 건 그거죠.” 그러고 나서 똑같은 말을 반복했다. “당신이 내 소설을 훔쳤어요.”

그가 손을 내밀었다. 레이니는 그가 뭔가를 쥐고 있다는 것을 그제야 알아차렸다. 종이 다발이었다. 하지만 평범한 종이 다발이 아니었다. 원고였다. 이 업계에 몸담은 지 어느 정도 지나면 원고를 한눈에 알아보는 능력이 생긴다. 달라고 한 적 없는 원고일수록 특히 그랬다.

그는 한 박자 늦게 이런 생각이 들었다. ‘총이 아니라서 얼마나 다행이냐, 이 헛똑똑아. 죽은 줄도 모르는 새 지옥으로 떨어질 수도 있었어.’

그리고 이보다도 한 박자 더 늦게, 그가 어쩌면 ‘미친 족속’을 상대하고 있는지 모른다는 생각이 들었다. 물론 그럴 만한 시점이 한참 지나기는 했다. 최근에 출간한 세 권의 작품이 베스트셀러가 되었지만 그 작품에 등장하는 족속이 그를 찾아온 것은 이번이 처음이었다. 그는 공포와 원통함을 동시에 느꼈고 모든 생각이 한 가닥으로 모아졌다. 이 남자를 최대한 예의 바르면서도 빨리 내보낼 방법을 강구해야 했다.

“저는 원고는 받지 않…….” 그가 말문을 열었다.

“이 원고는 이미 읽었잖습니까.” 성실한 소작농처럼 생긴 남자가 차분하게 말했다. “당신이 훔쳐갔으니까요.” 해가 고개를 내민 화창한 가을날이라고 말하듯 단순 사실을 이야기하는 투였다.

그날 오후에는 머리가 계속 한 박자씩 늦게 돌아가는 느낌이었다. 그는 자신이 이곳에서 얼마나 외로운 신세인지를 이제야 처음으로 깨달았다. 뉴욕에서 우울한 두 달을 보내고 시월 초에 태시모어글렌의 이 집으로 내려왔다. 최종 이혼 판결이 내려진 것이 불과 지난주였다.

집은 넓었지만 여름용 별장이었고 태시모어글렌은 여름 피서지였다. 태시모어 호의 북쪽 호숫가를 따라 이어지는 이 길에만 오두막집이 스무 채는 있었다. 칠월이나 팔월이면 집들이 거의 다 찼지만…… 지금은 칠월이나 팔월이 아니다. 시월 말이었다. 그도 알아차렸다시피 총성이 난들 아무도 듣지 못하고 사라져버릴 것이었다. 들은 사람이 있다 한들 누가 메추라기나 꿩을 잡는가 보다고 생각할 것이었다. 지금은 사냥철이었다.

"제가 장담하지만……."

"그러시겠죠." 까만 모자를 쓴 남자는 좀 전처럼 오싹하리만치 침착한 목소리로 말했다. "저도 압니다."

남자의 뒤로 그가 타고 온 차가 보였다. 많은 길을 달렸고 그중에서 포장된 길은 별로 없었던 듯한 낡은 스테이션왜건이었다. 메인주 번호판은 아니었는데 어느 주 번호판인지까지는 알 수 없었다. 그는 안과에 가서 안경을 바꾸어야겠다고 생각한 지 제법 되었다. 지난여름 초순에 이 별것 아닌 일을 처리할 계획이었는데, 사월의 어느 날 헨리 영이 전화해 쇼핑센터에서 어떤 남자와 같이 있는 에이미를 보았다고 전했고—친척이겠지?—의혹이 증폭되면서 섬뜩하도록 빠르고 조용한 협의이혼 절차가 시작되는 바람에 몇 달 동안 엿같은 일에 모든 시간과 에너지를 빼앗기고 말았다. 그 시기에는 안과 방문이라는 난해한 일은커녕 속옷 갈아입는 거나 기억하면 다행이었다.

"지금 말씀하신 불만 사항에 대해서 의논할 상대가 필요하시거든……." 모트는 머뭇머뭇 운을 뗐다. 틀에 박힌 말을 늘어놓는 기계처럼 들리는 자신의 거만한 목소리가 싫었지만 달리 뭐라고 대꾸하면 좋을지 알 수가 없었다. "제 에이전시에 연락하시는 게……."

"이건 우리 둘만의 문제잖아요." 문 앞에 선 남자는 침착하게 말했다. 모트가 기르는 수고양이 범프가 집 옆에 있는 나지막한 쓰레기통—뚜껑이 달린 곳에 쓰레기를 넣고 닫지 않으면 밤에 너구리들이 와서 죄다 헤쳐놓았다—위에 웅크리고 있다가 뛰어내려서 낯선 자의 다리 사이를 꼬불꼬불 통과했다. 그래도 낯선 자의 밝은 파란색 눈은 레이니의 얼굴에서 떠날 줄 몰랐다. "외부인은 필요 없어요, 레이니 씨. 이건 철저하게 우리 둘만의 문제니까요."

"제가 표절을 했다고 주장하시려는 거라면 불쾌한데요." 모트가 말했다. 이와 동시에 그의 머릿속 한구석에서 '미친 족속'을 상대할 때는 조심해야 한다는 경고가 들렸다. 비위를 살살 맞춰주어야 하나? 지당하신 말씀. 하지만 남자는 총을 들고 오지 않은 것 같았고, 모트의 몸무게가 아무리 못해도 남자보다 사십오 킬로그램은 더 나갔다. '그리고 외모로 보건대 나이 면에서도 내가 다섯 살에서 열 살 정도 유리한 것 같고.' 그는 명실상부한 '미친 인간'은 비정상적인 수준의 괴력을 발휘할 수 있다고 읽은 적이 있었다. 하지만 그로 말할 것 같으면 여기 이렇게 가만히 서서 한 번도 본 적 없는 이 남자가 자신, 그러니까 모턴 레이니가 자기 소설을 훔쳤다고 종알거리도록 내버려둘 사람이 아니었다. 가만히 듣고만 있을 사람이 아니었다.

"불쾌하실 수도 있다고 생각합니다." 까만색 모자를 쓴 남자가 말했다. 그는 변함없이 침착하고 차분했다. 모트는 그의 말투가 발달 장애가 있는 아이들을 치료하는 사람의 말투 같다는 생각이 들었다. "하지만 맞잖습니까. 내 소설을 훔쳤잖아요."

"그만 나가주세요." 모트가 말했다. 이제 그는 완전히 정신을 차린 상태라 어안이 벙벙하지도, 궁지에 몰린 것처럼 느껴지지도 않았다. "저는 더이상 할말이 없으니까요."

"네, 알겠습니다." 남자가 말했다. "나중에 좀더 이야기를 나누도록 하죠." 그는 원고를 내밀었고, 모트는 정신을 차리고 보니 원고를 받으려고 손을 내밀고 있었다. 집행관이 몇 달 동안 숨어 있던 남자를 찾아내서 드디어 소환장을 전달하는 것처럼 원고를 건네기 직전에 모트는 손을 내렸다.

"받지 않겠습니다." 모트는 이렇게 말하면서, 인간이란 얼마나 협조적인 짐승인가 하고 속으로 감탄했다. 인간은 누가 뭔가를 내밀면 본능적으로 받게 되어 있다. 천 달러짜리 수표든 도화선에 불이 붙어 치이익 타들어가는 다이너마이트든 본능적으로 받아든다.

"저를 상대로 수작을 부려봐야 소용없을 겁니다, 레이니 씨." 남자가 부드럽게 말했다. "어떻게든 해결해야 할 문제니까요."

"제 생각에는 해결이 됐는데요." 모트는 말을 마치고 그 주름지고 닳고 왠지 모르게 시간을 초월한 듯한 얼굴 앞에서 문을 닫았다.

그가 잠깐 공포를 느꼈던 건 잠에 취해 멍한 상태에서 이 남자가 무슨 소리를 하는 건지 처음으로 알아차렸을 때뿐이었다. 짧은 시간이 지나자 분노—낮잠을 방해받은 것에 대한 분노, '미친 족속'의 대표에게 시달렸다는 분노—가 공포를 집어삼켰다.

문이 닫히자 공포가 되살아났다. 모트는 입술을 꾹 다물고 남자가 문을 두드리길 기다렸다. 소리가 들리지 않자 남자가 돌처럼 꼼짝없이, 좀 전처럼 침착하게 서서 그가 문을 열길 기다리고 있을 거라고…… 그는 결국 문을 다시 열 수 밖에 없을 거라고 확신했다.

그때 나지막한 쿵 소리에 이어 널빤지 바닥의 현관을 가로지르는 가벼운 발소리가 들렸다. 모트는 진입로가 내다보이는 안방으로 들어갔다. 안방에는 창문이 두 개 달려 있는데 한쪽으로는 진입로와 진입로 너머의 언덕마루가, 다른 쪽으로는 파랗고 넓은 태시모어 호수로 이어지는 비탈길이 보였다. 두 창문 모두 반사 처리가 되어 있어서 그는 밖을 내다볼 수 있지만 안을 들여다보려는 사람은 창문에 코를 대고 눈 옆에 손을 대서 빛을 차단하지 않는 이상 일그러진 본인의 실루엣말고는 아무것도 볼 수 없었다.

그는 작업용 셔츠와 아랫단이 접힌 청바지를 입은 남자가 낡은 스테이션왜건으로 돌아가는 광경을 지켜보았다. 이 각도에서 보았더니 어디 주에서 발부된 번호판인지 알 수 있었다. 미시시피 주였다. 남자가 운전석 문을 열자 모트는 생각했다. '이런 젠장. 차 안에 총이 있군. 나를 논리적으로 설득할 수 있다고 생각했기 때문에 들고 내리지 않은 거였어…… 그가 생각한 '논리'가 뭐였는지 몰라도. 이제는 총을 들고 다시 찾아올 거야. 글러브 박스나 좌석 아래에 있을 텐데…….'

하지만 남자는 운전대 앞에 앉더니 까만색 모자를 벗어서 옆으로 던지고는 그만이었다. 남자가 문을 닫고 시동을 걸자 모트는 생각했다. '뭔지 몰라도 좀 전과 달라 보이는데.' 남자가 진입로를 후진해서 빽빽한 덤불 뒤로 사라질 때까지 모트는 뭐가 달라 보이는지 보고서도 그것을 잊어버렸다.

차에 오른 남자는 원고를 들고 있지 않았다.

2

뒤쪽 현관에 원고가 있었다. 산들바람에 조그만 마당으로 날리지 않도록 돌로 눌러놓았다. 그가 들었던 나지막한 쿵 소리는 원고 위로 돌을 내려놓는 소리였다.

모트는 카키색 바지 주머니에 손을 넣고 문간에 서서 원고를 쳐다보았다. 정신병이 전염되지 않는 거야 알고 있었지만 (지속적으로 노출됐을 경우는 예외겠지만) 이 빌어먹을 물건을 건드리고 싶지 않았다. 하지만 선택의 여지가 없었다. 자신이 얼마나 오랫동안 여기서 있을 수 있을지 몰라도—지금 이 시점에서는 하루건 일주일이건 일 년이건 계속 서 있을 수 있을 듯했다—저 염병할 물건을 내버려둘 수는 없었다. 관리인 그레그 카스테어스가 지붕널 교체 비용이 얼마인지 알려주러 오후 일찍 찾아올 텐데, 이걸 보면 뭔지 궁금해할 것이다. 한술 더 떠서 모트의 원고인가 보다고 추측하면 쓸데없이 복잡한 설명을 늘어놓아야 할 것이었다.

그는 불청객의 엔진 소리가 나지막이 웅웅거리는 오후의 소음 속으로 섞이길 기다렸다가 맨발로 살금살금 나가서 (현관은 칠이 벗겨진 지 최소 일 년은 지났고 마른 널빤지는 가시가 생기려는지 깔끄러웠다) 돌은 향나무로 막힌 현관 왼쪽의 하수로 속으로 던졌다. 그러고는 종이 다발을 집어서 내려다보았다. 맨 윗장이 표지였다. 이렇게 적혀 있었다.

비밀의 창, 비밀의 화원

존 슈터 지음

모트는 순간 저도 모르게 안도감을 느꼈다. 그는 존 슈터라는 이름을 들어본 적이 없었고 '비밀의 창, 비밀의 화원'이라는 제목의 단편은 평생 읽은 적도 써본 적도 없었다.

그는 집안으로 들어가는 길에 원고를 부엌 휴지통에 던지고 거실 소파로 돌아갔다. 누운 지 오 분 만에 다시 잠이 들었다.

그는 에이미 꿈을 꾸었다. 요즘 들어서 잠이 늘고 에이미 꿈을 자주 꾸었다. 자신의 쉰 고함소리를 들으며 깨도 더이상 놀라지 않았다. 시간이 지나면 해결될 거라고 생각했다.

3

다음날 아침 그는 이 고장에 내려와 있는 동안 서재로 사용중인 거실 한구석에 놓인 워드프로세서 앞에 앉아 있었다. 워드프로세서를 켜놓은 채로 모트는 창밖의 호수를 내다보았다. 모터보트 두 척이 파란 물을 가르며 넓고 하얀 흔적을 남겼다. 처음에는 낚시꾼인가 생각했지만 보트는 속도를 늦추는 법이 없었다. 큰 원을 그리며 서로의 뱃머리를 계속 앞뒤로 왔다 갔다 가로질렀다. 그는 아이들인가 보다고 결론을 내렸다. 장난을 치는 아이들이라고.

그들은 흥미진진한 일이라고는 전혀 하고 있지 않았고 그 점에서는 모트도 마찬가지였다. 에이미를 떠난 이래 제대로 된 글을 전혀 쓰지 못하고 있었다. 지난 삼 년 동안 그랬던 것처럼 오전 9시부터 11시까지 날마다 워드프로세서 앞에 앉았지만 (그전에는 약 천 년 동안 두 시간 내내 로열 오피스 구식 모델 타자기 앞에 앉아 있었다) 이렇게 아무것도 하지 않느니 차라리 워드프로세서를 모터보트와 바꿔서 아이들과 함께 호수에서 꼬리잡기 놀이나 하는 게 나을 수 있었다.

오늘은 두 시간 동안 다음과 같은 불후의 문장을 만들어냈다.

조지는 아내가 바람을 피우고 있다는 자신의 짐작이 맞는 것으로 밝혀지고 나흘이 지났을 때 아내를 똑바로 쳐다보며 말했다.

"할 이야기가 있어, 애비."

전혀 신통치 않았다.

현실과 너무 비슷해서 신통치가 않았다.

실제로 이런 일이 벌어졌을 때 그는 침착했다. 어쩌면 그게 문제였을지도 몰랐다.

그는 워드프로세서를 껐다. 그러자마자 문서를 저장하지 않은 상태에서 스위치를 눌렀음을 알아차렸다. 뭐, 상관없었다. 어쩌면 그의 잠재의식 속에 거주하는 비평가가 저장할 만한 문서가 아니라고 속삭였을 수도 있었다.

개빈 부인이 2층 청소를 마쳤는지 윙윙거리던 일렉트로룩스 청소기 소리가 드디어 멈추었다. 그녀는 매주 화요일마다 와서 청소를 해주었는데, 이 주 전 화요일에 에이미와 헤어졌다는 모트의 이야기를 듣고 충격을 받아서 그녀답지 않게 침묵 속으로 빠져들었다. 모트보다 에이미를 훨씬 더 좋아했던 모양이다. 그래도 계속 와주었으니 모트에게는 의미 있는 일이었다.

그가 일어나서 거실로 나섰을 때 개빈 부인이 중앙 계단을 내려왔다. 호스를 들고 조그만 튜브 모양 진공청소기를 끌고 오고 있었다. 쿵쿵거리며 내려오는 진공청소기가 꼭 강아지 로봇 같았다. '내가 저런 식으로 끌고 내려오려고 했다가는 청소기가 발목을 때리고 층계 바닥까지 데굴데굴 굴러갈 텐데.' 모트는 생각했다. '부인은 무슨 수로 용케 저러는지 모르겠군.'

"안녕하세요, 개빈 부인." 그는 인사하며 부엌문을 향해 거실을 가로질렀다. 코카콜라를 마시고 싶었다. 쓰레기 같은 문장을 쓰고 나면 늘 갈증이 났다.

"안녕하세요, 레이니 씨." 그는 자신을 모트라고 부르게 하려고 무던히 애를 썼지만 그녀가 듣질 않았다. 심지어 모턴이라고 부르지도 않았다. 개빈 부인은 원칙을 따지는 여자였다. 그런 원칙에도 불구하고 아내에게는 에이미라고 불렀다.

'에이미가 데리의 모텔에서 다른 남자와 침대에 누워 있더라고 얘기해야 하나?' 모트는 여닫이문을 밀고 들어가며 생각했다. '그러면 에이미를 레이니 부인이라고 부를지 몰라.'

더럽고 추잡한 생각이었다. 기본적으로 이런 생각 때문에 글이 안 써지는 게 아닐까 싶었지만 어쩔 도리가 없었다. 어쩌면 이것 역시…… 꿈처럼 시간이 지나면 해결될 문제일 수 있었다. 왜 그런지 몰라도 이런 생각을 하자 예전에 본 낡은 폭스바겐 비틀의 범퍼 스티커가 생각났다. 스티커에는 "변비 구간—추월 불가"라고 적혀 있었다.

부엌문이 닫히는 순간 개빈 부인이 외쳤다. "쓰레기통에서 원고를 찾았어요, 레이니 씨. 필요하실 것 같아서 조리대 위에 두었어요."

"알았어요." 그는 대답했지만 도대체 무슨 소리인지 감을 잡을 수가 없었다. 그는 수준이 떨어지는 원고나 폭탄을 부엌 쓰레기통에 버리는 습관이 없었다. 원고가 저질이면—요즘 들어 저질 원고 양산 비율이 높았다—데이터를 삭제하거나 워드프로세서 오른쪽에 있는 쓰레기통에 곧바로 투척했다.

주름이 진 얼굴에 동그랗고 까만 퀘이커교도 모자를 쓴 남자 생각은 절대 하지 못했다.

그는 냉장고 문을 열어서 먹다 남긴 이름 모를 음식이 들어 있는 조그만 타파웨어 용기를 두 개 꺼내고 펩시콜라를 찾아서 엉덩이로 냉장고 문을 닫으며 병을 땄다. 뚜껑을 쓰레기통에 던지러 갔을 때 사일렉스 싱크대 위에 놓여 있는 원고—표지에 오렌지주스로 보이는 얼룩이 묻었지만 그것말고는 멀쩡했다—가 눈에 들어왔다. 그러자 기억이 났다. 존 슈터. '미친 족속' 미시시피 지부 창립 회원.

그는 콜라를 한 모금 마시고 원고를 집어 들었다. 표지를 뒤로 넘겨보니 1면 꼭대기에 이렇게 적혀 있었다.

존 슈터
유치우편
미시시피 주, 델라코트

30쪽
약 7500단어
저작권 관할지, 북아메리카

비밀의 창, 비밀의 화원
존 슈터 지음

종이는 고급이었는데 타자기가 글러먹었다. 구식 사무용 모델인데다 상태가 좋지 않아 보였다. 글자들이 노인네 치아처럼 비뚤배뚤했다.

그는 첫 번째 문장, 두 번째 문장, 세 번째 문장을 차례대로 읽었다. 몇 초가 지나자 머릿속이 혼란스러워졌다.

가진 것이라고는 사랑밖에 없는 남자에게 사랑을 훔치는 여자는 여자로 볼 수 없다고 토드 다우니는 생각했다. 그래서 그녀를 죽이기로 했다. 그는 집과 헛간이 예각으로 만나는 깊숙한 구석에서, 아내가 가꾸어놓은 화원에서 실행에 옮길 작정이었다.

"이런 젠장." 모트는 말하며 원고를 내려놓았다. 그의 팔이 콜라병을 쳤다. 쓰러진 병에서 김빠지는 소리를 내며 부글부글 쏟아져 나온 콜라가 수납장을 타고 흘러내렸다. "이런 젠장!" 그는 고함을 질렀다.

허둥지둥 달려온 개빈 부인이 상황을 살피더니 말했다. "아, 다행이네. 소리를 듣고 목이라도 베이신 줄 알았네요. 조금만 옆으로 비켜주시겠어요, 레이니 씨?"

그가 자리를 옮기자 개빈 부인은 맨 먼저 싱크대 위의 원고를 집어서 그의 손에 쥐여주었다. 여전히 멀쩡했다. 콜라가 쏟아진 방향은 원고 반대편이었다. 그는 한때 유머 감각이 제법 훌륭했는데—스스로는 그렇게 생각했다—손에 쥔 얇은 종이 뭉치를 내려다보는 지금 생각나는 것이라고는 신랄한 빈정거림뿐이었다. '꼭 동요에 나오는 고양이 같잖아. 자꾸만 되돌아온다는 그 고양이.'

"원고를 망가뜨릴 작정이셨다면 방법을 제대로 고르셨네요." 개빈 부인이 조리대 아래에서 행주를 꺼내며 원고를 턱으로 가리켰다.

"내 원고 아니에요." 생각해보면 우스운 일이었다. 어제, 그는 하마터면 원고를 건네받을 뻔한 순간에 인간이 얼마나 협조적인 짐승인지에 대해서 생각한 적이 있었다. 협조의 욕구는 사방팔방으로 적용되는지 그가 세 문장을 읽었을 때 가장 먼저 느낀 감정이 죄책감이었다. 슈터(그것이 본명인지 모르겠지만)가 원한 것이 죄책감 아니었던가? 두말하면 잔소리였다. '당신이 내 소설을 훔쳤어요.' 그는 이렇게 말했고 절도범들은 죄책감을 느끼게 되어 있지 않은가 말이다.

"실례할게요, 레이니 씨." 개빈 부인이 행주를 들고 말했다.

모트는 그녀가 쏟아진 콜라를 닦을 수 있도록 옆으로 비켰다. "내 원고 아니에요." 그는 똑같은 말을 반복했다. 아니, 똑같은 주장을 반복했다.

"아." 그녀는 콜라를 닦고 싱크대로 가서 행주를 짜며 말했다. "레이니 씨 원고인 줄 알았어요."

"존 슈터가 썼다고 되어 있잖아요." 그는 표지를 앞으로 넘겨서 그녀에게 보여주었다. "보이죠?"

개빈 부인은 예의가 허락하는 한도 내에서 가장 빠른 속도로 표지를 흘끗 확인한 뒤 수납장을 닦았다. "그 뭐시기인 줄 알았어요." 그녀가 말했다. "필명 아닌가요. 필명이라고 하는 거 맞죠?"

"나는 필명 안 써요." 그가 말했다. "평생 써본 적 없어요."

이번에는 그녀가 그를 쳐다보더니—시골 아낙네 특유의 약삭빠르고 재미있다는 표정으로—무릎을 꿇고 바닥에 흐른 콜라를 닦았다. "필명을 쓴들 저한테는 얘기하지 않으시겠죠." 그녀가 말했다.

"콜라 쏟아서 미안해요." 그는 문으로 조금씩 걸음을 옮기며 말했다.

"제 일인걸요." 그녀는 무뚝뚝하게 대답했다. 그러고는 다시 올려다보지 않았다. 모트는 무슨 의미인지 알아차리고 부엌을 나섰다.

그는 거실에 잠깐 서서 카펫 한가운데 내버려진 진공청소기를 바라보았다. 얼굴에 주름이 가득한 남자가 침착하게 했던 말이 머릿속에서 들렸다. '이건 우리 둘만의 문제잖아요. 외부인은 필요 없어요, 레이니 씨. 철저하게 우리 둘만의 문제니까요.'

모트는 그 얼굴을 생각했다. 얼굴과 행동을 기억하도록 훈련이 된 머릿속으로 조심스럽게 떠올렸다. '일시적으로 일탈을 하거나 유명 혹은 무명 작가를 특이한 방식으로 만나러 온 사람이 아니었어. 분명히 다시 찾아올 거야.'

그는 서재로 걸음을 옮기면서 원고를 둥글게 말았다.

4

서재의 벽 네 개 가운데 세 개가 책꽂이로 가득했고 그중 하나는 국내외에서 출간된 그의 작품을 쇄별로 꽂아두는 용도로 쓰였다. 그는 모두 합해서 여섯 권의 책을 출간했다. 장편소설이 다섯 권, 단편소설집이 한 권이었다. 단편집과 처음 두 편의 장편소설은 직계가족과 몇몇 친구들 사이에서 반응이 좋았다. 세 번째 소설이었던 『손풍금을 연주하는 아이』는 출간 즉시 베스트셀러가 되었다. 출세한 이후에 초기작들이 재출간되었고 제법 괜찮은 성적을 거두었지만 후기작들만큼 인기를 얻지는 못했다.

단편집은 『너도나도 밀고하는 사회』라는 제목인데, 눈화장만 짙게 하고 옷은 별로 걸치지 않은 여자들 사진 사이에 끼어서 남성 잡지에 게재되었던 글들이 대부분이다. 하지만 그 가운데 한 편은 《엘러리 퀸 미스터리 매거진》에 실렸었다. 제목이 「씨 뿌리는 계절」이었고 지금 그의 관심사가 바로 그 작품이었다.

사랑밖에 없는 남자에게 사랑을 훔치는 여자는 여자로 볼 수 없다 고 톰 해브룩은 생각했다. 그래서 그녀를 죽이기로 했다. 그는 집과 헛간이 예각으로 만나는 깊숙한 구석에서, 아내가 가꾸어놓은 화원에서 실행에 옮길 작정이었다.

모트는 자리에 앉아서 두 작품을 천천히 번갈아 읽었다. 반쯤 그랬을 때 계속 읽을 필요가 없겠다는 결론이 내려졌다. 단어가 다른 곳이 몇 군데 있었지만, 그 밖에는 토씨 하나까지 일치했다. 단어 선택만 빼면 두 작품이 완벽하게 일치했다. 양쪽 작품에서 남자가 아내를 살해했다. 양쪽 작품에서 아내는 화원 가꾸기와 통조림 식품 만들기에만 관심을 보이는 차갑고 냉랭한 여자였다. 양쪽 작품에서 살인범은 살해한 배우자를 그녀의 화원에 묻고 화원을 잘 가꿔서 작물을 환상적으로 길러냈다. 모턴 레이니의 작품에서는 작물이 콩이었다. 슈터의 작품에서는 옥수수였다. 양쪽 작품에서 살인범은 정신병에 걸리고, 문제의 채소를 먹어치우다 경찰에게 발견됐을 때 그녀를 없애버리고야 말겠다고, 결국에는 그녀를 없애버리고야 말겠다고 선언한다.

모트는 스스로 공포소설 작가로서 소질이 다분하다고 생각한 적이 없었지만—「씨 뿌리는 계절」에도 초자연적인 요소가 전혀 없었다—그 작품은 섬뜩한 구석이 있었다. 에이미는 작품을 다 읽었을 때 몸서리를 치며 이렇게 말했다. "작품은 괜찮은 것 같은데 남자의 정신 상태가……. 맙소사, 모트. 정말 복잡하다."

그가 느낀 감정들이 그 한마디로 간단하게 요약되었다. 「씨 뿌리는 계절」의 공간적 배경은 그가 여행하고 싶은 곳이 아니었다. 에드거 앨런 포의 「고자질하는 심장」에 견줄 바는 아니었지만 살인을 저지르고 무너진 톰 해브록의 심리를 제법 잘 그려냈다고 자평했다. 《엘러리 퀸 미스터리 매거진》의 편집자도 그의 생각에 동의했고 독자들도 마찬가지였다. 호의적인 내용의 편지들이 날아들었다. 편집자는 다른 작품을 또 써달라고 했지만 모트는 「씨 뿌리는 계절」과 조금이나마 비슷한 작품조차 내놓을 수 없었다.

"할 수 있을 것 같아." 김이 모락모락 나는 그릇에서 옥수수를 하나 더 꺼내 먹으며 토드 다우니가 말했다. "시간이 지나면 그녀의 모든 것이 사라질 거야."

슈터의 소설은 이렇게 끝났다.

"분명히 말하지만 이 일은 내가 알아서 처리할 수 있어요." 톰 해브록은 김이 모락모락 나는 그릇에서 수북한 콩을 다시 한 움큼 집어 먹으며 그들에게 말했다. "시간이 지나면 그녀의 죽음이 분명 나조차 풀 수 없는 수수께끼가 될 거예요."

모트 레이니의 소설은 이렇게 끝났다.

모트는 『너도나도 밀고하는 사회』를 덮고 생각에 잠긴 표정으로 초판본을 두는 책꽂이에 다시 꽂았다.

그는 책상 앞에 앉아서 서랍들을 천천히, 철저하게 뒤졌다. 그의 책상은 가구점 직원들이 조각으로 나누어서 운반해야 했을 만큼 어마어마하게 컸고 서랍이 많았다. 책상은 오로지 그를 위한 영토였다. 에이미도 개빈 부인도 손을 댄 적이 없었다. 서랍은 십 년 동안 축적된 잡동사니들로 가득했다. 모트가 담배를 끊은 지 사 년이 지난 지금 집안에 담배가 남아 있다면 이곳일 수밖에 없었다. 담배를 찾으면 피울 작정이었다. 당장 피우고 싶어서 미칠 것 같았다. 찾지 못한대도 상관없었다. 쓰레기를 뒤지는 것은 진정 효과가 있었다. 답장을 보내려고 분류해놓았지만 지금까지 보내지 못한 편지, 한때는 소중해 보였는데 지금은 골동품 수준을 넘어서 정체를 알 수 없게 된 물건들, 사놓고 쓰지 않은 엽서, 다양한 단계의 원고 뭉치, 오래된 도리토스 과자 반 봉지, 편지 봉투, 종이 클립, 지급 취소한 수표. 모트는 서랍 안에서 지질조사를 할 만한 단층을 확인할 수 있었다. 여름날들이 여기에 층층이 굳어 있었다. 이 서랍에는 진정 효과가 있었다. 그는 한 서랍을 마치고 다음 서랍으로 넘어가는 내내 존 슈터와 존 슈터의 소설—그의 소설이라니 망할!—을 읽고 든 감정에 대해 생각했다.

두말하면 잔소리지만 가장 분명한 느낌은 담배가 피우고 싶어졌다는 것이었다. 지난 사 년 동안 처음 있는 일은 아니었다. 신호 대기중인 옆 차 운전자가 뻐끔거리는 모습만 보아도 강렬한 흡연 욕구가 일시적으로 불타오르곤 했다. 하지만 핵심은 '일시적'이라는 거였다. 욕구는 맹렬한 돌풍처럼 눈 깜빡할 새 사라졌다. 비의 은색 장막이 앞이 안 보일 정도로 퍼부었다가 오 분 만에 해가 나는 식이었다. 그는 담배를 사러 급히 편의점을 찾은 적도 없었고…… 지금 책상을 뒤지는 것처럼 한두 개비 남은 게 있을까 싶어서 글러브 박스를 뒤진 적도 없었다.

모트는 죄책감 때문에 어처구니가 없고 화가 났다. 자신은 존 슈터의 소설을 훔치지 않았으며 스스로도 그렇다는 것을 확신했다. 만약 훔친 사람이 있다면 (두 소설이 어느 한쪽의 사전 지식 없이는 불가능한 수준으로 흡사한 것을 보면 누군가가 훔친 것은 분명했다) 슈터가 그의 소설을 훔친 것이었다.

두말하면 잔소리다.

그의 얼굴에 달린 코나…… 존 슈터가 쓰고 온 까만색의 동그란 모자만큼이나 분명한 사실이다.

그런데도 심란하고 불안한데다 죄책감이 들고…… 뭐라 설명할 수 없게 당황스러웠다. 이유가 뭘까? 음……. 왜냐하면…….

『손풍금을 연주하는 아이』 원고의 복사본을 들어보니 그 아래에 L&M 담뱃갑이 있었다. 요즘도 L&M 담배가 나오던가? 알 수 없었다. 오래돼서 쭈글쭈글했지만 납작하지는 않았다. 그는 담뱃갑을 꺼내서 쳐다보았다. 책상학—이보다 더 훌륭한 표현이 없다—이라는 비공식 분류학을 근거로 추측건대 1985년에 산 담배가 분명했다.

안을 들여다보았다. 담배 세 개비가 나란히 들어 있었다.

'다른 시대에서 건너온 시간 여행자들이군.' 모트는 생각했다. 그는 한 대를 꺼내서 입에 물고, 스토브 옆의 상자에서 성냥을 꺼내러 부엌으로 건너갔다. '시간을 관통해 다른 시대에서 건너온 시간 여행자들, 나를 폐암의 길로 다시 인도하기에 알맞은 기회가 올 때까지 기다리고 인내하며 견디는 것이 임무인 끈기 있는 원통 모양의 여행자들.'

"맛이 더럽게 없겠지." 그는 빈집(개빈 부인은 한참 전에 퇴근했다)에 대고 큰 소리로 내뱉은 다음 담배 끝에 불을 붙였다. 맛이 더럽게 없지는 않았다. 오히려 제법 좋았다. 담배를 뻐끔뻐끔 피우고 기분 좋게 멍해지는 것을 느끼며 서재로 어슬렁어슬렁 돌아갔다. 그는 생각했다. 아, 중독이라는 녀석은 지독하게 참을성 있고 집요하기도 하지. 헤밍웨이가 뭐라고 했던가? 올 팔월만도 아니고 올 구월만도 아니고, 한 해 동안 하고 싶은 대로 하면서 살라고 하지 않았던가. 그런데 시간은 지나가기 마련이다. 늘 그렇다. 사람들은 조만간 크고 바보 같고 가련한 입에 무언가를 쑤셔넣게 되어 있다. 술이 됐건 담배가 됐건 아니면 엽총이 됐건. 올 팔월도 아니고 올 구월도 아니고…….

……안타깝게도 지금은 시월이다.

지질조사를 시작하고 얼마 되지 않았을 때 오래전에 반쯤 먹다 남겼던 플랜터스 땅콩병을 발견했다. 땅콩은 먹을 수 있을지 의심스러웠지만 뚜껑은 재떨이로 맞춤했다. 책상 앞 의자에 기대고 앉아서 호수를 내다보며 (좀 전에 보이던 보트들도 개빈 부인처럼 가고 없었다) 예전의 못된 습관을 음미하고 있으려니 좀더 차분하게 존 슈터와 존 슈터의 소설에 대해 생각할 수 있었다.

두말하면 잔소리지만 그 남자는 '미친 족속'이었다. 증거가 더 필요한지 몰라도 일단은 만천하에 입증이 되었다. 두 작품이 실제로 비슷하다는 사실을 발견했을 때 그가 느낀 감정에 대해 짚고 넘어가자면…….

소설은 하나의 물건, 실질적인 물건이지만—값을 치르고 사 가는 사람이 있으니 그런 식으로 생각할 수 있다—다른 관점, 보다 의미 있는 관점에서 보면 물건이 아니기도 했다. 소설은 꽃병이나 의자나 자동차하고는 달랐다. 종이에 잉크로 적은 것이기는 하지만 잉크도 아니고 종이도 아니다. 그는 어디에서 아이디어를 얻느냐는 질문을 비웃었지만 번번이 부끄러웠고 사기꾼이 된 듯한 기분을 느꼈다. 사람들은 어딘가에 아이디어 하치장이 있고 (어딘가에는 코끼리 무덤이 있고, 또 어딘가에는 잃어버린 전설의 황금 도시가 있듯이) 그에게는 비밀 지도가 있어서 그곳을 왔다갔다할 수 있다고 생각하는 모양이지만 모트는 그렇게 생각할 만큼 어리석지 않았다. 그는 어떤 아이디어가 떠올랐을 때 그가 어디에 있었는지 기억할 수 있었다. 그전까지만 해도 별개인 듯했던 사물이나 사건이나 사람들 간의 묘한 관계를 보거나 느꼈을 때 아이디어가 종종 떠오른다는 것도 알았지만, 그게 전부였다. 그의 눈에 이런 관계가 보이는 이유와 그걸 보고 났을 때 글로 쓰고 싶어지는 이유에 대해서는, 전혀 알지 못했다.

만약 존 슈터가 집으로 찾아와서 "당신이 내 소설을 훔쳤어요"가 아니라 "당신이 내 차를 훔쳤어요"라고 했다면 모트는 딱 잘라서 의구심을 묻어버릴 수 있었을 것이다. 문제가 된 두 차의 연식, 제조사, 모델, 색상이 같아도 말이다. 까만색의 동그란 모자를 쓴 남자에게 차량 등록증을 보여주고, 거기 적힌 번지수와 문설주에 적힌 번지수를 확인해보라고 한 다음 내쫓았을 것이다.

하지만 집필 아이디어가 떠올랐을 때는 어느 누구도 그에게 매매 계약서를 주지 않았다. 그래서 출처를 증명할 방법이 없다. 왜 아니겠는가? 공짜로 생긴 물건에 대해서는 매매 계약서를 받을 수 없는 법이다. 잡지사가 됐건 신문사가 됐건 출판사가 됐건 영화사가 됐건 그것을 사겠다는 사람이 있어야 대금을—여건상 불러도 될 만한 금액으로, 가능하면 그동안 후려치기를 일삼았던 그 자식들에게 복수하는 격으로 살짝 더 얹어서—청구할 수 있었다. 하지만 저당잡힌 곳 없이 깨끗하게, 공짜로 주어지는 것이 아이디어다. 바로 그거라고 그는 결론을 내렸다. 그가 농부 존 슈터의 소설을 표절하지 않았음에도 불구하고 죄책감을 느끼는 이유는 그 때문이었다. 지금까지 항상 글을 쓰면 도둑질을 하는 느낌이 들었고 앞으로도 영원히 그럴 것이기 때문이다. 어쩌다 보니 집에 찾아와서 대놓고 그를 비난한 첫 번째 인물이 존 슈터가 되었을 뿐이다. 오래전부터 이런 날을 무의식적으로 예상하고 있던 것 같았다.

모트는 담배를 끄고 낮잠을 자기로 마음먹었다가 생각을 바꾸었다. 점심을 먹고 삼십 분 정도 책을 읽다가 한참 호숫가를 걸으면 정신이나 육체 건강에 훨씬 도움이 될 것이다. 그는 잠을 많이 잤다. 잠을 너무 많이 자는 것은 우울증의 징조다. 그는 부엌에 가다 말고 다른 길로 빠져서 거실의 전면 유리창 옆에 놓여 있는 기다란 조립식 소파로 다가갔다. '될 대로 되라지.' 그는 생각하며 쿠션 하나로 목을, 또 다른 쿠션으로 머리를 받쳤다. '나는 우울증에 걸렸는데, 뭐.'

그는 잠이 들기 전까지 똑같은 생각을 반복했다. '이 인간은 이대로 물러나지 않을 거야. 그럼, 그렇고말고. 도돌이표 같은 인간이거든.'

5

모트는 광활한 옥수수밭에서 길을 잃는 꿈을 꾸었다. 한 고랑씩 차례대로 더듬더듬 살피는 동안 손목시계들이 햇빛을 받고 반짝였다. 한 팔에 여섯 개씩 차고 있었는데 시계마다 가리키는 시각이 달랐다.

'도와주세요!' 그는 외쳤다. '아무나 좀 도와주세요! 길을 잃었는데 무서워요!'

고랑 양옆에 심긴 옥수수들이 흔들리며 바스락거렸다. 이쪽에서는 에이미가 걸어나왔다. 저쪽에서는 존 슈터가 걸어나왔다. 둘 다 칼을 쥐고 있었다.

'분명히 말하지만 이 일은 내가 알아서 처리할 수 있어.' 둘이 칼을 들고 다가오는 동안 슈터가 말했다. '시간이 지나면 분명 너의 죽음이 우리조차 풀 수 없는 수수께끼가 될 거야.'

모트는 도망치려고 몸을 돌렸지만 누가—에이미가 분명했다—손을 뻗어 그의 허리띠를 잡고 당겼다. 그리고 칼들이 거대한 비밀의 화원에 내리쬐는 뜨거운 햇빛을 받고 반짝이자…….

6

한 시간 십오 분 뒤에 전화벨 소리가 그를 깨웠다. 그는 악몽에서 기를 쓰고 벗어나—누군가에게 쫓기고 있었다는 것말고는 꿈의 내용이 흐릿했다—일어나 앉았다. 끔찍하게 더웠다. 온몸 구석구석에서 땀이 줄줄 흐르는 듯했다. 자는 동안 태양이 집의 이쪽으로 넘어와서 얼마나 오래였는지 모르도록 전면 유리창을 뚫고 그를 비추고 있었다.

모트는 잠수복을 입고 물살을 가르며 강바닥을 터벅터벅 걷는 사람처럼 현관 테이블에 놓인 전화로 느릿느릿 걸어갔다. 머리가 지끈거렸고, 입에서는 썩은 땅다람쥐 똥맛이 났다. 그가 한 걸음씩 내디딜 때마다 현관은 한 걸음씩 후퇴하는 듯했다. 모트는 무더운 오후에 너무 오랫동안, 너무 열심히 자고 일어났을 때의 기분이 지옥의 느낌일지 모른다는 생각을 했다. 처음 드는 생각이 아니었다. 가장 기분 나쁜 부분은 육체적인 감각이 아니다. 유체를 이탈한 것처럼 당황스럽고 혼란스러웠다. 흐릿한 렌즈가 달린 듀얼 카메라를 통해서 세상을 보는 방관자가 된 듯한 느낌이었다.

그는 슈터일 거라고 생각하며 전화를 받았다.

'그래, 그자겠지. 이 넓은 세상을 통틀어서 내가 방심한 상태일 때, 머리의 이쪽 절반과 저쪽 절반이 분리된 듯한 기분일 때 통화를 하면 안 되는 단 한 사람. 그래, 그자겠지……. 그자가 아니면 누구겠어?'

"여보세요?"

슈터가 아니었다. 하지만 대답하는 목소리를 들었을 때 그는 육체적으로 취약한 상태일 때 통화를 하면 안 되는 상대가 최소한 한 명 더 있다는 것을 깨달았다.

"안녕, 모트." 에이미가 말했다. "별일 없지?"

7

조금 시간이 흐른 뒤에, 모트는 초가을이면 재킷 대신 입는 빨간색의 큼지막한 플란넬 셔츠를 입고 진작 나섰어야 했던 산책에 나섰다. 고양이 범프가 따라나서 모트가 마음먹고 나선 길이라는 것을 확인할 수 있을 만큼 한참 동안 같이 걷다가 집으로 돌아갔다.

그는 온통 파란 하늘, 빨간 나뭇잎, 황금빛 대기로 이루어진 것처럼 느껴지는 아름다운 오후를 가르며 느릿느릿 찬찬히 걸었다. 늘 그랬던 것처럼 잔잔한 호수가 살갗을 뚫고 들어와 마음을 진정시켜 주길 바라며 양손을 주머니에 넣고 걸었다. 두 사람이 서서히 이혼을 향할 때 그가 뉴욕에 있어주길 바라는 에이미를 저버리고 여기로 내려온 것도 아마 이런 이유에서였을 것이다. 이곳은 특히 가을이면 마법 같은 공간이 되기에 여기 도착하면 마법이 살짝 필요한 가엾은 인간이 된 것처럼 느껴지기 때문이다. 글쓰기가 벽에 가로막힌 지금, 그 익숙한 마법마저 효과가 없다면 또 무슨 방법이 있을지 알 수가 없었다.

그런 걱정은 할 필요가 없었다. 드디어 가을이 찾아왔고, 여름 피서객들이 떠나면 태시모어 호수에 내려앉는 침묵과 특유의 묘한 분위기가 부드러운 손길로 그를 어루만지며 긴장을 풀어주었다. 하지만 지금 그에게는 존 슈터말고도 생각할 거리가 하나 더 있었다. 에이미에 대해서도 생각을 해야 했다.

"당연히 별일 없지." 정신이 멀쩡하다고 사람들을 설득하려는 술꾼처럼 조심스럽게 말했다. 사실 머릿속이 멍해서 취한 것처럼 느껴질 지경이었다. 단어들이 잘 부서지는 무른 돌덩이처럼 입안에 담기 버거운 느낌이라 난생처음 전화 통화를 하는 사람처럼 신중하게 인사를 건네고 말을 골라야 했다. "당신은 어떻게 지내?"

"아, 잘 지내. 나야 잘 지내지." 그녀는 이렇게 대답하더니 추파를 던지거나 불안할 때 등장하는, 새의 지저귐 비슷한 웃음을 터뜨렸다. 모트가 보기에 그녀가 추파를 던질 리는 없었다. 최소한 지금 이 시점에서는 그랬다. 그녀도 불안해하고 있다는 깨달음이 찾아오자 마음이 조금 편해졌다. "당신 혼자 거기 내려가 있으니까 무슨 일이 생길지 알 수 없잖아. 게다가 무슨 일이 생기더라도 아무도 모를 테니까……." 그녀는 말을 하다 말고 뚝 끊었다.

"나 혼자 있는 거 아니야." 그는 부드럽게 말했다. "개빈 부인이 오늘 다녀갔고 그레그 카스테어스도 계속 왔다갔다하거든."

"아, 지붕 고치기로 한 걸 깜빡했네." 에이미가 말했다. 그는 이혼한 부부답지 않은 자연스러운 대화가 놀라웠다. 모트는 생각했다. '우리 대화를 들으면 내 침대에…… 아니, 내 침대였던 곳에 썩을 부동산 중개업자가 누워 있는 줄 아무도 모르겠네.' 그는 분노가—상처와 질투심으로 얼룩진, 오쟁이를 진 자의 분노가—다시 치밀어 오르길 기다렸지만 불쾌할지언정 생생했던 감정들이 있었던 자리에서 희미한 흔적이 들썩이고는 그만이었다.

"뭐, 그레그는 잊지 않고 있었어." 그는 딱 잘라 말했다. "어제 와서 한 시간 반 동안 지붕 위를 기어다녔지."

"얼마나 심각하대?"

그는 지붕 상태를 알려주었고 오 분 동안 지붕을 주제로 대화를 나누며 서서히 정신을 차렸다. 그들은 모든 게 예전 그대로인 것처럼, 지난 구 년 동안 그랬듯이 내년 여름도 새로 삼나무 널을 깐 지붕 아래에서 보낼 생각인 것처럼 대화를 나누었다. 모트는 생각했다. '지붕을 줘, 내게 지붕널을 몇 장 줘, 그럼 이년이랑 평생 수다를 떨 수 있겠어.'

그는 대화를 이어나가는 자신의 목소리를 듣고 있으려니 이 상황이 점점 더 비현실적으로 느껴졌다. 전화를 받았을 때의 비몽사몽 상태로 다시 돌아간 듯해서 더이상 견딜 수가 없었다. 이것이 지난 육 개월 동안 아무 일도 없었던 것처럼 가장 오래 연극을 할 수 있는 사람을 뽑는 대회라면 그는 기꺼이 우승을 양보할 용의가 있었다. 용의가 있는 정도가 아니었다.

그녀가 삼나무 널은 어디서 구할 생각이며, 시내에서 사람을 부를 생각이냐고 묻고 있을 때 모트가 말허리를 잘랐다. "전화한 용건이 뭐야, 에이미?"

잠깐 침묵이 흘렀다. 그녀가 모자를 이것저것 써보는 여자처럼 여러 대답을 고민하다 전부 폐기 처분한 느낌이 전해지자 분노가 치밀어 올랐다. 모트가 질색하는 에이미의 여러 면모—사실 많지도 않았다—가운데 하나가 이거였다. 완벽하게 무의식 선상에서 이루어지는 이중성.

"왜 전화했는지 얘기했잖아." 마침내 그녀가 말했다. "당신한테 별일 없는지 궁금해서 했다고." 그녀는 허둥지둥 자신 없는 목소리로 이야기했고 대개는 그러면 거짓말이 아니라는 의미였다. 에이미는 거짓말을 할 때마다 지구는 둥글다고 말하는 사람처럼 굴었다. "예감이 이상해서. 당신은 안 믿는 거 알지만, 내가 어떤 예감을 느낄 때가 있고 그런 예감을 믿는다는 거 알잖아……. 안 그래, 모트?" 평소처럼 가식적으로 행동하거나 수세에 몰려서 화를 내는 게 아니라 애원하는 투였다.

"응, 알지."

"그런데 예감이 느껴졌거든. 점심을 먹으려고 샌드위치를 만드는데 당신이…… 당신이 잘 못 지낼 수도 있겠다는 예감이 들더라고. 사라지겠거니 해서 잠깐 기다렸는데, 사라지질 않았어. 그래서 전화한 거야. 잘 지내고 있는 거지, 그렇지?"

"응." 그가 말했다.

"아무 일 없고?"

"뭐, 무슨 일이 있긴 했지." 잠깐 고민하다 이렇게 말했다. 그가 보기에는 존 슈터(그게 본명이라면 말이지. 그의 머리는 계속 이런 식으로 사족을 달았다)가 데리에 들렀다가 여기로 찾아왔을 가능성도 있었다. 아니, 그랬을 가능성이 상당히 높다. 이 시기에는 보통 데리에서 지냈으니 말이다. 에이미가 슈터에게 여기 주소를 알려주었을 수도 있었다.

"그럴 줄 알았어." 그녀가 말했다. "빌어먹을 전기톱에 다친 거야? 아니면…….”

“병원에 입원해야 하거나 그런 일은 아니야.” 그는 미소를 지으며 말했다. “그냥 골치 아픈 일이 생긴 거지. 존 슈터라는 이름 들어본 적 있어, 에이미?”

“아니, 왜?”

그는 다문 잇새로 짜증 섞인 한숨을 수증기처럼 내뱉었다. 에이미는 똑똑했지만 뇌부터 입까지의 거리가 짧았다. ‘생각보다 말이 앞서는 사람’이라고 적힌 티셔츠를 입고 다녀야 하는 게 아닐까 생각한 적이 있을 정도였다. “그렇게 듣자마자 아니라고 대답하지 마. 잠깐만이라도 제대로 생각해보라고. 키가 상당히 커서 180센티미터 정도 되는 남자고, 사십 대 중반인 것 같아. 얼굴은 더 나이들어 보이지만 몸놀림이 사십 대야. 시골 남자처럼 생겼어. 피부가 얼룩덜룩하고 햇볕 때문에 생긴 주름살이 많아. 처음 봤을 때 누가 생각났느냐면 포크…….”

“그게 무슨 소리야, 모트?”

이제 그는 옛날로 돌아간 듯한 심정이었다. 성격 차이를 극복하려고 노력은 해보아야 하지 않겠느냐고 그녀에게 묻고 싶은 충동이 일어도—주로 밤에 그랬다—참았던 이유가 다시금 떠오르면서 그때처럼 화가 나고 혼란스러워졌다. 그가 노력하자고 한참 동안 끈질기게 설득했더라면 그녀도 알겠다고 했을 것이었다. 하지만 현실은 현실이었다. 그들의 결혼 생활에는 에이미가 만나는 부동산 중개업자보다 더 심각한 문제들이 있었다. 지금처럼 교관 행세를 하는 그녀의 말투. 그것도 그들을 괴롭힌 여러 문제 가운데 하나였다.

'무슨 짓을 한 거야?' 그렇게 묻는 거나 다름없었다. 아니, 취조나 다름없었다. '무슨 사고를 친 거야? 해명해봐.'

그는 눈을 감고 다문 잇새로 한숨을 내뱉었다. 그런 다음 존 슈터와 슈터의 원고와 자신의 단편소설에 대해 이야기했다. 에이미는 「씨 뿌리는 계절」을 분명하게 기억하지만 존 슈터라는 이름은 한 번도 들어본 적 없다고—잊어버릴 수 있는 이름이 아니잖아, 그녀가 말하자 모트도 그렇다는 생각이 들었다—했다. 그리고 그를 본 적도 없다고 했다.

"확실해?" 모트는 집요하게 물었다.

"응, 확실해." 계속되는 모트의 추궁에 씩씩대는 목소리였다. "당신이 떠난 뒤로 그런 사람은 본 적 없어. 그리고 좀 전에 당신이 듣자마자 아니라고 대답하지 말라기에 하는 말인데, 나는 그날 이후로 벌어진 일들은 확실하게 기억하고 있다고."

에이미가 말을 멈추자 그는 그녀가 힘들게, 어쩌면 정말 괴로워하면서 말을 하고 있었음을 깨달았다. 그의 못된 일면은 그렇다는 데 기뻐했다. 하지만 나머지 부분들은 그렇지 않았다. 마음속에 그런 것을 두고 희희낙락하는 면이 있다는 것이 역겨웠다. 그래도 못된 일면은 아랑곳하지 않고 축포를 터뜨렸다. 수적으로 열세일지 몰라도 그를 축출하려는 모트—못된 일면을 제외한 나머지—의 시도에도 끄떡 않는 눈치였다.

"테드가 만났을 수도 있지." 그가 말했다. 부동산 중개업자 이름이 테드 밀너였다. 모트는 에이미가 자신을 버리고 부동산 중개업자를 선택했다니 아직도 믿을 수가 없었고 그것이 문제였다. 애초부터 사태를 이 지경으로 치닫게 만든 자신의 자만심이 문제였다. 자신이 마리아의 어린양처럼 아무 죄가 없다고 주장할 수 없는 입장이었다. 적어도 스스로 느끼기에는 그랬다.

"그거 지금 웃으라고 한 소리야?" 에이미가 분노와 수치심과 슬픔과 반항심이 한데 뒤섞인 목소리로 물었다.

"아니." 그가 말했다. 다시 피곤함이 몰려왔다.

"테드는 여기서 살지 않아." 그녀가 말했다. "이 집에 잘 오지도 않아. 내가…… 내가 그 사람 집으로 가지."

'알려줘서 고마워, 에이미.' 하마터면 이렇게 말할 뻔했지만 참았다. 최소 한 번만이라도 서로를 비난 않고 대화를 마무리지을 수 있으면 다행일 것이다. 그래서 그는 알려줘서 고맙다고 하지 않았고, 시간이 지나면 달라질 거라고 하지 않았고, 무엇보다 당신 도대체 왜 그러냐고 묻지 않았다.

그러면 그녀도 똑같이 물을 가능성이 크기 때문이었다.

8

그녀는 태시모어의 데이브 뉴섬 순경에게 연락해보라고 했다. 위험한 인물일 수도 있지 않으냐고 했다. 모트는 아직은 그럴 필요 없을 것 같지만 '존 슈터'가 다시 찾아오면 데이브에게 연락할지도 모르겠다고 했다. 그들은 어색하게 몇 마디 더 주고받은 다음 전화를 끊었다. 그녀는 이제 모트의 의자와 침대는 테드의 차지가 되지 않았느냐고 넌지시 물은 데 화가 난 눈치였지만, 솔직히 그는 언제가 됐건 테드 밀너의 이름을 입에 올릴 수밖에 없는 처지였다. 에이미의 삶의 일부가 된 남자가 아니던가. 중요한 대목은 무엇인가 하면 그녀 쪽에서 그에게 전화했다는 것이었다. 그녀가 희한한 예감을 느끼고 그에게 전화했다는 사실.

모트는 호숫가 오솔길이 양 갈래로 나뉘는 지점에 다다랐다. 오른쪽으로 가면 가파른 비탈을 지나 레이크 드라이브로 되돌아갈 수 있었다. 그는 그쪽을 선택해서 가을 빛깔을 음미하며 천천히 걸었다. 마지막 모퉁이를 돌자 좁고 긴 아스팔트 도로가 눈앞에서 펼쳐졌다. 그는 나무에 묶여 매질을 당하는 개처럼 도로에 자연스럽게 주차되어 있는, 미시시피 번호판을 단 칙칙한 파란색의 스테이션왜건과 차의 오른쪽 전면 흙받이에 팔짱을 끼고 기대어 서 있는 호리호리한 존 슈터를 보고도 왠지 모르게 놀라지 않았다.

모트는 심장박동이 빨라지고 몸 안에 아드레날린이 분출되길 기다렸지만 심장은 정상적인 박동을 유지했고 분비샘은 기존의 입장—당분간 잠잠히 있겠다는—을 고수했다.

구름 뒤로 숨었던 태양이 고개를 내밀자 안 그래도 눈부시던 가을 빛깔들이 이제는 활활 타오르는 듯했다. 없어졌던 자신의 그림자도 까맣고 길고 선명하게 다시 등장했다. 슈터가 쓴 까만색의 동그란 모자는 더 까맣게, 파란 셔츠는 더 파랗게 보였다. 공기가 맑아서 모트가 평소에 알던 세상보다 환하고 생기 넘치는 세상 속에서 남자를 오려다 놓은 듯했다. 그는 데이브 뉴섬에게 연락하지 않는 이유를 착각하고 있었다는 것을—착각하고 있었거나 아니면 자기 자신과 에이미를 속이고 있었다는 것을—깨달았다. 사실 그는 이 문제를 직접 해결하고 싶었다. '혼자서 해결할 수 있는 문제가 있다는 걸 나 자신에게 증명해 보이고 싶은 걸까?' 모트는 생각하며, 존 슈터가 차에 기대어 서서 그를 기다리고 있는 곳으로 비탈길을 올라가기 시작했다.

9

모트는 호숫가 오솔길을 한참 동안 천천히 걸으며 쓰러진 나무가 등장하면 위로 넘거나 돌아서 지나고, 납작한 돌멩이가 보이면 물수제비를 뜨는 동안 (어렸을 때는 돌멩이만 잘 주우면—그런 돌멩이를 '납작이'라고 불렀다—아홉 번까지 물수제비를 뜰 수 있었는데 오늘은 최고 기록이 네 번이었다) 에이미 생각만 한 게 아니었다. 슈터가 다시 찾아오면 어떤 식으로 상대할 것인지에 대해서도 생각했다.

두 작품이 얼마나 흡사한지 알게 되었을 때 그가 일시적인—어쩌면 그다지 일시적이지 않을 수도 있는—죄책감을 느끼기는 했지만 죄책감은 이미 해소되었다. 모든 소설가들이 가끔 느낄 법한 일반적인 죄책감이었다. 그가 슈터에게 느끼는 감정은 짜증, 분노…… 그리고 일종의 안도감이었다. 그는 방향을 알 길 없는 분노로 부글부글 끓고 있었다. 몇 달 동안 그랬다. 이 고약하고 찜찜한 감정을 분출할 만한 상대를 찾아서 다행이었다.

모트는 사백 마리의 원숭이가 사백만 년 동안 사백 개의 타자기를 두드리면 셰익스피어의 작품을 완벽하게 재연하는 놈이 탄생할 거라는 속담을 들은 적이 있었다. 그는 그 말을 믿지 않았다. 그게 사실이라 하더라도 존 슈터는 원숭이가 아니고 얼굴에 아무리 주름이 많다 한들 그 정도로 오래 살지도 않았다.

그러니까 슈터가 그의 소설을 베낀 거였다. 왜 「씨 뿌리는 계절」을 골랐는지 모트 레이니로서는 짐작할 수조차 없었다. 우연의 일치일 가능성은 배제했기에, 그리고 자신이 다른 작품들처럼 「씨 뿌리는 계절」 역시 우주의 아이디어 뱅크에서 훔쳤을지 몰라도 미시시피 주에 사는 존 슈터 씨에게 훔쳤을 가능성은 없었기에 슈터가 그의 소설을 베낀 것일 수밖에 없었다.

슈터는 어디에서 베꼈을까? 모트가 생각하기에는 그것이 가장 중요한 문제였다. 슈터를 사기꾼, 협잡꾼으로 폭로할 수 있는 기회가 그 해답 안에 들어 있었다.

「씨 뿌리는 계절」은 딱 두 번 출간되었으니—맨 처음에는 《엘러리 퀸 미스터리 매거진》을 통해, 그다음에는 그의 단편집 『너도나도 폭로하는 사회』를 통해—해답은 둘 중 하나일 수밖에 없었다. 단편집은 대개 책 전면의 판권란에 각 단편의 출간일이 기재된다. 그의 『너도나도 폭로하는 사회』도 전례를 따랐다. 그가 단편집에 실린 판권을 찾아보니 「씨 뿌리는 계절」은 원래 《엘러리 퀸 미스터리 매거진》 1980년 6월 호에 실렸다. 단편집 『너도나도 폭로하는 사회』는 세인트마틴스프레스 출판사에서 1983년에 출간되었다. 그 뒤로 계속 재판을 찍었지만—한 번만 빼고 다 페이퍼백이었다—거기에 대해서는 신경쓸 필요가 없었다. 주목해야 할 연도는 1980년과 1983년. 그는 저작권 담당자나 출판사 법률고문이 아닌 이상 판권에 찍힌 작은 글씨에 지대한 관심을 보이는 사람은 없길 바랐다.

모트는 존 슈터의 경우에도 그랬길, 슈터도—대부분의 독자들처럼—단편집에서 처음으로 소설을 읽고 그전에는 출간된 적이 없을 거라고 미루어 짐작했길 바라며 마침내 그의 앞, 길가에 섰다.

10

"지금쯤은 제 소설을 읽으셨겠죠." 슈터가 말했다. 날씨 이야기라도 하는 것처럼 태평한 말투였다.

"네."

슈터는 진지하게 고개를 끄덕였다. "어디서 많이 봤다 싶지 않던가요?"

"그렇더군요." 모트는 맞장구를 치고 애써 태평한 목소리로 물었다. "그 작품을 언제 쓰셨죠?"

"그 부분에 대해서 물으실 줄 알았습니다." 슈터가 말했다. 그는 은근한 미소만 지을 뿐 더이상 아무 말도 하지 않았다. 팔짱을 낀 채 두 손을 겨드랑이 바로 아래 옆구리에 얹어놓았다. 죽을 때까지, 아니면 태양이 지평선 너머로 저물어서 더이상 그의 얼굴을 따뜻하게 비추지 않을 때까지 그 자리에 서 있어도 아무 불만이 없을 사람처럼 보였다.

"그럼요, 당연하죠." 모트는 여전히 태평하게 물었다. "그럴 수밖에 없죠. 두 사람이 똑같은 작품을 들고 나왔으면 심각한 문제니까요."

"심각한 문제죠." 슈터는 사색에 깊이 잠긴 목소리로 맞장구쳤다.

"그리고 그런 문제를 정리하려면……." 모트는 하던 이야기를 계속했다. "누가 누구의 것을 베꼈는지 판단하려면 먼저 쓴 사람을 밝히는 수밖에 없죠." 그는 건조하고 단호한 눈빛으로 슈터의 빛바랜 파란색 눈을 똑바로 쳐다보았다. 나무들이 서로 뒤엉킨 근처 어딘가에서 박새 한 마리가 거드름을 피우며 지저귀더니 잠잠해졌다. "그렇지 않습니까?"

"그렇죠." 슈터도 맞장구를 쳤다. "제가 미시시피에서 여기까지 찾아온 것도 그 때문이니까요."

자동차가 덜커덩거리며 다가오는 소리가 들렸다. 둘 다 그쪽으로 고개를 돌리니 톰 그린리프의 스카우트가 낙엽 돌풍을 일으키며 바로 옆 언덕을 내려오고 있었다. 기력 좋고 건강한 칠십 대의 태시모어 토박이인 톰은 그레그 카스테어스의 손길이 미치지 않는 호수 이쪽 지역의 관리인이었다. 톰은 지나가면서 한 손을 들어 거수경례를 했다. 모트도 손을 흔들어 답례했다. 슈터도 쉬고 있던 한쪽 손을 꺼내 다정하게 한 손가락으로 톰을 가리켰다. 시골에서 얼마나 오랜 세월을 보냈으며, 그동안 트럭이나 트랙터나 건초 만드는 기계나 건초 포장하는 기계를 몰고 지나가는 운전자들에게 얼마나 숱하게 그런 식으로 스스럼없이 인사를 건넸는지 은근슬쩍 드러나는 손짓이었다. 톰의 스카우트가 사라지자 슈터는 다시 손을 흉곽에 얹어서 팔짱을 꼈다. 낙엽들이 바스락거리며 땅 위로 내려앉았다. 그는 침착하고 흔들림 없으며 영원과 같은 시선을 모트 레이니의 얼굴 쪽으로 돌렸다. "우리가 무슨 이야기를 하고 있었죠?" 그가 부드럽기까지 한 목소리로 물었다.

“출처를 밝히려던 중이었죠.” 모트가 말했다. “그게 무슨 뜻인가 하면…….”

“무슨 뜻인지 나도 압니다.” 슈터는 차분하면서도 어쩐지 경멸하는 눈빛으로 모트를 흘끗 쳐다보며 말했다. “내가 촌스러운 옷을 입고 촌스러운 차를 몰고 대대로 촌놈이었던 집안에서 태어났으니 촌놈이라고 할 수 있겠지만, 그렇다고 해서 반드시 멍청한 촌놈인 건 아니거든요.”

“그렇죠.” 모트는 맞장구를 쳤다. “저도 그렇게 생각합니다. 똑똑하다고 해서 정직한 사람이 되는 것도 아니죠. 솔직히 저는 반대의 경우가 더 많다고 생각합니다만.”

“전에는 몰랐을지 몰라도 댁을 보니 알겠네요.” 슈터가 아무 감정 없는 목소리로 말하자 모트는 얼굴이 벌게졌다. 그는 인신공격을 좋아하지 않았고 지금까지 인신공격을 당한 적이 거의 없었는데, 방금 전에 슈터는 클레이사격장에서 원반을 맞히는 능숙한 총잡이처럼 아무렇지 않게 그를 공격했다.

슈터를 함정으로 몰아넣을 가능성이 곤두박질쳤다. 아예 영이 된 것은 아니지만 상당히 낮아졌다. 똑똑한 것과 예리한 것은 다른데, 슈터가 양쪽 모두이지 않을까 하는 의구심이 생겼다. 질질 끄는 것은 어리석은 발상이었다. 모트는 이 남자의 옆에 필요 이상으로 오래 있고 싶지 않았다. 또 한 번의 대면이 불가피하다는 것을 분명하게 깨달았을 때 그는 묘하게도 그 순간을 손꼽아 기다려왔다. 어쩌면 벌써부터 지루하고 재미없어져버린 일상에서 일탈할 수 있기 때문이었을 것이다. 하지만 지금은 얼른 끝내고 싶었다. 존 슈터가 정신병자인지는 불분명해졌지만—아무튼 백 퍼센트 정신병자는 아니었다—위험한 인물일 수도 있겠다는 생각이 들었다. 일단 우라지게 집요했다. 모트는 결정타를 날려서 끝내기로 마음먹었다. 더 이상 설렁설렁 행동하지 않기로 했다.

"그 작품을 쓰신 게 언제죠, 슈터 씨?"

"어쩌면 내 이름은 슈터가 아닐 수도 있어요." 남자는 어렴풋이 재미있어하는 표정을 지으며 말했다. "필명일 수도 있죠."

"그렇군요. 그럼 본명이 뭡니까?"

"본명이 아니라고 하지는 않았죠. 아닐 수도 있다고만 했지. 아무튼 그건 중요한 문제가 아니지만." 그는 서쪽으로 저물어가는 태양을 향해 높고 파란 하늘을 천천히 가로지르는 구름에 더 관심을 기울이는 듯한 표정으로 침착하게 말했다.

"그렇죠." 모트가 말했다. "하지만 당신이 언제 그 작품을 썼는가는 중요한 문제입니다."

"칠 년 전에 썼어요." 그는 여전히 구름을 관찰하며 이렇게 대답했다. 구름은 이제 태양의 끝에 닿아서 가장자리가 금색으로 물들었다. "1982년에."

'빙고. 교활한 늙다리건 아니건 결국에는 덫에 걸려들었군. 틀림없이 단편집에서 베낀 거야. 『너도나도 밀고하는 사회』가 1983년에 출간됐으니까 그 이전이면 몇 년도가 됐건 안전하다고 생각한 거지. 판권란을 봤어야지.'

그는 승리감이 느껴지길 기다렸지만 감감무소식이었다. 이제는 공연한 소란이나 소동 없이 이 미친놈을 즐겁게 보낼 수 있겠다는 안도감만 살짝 느껴질 따름이었다. 그래도 궁금했다. 문예 창작 수업의 저주였다. 예컨대 그의 평소 작풍과 전혀 달라서 완전히 이례적이라고 할 수 있는 작품을 선택한 이유가 뭐였을까? 그를 표절범으로 몰고 갈 작정이었다면 『손풍금을 연주하는 아이』 같은 베스트셀러와 똑같은 원고를 만들어낼 것이지, 남들은 잘 알지도 못하는 단편소설로 만족한 이유가 뭐였을까? 베스트셀러였다면 보상이 짭짤했을 텐데. 거기에 비하면 이건 장난 수준이었다.

'장편소설을 베끼면 일이 너무 많아졌겠지.' 모트는 생각했다.

"왜 그렇게 오랫동안 기다리셨나요?" 그가 물었다. "제 단편집이 출간된 것이 1983년이니까 육 년 전이에요. 이제 햇수로 칠 년째로 접어들었죠."

"몰랐으니까요." 슈터가 말했다. 그는 구름에서 시선을 거두고 당황스러운 눈빛에 희미한 경멸을 담아 모트를 쳐다보았다. "댁 같은 양반은 댁의 책이 출간된 모든 나라의 모든 국민은 아니더라도 미국에서만큼은 모든 국민이 댁이 쓴 책을 읽을 거라고 지레짐작하는 모양이죠?"

"그렇게 어리석지는 않습니다." 모트가 말했다. 이번에는 모트가 무미건조하게 대처할 차례였다.

"현실은 그렇지 않아요." 슈터는 모트가 한 말을 무시한 채 그를 똑바로 응시하며 섬뜩하도록 차분한 목소리로 하던 이야기를 계속했다. "현실은 전혀 그렇지가 않아요. 나는 유월 중순이 되어서야 그 소설을 봤어요. 올해 유월 중순에."

모트는 이렇게 대꾸할까 싶었다. '아, 그러셨어요, 존 씨? 나는 오월 중순이 되어서야 아내가 다른 남자와 한 침대에 누워 있는 걸 봤는데!' 그 비슷한 소리를 뱉으면 슈터를 당황시킬 수 있을까?

그는 남자의 얼굴을 쳐다보며 그러지 않기로 했다. 찌는 듯이 더울 것 같은 예감이 드는 날이었다. 언덕 위에서 안개가 증발되듯 그 자의 빛바랜 파란색의 눈에서 평정심이 증발되고 없었다. 이제 슈터는 부들부들 떨며 고개를 숙인 양들에게 불과 유황을 듬뿍 부으려는 고지식한 목사처럼 보였다. 모트 레이니는 처음으로 그가 진심으로, 인간적으로 무서워졌다. 그런데도 여전히 화가 치밀었다. '존 슈터'와 처음 만났을 때 막판에 했던 생각이 다시금 떠올랐다. 무섭거나 말거나 자기더러 도둑질을 했다고 몰아세우는데 우두커니 서서 듣고만 있으면 남자도 아니었다. 가뜩이나 이자가 자기 입으로 허위성을 폭로한 마당에 그럴 수는 없었다.

"내가 한번 알아맞혀볼까요?" 모트가 말했다. "당신 같은 양반은 책을 고르는 취향이 까다로워서 내가 쓴 쓰레기 같은 작품들은 거들떠보지도 않죠. 마르셀 프루스트나 토머스 하디 같은 작가들만 고수하면 모를까, 안 그래요? 밤이 돼서 우유를 다 짜고 나면 시골에서 쓰는 소박한 석유램프를 켜서 식탁 위에 턱 하니 올려놓고—식탁은 물론 빨간색과 하얀색의 안락한 체크무늬 식탁보로 덮여 있겠죠—『테스』나 『잃어버린 시간을 찾아서』를 읽겠죠. 주말에는 편한 차림으로, 조금 파격적으로 어스킨 콜드웰이나 애니 딜러드를 꺼내 들고요. 당신이 성실하게 집필한 소설을 내가 어떤 식으로 베꼈는가는 친구한테 들었겠죠. 그렇지 않은가요, 슈터 씨…… 본명인지 뭔지는 모르겠습니다만?"

모트의 말투가 거칠어졌다. 그는 자신이 폭발 직전임을 느끼고 놀랐다. 하지만 심하게 깜짝 놀라지는 않았다.

"아뇨, 나는 친구가 없거든요." 슈터는 오직 진실만을 이야기하는 사람 특유의 무미건조한 목소리로 말했다. "친구도 없고 가족도 없고 아내도 없어요. 퍼킨스버그 남쪽으로 삼십 킬로미터 떨어진 곳에 작은 집이 있고—듣고 보니 그러네요—식탁에 체크무늬 식탁보가 깔려 있긴 하지만 우리 마을에는 전기가 들어와요. 폭풍이 불어서 전기가 끊겼을 때만 석유램프를 꺼내요."

"참 다행이네요." 모트가 말했다.

슈터는 그의 빈정거림을 못 들은 척했다. "아버지한테 물려받은 집을 할머니한테 받은 몇 푼 안 되는 돈으로 증축했죠. 젖소가 있긴 해요, 스무 마리쯤. 그것도 맞혔네요. 그리고 저녁에는 소설을 쓰죠. 당신은 모니터가 달린 근사한 컴퓨터를 쓰겠지만 나는 아쉬우나마 구식 타자기로 만족합니다."

그는 입을 다물었고, 가볍게 불어온 늦은 오후의 바람에 낙엽들이 기분 좋게 바스락거리는 소리가 잠깐 동안 두 사람의 귀에 전해졌다.

"댁의 소설이 내 소설과 똑같다는 것은 스스로 알아냈어요. 농장을 팔까 고민중이었거든요. 농장을 팔아서 돈이 생기면 해가 떨어진 뒤뿐 아니라 정신이 맑은 대낮에도 글을 쓸 수 있지 않을까 싶어서요. 퍼킨스버그의 중개업자가 말하길, 미시시피 곳곳에 여러 낙농장을 거느리고 있는 친구가 잭슨에 사는데 한번 만나보라더군요. 나는 이십 킬로미터 넘게 운전하는 것을 좋아하지 않기 때문에—

특히 바보들이 여기저기서 날뛰는 도시 같은 경우에는 머리가 아파서요—버스를 탔죠. 승차 준비를 하는데 읽을거리를 하나도 안 가지고 왔다는 게 퍼뜩 생각이 나더군요. 읽을거리도 없는 장거리 버스 여행은 질색인데 말이죠."

모트는 자기도 모르게 고개를 끄덕이고 말았다. 그 역시 일간신문보다 두툼한 읽을거리가 없는 여행은—버스가 됐건 기차가 됐건 비행기가 됐건 차가 됐건—질색이었다.

"퍼킨스버그에는 버스 터미널이 따로 없어요. 그레이하운드 버스가 렉솔 드러그스토어 앞에 오 분 정도 정차했다가 곧바로 출발하죠. 나는 버스 계단을 올라가다 빈손이라는 걸 알아차렸어요. 기사한테 기다려줄 수 있느냐고 물었더니 어림없는 소리 말라고, 이미 늦었다고, 자기 회중시계 기준으로 삼 분 있으면 출발할 거라고 하더군요. 그때까지 돌아올 수 있으면 상관없지만 못 그러면 다음번에 만났을 때 자기 똥구멍이나 핥으라면서요."

'말투가 꼭 작가 같네.' 모트는 생각했다. '작가가 아니면 내 손에 장을 지지겠다.' 그는 이 생각을 지워버리려고 했지만—해서 좋을 게 없을 것 같았다—부질없는 짓이었다.

"뭐, 렉솔로 달려 들어갔죠. 퍼킨스버그 렉솔에는 페이퍼백을 진열해놓는 구식 철제 책꽂이가 있거든요. 댁의 집에서 길을 건너면 나오는 조그만 드러그스토어에 있는 것처럼 돌아가는 그런 책꽂이."

"보위스 드러그스토어요?"

슈터는 고개를 끄덕였다. "맞아요, 거기요. 아무튼 손에 잡히는 대로 아무 책이나 들고 나왔죠. 표지밖에 못 봤으니까 페이퍼백으로 된 성경일 수도 있었는데 아니더군요. 당신이 쓴 단편집이었어요. 『너도나도 밀고하는 사회』. 내가 보기에도 댁이 쓴 단편집이 맞더군요. 한 편만 제외하면."

'이제 그만해. 저자가 점점 기세등등해지고 있잖아. 당장 찬물을 끼얹어야 해.'

하지만 그러고 싶지 않았다. 슈터가 정말로 작가일지 모른다는 생각이 들었다. 그는 작가가 되기에 가장 중요한 조건을 두 개 다 갖추고 있었다. 어떤 식으로 끝날지 아는데도 끝까지 듣고 싶은 이야기를 할 줄 알았고 입만 열었다 하면 허풍이었다.

그는 할말—백 번 양보해서 슈터의 말이 사실이라 하더라도 자신이 슈터보다 이 년 먼저 그 보잘것없는 작품을 썼다는 말—은 제쳐두고 대신 이렇게 말했다. "그러니까 지난 유월에 낙농장을 팔러 잭슨으로 가는 길에 그레이하운드 버스 안에서 「씨 뿌리는 계절」을 읽었단 말이죠?"

"아뇨. 어쩌다 보니 돌아오는 길에 읽게 됐어요. 농장을 팔아서 육만 달러짜리 수표를 주머니에 넣고 그레이하운드 버스를 타고 돌아오는 길에요. 대단한 걸작이라고 할 수는 없었지만 시간을 때우기에는 좋더군요."

"고맙네요."

슈터는 그를 물끄러미 쳐다보았다. "칭찬으로 한 말 아닌데요."

"알아요."

슈터는 잠깐 고민하더니 어깨를 으쓱했다. "아무튼 돌아가는 길에 두 편을 더 읽었더니…… 그 작품이 나오더군요. 내 소설 말이에요."

그는 금색으로 희미하게 어른거리는 공기 덩어리로 변한 구름을 쳐다보다 말고 다시 모트에게 시선을 돌렸다. 표정이 여느 때와 다름없이 침착했지만, 모트는 이 남자에게 일말의 평온함이나 평정심이 있다고 느꼈던 것은 엄청난 착각이었음을 문득 깨달았다. 슈터는 모턴 레이니를 맨손으로 죽이고 싶은 마음을 제어하느라 철갑을 쓰고 있는 것이었다. 표정은 침착했지만 두 눈은 모트가 지금까지 한 번도 본 적 없는 깊고 격렬한 분노로 이글거렸다. 그는 이 친구의 손에 정말 목숨을 잃을 수도 있는데 바보같이 호숫가 오솔길을 따라서 여기까지 걸어왔다. 이 남자는—여러 가지 의미에서—살인을 저지를 수 있을 만큼 이성을 잃은 상태였다.

"지금까지 그 작품을 놓고 댁한테 문제를 제기한 사람이 한 명도 없었다는 게 놀랍네요. 다른 작품들이랑 분위기가 전혀 다른데." 슈터의 목소리는 여전히 차분했지만, 주먹을 휘두르거나 곤봉으로 패거나 아니면 목을 조르고 싶지만 기를 쓰고 참는 남자의 목소리라는 것을 이제 알 수 있었다. 언성이 고조돼서 사기당한 자의 분노의 음역대로 넘어간 것을 스스로 깨닫기만 해도 대화에서 살인으로 선을 넘을 수 있는 남자의 목소리라는 것을 이제 알 수 있었다. 자신이 얼마나 쉽게 폭도로 돌변할 수 있는지 아는 남자의 목소리라는 것을 이제는 알 수 있었다.

모트는 문득 머리카락만큼 가느다란데다 건드리면 고성능 폭약이 터지는 철사가 얼기설기 설치된 어두컴컴한 방안에 갇혀 있는 기분이 들었다. 불과 몇 분 전만 해도 자기가 주도권을 쥐고 있는 것처럼 느껴졌다는 게 믿기지가 않았다. 기존의 고민거리—에이미, 글이 써지지 않는 것—들이 이제는 하찮은 배경 속에 존재하는 하찮은 인물처럼 느껴졌다. 어떻게 보면 고민거리라고 볼 수도 없었다. 현재 그의 고민거리는 딱 하나, 일몰 감상이 아니라 집으로 돌아갈 때까지 목숨을 부지하는 것이었다.

그는 입을 열었다가 그만 다물었다. 지금으로서는 감히 아무 말도 할 수 없었다. 방안 가득 철사가 설치되어 있었다.

"정말 놀랍네요." 슈터가 섬뜩하게 평온을 가장한 것처럼 느껴지는 묵직하고 차분한 목소리로 똑같은 말을 반복했다.

모트의 귀에 이렇게 이야기하는 자신의 목소리가 전해졌다. "아내, 아내는 그 작품을 좋아하지 않았어요. 내가 그때까지 썼던 작품들이랑 전혀 다르다면서."

"무슨 수로 원고를 입수했죠?" 슈터가 느릿느릿, 험악하게 물었다. "내가 알고 싶은 건 그거예요. 댁처럼 아무거나 끼적여서 돈을 긁어모으는 한심한 작자가 도대체 무슨 수로 미시시피의 개떡 같은 마을까지 찾아와서 내 빌어먹을 소설을 훔쳐갔는가 하는 거. 댁이 다른 작품들도 다 훔친 게 아닌 이상 이유도 알고 싶지만 지금 당장은 무슨 수로 훔쳤는지만 알아도 좋겠어요."

터무니없이 부당한 비난과 맞닥뜨리자 모트의 분노가 채워지지 않은 갈증처럼 되살아났다. 그는 미시시피에서 온 정신병자와 레이크 드라이브에 단둘이 있다는 사실을 잠깐 잊었다.

"그만하시죠." 모트는 매몰차게 말했다.

“그만하시죠?” 슈터는 어설프게 놀란 표정으로 모트를 쳐다보며 물었다. “그만하라니, 그게 도대체 무슨 소리요?”

“당신 작품을 1982년에 썼다고 했죠?” 모트가 말했다. “나는 그 작품을 1979년 말쯤에 썼습니다. 정확한 날짜는 기억이 안 나지만, 1980년 6월에 처음으로 발표했던 건 기억해요. 어느 잡지에. 그러니까 내가 이 년 먼저 선수를 친 거예요, 슈터 씨. 본명인지 아닌지 모르겠지만. 이 자리에서 표절을 운운하면서 게거품을 물 사람은 나라고요.”

모트는 남자가 움직이는 것을 보지 못했다. 방금 전까지만 해도 두 사람은 슈터의 차 옆에 서서 마주보고 있었는데, 눈 깜빡할 새 슈터가 그의 양쪽 팔뚝을 잡고 이마를 그의 이마에 댄 채 운전석 문에 그를 누르고 있었다. 슈터가 팔뚝을 잡고 돌리는 것을 어렴풋하게 느꼈을 뿐인데 어느새 장면이 바뀌었다.

“거짓말.” 슈터의 숨결에서 계피 향이 느껴졌다.

“거짓말이면 내 손에 장을 지지겠어.” 모트는 이렇게 말하면서 자신을 누르는 남자를 밀쳤다.

슈터는 힘이 셌지만, 모트보다 힘이 더 센 게 분명했지만, 모트가 젊고 몸집이 더 큰데다 파란색 스테이션왜건을 버팀목으로 활용할 수 있었다. 덕분에 그는 슈터의 손아귀에서 벗어나 슈터를 두세 발자국 비틀비틀 뒷걸음질치도록 만들 수 있었다.

‘이제 나를 향해 달려들겠지.’ 모트는 생각했다. 그는 초등학교 4학년 때 학교 운동장에서 너 한 번 밀치고 나 한 번 밀치는 식으로 옥신각신한 이래 몸싸움이라고는 해본 적이 없었지만 놀랍게도 머릿속이 맑고 차분했다. '그 한심한 작품을 놓고 끝장을 보지. 뭐, 좋아. 어차피 오늘은 할 일도 없었으니까.'

하지만 예상은 빗나갔다. 슈터는 손을 들어 자기 주먹을 보더니…… 억지로 풀었다. 모트는 남자가 엄청난 자제력을 발휘해서 철갑을 다시 두르는 것을 보고 경외감을 느꼈다. 슈터는 한 손바닥을 입 쪽으로 올려서 천천히, 신중하게 입술을 훔쳤다.

"증명해보시지." 그가 말했다.

"좋아요. 나랑 같이 집으로 갑시다. 그 책 판권란에 적힌 게재 날짜를 보여줄 테니."

"아니." 슈터가 말했다. "그 책에는 관심 없어. 그 책에는 눈곱만큼도 관심 없어. 작품을 보여줘. 작품이 실린 잡지를 보여줘. 내 눈으로 확인할 수 있게."

"잡지는 여기 없는데."

그가 다른 말을 덧붙이려는데, 슈터가 하늘을 향해 고개를 들더니 짧은 웃음을 터뜨렸다. 도끼로 장작을 패는 소리처럼 건조한 웃음이었다. "없다고." 그가 말했다. 두 눈은 여전히 분노로 이글거렸지만 평정심을 되찾은 듯했다. "그렇겠지. 그럴 줄 알았어."

"이봐요." 모트가 말했다. "원래 이곳은 우리 부부가 여름을 보내는 곳이에요. 책이랑 해외에서 출간된 책들은 여기에도 몇 권 두지. 하지만 내 글은 잡지에도 많이 실린단 말입니다. 단편소설뿐 아니라 기사며 에세이며. 그 잡지들은 우리가 일 년 내내 지내는 본가에 있어요. 데리에 있는 집에."

"그럼 지금은 그 집에서 지내야 하는 시기 아닌가?" 슈터가 물었다. 그를 의심하는 동시에 득의양양한 눈빛이었다. 슈터는 모트가 어떻게든 빠져나가려고 발버둥을 칠 거라고 넘겨짚었던 모양이다. 지금 슈터의 눈에 모트가 발버둥치는 것처럼 보였던 것이다. 아니, 그러려고 애를 쓰는 것처럼 보였다.

"내가 여기로 내려온 이유는……." 모트는 말을 하다 말고 멈추었다. "그런데 내가 여기 있는 줄 어떻게 알았소?"

"내가 산 책의 뒷면을 봤지." 슈터가 말하자 모트는 퍼뜩 찾아온 깨달음에 하마터면 이마를 칠 뻔했다. 지당하신 말씀인 것이 『너도 나도 밀고하는 사회』에는 하드커버와 페이퍼백, 양쪽 모두 뒤표지에 그의 사진이 실렸다. 에이미가 찍어준, 잘 나온 사진이었다. 전면에 그가 있었다. 중간쯤에 집이 있었다. 배경은 태시모어 호수다. 설명은 간단하게 "메인 주 서부의 자가에서, 모턴 레이니"라고만 되어 있었다. 그걸 보고 슈터가 메인 주 서부로 찾아온 것이다. 소도시의 술집이나 드러그스토어를 이잡듯이 뒤지지 않아도 "모트 레이니? 알다마다요! 태시모어에 집이 있어요. 나랑 알고 지내는 사이죠!"라고 말하는 사람을 만날 수 있었을 것이다.

이로써 궁금증이 한 가지 해결된 셈이었다.

"아내와 이혼을 했기 때문에 여기로 내려왔습니다." 그가 말했다. "얼마 전에 완전히 끝나서. 아내는 데리에 남았죠. 다른 때 같았으면 이 집은 비어 있었을 겁니다."

"아하." 슈터가 말했다. 그의 말투에 모트는 다시금 분노가 치밀었다. 거짓말. 그러거나 말거나 별 상관없어. 네가 거짓말을 할 줄 알고 있었거든. 네가 밥먹듯이 하는 게 거짓말이잖아, 안 그래? 이런 의미가 담긴 말투였다. "뭐, 댁이 어디에 있건 찾아냈을 거요."

그는 아무 감정 없는 눈빛으로 모트를 똑바로 쳐다보았다.

"브라질로 이사를 갔더라도 찾아냈을 거요."

"그러셨겠죠." 모트는 말했다. "그래도 당신이 잘못 알고 있는 건 맞아요. 아니면 나를 상대로 사기를 치고 있거나. 착각한 거라고 믿어줄게요. 워낙 진지해 보이니까……."

정말이지 맞는 말이었다.

"하지만 나는 당신이 그 작품을 썼다고 말한 연도보다 이 년 전에 그 작품을 발표했다고요."

슈터의 눈이 광기로 번뜩이는가 싶더니 잠잠해졌다. 광기가 사라진 게 아니라 못된 개에게 목걸이를 채우듯 억눌러놓은 것이었다.

"다른 집에 그 잡지가 있단 말이지?"

"맞아요."

"잡지에 당신 작품이 실려 있고?"

"맞아요."

"1980년 6월에 출간된 잡지고."

"맞아요."

모트는 교리문답 같은 힘든 대화(슈터는 질문에서 다음 질문으로 넘어가기 전까지 한참 생각에 잠긴 듯이 뜸을 들였다)에 처음에는 짜증이 났지만 이제는 일말의 희망을 느꼈다. 이 남자는 모트가 한 말이 사실이라고 자기 자신에게 가르치려는 것처럼 보였다. 모트가 보기에는 '존 슈터'도 그 말이 사실이라는 것을 마음속 한구석에서는 처음부터 알고 있지 않았을까 싶었다. 두 작품이 거의 똑같은 것은 우연의 일치가 아니었다. 그의 이런 생각에는 변함이 없었다. 슈터가 표절을 저질러놓고 기억하지 못할 수도 있다는 생각이 들기도 했다. 아무리 봐도 이 남자는 제정신이 아니었다.

그는 슈터의 두 눈이 걷잡을 수 없는 불길에 휩싸인 헛간을 쳐다보기라도 하는 듯 증오와 분노로 일렁이는 것을 처음 보았을 때만큼 두렵지는 않았다. 떠밀었을 때 슈터가 비틀비틀 뒷걸음질을 쳤으니 만약 몸싸움이 벌어지더라도 지지는 않을 것 같았고…… 어쩌면 때려눕힐 수도 있을 것 같았다.

그래도 몸싸움까지 가지 않는 편이 좋았다. 엉뚱하게도 슈터가 불쌍해지기 시작했다.

"그 집—당신 부인이 살고 있다는 집—도 메인에 있나?"

"맞아요."

"부인이 지금 거기서 살고 있고?"

"맞아요."

이번에는 침묵이 좀더 길었다. 슈터를 보고 있자니 모트는 섬뜩하게도 엄청난 양의 정보를 처리하는 컴퓨터가 떠올랐다. 마침내 그가 말했다. "삼 일 주겠다."

"참 너그럽기도 하시네요." 모트가 말했다.

슈터가 윗입술을 일자로 당겨서 이를 드러내자 카탈로그를 보고 주문한 틀니를 낀 것처럼 보였다. "어이, 나를 얕잡아 보지 마." 그가 말했다. "내가 지금 성질을 죽이려고 노력중이고 제법 잘하고 있지만……."

"어쩌고 어째?" 모트는 그를 향해 소리를 질렀다. "나는 안 그런 줄 알아? 어이가 없어서! 난데없이 나타나서 작가에게 가장 치명적인 비난을 퍼붓더니, 당신이 착각을 했거나 그 빌어먹을 입으로 거짓말을 나불대고 있다는 증거가 있다니까 성질을 죽이고 있다면서 잘난 척이야? 어이가 없어서!"

슈터는 실눈을 뜨더니 다 알고 있다는 듯이 그를 쳐다보았다. "증거라고?" 그가 말했다. "증거가 어디 있는데? 네가 하는 말을 듣기는 했지만 말은 증거가 될 수 없지."

"얘기했잖아!" 모트는 고함을 질렀다. 그는 거미줄과 씨름하는 사람이 된 심정이었다. "전부 설명했잖아!"

슈터는 한참 동안 모트를 쳐다보더니 몸을 돌려서 열린 차창 안으로 손을 넣었다.

"뭐하는 짓이야?" 모트는 긴장한 목소리로 물었다. 이제는 온몸에서 분출되는 아드레날린이 느껴졌다. 모트는 싸우거나 도망칠 준비를 했다. 만약 그가 상상의 눈으로 보았던 큼지막한 엽총을 슈터가 꺼내려는 거라면 도망치는 편이 나을 테니까.

"담배 꺼내려는 거요." 슈터가 말했다. "잠깐만 기다리쇼."

그가 차창 밖으로 팔을 꺼냈을 때 손에는 빨간색 폴 몰 담뱃갑이 들려 있었다. 대시보드에서 꺼낸 것이었다. "한 대 드릴까?"

"나도 있어요." 모트는 뚱한 목소리로 대답하고는 빨간색 플란넬 셔츠 안주머니에서 오래된 L&M 담뱃갑을 꺼냈다.

둘은 각자 불을 붙였다.

"계속 이런 식으로 옥신각신하다가는 몸싸움이 벌어지겠소." 마침내 슈터가 말했다. "그건 내가 원하는 바가 아닙니다."

"나 원 참, 나도 마찬가지라고요!"

"댁은 그러고 싶은 마음도 있을걸?" 슈터가 반박하고 나섰다. 그는 시골 사람 특유의 알 만하다는 표정으로 실눈을 뜨고 모트를 뜯어보았다. "댁은 싸움을 벌이고 싶은 마음도 있을 텐데. 나나 내 작품 때문은 아닌 것 같고. 담요 아래에서 윙윙대는 벌 때문에 짜증이 나 있어서 지금의 상황이 더 괴롭게 느껴지는 거지. 그래서 싸움을 벌이고 싶은 건데, 댁이 모르는 게 한 가지 있지. 정말로 싸움이 벌어진다면 우리 둘 중 한 사람이 죽기 전에는 끝나지 않을 거라는 사실."

허풍인가 싶어서 슈터의 표정을 살폈지만 그런 기미는 전혀 보이지 않았다. 등골을 타고 올라오는 한기가 느껴졌다.

"삼 일을 주겠소. 부인한테 전화해서 그 작품이 실린 잡지를 보내라고 해요. 정말로 잡지가 있다면. 내가 삼 일 뒤에 찾아오겠소. 물론 그런 잡지는 있을 리 없겠지. 우리 둘 다 알다시피. 하지만 댁을 보아 하니 오랫동안 열심히 고민할 시간이 필요한 사람인 것 같아서 말이지."

그는 연민이 담긴 당혹스러운 표정으로 모트를 쳐다보았다.

"알아차리는 사람이 아무도 없을 거라고 생각한 거요?" 그가 물었다. "당연히 그랬겠지."

"내가 잡지를 보여주면 떠나줄 건가요?" 모트가 물었다. 슈터보다는 자기 자신에게 묻는 말이었다. "그럴 만한 가치가 있는 일인지 알고 싶은데."

슈터는 느닷없이 차문을 열더니 운전석에 앉았다. 어찌나 빠른지 섬뜩할 정도였다. "삼 일이오. 그 기간을 마음대로 활용해요, 레이니 씨."

그는 시동을 걸었다. 교체할 때가 된 밸브에서 쌕쌕거리는 소리가 나지막이 났고, 오래된 배기관에서 뿜어져 나온 매연이 저물어가는 오후의 공기를 더럽혔다. "옳은 건 옳은 거고 좋은 게 좋은 거라잖소. 먼저 나한테 제대로 걸렸다는 것을, 지금까지 평생 요리조리 잘 빠져나왔을지 몰라도 이번만큼은 빠져나갈 수 없다는 것을 인정하는 게 좋을 거요. 그게 1단계야."

그는 감정이 담기지 않은 눈빛으로 운전석 차창 너머 모트를 쳐다보았다.

"2단계는 내가 찾아온 진짜 이유에 대해서 생각하는 거."

"그게 뭔데요?" 모트의 귀에 이렇게 묻는 자신의 목소리가 들렸다. 이상하고도 화가 나는 일이었지만, 이 정신병자가 주장하는 잘못을 저지르기라도 한 것처럼 안에서 또다시 죄책감이 스멀스멀 가차없이 고개를 들었다.

"나중에 얘기하도록 하지." 슈터는 이렇게 말하고 낡은 스테이션왜건의 기어를 바꾸었다. "그동안 뭐가 옳고 뭐가 그른지 잘 생각해보라고."

"야, 이 미친놈아!" 모트가 외쳤지만, 슈터는 벌써 23번 도로를 향해 레이크 드라이브를 타고 올라가고 있었다.

그는 차가 완전히 사라질 때까지 쳐다보다 천천히 집을 향해 걷기 시작했다. 집과 가까워질수록 마음이 공허해졌다. 분노와 두려움은 사라지고 없었다. 춥고 피곤하고, 더이상 존재하지 않는 결혼 생활, 이제 와 생각해보면 애초에 존재한 적이 없었던 듯한 결혼 생활에 대한 향수만 느껴질 따름이었다.

11

레이크 드라이브에서 집으로 이어지는 가파른 진입로를 반쯤 내려갔을 때 전화벨이 울리기 시작했다. 받을 수 없다는 것을 알면서도 달려가기 시작한 모트는 바보 같은 반응을 보이는 자신을 욕했다. 파블로프의 개 같기는!

그가 덧문을 열고 안쪽 문손잡이를 더듬거리고 있을 때 벨 소리가 멎었다. 안으로 들어가서 등뒤로 문을 닫고, 에이미가 미캐닉 폴스의 벼룩시장에서 사 온 조그맣고 고풍스러운 테이블 위에 놓인 전화기를 쳐다보았다. 그 순간 전화기가 고도의 계산을 거친 기계 특유의 짜증난 눈빛으로 그를 마주보는 듯한 상상 속으로 빠져들 수 있었다. '나한테 묻지 마요. 나는 사건을 만드는 게 아니라 보고만 하는 녀석이니까.' 그는 자동 응답기가 달린 전화기를 사야 하나 말아야 하나 고민했다. 곰곰이 생각해보면 그는 전화라는 기계를 별로 좋아하지 않았다. 정말로 통화를 원하는 사람은 다시 전화하게 되어 있다.

샌드위치와 수프를 만들었지만 만들어놓고 보니 먹고 싶지 않았다. 그는 외롭고 불행했으며 존 슈터의 광기에 전염이 됐다. 이런 감정들의 결합이 졸음으로 나타난 것은 놀라운 일도 아니었다. 그는 갈망하는 눈빛으로 소파를 훔쳐보기 시작했다.

'좋아.' 그의 안에서 속삭임이 들렸다. '하지만 기억해야 해. 도망

칠 수는 있어도 숨을 수는 없다는 거. 눈을 떠보면 엿같은 상황이 여전할 거야.'

맞는 말이었지만 자는 동안에는 까맣게, 아주 까맣게 잊을 수 있었다. 단기적인 해결책의 장점이 하나 있다면 아무것도 안 하는 것보다는 낫다는 것이었다. 그는 집으로 전화해서(머리는 데리에 있는 집을 계속 그의 집으로 간주했다. 아무리 생각해봐도 쉽게 꺾이지 않을 고집인 듯했다) 에이미에게 「씨 뿌리는 계절」이 실린 《엘러리 퀸 미스터리 매거진》을 속달로 보내달라고 하기로 마음먹었다. 그런 다음 두세 시간 소파에 누워 있을 것이다. 7시쯤에 일어나서 맑은 정신으로 서재에 들어가 쓰레기를 조금 쓸 것이다.

'그런 식으로 생각하면 쓰레기밖에 더 쓰겠어?' 그의 안에서 나무람이 들렸다.

"지랄하시네." 모트는 중얼거렸다. 독거의 몇 안 되는 장점 가운데 하나가 큰 소리로 혼잣말을 해도 미친 거 아니냐고 오해를 살 일이 없다는 것이었다.

그는 수화기를 집어서 데리의 집 전화번호를 눌렀다. 장거리전화 연결이 된다는 신호에 이어서 전화기가 낼 수 있는 가장 짜증나는 소리가 들렸다. 통화중임을 알리는 뚜뚜뚜 소리였다. 에이미가 누군가와 통화를 하고 있는 것이다. 그녀는 발동이 걸리면 몇 시간 동안 수다를 떨 수도 있었다. 며칠 동안 떨 수도 있다.

"이런 염병할!" 모트는 고함을 지르고는 희미하게 따르릉 소리가 날 정도로 세게 수화기를 내려놓았다.

그럼…… 이제 어쩌면 좋을까?

데리의 맞은편 집에 사는 이저벨 포틴에게 전화를 할 수도 있었지만 번거로운데다 까딱 잘못했다가는 귀찮아질 수도 있다는 생각이 머릿속을 스치고 지나갔다. 안 그래도 이저벨은 그와 에이미의 이혼에 지대한 관심을 보였다. 비디오 촬영만 하지 않았을 뿐 그 외의 온갖 만행을 저질렀다. 게다가 이미 5시가 지나서 오늘 부친들 내일은 되어야 데리에서 태시모어로 배달이 시작될 것이었다. 그는 나중에 다시 전화를 걸어보고 그때도 계속 통화중이면 (에이미가 똑같은 사람과 계속 수다를 떨고 있으면) 이저벨을 통해 메시지를 전하기로 했다. 지금 당장은 거실 소파가 부르는 사이렌의 노래가 너무 커서 거부할 수 없었다.

모트는 전화기 코드를 뽑고—그가 진입로를 내려오는 동안에 누가 전화를 했는지 몰라도 통화를 하려면 좀더 기다려야 할 것이다—거실로 어슬렁어슬렁 들어갔다.

그는 늘 그랬던 것처럼 두 개의 쿠션으로 목과 머리를 각각 받치고 태양이 황금빛의 눈부신 자취를 길게 남기며 저물어가고 있는 호수를 내다보았다. '내 평생 이렇게 외롭고 끔찍한 기분은 처음이네.' 그는 놀라워하며 이런 생각을 했다. 잠시 후 충혈된 눈 위로 천천히 눈꺼풀이 덮였고 진정한 공포가 어떤 건지 아직 느껴보지 못한 모트 레이니는 잠이 들었다.

12

그는 교실에 있는 꿈을 꾸었다.

이유는 모르겠지만 낯익은 교실이었다. 그와 존 슈터가 한 교실에 있었다. 슈터는 잡화점 봉투를 한 팔로 안고 있었다. 봉투에서 오렌지를 하나 꺼내서 한 손으로 던졌다가 받았다. 그는 모트 쪽을 보고 있었지만 모트를 보는 건 아니었다. 모트의 어깨 너머에 있는 무언가에 시선이 고정되어 있는 듯했다. 모트가 고개를 들어보니 콘크리트 블록으로 만든 벽에 칠판이 걸렸고 젖빛 유리창이 달린 문이 있었다. 그는 젖빛 유리에 역순으로 적힌 글자가 무엇인지 잠시 후에서야 파악했다.

고난의 학교에 오신 것을 환영합니다.

칠판에 적힌 글귀는 훨씬 쉽게 읽혔다.

씨 뿌리는 계절
모턴 레이니 단편

무언가가 모트의 머리를 아슬아슬하게 빗나가서 어깨 너머로 휙 날아갔다. 오렌지였다. 모트가 움찔하며 뒤로 피하자 오렌지가 칠판에 부딪히며 터지는 불쾌한 소리가 났고, 칠판에 적혀 있던 글귀 위로 핏덩이가 튀었다.

그는 슈터를 돌아보았다. '그만해!' 떨리는 목소리로 나무라듯 외쳤다.

슈터는 봉투 속으로 다시 손을 집어넣었다. '왜 그래?' 슈터가 침

착하고 험악한 말투로 물었다. '블러드 오렌지*인 줄 보고도 몰라? 그러고도 네가 무슨 작가냐?'

그가 오렌지를 또 하나 던졌다. 모트의 이름 위로 튄 선홍빛 과육이 아래로 흘러내리기 시작했다.

'그만하라니까!' 모트는 비명을 질렀지만 슈터는 다시 봉투 속으로 천천히, 집요하게 손을 집어넣었다. 꺼낸 오렌지를 보니 굳은살이 잡힌 슈터의 긴 손가락이 오렌지 껍질 속에 박혀 있었다. 껍질을 뚫고 배어 나온 핏방울이 똑똑 떨어졌다.

'그만해! 그만하라고! 제발 부탁이야! 그만해! 내가 인정할게, 그만해주기만 하면 뭐든 인정할게! 그만해주기만 하면 뭐든 인정할게! 그만해주기만 하면…….'

13

"……하면, 그만해주기만 하면……."

몸이 소파에서 떨어지려던 참이었다.

모트는 때마침 소파 가장자리를 붙잡은 덕분에 거실 바닥으로의 짧고 고통스러운 여행을 막을 수 있었다. 그는 소파 안쪽으로 몸을 굴려서 쿠션을 붙잡고 몸서리를 치며 누워서 너덜너덜해진 꿈의 조각들을 애써 그러모았다.

* 과육이 검붉은색인 오렌지.

교실, 블러드 오렌지, 고난의 학교가 등장하는 꿈이었는데. 이마저도 희미해져갔고 나머지는 아예 지워졌다. 어떤 꿈이었는지 몰라도 생생했다. 너무 생생했다.

마침내 눈을 떴지만 보이는 게 딱히 없었다. 해가 지고 한참 지나도록 잠을 잔 것이었다. 특히 목 아랫부분이 어찌나 뻣뻣한지 아무리 못해도 네 시간에서 다섯 시간은 잔 게 아닐까 싶었다. 그는 여느 때와 다르게, 유리가 덮인 팔각형 모양의 커피 테이블을 가까스로 피해가며 (그가 느끼기에 그 커피 테이블은 반쯤 살아 있어서 해가 지면 정강이를 후려치기에 더욱 알맞은 곳으로 위치를 바꾸는 것 같았다) 더듬더듬 거실 스위치로 다가가 불을 켠 다음 에이미에게 전화를 하려고 현관으로 건너갔다. 가는 길에 손목시계를 확인했다. 10시 15분이었다. 다섯 시간도 넘게 잔 셈인데…… 처음 있는 일도 아니었다. 그 대가로 밤새도록 잠 못 들고 뒤척이지도 않을 것이다. 과거의 경험으로 미루어 짐작하건대 거실 침대에 눕자마자 바로 곯아떨어질 것이다.

그는 수화기를 집어 들고 귓가에 전해지는 정적에 잠깐 어리둥절해했다. 이내 이 빌어먹을 녀석의 송곳니를 뽑아놓았다는 것을 기억해냈다. 그는 전화선을 손가락으로 더듬어서 잭이 손끝에 닿자 플러그를 꽂으려고 고개를 돌렸다가…… 그대로 얼어붙었다. 그 자리에서는 문 왼쪽에 달린 조그만 창문이 보였다. 창문 너머로는 어제 정체를 알 수 없는 슈터라는 불청객이 원고를 돌멩이로 눌러놓고 간 뒤쪽 현관이 보였다. 현관과 더불어 쓰레기 보관함도 보이는데, 그 위에 무언가가 있었다. 하얀 것 하나, 까만 것 하나, 이렇게 두 개였다. 까만 무언가는 생김새가 흉측했다. 큼지막한 거미가 보관함 위에 웅크리고 있는 게 아닌가 싶어서 가슴이 철렁했다.

그는 전화기 코드를 내려놓고 얼른 현관 불을 켰다. 그리고 어느 정도 시간 동안—얼마나인지 알 수도 없었고 알고 싶지도 않았다—옴짝달싹도 하지 못했다.

하얀 것은 종이였다. 흔히 볼 수 있는 크기의 타자 용지였다. 그가 서 있는 자리에서 쓰레기 보관함까지의 거리가 족히 사 미터는 됐는데도 종이에 큼지막하게 휘갈겨 쓴 글씨를 쉽게 읽을 수 있었다. 심이 부드러운 연필이나 미술용 목탄을 쓴 게 아닐까 싶었다. "기한이 삼 일이라는 것을 잊지 말 것. 농담으로 간주하지 않길 바람." 거기에는 그렇게 적혀 있었다.

까만 것은 범프였다. 고양이의 목을 부러뜨린 다음 창고에서 꺼낸 모트의 드라이버로 보관함 뚜껑에 박아놓은 것이었다.

14

모트는 마비 상태에서 언제 깨어났는지 알 수 없었다. 방금 전까지만 해도 그는 전화기 테이블 옆에 얼어붙은 듯이 서서, 하얀 털이 복슬복슬하게 난 가슴 한복판—에이미는 그것을 범프의 턱받이라고 불렀다—에서 드라이버 손잡이가 자라난 것처럼 보이는 범프 녀석을 쳐다보고 있었다. 그러다 문득 정신을 차리니 차가운 밤공기가 얇은 셔츠 사이로 스미는 가운데 한꺼번에 여섯 군데를 두리번거리고 있었다.

그는 두리번거림을 억지로 그쳤다. 두말하면 잔소리지만 슈터는 가고 없었다. 그래서 쪽지를 남긴 거였다. 슈터가 공포에 질려서 경악하는 모트를 구경하며 희희낙락할 미친놈 같지도 않았다. 미친놈이기는 했지만 종류가 다른 미친놈이었다. 그는 범프를 이용했을 따름이었다. 두메산골의 농부가 깊숙이 박힌 바위를 뽑기 위해 쇠지렛대를 쓰듯 모트를 상대로 녀석을 이용했을 따름이다. 여기에 개인적인 감정은 전혀 없었다. 해야 할 일을 한 것에 불과했다.

그는 오후에 보았던 슈터의 눈빛을 떠올리며 온몸을 사시나무처럼 떨었다. 아니다, 여기에는 개인적인 감정이 있다. 온갖 개인적인 감정이 있다.

"내가 그랬다고 믿는 거야." 모트가 메인 서부의 차가운 밤공기에 대고 중얼거리자 딱딱 부딪히는 잇새로 단어들이 뭉텅뭉텅 잘려 나왔다. "그 정신 나간 개새끼는 진심으로 내가 그랬다고 믿는 거야."

쓰레기 보관함 쪽으로 다가가자 재주를 넘는 개처럼 속이 뒤집혔다. 이마에서 식은땀이 배어 나왔다. 제대로 처리할 수 있을지 자신이 없었다. 범프는 머리가 왼쪽으로 완전히 꺾여서 질문하는 듯한 섬뜩한 자세였다. 작고 가지런하며 바늘처럼 뾰족한 이빨을 드러내고 있었다. 드라이버 날이 박힌 하얀 털

(그러니까 턱받이)

주변으로 피가 맺혔지만 많지는 않았다. 범프는 사람을 잘 따르는 고양이었다. 그래서 슈터가 다가갔을 때 피하지 않았을 것이다. 슈터는 분명 이렇게 했겠지. 모트는 이마에 맺힌 땀을 훔치며 생각

했다. 얼음과자 막대를 집듯 고양이 목덜미를 손가락으로 집어 목을 부러뜨린 다음 쓰레기 보관함에 달린 비스듬한 뚜껑에 박아놓았겠지. 숙면은 아니었지만 모트 레이니가 세상모르게 자는 동안.

모트는 쪽지를 구겨서 뒷주머니에 넣고 범프의 가슴에 손을 얹었다. 뻣뻣하기는커녕 심지어 완전히 식지도 않은 몸이 손 아래에서 움직였다. 속이 뒤집혔지만 드라이버의 노란 플라스틱 손잡이를 양손으로 잡아당겨서 뽑았다.

드라이버를 현관으로 던지고 가엾은 범프를 걸레라도 되는 것처럼 오른손으로 들었다. 이제는 속이 자유낙하로 돌입해서 뒤집히고 뒤집히고 또 뒤집혔다. 그는 쓰레기 보관함에 달린 한쪽 뚜껑을 열고, 쓰레기를 넣다가 무거운 뚜껑에 팔이나 머리가 찍히지 않도록 달아놓은 돌쩌귀로 고정했다. 안에 쓰레기통 세 개가 일렬로 놓여 있었다. 모트는 가운데 뚜껑을 열어서 범프의 시체를 조심스럽게 넣었다. 황록색 쓰레기봉투 맨 위로 녀석의 몸이 모피 숄처럼 축 늘어졌다.

갑자기 슈터에게 불같이 화가 났다. 그 순간 슈터가 진입로에 등장했다면 모트는 앞뒤 가리지 않고 달려들었을 것이다. 그럴 수만 있다면 땅바닥으로 쓰러뜨려 목을 졸랐을 것이다.

'간단해……. 폭력은 전염성이 있거든.'

정말 전염성이 있을 수도 있다. 그러거나 말거나 상관없었다. 문제는 슈터가 외로운 시월, 호숫가의 이 집에서 그와 함께 지내던 유일한 친구를 죽인 것이 아니었다. 모트가 자는 동안 그런 짓을 저지른데다 착한 범프를 구토가 나올 정도로 혐오스러운 물건으로 만들어버린 게 문제였다.

착한 고양이를 아무짝에도 쓸모없는 쓰레기처럼 휴지통에 버리도록 만든 게 가장 큰 문제였다.

'내일 묻어줘야지. 집 왼쪽에 있는 폭신한 땅에. 호수가 보이는 곳에.'

그렇다. 하지만 오늘밤에 범프는 쓰레기 보관함 속, 쓰레기 봉지 맨 위에 볼품없이 누워 있어야 했다. 어떤 남자—어떤 정신 나간 새끼—가 집 근처에서 기다리고 있을지 모르기 때문이다. 그 남자는 모트 레이니가 지난 오 년 동안 까맣게 잊고 지냈던 작품을 놓고 억울해하고 있었다. 그자는 제정신이 아니라서 모트는 오늘밤에 범프를 묻어줄 수가 없었다. 쪽지를 두었거나 말거나 슈터는 집 근처에서 기다리고 있을 수도 있었다.

'죽여버리고 싶네. 이 미친 새끼가 계속 막무가내로 나오면 죽여버릴까 보다.'

모트는 집안으로 들어가서 문을 쾅 닫고 잠갔다. 그런 다음 온 집안을 구석구석 다니면서 모든 문과 창문을 잠갔다. 문단속이 끝났을 때 다시 현관 옆 창가로 돌아가서 수심에 잠긴 눈빛으로 어둠 속을 내다보았다. 현관 위에 놓여 있는 드라이버와, 슈터가 쓰레기 보관함 오른쪽 뚜껑에 드라이버를 꽂는 바람에 생긴 동그랗고 시커먼 구멍이 보였다.

문득 에이미에게 전화를 하려던 참이었다는 게 생각났다.

그는 전화 플러그를 꽂았다. 익숙한 숫자들을 잽싸게 누르며 에이미한테 범프 소식을 알려야 하나 고민했다.

사전에 들리는 신호음에 이어 비정상적으로 오랜 정적이 흘렀다. 그가 막 끊으려는 찰나, 마지막으로 딸깍하는 신호음이 들리더니—하도 커서 쿵 소리에 가까웠다—없는 번호라고 알리는 음성이 흘러나왔다.

"끝내주는구먼." 그는 중얼거렸다. "도대체 무슨 짓을 한 거야, 에이미? 고장이 날 때까지 통화를 한 거야?"

그가 훅 스위치를 누르고 하는 수 없이 이저벨 포틴에게 연락해야겠다고 생각하며 번호를 떠올리느라 기억을 더듬는데, 손에 쥔 전화기가 울렸다.

모트는 자신이 얼마나 긴장한 상태였는지 그제야 알아차렸다. 조그맣게 비명을 터뜨리며 수화기를 떨어뜨리고 뒤로 껑충 뛰는 바람에, 에이미가 사다가 전화기 테이블 옆에 놓았지만 아무도, 심지어 에이미조차 앉아본 적 없는 빌어먹을 벤치에 걸려서 넘어질 뻔했던 것이다.

그는 넘어지지 않게 한 손을 뻗어서 책꽂이를 붙잡았다. 그런 다음 수화기를 낚아채고 말했다. "여보세요? 슈터, 너냐?" 온 세상이 천천히, 하지만 확실하게 뒤집히는 것처럼 느껴지던 그 순간만큼은 슈터가 아닌 다른 사람은 상상조차 할 수 없었다.

"모트?" 에이미가 비명을 지르다시피 했다. 그가 결혼 생활 마지막 이 년 동안 익히 들어서 아는 말투였다. 불만스럽거나 화가 났을 때 나오는 말투인데 대부분 후자였다. "모트, 당신 맞아? 당신 맞지? 모트? 모……."

"응, 나 맞아." 그가 말했다. 갑자기 기운이 빠졌다.

"도대체 어디를 다녀온 거야? 세 시간 동안 계속 전화를 걸었잖아!"

"잤어." 그가 말했다.

"코드를 뽑아놨군." 에이미는 여러 번 겪어본 사람 특유의 지긋지긋해하면서도 힐난하는 투로 말했다. "이번에는 타이밍 한번 잘 골랐네."

"아까 5시쯤에 당신한테 전화했는데……."

"테드네 집에 있었어."

"누가 집에 있던데." 그가 말했다. "혹시……."

"그게 무슨 소리야, 누가 집에 있었다니?" 그녀가 채찍을 휘두르는 듯이 잽싸게 물었다. "누가 있었다는 거야?"

"내가 어찌 알겠어? 데리에 있는 사람은 당신이잖아, 까먹었어? 당신은 데리에, 나는 태시모어에. 내가 전화를 걸었을 때 통화중이었다는 거말고는 아무것도 몰라. 테드네 집에 갔었다면 이저벨이……."

"지금도 테드네 집이야." 그녀의 목소리가 묘하게 힘이 없었다. "좋든 싫든 당분간 테드네 집에서 지내야 할 것 같아. 누가 우리집에 불을 질렀거든, 모트. 누가 우리집에 불을 질러서 잿더미가 됐어." 에이미는 울음을 터뜨렸다.

15

그는 오로지 존 슈터 생각뿐이었다. 전화기를 한쪽 귀에 바짝 댄 채로 이제 하나밖에 안 남은 레이니의 집 현관 앞에 멍하니 서서 맨 처음에 내린 결론이 뭔가 하면 슈터가 범인이라는 것이었다. 범행 동기는? 그야 물어보나 마나였다. 빅토리아시대풍으로 복원한 시가 팔십만 달러짜리 집에 불을 지른 이유는 잡지를 없애기 위해서였다. 좀더 콕 집어서 말하자면《엘러리 퀸 미스터리 매거진》1980년 6월 호를 없애기 위해서.

과연 슈터의 소행일 수 있을까? 당연히 그럴 수 없었다. 데리에서 태시모어까지는 거리가 160킬로미터가 넘었고, 범프의 시체가 아직 따뜻하고 말랑말랑했고, 드라이버 주변으로 배어 나온 피가 진득진득하기는 했지만 완전히 마르지는 않았다.

'총알같이 달려갔다면…….

아, 그만 좀 하자, 응? 이러다 조만간 네가 이혼한 것도 슈터 때문이고, 날마다 열여섯 시간씩 자는 것도 슈터가 네 음식에 수면제를 넣었기 때문이라고 하겠네. 그런 다음에는? 미국 마약 밀매단의 핵심 인물이 까마귀 똥구멍 같은 미시시피 출신의 존 슈터라는 양반이라고 신문사에 투고하기 시작하겠네. 그가 노동운동가 지미 호파를 죽였고 1963년 11월에 잔디 언덕에서 케네디를 저격한 제2의 인물이라고. 그가 제정신이 아닌 건 맞아……. 하지만 아무리 그렇다고 한들 잡지 한 권 없애겠다고 북쪽으로 160킬로미터를 달려가서 그 빌어먹을 집에 불을 질렀겠어? 미국 전역에 그 잡지가 수도 없이 남아 있을 텐데? 정신 좀 차려라.

그래도…… 총알같이 달려갔다면…….'

아니다. 말도 안 되는 억측이다. 하지만 생각해보니 이제 모트는 그자에게 빌어먹을 증거를 제시할 수 없게 되어버렸다. 만에 하나…….

서재는 본가의 뒤편에 있다. 마차 차고의 다락방을 개조해서 만든 서재였다.

"에이미." 그가 말했다.

"정말 끔찍해!" 그녀는 흐느껴 울었다. "테드네 집에 있는데 이저벨이 전화를 했어……. 소방차가 적어도 열다섯 대는 출동했다고…… 호스로 물을 뿌리고…… 사람들이 모여 있고…… 차를 타고 지나가다 구경하고…… 대놓고 쳐다보고…… 집이 불에 타지 않았을 때도 사람들이 와서 빤히 쳐다보면 내가 얼마나 싫어했는지 알잖아……."

모트는 터져 나오려는 웃음을 참느라 볼 안쪽 살을 세게 깨물어야 했다. 익히 아는 마당에 웃어버리면 그보다 형편없고 잔인한 반응이 없을 것이었다. 몇 년의 고생 끝에 자신이 선택한 분야에서 성공을 거둔 것이 그로서는 대단하고 뿌듯한 일이었다. 그는 다른 모험가들이 대부분 비명횡사한 위험한 정글에서 살아남은 덕분에 엄청난 보상을 누리는 기분을 가끔 느꼈다. 에이미도 처음에는 그를 생각해서 기뻐했지만 씁쓸한 불편함을 견뎌야 했다. 프라이버시뿐 아니라 독립적인 인간으로서의 정체성마저 포기해야 했던 것이다.

"알지." 그는 웃음을 참느라 볼 안쪽 살을 깨문 채 최대한 다정한 목소리로 대답했다. 웃음의 이유는 그녀의 부적절한 단어 선택 때문이지만 그녀는 그렇게 생각하지 않을 게 분명했다. 함께 지낸 동안 그녀는 그가 웃는 이유를 툭하면 오해하곤 했다. "알지, 알다마다. 어떻게 된 일인지 얘기해봐."

"누가 우리집에 불을 질렀다니까!" 에이미가 눈물에 젖은 목소리로 고함을 질렀다. "그게 다야!"

"전소됐어?"

"응. 소방서장 말로는 그렇대." 그녀는 감정을 추스르려고 침을 삼키는가 싶더니 다시 울음을 터뜨렸다. "다 타, 타서 재, 재, 잿더미가 됐어!"

"서재까지?"

"거, 거기에서부터 타, 타기 시작했대." 그녀는 훌쩍였다. "소방서장 말로는 그런 것 같댔어. 패티가 본 바로도 그렇고."

"패티 챔피언 말이야?"

챔피언 부부는 레이니의 오른쪽 집에 살았다. 세월이 흐르면서 제멋대로 자라기 시작한 주목나무 울타리가 두 집의 경계선 역할을 했다.

"응. 잠깐만, 모트."

에이미가 엄청난 기세로 코를 푸는 소리가 들렸다. 잠시 후 들려오는 그녀의 목소리는 좀 전보다 침착했다. "소방대원들한테 말하길 패티는 개를 산책시키고 있었대. 해가 지고 난 다음이었고. 우리집 앞을 지나는데 포치 아래에 차가 한 대 서 있더래. 그리고 잠시 후에 안에서 쾅하는 소리가 들리더니 서재에 달린 큰 창문 안으로 불길이 보이더라는 거야."

"어떤 차인지 봤대?" 모트가 물었다. 그는 속이 메슥거렸다. 화재 소식이 머릿속에 입력되자 존 슈터 사건이 크기와 중요도 면에서 작아졌다. 문제는 빌어먹을 《엘러리 퀸 미스터리 매거진》 1980년 6월 호뿐만이 아니었다. 출간된 원고와 미완성인 원고, 초판본, 해외 출간본, 그의 글이 실린 잡지들이 다 문제였다.

아, 하지만 그것은 시작에 불과했다. 사천 권에 달하는 장서도 사라져버렸다. 에이미의 말처럼 피해가 심각하다면 에이미의 옷도 전부 타버렸을 테고, 그녀가 수집한 고가구—그의 도움을 받은 것도 있지만 대부분 그녀 혼자서 장만했다—들도 숯으로 변했을 것이다. 보석과 개인적인 서류—보험증서나 기타 등등—는 괜찮을지 몰라도(2층 옷장 뒤에 숨겨놓은 금고는 불에 타지 않는다고 했다) 터키산 카펫은 잿더미가 됐을 테고, 천 개쯤 되는 비디오테이프도 녹아서 플라스틱 덩어리가 됐을 테고, 시청각 장비며…… 그의 옷…… 수천 장에 달하는 두 사람의 사진도…….

이런 망할. 그런데도 맨 처음에 떠오른 생각이 그 빌어먹을 잡지라니.

"아니." 개인적인 손실이 얼마나 어마어마한 수준인지 뒤늦게 실감하느라 잊어버리고 있었던 질문에 에이미가 대답했다. "어떤 차인지 알 수가 없었대. 그녀 말로는 범인이 화염병 같은 걸 쓴 게 분명하다고 했어. 유리 깨지는 소리가 나자마자 창문 너머로 불길이 치솟았다면서. 그녀가 우리집 진입로로 들어섰을 때 부엌문이 열리면서 어떤 남자가 달려나오더래. 브루노가 남자를 향해서 짖기 시작했는데, 패티가 겁이 나서 뒤로 잡아당겼대. 하마터면 줄이 끊어질 뻔했다지 뭐야.

잠시 후에 남자가 차에 올라타서 시동을 걸었어. 전조등을 켜니까 패티는 눈에 부셔 앞이 안 보일 지경이었대. 팔을 들어서 불빛을 가리는데 차가 요란한 소리를 내면서 포치 아래에서 튀어나오더래. 패티 말에 따르면 그랬다는 거야. 패티는 우리집 앞 울타리에 몸을 바짝 붙이고 브루노를 있는 힘껏 잡아당겨야 했대. 차가 브루노를 치고 지나갈 기세라. 남자는 잠시 후에 진입로를 빠져나가서 길거리를 엄청난 속도로 달렸대."

"그랬는데도 어떤 차였는지 못 봤다는 거야?"

"응. 처음에는 어두워서 못 봤고, 당신 서재 창문 너머로 불길이 보이기 시작했을 때는 전조등 때문에 눈이 부셔서 못 봤고. 패티가 자기집으로 달려가서 소방서에 연락했대. 이저벨 말로는 소방차가 금세 출동했다는데 우리집이 얼마나 오래됐는지 당신도 알잖아……. 그리고…… 그리고 마른 나무는 얼마나 빨리 타는지도……. 특히 휘발유를 부으면……."

그렇다, 그도 알았다. 오래됐고 온통 마른 나무로 이루어진 그 집이야말로 방화범의 꿈이나 다름없었다. 하지만 누구의 소행일까? 슈터가 아니라면 누구의 소행일까? 역겨운 코스 요리의 맨 마지막에 등장한 흉측한 디저트처럼 다사다난했던 오늘의 대미를 장식한 이 끔찍한 소식으로 인해 사고 능력이 마비되었다.

"휘발유가 쓰였을 수도 있대. 소방서장 말로는 그렇대. 소방서에서 먼저 출동했지만 경찰도 와서 나한테 계속 질문을 했어, 모트. 대부분 당신과 관련 있는 질문을…… 당신한테 적이 있는지……. 적이라니…… 나는 없을 거라고 대답했어. 묻는 말에 다 대답하려고 노력하기는 했는데……."

“당신이 최선을 다해주었을 거라고 믿어.” 그는 다정하게 말했다.

그녀는 그의 말을 듣지 못했는지, 전신을 타고 쏟아져 나오는 섬뜩한 뉴스를 전달하는 기사처럼 숨가쁘게 말을 이었다. “우리가 이혼했다는 걸 어떤 식으로 알려야 할지도 모르겠더라고……. 당연히 그 사람들은 모를 텐데……. 결국 테드가 알렸어. 모트…… 우리 엄마한테 받은 성경책 말이야. 그게 침실 협탁 위에 있었는데……. 그 안에 우리집 가족사진이 들어 있었는데…… 그리고…… 그리고 그게…… 엄마가 남긴 유일한 유, 유, 유…….”

에이미는 말끝을 흐리며 서럽게 흐느껴 울었다.

“내일 아침에 올라갈게.” 그가 말했다. “7시에 출발하면 9시 30분쯤 도착할 거야. 여름처럼 차가 많지도 않으니까 어쩌면 9시까지 갈 수 있을지도 몰라. 오늘밤에는 어디 있을 거야? 테드네 집에?”

“응.” 그녀는 코를 훌쩍이며 말했다. “당신이 테드를 좋아하지 않는 거 알지만 오늘 저녁에 그이가 없었더라면 내가 어떻게 버틸 수 있었을지 모르겠어. 무슨 수로 감당했을지……. 그…… 온갖 질문들하며…….”

“그 사람이 있어서 다행이네.” 그는 딱 잘라서 말했다. 자신의 침착한 목소리가, 교양 있는 목소리가 놀랍게 느껴질 따름이었다. “아프지 않게 조심해. 약은 있어?” 에이미는 그와 부부로 지낸 지난 육 년 동안 진정제를 처방받았지만 비행기를 탈 일이 있을 때만, 그리고 또 이제 와 생각해보니…… 모트의 공식 행사가 열릴 때만 약을 먹었다. 배우자가 참석해야 하는 자리가 있을 때만 말이다.

“화장실 수납장에 넣어뒀어.” 그녀는 심드렁하게 대답했다. “괜잖아. 스트레스는 없어. 그냥 가슴이 아파서 그렇지."

모트는 그게 그거 아니냐고 말하려다 말았다.

"최대한 빨리 갈게." 그가 말했다. "오늘밤에 가는 게 도움이 되겠다 싶으면……."

"아니야." 그녀가 말했다. "어디서 만날까? 테드네 집?"

모텔 객실 청소부의 마스터키를 쥐고 있는 그의 손이 불청객처럼 불쑥 눈앞에 등장했다. 마스터키가 객실의 열쇠 구멍에 꽂혀서 돌아갔다. 문이 열렸다. 놀란 표정을 짓고 있는 얼굴이 시트 위로 보였다. 왼쪽이 에이미, 오른쪽이 테드 밀너였다. 테드는 헤어드라이어로 단정하게 정돈했을 매무새가 자고 일어나는 바람에 삐딱하니 흐트러졌고, 생김새가 〈악동 클럽〉이라는 단편 영화에 나오는 알팔파하고 닮은 듯했다. 자고 일어나서 까치집을 지은 테드의 머리를 보니 그제야 그가 정말로 실존하는 인물처럼 느껴졌다. 모트는 그들의 당황한 얼굴과 맨 어깨를 보았었다. 문득, 두서없이 이 구절이 생각났다. '가진 것이라고는 사랑밖에 없는 남자에게서 사랑을 훔치는 여자는…….'

"아니." 그가 말했다. "테드네 집은 싫어. 위첨 스트리트에 있는 조그만 커피숍 어때?"

"나 혼자 가는 게 좋겠어?" 그녀는 화가 난 목소리는 아니었지만 화를 낼 준비가 되어 있는 목소리였다. 나는 얼마나 그녀를 잘 아는가. 모든 움직임, 모든 목소리의 높낮이, 모든 표정. 그리고 그녀는 얼마나 나를 잘 아는가.

"아니." 그가 말했다. "테드 데려와. 그래도 괜찮아." 괜찮지는 않았지만 견딜 수는 있을 것이다. 그가 생각하기에는 그랬다.

"그럼 9시 30분에 봐." 그녀가 말했다. 그는 그녀가 살짝 물러나는 것을 느낄 수 있었다. "마치맨스에서."

"거기 이름이 그거야?"

"응. 마치맨스 레스토랑."

"좋아. 9시 반 아니면 그보다 조금 일찍. 내가 먼저 도착하면 문 위에다 분필로 표시를……."

"……내가 먼저 도착하면 그 표시를 지워놓을게." 그녀가 오랜 역사를 자랑하는 교리문답의 나머지 부분을 완성하자 두 사람은 웃음을 터뜨렸다. 모트는 그 웃음마저 가슴 아프게 느껴졌다. 그들은 정말이지 속속들이 서로를 알았다. 함께 보낸 세월의 의미가 그런 것 아닐까? 그래서 그 세월이 끝날 수도 있다는 가능성을 넘어서 정말로 끝났음을 깨달았을 때 가슴이 우라지게 아픈 것 아닐까?

문득 쓰레기 보관함의 널빤지 뚜껑에 있던 쪽지가 생각났다. "기한이 삼 일이라는 것을 잊지 말 것. 농담으로 간주하지 않길 바람." 그는 '나도 여기서 사소한 문제가 생겼어, 에이미'라고 말할까 고민했지만 안 그래도 괴로워하는 그녀에게 그런 부담마저 더할 수는 없었다. 이것은 그의 문제였다.

"이런 일이 좀더 나중에 벌어졌더라면 최소한 당신 물건은 건질 수 있었을 텐데." 그녀가 이런 말을 하고 있었다. "당신이 잃어버린 원고는 생각하고 싶지도 않아, 모트. 이 년 전에 허브가 이야기를 꺼냈을 때 방화용 서랍을 설치했더라면……."

"상관없어." 모트가 말했다. "여기서 새롭게 쓰기 시작한 원고가 있으니까." 사실이었다. 한심한 쓰레기 같은 원고가 무려 열네 쪽 있었다. "나머지는 타거나 말거나. 내일 만나, 에이미. 사……."

(랑해)

그는 입을 다물었다. 그들은 이혼한 사이였다. 그가 여전히 그녀를 사랑한다는 게 있을 수 있는 이야기일까? 무슨 변태 같았다. 게다가 사랑한다 한들 사랑한다고 말할 권리가 있을까?

"사실 마음이 아프다." 그는 대신 이렇게 말했다.

"나도 그래, 모트. 정말 마음이 아파." 그녀는 다시 울음을 터뜨리려고 했다. 누가—여자였다. 이저벨 포틴?—그녀를 달래는 소리가 들렸다.

"눈 좀 붙여, 에이미."

"당신도."

그는 전화를 끊었다. 혼자 지내기 시작한 이래 집안이 어느 때보다도 고요하게 느껴졌다. 밤바람이 처마를 감돌며 속삭이는 소리와 저멀리 호수 위에서 아비새가 우는 소리말고는 아무 소리도 들리지 않았다. 그는 주머니에서 쪽지를 꺼내 반듯하게 펴서 다시 읽었다. 보관했다가 경찰에 넘겨야 하는 물건이었다. 사실 경찰이 사진을 찍고 주문을 걸기 전에는 건드리지도 말아야 하는 물건이었다. 이것은 바로—드럼을 요란하게 두드리고 트럼펫을 귀청 떨어져라 불어주기 바람—증거물이었다.

'엿이나 먹으라 그래.' 모트는 생각하며 쪽지를 구겼다. 경찰은 사절이었다. 이 지역을 담당하는 데이브 뉴섬 순경은 점심 무렵이면 아침에 뭘 먹었는지 잊어버리는 위인이었고, 사건을 군 보안관이나 주 경찰에 보고할 필요성을 느끼지 못할 것이었다. 이러니저러니 해도 그의 생명에는 아무 지장이 없었다. 고양이가 살해되기는 했지만 고양이는 인간이 아니었다. 게다가 에이미에게 충격적인 소식을 전해 듣고 보니 존 슈터는 하찮게 느껴졌다. 그는 미친 족속의 일원이었고 성가신 존재였고 위험할 수도 있었지만……. 모트는 슈터가 위험한 인물이라도 이 문제를 직접 해결하고 싶은 마음이 점점 커졌다. 위험한 인물이라면 더더욱 그러고 싶었다.

데리에 있는 집이 존 슈터와 존 슈터의 정신 나간 발상보다 중요했다. 심지어 범인이 누구인지—존 슈터인지 아니면 원한이 있거나 정신적인 문제가 있거나 아니면 양쪽 조건을 모두 갖춘 다른 정신병자인지—도 중요하지 않았다. 집과 에이미가 더 중요했다. 심리적으로 많이 힘들어하는 것 같으니 그가 최선을 다해서 위로한들 나쁠 것 없었다. 그러면 혹시라도 그녀가…….

그는 모든 억측을 차단했다. 그 길에서 보이는 것이라고는 고통뿐이었다. 그 길은 영영 폐쇄됐다고 믿는 편이 나았다.

모트는 침실로 들어가서 옷을 벗은 다음 두 손으로 머리를 받치고 누웠다. 저멀리서 또다시 아비새의 필사적인 울음소리가 들렸다. 슈터가 예의 까만색 모자 아래로 창백한 얼굴을 동그랗게 드러내고 저 밖에서 살금살금 돌아다니고 있을지 모른다는 생각이 다시 들었다. 슈터는 제정신이 아니었다. 그가 범프한테는 맨손과 드라이버를 썼지만 그렇다고 총기를 휴대하고 있을 가능성이 아예 없는 것은 아니었다.

하지만 모트의 예감상 총이 있건 없건 간에 슈터가 저 밖에 있을 것 같지는 않았다.

'전화를 해야겠다. 데리로 가는 길에 최소 두 통은 해야겠다. 한 통은 그레그 카스테어스한테, 또 한 통은 허브 크리크모어한테. 내일 7시에 출발하면 너무 일러서 전화하기가 그러니까 가는 중에 오거스타 톨게이트에서 공중전화로 해야겠다…….'

오늘밤에는 잠이 들려면 한참 걸리겠다는 생각을 하며 옆으로 돌아누웠지만…… 잔잔하고 까만 파도처럼 수마가 그를 덮쳤다. 잠을 자는 동안 누가 빤히 쳐다보았더라도 알지 못했을 것이다.

16

알람이 6시 15분에 그를 깨웠다. 집과 호수 사이에 있는 모래밭에 삼십 분 동안 범프를 묻고 계획대로 7시에 출발했다. 1970년에 문을 닫은 방직 공장과 오천 명의 인구를 자랑하는 미캐닉폴스라는 북적북적한 대도시 방향으로 십육 킬로미터를 달려서 23번 도로와 7번 도로가 만나는 네거리의 노란색 점멸 신호기 앞에 도착했을 때, 그는 낡은 뷰익의 기름이 떨어진 것을 알아차렸다. 출발하기 전에 게이지를 체크하지 않은 것을 자책하며 빌스 셰브런 주유소에 차를 댔다. 연료가 바닥인지 모르고 미캐닉폴스를 그대로 통과했더라면 걸어야 했을 테고, 그랬더라면 에이미와의 약속 시간에 한참 늦을 뻔했다.

주유소 직원이 끝없이 들어가는 뷰익의 연료통을 채우는 동안 그는 벽에 달린 공중전화기 앞으로 다가갔다. 왼쪽 앞주머니에서 너덜너덜한 주소록을 꺼내 그레그 카스테어스의 전화번호를 눌렀다. 일찍 전화를 걸면 그레그와 통화를 할 수 있지 않을까 싶었는데 짐작이 맞았다.

"여보세요?"

"안녕, 그레그. 모트 레이니예요."

"아, 모트. 데리에 무슨 문제가 생겼다면서요?"

"맞아요." 모트가 말했다. "뉴스에 나왔어요?"

"5번 채널에서요."

"어때 보였어요?"

"뭐가 있어야 보이죠?" 그레그가 되물었다. 모트는 움찔했지만…… 아무한테라도 그런 소리를 들어야 한다면 그레그 카스테어스에게 듣는 게 나았다. 그는 서글서글하고, 우드스톡 페스티벌 직후에 아무도 모르는 교파—스베덴보리파인가 그랬다—로 개종한 장발의 전직 히피족이었다. 아내와 일곱 살, 다섯 살의 두 아이가 있었고 모트가 알기로는 온 가족이 그레그 못지않게 태평했다. 얼굴에 희미한 미소가 떠날 줄 몰라서 어쩌다 가끔 그가 미소 없는 모습을 보이면 알몸으로 돌아다니는 것처럼 느껴질 정도였다.

"그 정도로 심각하단 말이죠?"

"네." 그레그는 한마디로 대답했다. "로켓처럼 삽시간에 날아가버린 모양이더라고요. 정말 속상하겠어요."

"고마워요. 그래서 지금 올라가는 길이에요, 그레그. 미캐닉폴스에서 전화하는 거고요. 내가 집을 비우는 동안 부탁 하나만 들어주겠습니까?"

"지붕널 때문에 그러는 거라면 아마……."

"아뇨, 지붕널 때문에 그러는 게 아닙니다. 요 이삼 일 동안 나를 귀찮게 한 사람이 있거든요. 정신병자예요. 자기가 육칠 년 전에 쓴 소설을 내가 훔쳤대요. 나는 그 소설을 그자보다 일찍 썼다고, 증거를 보여줄 수 있다고 했더니 이성을 잃더라고요. 더이상 만날 일이 없었으면 좋겠다고 생각했는데 뜻대로 되지 않았어요. 어제저녁에 내가 소파에서 자는 동안 고양이를 죽였지 뭡니까."

"범프를요?" 그레그는 조금 놀란 목소리였다. 남들 같으면 화들짝 놀란 것에 버금가는 반응이었다. "범프를 죽였다고요?"

"그렇다니까요."

"데이브 뉴섬한테 알렸어요?"

"아뇨. 알리고 싶지 않아요. 할 수만 있다면 내 손으로 직접 해결하고 싶어서요."

"그 사람은 평화주의자 같지 않은데요, 모트."

"고양이를 죽이는 거랑 사람을 죽이는 건 차원이 다른 문제잖아요. 그리고 데이브보다 내가 그자를 더 잘 상대할 수 있을 것 같기도 합니다."

"뭐, 그건 맞는 말이네요." 그레그도 동의했다. "데이브가 칠십을 넘기면서 좀 느려지긴 했어요. 내가 어떻게 도와주면 될까요, 모트?"

"일단 남자의 숙소부터 알아냈으면 좋겠어요."

"이름이 뭔데요?"

"몰라요. 나한테 보여준 원고에는 존 슈터라고 적혀 있었는데 나중에 그게 필명일 수도 있다는 둥 수작을 부리더라고요. 내가 보기엔 필명인 것 같아요. 왠지 느낌이 그렇거든요. 아무튼 근처 모텔에 묵고 있다면 그 이름으로 방을 빌리지는 않았을 거예요."

"어떻게 생겼어요?"

"키는 180센티미터쯤 되고 사십 대예요. 얼굴은 햇볕에 많이 상했어요. 눈가에 주름이 자글자글하고, 입가에는 뺨을 타고 팔자 주름이 있고."

설명을 하다 보니 영매의 수정 구슬에 사람 얼굴이 떠오르듯 '존 슈터'의 얼굴이 보다 선명하게 의식 속에서 되살아났다. 모트는 손등에 소름이 돋는 것을 느끼며 몸서리를 쳤다. 중뇌에서 그가 실수를 저지르고 있거나 일부러 그레그를 착각하게 만들고 있다고 중얼거리는 목소리가 계속 들렸다. 슈터는 분명 위험한 인물이었다. 그가 범프에게 저지른 짓을 보지 않아도 알 수 있는 사실이었다. 어제 오후에 슈터의 눈을 보았을 때 느꼈다. 그런데 왜 모트는 자경단 행세를 하려는 걸까?

'그러고 싶으니까.' 더 깊숙한 곳에서 또 다른 목소리가 위험하리만치 딱 잘라서 말했다. '그냥 그러고 싶으니까.'

중뇌가 다시 걱정하는 목소리로 물었다. '그를 해치려는 거야? 그래서 이러는 거야? 그를 해치려는 거야?'

하지만 깊숙한 곳에서는 대꾸가 없었다. 침묵을 고집했다.

"이 근처에 사는 농부들 절반이 그렇게 생겼는데요." 그레그는 미심쩍어하며 말했다.

"그를 판별하는 데 도움이 될 만한 특징이 두세 가지 더 있어요."

모트가 말했다. "일단 남부 출신이에요. 한번 들으면 알 수 있는 억양이에요. 동그랗고 큼지막한 까만색 모자—내가 보기에는 펠트 같았어요—를 쓰고 있어요. 암만파* 남자들이 쓰는 것 같은. 그리고 1960년대 초반이나 중반에 나온 포드의 파란색 스테이션왜건을 타고 다녀요. 미시시피 번호판을 달고요."

"그래요. 훨씬 낫네. 주변에 물어볼게요. 이 일대 숙소에서 묵고 있다면 어디인지 아는 사람이 있을 거예요. 요즘 같은 때 다른 주 번호판은 눈에 띄니까."

"그러니까요." 퍼뜩 또 다른 생각 하나가 머릿속을 스치고 지나갔다. "먼저 톰 그린리프한테 물어봐요. 어제 우리집에서 북쪽으로 팔백 미터쯤 가면 나오는 레이크 드라이브에서 슈터라는 작자하고 이야기를 나눈 적이 있거든요. 그때 톰이 스카우트를 타고 지나갔어요. 지나가면서 손을 흔들기에 우리 둘 다 손을 흔들었죠. 톰이 그자를 제대로 봤을 거예요."

"알았어요. 10시쯤에 커피 마시러 보위스 드러그스토어에 가면 톰을 만날 수 있을 거예요."

"그자도 그 가게에 간 적 있어요." 모트가 말했다. "거기 페이퍼백 책꽂이에 대해서 얘기했거든요. 구식이라면서."

"그자가 있는 곳을 알아내면 그다음은요?"

"그냥 두세요." 모트가 말했다. "아무것도 하지 마요. 오늘밤에

* 미국의 기독교 중에서 보수적이고 교리가 엄격한 교파.

전화할게요. 내일 밤까지는 호숫가의 집으로 돌아가야 하거든요. 데리에서 내가 할 수 있는 일이 도대체 뭐가 있을까 싶네요. 잿더미 사이를 왔다갔다하는 것말고는."

"에이미는 어쩌고요?"

"에이미한테는 남자가 있어요." 모트는 경직된 목소리를 내지 않으려고 애를 썼지만 아무 소용 없는 듯했다. "앞으로 둘이 알아서 하겠죠."

"아, 미안해요."

"그럴 것 없어요." 모트가 말하며 주유기 쪽을 돌아보았다. 그런 광경은 평생 두 번 다시 보지 못할 줄 알았는데 직원이 주유를 마치고 뷰익의 앞유리창을 닦아주고 있었다.

"이 남자를 혼자 처리하겠다……. 정말 그러고 싶어요?"

"네, 그러려고요." 모트가 말했다.

그는 그레그가 무슨 생각을 하고 있을지 퍼뜩 깨닫고 멈칫했다. 그는 자기가 까만색 모자를 쓴 남자를 찾아낸 탓에 모트가 다치거나 하면 자기 책임이라는 생각을 하고 있을 것이다.

"저기요, 그레그. 그자를 만나러 갈 때 같이 가고 싶으면 그래도 되고요."

"그러면 좋겠어요." 그레그는 안심하는 목소리였다.

"그자가 원하는 게 증거거든요." 모트가 말했다. "그래서 내가 증거를 준비해야 해요."

"증거가 있다면서요."

"네, 하지만 그자가 내 말을 믿어야 말이죠. 그자의 면전에 들이

밀어야 날 그만 괴롭히려나 봐요."

"아." 그레그는 생각에 잠겼다. "정말 제정신이 아닌 작자로군요."

"그렇다니까요."

"찾을 수 있는지 알아볼게요. 오늘밤에 전화 줘요."

"그럴게요. 고마워요, 그레그."

"천만에요. 바람 쏘이는 게 쉬는 것만큼 좋을 거예요."

"그렇다고들 하더군요."

그는 그레그에게 작별 인사를 하고 손목시계를 확인했다. 이제 거의 7시 반이었다. 허브 크리크모어를 침대에서 끌어낼 작정이라면 모를까, 그렇지 않은 이상 그에게 전화하기에는 이른 시각이었고 그렇게 급한 일도 아니었다. 오거스타 톨게이트에서 해도 될 것이었다. 그는 뷰익으로 돌아가며 주소록을 주머니에 넣고 지갑을 꺼냈다. 그런 다음 직원에게 얼마냐고 물었다.

"현금으로 하시면 할인해서 이십이 달러 오십 센트입니다." 직원은 이렇게 말하더니 수줍어하는 표정으로 모트를 쳐다보았다. "사인 한 장 부탁드려도 될까요, 레이니 선생님? 선생님 작품은 모두 읽었어요."

그 소리에 그는 에이미가 다시 생각났다. 에이미가 사인해달라는 사람들을 얼마나 싫어했는지도 생각났다. 모트도 그런 사람들을 이해하지는 못했지만 싫어할 건 없다고 생각했다. 그녀는 그것이야말로 그들이 어떤 인생을 살고 있는지 단적으로 보여주는 증거라며, 날이 갈수록 그들의 인생을 혐오했다. 결국에는 모트도 누가 에이미 앞에서 사인을 요청하면 속으로 움찔하게 됐다. 가끔은 그녀의 생각이 들리다시피 할 때도 있었다. '나를 사랑한다면 저 사람들 좀 말려주지그래?' 나한테 그럴 권리라도 있는 것처럼 말이지. 그는 생각했다. 그의 임무는 이런 사람들이 읽고 싶어 할 만한 책을 쓰는 것이었다. 적어도 그가 생각하기에는 그랬다. 그가 잘하니까 사람들이 사인을 요청하는 것이다.

그는 전표 뒷장에 이름을 끼적여서 주유소 직원에게 주고(이러니 저러니 해도 차 유리창을 닦아주지 않았던가), 그들이 원하는 대로 해주었다고 에이미가 나무라면—생각해보면 어느 정도는 무의식 선상에서 그를 나무란 것일 수도 있었다—죄책감을 느꼈던 것을 떠올렸다. 하지만 그가 그렇게 생겨먹은 인간인 것을 어쩌겠는가.

슈터도 그랬다, 옳은 건 옳은 거라고. 그리고 좋은 게 좋은 거라고.

모트는 다시 차에 올라타서 데리로 출발했다.

17

그는 오거스타 톨게이트에 칠십오 센트를 내고 전화기가 있는 주차장 저쪽 끝에 차를 세웠다. 날은 화창한데 쌀쌀하고 바람이 불었다. 리치필드가 있는 남서쪽에서 고속도로 휴게소가 있는 뻥 뚫린 벌판까지 똑바로 불어오는 바람이 어찌나 거센지 눈물이 날 지경이었다. 그래도 바람이 반가웠다. 오랫동안 닫혀 있던 머릿속에 쌓인 먼지들이 날아가는 기분이었다.

그는 신용카드로 뉴욕의 허브 크리크모어에게 전화를 걸었다. 사무실이 아니라 집으로 걸었다. 허브는 앞으로 한 시간은 있어야 모트 레이니의 저작권을 중개하는 제임스 앤드 크리크모어 저작권사로 출근하겠지만, 모트는 허브와 알고 지낸 세월이 길다 보니 그가 지금쯤 샤워를 마치고 화장실 거울에 서린 김이 사라져서 면도를 할 수 있을 때까지 기다리며 커피를 마시고 있겠다는 것을 알았다.

이번에도 운이 좋았다. 허브가 잠기운이 거의 사라진 목소리로 전화를 받았다. '오늘 아침에는 운수대통하려나?' 모트는 생각하며, 이를 드러낸 차가운 시월의 바람에 대고 씩 웃었다. 4차선 고속도로 저편에서 코앞으로 다가온 겨울에 대비하느라 방설책을 설치하는 남자들이 보였다.

"안녕, 허브." 그가 말했다. "오거스타 톨게이트 앞에서 공중전화로 전화하는 거야. 이혼이 확실하게 결정났고, 어젯밤에는 데리 집이 완전히 타버렸고, 어떤 미친놈이 내 고양이를 죽였고, 여긴 남극에서 땅 파는 인부의 벨트 버클보다 더 추워. 앞으로 또 뭐가 남았을까?"

그는 큰 소리로 이렇게 읊고 난 다음에서야 자신의 고난 목록이 얼마나 황당한지 알아차리고 하마터면 웃을 뻔했다. 맙소사, 춥긴 하지만 기분 좋잖아? 깨끗해지는 느낌이잖아?

"모트?" 허브는 몹쓸 장난인지 의심하는 사람처럼 조심스럽게 물었다.

"대령해 있사옵니다." 모트가 말했다.

"집이 뭐 어떻다고?"

"얘기해줄게. 하지만 딱 한 번만이야. 필요할 것 같으면 받아 적어. 몸이 얼어서 전화기에 딱 붙어버리기 전에 차로 돌아갈 생각이니까." 그는 존 슈터와 존 슈터의 주장에서부터 이야기를 시작했다. 그러고는 어젯밤에 에이미와 나눈 대화로 마무리지었다.

허브는 모트 부부와 자주 어울렸던 사람답게 (그리고 그들의 결별 소식에 완전히 경악하지 않았을까 싶은 사람답게) 데리의 집이 그렇게 된 데 놀라고 안타까워했다. 그러면서 범인이 누구인지 짐작 가는 데가 있느냐고 물었다. 모트는 없다고 했다.

"슈터라는 작자가 의심스러워?" 허브가 물었다. "자네가 일어나기 조금 전에 고양이가 죽기는 했지만 그래도……."

"이론상으로는 가능한 일이고 그자가 범인일 가능성을 완전히 배제하지는 않고 있어. 그런데 미치도록 의아하단 말이지. 어째서 잡지 한 권 없애겠다고 방 스물네 개짜리 집을 태울 수 있는지, 내 머리로는 도저히 이해가 안 되기 때문이겠지. 하지만 가장 큰 이유는 내가 그를 직접 만난 적이 있기 때문일 거야. 그자는 정말로 내가 자기 작품을 훔쳤다고 생각해, 허브. 털끝만큼의 의구심도 없어. 내가 증거를 보여줄 수 있다고 했을 때 그자 반응이 어떤 식이었는지 알아? '그래, 이 새끼야. 어디 보여줘 봐.' 이거였어."

"그래도…… 경찰에는 연락했지?"

"응, 오늘 아침에 전화했어." 모트는 이렇게 말했다. 비양심적이기는 해도 백 퍼센트 거짓말은 아니었다. 그는 오늘 아침에 정말로 전화를 했다. 그레그 카스테어스에게 말이다. 하지만 산뜻한 트위드 팬츠와 소매 없는 티셔츠를 입고 뉴욕의 아파트 거실에 앉아 있는 모습이 그려지는 허브 크리크모어에게 그레그를 유일한 조수 삼아 직접 해결할 생각이라고 밝히면 과연 이해해줄지 의심스러웠다.

허브는 좋은 친구였지만 고지식한 인물이었다. 세련된 도회풍의 20세기 후반형 문명인이었다. 상담의 힘을 믿는 남자였다. 명상과 중재의 힘을 믿는 남자였다. 이성적인 접근이 가능할 때는 의논의 힘을 믿고 그렇지 않을 때는 당장 책임자에게 문제 해결을 맡기는 남자였다. 허브에게 있어 사나이가 칼을 뽑았으면 썩은 호박이라도 찔러야 한다는 발상은…… 실베스터 스탤론 주연의 영화에서나 일리가 있는 이야기였다.

"그래, 잘했네." 허브는 안심하는 눈치였다. "미시시피에서 온 사이코말고도 걱정거리가 많잖아. 경찰에서 그자를 찾으면 어쩔 거야? 협박범으로 신고할 거야?"

"그만 괴롭히고 이제 가라고 할 거야." 전혀 근거 없지만 더할 나위 없이 현실감 있는 유쾌한 낙관론이 가라앉을 줄 몰랐다. 조만간 깨질 것을 아는데도 지금 당장은 자꾸만 나오는 웃음을 어쩔 수가 없었다. 그는 흘러나온 콧물을 외투 소맷부리로 닦고 계속 웃었다. 얼굴에 머무르는 미소가 얼마나 기분이 좋은지 지금까지 잊고 있었다.

"무슨 수로?"

"자네 도움으로. 내 작품들 보관하고 있지, 그렇지?"

"응. 하지만……."

"《엘러리 퀸 미스터리 매거진》 1980년 6월 호를 찾아봐줘. 「씨뿌리는 계절」이 거기 실려 있거든. 내 건 불이 나는 바람에……."

"없는데." 허브가 조심스럽게 말했다.

"없다고?" 모트는 눈을 깜빡했다. 예상하지 못했던 사태였다. "왜?"

"1980년이면 내가 자네 저작권 업무를 대행하기 시작하기 이 년 전이니까. 내가 자네를 대신해서 판권을 계약한 작품은 최소 한 권씩 다 보유하고 있지만, 그건 자네가 직접 판권을 계약했잖아."

"이런 젠장!" 『너도나도 밀고하는 사회』의 「씨 뿌리는 계절」에 실린 판권란이 모트의 머릿속에 떠올랐다. 보통은 "저자와 저자의 저작권 중개업체, 제임스 앤드 크리크모어의 동의하에 전재"라는 문구가 들어가기 마련이었다. 하지만 「씨 뿌리는 계절」에는 (그리고 그 단편집의 다른 두세 개 작품에는) "저자의 동의하에 전재"라는 문구만 있었다.

"미안." 허브가 말했다.

"그래, 내가 직접 계약했지……. 계약서를 쓰기 전에 편지로 문의했던 기억이 나. 자네가 옛날부터 내 대리인으로 일을 했던 느낌이라." 그는 살짝 웃고 나서 이렇게 덧붙였다. "기분 나빴다면 미안."

"괜찮아." 허브가 말했다. "내가 《엘러리 퀸 미스터리 매거진》 쪽에 연락해볼까? 과월호가 분명 있을 거야."

"그래줄래?" 모트는 사양하지 않았다. "그래주면 고맙지."

"지금 당장 연락할게. 하지만……." 허브는 말을 하다 말고 멈추었다.

"하지만 뭐?"

"잡지를 받고 나서 그걸 들고 이 남자를 직접 상대하지는 않을 거라고 약속해줘."

"약속할게." 모트는 그의 말이 떨어지기가 무섭게 약속했다. 이번에도 비양심적이기는 했지만 아무려면 어떤가. 그레그에게 남자를 만나러 갈 때 같이 가달라고 요청했고 그래그도 좋다고 했으니 혼자 상대하는 것은 아니었다. 그리고 이러니저러니 해도 허브 크리크모어는 저작권 대리인일 뿐, 그의 아버지는 아니었다. 그가 개인적인 문제들을 어떤 식으로 처리하는가는 허브가 상관할 바가 아니었다.

"좋아." 허브가 말했다. "내가 책임지고 처리할게. 데리에 도착하면 전화해줘, 모트. 어쩌면 사태가 그렇게 심각하지는 않을 수도 있잖아."

"나도 그렇게 믿고 싶네."

"하지만 아니다?"

"아마도."

"알았어." 허브는 한숨을 쉬었다. 그러고 나서는 조심스럽게 덧붙였다. "에이미한테 안부 전해달라고 부탁해도 될까?"

"그럼. 안부 전할게."

"고마워. 얼른 바람을 피해서 안으로 들어가. 수화기를 때리는 바람 소리가 여기까지 들릴 정도야. 그러다 얼어죽겠다."

"얼어죽기 일보 직전이야. 고마워, 허브."

그는 전화를 끊고 생각에 잠긴 얼굴로 전화기를 쳐다보았다. 뷰익에 기름을 넣어야 하는데 깜빡한 것은 사소한 실수였지만, 허브 크리크모어가 그의 저작권 업무를 대행하기 시작한 연도가 1982년인데 깜빡한 것은 사소한 실수라고 할 수 없었다. 스트레스가 너무 심해서 그런 모양이었다. 또 깜빡한 게 뭐가 있을지 궁금할 지경이었다.

중뇌가 아니라 저 깊은 곳에서 불쑥 이렇게 묻는 목소리가 들렸다. '애당초 소설을 표절한 거 아니야? 그래놓고 깜빡한 것일 수도 있잖아.'

모트는 코웃음을 치며 차를 세워놓은 곳으로 급히 돌아갔다. 그는 평생 미시시피에는 가본 적이 없었고, 아무리 지금 글이 막혀서 고생한다지만 표절까지 할 만큼 비굴한 상황은 아니었다. 그는 운전석에 앉아서 살다 보면 가끔 말도 안 되는 헛소리가 들릴 때도 있다는 생각을 하며 시동을 걸었다.

18

모트는 뭔가가 끝날 때면 누구나—아무리 자기 자신을 속이지 않으려고 노력하는 사람들이라도—마지막을 예감한다는 말을 믿지 않았다. 끝이라고 벽에 얌전히 적혀 있는 수준이 아니라 망원경이 없어도 백 미터 밖 멀리에서 볼 수 있을 만큼 큼지막하게 적혀 있어도 사람들은 계속 끝이 아니라고 믿거나 믿으려 애쓴다고 생각했다. 진심으로 아꼈고 필요했던 것일수록 속아넘어가기 쉬웠다. 텔레비전과 현실을 혼동해서 아무리 잘못된 것처럼 느껴지더라도 결국에는 잘될 거라고, 다음번 광고가 시작되는 시간이면 잘될 거라고 자기 자신을 속아넘겼다. 자기기만이라는 놀라운 능력이 없었더라면 인류는 지금보다 더 비정상적인 생활을 하고 있을 것이다.

하지만 가끔은 진실이 고개를 내밀기 마련이고, 진실을 계속 외면할 방법을 의식적으로 열심히 고민하거나 상상하다 보면 충격적인 결말을 맞이하기도 한다. 파도가 앞을 가로막는 둑길을 타고 넘어오는 게 아니라 뚫고 와서 인간을 납작하게 만들어버릴 수 있다.

모트 레이니는 경찰서장과 소방서장이 떠나고 자신과 에이미와 테드 밀너만 남아서, 캔자스 스트리트 92번지를 136년 동안 지켰던 초록색 빅토리아시대풍 저택의 연기 폴폴 날리는 잔해 주변을 천천히 걸을 때 대격변의 예감을 느꼈다. 애도하며 한 바퀴 돌 때 그는 메인 주 포틀랜드에서 태어난 에이미 다우드와의 관계가 끝났음을 직감했다. 이제는 '권태기'도 아니었다. '별거 기간'도 아니었다. 이혼했다가 후회하고 재혼하는 커플 이야기도 간간히 들리지만 그들에게는 해당 사항이 없었다. 함께했던 시간은 과거지사가 되었다. 두 사람이 행복한 시간을 숱하게 함께 보냈던 집마저 이제는 흉측하게 그을린 채 지하실 구멍 속으로 굴러떨어져서 거인의 이처럼 보이는 들보만 남았다.

위첨 스트리트에 있는 마치맨스라는 조그만 커피숍에서 만났을 때 두 사람은 분위기가 좋았다. 에이미가 그를 끌어안고 그도 에이미를 끌어안았다. 하지만 그가 입술에 입을 맞추려고 하자 그녀는 잽싸게 고개를 돌려서 입술이 뺨에 닿게 했다. 비즈니스 파티에서 인사 대신 하는 뽀뽀였다. 만나서 정말 반가워.

테드 밀너는 오늘 아침만큼은 알팔파처럼 머리에 까치집을 짓지 않고 헤어드라이어로 완벽하게 정리하고는 구석 테이블에 앉아서 그들을 지켜보았다. 지난 삼 년 동안 모트도 익히 보았던 파이프 담배를 손에 쥐고 있었다. 모트는 그의 파이프 담배가 가식이라고, 좀 더 나이 많아 보이기 위해 동원하는 소품이라고 믿어 의심치 않았다. 그나저나 이자가 몇 살이었더라? 정확하게는 알 수 없었지만 에이미가 서른여섯 살이었고, 모트가 보기에 나무랄 데 없는 물 빠진 청바지와 윗단추를 푼 제이프레스 셔츠를 입고 나온 테드는 최소 네 살은 어려 보였다. 그는 앞으로 십 년만 지나면—어쩌면 고작 오 년일 수도 있었다—골치 아파질 수 있다는 것을 에이미가 알고 있을지 궁금해하다 자기가 그런 말을 할 처지는 아니라는 결론을 내렸다.

새로운 소식이 있느냐고 물었다. 에이미는 없다고 했다. 그러자 테드가 존 슈터의 콧소리 섞인 웅얼거림보다 훨씬 부드러운 남부 억양을 풍기며 끼어들었다. 소방서장과 데리 경찰서 부서장과 이른바 '현장'에서 만나기로 했다고, 그쪽에서 모트에게 질문할 사항이 몇 가지 있다고 했다. 모트는 좋다고 했다. 테드는 아직 시간이 남았다며 커피를 마시겠느냐고 물었다. 모트는 그 말에도 좋다고 했다. 테드가 지내기 어떠냐고 물었다. 모트는 이번에도 좋다고 대답했다. 좋다는 말이 입에서 튀어나올 때마다 점점 남루해지는 느낌이 들었다. 에이미는 걱정스러운 얼굴로 두 사람의 대화를 지켜보았는데, 모트는 그녀의 심정을 이해할 수 있었다. 한 침대에 누워 있는 두 사람을 목격했던 날, 그는 테드에게 죽여버리겠다고 했다. 어쩌면 두 사람 다 죽여버리겠다고 했을 수도 있었다. 그날의 기억은 안개가 낀 것처럼 흐릿했다. 그들의 기억도 흐릿하지 않을까 싶었다. 삼각관계를 형성하는 나머지 두 사람은 어떨지 몰라도 그는 그 흐릿함이 충분히 이해가 되고 고맙기까지 했다.

그들은 커피를 마셨다. 에이미가 '존 슈터'에 대해서 물었다. 모트는 상황이 어느 정도 정리된 것 같다고 대답했다. 고양이나 쪽지나 잡지 이야기는 꺼내지 않았다. 그리고 잠시 후에 그들은 마치맨스를 나서 '현장'이 아니라 한때 그들의 집이 있었던 캔자스 스트리트 92번지로 향했다.

테드가 언질을 주었다시피 소방서장과 형사가 나와 있었고, 역시 언질을 주었다시피 그들이 질문을 던졌다. 주로 궁금해한 부분은 서재에 화염병을 던질 만큼 그를 싫어할 사람이 있느냐는 것이었다. 모트 혼자 상대했더라면 슈터의 이름은 꺼내지도 않았겠지만 그가 입다물고 있으면 에이미가 대신 거론할 게 분명했기 때문에 어떤 식으로 슈터를 처음 만나게 되었는지 있는 그대로 이야기했다.

그러자 위커셤 소방서장이 물었다. "그분이 많이 화가 나 있던가요?"

"네."

"데리로 와서 선생님의 집에 불을 지를 만큼요?" 브래들리 형사가 물었다.

그는 슈터의 소행이 아니라고 거의 확신하고 있었기에 슈터와의 짧은 만남에 대해 더이상 깊게 이야기하고 싶지 않았다. 그러려면 슈터가 범프에게 무슨 짓을 저질렀는지부터 이야기해야 했다. 그 이야기를 들으면 에이미가 속상해할 테고, 그것도 많이 속상해할 테고…… 그러면 가만히 내버려두고 싶은 벌집을 들쑤시는 격이었다. 다시 비양심적인 행동을 동원해야 할 시점이었다.

"처음에는 그랬을 수도 있죠. 하지만 두 작품이 정말로 비슷한 걸 보고 제가 제 작품의 최초 잡지 게재일을 찾아봤어요."

"그의 작품은 발표된 적이 없었고요?" 브래들리가 물었다.

"네, 분명 그랬을 겁니다. 어제 그 사람이 다시 찾아왔기에 작품을 언제 썼느냐고 물었죠. 그의 대답이 제 작품의 잡지 게재일보다 나중이길 바라면서요. 무슨 뜻인지 아시겠죠?"

브래들리 형사는 고개를 끄덕였다. "선생님이 먼저 발표한 걸로 밝혀지길 바라신 거죠?"

"그렇습니다. 「씨 뿌리는 계절」은 1983년에 출간한 단편집에 수록되었지만 원래는 1980년에 발표한 작품이거든요. 그래서 그가 1983년보다 겨우 한두 해 전이라고 대답해도 안전하다는 판단을 내려주길 바란 거죠. 운이 좋았어요. 그가 1982년에 그 작품을 썼다고 했거든요. 그러니까 보세요, 제가 먼저 쓴 거죠."

그쯤에서 이야기가 끝나길 바랐지만 위커셤 소방서장이 끈질기게 물고 늘어졌다. "선생님도 그렇다는 걸 알고 저희도 알지만 그 사람도 수긍하던가요?"

모트는 속으로 한숨을 쉬었다. 비양심적인 행위는 어느 정도까지가 한계인지 그도 알고 있었다. 그 선을 넘으면 진실을 실토하든지 누가 봐도 빤한 거짓말을 날조해야 하는 시점이 찾아온다. 지금 그 시점에 다다랐다. 하지만 이게 누구의 문제인가? 그들의 문제인가 아니면 그의 문제인가? 그렇다. 그의 문제였다. 그리고 그는 끝까지 스스로의 문제로 남겨둘 작정이었다.

"네." 모트는 그들에게 이렇게 말했다. "수긍하던데요."

"그래서 어떻게 하던가요?" 테드가 물었다. 모트는 짜증이 난 얼굴로 그를 쳐다보았다. 테드는 가지고 놀 파이프 담배가 없어서 아쉬워하는 표정으로 고개를 돌렸다. 파이프 담배는 차 안에 있었다. 제이프레스 셔츠에 담배를 넣어둘 만한 주머니가 없기 때문이다.

"떠났어요." 모트가 말했다. 참견할 권리가 전혀 없는 테드에게 짜증이 난 덕분에 거짓말을 하기가 한결 수월해졌다. 거짓말을 하는 대상이 테드라서 더 괜찮은 것 같기도 했다. "무슨 이런 우연의 일치가 있느냐면서 횡설수설하더니 차를 타고 꽁무니에 불이 나기라도 한 것처럼 쌩하니 떠났어요."

"혹시 차종과 번호판을 기억하십니까, 레이니 씨?" 브래들리가 물었다. 그는 수첩과 볼펜을 꺼내서 들고 있었다.

"포드였어요." 모트가 말했다. "죄송하지만 번호판은 잘 모르겠네요. 메인 주 번호판이 아니었다는 것말고는……." 그는 어깨를 으쓱하며 애써 미안한 표정을 지었다. 하지만 속으로는 사태가 이런 식으로 흘러가는 것이 점점 더 불편해졌다. 빤한 거짓말을 하는 게 아니라 몇몇 이야기를 영리하게 생략하기만 했을 때는 괜찮았다. 남자가 범프의 목을 부러뜨린 다음 드라이버로 꽂아놓았다는 이야기를 하지 않는 이유는 에이미가 느낄 아픔을 차단하기 위해서였다. 그런데 지금은 이 사람에게 하는 말과 저 사람에게 하는 말이 서로 다른 상황이 벌어지고 말았다. 만약 사람들이 모트에게 들은 이야기를 한데 모아서 대조해본다면 그를 믿을 만한 인물로 생각할 리 만무했다. 거짓말한 이유를 설명하기도 까다로웠다. 에이미가 그레그 카스테어스나 허브 크리크모어와 접촉하지 않는 한 들통날 가능성이 상당히 낮긴 했지만, 그와 그레그가 슈터를 찾아내서 슈터의 면전에 《엘러리 퀸 미스터리 매거진》 1980년 6월 호를 들이

밀었을 때 성가신 사태가 벌어지면 어쩔 것인가?

'신경쓰지 마.' 그는 속으로 중얼거렸다. '그렇게 되면 배수진을 치지, 뭐.' 이런 생각이 들자 톨게이트에서 허브와 통화할 때 그랬던 것처럼 잠깐 기분이 좋아져서 하마터면 키득키득 웃을 뻔했다. 그는 웃음을 꾹 참았다. 지금 웃어버리면 저들이 왜 그러는지 의아해할 것이었다. 그들이 의아해하는 것도 당연한 반응이었다.

"아마 슈터는 지금쯤 출발했을 거예요……."

(미시시피로)

"집이 어디인지 모르겠지만 아무튼 집으로요." 그는 숨쉴 틈도 없이 말을 맺었다.

"아마 그렇겠죠." 브래들리 형사가 말했다. "하지만 이 사건을 좀더 심도 있게 조사해보고 싶네요, 레이니 씨. 이 사람이 선생님의 설득에는 넘어갔을지 몰라도 고분고분 떠나지 않았을 수도 있거든요. 씩씩대며 여기로 달려와서 빡친다고 선생님의 집에 불을 질렀을 수도 있습니다. 이런 표현 써서 죄송합니다, 레이니 부인."

에이미는 삐딱하게 미소를 지으며 됐다는 뜻에서 손사래를 쳤다.

"그럴 수도 있다고 보지는 않으십니까?"

'아니.' 모트는 생각했다. '그렇지 않아. 집에 불을 지를 작정이었다면 자기가 돌아오기 전에 내가 깨어날 경우에 대비해서 데리로 출발하기 전에 범프를 죽였겠지. 그랬다면 내가 발견했을 때 범프의 피는 마르고 몸도 뻣뻣하게 굳어 있었겠지. 그런데 그렇지가 않았는데…… 사실대로 실토할 수가 없네. 그러고 싶은 마음이 아무리 굴뚝같아도. 그러면 내가 왜 지금까지 범프 이야기를 하지 않았

는지 저들이 의아해할 것 아냐. 어쩌면 내가 좀 이상하다고 생각할 수도 있고.'

"그러게요. 하지만 제가 얼굴을 알잖습니까. 집에 불을 지를 타입으로 보이지는 않았어요."

"그러니까 스놉스가 아니었단 말이지?" 에이미가 불쑥 말했다.

모트는 놀란 얼굴로 그녀를 쳐다보았다가 미소를 지었다. "응. 남부 출신이긴 하지만 스놉스는 아니었어."

"그게 무슨 말씀인가요?" 브래들리가 조심스럽게 물었다.

"우리 둘이 자주 했던 농담이에요." 에이미가 말했다. "윌리엄 포크너가 쓴 소설 주인공 중에 스놉스 가족이라고 있거든요. 이 헛간, 저 헛간에 불을 지르는 데 맛을 들이게 된 사람들이에요."

"아." 브래들리가 멍하니 말했다.

위커셤이 말했다. "집에 불을 지르게 생긴 타입이라는 건 없어요, 레이니 씨. 얼마나 각양각색이라고요. 그렇답니다."

"그래도……."

"차에 대한 정보를 좀더 알려주셨으면 좋겠는데요." 브래들리가 말했다. 그는 수첩에 볼펜을 대고 있었다. "주 경찰에 이 남자의 존재를 알리고 싶어서요."

모트는 거짓말을 조금 더 하기로 순간 마음먹었다. 조금 더가 아니라 많이 하기로 마음먹었다.

"음, 세단이었어요. 그건 분명해요."

"으흠, 포드 세단. 연식은요?"

"1970년대 언저리로 보였어요." 모트는 말했다. 그는 슈터의 스테이션왜건이 오즈월드라는 친구가 린든 존슨을 미국의 대통령으로 추대한 무렵에 생산된 차라고 장담할 수 있는데도 그렇게 말했다. 그런 다음 잠깐 말을 멈추었다가 덧붙였다. "번호판은 밝은색이었어요. 플로리다일지도 모르겠네요. 장담은 못 하겠지만 그럴 수 있어요."

"으흠. 그 남자는요?"

"키는 보통이고 금발이고 안경을 썼어요. 존 레넌이 쓰고 다녔던 그런 안경요. 생각나는 게 그 정도……."

"모자를 쓰고 있었다고 하지 않았어?" 에이미가 느닷없이 물었다.

모트는 윗니와 아랫니가 맞물리는 것을 느꼈다. "응." 그가 명랑한 목소리로 말했다. "맞아, 그걸 깜빡했네. 짙은 회색 아니면 까만색이었어요. 야구모자 같았어요. 챙이 달려 있는 그런 모자 말이에요."

"좋습니다." 브래들리가 탁 하고 수첩을 닫았다. "거기에서 시작하면 되겠네요."

"단순한 기물 파손일 수도 있지 않을까요?" 모트가 물었다. "소설에서는 모든 게 서로 연관성이 있지만 겪어보니 실생활에서는 아무 이유 없이 벌어지는 일도 가끔 있던데요."

"그럴 수도 있죠." 위커샴이 맞장구를 쳤다. "하지만 누가 봐도 연관성이 빤한데 확인해서 나쁠 것 없잖습니까." 그는 모트를 보며 진지하게 윙크하고 덧붙였다. "가끔 현실이 예술 작품을 모방할 때도 있으니까요."

"또 필요한 것 있습니까?" 테드가 그들에게 물으며 에이미의 어깨를 팔로 감싸 안았다.

위커섬과 브래들리는 서로 흘끗 쳐다보았고 브래들리가 이내 고개를 저었다. "없습니다, 지금 당장은."

"에이미와 모트가 보험회사 직원을 만나야 해서 여쭤보는 겁니다." 테드가 말했다. "모회사에서 수사관이 따라 나올 수도 있고요."

모트는 그의 남부 억양을 들으면 들을수록 짜증이 났다. 테드가 포크너의 고향인 미시시피에서 북쪽으로 몇 주 건너간 남부 출신인 것 같다는 게 별로 달갑지 않은 우연의 일치였다.

소방서장과 형사는 에이미와 모트와 악수하고 위로의 말을 전했다. 생각나는 게 있으면 연락 부탁한다고 한 다음, 셋이서 집을 둘러볼 수 있게 떠났다.

"이렇게 돼서 가슴이 아프다, 에이미." 모트가 느닷없이 말했다. 두 사람 사이에서 걷던 그녀가 그의 목소리에서 무언가를 느끼고 놀란 얼굴로 돌아보았다. 어쩌면 진심을 느꼈을지도 모를 일이었다. "전부 다. 정말 가슴이 아프다."

"나도." 그녀는 가만히 말하고 그의 손을 건드렸다.

"이하 동문." 테드가 침통한 목소리로 우렁차게 말했다. 그녀가 테드를 돌아보았다. 모트는 그 순간만큼은 눈알이 튀어나와 시신경 끝에 대롱대롱 매달릴 때까지 테드의 목을 조르고 싶은 마음이 굴뚝같았다.

세 사람은 이제 집의 서쪽을 따라 길가를 향해 걸었다. 이쪽에 그의 서재와 본채가 만나는 깊숙한 모퉁이가 있었고 거기서 조금 더 가면 에이미의 화원이 나왔다. 요즘은 꽃들이 모두 죽고 없었는데,

모트는 차라리 잘된 일이었을지도 모른다는 생각이 들었다. 불길이 어찌나 뜨거웠는지 삼십오 센티미터 너비로 집 주변을 파릇파릇하게 감싸고 있던 풀들이 전부 바삭하게 타버렸다. 꽃들이 만개했다면 그마저도 바삭하게 타버렸을 텐데, 그러면 너무 슬펐을 것이다. 그러면 너무…….

모트는 갑자기 걸음을 멈추었다. 소설들이 생각났다. 그 소설이 생각났다. '씨 뿌리는 계절'이라고 부르건 '비밀의 창, 비밀의 화원'이라고 부르건 포장을 벗기고 내용을 보면 둘이 똑같았다. 그는 고개를 들었다. 지금은 파란 하늘밖에 없지만 어젯밤에 불이 나기 전까지만 해도 그 자리에서 고개를 들면 창문이 보였다. 세탁실 옆의 조그만 방에 달린 창문이었다. 그 방은 에이미의 작업실이었다. 거기서 에이미는 수표와 일기를 쓰고 필요한 통화를 했고……. 그가 알기로 몇 년 전에는 소설을 쓰기도 했다. 원고가 죽자 작업실 책상 서랍에 고이 묻어주었다. 창가 책상 서랍에. 에이미는 아침에 그 방에 있는 것을 좋아했다. 옆방에서 세탁기를 눌러놓고, 세탁기를 비우고 건조기를 돌릴 때가 되었음을 알리는 소리가 들릴 때까지 일을 보았다. 그녀의 말로는 본채하고 한참 떨어져 있기 때문에 조용해서 좋다고 했다. 조용하고 맑고 건강한 아침 햇살. 그녀는 이따금 창밖으로 시선을 돌려서 집과 서재가 니은 모양으로 만나는 깊숙한 모서리에서 그녀의 꽃이 자라는 모습을 즐겨 보곤 했다. 그녀가 이렇게 말하는 것을 들은 적도 있었다. '난 집에서 이 방이 가장 좋아. 나말고는 들어가는 사람이 거의 없거든. 비밀의 창도 있고, 거기서 내려다보면 비밀의 화원도 보여.'

"모트?" 에이미가 불렀지만, 모트는 그녀의 진짜 목소리와 머릿속에서 들리는 기억의 목소리를 혼동하는 바람에 아무 대꾸도 하지 않았다. 진짜 기억일까 아니면 가짜 기억일까? 그것이 중요한 대목이었다. 느낌상으로는 진짜 기억인 것 같지만, 그는 슈터와 범프와 화재 이전부터 엄청난 스트레스에 시달렸다. 환청이 들린 것일 수도 있지 않을까? 미쳐버린 남자가 아내를 죽이는 그 빌어먹을 소설에 들어맞도록 에이미와 보냈던 시간을 재구성하고 있는 것일 수도 있지 않을까?

'맙소사, 그런 게 아니었으면 좋겠네. 그런 게 아니었으면 좋겠어. 진짜 그런 거라면 신경쇠약증하고 너무 비슷해서 불안해지는데.'

"모트, 괜찮아?" 에이미가 물었다. 그녀는 그를 최면에서 일시적으로나마 깨우려고 조바심을 내며 소맷부리를 잡아당기고 있었다.

"응." 그는 대답했다가 불쑥 말을 바꾸었다. "아니, 솔직히 말하면 괜찮지 않아."

"아침에 뭘 잘못 드셨나 보죠." 테드가 말했다.

에이미가 그를 대하는 눈빛을 보고 모트는 기분이 약간 좋아졌다. 다정하달 수 없는 눈빛이었다. "아침 때문에 그런 게 아니야." 그녀가 화난 목소리로 말하며 시커먼 폐허를 향해 팔을 휘둘렀다. "이것 때문이지. 우리, 여기서 나가자."

"보험회사 직원들이랑 12시에 만나기로 했는데."

"그때까지 한 시간도 더 남았잖아! 당신 집으로 가자, 테드. 나도 기분이 별로야. 좀 앉고 싶어."

"알았어." 테드가 소리를 지를 필요는 없지 않느냐는 듯이 짜증난 목소리로 말했다. 이번에도 모트는 기분이 좋아졌다. 그는 이 세상을 통틀어서 가장 가고 싶지 않은 곳이 테드 밀너의 집이라고 그날 먹은 아침에 대고 말할 수 있었지만 군소리 없이 두 사람을 따라 나섰다.

19

시내를 가로질러서 테드가 사는 복층집으로 가는 내내 세 사람 모두 말이 없었다. 에이미는 앞으로 어디서 지내면 좋을지, 테드는 보험회사 직원들을 제 시각에 만날 수 있을지 걱정할 가능성이 높기는 했지만, 모트는 에이미와 테드가 무슨 생각을 하고 있는지 알 수 없었다. 하지만 자신이 무슨 생각을 하고 있는지는 알았다. 그는 자기가 미쳐가고 있는지 판단하느라 끙끙대고 있었다. 실제 기억일까 아니면 편집된 기억일까?

그는 결국 에이미가 세탁실 옆 자기 작업실을 두고 실제로 그런 소리를 한 적 있다고, 날조된 기억이 아니라고 결론을 내렸다. 존 슈터가 「비밀의 창, 비밀의 화원」이라는 단편소설을 썼다고 주장하는 1982년 이전에 그런 소리를 했을까? 알 수 없다. 혼란스럽고 지끈거리는 머리를 아무리 헤집어도 떠오르는 것은 '정답을 알 수 없음'이라는 한 줄짜리 퉁명스러운 메시지뿐이었다. 언제가 됐건 그녀가 정말로 그런 소리를 했다면 슈터의 소설 제목과 일치하는 것이 단순한 우연의 일치일까? 그럴 수도 있겠지만, 우연의 일치가 점점 늘어나고 있는 이유는 뭘까? 그는 화재도 우연의 일치인 게 분명하다고 결론을 내린 참이었다. 하지만 죽은 꽃들로 가득했던 에이미의 화원이 떠오르자…… 이 모든 것들이 이상하고 어쩌면 초자연적인 방식으로 연결이 되었다는 느낌을 떨치기가 점점 어려워졌다.

그리고 슈터라는 작자도 나름대로 그 못지않게 어리둥절해하지 않았던가? "무슨 수로 원고를 입수했죠?" 그는 분노와 곤혹스러움이 담긴 험상궂은 목소리로 이렇게 물었다. "내가 알고 싶은 건 그거예요. 당신처럼 아무거나 끼적여서 돈을 긁어모으는 한심한 작자가 도대체 무슨 수로 미시시피의 개떡같은 마을까지 찾아와서 내 빌어먹을 소설을 훔쳐갔느냐 하는 거." 그때만 해도 모트는 그것을 남자가 제정신이 아니라는 증거 아니면 훌륭한 배우라는 증거로 간주했다. 그런데 테드의 차에 앉아서 기억을 더듬어보니 서로 입장이 바뀌었다면 자신도 똑같은 반응을 보였을 거라는 생각이 처음으로 들었다.

어떻게 보면 이제는 입장이 바뀌었다. 두 소설이 완전히 다른 부분은 제목이었다. 두 제목 모두 잘 어울렸지만, 모트는 슈터와 비슷한 궁금증이 생겼다. '그 제목을 어디서 보았나요, 슈터 씨? 내가 알고 싶은 건 그거예요. 당신이 사는 미시시피의 개떡같은 마을에서 이천 킬로미터 멀리 떨어진 곳에 지금까지 이름조차 들어본 적 없다는 작가의 아내가 살고 있었는데, 그 아내에게 비밀의 창이 있고 거기서 내려다보면 비밀의 화원이 보인다는 걸 무슨 수로 알았느냐는 거.'

물론 알아낼 방법은 한 가지밖에 없었다. 그레그가 슈터를 찾아내면 직접 물어보는 수밖에 없었다.

20

모트는 테드가 권하는 커피를 사양하고 콜라 있느냐고 물었다. 테드는 있다고 했다. 콜라를 마시고 나자 속이 진정됐다. 그는 테드와 에이미가 싸구려 모텔을 전전할 필요 없이 소꿉장난을 할 수 있는 이 집에 들어오는 것만으로도 화가 나고 엉덩이가 들썩일 줄 알았다. 그런데 그렇지가 않았다. 방방마다 집주인이 잘나가는 젊고 근사한 미혼남이라는 티가 나는 평범한 집일 뿐이었다. 그건 얼마든지 대수롭지 않게 넘길 수 있었지만, 에이미를 생각하니 다시금 불안해졌다. 모트는 깨끗하고 쨍한 햇볕이 들고, 최면 효과가 있는 건조기 돌아가는 소리가 벽을 타고 들리던 에이미의 조그만 작업실, 비밀의 창문을 통해 집안에서 유일하게 본채와 별채가 만나서 생긴 좁은 공간이 내려다보이는 곳이었던 조그만 작업실을 떠올렸다. 그녀가 거기에는 얼마나 잘 어울렸고 여기에는 얼마나 안 어울리는지를 생각했다. 하지만 그건 그녀가 감당해야 할 부분이었고, 끔찍한 죄악의 소굴이 아니라 평범한 집에 불과한 이곳에 있어보니 그는 이 집을 받아들일 수 있겠다는 생각이 들었다. 심지어 만족스럽게 여길 수도 있겠다는 생각이 들었다.

그녀가 데리에서 자고 갈 생각이냐고 물었다.

"아니. 보험회사 손해 사정단하고 볼일 끝나면 곧바로 내려갈 거야. 무슨 일이 생기면 그쪽에서 나한테 연락하겠지. 아니면 당신한테 하든지."

그는 그녀를 보며 미소를 지었다. 그녀도 미소를 지으며 그의 손을 만졌다. 테드는 좋아하지 않았다. 찌푸린 얼굴로 창밖을 쳐다보며 파이프 담배를 만지작거렸다.

21

그들은 보험회사 직원들과 만나기로 한 시각에 늦지 않았다. 테드 밀너는 안심하는 기색을 보였다. 모트는 테드와 함께 가는 것이 썩 내키지 않았다. 그 집은 테드의 집인 적이 없었고 이혼 후에도 마찬가지였다. 그래도 같이 있어야 에이미의 마음이 편한 것 같았기에 모트는 아무 소리도 하지 않았다.

그들은 다 같이 '현장'을 짤막하게 둘러본 다음 콘솔리데이티드 보험사 소속 돈 스트릭의 사무실에서 업무를 처리했다. 사무실에서 그들은 콘솔리데이티드의 방화 전문 현장 조사관인 프레드 에번스를 만났다. 에번스가 그날 아침에 위커셤, 브래들리와 함께 나오지 않고 그들이 스트릭과 '현장'에서 만났을 때도 동행하지 않은 이유가 금세 밝혀졌다. 10셀 손전등과 폴라로이드 카메라를 들고 거의 밤새도록 잔해를 뒤졌던 것이다. 그는 모텔방에서 잠깐 눈을 붙이고 레이니 부부를 만나러 나왔다고 했다.

모트는 에번스가 마음에 들었다. 이하 동문이라고 했던 테드를 비롯해서 모두들 입에 발린 위로의 말을 전하고 당면 과제로 넘어가는데 (테드 밀너의 당면 과제는 최대한 빨리 모트를 태시모어 호수로 쫓아내는 것이 아닐까 싶었다) 에번스는 그와 에이미가 겪은 상실에 진심으로 신경쓰는 눈치였다. 그는 캔자스 스트리트 92번지를 '현장'이라고 부르지 않았다. '그 집'이라고 불렀다.

그는 위커셤이나 브래들리와 기본적으로 같은 질문을 했지만 좀 더 부드럽고 상세하고 면밀했다. 기껏해야 네 시간밖에 못 잤을 텐데 눈빛이 초롱초롱하고 말도 빠르고 또렷했다. 모트는 그와 이십 분 동안 이야기를 나눈 뒤 보험금을 노리고 집을 태울 작정이면 다른 회사에 보험을 드는 게 좋겠다는 결론을 내렸다. 아니면 이 남자가 은퇴할 때까지 기다리든지.

질문이 끝나자 에번스는 그들을 보며 미소를 지었다. "많은 도움이 되었습니다. 신중하게 대답해주시고 따뜻하게 대해주셔서 다시 한번 감사드립니다. 많은 분들이 '보험 사정관'이라는 단어를 듣는 순간 신경을 곤두세우고는 합니다. 안 그래도 심란한 상태인데 현장에 사정관이 등장하면 자작극의 혐의를 제기한다고 해석하는 경우가 많거든요."

"저는 지금 상황에서 이보다 더 깔끔한 처리가 어디 있을까 싶은데요." 에이미가 말하자 테드 밀너는 수전증에 걸린 인형술사에게 조종당하는 꼭두각시라도 되는 양 고개를 심하게 끄덕였다.

"이제 힘든 단계가 기다리고 있어요." 에번스가 말했다. 그가 고개를 끄덕이자 스트릭이 책상 서랍을 열어서 출력물이 끼워진 클립보드를 꺼냈다. "이번처럼 심각한 화재가 벌어졌을 경우에 사정관이 심각성을 인정하면 보험금 지급이 가능한 재산 목록을 고객들께 보여드려야 합니다. 훑어보시고 목록상의 소유물이 여전히 고객님의 것이며, 화재 발생시에 그 집에 있었다는 보증서에 서명해주세요. 여기 스트릭 씨에게 마지막으로 점검을 받은 이후에 매도하셨거나 화재 당시 집안에 없었던 물건이 있으면 체크해주셔야 합니다." 에번스는 주먹을 입에 대고 헛기침을 한 뒤 하던 이야기를 계속했다. "최근에 거주지가 분리되었다고 들었습니다. 그래서 마지막 부분에 더욱 신경을 써주셔야겠습니다."

"저희가 이혼을 해서요." 모트는 직설적으로 말했다. "그래서 저는 지금 태시모어 호숫가의 집에서 살고 있습니다. 원래는 여름에만 쓰던 곳이지만 보일러가 있어서 겨울에도 지낼 만해요. 그런데 안타깝게도 짐을 여기서 많이 옮기지는 않았어요. 제가 계속 미루는 바람에."

돈 스트릭은 알 만하다는 듯이 고개를 끄덕였다. 테드는 다리를 꼬고 파이프 담배를 만지작거리며 지루하지 않은 척 애를 쓰는 분위기를 풍겼다.

"성심성의껏 목록을 체크해주시기 바랍니다." 에번스가 말했다. 그는 스트릭에게서 클립보드를 받아 책상 너머로 에이미에게 건넸다. "조금 불쾌하실 수도 있어요. 보물찾기하고 정반대인 면이 있으니까요."

테드가 파이프 담배를 내려놓더니 목을 길게 빼고 목록을 쳐다보았다. 이제 지루함이 가셨는지 끔찍한 사고 이후를 궁금해하는 구경꾼처럼 눈을 탐욕스럽게 번뜩였다. 에이미는 그의 시선이 느껴지자 친절하게 그쪽으로 서류를 기울였다. 그걸 보고 맞은편에 앉아 있던 모트가 반대 방향으로 서류를 기울였다.

"양해 좀 구해도 될까요?" 그가 테드에게 물었다. 그는 머리끝까지 화가 나 목소리에 노여움이 고스란히 묻어났다.

“모트…….” 에이미가 말했다.

“유난 떨고 싶은 생각은 없지만 이건 우리 물건이야, 에이미.” 모트가 그녀에게 말했다. “우리 것이라고.”

“나는…….” 테드가 분개하며 말문을 열었다.

“아뇨, 저분 말씀이 맞습니다, 밀너 씨.” 프레드 에번스가 상냥한 목소리로 말하자 모트는 그것이 가짜일지 모른다는 생각이 들었다. “법에 따르면 선생님께서는 목록을 보실 권리가 없습니다. 아무도 신경쓰지 않으시면 저희도 묵인하지만…… 레이니 씨는 신경이 쓰이시는 모양이네요.”

“두말하면 잔소리죠.” 모트가 말했다. 모트는 주먹을 꽉 쥔 두 손을 무릎 위에 올려놓고 있었다. 말랑말랑한 손바닥을 초승달 모양으로 파고드는 손톱들이 느껴졌다.

에이미는 서글프게 애원하는 눈빛으로 모트와 테드를 번갈아 쳐다보았다. 모트는 테드가 씩씩대며 누구 집이라도 무너뜨릴 기세로 나올 거라고 예상했지만 그러지 않았다. 모트가 그렇게 추측한 이유는 아마도 테드에 대한 적개심 때문이었을 것이다. 그는 테드를 잘 몰랐지만 (모텔에서 자다가 갑자기 깨면 알팔파와 비슷해 보인다는 것은 알았지만) 에이미는 알았다. 만약 테드가 그런 식으로 허풍을 떠는 인간이었다면 진작 헤어졌을 것이다.

테드는 미소를 지으며 모트와 나머지 사람들을 완전히 무시한 채 그녀에게 물었다. “이 근처를 한 바퀴 돌고 오면 될까?”

모트는 자제하려고 했지만 잘되지 않았다. “두 바퀴쯤 돌고 오면 어떨까요?” 그는 서글서글함을 가장한 목소리로 이렇게 물었다.

에이미가 실눈을 뜨고 그를 무섭게 노려보더니 테드를 돌아보았다. "그래줄래? 그래주면 좋겠는데……."

"그러지, 뭐." 그는 말했다. 테드가 에이미의 광대뼈에 입을 맞추자 모트는 가슴 아픈 사실을 한 가지 더 깨달았다. 이 남자는 그녀를 사랑했다. 항상은 아닐지 몰라도 지금은 그랬다. 모트는 테드가 에이미라는 장난감에 잠깐 넋을 잃었지만 조만간 싫증을 내지 않을까 어느 정도는 생각했었다. 하지만 그건 그가 아는 에이미에게 어울리지 않는 모욕이었다. 그녀는 사람을 보는 눈이 있었고…… 스스로를 존중했다.

테드가 일어나서 밖으로 나갔다. 에이미는 나무라는 눈빛으로 모트를 쳐다보았다. "이제 됐어?"

"아마도." 그가 말했다. "그런데 에이미……. 내 대처가 매끄럽지 않았을지 몰라도 의도만큼은 알아주었으면 좋겠어. 우리는 오랫동안 많은 것을 함께했잖아. 이번이 마지막일 텐데 우리 둘이서만 처리했으면 해. 어때?"

스트릭은 불편한 기색을 보였다. 프레드 에번스는 그러지 않았다. 막상막하인 테니스 시합을 구경하는 관람객처럼 첨예한 관심을 보이며 모트를 보았다가 에이미를 보았다가 다시 모트를 보았다.

"알았어." 에이미가 나지막이 말했다. 그가 그녀의 손을 만지자 그녀는 미소를 지어 보였다. 어색한 미소였지만 그는 그게 어디냐고 생각했다.

모트는 의자를 에이미 쪽으로 바짝 옮겼고, 두 사람은 시험 공부하는 아이들처럼 머리를 맞대고 서류 위로 고개를 숙였다. 이내 모트는 에번스가 경고한 이유를 알아차렸다. 모트는 손실의 규모를 어느 정도 파악했다고 생각하고 있었다. 그런데 아니었다.

모트는 줄줄이 이어지는 차가운 컴퓨터 활자를 쳐다보며, 누가 캔자스 스트리트 92번지의 집에서 모든 가재도구를 꺼내 온 세상 사람들이 볼 수 있도록 길가에 흩뿌려놓았다 한들 이렇게 경악하지는 않았을 거라는 생각을 했다. 이 많은 것들을 잊고 있었다니, 이 많은 것들이 사라져버렸다니 믿기지 않았다.

주요 가전제품 일곱 개. 비디오테이프 편집 기능이 달린 한 대를 비롯해서 텔레비전 네 대. 스포드 도자기. 에이미가 한 점씩 수집한 초기 미국 양식의 가구. 침실에 두었던 앤티크 장식장의 가격이 만 사천 달러였다. 그들은 예술 작품을 작정하고 수집했다기보다 향유한 사람들이었고, 이번에 잃어버린 진품이 열두 점이었다. 감정가가 도합 이만 이천 달러라고 적혀 있었지만 모트는 몇 달러건 관심 없었다. 그는 조그만 배를 타고 바다로 나가는 두 소년을 그린 N.C. 와이어스의 선화를 떠올렸다. 그림 속에서는 비가 내렸다. 두 소년은 비옷과 장화 차림으로 함박웃음을 짓고 있었다. 모트는 그 그림을 정말로 좋아했는데 이제 볼 수 없게 되었다. 워터퍼드 유리그릇. 차고에 두었던 스포츠 장비였던 스키, 10단 자전거, 올드 타운 카누. 에이미의 모피 세 벌도 목록에 들어 있었다. 그녀는 비버와 밍크 옆에는 조그맣게 체크했지만—다른 곳에 위탁 보관중이라는 뜻이었다—짧은 여우 털 재킷에는 체크를 하지 않고 지나갔다. 따뜻하고 스타일리시한 그 가을용 외투는 불이 났을 때 옷장에 걸려 있었던 것이다. 육 년인가 칠 년 전 에이미의 생일 때 외투를 선물한 기억이 났다. 하지만 이제는 볼 수 없었다. 그의 셀레스트론 망원경. 그것도 이제는 볼 수 없었다. 두 사람이 결혼했을 때 에이미의 어머니가 선물한 큼지막한 누비이불. 에이미의 어머니는 세상을 떠났고 누비이불도 이제는 바람에 날리는 잿가루가 되었다.

모트는 두 번째 칸 중간쯤에서 가장 큰 충격을 받았는데 이번에도 금액에 그런 게 아니었다. 와인 124병. 그 칸에는 이렇게 적혀 있었다. 감정가 사천구백 달러. 와인은 두 사람 모두 좋아한 취미생활이었다. 광적으로 집착하지는 않았지만 지하실에 조그만 와인 보관실을 만들어놓고 같이 수집하고 가끔 한 병씩 마셨다.

"와인까지 그렇게 됐네요." 그는 에번스에게 말했다. "심지어 와인까지."

에번스는 뭐라고 해석하면 좋을지 모를 묘한 표정을 짓더니 고개를 끄덕였다. "와인 보관실 자체는 타지 않았어요. 지하실 탱크에 기름이 거의 없어서 폭발하지 않았거든요. 하지만 안이 워낙 뜨거워지다 보니 병들이 대부분 터졌어요. 남은 몇 병은…… 제가 와인에 대해서는 잘 모르지만 마실 만한 상태가 아닐 것 같네요. 제 짐작이 틀릴 수도 있지만요."

"맞을 거예요." 에이미가 말했다. 한줄기 눈물이 뺨을 타고 흘러내리자 그녀는 멍하니 눈물을 닦았다.

에번스가 손수건을 건넸다. 그녀는 고개를 젓고 다시 모트와 함께 목록 위로 고개를 숙였다.

십 분 뒤에 모든 것이 끝났다. 그들은 알맞은 칸에 서명했고 스트릭이 증인으로 배서했다. 어딘가에서 이 광경을 내내 지켜보기라도 했던 것처럼 불과 몇 초 뒤에 테드 밀너가 등장했다.

“이걸로 끝인가요?” 모트가 에번스에게 물었다.

“지금 현재로서는요. 또 생길지도 모르죠. 태시모어 전화번호는 전화번호부에 기재되어 있지 않은가요, 레이니 씨?”

“네.” 그는 에번스에게 전화번호를 써주었다. “제가 필요한 일이 있으면 연락 주십시오.”

“알겠습니다.” 그는 일어나서 손을 내밀었다. “매번 느끼지만 참 고약한 절차죠. 두 분이 이런 일을 겪게 돼서 유감스럽게 생각합니다.”

그들은 번갈아 악수를 하고, 보고서 작성에 돌입한 스트릭과 에번스를 두고 떠났다. 오후 1시를 훌쩍 넘긴 시각이라 테드가 모트에게 같이 점심 식사를 하겠느냐고 물었다. 모트는 고개를 저었다.

“그냥 내려가겠습니다. 일을 하면서 잠깐 동안이나마 잊고 지낼 수 있는지 보죠.” 그는 정말로 글을 쓸 수 있을 것 같았다. 놀랄 만한 일은 아니었다. 그는 힘든 시기—이혼 직전은 예외였지만—에 글이 잘 써졌다. 심지어 그럴 필요도 있었다. 실제 현실에서 상처를 입었을 때 기댈 수 있는 가상의 현실이 있으면 좋았다.

에이미가 붙잡아주길 바라는 마음도 있었지만 그녀는 모트를 잡지 않았다. “운전 조심해.” 그녀는 이렇게 말하고 모트의 입가에 가볍게 입을 맞추었다. “와줘서 고마워. 그리고…… 전부 적절하게 처리해준 것도.”

“내가 도울 일이 있을까, 에이미?”

그녀는 살짝 웃으며 고개를 젓더니 테드의 손을 잡았다. 만약 그가 어떤 신호를 찾고 있었다면 이것이야말로 못 보고 지나치려야 지나칠 수 없는 신호였다.

그들은 천천히 모트의 뷰익으로 걸어갔다.

"거기서 잘 지내고 있는 거죠?" 테드가 물었다. "필요한 건 없고요?"

이 남자의 남부 억양이 세 번째로 모트의 신경을 건드렸다. 우연의 일치가 하나 더 추가된 셈이었다.

"생각나는 게 없네요." 그는 뷰익의 문을 열고 주머니에서 자동차 열쇠를 꺼냈다. "그나저나 고향이 어디신가요, 테드? 예전에 당신이나 에이미한테 들었을 텐데 기억이 안 나네. 미시시피입니까?"

테드는 껄껄 웃었다. "거기서 한참 더 내려가야 해요. 어렸을 때 테네시에 살았어요. 테네시의 슈터스노브라는 조그만 마을에서."

22

모트는 태시모어 호수로 돌아가는 내내 양손으로 핸들을 꽉 붙잡고, 허리를 일자로 꼿꼿하게 세우고, 시선은 길에 고정했다. 라디오를 크게 틀어놓고 이마 뒤에서 정신적인 활동이 이루어지려는 조짐이 느껴질 때마다 미친듯이 음악에 집중했다. 달린 거리가 육십오 킬로미터도 안 됐을 때 방광에 압박감이 느껴졌다. 반가운 현상이었다. 그는 도로변 공중화장실에 차를 세울 생각조차 하지 않았다. 요의야말로 정신을 딴 데 돌릴 수 있는 훌륭한 핑곗거리였다.

그는 4시 30분 무렵에 집에 도착하여 늘 대던 집 옆 공간에 뷰익을 세웠다. 에릭 클랩턴이 혼신의 힘을 다해서 부기우기 기타 솔로 연주를 하던 와중에 시동을 끄자 돌덩이처럼 무거운 정적이 깔렸다. 호수에는 배 한 척 없었고 풀밭에는 벌레 한 마리 없었다.

'오줌을 누는 것과 생각을 하는 것은 공통점이 많군.' 그는 차에서 내려 바지 지퍼를 내리며 생각했다. '둘 다 참을 수는 있지만…… 영원히 참을 수는 없지.'

모트 레이니는 노상 방뇨를 하며 비밀의 창과 비밀의 화원에 대해 생각했다. 비밀의 화원을 소유하고 있을지 모르는 사람들과 비밀의 창 밖을 내다보았을지 모르는 사람들에 대해 생각했다. 어떤 작자가 정신병자 아니면 사기꾼임을 입증하는 증거로 필요했던 잡지가 자기가 가져오려고 한 날 저녁에 타버린 것에 대해 생각했다. 이혼한 부인의 애인, 그가 진심으로 증오하는 남자가 슈터스노브라는 마을 출신이고 앞서 말한 정신병자일지 사기꾼일지 모를 작자, 모트 레이니가 이혼을 학문적인 개념을 넘어 그의 인생에 벌어진 단순한 사실로 인식하기 시작한 시점에 등장한 작자의 필명이 슈터라는 것에 대해 생각했다. 존 슈터가 모트 레이니에게 표절 의혹을 제기한 시점이 모트 레이니가 아내와 헤어진 시점과 거의 일치한다는 것에 대해서도 생각했다.

질문: 이게 다 우연의 일치일까요?

답: 이론상으로는 그럴 수도 있습니다.

질문: 그는 이게 다 우연의 일치라고 생각할까요?

답: 아니요.

질문: 그럼 그는 자기가 이성을 잃어간다고 생각할까요?

"답은 '아니요'야. 그는 그렇게 생각하지 않아. 적어도 아직까지는." 모트는 지퍼를 올리고 모퉁이를 돌아 현관으로 걸어갔다.

23

모트는 집 열쇠를 찾아서 구멍에 넣고 돌리려다 멈추었다. 대신 문손잡이를 잡았다. 손가락으로 감싸는 순간, 손잡이가 순순히 돌아갈 거라는 확신을 느꼈다. 슈터가 다녀갔다……. 다녀갔든지 아니면 아직도 집안에 있었다. 무단 침입할 필요도 없었을 것이다. 그렇다. 이 새끼는 그럴 필요도 없었을 것이다. 모트는 태시모어 집의 예비 열쇠를 공구 창고의 높은 선반 위, 안 쓰는 비누 그릇에 넣어두었다. 가엾은 범프를 쓰레기 보관함에 못박을 때가 되었을 때 슈터는 잽싸게 창고로 달려가서 드라이버를 꺼내 왔을 것이다. 그는 지금 집안에서 여기저기 둘러보거나…… 숨어 있을 것이다. 아니면…….

손잡이는 꿈쩍도 하지 않았다. 손잡이를 감싼 모트의 손가락이 미끄러졌다. 문은 잠겨 있었다.

"괜찮아. 괜찮아, 별일 아니야." 그는 열쇠를 넣어서 돌리며 웃음까지 터뜨렸다. 문이 잠겨 있다고 해서 슈터가 집안에 없는 건 아니다. 사실 생각해보면 이로써 그가 집안에 있을 가능성이 더 높아졌다. 예비 열쇠를 쓴 다음 다시 가져다 놓고, 적의 의심을 누그러뜨리기 위해 안에서 문을 잠갔을 수 있었다. 손잡이에 달린 버튼만 누르면 될 일이다. '불안감을 조성하겠다는 거지.' 모트는 생각하며 안으로 들어갔다.

집안은 늦은 오후의 부연 햇살과 정적으로 가득했다. 하지만 아무도 없는 공간의 정적으로 느껴지지 않았다.

"불안감을 조성하겠다, 이거지?" 그는 큰 소리로 외쳤다. 그는 이것이 헛소리처럼 느껴질 줄 알았다. 외로운 피해망상 환자가 상상 속에서나 존재하는 침입자에게 하는 말처럼 들릴 줄 알았다. 그런데 헛소리처럼 느껴지지 않았다. 적의 수법을 최소한 절반 이상 파악한 사람이 하는 말처럼 들렸다. 고작 절반이라니 그리 대단치 않은 업적일지 몰라도 전혀 모르는 것보다는 나았다.

그는 서까래가 드러난 천장과 호수가 보이는 전면 유리창, 그리고 혼수상태에 빠진 작가의 침대 의자라고도 불리는 전 세계적으로 유명한 모트 레이니 소파가 있는 거실로 걸어 들어갔다. 인색한 미소로 뺨이 실룩였다. 불알이 사타구니 사이로 올라붙으며 단단히 조여졌다.

"절반이라도 알아차리는 게 전혀 모르는 것보다는 낫잖아. 안 그래, 슈터 씨?" 그는 고함을 질렀다.

말들이 부연 정적 속으로 가라앉았다. 그는 먼지 사이에서 묵은 담배 냄새를 맡을 수 있었다. 책상 서랍에서 발굴한 너덜너덜한 담뱃갑에 시선이 닿았다. 문득 집안에서―악취에 가까운―지독하게 안 좋은 냄새가 난다는 느낌이 들었다. 여성성이 거세된 냄새였다. 그는 생각했다. '아니야. 그건 오해야. 그게 아니야. 네가 맡고 있는 건 슈터의 냄새야. 너는 그자의 냄새와 그자가 피운 담배 냄새를 맡고 있어. 네가 아니라 그자가 피운 담배 냄새를.'

그는 고개를 뒤로 젖히고 천천히 몸을 돌렸다. 크림색 벽의 절반을 차지한 2층 침실 하나가 거실을 내려다보고 있었다. 입구에 짙은 갈색으로 널을 두른 방이었다. 널은 아차 방심했다가 거실 바닥 위로 철퍼덕 추락하는 사태를 예방하는 역할을 했지만 장식적인 요소도 있었다. 그 순간 모트가 보기에는 널이 별로 예쁘지 않았다. 교도소 철창처럼 느껴졌다. 그와 에이미가 손님방이라고 불렀던 그 방에서는 천장과 침대의 네 기둥 중 한 개만이 보였다.

"거기 있는 거야, 슈터 씨?" 그는 고함을 질렀다.

아무 대꾸가 없었다.

"불안감을 조성하려고 한다는 거 알아!" 이제 그는 어처구니없게 느껴지기 시작했다. "하지만 소용없을걸?"

육 년 전쯤 모트와 에이미는 거실에 대형 천연석 벽난로를 설치했다. 불 피우는 데 필요한 도구들을 매달아놓는 걸개가 그 옆에 세워져 있었다. 모트는 재를 치우는 삽 손잡이를 잡고 잠깐 쳐다보다가 놓고 부지깽이를 집었다. 철창이 쳐진 손님방을 마주보고 여왕에게 경례하는 기사처럼 부지깽이를 치켜들었다. 그런 다음 천천히 계단으로 걸어가 올라가기 시작했다. 근육 속으로 스멀스멀 스며드는 긴장감이 느껴졌다. 그가 두려워하는 것은 슈터가 아니었다. 그가 두려워하는 것은 아무것도 찾지 못하는 사태였다.

"너 거기 있는 거 알고, 불안감을 조성하려고 그런다는 것도 알아! 딱 하나 모르는 게 있다면 왜 이러냐는 거지, 앨피. 내가 너를 찾으면 다 털어놓는 게 좋을 거다!"

그는 2층으로 올라서서 걸음을 멈추었다. 심장이 쿵쾅거렸다. 손님방 침실은 왼쪽에 있다. 손님용 욕실은 오른쪽에 있다. 그는 슈터가 2층에 있는 건 맞지만 손님방이 아니라 다른 데 있다는 것을 퍼뜩 알아차렸다. 함정이었다. 착각은 슈터가 바라는 바였다.

슈터는 욕실에 있었다.

모트가 오른손으로 부지깽이를 부서져라 움켜쥐고 머리에서 뺨을 타고 흘러내리는 땀을 느끼며 층계께에 서 있는데 소리가 들렸다. 희미하게 스읏스읏 발을 끄는 소리가 들렸다. 분명 욕실 안에 있었다. 소리를 들어보니 욕조에 서 있었다. 거기서 아주 살짝 움직인 거였다. 까꿍, 조니보이, 다 들린다. 무기를 들고 있니, 씨발 놈아?

아무래도 무기를 들고 있지 않을까 싶었지만 총은 아닐 것 같았다. 슈터가 총기를 접한 경험이라고 해봐야 총잡이라는 뜻의 자기 필명이 전부일 것이다. 생김새상 좀더 뭉툭한 도구를 편하게 다룰 타입이었다. 범프에게 저지른 짓을 보면 알 수 있었다.

'망치겠지.' 모트는 생각하며 아무것도 들지 않은 쪽 손등으로 땀을 닦았다. 심장이 뛸 때마다 눈동자도 따라서 펄떡이는 게 느껴졌다. '창고에서 꺼낸 망치일 거야.'

그는 까만색의 동그란 모자에 노란색의 촌스러운 작업용 신발을 신고, 카탈로그를 보고 주문한 틀니를 드러내 사실상 우거지상이라 해야 하는 미소를 지으며, 얼기설기 얽힌 양철 하수구를 타고 깊게 팬 주름살 위로 쏟아지듯 땀을 흘리며, 창고에서 꺼낸 망치를 판사봉처럼 어깨 높이로 들고 서 있는 슈터를 똑똑히 볼 수 있을 때까지 머릿속을 비웠다. 슈터는 욕조에 가만히 서서 망치를 내리칠 순간을 기다리고 있을 것이었다. 집행관, 다음 사건.

'어이, 나는 당신을 알아. 당신이 어떤 작자인지 알아. 처음 만난 순간부터 알아차렸어. 그런데 그거 알아? 갖고 놀 작가를 잘못 골랐다는 거. 오월 중순부터 누구라도 죽이고 싶은 심정이었는데 당신을 죽이면 되겠어.'

그는 손님방 문으로 고개를 돌렸다가 동시에 왼손을 뻗어서 (결정적인 순간에 미끄러지지 않도록 셔츠 앞섶에 땀을 닦은 다음) 욕실 문손잡이를 움켜쥐었다.

"거기 있는 거 알아!" 그는 닫힌 욕실 문에 대고 외쳤다. "침대 밑에 숨어 있으면 나오는 게 좋을 거다! 다섯까지 세겠어! 그때까지 안 나오면 내가 들어갈 거야……. 무기를 휘두르면서 들어갈 거라고. 알았어?"

아무 대꾸가 없었다. 하기야 대꾸를 기대하지도 않았다. 대꾸를 바란 것도 아니었다. 그는 욕실 문손잡이를 잡은 손에 더욱 힘을 주었지만, 손님방에 대고 숫자를 외칠 작정이었다. 그가 욕실 쪽으로 고개를 돌리면 슈터가 그걸 감지하거나 차이를 느낄지 알 수 없었지만, 그럴 수도 있겠다는 생각이 들었다. 그는 확실히 영리했다. 가증스럽게 영리했다.

그가 숫자를 세기 시작하기 직전에 욕실에서 또다시 희미하게 움직이는 소리가 들렸다. 온 신경을 집중해서 귀를 기울이고 있지 않았더라면 이렇게 가까이 서 있어도 듣지 못했을 만큼 희미한 소리였다.

"하나!"

젠장, 그는 땀을 흘리고 있었다! 돼지처럼!

"둘!"

꽉 잡은 문손잡이가 차가운 돌멩이처럼 느껴졌다.

"세……."

그가 손잡이를 돌리고 욕실 문을 힘껏 열어젖히자 벽지가 찍히고 아래쪽 경첩이 뜯겨져 나왔다. 아니나 다를까, 그가 이를 드러내고 살인자의 미소를 지으며 실성한 눈빛으로, 완전히 실성한 눈빛으로 무기를 치켜들고 그를 향해 달려들었다. 모트는 바람 가르는 소리를 내며 위에서 아래로 부지깽이를 내리갈긴 순간 슈터도 부지깽이를 휘두르고 있다는 것을, 슈터가 까만색의 동그란 모자를 쓰고 있지 않다는 것을, 그 사람이 슈터가 아니라 자기라는 것을, 그 미치광이가 자기였다는 것을 알아차렸다. 부지깽이에 맞은 거울이 세면기 위로 와장창 쏟아지자 뒷면에 은색이 발린 유릿조각이 사방으로 튀어서 어둠 속에서 반짝였다. 수납장이 세면대 위로 쏟아졌다. 흰 문이 떡 하고 입을 벌려 기침 시럽, 요오드, 리스테린 구강 청결제가 담긴 병들을 쏟아냈다.

"내가 우라질 거울을 죽였네!" 그가 비명을 지르며 부지깽이를 저쪽으로 내던지려는데 골이 진 플라스틱 칸막이로 가려진 욕조 안에서 무언가가 움직였다. 그리고 겁에 질린 비명소리가 조그맣게 들렸다. 모트는 씩 웃으며 부지깽이를 옆으로 휘둘러 플라스틱 칸막이를 들쭉날쭉하게 찢어서 떨어뜨렸다. 그런 다음 차가운 눈빛으로 시선을 고정하고 입가를 끌어올려 슈터가 지을 법한 우거지상을 지으며 어깨 위로 부지깽이를 들어올렸다.

잠시 후에 그는 천천히 부지깽이를 내렸다. 왼손으로 오른 손가락을 떼어내고서야 잡았던 부지깽이를 바닥으로 내려놓을 수 있었다.

"작고 미끈하며 잔뜩 웅크린 짐승아*." 그는 욕조 안에서 무턱대고 종종거리는 들쥐를 향해 중얼거렸다. "오, 네 가슴이 얼마나 놀랐을까!" 그의 목소리는 쉬었고 높낮이가 없어 이상했다. 난생처음 녹음한 자기 목소리를 듣는 듯했다.

그는 깨진 거울조각을 빠각빠각 밟으며 경첩이 떨어져서 삐딱해진 욕실 문밖으로 천천히 걸음을 옮겼다.

그는 갑자기 1층으로 내려가서 소파에 누워 낮잠을 자고 싶어졌다. 세상 그 어떤 것보다 낮잠이 간절해졌다.

24

전화벨 소리가 그를 깨웠다. 해질녘에 잠들었는데 어느새 밤이 되었다. 그는 시간을 거꾸로 거슬러 올라간 듯한 묘한 기분을 느끼며 유리로 덮여 있고 달려드는 버릇이 있는 커피 테이블 옆을 천천히 지나갔다. 오른쪽 팔이 미친듯이 욱신거렸다. 허리도 마찬가지였다. 부지깽이를 얼마나 세게 휘둘렀던 걸까? 얼마나 엄청난 공포가 그를 몰아붙였던 걸까? 생각하고 싶지 않았다.

그는 누구일까 궁금해하지도 않으면서 수화기를 들었다. 요즘 들

* 스코틀랜드의 시인 로버트 번스가 쓴 「쥐에게」라는 시의 일부 구절이다.

어 사는 게 어찌나 무시무시하게 바쁜지 대통령과 비슷한 수준이지 않을까 싶었다. "여보세요?"

"어떻게 지내고 계신가, 레이니 씨?" 상대방이 묻자 모트는 수화기가 그를 물려고 하는 뱀이라도 되는 것처럼 움찔하며 귀에서 멀찌감치 떨어뜨렸다. 그랬다가 천천히 다시 귀에 갖다 댔다.

"잘 지내고 있습니다, 슈터 씨." 그는 입안이 바짝 마른 건조한 목소리로 대답했다. "슈터 씨는 어떻게 지내고 계십니까?"

"나야 별일 없지." 그가 페인트칠도 없이 벌판 한가운데 혼자 서 있는 헛간처럼 노골적이고 빤하고 강한 남부 억양을 스스럼없이 써가며 대답했다. "그쪽은 잘 못 지내는 것 같은데. 남의 것을 훔친 것에 대해서는 눈 하나 깜빡 않는 눈치더니. 들통나게 생기니까…… 괴로운 모양이지?"

"그게 무슨 소리요?"

슈터는 재미있어하는 목소리였다. "누가 당신 집에 불을 질렀다는 라디오 뉴스를 들었어. 다른 집 말이야. 그러고는 여기로 다시 내려오더니 집안에 들어가서 울화통을 터뜨리는 소리가 들리더군. 고함을 지르고…… 뭘 때리고…… 아니면 당신처럼 잘나가는 작가들은 일이 마음먹은 대로 안 되면 으레 성질을 부리나? 그런 건가?"

맙소사, 근처에 있었군. 이 근처에 있었어.

모트는 자기도 모르게 창밖을 내다보았다. 슈터가 이 순간에도 저 밖 어딘가에 있는 것처럼…… 덤불 속에 숨어서 무선 전화기로 모트와 통화하고 있는 것처럼 느껴졌다. 물론 말도 안 되는 상상이었다.

"작품이 실린 잡지가 배달되고 있는 중이야." 모트가 말했다.

"그 잡지가 도착하면 날 그만 괴롭힐 거요?"

슈터는 계속 재미있어하는 나른한 목소리로 말했다. "그 작품이 실린 잡지는 없어, 레이니 씨. 당신이랑 나, 우리 둘은 알잖아. 1980년에 출간된 잡지 중에는 없지. 당신이 훔쳐간 내 작품이 1982년에 씌었는데 있을 리가 없잖아?"

"망할, 나는 당신 작품을 훔치지 않았……."

"당신 집이 그렇게 됐다는 소식을 들었을 때 나가서《이브닝 익스프레스》를 샀지." 슈터가 말했다. "잔해 사진이 실려 있더군. 남은 게 거의 없던데? 당신 부인 사진도 보았지." 그는 생각에 잠긴 듯 한참 동안 침묵을 지켰다. 그러더니 이렇게 말했다. "이쁘든데?" 그는 빈정거리며 일부러 촌스럽게 말했다. "어떻게 당신처럼 추잡한 인간이 그렇게 이쁜 마누라를 얻었나, 레이니 씨?"

"아내와는 이혼했어. 얘기했잖아. 내가 얼마나 추잡한 인간인지 아내가 깨달은 모양이지. 에이미는 빼주지그래? 이건 우리 둘만의 문젠데."

문득 생각해보니 무방비 상태로 비몽사몽간에 전화를 받는 게 지난 이틀 동안 이번이 두 번째였다. 덕분에 슈터가 대화를 장악하다시피 했다. 그가 모트를 완전히 쥐고 흔들며 좌지우지하고 있었다.

'그럼 끊어.'

그럴 수가 없었다. 아직은 끊을 수가 없었다.

"우리 둘만의 문제라고?" 슈터가 물었다. "내 이야기를 아무한테도 하지 않았겠군."

"원하는 게 뭐야? 말해! 원하는 게 도대체 뭐야?"

"내가 당신을 찾아온 두 번째 이유를 알고 싶다, 이건가?"

"그래!"

"나한테 작품을 하나 써줘." 슈터가 차분한 목소리로 말했다. "내 이름으로 작품을 하나 써서 선물해줘. 그 정도는 해줄 수 있잖아? 좋은 게 좋은 거니까."

모트는 욱신거리는 주먹으로 수화기를 움켜쥐고 이마 한가운데서 펄떡이는 정맥을 느끼며 현관 앞에 서 있었다. 그는 온몸을 완전히 뒤덮은 분노에 잠깐 동안 생매장당했다. 생각할 수 있는 것이라고는 '그거였군! 그거였군! 그거였어!'뿐이었다.

"듣고 있나, 레이니 씨?" 슈터가 특유의 차분한 목소리로 말끝을 길게 늘여가며 물었다.

"내가 당신한테 써줄 수 있는 건 딱 하나뿐이야." 모트가 말했다. 분노로 인해 목소리가 느릿느릿하고 시럽처럼 끈적거렸다. "사형 집행 영장. 그러니까 날 그만 건드리시지."

"큰소리 뻥뻥 치시네, 필그림*." 슈터는 모자란 아이에게 간단한 문제를 설명해주는 사람처럼 참을성 있게 말했다. "내가 널 어쩌지 못한다는 걸 아니까 큰소리를 치시는군. 네가 내 개나 차를 훔친 거라면 네 개나 차를 가져가면 돼. 네가 기르는 고양이 목을 부러뜨린

* 존 웨인이 서부영화에서 상대방을 부를 때 종종 썼던 호칭.

것만큼이나 간단한 일이지. 네가 막으려고 하면 널 해치우고 가져가면 돼. 그런데 이건 다른 문제야. 내가 원하는 게 네 머릿속에 들어 있거든. 네가 금고에 넣듯 그걸 꽉 잠가놓고 있단 말이지. 그런데 나는 문짝을 날리고 안을 들여다볼 수가 없어. 비밀번호를 알아내야 하지. 안 그래?"

"지금 무슨 소리를 하는 건지 모르겠지만, 내가 당신한테 작품을 하나 써주는 날은 자유의 여신상이 기저귀를 차는 날이 될 거다, 필그림."

슈터는 생각에 잠긴 목소리로 중얼거렸다. "웬만하면 그 여자는 끌어들이지 않고 싶은데 너 때문에 선택의 여지가 없다는 생각이 들기 시작하는군."

모트는 갑자기 침이 말라서 입안이 건조하고 뜨거워졌다. "지금…… 지금 그게 무슨……."

"또 한심하게 낮잠을 자고 일어나보니까 에이미가 쓰레기 보관함에 못박혀 있는 꼴을 보고 싶어?" 슈터가 물었다. "아니면 어느 날 아침에 라디오를 틀었다가 그 여자가 너희 집 창고에 있는 전기톱으로 살해당하고 말았다는 뉴스를 듣고 싶어? 아니면 창고까지 타버렸다는 뉴스는 어때?"

"말조심해." 모트는 속삭였다. 휘둥그레진 눈이 분노와 공포의 눈물로 따끔거리기 시작했다.

"아직 이틀의 여유가 있으니까 잘 생각해보도록 해. 나라면 정말 심각하게 고민하겠어, 레이니 씨. 나 같으면 몸으로 여자를 감싸고 있을 거야. 그리고 이 이야기는 아무한테도 하지 않겠어. 뇌우가 치는 날 밖에 서서 번개를 맞으려고 부르는 거나 다름없는 짓이거든. 이혼을 했건 안 했건 내 느낌상 너는 아직 그 여자한테 감정이 있어. 이제 나잇값을 할 때도 됐잖아. 이번 일은 그냥 넘어갈 수 없어. 아직도 모르겠어? 나는 네가 무슨 짓을 저질렀는지 알고 있고, 내 것을 되찾기 전에는 물러서지 않을 참이야."

"이 미친놈아!" 모트는 고함을 질렀다.

"안녕히 주무시게, 레이니 씨." 슈터는 전화를 끊었다.

25

모트는 귀에 댔던 수화기를 내리고 그 자리에 가만히 서 있었다. 그러다 공주 스타일의 전화기 본체를 집어 들었다. 그는 전화기를 통째로 벽에 내동댕이치려다 가까스로 참았다. 전화기를 내려놓고 열 몇 번 심호흡을 했다. 현기증이 나서 머리가 어지러워질 때까지 했다. 그런 다음 허브 크리크모어의 집 전화번호를 눌렀다.

벨이 두 번 울렸을 때 허브의 여자친구인 들로리스가 전화를 받아서 허브를 바꿔주었다.

"안녕, 모트. 집은 어때?" 그가 수화기에서 입을 떼고 외쳤다. "들로리스, 냄비를 뒤쪽 불로 옮겨줄래?"

'뉴욕에서는 지금 저녁을 먹는 시간이지.' 모트는 생각했다. '내가 그걸 알아주길 바라는 거야. 흥, 그러거나 말거나. 방금 전에 어떤 정신병자가 내 아내를 송아지 커틀릿으로 만들어버리겠다고 협박했지만 그래도 계속 살아가야 하는 거다, 이거지?'

"집은 사라졌어. 손실은 보험으로 해결될 거야." 모트는 말을 멈추었다가 다시 이었다. "금전적인 손실은."

"저런. 내가 도울 일이 있을까?"

"뭐, 집 문제로는 없어. 그래도 물어봐줘서 고마워. 그나저나 그 소설 말이야……."

"무슨 소설, 모트?"

그는 수화기를 쥔 손에 힘이 들어가는 것을 느끼고 억지로 힘을 뺐다. '이 친구는 여기 상황을 모르잖아. 그걸 명심해.'

"정신 나간 친구가 자꾸 들먹이는 소설 말이야." 그는 애써 가볍고 태연한 말투를 유지했다. "「씨 뿌리는 계절」. 《엘러리 퀸 미스터리 매거진》."

"아, 그거!" 허브가 말했다.

모트는 가슴이 철렁했다. "전화하는 거 깜빡했구나?"

"아니야. 전화했어." 허브가 그를 안심시켰다. "잠깐 잊어버렸던 거야. 자네 집이 날아가고 또……."

"그런데? 거기서 뭐래?"

"걱정할 것 없어. 내일 인편에 복사본을 보내주기로 했으니까 받자마자 페덱스로 보낼게. 모레 10시면 받아볼 수 있을 거야."

순간 모든 문제가 해결된 것처럼 느껴지면서 긴장이 풀리기 시작했다. 하지만 잠시 후, 슈터의 눈빛이 어떤 식으로 이글거렸는지 생각났다. 슈터가 자신의 이마와 모트의 이마가 맞닿을 때까지 어떤 식으로 얼굴을 숙였는지 생각났다. "거짓말"이라고 했을 때 슈터의 숨결에서 느껴졌던 건조한 계피 향이 생각났다.

복사본? 원본을 보여주어도 슈터를 설득할 수 있을지 장담할 수 없는 판국에 복사본이라니.

"안 돼." 그는 느릿느릿 말했다. "그건 아무짝에도 쓸모없어, 허브. 복사본은 안 돼. 편집자가 전화를 해줘도 안 돼. 잡지 원본이라야 해."

"그러면 문제가 조금 까다로워지는데. 잡지 편집실은 맨해튼에 있지만 과월호는 펜실베이니아의 정기 구독 사무실에 보관하거든. 각 호별로 겨우 다섯 부씩 보관하고 있대. 1941년부터 발간된 잡지니까 그 이상은 감당할 수가 없는 거지. 선뜻 내주지 않을 텐데."

"그게 무슨 소리야! 과월호도 쉽게 볼 수 있고 미국 소도시 도서관 중에서 절반은 이 잡지를 비치하고 있을 텐데."

"하지만 전권을 갖추고 있는 경우는 없지." 허브는 말을 잠깐 멈추었다 이었다. "전화로도 안 된단 말이지? 지독한 편집증 환자라서 수천 명쯤 되는 자네 꼭두각시 가운데 한 명이 전화한 거라고 생각할지 모른다는 거야?"

뒤에서 묻는 소리가 들렸다. "와인 따를까, 허브?"

허브가 다시 수화기에서 입을 떼고 외쳤다. "잠깐만, 디."

"나 때문에 저녁 못 먹고 있네. 미안."

"늘 있는 일인데, 뭐. 저기, 모트. 솔직하게 대답해줘. 이 작자가 그 정도로 제정신이 아니야? 위험해?"

'이 이야기는 아무한테도 하지 않겠어. 뇌우가 치는 날 밖에 서서 번개를 맞으려고 부르는 거나 다름없는 짓이거든.'

"그렇지는 않은 것 같아. 그래도 떼어내고 싶어서." 그는 알맞은 말투를 찾느라 머뭇거렸다. "내가 육 개월쯤 전부터 평지풍파를 겪고 있잖아. 이 일만큼은 어떻게든 처리할 수 있을 것 같아. 이 얼간이는 떼어내고 싶어."

"알았어." 허브가 결단을 내린 듯한 목소리로 말했다. "내가 《엘러리 퀸 미스터리 매거진》에 근무하는 메리앤 재프리한테 전화할게. 오래전부터 알고 지낸 친구거든. 도서실 큐레이터—그 직원을 도서실 큐레이터라고 부르더라고—한테 1980년 6월 호를 우리 쪽으로 보내달라고 부탁하면 들어줄 거야. 나중에 자네가 그 잡지에 작품을 한 편 기고할 수 있다고 해도 될까?"

"그럼." 모트는 대답하고 생각했다. 존 슈터라는 이름으로 기고하겠다고 전해줘. 그는 하마터면 큰 소리로 웃을 뻔했다.

"좋아. 그 친구한테 부탁해서 큐레이터더러 펜실베이니아에서 직접 페덱스로 보내달라고 할게. 멀쩡한 상태로 되돌려주지 않으면 자네가 말한 과월호를 뒤져서 대체품을 찾아야 할 거야."

"모레까지 받을 수 있을까?" 모트가 물었다. 이런 질문을 하다니 제정신이 아니라고 생각할 게 분명했다. 별것 아닌 일로 난리법석이라고 생각할 게 분명했다.

"될 거야. 장담은 못 하겠지만 거의 확실해."

"고마워, 허브." 모트는 진심으로 고마움을 느꼈다. "자네는 정말 좋은 친구야."

"어허, 왜 이러십니까, 부인." 허브는 평소 얼토당토않게 자랑스러워하는 어설픈 존 웨인 흉내를 냈다.

"이제 가서 저녁 먹어. 들로리스한테 내 키스 전해주고."

허브는 계속 존 웨인 스타일로 응대했다. "거 무슨 되도 않을 소리를. 그녀에게는 내 키스를 전하겠소, 필그림."

'큰소리 뻥뻥 치시는군, 필그림…….'

모트는 공포와 충격이 솟구치는 바람에 하마터면 비명을 지를 뻔했다. 단어도 같고, 누가 들어도 빤하게 높낮이 없이 뒤를 길게 늘이는 말투도 같았다. 슈터가 그의 전화를 도청한 것이다. 누구에게 연락하건 어느 전화번호를 누르건 존 슈터가 받았다. 허브 크리크모어는 그의 또 다른 필명이 되었고…….

"모트? 내 말 듣고 있는 거야?"

그는 눈을 감았다. 허브가 어설픈 존 웨인 흉내를 그치자 괜찮아졌다. 이제 다시 허브로 돌아왔고 예전에도 늘 허브였다. 허브가 그 단어를 쓴 것은 단지…….

단지 뭐?

'우연의 일치 퍼레이드에 참가한 또 하나의 꽃수레일 뿐이라고? 그래. 그렇겠지. 상관없어. 길가에 가만히 서서 꽃수레가 지나가는 걸 보고 있을게. 뭐 어때? 그보다 더 큰 수레도 이미 대여섯 대 보았는걸.'

"듣고 있어, 허브." 그는 눈을 뜨며 말했다. "내가 그대를 얼마나 사랑하는지 가늠하고 있었지. 하나하나 따져보면서."

"실없기는." 좋아하는 목소리였다. "이 문제를 조심스럽고 신중하게 처리해줄 거지?"

"응."

"그럼 난 이제 내 인생의 빛과 함께 저녁 먹으러 갈게."

"그러는 게 좋겠다. 안녕, 허브……. 그리고 고마워."

"별말씀을. 모레까지 도착할 수 있게 할게. 디도 안부 전해달래."

"아까부터 와인을 그렇게 따르고 싶어 했는데 그럴 만도 하지."

두 사람은 웃으며 전화를 끊었다.

전화기를 테이블에 내려놓자마자 상상이 다시 시작됐다. 슈터. 여러 목소리로 경찰 놀이를 하고 있는 자. 모트는 혼자였고 날은 어두웠으니 상상의 나래를 펼치기에 알맞은 환경이었다. 그는 존 슈터가 초자연적인 존재이거나 초특급 범죄자일 거라고 믿지는—적어도 이성적으로는—않았다. 만약 그가 초자연적인 존재라면 모턴 레이니가 표절을 하지 않았다는 것—적어도 그 작품에 한해서는—을 알 테고 만약 초특급 범죄자라면 은행이나 뭐 그런 데를 털지, 장편소설로 더 많은 돈을 번 작가에게 단편소설 하나 얻어내려고 메인 주 서부를 얼쩡거리지는 않을 것이다.

그는 서재의 워드프로세서 앞에 앉으려고 거실 쪽으로 천천히 되돌아가다 어떤 생각 하나가

(적어도 그 작품에 한해서는)

떠오르자 걸음을 멈추었다.

적어도 그 작품에 한해서는, 이라니 그게 도대체 무슨 뜻일까? 다른 사람의 작품은 훔친 적이 있다는 뜻일까?

모트는 슈터가 원고 뭉치를 들고 찾아온 이래 처음으로 이 문제를 놓고 심각하게 고민했다. 그의 작품에는 독창적이지 않다는 서평이 많이 달렸다. 대부분 흔한 이야기들로 이루어져 있다는 것이었다. 에이미가 읽어주었던 『손풍금을 연주하는 아이』 서평이 생각

났다. 처음에는 속도감과 가독성이 있다고 하더니 구성이 진부하다고 했다. 그녀는 그 서평을 읽고 나서 이렇게 말했다. "그래서 뭐? 세상에는 훌륭한 주제가 다섯 개밖에 없고 작가들은 서로 다른 등장인물을 내세워서 그 주제를 재탕 삼탕한다는 걸 사람들은 모르는 거야?"

모트는 주제가 아무리 못해도 여섯 개는 된다고 생각했다. 성공, 실패, 사랑과 실연, 복수, 뒤바뀐 신원, 신이 됐던 악마가 됐던 한 차원 높은 존재를 찾아나서는 길. 그는 앞선 네 가지 주제를 집요하게 몇 번씩 재탕했고, 이제 와 생각해보면 「씨 뿌리는 계절」에는 최소 세 가지 주제가 담겨 있었다. 그걸 표절이라고 할 수 있을까? 그렇다면 이 세상의 모든 소설가가 유죄였다.

표절은 노골적인 절도 행위다. 그리고 그는 평생 그런 짓을 저지른 적이 없었다. 절대로.

"절대로." 그는 전장으로 나가는 전사처럼 고개를 들고 눈을 부릅뜬 채 뚜벅뚜벅 서재로 들어갔다. 그리고 그곳에 한 시간 동안 앉아 있었지만 한 글자도 쓰지 못했다.

26

워드프로세서 앞에서 아무 소득 없는 시간을 보내고 나니 저녁을 먹지 말고 술이나 마시는 게 좋겠다는 생각이 들었다. 그가 물로 희석한 버번을 두 잔째 마시고 있었을 때 다시 전화벨이 울렸다. 그는 자동 응답기가 있었으면 좋겠다는 생각을 하며 조심스럽게 전화기

쪽으로 다가갔다. 자동 응답기에는 훌륭한 장점이 한 가지 있었다. 발신 번호를 보고 친구와 적을 구분할 수 있다는 것.

그는 현대식 전화벨 소리가 정말 듣기 싫다는 생각을 하며 우유부단하게 그 앞에 서 있었다. 예전에는 종소리였다. 심지어 명랑하게 딸랑거렸다. 그런데 요즘 전화는 편두통이 나려고 할 때 들리는 높고 날카로운 소리를 내며 울부짖었다.

'전화를 받을 거냐 아니면 그냥 그렇게 서서 벨 소리를 듣고만 있을 거냐?'

'그 자식하고 다시 통화하고 싶지 않아. 통화하면 무섭고 화가 나는데 둘 중에서 어느 쪽이 더 싫은지 모르겠어.'

'그 자식이 아닐 수도 있잖아.'

'그 자식일 수도 있잖아.'

계속 돌고 도는 두 가지 목소리를 듣고 있는 것이 날카롭게 따르릉거리는 전화벨을 듣고 있는 것보다 더 끔찍했기 때문에 그는 수화기를 집어서 무뚝뚝하게 "여보세요" 하고 말했다. 알고 보니 전혀 해로울 게 없는 관리인 그레그 카스테어스였다.

그레그는 집이 어떻게 되었느냐고 이제는 인이 박인 질문을 했다. 모트는 했던 대답을 재탕하며 사건에 대해 설명하는 것이 돌연사에 대해 설명하는 것과 비슷하다는 생각을 했다. 충격을 극복하는 데 좋은 방법이 한 가지 있다면 기정사실을 끊임없이 반복해 재생하는 것이었다.

"저기요, 모트 씨, 오늘 오후 늦게 드디어 톰 그린리프를 만났어요." 모트는 그레그의 말투가 수상쩍었다. 조심스러워하는 것처럼 들렸다. "소니 트로츠랑 같이 감리교회 교구관을 칠하고 있더라고요."

"아, 그래요? 제 친구에 대해서 물어보셨어요?"

"네, 물어봤어요." 그레그가 대답했다. 그 어느 때보다 조심스러운 말투였다.

"그런데요?"

짧은 정적이 흘렀다. 잠시 후에 그레그가 말했다. "톰이 그러는데 모트 씨가 요일을 착각한 것 같대요."

"요일을 착각하다니…… 무슨 말이에요?"

"저기……." 그레그가 미안해하는 투로 말했다. "어제 오후에 레이크 드라이브를 내려오면서 모트 씨를 보긴 했대요. 손을 흔들었더니 모트 씨도 손을 흔들었다고 하고요. 그런데요, 모트 씨……."

"뭔데요?" 모트는 무슨 말을 듣게 될지 알 것 같았다.

"톰 말로는 모트 씨가 혼자 있었다고 하던데요." 그레그가 말을 맺었다.

27

모트는 한참 동안 아무 말도 하지 않았다. 아무 말도 할 수가 없었다. 그레그도 말없이 그에게 생각할 시간을 주었다. 물론 톰 그린리프가 빠릿빠릿하다고 볼 수 없었다. 데이브 뉴섬보다 적어도 세 살, 어쩌면 여섯 살 더 많았다. 하지만 노망이 나지는 않았다.

"맙소사." 마침내 모트가 말했다. 나지막이 속삭였다. 그는 조금 숨이 찼다.

"제 생각에는요." 그레그가 쭈뼛쭈뼛 말했다. "톰이 살짝 착각한 게 아닐까 싶어요. 아시다시피 그 사람이……."

"빠릿빠릿하지는 않다, 이거죠?" 모트가 대신 말끝을 맺었다. "나도 알아요. 하지만 태시모어를 통틀어서 낯선 사람을 보는 눈이 톰보다 나은 사람도 없잖아요. 평생 낯선 사람들의 얼굴을 외우면서 살아왔으니까. 관리인들이 하는 일이 그거 아니에요?" 모트는 망설이다 버럭 소리를 질렀다. "톰은 우리를 봤어요! 우리 둘 다 똑바로 봤다고요!"

그레그는 농담인 척 조심스럽게 말했다. "꿈속에서 만난 친구가 아닌 거 확실해요, 모트 씨?"

"그럴 수도 있다는 생각은 안 해봤어요." 모트는 느릿느릿 대답했다. "지금까지는. 내가 돌아다니면서 사람들한테 있지도 않은 일을 정말 있었던 일이라고 하면 미친 사람처럼 보이겠죠?"

"아, 저는 그렇게 생각하지 않아요." 그레그가 황급히 말했다.

"나는 그렇게 생각해요." 모트는 대답하고 이런 생각을 했다. '어쩌면 그가 진짜로 바라는 게 이것일 수 있어. 사람들에게 내가 제정신이 아니라는 인식을 심는 것. 그리고 결국에는 그것을 진실로 만드는 것.

그래. 맞아. 그러려고 톰 그린리프하고 작당을 한 거야. 사실, 슈터가 여기 남아서 고양이를 처치하는 동안 톰이 데리에 가서 집에 불을 질렀을 수도 있잖아?

이제 생각해보자. 곰곰이 생각해보자. 그가 데리에 갔을까? 그가 정말 거기 갔을까?'

그래서 모트는 생각해보았다. 그의 인생을 통틀어 그 어느 때보다 열심히 생각해보았다. 한 침대에 누워 있는 에이미와 테드를 본 오월의 그날 이후 두 사람을 어떻게 해야 할지 고민했을 때보다 더 열심히 생각해보았다. 존 슈터가 허깨비였나?

그는 슈터가 얼마나 잽싸게 자신을 붙잡아서 차로 내동댕이쳤는지 다시금 생각해보았다.

"그레그 씨?"

"말씀하세요, 모트 씨."

"톰이 차도 보지 못했대요? 미시시피 번호판이 달린 낡은 스테이션왜건이었는데."

"어제 레이크 드라이브에서 본 차가 없대요. 호수로 내려가는 길 끝에 모트 씨 혼자 서 있었대요. 그래서 모트 씨가 풍경을 감상하는 줄 알았대요."

'이건 실제 상황일까 아니면 환상일까?'

슈터가 그의 위 팔뚝을 얼마나 세게 붙잡았는지, 얼마나 잽싸게 그를 차로 내동댕이쳤는지 계속 생각났다. "거짓말." 슈터는 그렇게 말했었다. 모트는 분노가 얽힌 그의 눈빛을 보았고, 숨결에서 건조한 계피 향을 맡았다.

그의 손.

그의 손이 누르던 느낌.

"그레그 씨, 잠깐만 끊지 말고 기다려주세요."

"알았어요."

모트는 수화기를 내려놓고 소매를 걷으려고 했다. 손이 심하게 떨려서 잘 걷어지지 않았다. 그래서 셔츠 단추를 풀고 벗어서 팔을 내밀었다. 처음에는 아무것도 보이지 않았다. 하지만 팔을 최대한 밖으로 돌리자 팔꿈치 바로 위에 누레져가는 멍이 있었다.

존 슈터가 그를 잡아서 차 쪽으로 내동댕이쳤을 때 엄지손가락이 남긴 자국이었다.

그는 문득 깨달음을 얻고 걱정스러워졌다. 자신이 걱정된 것은 아니었다.

톰 그린리프가 걱정됐다.

28

그는 수화기를 집었다. "그레그 씨?"

"말씀하세요."

"대화를 나누었을 때 톰이 별문제 없어 보이던가요?"

"피곤해 보였어요." 그레그는 곧장 이렇게 대답했다. "바보 같은 늙은이가 찬바람 속에서 하루 종일 뭐하러 비계를 기어다니며 칠을 했는지 모르겠어요. 그 나이에. 얼른 침대에 눕지 못하면 당장이라도 옆에 쌓아둔 낙엽 더미 위로 쓰러질 것처럼 보이더라니까요? 무슨 생각하는지 알겠어요, 모트 씨. 너무 피곤하면 깜빡할 수도 있다는 거죠? 하지만……."

"아뇨, 그게 아니에요. 그냥 피곤해 보이고 끝이었어요? 겁에 질린 눈치는 아니었고요?"

이번에는 수화기 저편에서 생각에 잠긴 듯한 정적이 한참 동안 이어졌다. 모트는 조바심이 났지만 정적을 깨지 않았다. 그레그에게 생각할 시간을 충분히 주고 싶었다.

"평소하고 달랐어요." 마침내 그레그가 말했다. "왠지 모르게…… 정신을 딴 데 둔 사람처럼 멍해 보이더라고요. 피곤해서 그런가 보다 했는데 아닐 수도 있어요. 전혀 아닐 수도 있어요."

"뭔가를 숨기느라 그런 거 아닐까요?"

이번에는 침묵이 길지 않았다. "잘 모르겠어요. 그랬을 수도 있죠. 장담 못 하겠어요. 모트 씨 이야기를 듣고 보니 톰을 더 오래 붙잡고 집요하게 물어볼걸 그랬다는 생각이 드네요."

"집으로 찾아가보는 게 좋겠어요. 지금 당장. 내 말대로 내 친구랑 나랑 둘이 있었던 게 맞아요, 그레그 씨. 만약 톰이 다른 소리를 했다면 내 친구 때문에 죽도록 무서워서 그런 거예요. 같이 가봅시다."

"알았어요." 그레그는 걱정하는 투로 바뀌었다. "하지만 알다시피 톰은 쉽게 겁을 먹는 성격이 아니에요."

"예전에는 그랬을지 모르지만 지금은 나이가 아무리 못해도 일흔다섯이잖아요. 나이를 먹을수록 겁이 더 많아질걸요?"

"그럼 거기서 만날까요?"

"좋아요." 모트는 전화를 끊고 남은 버번을 개수대에 버린 다음 뷰익을 몰고 톰 그린리프의 집으로 향했다.

29

모트가 도착해보니 그레그의 차가 집 앞 진입로에 세워져 있었다. 톰의 스카우트는 뒷문 앞에 있었다. 그레그는 옷깃을 세운 플란넬 재킷을 입고 있었다. 호수에서 불어오는 바람이 불쾌하게 느껴질 만큼 날카로웠다.

"톰은 아무 일 없어요." 그는 모트를 보자마자 이렇게 말했다.

"어떻게 알아요?"

둘 다 나지막이 속삭였다.

"톰의 스카우트가 보이길래 뒷문 쪽으로 갔죠. 오늘 힘들어서 일찍 잔다는 쪽지가 붙어 있더라고요." 그레그는 씩 웃으며 얼굴을 덮고 있는 긴 머리를 쓸어넘겼다. "볼일이 있는 단골들은 나한테 연락하라고도 적혀 있었고요."

"직접 쓴 쪽지였어요?"

"네. 큼지막하게 휘갈겨 쓴 노인네 글씨였어요. 그 글씨체는 어디에서든 한눈에 알아볼 수 있어요. 건물을 둘러가서 침실 창문을 들여다보았죠. 거기 있더라고요. 창문은 닫혔지만 유리가 깨지지 않는 게 신기할 정도로 엄청나게 코를 골고 있어요. 직접 확인해보실래요?"

모트는 한숨을 쉬고 고개를 저었다. "여전히 뭔가가 이상해요, 그레그 씨. 톰은 우리를 봤어요. 우리를 둘 다 봤어요. 톰이 지나가고 몇 분 지났을 때 그 친구가 열받아서 내 팔을 잡았거든요. 그때 생긴 멍이 있어요. 원하면 보여줄게요."

그레그는 고개를 저었다. "모트 씨 말을 믿어요. 생각하면 할수록 그가 모트 씨를 보긴 했지만 혼자였다고 했을 때의 말투가 마음에 걸려요. 뭔가…… 평소하고 달랐어요. 아침에 다시 한번 얘기해 볼게요. 같이 만나볼래요?"

"그러면 좋겠는데. 몇 시에 만날까요?"

"9시 반쯤 교구 회관에서 어때요? 그쯤이면 커피를 두세 잔 마신 다음일 테니—커피 마시기 전에는 톰에게 싫은 소리하면 안 되거든요—빌어먹을 비계에서 잠깐 내려오게 할 수 있어요. 어쩌면 그의 목숨을 구할 수 있을지도 모르고. 어때요?"

"좋아요." 모트는 손을 내밀었다. "괜히 먼 걸음하게 해서 미안해요."

그레그는 고개를 저었다. "미안해할 것 없어요. 왠지 느낌이 이상하거든요. 내가 그런 방면에 소질도 있고 궁금하기도 해서 이유를 밝혀내고 싶네요."

모트는 다시 뷰익에 올라탔고 그레그는 자기 트럭 운전석에 올랐다. 그들은 지쳐서 곯아떨어진 노인을 남겨두고 서로 반대 방향으로 출발했다.

모트는 거의 새벽 3시까지 잠을 이루지 못했다. 시트가 꾸깃꾸깃해질 때까지 이리 뒤척 저리 뒤척 하다 더이상 견디지 못할 지경에 이르렀다. 그는 결국 몽롱한 상태로 거실 소파로 걸어갔다. 말썽꾸러기 커피 테이블에 정강이를 부딪히고 단음으로 욕을 내뱉은 다음 소파에 누워서 쿠션으로 머리를 받쳤다. 그러자마자 곧바로 시커먼 구멍 속으로 빨려 들어갔다.

30

다음날 아침 8시에 눈을 떴을 때 그는 몸이 괜찮은 줄 알았다. 소파 아래로 다리를 내려놓고 일어나 앉을 때까지만 해도 그런 줄 알았다. 하지만 그 순간 비명에 가까운 신음 소리가 입에서 새어 나왔고, 일어나 앉은 지 일 초 만에 허리와 양쪽 무릎과 오른팔을 한꺼번에 붙들 방법이 있었으면 좋겠다는 생각이 들었다. 그는 그중에서도 가장 상태가 심각한 팔을 붙들고 있기로 했다. 어디에선가 읽은 바에 따르면 인간은 공포에 질렸을 때 초자연적인 힘을 발휘할 수 있다고 했다. 차를 들어서 아래 깔린 아이를 구하거나 맨손으로 사나운 도베르만을 죽일 때는 아무것도 느끼지 못했다가 공포가 썰물처럼 사라지면 그제야 얼마나 무리했는지 깨닫는다고 했다. 이제는 그 말을 믿을 수가 있었다. 그가 2층 화장실 문을 하도 힘차게 열어젖히는 바람에 경첩 하나가 뜯겨나갔다. 부지깽이는 얼마나 강하게 휘둘렀을까? 오늘 아침 허리와 오른팔의 느낌을 보면 얼마나 세게 휘둘렀을지 생각하고 싶지 않았다. 분노가 가라앉은 눈에 2층의 피해 상황이 어떻게 비쳐질지도 생각하고 싶지 않았다. 그래도 피해를 자기 손으로 복구해야 한다는—어떻게 해서든 최대한 멀쩡하게—것만큼은 분명했다. 그레그 카스테어스는 말로는 아니라고 하지만 모트의 정신 상태를 심각하게 의심하고 있었다. 부서진 욕실문, 찢긴 욕조 칸막이, 산산조각이 난 수납장을 보이면 그레그의 의심을 해소하는 데 아무 도움이 되지 않을 것이었다. 그의 정신 상태가 이상해졌다고 사람들을 설득하려는 게 슈터의 의도일지 모른다고 생각했던 기억이 났다. 맑은 정신으로 상황을 점검해보니 전혀 얼토당토않은 짐작 같지 않았다. 오히려 어느 때보다 논리적이고 그럴듯하게 느껴졌다.

하지만 그는 한 시간 반 뒤에 교구 회관에서 그레그를 만나서—이제는 한 시간 반도 안 남았다—톰 그린리프와 이야기를 나누어 보기로 약속이 되어 있었다. 여기 앉아서 어디가 아픈지 따져본들 아무 도움도 되지 않았다.

모트는 억지로 일어나서 안방으로 천천히 걸어갔다. 김이 모락모락 날 정도로 뜨거운 물을 틀고 아스피린 세 알을 삼킨 다음 욕조로 기어들었다.

욕조에서 나왔을 무렵에는 아스피린의 약효가 발휘되기 시작했고 그럭저럭 하루를 버틸 수 있을 것 같았다. 기분이 썩 좋지는 않을 테고 날이 저물 무렵이면 하루가 칠 년처럼 느껴질지 모르겠지만 그래도 버틸 수 있을 것 같았다.

'오늘이 이틀째야.' 그는 옷을 갈아입으면서 생각했다. 불안한 마음에 뱃속에서 경련이 일었다. '내일이 그가 정한 데드라인이고.' 그러자 맨 처음에는 에이미가, 그다음에는 슈터가 한 말이 생각났다. '웬만하면 그 여자는 끌어들이지 않고 싶은데 너 때문에 선택의 여지가 없다는 생각이 들기 시작하는군.'

속에서 다시 경련이 일었다. 그 미친 새끼가 처음에는 범프를 죽이더니 그런 다음에는 톰 그린리프를 협박했고 (협박한 게 분명했다) 이제 와 생각해보면 데리 집에 불을 질렀을 가능성도 있었다. 처음부터 알고 있었지만 인정하고 싶지 않았을 뿐이었다. 집에 불을 질러서 잡지를 없애려는 것이 슈터의 일차적인 목표였다. 슈터처럼 제정신이 아닌 인간은 다른 데서도 그 잡지를 구할 수 있다는 생각을 하지 못했을 것이다. 정신병자가 세상을 바라보는 틀 안에 그런 인식은 없었다.

그렇다면 범프는? 계획에 없던 짓이었을지 모른다. 슈터가 찾아왔을 때 고양이가 현관에 앉아서 문을 열어주길 기다리는 것을 보고, 모트가 아직 자고 있는 것을 보고 즉흥적으로 고양이를 죽인 것이다. 그러고 나서 금세 데리까지 다녀오려면 빠듯했겠지만 불가능한 일은 아니었다. 전부 앞뒤가 맞았다.

그런 그가 이제 에이미를 끌어들이겠다는 협박을 하고 있었다.

'에이미한테 조심하라고 해야겠어.' 그는 셔츠 자락을 바지 안으로 집어넣으면서 생각했다. '아침에 전화해서 다 털어놓아야겠어. 이 남자를 나 혼자서 처리하는 건 그렇다 치고. 어떤 미친놈이 내가 진심으로 사랑했던 여자를 그녀가 전혀 알지 못하는 상황 속으로 끌어들이겠다는데 가만히 보고만 있는 건…… 안 될 일이지.'

맞는 말이었다. 하지만 먼저 톰 그린리프를 만나서 진실을 실토하게 만들어야 했다. 슈터가 정말로 이 근처를 활보하고 있고 위험한 인물이라는 톰의 확증이 없으면 모트의 행동이 의심스러운 짓거리 아니면 미친 짓거리로 보일 가능성이 컸다. 아니, 양쪽 모두로 보일 가능성이 컸다. 그러니까 톰부터 만나야 했다.

하지만 그는 감리교회 교구 회관으로 그레그를 만나러 가기 전에 보위스에 들러서 젤다의 유명한 베이컨 치즈 오믈렛을 먹을 작정이었다. 군인도 배가 불러야 행진하는 법일세, 레이니 일병. 넵, 알겠습니다! 그는 현관으로 나가서 전화기 테이블 위 벽에 달린 나무 상자를 열고 뷰익 열쇠를 찾았다. 그런데 열쇠가 없었다.

그는 미간을 찌푸리며 부엌으로 들어갔다. 개수대 옆 조리대에 열쇠가 놓여 있었다. 그는 열쇠를 집어서 위로 던졌다가 손바닥으로 받으며 생각에 잠겼다. 어젯밤에 톰의 집에 다녀왔을 때 열쇠를 상자 안에 다시 넣지 않았나? 열심히 기억을 더듬었지만 장담할 수 없었다. 집에 들어오면 열쇠를 상자에 넣는 것은 워낙 몸에 밴 습관이라 깜빡하더라도 머릿속에 각인되지 않았다. 달걀 프라이를 좋아하는 남자에게 삼 일 전 아침에 뭘 먹었느냐고 물으면 기억하지 못한다. 워낙 자주 먹는 거라 달걀 프라이를 먹었겠거니 짐작할 수는 있지만 장담은 하지 못한다. 이것도 마찬가지다. 그는 다른 데 정신이 팔린 채 피곤하고 욱신거리는 몸을 끌고 집으로 돌아왔다. 그래서 기억이 나지 않았다.

하지만 꺼림칙했다.

아주 꺼림칙했다.

그는 집 뒤편으로 가서 뒷문을 열었다. 현관 널빤지 위에 존 슈터가 쓰고 다니던 까만색의 동그란 모자가 놓여 있었다.

모트는 한 손으로 자동차 열쇠를 쥐고 문 앞에 서서 모자를 쳐다보았다. 아래로 늘어뜨려진 열쇠 고리 놋쇠 장식이 아침 햇살을 받고 반짝였다. 그는 귓전을 때리는 심장 소리를 들을 수 있었다. 맥박이 천천히, 조심스럽게 뛰었다. 그는 한편으로 이런 상황을 예상했었다.

모자는 슈터가 원고를 두고 간 바로 그 자리에 놓여 있었다. 그리고 그 너머로 보이는 집 앞 진입로에 뷰익이 세워져 있었다. 간밤에 돌아왔을 때 집 옆에 세워놓았는데—그건 확실히 기억했다—이제 보니 거기 있었다.

"무슨 짓을 한 거야?" 모트 레이니가 아침 햇살에 대고 느닷없이 고함을 지르자 저쪽 숲속에서 태평하게 재잘거리던 새들이 입을 다물었다. "도대체 무슨 짓을 한 거야?"

하지만 슈터가 근처에서 지켜보고 있었다 한들 아무 대답도 하지 않았다. 어쩌면 자신이 무슨 짓을 저질렀는지 모트가 금세 알아낼 거라고 생각했기 때문일 수도 있었다.

31

뷰익의 재떨이가 열려 있고 안에 담배꽁초가 두 개비 들어 있었다. 필터가 없는 담배였다. 모트는 혐오감에 얼굴을 일그러뜨리고 슈터가 피우는 폴 몰이 분명하다는 생각을 하며 손끝으로 한 개비를 집었다. 그의 짐작이 맞았다.

열쇠를 돌리자 단박에 시동이 걸렸다. 집에서 나왔을 때 차가 공회전하는 소리를 듣지 못했는데 예열이라도 해놓은 것처럼 그랬다. 이제 슈터의 모자는 트렁크 안에 들어 있었다. 모트는 담배꽁초를 집었을 때처럼 역겨워하며 손끝으로 챙을 집었다. 모자 아래에는 아무것도 없었고, 안에도 땀에 전 낡은 밴드말고는 아무것도 없었다. 하지만 땀보다 더 아리고 톡 쏘는 냄새를 풍겼다. 뭔지 알 것 같은데 정확하게 콕 집어서 말할 수 없는 냄새였다. 나중에 생각이 날 수도 있었다. 그는 모자를 뷰익 뒷자리에 두었다가 한 시간도 안 돼서 그레그와 톰을 만나야 한다는 사실을 떠올렸다. 그들에게 모자를 보여주고 싶지 않았다. 왜 그런지 정확한 이유는 알 수 없었지만 오늘 아침에는 의심하기보다 직감을 따르는 편이 좋을 것 같았기 때문에 모자를 트렁크에 넣고 시내로 출발했다.

32

모트는 보위스로 가는 길에 톰의 집 앞을 지나쳤다. 이번에는 집 앞 진입로에 스카우트가 보이지 않았다. 잠깐 불안해졌지만 이내 나쁜 징조가 아니라 좋은 징조로 결론을 내렸다. 톰이 출근했다는 뜻이겠거니 했다. 어쩌면 그도 보위스에 있을 수 있었다. 톰은 홀아비라 드러그스토어의 간이식당에서 끼니를 해결할 때가 많았다.

태시모어의 공공 사업부 직원들 여럿이 카운터에 앉아서 커피를 마시며 다가오는 사슴 사냥 시즌에 대해 이야기를 나누고 있었지만 톰은

(죽었어 톰은 죽었어 슈터가 죽인 거야 그런데 누구 차를 몰고 가서 죽였게)

그 안에 없었다.

"모트 레이니!" 젤다 보위가 평소처럼 야구 외야석 관객 같은 쉰 목소리로 고함을 지르며 그를 맞이했다. 그녀는 키가 크고 밤색 머리는 북슬북슬하며 가슴이 풍만한 여자였다. "정말 오랜만이네요! 요즘 재미있는 소설 쓰고 있어요?"

"노력중이에요. 특별한 오믈렛 하나 만들어줄 수 있겠어요?"

"에이, 싫은데!" 젤다는 말해놓고 농담이라는 뜻에서 웃음을 터뜨렸다. 칙칙한 황록색 작업복을 입은 공공 사업부 직원들도 따라 웃었다. 모트는 더티 해리*가 트위드 스포츠 재킷 아래에 들고 다니던 큼지막한 총이 그에게도 있으면 좋겠다는 생각을 잠깐 했다. 쿵, 탕, 피융 하고 나면 여기도 조금이나마 질서가 잡힐지 모른다. "바로 만들어줄게요, 모트."

"고마워요."

그녀는 토스트, 커피, 오렌지주스와 함께 오믈렛을 들고 와서 아까보다 나지막이 말을 건넸다. "이혼했다는 얘기 들었어요. 안타까워라."

그는 떨림이 거의 없는 쪽 손으로 커피 머그잔을 들어 입술에 갖다 댔다. "고마워요, 젤다."

"몸은 잘 챙기고 있는 거예요?"

"뭐……. 노력중이에요."

"얼굴이 좀 안 좋아 보여서요."

"밤에 잠이 잘 안 올 때가 있네요. 조용한 게 아직 익숙하지 않은가 봐요."

"무슨 그런 헛소리를…… 혼자 자는 게 익숙하지 않은 거지. 자기가 어떤 행운을 누리는지 모르는 여자 때문에 평생 혼자 잘 필요

* 클린트 이스트우드 주연의 액션 영화 〈더티 해리〉의 주인공.

는 없는 거예요. 내가 이런 소리 한다고 기분 나빠하지 않았으면 좋겠는데……."

"괜찮아요." 모트는 이렇게 말했지만 사실은 괜찮지 않았다. 그는 젤다 보위가 뭣 같은 카운슬러 흉내를 낸다고 생각했다.

"이 마을이 보유한 유명 작가가 모트 씨밖에 없잖아요."

"다행이네요."

그녀는 웃으며 그의 귀를 잡아당겼다. 모트는 귀를 잡아당긴 손을 물어뜯으면 그녀가 뭐라고 할지, 칙칙한 황록색 작업복을 입은 거한들이 뭐라고 할지 잠깐 궁금해졌다. 그는 엄청난 유혹을 느끼고 조금 충격을 받았다. 다들 그와 에이미 이야기를 하고 있었던 걸까? 어떤 사람들은 그녀가 행운을 누리고도 그런 줄 몰랐다고 했고, 또 어떤 사람들은 가엾은 여자가 정신 나간 남자와 살다 지쳐서 뛰쳐나가기로 결심한 거라고 했는데, 다들 아무것도 모르면서 하는 소리였다. 좋았던 시절에 그와 에이미가 어떤 사이였는지 알지도 못하면서 하는 소리였다. 당연히 그럴 수밖에 없겠지. 그는 진절머리를 내며 생각했다. 그게 그들의 주특기니까. 신문에서 본 사람들을 놓고 이러쿵저러쿵.

오믈렛을 내려다보는데 먹기가 싫어졌다.

그래도 먹기 시작했고 거의 다 쑤셔넣는 데 성공했다. 오늘은 긴 하루가 될 예정이었다. 젤다 보위가 그의 얼굴과 애정 전선을 놓고 뭐라고 한들 그 사실에는 변함이 없었다.

그가 식사를 마친 뒤 아침과 신문값을 내고 가게를 나선 시각이 (공공 사업부 직원들은 오 분 먼저 일제히 철수했는데 그중 한 명은 조카

딸 생일이라며 사인을 받아갔다) 9시 5분이었다. 그는 운전석에 앉아서 데리 집 관련 기사를 찾느라 한참 동안 신문을 뒤적이다 3면에서 한 개를 발견했다. "레이니 저택 방화 사건의 단서를 전혀 찾지 못하는 데리 화재 조사관." 헤드라인은 이랬다. 기사 자체는 길이가 한 단의 절반도 안 됐다. 마지막 문장은 다음과 같았다. "『손풍금을 연주하는 아이』, 『델라코트 가족』과 같은 베스트셀러를 출간한 작가 모턴 레이니는 연락이 닿지 않았다." 그 말은 곧, 에이미가 신문사 측에 태시모어 전화번호를 알리지 않았다는 뜻이었다. 다행이었다. 그는 나중에 기회가 되면 그녀에게 고맙다는 인사를 전하기로 마음먹었다.

먼저 톰 그린리프부터 만나야 했다. 9시 20분쯤에 감리교회 교구회관에 도착할 수 있을 듯했다. 그 정도면 9시 30분까지 시간이 충분했다. 그는 기어를 넣고 출발했다.

33

교구 회관에 도착하고 보니 진입로에 서 있는 차가 한 대뿐이었다. 뒤에 캠핑카를 달고 있고 양쪽 문짝에 "소니 트로츠 페인트와 일반 목공 전문"이라고 적혀 있는 구닥다리 포드 브롱코였다. 키가 작고 마흔 살쯤 되었으며 민머리에 명랑한 눈빛이 특징인 소니가 비계 위에 서 있었다. 그가 거침없이 붓을 휘두르며 칠을 하는 가운데, 그의 옆에 놓인 대형 휴대용 카세트라디오에서는 에드 에임스인지 톰 존스인지 모를 라스베이거스풍의 노래가 흘러나오고 있었다. 아무튼 셔츠 단추를 세 개쯤 풀어놓고 부르는 그런 노래였다.

"소니 씨, 안녕하세요!" 모트가 큰 소리로 외쳤다.

소니는 에드 에임스인지 누구인지 모를 가수가 남자는 어떤 존재이며 어떤 특징이 있는지 묻는 노래와 거의 완벽하게 리듬을 맞추어가며 왔다 갔다 붓을 움직였다. 모트도 예전에 호른의 반주 없이 한두 번 자문한 적 있는 질문이었다.

"소니 씨!"

소니가 움찔했다. 그의 붓끝에서 흰색 페인트가 튀었고 순간 저러다 비계에서 떨어지지 않을까 하는 생각이 모트의 머릿속을 스치고 지나갔다. 하지만 잠시 후에 소니는 밧줄을 잡고 몸을 돌려서 아래를 내려다보았다. "아아, 레이니 씨!" 그가 말했다. "하마터면 간 떨어질 뻔했잖아요!"

모트는 그 소리에 왠지 모르게 디즈니가 만든 〈이상한 나라의 앨리스〉 영화 속 문손잡이가 생각나서 터지려는 웃음을 애써 참아야 했다.

"레이니 씨? 괜찮아요?"

"네." 모트는 고개를 모로 꼬고 침을 삼켰다. 천 년 전쯤에 교구 부속학교에서 배운 방법인데, 지금까지 써본 중에서 웃음을 참기에 가장 확실한 방법이었다. 효과가 좋은 방법들이 대부분 그렇듯 고통이 동반했다. "떨어지는 줄 알았어요."

"내가 그럴 리가요." 소니는 웃으며 말했다. 그는 새롭게 노래 감상의 여로를 시작한 휴대용 카세트라디오 볼륨을 죽였다. "톰은 떨어질지 몰라도 나는 안 떨어져요."

“톰은 어디 있어요? 할 얘기가 있는데.”

“아침 일찍 전화해서 오늘은 못 나오겠다고 하더라고요. 괜찮다고 했어요. 어차피 우리 둘이 매달려야 할 만큼 일이 많지도 않다고.”

소니는 비밀을 털어놓는 듯한 눈빛으로 모트를 내려다보았다.

“사실은 그렇진 않아요. 이번에는 톰이 너무 욕심을 부려서요. 노인네가 할 일이 아닌데. 허리를 아예 못 쓰겠대요. 정말 그런 것 같았어요. 평소 목소리가 아니더라고요.”

“그게 몇 시였는데요?” 모트는 애써 무심한 척 이렇게 물었다.

“일찍이었어요. 6시 정도. 내가 아침 운동을 하러 응가실로 들어가려던 참이었으니까. 나는 규칙적인 사람이거든요.” 굉장히 자랑스러워하는 목소리였다. “물론 톰은 내가 몇 시에 일어나서 하루 일과를 시작하는지 알고서 전화를 한 거죠.”

“목소리가 안 좋았다고요?”

“네. 평소하고 전혀 달랐어요.” 소니는 미간을 찡그리며 말을 멈추었다. 뭔가를 열심히 기억해내려는 것처럼 보였다. 잠시 후에 그는 어깨를 으쓱하고 하던 이야기를 계속했다. “어제 호수에서 부는 바람이 정말 엄청났거든요. 아마 감기에 걸렸나 봐요. 하지만 톰은 무쇠 인간이잖아요. 하루이틀이면 괜찮아질 거예요. 그보다는 자꾸 딴생각하면서 여길 걷는 게 더 걱정이에요.” 소니가 붓으로 비계 바닥을 가리키자 그의 신발 앞 널빤지 위로 하얀 페인트 방울들이 후두둑 떨어졌다. “제가 뭐 도와드릴 일이 있나요, 레이니 씨?”

“아니에요.” 두려움의 뭉치가 쭈글쭈글한 캔버스 조각처럼 심장 아래에 들어앉았다. "그나저나 그레그 봤어요?"

"그레그 카스테어스요?"

"네."

"오늘 아침에는 못 봤는데요. 그레그는 부잣집 나리들을 상대하잖아요." 소니는 웃음을 터뜨렸다. "그래서 우리보다 늦게 일어나요."

"그레그랑 여기서 같이 톰을 만나기로 했는데. 앞에서 잠깐 기다려도 될까요? 그레그가 올지도 몰라서요."

"좋을 대로 하시죠. 음악 틀어도 괜찮아요?"

"그럼요."

"요즘은 우와 소리가 절로 나오는 텔레비전 프로그램 녹화 테이프를 전화를 걸어 살 수 있어요. 신용카드 번호만 알려주면 돼요. 심지어 전화 요금 낼 필요도 없어요. 수신자 요금 부담 번호라." 그는 휴대용 카세트라디오 위로 허리를 숙이더니 진지한 눈빛으로 모트를 내려다보았다. "이건 로저 위태커예요." 그는 존경심이 담긴 목소리로 나지막이 중얼거렸다.

"아."

소니가 재생 버튼을 눌렀다. 로저 위태커가 그들에게 너무 욕심을 부리던 시절이 있었음을 고백했다(다들 알지 않느냐는 식이었다). 그것 역시 모트가 호른의 반주 없이 한 적 있는 고백이었다. 모트는 앞길로 어슬렁어슬렁 걸어가서 셔츠 주머니를 멍하니 두드렸다. 이제 끈질긴 생존자가 한 개비로 줄어든 묵은 L&M 담뱃갑이 놀랍게도 그 안에 들어 있었다. 그는 고약한 맛에 대비해서 몸을 움츠리며 마지막 담배에 불을 붙였다. 그렇게 나쁘지 않았다. 세월이 앗아갔는지…… 거의 아무 맛도 느껴지지 않았다.

세월이 앗아간 게 어디 그것 하나뿐일까.

맞는 말이다. 생뚱맞지만 맞는 말이었다. 그는 담배를 피우며 길을 쳐다보았다. 이제는 로저 위태커가 그와 소니에게 짐을 가득 실은 배가 항구에 정박해 있다고, 조만간 영국을 향해 출발할 거라고 알렸다. 소니 트로츠는 구절마다 마지막 단어를 따라 불렀다. 자동차와 트럭들이 23번 도로를 오갔다. 그레그의 포드 레인저는 오지 않았다. 모트가 담배를 버리고 손목시계를 확인하니 9시 45분이었다. 그는 시간 약속을 종교처럼 엄수하는 그레그가 오지 않으리란 사실을 깨달았다.

'슈터가 그 둘을 처치한 거야.

아, 말도 안 돼! 잘 알지도 못하면서!

알아. 모자. 차. 열쇠.'

넌 지금 성급하게 결론을 내리는 정도가 아니라 무작정 단정하고 있어.

모자. 차. 열쇠!

그는 몸을 돌려서 비계 쪽으로 다시 걸어갔다. "아무래도 그레그가 깜빡한 모양이에요." 그가 말했지만 소니는 듣지 못했다. 소니는 페인트칠이라는 예술과 로저 위태커의 혼에 젖어서 앞뒤로 몸을 흔들고 있었다.

모트는 차에 올라타서 출발했다. 그는 생각에 잠기는 바람에 소니가 부르는 소리를 듣지 못했다.

생각에 잠기지 않았더라도 노래에 묻혀서 듣지 못했을 것이다.

34

10시 15분에 집으로 돌아온 그는 차에서 내려 집으로 걸었다. 반쯤 왔을 때 다시 차로 돌아가서 트렁크를 열었다. 꼿꼿하게 그 자리를 지키고 있는 까만색 모자가 상상의 화원에 앉아 있는 두꺼비처럼 보였다. 그는 이번에는 까다롭게 굴지 않고 모자를 대충 집어서 트렁크를 닫고 집안으로 들어갔다.

그는 이제 뭘 하면 좋을지 망설이며 현관 앞 복도에 서 있다가…… 느닷없이 모자를 머리에 얹었다. 그러면서 독주를 스트레이트로 한 모금 꿀꺽한 사람이 그러듯 몸서리를 쳤다. 몸서리는 이내 가라앉았다.

모자는 제법 잘 맞았다.

그는 천천히 안방으로 들어가서 불을 켜고 거울 앞에 자리를 잡았다. 하마터면 웃음을 터뜨릴 뻔했다. 그랜트 우드가 그린 〈아메리칸 고딕〉에서 쇠스랑을 들고 있는 남자처럼 보였던 것이다. 그림 속의 남자는 대머리인데도 닮았다. 모자는 슈터가 썼을 때 그랬던 것처럼 모트의 머리를 귀 끝까지 완전히 덮었다(슈터가 대머리인지 아닌지 그건 아직 알 수 없었다. 그의 모자가 이제 모트에게로 넘어왔으니 다음번에 만나면 확실히 알 수 있겠지만). 꼴이 우스웠다. 폭소가 터질 정도였다.

그때 그의 머릿속에서 잠시도 가만히 있을 줄 모르는 목소리가 들렸다. '그걸 쓴 이유가 뭐야? 누굴 닮고 싶어서? 그자를?' 그러자 웃음기가 가셨다. 애초에 모자를 쓴 이유가 뭐였을까?

'그가 원하는 바였기 때문이지.' 잠시도 가만히 있을 줄 모르는 목소리가 조용히 말했다.

그래? 하지만 왜? 슈터는 왜 모트가 자기 모자를 써주길 바랐을까?

'어쩌면 그는 네가…….'

응? 그는 잠시도 가만히 있을 줄 모르는 목소리를 다그쳤다. 어쩌면 그는 내가 뭐?

목소리가 사라진 줄 알고 그가 전등 스위치 쪽으로 손을 뻗는데 목소리가 다시 들렸다.

'……혼란스러워지길 바라는지도 몰라.'

그때 전화벨이 울리는 바람에 그는 펄쩍 뛰었다. 죄를 지은 사람처럼(아내의 속옷을 입어보다 들킨 사람처럼) 모자를 홱 벗고 그레그일 거라고, 톰이 그레그의 집에 있는 거라고 짐작하며 전화를 받으러 갔다. 분명 그랬을 것이다. 톰이 그레그에게 전화해서 슈터와 슈터의 협박에 대해 전하자 그레그가 노인네를 자기집으로 데리고 갔을 것이다. 그를 보호하기 위해서. 어찌나 앞뒤가 딱딱 맞아떨어지는지 진작 생각하지 못한 게 믿기지 않을 정도였다.

그런데 그레그가 아니었다. 허브 크리크모어였다.

"다 처리됐어." 허브가 명랑한 목소리로 말했다. "메리앤이 손을 써주었어. 정말 좋은 친구라니까."

"메리앤?" 모트는 바보처럼 물었다.

"《엘러리 퀸 미스터리 매거진》의 메리앤 재프리!" 허브가 말했다. "《엘러리 퀸 미스터리 매거진》. 「씨 뿌리는 계절」. 1980년 6월

호. 기억 못 하는 건 아닙죠, 주인님?"

"아. 아, 잘됐네! 고마워, 허브! 확실한 거지?"

"응. 내일이면 받아볼 수 있을 거야. 복사본말고 실물을. 펜실베이니아 페덱스로 배달될 거야. 슈터 씨한테서 다른 소식은 없어?"

"아직은." 모트는 말하며 손에 쥔 까만색 모자를 내려다보았다. 특이하고 도발적인 냄새가 여전했다.

"뭐, 무소식이 희소식이라고 하잖아. 경찰한테는 얘기했어?"

그가 허브에게 그러겠다고 약속했던가? 정확하게 기억이 나지 않았지만 그런 모양이었다. 아무튼 쓸데없는 모험은 자제하는 것이 상책이었다. "응. 데이브 뉴섬 노인네가 엄청난 관심을 보이지는 않더라고. 장난치는 거 아니냐면서." 선심을 쓴 허브에게 거짓말을 하려니 영 찜찜했지만 사실대로 털어놓은들 무슨 의미가 있겠는가? 너무 황당하고 복잡한 일이었다.

"아무튼, 경찰에 신고했다 이거지? 내 생각에는 그게 중요한 거야, 모트. 진짜로."

"응."

"또 필요한 건 없어?"

"응……. 이번 일 정말 고마워. 덕분에 살았어." 그는 그냥 하는 말이 아니라 진심이라는 생각이 들었다.

"뭘. 작은 마을에서는 페덱스가 대부분 우체국까지만 배달된다는 거 잊지 마. 알았지?"

"알았어."

"새 책은 어떻게 돼가고 있어? 전부터 진짜 묻고 싶었는데."

"잘돼가고 있어!" 모트는 큰 소리로 외쳤다.

"음, 다행이네. 이 남자를 떼어내고 일에 전념해야지. 자네나 나보다 훨씬 훌륭한 남자들도 일을 통해 구원을 받은 경우가 많잖아, 모트."

"알아. 여자친구한테 안부 전해줘."

"고마워. 자네도……." 허브는 갑자기 말을 하다 말았고, 모트는 입술을 깨무는 그의 모습이 머릿속에 그려질 듯했다. 이별은 적응하기 어려운 법이었다. 발을 절단한 환자들도 발이 여전히 있는 것처럼 느껴진다고 하지 않던가. "잘 지내." 그는 이렇게 말을 맺었다.

"알았어. 안녕, 허버트."

그는 천천히 뒷마루로 나가서 호수를 내려다보았다. 오늘은 배가 한 척도 없었다. '또 무슨 일이 벌어지더라도 내가 한발 앞서고 있어. 빌어먹을 잡지를 보여주면 돼. 그걸 보고 그 인간이 고분고분해지지는 않겠지만…… 고분고분해질 수도 있지. 그는 제정신이 아니고 그 유명한 미친 족속들이 뭘 하고 뭘 하지 않을지는 아무도 모르는 거니까. 그게 그들의 애매모호한 매력이야. 뭐든 가능하다는 거.'

그는 심지어 그레그가 집에 있을 가능성도 있다는 생각이 들었다. 교구 회관에서 만나기로 약속한 것을 깜빡했거나 이 사건과 전혀 무관한 일이 생겼을지 모른다. 희망에 부푼 모트는 전화기로 가서 그레그의 번호를 눌렀다. 벨이 세 번 울렸을 때 그는 아내와 아이들이 처가에 간다고 그레그가 지난주에 말한 것이 기억났다. 메건이 내년에 학교에 입학하면 멀리 다니기 힘들어질 테니 그런다고 했다.

그러니까 그레그는 혼자 지내고 있었다.

(모자)

톰 그린리프처럼.

(차)

젊은 남편과 늙은 홀아비.

(열쇠)

어떤 식으로 처리했을까? 아니, 방송국에다 로저 위태커 테이프를 주문하는 것만큼이나 간단하지 않은가. 슈터가 톰 그린리프의 집을 찾아가지만 자기 스테이션왜건을 끌고 가지는 않는다. 범행을 만천하에 알리는 일이 될 테니 절대 안 될 말씀. 자기 차는 모트 레이니의 집 앞 진입로나 집 옆에 세워놓는다. 뷰익을 몰고 톰을 찾아간다. 톰을 압박해서 그레그에게 전화를 걸도록 한다. 전화를 받고 일어났을 그레그는 톰이 신경쓰여서 황급히 달려온다. 슈터가 이번에는 톰을 압박해서 소니 트로츠에게 전화해 몸이 안 좋아서 일을 하러 나가지 못하겠다고 말하게 한다. 슈터는 톰의 경정맥에 드라이버를 대고 시키는 대로 하지 않으면 딱한 노인네 신세를 면하지 못할 거라고 한다. 톰은 시키는 대로 하지만…… 별로 똑똑하지 못하고 이제 막 일어난 소니조차 톰이 평소답지 않다는 것을 느낀다. 슈터는 톰에게 드라이버를 휘두른다. 그리고 그레그 카스테어스가 도착하자 드라이버를—아니면 그 비슷한 물건을—그에게 휘두른다. 그러고 나서…….

'너 지금 제정신이 아니구나. 이건 히스테리 환자한테 단단히 잘못 걸려든 경우에 불과해. 그 이상도 그 이하도 아니야. 다시 한번

반복한다. 그, 이상도, 그, 이하도, 아니야.'

일리 있는 말이었지만 납득이 되지 않았다. 만족스럽지 않았다.

모트는 머리카락을 잡아당기고 배배 꼬며 1층을 잽싸게 가로질렀다.

'트럭들은 다 어떻게 한 건데? 톰의 스카우트, 그레그의 레인저는? 여기에 뷰익까지 더하면 차가 세 대야……. 슈터의 스테이션왜건까지 생각하면 네 대지. 그런데 슈터는 한 명이고.'

그는 알 수 없었지만…… 이대로 넘어갈 수 없다는 건 알았다.

다시 전화기 앞에 다다랐을 때 서랍에서 전화번호부를 꺼내 이 지역 담당 경찰관의 번호를 찾기 시작했다. 그러다 불쑥 멈추었다.

'그중 한 대는 뷰익이었어, 내 뷰익이었어.'

그는 천천히 수화기를 내려놓았다. 슈터가 차들을 무슨 수로 처리했을지 방법을 열심히 생각해보았다. 아무 생각도 나지 않았다. 아이디어가 꽉 막혔는데 워드프로세서 앞에 앉아 있는 것과 같이 텅 빈 화면말고는 소득이 없었다. 하지만 데이브 뉴섬에게 전화하고 싶지 않은 것만큼은 분명했다. 아직은 그럴 때가 아니었다. 그가 전화기 앞에서 벗어나 정처 없이 발걸음을 옮기는데 벨이 울렸다.

슈터였다.

"지난번에 우리가 만났던 데로 가봐. 오솔길을 좀 걸어가면 돼. 보아하니 레이니 씨, 당신은 머리 돌아가는 속도가 노인네들 음식 씹는 속도하고 비슷한 모양인데, 나는 필요한 만큼 기다려줄 용의가 있어. 이따 오후 늦게 다시 전화할게. 그사이에 누구하고든 통화하면 당신이 다 책임져야 해."

"당신, 무슨 짓을 한 거야?" 모트는 물었다. 이번에는 목소리에 기운이 없어서 속삭임이나 다를 바 없었다. "도대체 무슨 짓을 한 거야?"

하지만 전화는 이미 끊겼다.

35

그는 오솔길과 대로가 만나는 곳, 슈터와 이야기를 나누는데 톰 그린리프가 운 나쁘게 둘 옆을 지나갔던 그곳으로 걸어갔다. 왠지 몰라도 뷰익을 몰고 나서기가 싫었다. 양쪽의 덤불이 뭉개지고 이파리가 다 뜯겨서 오솔길을 걷기가 힘들었다. 그는 제법 널찍한 잡목림이 나오자마자 어떤 광경과 맞닥뜨릴지 아는 채로 오솔길을 움찔움찔 걸었고…… 예상했던 광경과 맞닥뜨렸다. 톰 그린리프의 스카우트였다. 두 사람 모두 그 안에 있었다.

그레그 카스테어스는 고개를 뒤로 젖히고 운전석에 앉아 있는데 드라이버—이번에는 필립스 제품이었다—가 그의 오른쪽 눈 위에 손잡이만 보일 정도로 깊숙이 꽂혀 있었다. 모트의 식료품 저장실 찬장에 있던 드라이버였다. 빨간색 플라스틱 손잡이가 심하게 깨진 드라이버라 모르려야 모를 수가 없었다.

뒷좌석에 앉은 톰 그린리프는 정수리에 손도끼가 꽂혀 있었다. 눈을 뜨고 있었다. 양쪽 귓가로 흘러내린 뇌수가 말라붙었다. 회색 도끼 자루에 희미하지만 읽을 수 있는 빨간색 글씨로 한 단어가 적혀 있었다. '레이니'. 그의 공구 창고에 있던 손도끼였다.

모트는 아무 말 없이 서 있었다. 박새가 노래를 불렀다. 딱따구리는 속이 빈 나무에 대고 모스부호를 쳤다. 상쾌한 산들바람이 호수 위로 흰 물결을 일으켰다. 오늘은 호수가 짙은 청록색이라 흰 물결과 보기 좋은 대조를 이루었다.

뒤에서 부스럭거리는 소리가 들렸다. 모트는 얼마나 잽싸게 몸을 돌렸는지 하마터면 넘어질 뻔했다. 스카우트가 받쳐주지 않았더라면 넘어졌을 것이다. 슈터가 아니었다. 다람쥐였다. 녀석은 가을을 맞아 시뻘겋게 이글거리는 단풍나무 줄기 중간쯤에 가만히 앉아서 증오심으로 눈을 반짝이며 그를 내려다보았다. 모트는 쿵쾅거리는 심장이 진정되길 기다렸다. 다람쥐가 나무를 달려 올라가길 기다렸다. 심장은 진정됐다. 하지만 다람쥐는 올라가지 않았다.

"그가 저 두 사람을 죽였어." 결국 그는 다람쥐에게 말을 걸었다. "그가 내 뷰익을 타고 톰의 집으로 갔어. 그런 다음 톰이 모는 스카우트를 타고 그레그의 집으로 갔지. 그는 그레그를 죽였어. 그런 다음 톰에게 운전을 맡기고 여기까지 와서 그를 죽였지. 내 공구를 써서 둘을 죽였어. 그런 다음 다시 톰의 집으로 걸어가서…… 어쩌면 달려갔을 수도 있겠다, 꾸준히 달린 사람처럼 다부지게 생겼거든. 소니는 톰이 평소 같지 않았다고 했는데 나는 왜 그랬는지 알아. 소니가 전화를 받았을 무렵, 해가 막 뜨려고 했을 그 시각에 톰은 이미 죽었거든. 슈터가 톰인 척한 거야. 식은 죽 먹기였겠지. 오늘 아침에 소니가 음악을 쩌렁쩌렁 틀어놓은 것을 보니까 가는귀가 먹은 것 같거든. 그는 소니 트로츠를 그런 식으로 속인 다음 다시 내 뷰익을 몰고 내 집에 가져다놓았어. 그레그의 레인저는 계속 그의 집 앞 진입로에 세워져 있어. 그런 식으로……."

다람쥐가 나무줄기를 타고 올라가서 빨갛게 이글거리는 나뭇잎 사이로 사라졌다.

"……그런 식으로 처리한 거야." 모트는 멍하니 말을 맺었다.

문득 다리에서 힘이 빠졌다. 그가 두 뼘 위에서 말라가는 톰 그린리프의 뇌수를 생각하며 두 발 뒷걸음질을 쳤을 때 다리가 풀렸다. 모트는 넘어졌고 세상이 빙글빙글 돌며 멀어졌다.

36

정신이 들자 모트는 몸을 굴려서 비틀비틀 일어나 앉았고 손목을 돌려 시계를 확인했다. 시곗바늘이 2시 15분을 가리키고 있었지만, 간밤의 그 시각에 멎은 게 분명했다. 오전 나절에 톰의 스카우트를 찾았는데 벌써 오후일 리 없었다. 그는 정신을 잃었고 따져보면 그럴 만한 상황이었다. 하지만 세 시간 삼십 분 동안 기절하는 사람은 없다.

그런데 시계의 초침이 천천히 움직이고 있었다.

'내가 일어나 앉으면서 시계를 친 모양이지.'

그게 다가 아니었다. 태양의 위치도 바뀌어서 하늘을 가득 메운 구름 뒤로 조만간 넘어가게 생겼다. 호수의 빛깔은 느른한 크롬색으로 칙칙해졌다.

그러니까 정신을 잃은 뒤에, 기절한 뒤에 어떻게 됐던 걸까? 믿기지 않지만 잠이 든 모양이었다. 지난 삼 일 동안 그는 신경을 곤두세웠고 어젯밤에는 3시까지 잠을 이루지 못했다. 정신적인 피로와 육체적인 피로의 결합이라고나 할까. 그래서 그의 머리가 플러그를 뽑아버린 것인데…….

'슈터! 젠장. 슈터가 전화한다고 했는데!'

그는 일어나려다 왼쪽 다리가 꺾이자 아프고 놀라서 윽 하는 소리를 내며 주저앉았다. 핀과 바늘이 다리 위에서 미친듯이 춤을 추는 느낌이었다. 이 망할 것을 접질린 모양이었다. 왜 뷰익을 몰고 오지 않은 걸까? 전화를 했는데 받지 않으면 슈터가 무슨 짓을 저지를지 알 수 없었다.

그는 다시 발에 체중을 실었고 이번에는 일어설 수 있었다. 하지만 왼다리를 내밀자 버티지 못하고 앞으로 쓰러졌다. 그는 넘어지면서 하마터면 트럭 옆면에 머리를 부딪힐 뻔했다. 그 와중에 문득 스카우트 휠에 비친 자신의 모습을 보았다. 휠 표면이 볼록해서 그의 얼굴이 유령의 집에 나오는 섬뜩한 가면처럼 보였다. 빌어먹을 모자를 집에 두고 오길 다행이었다. 머리 위에 얹힌 그 물건을 보았더라면 모트는 비명을 질렀을 것이다. 터져 나오는 비명을 참지 못했을 것이다.

스카우트 안에 죽은 남자가 두 명 있다는 사실이 퍼뜩 떠올랐다. 그들이 모트의 위에서 뻣뻣하게 굳어가고 있었고 그들의 머리에는 공구가 꽂혀 있었다.

그는 스카우트의 그늘 밖으로 기어나와서 두 손으로 왼다리를 잡아 오른다리 위에 얹은 뒤 고기의 값싼 부위를 연하게 만들려는 사람처럼 주먹으로 때리기 시작했다.

'그만해!' 조그만 목소리가 외쳤다. 마지막 남은 이성의 조각이, 이쪽 귀에서 저쪽 귀 사이를 메운 거대한 먹구름 사이로 비치는 조그만 지성의 빛줄기가 내리는 명령이었다. '그만해! 오후 늦게 전화하겠다고 했는데 이제 겨우 2시 15분이야! 시간 많아! 시간 많아!'

하지만 그가 일찌감치 전화하면 어쩌란 말인가? 남부 깊숙이 처박힌 촌구석에서는 '늦은 오후'가 2시에 시작되면 어쩌란 말인가?

'계속 그렇게 다리를 때리면 근육통이 생길 거야. 그러면 전화를 받으러 집까지 기어가는 게 얼마나 괴로운지 체험하게 될걸?'

그 말이 효과가 있었다. 그 말에 주먹질을 멈추었다. 이번에는 좀 더 조심스럽게 일어나서 잠깐 서 있다가 (애써 톰의 스카우트를 등지고 섰다. 그 안을 두 번 다시 들여다보고 싶지 않았다) 걸음을 옮겨보았다. 핀과 바늘이 가라앉고 있었다. 처음에 그는 심하게 절뚝거렸지만 열 걸음 이상 걷자 걸음걸이가 한결 자연스러워졌다.

슈터가 톰의 스카우트로 뭉개고 이파리를 뜯어놓은 덤불이 거의 끝나는 지점에 다다랐을 때 이쪽으로 달려오는 차 소리가 들렸다. 모트는 본능적으로 무릎을 꿇은 후, 낡아서 녹슨 캐딜락이 지나가는 것을 지켜보았다. 호수 저편에 집이 있는 돈 베이싱어의 차였다. 한때 상당했던 유산을 까먹어가며 거의 온종일 술만 마시는 퇴역군인이자 알코올의존자인 베이싱어는 사람들이 베이싱어 로드라고 부르는 길로 갈 때 레이크 드라이브를 지름길로 애용하곤 했다. 모트가 생각하기에 일 년 내내 여기에 상주하는 주민은 그밖에 없지 않을까 싶었다.

캐딜락이 시야에서 사라지자 모트는 일어나서 큰길까지 발걸음을 재촉했다. 이제는 뷰익을 두고 오길 잘했다는 생각이 들었다. 그는 돈 베이싱어의 캐딜락을 알았고 베이싱어는 모트의 뷰익을 알았다. 베이싱어의 필름이 끊기기에는 아직 이른 시각이라, 누군가가 조만간 끔찍한 광경을 발견하게 될 현장에서 그리 멀지 않은 곳에 모트의 차가 주차되어 있었다면 기억해낼 가능성이 컸다.

'그는 너한테 올가미를 씌우느라 여념이 없어.' 모트는 레이크 드라이브를 절뚝절뚝 걸어 집으로 향하며 생각했다. '지금까지 내내 그걸 노리고 있었어. 누가 어젯밤에 톰 그린리프의 집 근처에 주차된 차를 보았다면 네 뷰익일 가능성이 거의 백 퍼센트야. 그는 네 공구로 그들을 죽였고…….'

'공구를 치워버릴 수도 있었는데.' 문득 이런 생각이 들었다. '호수에 던져버릴 수도 있었는데. 한두 번 토악질은 하겠지만 그래도 해낼 수 있었을 것 같은데.

과연 그럴 수 있었을까? 게다가 그럴 수 있었다고 치더라도…… 슈터는 그럴 가능성까지 생각해놓았을 거야. 다른 가능성들까지 모두 생각해놓은 눈치니까. 그리고 네가 만약 손도끼랑 드라이버를 없애면 경찰이 찾으러 나설 테고 그것들이 발견되면 사태가 너한테 더 불리해진다는 걸 슈터는 알아. 그가 무슨 짓을 저질렀는지 알겠어? 응?'

그렇다. 알 것 같았다. 존 슈터는 그에게 선물을 주었다. 선물은 끈끈이 인형이었다. 큼지막하고 번들거리는 끈끈이 인형이었다. 모트가 왼손으로 인형의 머리를 찰싹 때리자 왼손이 인형에 당장 붙어버렸다. 인형을 떼어내려고 이번에는 오른손으로 인형의 배를 후려쳤더니 오른손마저 붙어버렸다. 그는 지금까지, 지금까지 우쭐대며 의기양양하게 썼던 표현이 뭐였더라? '비양심적' 아니었나? 맞다, 그 단어였다. 그는 지금까지 비양심적인 수법을 일삼았다. 그러는 동안 존 슈터의 끈끈이 인형과 점점 한몸이 되어가고 있었다. 그리고 지금은? 그가 별의별 사람들에게 거짓말을 했던 전적만 들통나도 위험할 판국에, 그의 뒤로 사백 미터 떨어진 곳에서 어떤 남자가 머리에 모자 대신 도끼를 쓰고 있는데 도끼 자루에 모트의 성이 적혀 있으니 더욱 위험했다.

모트는 빈집에서 울릴 전화벨을 상상하며 걸음을 재촉했다.

37

슈터는 연락이 없었다.

일분일초가 엿가락처럼 늘어져가는데 슈터는 연락이 없었다. 모트는 머리카락을 배배 꼬고 잡아당기며 집안을 안절부절 왔다갔다했다. 밀매업자를 기다리는 마약중독자가 이런 심정이지 않을까 싶었다.

그는 기다리다 말고 경찰 당국에 연락을 취하려고 두 번 전화기 앞으로 다가갔다. 데이브 뉴섬도 아니고 마을 보안관도 아니고 무려 주 경찰서에 전화할 작정이었다. 베트남 격언을 따를 작정이었다. 일단 다 죽이고 솎아내는 일을 하나님에게 맡기라고 하지 않던가. 그러면 안 될 것도 없었다. 그는 평판이 좋았다. 그는 메인 주의 두 마을에서 존경받는 주민이었고 존 슈터는…….

슈터는 뭘까?

'유령'이라는 단어가 떠올랐다.

'허깨비'라는 단어도 떠올랐다.

하지만 모트가 경찰에 연락하지 못한 이유는 이런 단어들 때문이 아니었다. 그가 통화중일 때 슈터가 전화를 할 게 분명하다는 끔찍한 확신 때문이었다. 슈터가 통화중 신호를 듣고 전화를 끊으면 모트는 두 번 다시 그의 목소리를 들을 수 없을 것이었다.

4시 15분이 되자 비가 내리기 시작했다. 차갑고 조용한 가을비가 하얀 하늘에서 한숨 소리와 함께 줄기차게 내려와 지붕과 집 주변의 뻣뻣한 낙엽들을 두드렸다.

4시 50분에 전화벨이 울렸다. 모트는 달려가서 받았다.

에이미였다.

에이미는 화재 이야기를 하고 싶어 했다. 에이미는 자기뿐 아니라 우리 둘을 생각했을 때 얼마나 속이 상하는지 이야기를 하고 싶어 했다. 에이미는 보험 사정관 프레드 에번스가 아직 데리에서 현장을 살피며 최근에 배선 점검을 받은 게 언제이고 와인 보관실 열쇠는 누가 가지고 있었는지 시시콜콜 묻고 테드는 그의 저의를 의심스러워한다는 이야기를 하고 싶어 했다. 에이미는 아이가 있었더라면 상황이 지금과 달랐을지 모트도 같이 궁금해해주길 바랐다.

모트는 최선을 다해서 상대했지만 그녀와 통화하는 내내 시간을—늦은 오후의 황금 같은 시간을—낭비하는 듯한 기분을 느꼈다. 슈터가 전화했다가 통화중이면 또다시 잔인한 짓을 저지르면 어떻게 하나 걱정이 돼서 미칠 것 같았다. 결국 그는 생각나는 딱 한 가지 핑곗거리를 댔다. 당장 화장실로 달려가지 않으면 사고가 나게 생겼다고 했다.

"술 때문이야?" 그녀가 걱정하는 투로 물었다. "술 마시고 있었어?"

"아침 때문인 것 같아. 있잖아, 에이미……."

"보위스에서 먹었어?"

"응." 그는 아픈 배를 참느라 잘 나오지도 않는 목소리를 쥐어짜는 것처럼 말했다. 실제로 목소리가 잘 나오지 않는 느낌이었다. 생각해보면 엄청난 코미디였다. "에이미, 저기……."

"맙소사, 모트, 그 식당은 온 동네를 통틀어서 그릴이 제일 더럽잖아. 얼른 가. 내가 이따 전화할게." 전화가 뚝 끊겼다. 수화기를 내려놓고 잠깐 서 있는데 거짓으로 꾸민 이야기가 놀랍게도 실제 상황으로 돌변했다. 장이 꼬여서 쿡쿡 쑤시기 시작했던 것이다.

그는 허리띠를 풀며 화장실로 달려갔다.

하마터면 큰일날 뻔했지만 다행히 잘 참았다. 그가 바지를 발목까지 내리고 자신의 배설물이 풍기는 짙은 악취에 숨을 참아가며 변기에 앉아 있을 때…… 전화벨이 다시 울리기 시작했다.

그는 세면대에 한쪽 무릎을 세게 부딪혀가며 용수철 달린 인형처럼 벌떡 일어나 한 손으로 바지를 잡고 꼭 끼는 치마를 입은 여학생처럼 종종걸음으로 달려갔다. 시간이 없어서 뒤를 닦지 못한 비참하고 당황스러운 기분이 들었다. 그는 너도나도 겪는 일이 아닐까 넘겨짚었다가 문득 어떤 책에서도 이런 내용을 접한 적이 없었다는 것을, 단 한 번도 접한 적이 없었다는 것을 깨달았다.

아, 인생은 참으로 코미디 같은 것.

이번에는 정말로 슈터였다.

"거기서 너를 봤어." 슈터가 말했다. 목소리가 변함없이 차분하고 침착했다. "내가 그들을 버려둔 거기 말이야. 일사병에 걸린 것 같더군, 여름도 아닌데."

"원하는 게 뭐야?" 모트는 수화기를 다른 쪽 귀로 옮겼다. 바지가 다시 발목까지 미끄러져 내려갔다. 그는 바지를 내버려두고 팬티 허리밴드를 무릎과 엉덩이 사이에 걸친 채로 서 있었다. 이 모습을 저자 사진으로 찍으면 어떤 작품이 나올지 궁금해졌다.

"하마터면 네 몸에 쪽지를 꽂을 뻔했어. 그러려다 관뒀지." 슈터는 말을 멈추었다가 경멸조로 덧붙였다. "너는 너무 쉽게 겁을 먹어."

"원하는 게 뭐야?"

"이미 얘기했잖아, 레이니 씨. 네가 훔쳐간 작품을 대신해서 소설을 한 편 써달라고. 아직 인정할 준비가 안 된 거야?"

'그래. 그렇다고 해! 아무 말이라도 해. 지구는 납작하다고, 존 케네디와 엘비스 프레슬리는 멀쩡하게 살아서 쿠바에서 밴조 듀엣으로 활동중이라고, 메릴 스트립은 여장 남자라고, 아무 말이라도 해…….'

하지만 모트는 아무 말도 하지 않았다.

갑자기 지금까지 겪은 분노와 좌절과 공포와 혼란이 울부짖음으로 터져 나왔다.

"아니야! 아니라고! 당신은 제정신이 아니야. 나한테는 증거가 있어! 잡지가 있다고, 이 정신병자야! 내 말 안 들려? 나한테는 빌어먹을 잡지가 있다고!"

슈터는 이 말에 무응답으로 반응했다. 전화가 끊기기라도 한 것처럼 정적이 흘렀다. 모트가 여기서 홀로 지낸 밤마다 전면 유리창으로 스멀스멀 기어 올라오던, 잔잔한 어둠을 깨는 유령의 웅성거림조차 들리지 않았다.

"슈터?"

아무 말이 없었다.

"슈터, 내 말 듣고 있는 거야?"

계속 말이 없었다. 전화를 끊은 것이다.

모트는 귀에 대고 있던 수화기를 떨어뜨렸다. 그가 수화기를 내려놓으려던 순간, 멀리서 희미하게 슈터의 목소리가 들렸다. "……지금?"

모트는 수화기를 다시 귀에 갖다 댔다. 수화기 무게가 사십 킬로그램은 됨 직했다. "뭐라고?" 그가 물었다. "끊은 줄 알았더니."

"가지고 있어? 그 잡지라는 걸 가지고 있어? 지금?" 슈터가 처음으로 당황스러워하는 듯했다. 당황스럽고 자신 없어하는 목소리였다.

"아니." 모트가 말했다.

"그럼 그렇지!" 슈터가 안심하는 투로 말했다. "그럼 이제 드디어 진지하게 의논할 마음의 준비가……."

"페덱스로 오고 있어." 모트가 말허리를 잘랐다. "내일 10시면 우체국에 도착할 거야."

"뭐가? 흐릿하고 너덜너덜한 복사본이?"

"아니." 모트가 말했다. 그가 상대를 뒤흔든 듯한 느낌이, 방어선을 뚫고 아플 정도로 한 방 세게 날린 듯한 느낌이 부인할 수 없을 만큼 강하게 느껴졌다. 일순 슈터가 불안해하는 기미를 보이자 모트는 미친듯이 반가웠다. "잡지가. 진짜 잡지."

또다시 오랜 정적이 이어졌지만, 이번에 모트는 수화기를 귀에 꼭 붙이고 떼지 않았다. 슈터가 아직 수화기를 들고 있었다. 그 소설이, 그 소설과 표절 혐의가 다시 화제의 중심이 되었다. 지금까지 슈터가 그를 망할 대학생처럼 대하는 것이 문제였는데 어쩌면 드디어 슈터가 수세에 몰릴 수도 있었다.

예전에 모트는 고개를 모로 꼬고 침을 삼키는 비법을 터득한 그 교구 부속 학교에서 어떤 남자아이가 책상 위를 기어가던 딱정벌레에 핀을 꽂는 것을 본 적이 있었다. 꼼짝없이 붙잡힌 딱정벌레는 핀에 꽂힌 채로 꿈틀거리며 죽어갔다. 그때 모트는 슬프고 끔찍했다. 그런데 이제는 알 것 같았다. 그는 이 남자에게 똑같이 해주고 싶은 마음뿐이었다. 이 미친 인간에게.

"그런 잡지는 있을 수 없어." 마침내 슈터가 말했다. "그 소설이 들어 있는 잡지는. 그 소설은 내 작품이니까!"

모트는 그의 목소리에서 번민의 기미를 느낄 수 있었다. 진짜로 번민하는 기미를 느꼈다. 그래서 기뻤다. 슈터의 몸에 핀이 꽂혔다. 그가 핀에 꽂힌 채로 꿈틀거리고 있었다.

"내일 10시에 도착할 거야. 페덱스가 태시모어행 물건들을 배달하자마자. 우체국에서 만났으면 좋겠네. 보여줄게. 실컷 보여줄게, 이 우라질 정신병자야."

"거기는 싫어." 또다시 정적이 흐른 뒤에 슈터가 말했다. "너희 집에서."

"어림없는 소리. 네가 미쳐 날뛰면 도와달라고 고함을 지를 수 있는 곳에서《엘러리 퀸 미스터리 매거진》을 보여줄 테다."

"내가 시키는 대로 해." 슈터가 말했다. 좀 전보다 목소리가 침착했지만…… 전에 비하면 자신감이 절반이나 될까 의심스러웠다. "살인죄로 메인 주 교도소 신세 지기 싫으면."

"웃기고 있네." 하지만 모트는 다시 장이 꼬이기 시작하는 게 느껴졌다.

"네가 두 사람과 얽히도록 쳐놓은 덫이 생각보다 많거든." 슈터가 말했다. "그리고 너는 지금까지 거짓말을 많이 해놓았지. 내가 사라지면 너는 발바닥에 기름을 바르고 올가미에 목을 거는 신세가 될걸, 레이니 씨?"

"그런다고 내가 겁먹을 줄 알고?"

"그럼, 물론이지." 슈터가 말했다. 다정하달 수 있는 목소리였다. "문제는 너 때문에 나도 살짝 겁을 먹기 시작했다는 거야. 이럴 줄은 몰랐는데."

모트는 아무 말도 하지 않았다.

"재미있는 일이 되겠지." 슈터가 생각에 잠긴 듯 묘한 말투로 중얼거렸다. "우리가 서로 다른 장소에서 서로 다른 시간에 똑같은 소설을 탄생시킨 것으로 밝혀지면."

"나도 똑같은 생각을 한 적 있는데."

"그래?"

"일축해버렸지." 모트가 말했다. "말도 안 되는 우연의 일치라. 줄거리만 같다면 그럴 수도 있어. 하지만 표현이 같다고? 빌어먹을 어휘 선택까지 같다고?"

"그러니까." 슈터가 말했다. "나도 똑같은 생각을 했어, 필그림. 말도 안 된다고. 우연의 일치는 아니야. 네가 내 소설을 훔친 게 분명한데 언제, 무슨 수로 그랬는지 알 수가 없어서 환장하겠단 말이지."

"아, 그만 좀 하시지!" 모트는 버럭 소리를 질렀다. "나한테는 잡지가 있어! 증거가 있다니까! 모르겠어? 이제 끝이야! 이게 네가 계획한 어이없는 장난인지 망상인지 몰라도 이제 끝이야. 나한테 잡지가 있으니까!"

오랜 침묵 끝에 슈터가 말했다. "아직은 없잖아."

"그렇긴 하지." 모트는 문득 전혀 달갑지 않은 동질감을 느꼈다. "그럼 오늘밤에는 뭘 하지?"

"아무 할 일이 없어. 두 남자는 들통나지 않을 거야. 한쪽은 아내와 아이들이 외갓집에 갔고, 다른 쪽은 혼자 사니까. 내일 아침에 가서 잡지를 찾아와. 내가 낮 12시쯤에 너희 집으로 갈 테니까."

"날 죽일 참이로군." 모트가 말했다. 그 생각을 해도 별로 무섭지가 않았다. 적어도 오늘밤에는 그랬다. "잡지를 보고 나면 망상이 무너질 테고 그러면 날 죽이겠지."

"무슨 소리!" 슈터가 대답했다. 이번에는 누가 들어도 놀란 목소리였다. "너를? 무슨 말씀이세요! 다른 인간들은 우리 일에 방해가 됐잖아. 그건 용납할 수 없었어……. 그리고 그들을 이용하면 네가 날 상대해주겠더라고. 네 책임을 인정하겠더라고."

"머리가 보통이 아니로군. 그건 인정하겠어. 당신은 정신병자이긴 하지만 내가 지금까지 만나본 개새끼들 중에서 가장 머리가 좋아."

"뭐, 이것만큼은 믿어도 좋아. 내일 내가 찾아왔는데 네가 어디론가 사라지고 없으면 네가 사랑하고 아끼는 사람들을 한 명도 남김없이 죽이는 것을 내 목표로 삼을 거야. 강풍에 휩싸인 수수밭을 태우듯이 네 인생을 다 태워버릴 거야. 너는 그 두 사람을 죽인 죄로 감옥에 가겠지만 감옥에 가는 것쯤은 다른 일들에 비하면 아무것도 아닌 게 될 거야. 알겠어?"

"그래." 모트가 말했다. "알겠어, 필그림."

"그러니까 집을 지키고 있으라고."

"그런데 만약—만에 하나—내가 잡지를 보여주었는데 목차에 내 이름이 적혀 있고 안에 내 소설이 실려 있으면? 그럼 어쩔 건데?"

짧은 정적이 흘렀다. 그러고 나서 슈터가 말했다. "경찰서를 찾아가서 자수할 거야. 하지만 재판을 받기 한참 전에 내 스스로 신변을 정리할 거야, 레이니 씨. 만약 당신이 옳다고 판명이 나면 내가 제정신이 아닌 거니까. 그리고 그 정도로 제정신이 아닌 사람은……." 한숨 소리가 들렸다. "그 정도로 제정신이 아닌 사람은 살아야 할 구실도 이유도 없으니까."

그의 말이 묘하게 모트를 뒤흔들었다. '자신이 없는 거야.' 모트는 생각했다. '처음으로 정말 자신이 없어진 거야……. 나보다 훨씬 더.'

하지만 그는 얼른 하던 생각을 멈추었다. 불안해할 이유가 없었다. 이건 슈터의 잘못이었다. 모든 게 슈터의 잘못이었다.

모트는 말했다. "당신이 잡지를 보고 가짜라고 생떼를 부릴 수도 있는데 내가 무슨 수로 믿지?"

그는 대답을 기대하지 않았다. 기껏해야 자기 말을 믿으라는 둥 그런 소리나 들을 줄 알았다. 그런데 슈터가 뜻밖의 말을 했다.

"만약 진짜면 내가 알아차리겠지. 가짜면 우리 둘 다 알 테고. 뉴욕에서 얼마나 많은 사람들이 너를 위해 일을 하는지 몰라도 삼 일 만에 가짜 잡지 한 권을 만들어낼 수 있을 거라고 생각하지는 않아."

이번에는 모트가 고민할 차례였다. 그는 한참 동안 고민했다. 슈터는 기다려주었다.

"당신을 믿겠어." 마침내 모트가 말했다. "이유는 잘 모르겠지만. 요즘은 살 이유가 별로 없기 때문일지도 모르지. 하지만 당신을 완전히 믿지는 않겠어. 여기로 와서 내가 볼 수 있게 집 앞 진입로에 서 있어. 무기가 없다는 걸 볼 수 있게. 그러면 나가겠어. 됐나?"

"좋아."

"부디 아무 일 없길."

"아멘. 내가 지금 뭐하는 짓인지 더이상 모르겠는데……. 이런 기분, 편안하지 않아."

"슈터?"

"말해."

"한 가지 묻고 싶은 게 있는데."

그는 아무 대꾸도 하지 않았지만…… 모트가 생각하기에는 긍정적인 침묵이었다.

"당신이 데리에 있는 내 집을 태운 건가?"

"아니." 슈터는 지체 없이 대답했다. "나는 너를 감시하고 있었어."

"그리고 범프를." 모트는 씁쓸하게 덧붙였다.

"어이." 슈터가 말했다. "내 모자 챙겼지?"

"음."

"그걸 돌려받을 거야." 슈터가 말했다. "이렇게든 저렇게든."

전화가 끊겼다.

그것으로 끝이었다.

모트는 천천히, 조심스럽게 수화기를 내려놓고 볼일을 마치러—이번에도 걸어가는 동안 바지를 추스르며—화장실로 돌아갔다.

38

7시쯤에 에이미가 정말로 다시 전화를 했고 이번에 모트는 제법 정상적으로 그녀와 통화할 수 있었다. 2층 욕실은 박살났고, 어스름이 어둠으로 짙어가는 가운데 두 남자의 시체가 호수로 가는 길의 덤불에 가려진 채 뻣뻣하게 굳어가고 있었지만 모르는 척 그녀와 통화할 수 있었다.

그녀는 좀 전에 전화한 이후에 프레드 에번스를 만났는데, 화재에 대해서 분명 뭔가를 알고 있거나 의심하고 있는데 말하고 싶어하지 않는 눈치라고 했다. 모트는 그녀를 진정시키려고 했고 어느 정도 성공을 거둔 듯했지만 불안하기는 그도 마찬가지였다. 슈터가 불을 지르지 않았다면—모트는 그가 그 부분에 대해서 거짓말을 하지 않았다고 믿고 싶었다—완벽한 우연의 일치일 수밖에 없는데…… 과연 그럴까?

과연 그런지 아닌지 알 수 없었다.

"모트, 당신 걱정 많이 했어." 그녀가 느닷없이 말했다.

그 소리에 그는 상념에서 깨어났다. "나? 나는 잘 지내고 있어."

"정말이야? 어제 보았을 때…… 스트레스를 잔뜩 받은 얼굴이라서." 그녀는 말을 멈추었다. "솔직히 말해서…… 그때 같았어. 언제를 말하는 건지 알지?"

"에이미, 나 신경쇠약증 환자 아니야."

"그래, 그건 아니지." 그녀는 얼른 말했다. "하지만 무슨 소리인지 알잖아. 영화 쪽 사람들이 『델라코트 가족』을 놓고 고약하게 굴었을 때 말이야."

그것은 모트의 인생에서 가장 씁쓸한 경험이었다. 패러마운트사에서 사용료 칠십오만 달러, 계약금 칠만 오천 달러에—우라지게 엄청난 거금이었다—판권을 사 갔다. 그런데 그들이 영화화 작업을 시작하려던 찰나에 누가 서류함에서 『홈팀』이라는 묵은 시나리오를 발견했는데 그 내용이 법적인 문제를 일으킬 수 있을 만큼 『델라코트 가족』과 비슷했다. 그가 작가로 활동한 내내 표절 의혹이 제

기된 것은 그때가 처음—지금의 이 악몽을 겪기 전까지는—이었다. 영화사 경영진은 막판에 계약을 파기했다. 그들이 표절의 가능성을 걱정해서 그랬는지 아니면 영화의 흥행 가능성에 대한 생각이 바뀌어서 그랬는지 모트는 지금도 알지 못했다. 만약 걱정이 돼서 그런 거였다면 그런 좀생원들이 무슨 영화를 만들 수 있을까 싶었다. 허브 크리크모어가 『홈팀』 시나리오를 한 부 구해다 주었는데, 모트가 보기에는 어쩌다 보니 비슷한 대목들이 있을 뿐이었다. 에이미의 생각도 마찬가지였다.

그가 간절히 쓰고 싶었던 소설이 막다른 골목에 다다랐을 때 그 소동이 벌어졌다. 그와 동시에 페이퍼백으로 출간된 『델라코트 가족』의 홍보차 짧은 투어가 시작됐다. 그 많은 일들이 한꺼번에 벌어지자 그는 엄청난 스트레스에 시달렸다.

그래도 신경쇠약증에 걸리지는 않았다.

"잘 지내고 있어." 그는 부드럽게 다시 강조했다. 그가 몇 년 전에 발견한 바에 따르면 에이미에게는 신기하고 조금은 감동적인 구석이 있었다. 부드럽게 얘기하면 대부분의 말을 믿어준다는 것이었다. 그는 화가 나거나 즐거우면 이를 드러내는 것처럼 인간이라는 종족 전체가 부드럽게 대화하는 성향을 갖추고 태어난다면 전쟁은 태곳적에 사라졌을 거라는 생각을 종종 하곤 했다.

"정말이야, 모트?"

"응. 보험사 직원한테서 새로운 정보가 입수되면 알려줘."

"알았어."

그는 말을 멈추었다가 이었다. "테드네 집에서 지내고 있는 거야?"

"응."

"요즘은 그 사람에 대해서 어떤 감정을 느껴?"

그녀는 망설이다 거두절미하고 대답했다. "사랑해."

"아."

"다른 남자들 같았으면 만나지 않았을 거야." 그녀는 갑자기 이런 말을 했다. "전부터 당신한테 이 말을 하고 싶었어. 다른 남자들 같았으면 만나지 않았을 거야. 하지만 테드는…… 당신의 이름을 걷어내고 나를 봐주었어, 모트. 나를 봐주었어."

"나는 안 그랬다는 거네?"

"당신도 옆에 있을 때는 그랬지." 그녀가 말했다. 목소리가 작고 쓸쓸했다. "하지만 옆에 없을 때가 많았잖아."

그는 눈을 휘둥그레 뜨며 당장 전투에 임할 태세를 갖추었다. 의로운 전투에 임할 태세를 갖추었다. "뭐라고? 『델라코트 가족』 이후에는 투어를 떠난 적이 없는데? 『델라코트 가족』 때도 짧은 일정이었고!"

"당신하고 싸우고 싶지 않아." 그녀는 부드럽게 말했다. "그럴 시기는 이미 지났으니까. 내가 하고 싶은 말은, 당신이 옆에 있어도 없는 것처럼 느껴질 때가 많았다는 거야. 당신한테는 애인이 따로 있었잖아. 일이 당신의 애인이었지." 그녀의 목소리는 침착했지만, 그는 그 안에 깊숙이 감추어진 눈물을 느낄 수 있었다. "내가 그년을 얼마나 미워했는지 알아? 걔가 나보다 더 예쁘고 나보다 더 똑똑하고 나보다 더 재미있었잖아. 그러니 내가 무슨 수로 경쟁할 수 있었겠어?"

“나한테 다 뒤집어씌우겠다, 이거지?” 그는 물었다. 경악스럽게도 눈물이 나오려고 했다. “내가 무슨 일을 해주길 바랐는데? 빌어먹을 배관공이 됐어야 하는 거야? 우리는 가난하게 지낼 수도 있었고 나는 실업자가 될 수도 있었어. 글을 쓰는 것말고는 내가 할 수 있는 일이 없었다고, 모르겠어? 그것말고는 할 수 있는 일이 없었다고!” 모트는 잠깐 동안만이라도 눈물이 들어가주길 바랐지만 소용없었다. 이 끔찍한 마법의 램프를 누가 문지른 걸까? 자신이 문지른 걸까 아니면 이번에는 에이미가 문지른 걸까?

“당신한테 뒤집어씌우려는 거 아니야. 나도 잘못한 게 있지. 내가 그렇게 나약하고 소심하지 않았더라면…… 당신이 우리의 그런 모습을…… 볼 일이 없었을 텐데. 테드 잘못이 아니었어. 테드는 둘이 같이 당신을 만나서 털어놓길 바랐어. 계속 그러자고 했어. 그런데 내가 미적거렸지. 자신이 없다면서. 나는 여전히 당신을 사랑한다고, 모든 걸 예전으로 되돌릴 수 있다고 스스로 최면을 걸었지만…… 그럴 리 없었을 거야. 나는…….” 그녀는 숨을 참았고 모트는 그녀도 울고 있다는 것을 깨달았다. “당신이 모텔 방문을 열었을 때 지었던 표정을 절대 잊지 못할 거야. 무덤까지 안고 갈 거야.”

‘잘됐네!’ 그는 이렇게 소리를 지르고 싶었다. ‘잘됐네! 당신은 그 표정을 볼 수밖에 없었어! 내가 그 표정을 지을 수밖에 없었거든!’

“당신은 내 애인이 누군지 알았잖아.” 그는 떨리는 목소리로 말했다. “나는 한 번도 감춘 적이 없었어. 당신은 처음부터 알았잖아.”

"하지만 그럴 줄은 몰랐어. 그 품안이 그렇게 깊을 줄은 몰랐어."

"뭐, 기운 내. 이제는 애인이 나를 떠난 눈치니까."

에이미는 흐느꼈다. "모트, 모트……. 나는 당신이 행복하게 잘 살길 바랄 뿐이야. 모르겠어? 그래줄 수 없겠어?"

그가 본 것은 테드 밀너의 맨 어깨에 닿은 그녀의 맨 어깨였다. 겁에 질려서 휘둥그레 뜬 두 사람의 눈도 보았고, 위로 뻗쳐서 알팔파처럼 까치집을 지은 테드의 머리도 보았다. 그는 이 말을 할까 하다가—이 말을 하려고 시도하다가—그만두었다. 이 정도면 충분했다. 그들이 지금까지 서로에게 준 상처로 충분했다. 하지만 그녀는 신경쇠약증을 운운하지 말았어야 했다. 그는 신경쇠약증에 걸린 적이 없었다.

"에이미, 이제 그만 끊어야겠다."

"그래……. 나도 마찬가지야. 테드가 집을 보여주러 나갔는데 금방 퇴근하거든. 저녁 준비해야 해."

"언성 높여서 미안해."

"내가 필요하면 전화해줄래? 계속 걱정돼서 그래."

"알았어." 그는 대답하고 작별 인사를 한 다음 전화를 끊었다. 그는 눈물이 터져 나올 게 분명하다고 생각하며 전화기 옆에 잠깐 서 있었다. 하지만 눈물이 나지 않고 넘어갔다. 그게 정말 끔찍했다.

눈물이 나지 않고 넘어갔다는 것이.

39

끊임없이 내리는 가을비 때문에 초조하고 아둔해지는 기분이 들었다. 그는 난로에 불을 지핀 다음 의자를 가까이 가져다 놓고《하퍼스》최신호를 읽으려고 했지만 계속 꾸벅꾸벅 졸았다. 벌어진 턱에 숨길이 눌려서 코 고는 소리가 나면 움찔하며 깨어나곤 했다. '오늘 담배를 좀 사 왔어야 하는 건데.' 그는 생각했다. '담배 몇 대 피우면 졸음을 쫓을 수 있을 텐데.' 하지만 사놓은 담배가 없었고 담배를 피운들 졸음을 쫓을 수 있을지 그것도 알 수 없었다. 그냥 피곤한 게 아니었다. 충격의 후유증에 시달리고 있었다.

결국 그는 소파로 걸어가서 쿠션을 알맞은 위치에 놓고 드러누웠다. 뺨 옆에서 시커먼 유리창을 차가운 빗방울이 툭툭 때렸다.

'딱 한 번이었어. 내가 그런 건 딱 한 번이었어.' 그러고 나서 곤하게 잠이 들었다.

40

꿈속에서 그는 세상에서 가장 넓은 교실 안에 있었다.

벽들이 몇 킬로미터씩 이어졌다. 모든 책상은 꼭대기가 평평한 언덕이었고 회색 타일은 책상들 사이로 끝없이 펼쳐진 평원이었다. 벽에 걸린 시계는 차갑고 거대한 태양이었다. 복도로 나가는 문은 닫혀 있었다. 모턴 레이니는 울퉁불퉁한 유리창에 적힌 글귀를 읽을 수 있었다.

홈팀 창작 수업
댈라코트 교수

'철자가 잘못됐잖아.' 모트는 생각했다. '댈이 아니라 델인데.'

하지만 그의 머릿속에서 그렇지 않다고 속삭이는 또 하나의 목소리가 들렸다.

모트는 거대한 칠판의 널찍한 분필 받침대에 서 있었다. 야구방망이만 한 분필을 손에 쥐고 있었다. 미친듯이 욱신거리는 팔을 내리고 싶었지만 내릴 수가 없었다. 똑같은 문장을 칠판에 오백 번 쓸 때까지 내릴 수가 없었다. '존 킨트너를 표절하지 않겠다.' 이미 사백 번은 쓴 것 같은데 그 정도로는 부족했다. 가진 것이라고는 작품밖에 없는 남자에게서 작품을 훔치는 것은 용서받을 수 없는 짓이었다. 때문에 그는 쓰고 쓰고 또 쓰며 이건 꿈이라고, 오른팔이 욱신거리는 이유는 다른 데 있다고 얘기하는 머릿속의 속삭임을 무시했다.

분필에서 끼익하고 소름 끼치는 소리가 났다. 매캐하고 왠지 모르게 익숙한—아주 익숙한—먼지가 얼굴 위로 날렸다. 마침내 그는 더이상 버틸 수 없는 지경에 이르렀다. 팔이 납탄이 든 포대처럼 옆구리로 떨어졌다. 분필 받침대 위에서 고개를 돌려보니 넓은 교실에서 누가 앉아 있는 책상이 딱 하나뿐이었다. 책상의 주인공은 촌놈처럼 생긴 젊은 남자였다. 까마득한 촌구석의 노새 궁둥이 뒤에서 볼 수 있음 직한 얼굴이었다. 옅은 밤색 머리카락이 대못처럼 위로 뻗쳤다. 시골뜨기 특유의 울퉁불퉁한 두 손은 책상 위에 포개어져 있었다. 잔뜩 집중한 옅은 색의 두 눈은 모트를 쳐다보고 있었다.

'나는 당신이 누군지 알아.' 꿈속에서 모트가 말했다.

'맞아, 필그림.' 존 킨트너가 끝을 길게 늘이는 노골적인 남부 사투리를 써가며 대답했다. '그런데 나를 엉뚱하게 조합해놓았네. 계속 써. 오백 번이 아니야. 오천 번이지.'

고개를 돌리려는 찰나 분필 받침대 위에서 발이 미끄러지자 모트는 분필가루 날리는 건조한 허공에 대고 비명을 지르며 떨어졌고, 존 킨트너는 웃었고, 그는…….

41

……눈을 떠보니 말썽꾸러기 커피 테이블 바로 아래에 머리를 두고 카펫을 움켜쥔 채 높고 날카로운 비명을 지르고 있었다.

그가 있는 곳은 태시모어 호숫가였다. 거인족의 섬뜩한 교실이 아니라 호숫가였다. 동쪽에서 안개 속으로 새벽이 밝아오고 있었다.

'괜찮아. 그냥 꿈을 꾼 거야, 괜찮아.'

괜찮지 않았다. 단순한 꿈이 아니었다. 존 킨트너는 실존 인물이었다. 어떻게 존 킨트너를 잊어버리고 있었을까?

모트는 베이츠 대학에서 문예 창작을 전공했다. 그는 작가 지망생들을 앉혀놓고 강연하는 자리가 생기면(가능한 한 사양하기는 했지만) 그런 과를 선택하는 것이야말로 소설 쓰기를 업으로 삼고 싶은 사람이 저지를 수 있는 최악의 실수라고 얘기하곤 했다.

"우체국에 취직하세요." 그는 이렇게 말했다. "포크너는 그 작전이 주효했잖아요." 그러면 학생들은 웃음을 터뜨렸다. 학생들은 그의 강연을 좋아했다. 스스로 생각하기에 그는 학생들을 웃기는 데 제법 재주가 있는 것 같았다. 그가 아닌 다른 누구라도 문예 창작을 가르칠 방법이 있을까 의심스러웠기 때문에 유머 감각이 중요했다. 그래도 수업이 됐건 세미나가 됐건 워크숍이 됐건 끝나면 늘 기뻤다. 학생들 앞에 서면 불안했다. 그가 생각하기에는 존 킨트너 때문인 듯했다.

킨트너가 미시시피 출신이었던가? 모트는 기억이 나지 않았지만 그런 것 같지는 않았다. 최남단의 고립된 동네 출신이기는 했다. 앨라배마 아니면 루이지애나 아니면 플로리다 북부일 수도 있었다. 정확히 어디인지는 알 수 없었다. 베이츠 대학은 오래전 이야기였고, 그는 아무도 모르는 이유로 어느 날 갑자기 학교를 중퇴한 존 킨트너를 한참 동안 잊고 지냈다.

'거짓말. 어젯밤에 생각했으면서.'

꿈을 꾼 거지. 모트는 얼른 바로잡았지만 머릿속에서 들리는 그 우라질 속삭임은 순순히 물러나지 않았다.

'아니, 그보다 전에. 슈터랑 통화하면서 그 친구 생각을 했잖아.'

그는 거기에 대해서 생각하고 싶지 않았다. 거기에 대해서 생각하지 않을 작정이었다. 존 킨트너는 과거지사였다. 존 킨트너는 지금 벌어지고 있는 일과 아무 상관이 없었다. 그는 일어나서 부연 새벽빛이 비치는 부엌으로 비척비척 걸어갔다. 진한 커피를 끓일 생각이었다. 진한 커피를 많이 끓일 생각이었다. 그런데 우라질 속삭임이 그를 가만히 내버려두지 않았다. 모트는 자석 레일에 매달린 에이미의 주방용 칼 세트를 보며 그 속삭임을 없앨 수만 있다면 지금 당장 수술을 시도할 수도 있겠다고 생각했다.

'너는 그자를 흔들었다고 생각하고 있었지. 드디어 그를 흔들었다고. 이제 다시 소설이 화제의 중심이 되었다고, 소설과 표절 의혹이 화제의 중심이 되었다고 생각하고 있었지. 사실은 슈터가 너를 빌어먹을 대학생 취급하는 게 문제잖아. 빌어먹을 대학생 취급하는 게. 빌어먹을 대…….'

"그만 좀 나불거려라." 모트는 쉰 목소리로 중얼거렸다. "염병할 입 좀 다물어."

속삭임은 잠잠해졌지만 존 킨트너 생각을 멈출 수가 없었다.

그는 부들부들 떨리는 손으로 원두 가루를 뜨면서 슈터의 작품을 베끼지 않았다고, 지금까지 어떤 작품도 베낀 적이 없다고 지속적으로 단호하게 주장했던 것에 대해 생각했다.

그런데 두말하면 잔소리지만 그런 적이 있었다.

한 번.

딱 한 번.

"그건 오래전 이야기잖아." 그는 속삭였다. "지금 이 일이랑 상관도 없고."

그럴지 모르지만 꼬리에 꼬리를 물고 이어지는 생각은 멈추지 않았다.

42

때는 3학년 봄 학기였다. 그 학기에 들은 문예 창작 수업에서는 단편소설을 집중적으로 가르쳤다. 교수 이름은 리처드 퍼킨스 2세, 출간한 두 편의 장편소설이 상당히 호평을 받았지만 판매는 저조했던 교수였다. 모트도 한 권 읽어보고는 호평과 저조한 판매의 원인이 근본적으로 같다는 생각을 했었다. 난해한 작품이었다. 하지만 형편없는 교수는 아니었다. 적어도 수업은 재미있었다.

수업을 들은 학생은 열두어 명 정도였다. 그중 한 명이 존 킨트너였다. 킨트너는 유일하게 1학년이었지만 특별 허락하에 수업을 들었다. 그리고 그는 수업을 들을 만한 자격이 있었다. 남부 출신의 촌무지렁이거나 말거나 실력이 출중했다.

수업을 듣는 학생들은 여섯 편의 단편소설 아니면 세 편의 중편소설을 써야 했다. 퍼킨스 교수는 매주 가장 열띤 토론을 펼칠 수 있을 만한 작품을 뽑아서 수업 말미에 나누어주었다. 그러면 학생들은 다음주 수업까지 토론과 비평을 준비했다. 수업은 보통 그런 식으로 진행됐다. 그러다 어느 주에 퍼킨스 교수가 존 킨트너의 작품을 나누어주었다. 제목이…… 제목이 뭐였더라?

모트는 커피메이커에 물을 받으려고 수도를 틀었지만 가만히 서서 흐르는 물소리를 들으며 전면 유리창 너머로 안개를 멍하니 쳐다보기만 했다.

'제목이 뭐였는지 알면서. '비밀의 창, 비밀의 화원'이었잖아.'

"아니야!" 그는 빈집에 대고 버럭 고함을 질렀다. 빌어먹을 속삭임을 완전히 차단하려고 열심히 기억을 더듬다 보니…… 퍼뜩 생각이 났다.

"'미나리아재비 길'이었어!" 그는 소리를 질렀다. "'미나리아재비 길'이란 제목이었었고 나하고는 전혀 상관없는 작품이야!"

하지만 사실은 그렇지 않았다. 지끈거리는 머릿속 한가운데 웅크리고 앉아서 속삭이는 목소리가 굳이 지적하지 않아도 그는 알고 있었다.

킨트너는 단편소설을 세 편인가 네 편 제출하고는 어디론가 사라져버렸다(누군가가 어디일 것 같으냐고 묻는다면 모트는 베트남이라고 대답할 것이다. 1960년대 말에 젊은 남자들은 대부분 그곳으로 사라졌으니까). 「미나리아재비 길」이 킨트너의 대표작은 아니었지만 그래도 훌륭했다. 킨트너는 리처드 퍼킨스 2세의 수업을 받는 학생들 중에서 가장 필력이 뛰어났다. 퍼킨스는 그를 거의 대등한 존재로 대했다. 모트 레이니의 그다지 겸손하지 않은 판단에도 그럴 만했던 것이, 킨트너의 실력이 리처드 퍼킨스 2세보다 훨씬 나았다. 말이 나온 김에 이야기하자면 모트의 실력도 교수보다 나았다.

하지만 모트가 킨트너보다도 나았을까?

"그건 아니지." 그는 커피메이커를 켜며 나지막이 중얼거렸다. "나는 2등이었지."

그렇다. 그는 2등이었고 그래서 싫었다. 그도 알다시피 대부분의 학생들은 시간을 때우려는 차원에서, 치기 어린 짓을 때려치우고 평생 직업으로 삼을 만한 것을 공부하기 전에 장난삼아 문예 창작 수업을 들었다. 그들이 나중에 글솜씨를 발휘할 일은 지방 일간지의 지역 행사 일정란의 한 귀퉁이를 장식하거나 브라이트 블루 브리즈 식기 세척제 광고 카피를 쓰거나 하는 것밖에 없었다. 모트는 늘 그래왔기 때문에 1등을 자신하며 퍼킨스의 수업에 임했다. 때문에 존 킨트너는 기분 나쁜 충격이었다.

그는 한 번 말을 붙여보려고 한 적이 있었지만…… 킨트너는 수업중에도 질문을 받지 않는 이상 입을 열지 않았고 말을 하더라도 무슨 말을 하는지 잘 알아들을 수가 없었다. 킨트너가 큰 소리로 이야기를 할 때면 초등학교 4학년까지만 정규교육을 끝낸 가난한 소작농의 아들처럼 우물거리고 말을 더듬었다. 글이 그에게는 유일한 목소리였다.

'그런데 네가 그걸 훔쳤지.'

"입다물어." 그는 중얼거렸다. "입다물라고."

'너는 2등이었고 그래서 싫었어. 그가 사라졌을 때 기뻤지. 네가 다시 1등이 될 수 있었으니까. 늘 그랬던 것처럼 그럴 수 있었으니까.'

그렇다. 사실 그랬다. 그리고 일 년이 지나서 졸업을 앞두고 다른 두 명의 친구와 함께 쓰던 루이스턴의 지저분한 아파트 벽장을 정리하는데 퍼킨스 교수의 문예 창작 수업 때 받았던 프린트물들이 나왔다. 그 안에 킨트너의 작품은 하나밖에 없었다. 그게 「미나리 아재비 길」이었다.

그는 맥주 냄새가 나는 자기 방의 지저분한 카펫 위에 앉아서 그 작품을 읽다가 예전처럼 또다시 질투심에 휩싸였던 기억이 났다.

다른 프린트물은 버렸지만 그것만큼은 간직했는데…… 왜 그랬는지 이유를 파헤치고 싶지는 않았다.

2학년 때 모트는 《계간 아스펜》이라는 문학잡지에 단편소설을 보낸 적이 있었다. "원고는 상당히 훌륭하지만 결말이 조금 단순하다"는 쪽지와 함께 반송됐다. 모트는 이 쪽지를 보고 그들이 잘난 척한다 싶으면서도 내심 짜릿했기 때문에 다른 원고도 보내봐야겠다는 생각이 들었다.

그는 그 뒤로 이 년 동안 단편소설을 네 편 더 보냈다. 한 편도 채택되지 않았으며 거절의 편지에 항상 개인적인 메모가 딸려 왔다. 모트는 낙관론과 비관론이 교차하는, 등단하지 못한 작가 특유의 고통스러운 나날을 겪었다. 어떤 날은 《계간 아스펜》을 무너뜨리는 것이 시간문제처럼 느껴졌다. 또 어떤 날은 편집부 전 직원—몸에 목 대신 연필이 꽂혀 있는 별종들—이 배고픈 개의 머리 위에 고깃덩이를 들고 있다가 개가 펄쩍 뛰면 치워버리는 식으로 그를 가지고 장난치는 것처럼 느껴졌다. 직원 하나가 서류 봉투에서 방금 꺼낸 그의 원고를 들고 이렇게 외치는 광경을 상상하곤 했다. "메인의 그 머저리가 또 원고를 보냈어! 이번에는 누가 편지 쓸래?" 그러면 모두들 배꼽을 잡거나 존 바에즈*와 모비 그레이프**의 포스터가 걸린 필모어의 사무실 바닥을 데굴데굴 구르며 웃는 것이었다.

모트가 이런 식의 처량한 피해망상에 빠져서 허우적거리는 경우는 드물었다. 그는 자기 실력이 훌륭하다는 것을, 기다리면 될 일

* 미국의 포크 가수, 인권운동가.

** 1960년대에 결성된 미국의 록 밴드.

이라는 것을 알았다. 그런데 록랜드의 어느 식당에서 웨이터로 일을 하던 그해 여름에 존 킨트너의 소설이 생각났다. 원고가 트렁크 맨 밑바닥에 아직 있지 않을까 싶었다. 퍼뜩 좋은 생각이 떠올랐다. 「미나리아재비 길」의 제목을 바꿔서 그의 이름으로《계간 아스펜》에 보내면 어떨까 하는 것이었다. 그들에게 장난을 쳐보자는 심보였는데 이제 와 생각해보면 무슨 그런 장난이 있을까 싶었다.

그도 분명히 기억하건대 자기 이름으로 그 소설을 출간할 의도는 없었다. 그런 의도가 무의식 속에 자리잡고 있었다 한들 스스로는 인식하지 못했다. 만에 하나 채택이 되면 좀더 다듬고 싶다고 핑계를 대며 원고를 수거할 작정이었다. 퇴짜를 맞더라도 존 킨트너 역시《계간 아스펜》의 선택을 받을 만한 실력이 되지 못했다는 데 희희낙락할 수 있었다.

그래서 그는 원고를 보냈다.

잡지사에서 원고를 채택했다.

그는 수수방관했다.

잡지사에서 이십오 달러짜리 수표를 보내왔다. 동봉된 편지에 "고료"라고 적혀 있었다.

원고가 잡지에 실렸다.

모턴 레이니는 뒤늦은 죄책감에 시달리다 어느 날 수표를 현금으로 바꿔서 오거스타의 성카타리나 교회의 헌금함에 넣어버렸다.

하지만 그가 죄책감만 느낀 것은 아니었다. 절대 아니었다.

모트는 한 손으로 머리를 받치고 식탁에 앉아서 커피가 끓길 기다렸다. 머리가 지끈거렸다. 존 킨트너와 존 킨트너의 소설에 대해 생각하고 싶지 않았다. 그가 「미나리아재비 길」을 두고 저지른 짓은 평생을 통틀어서 가장 부끄러운 짓이었다. 따라서 오랜 세월 동안 묻어둔 것도 당연한 일이었다. 그는 이제 다시 그 기억을 묻고 싶었다. 오늘은 엄청난 하루가 될 예정이었다. 어쩌면 일생을 통틀어서 가장 엄청난 하루가 될 예정이었다. 인생의 마지막날이 될 수도 있었다. 그는 우체국에 가는 것에 대해 생각하고 있어야 했다. 슈터와 어떤 식으로 대면할지 생각하고 있어야 했다. 그런데 그의 머리가 비참한 옛 기억을 놓지 않으려 했다.

그는 잡지를 보았을 때, 존 킨트너의 작품에 자기 이름이 달린 잡지를 실제로 보았을 때 아무 의식 없이 밖으로 나갔다가 돌이킬 수 없는 짓을 저지르고 깨어난 몽유병 환자가 된 것처럼 끔찍했다. 어쩌다 그 지경에 이르도록 방치했을까? 장난이었는데, 살짝 골탕 먹이려는 거였는데…….

하지만 자신이 그 지경에 이르도록 방치했다. 소설은 출간되었고 그게 모트의 작품이 아니라는 것을 아는 사람이—킨트너 본인을 비롯해서—아무리 못해도 열댓 명은 되었다. 그중 한 명이 어쩌다 우연히 《계간 아스펜》을 집어서 보기라도 하면…….

당연히 모트는 아무에게도 이야기하지 않았다. 두려움에 메슥거리는 속을 달래며 그저 기다렸다. 그는 그해 늦여름과 초가을에 거의 자지도 먹지도 않았다. 살이 빠졌고 눈 아래에 짙은 그늘이 생겼다. 전화벨이 울릴 때마다 심장이 쿵쾅거렸다. 그를 찾는 전화라고 하면 이마 위로 식은땀을 흘려가며 발을 질질 끌고 받으러 가면서 킨트너일 거라고, 킨트너의 입에서 나올 첫 마디는 '네가 내 소설을 훔쳐갔으니 조치를 취해야겠어. 먼저 모든 사람들한테 네가 어떤 부류의 도둑인지 그것부터 알릴까 해'. 이것일 거라고 생각했다.

가장 놀라운 점은 무엇이었는가 하면 그가 모르지 않았다는 것이었다. 모트는 젊은 작가 지망생이 그런 짓을 저질렀을 때 어떤 결과가 빚어질지 알았다. 바주카포를 가지고 러시안 룰렛을 하는 것과 같았다. 그런데도…… 그런데도…….

하지만 그해 가을 동안 아무 일 없이 지나가자 그는 긴장을 풀기 시작했다. 《계간 아스펜》은 신간이 나왔다. 이제는 전국 도서관의 정기간행물실 테이블 위에 그 호가 펼쳐져 있지 않았다. 서가로 치워지거나 마이크로피시로 전환됐다. 아직 문제의 소지는 있었지만—암울하기는 하지만 불안감을 평생 안고 살아야 할 것이다—대부분의 경우, 눈에 보이지 않으면 마음에서도 멀어지기 마련이었다.

그러다 그해 십일월에 《계간 아스펜》에서 보낸 편지가 날아들었다.

모트는 봉투를 들고 그 위에 적힌 자기 이름을 쳐다보았다. 온몸이 부들부들 떨리기 시작했다. 눈물이라고 하기에는 너무 뜨겁고 따가운 액체가 눈에 가득차서 처음에는 봉투가 두 개로 보이더니 이윽고 세 개로 보였다.

'들통났네. 그들이 알아낸 거야. 나더러 킨트너나…… 퍼킨스 교수나…… 같이 수업을 들은 다른 학생이 보낸 편지에 답변해주길 바라겠지……. 들통났네.'

그는 자살을 생각했다. 상당히 침착하고 이성적인 판단이었다. 어머니에게 수면제가 있었다. 그걸 먹으면 될 것이다. 그런 생각에 마음이 조금 가벼워진 그는 봉투를 뜯고 한 장짜리 편지를 꺼냈다. 접힌 편지를 한참 동안 손에 든 채 읽지 말고 태워버릴까 고민했다. 노골적인 비난을 보고 견딜 수 있을지 자신이 없었다. 미쳐버리지 않을까 싶었다.

'염병할, 뭐해? 읽어봐. 적어도 결과를 확인할 수는 있잖아. 감당은 못 하더라도 확인은 할 수 있잖아.'

그는 편지를 펼쳤다.

모트 레이니 선생님께,

저희 잡지사 내부적으로 선생님의 단편소설 「까마귀의 눈」에 대한 반응이 좋습니다. 후속 서신을 이렇게 뒤늦게 보내서 죄송합니다만, 솔직히 저희는 선생님께서 먼저 연락을 주실 줄 알았습니다. 그동안 그렇게 열심히 투고를 하시다 마침내 '소원이 이루어졌을' 때 침묵을 지키시니 저희로서는 조금 당황스럽네요. 조판, 디자인, 배치 등 그 작품의 게재와 관련해서 마음에 안 드는 부분이 있었다면 알려주시기 바랍니다. 그건 그렇고, 후속작은 언제쯤 볼 수 있을까요?

편집자

찰스 파머 드림

모트는 편지를 두 번 읽은 다음 다행히 아무도 없는 집에 대고 쉰 목소리로 껄껄대며 웃었다. 포복절도라더니 이게 바로 포복절도였다. 얼른 멈추지 않으면 배를 감싸 안으며 넘어지게 생겼다. 어머니의 수면제를 먹고 자살할 작정이었는데 잡지사 측에서는 그 소설의 조판 때문에 마음이 상했느냐고 묻다니! 일을 제대로 시작해보기도 전에 사장되는 줄 알았는데 후속작에 대해서 묻다니! 후속작이라니!

그는 포복절도가 히스테릭한 눈물로 바뀔 때까지 웃었다. 사실은 울부짖었다. 그런 다음 소파에 앉아서 찰스 파머의 편지를 한 번 더 읽고 다시 폭소가 나올 때까지 울었다. 그런 다음 방으로 들어가서 베개로 편안하게 몸을 받치고 잠을 청했다.

그는 감쪽같이 처벌을 면했다. 그게 최종 결론이었다. 그는 감쪽같이 처벌을 면했고, 그 뒤로 그것과 조금이나마 비슷한 짓은 저지른 적이 없었고, 그 일은 백만 년 전에 벌어졌던 사건이었다. 이제와 되살아나서 그를 괴롭히는 이유가 뭘까?

그로서는 알 수 없었고 더이상 생각하지도 않을 작정이었다.

"그것도 지금부터 당장." 그는 빈 부엌에 대고 이렇게 말한 뒤 욱신거리는 머리를 모르는 체하려고 애를 쓰며 뚜벅뚜벅 커피메이커 앞으로 걸어갔다.

'이제 와서 왜 그 생각이 나는지 이유를 알잖아.'

"그만 좀 나불거려라." 그는 다소 명랑하게 대화를 나누듯이 말했지만…… 커피메이커를 드는 손이 부들부들 떨리고 있었다.

'평생 숨기지 못하는 일도 있는 법이야. 모트, 너 그러다 병에 걸릴 수도 있어.'

"그만 좀 나불거려라. 경고한다." 그는 명랑하게 대화를 나누듯이 말했다.

'심각한 병에 걸릴 수도 있어. 신경쇠약증에…….'

"그만 좀 나불거리라고!" 그는 고함을 지르며 커피메이커를 있는 힘껏 던졌다. 커피메이커는 몇 번 공중제비를 넘어가며 조리대를 넘고 부엌을 가로질러 날아가다 전면 유리창에 부딪히자 와장창 깨져서 바닥으로 떨어졌다. 전면 유리창을 보니 꼭대기까지 지그재그로 기다랗게 은색 금이 갔다. 커피메이커와 부딪힌 곳에서 시작된 금이었다. 그의 머리도 한가운데에 비슷하게 금이 간 것처럼 느껴졌다.

종전의 목소리는 입을 다물었다.

그는 무신경하게 방으로 들어가서 알람 시계를 들고 다시 거실로 나왔다. 걸으면서 10시 30분에 알람을 맞추었다. 10시 30분에 우체국에 가서 페덱스를 받고 이 악몽을 지워버리는 작업에 딱 부러지게 착수할 생각이었다.

그리고 그때까지 잠을 잘 생각이었다.

잠이 제일 잘 오는 소파에서 잘 생각이었다.

"나는 신경쇠약증에 걸리지 않을 거야." 그는 조그만 목소리를 향해 이렇게 속삭였지만, 목소리는 이러쿵저러쿵하지 않았다. 겁이 난 게 아닐까 싶었다. 그런 것이길 바랐다. 왜냐하면 그가 그 목소리 때문에 겁이 났다.

모트는 전면 유리창에 난 은색 금을 멍한 시선으로 더듬었다. 그러면서 객실 청소부의 열쇠를 썼던 것을 생각했다. 객실이 어두침침해서 눈이 적응하느라 어느 정도 시간이 걸렸다. 그들의 맨 어깨. 그들의 겁에 질린 눈동자. 그는 고함을 질렀고 뭐라고 했는지 기억은 나지 않지만—감히 에이미에게 물어보지도 못했다—그들의 눈빛으로 보건대 무서운 헛소리였을 게 분명했다.

'내가 만약 신경쇠약증에 걸릴 거였으면 그때 걸렸을 거야.' 그는 번개 모양으로 난 금을 보며 생각했다. '젠장, 모텔 방문을 열었다가 테네시의 뭣 같은 촌구석 출신의 번드르르한 부동산업자와 같이 있는 아내를 본 것에 비하면 《계간 아스펜》에서 보낸 편지는 아무것도 아니었어…….'

모트는 눈을 감았다가 또 다른 목소리가 시끄럽게 떠드는 소리에 눈을 떴다. 이번에는 알람 시계에서 나는 소리였다. 안개가 걷혀서 해가 고개를 내밀었고 이제 우체국에 가야 할 시각이었다.

43

그는 우체국으로 가는 길에 페덱스 직원이 왔다 갔지만…… 줄리엣이 창가에 서 있다가 창밖으로 민낯을 내밀고서 미안하다고, 모트 앞으로 배달된 우편물이 없다고 고개를 저을 것 같은 예감을 문득 느꼈다. 그러면 그의 증거물은? 연기처럼 사라질 게 분명했다. 사실은 말도 안 되는 예감이었지만—허브는 지키지 못할 약속은 하지 않는 신중한 친구였다—너무 강렬해서 아니라고 할 수가 없었다.

그는 억지로 차에서 내렸다. 우체국 입구에서 줄리엣 스토커가 서서 우편물을 정리하고 있는 창가까지 걸어가는 길이 천 킬로미터는 됨직하게 느껴졌다.

창가 앞에 도착했을 때 모트는 말을 하려고 했지만 아무 말도 나오지 않았다. 입술을 움직였지만 목이 바짝 말라서 소리를 낼 수가 없었다. 줄리엣이 그를 쳐다보더니 한 걸음 뒤로 물러섰다. 놀란 얼굴이었다. 하지만 그가 모텔 방문을 열고 총을 겨누었을 때의 에이미와 테드만큼 놀란 것 같지는 않았다.

"레이니 씨? 괜찮으세요?"

그는 헛기침을 했다. "미안해요, 줄리엣. 목이 잠깐 잠겼어요."

"얼굴에 핏기가 하나도 없으세요." 모트는 그녀의 목소리에서 태시모어 주민들이 그를 대할 때 쓰는 말투를 느낄 수 있었다. 자부심 비슷한 감정이 깃들었으면서도 그가 특별한 보호와 보살핌이 필요한 신동이라도 되는 것처럼 짜증과 생색이 섞인 말투였다.

"어제저녁에 뭘 잘못 먹었나 봐요. 페덱스에서 제 앞으로 보낸 물건이 있죠?"

"아뇨, 없는데요."

그는 카운터 아랫면을 으스러져라 붙잡았다. 그녀의 대답을 잘못 들었다는 것을 이내 깨달았지만 잠깐 동안은 이러다 기절하겠다는 생각이 들었다.

"뭐라고요?"

그녀는 등을 돌리고 있었다. 시골 여자 특유의 튼실한 엉덩이를 그에게 향하며 바닥에 놓인 소포를 뒤지고 있었다.

"한 개 있다고요." 그녀는 이렇게 대답하고는 몸을 돌려서 카운터 너머로 소포를 하나 내밀었다. 펜실베이니아의 《엘러리 퀸 미스터리 매거진》이라고 적힌 발신인 주소가 보이자 안도감이 그를 훑고 지나갔다. 말랐던 목에 시원한 물을 들이부은 느낌이었다.

"고마워요."

"별말씀을요. 그런데 우리가 페덱스의 소포를 취급한다는 걸 알면 우체국 측에서 길길이 날뛸 거예요."

"어, 듣고 보니 정말 고맙네요." 모트가 말했다. 잡지를 받았더니 얼른 집으로 도망치고 싶었다. 그러고 싶은 마음이 어찌나 굴뚝같은지 원초적인 욕구에 가까울 정도였다. 왜 그런지 이유는 알 수 없었지만—정오가 되려면 한 시간 십오 분이나 남았는데—아무튼 그랬다. 사실 줄리엣에게 그만 좀 나불거리라고 말하고 싶은 마음도 있었지만…… 그랬다가는 뼛속까지 양키인 그녀가 발끈할 게 분명했다.

"비밀로 해주실 거죠?" 그녀가 물었다.

"그럼요." 그는 애써 씩 웃으며 말했다.

"좋아요." 줄리엣 스토커는 이렇게 말하고 미소를 지었다. "왜냐하면 저는 선생님이 무슨 짓을 저질렀는지 알거든요."

그는 문 앞에서 걸음을 멈추었다. "뭐라고요?"

"우체국 측에서 알면 제가 총살당할 거라고요." 그녀는 말을 마치고 그의 얼굴을 유심히 들여다보았다. "집에 가서 좀 누우셔야겠어요, 레이니 씨. 얼굴이 정말 말이 아니네요."

지난 삼 일 내내 누워 있었던 것 같은데요, 줄리엣……. 뭘 때리고 있었을 때만 빼고.

"그래야 할지도 모르겠어요. 아직도 기운이 없네요."

"바이러스가 돌고 있대요. 거기 감염이 되셨나 봐요."

그때 캠프 위그모어의 여자 둘—온 동네 주민들이 티 안 나는 레즈비언 아니냐고 의심하는 여자들이었다—이 들어오자 모트는 무사히 빠져나올 수 있었다. 그는 파란색 봉투를 무릎 위에 올려놓고 뷰익에 앉았다. 모든 사람들이 그를 보고 아파 보인다고 하는 것이, 머리가 점점 안 돌아가는 것이 마음에 들지 않았다.

'상관없어. 이제 거의 끝났잖아.'

그가 봉투를 뜯기 시작했을 때 캠프 위그모어의 여자들이 나와서 그를 쳐다보았다. 그들이 머리를 한데 모았다. 한 명은 미소를 지었다. 다른 한 명은 큰 소리로 웃었다. 모트는 집에 가서 뜯어보기로 마음을 먹었다.

44

그가 늘 차를 대던 집 옆에 뷰익을 세우고 시동을 껐을 때……연한 회색 장막이 눈앞을 가렸다. 잠시 후 장막이 걷혔을 때 그는 기분이 묘했고 겁이 났다. 그에게 정말로 문제가 있는 걸까? 신체적인 문제가 있는 걸까?

아니라고, 스트레스 때문에 그런 거라고, 그는 결론을 내렸다.

무슨 소리가 들리기에—아니면 무슨 소리가 들린 것 같아서—홱 하니 고개를 돌렸다. 아무것도 없었다. '정신 똑바로 차려.' 그는 떨리는 목소리로 자기 자신에게 말했다. '염병할 정신만 똑바로 차려. 너는 그러기만 하면 돼.'

그러고 나서 생각했다. '나는 정말로 총을 들고 있었어. 그날. 하지만 빈총이었어. 두 사람한테는 나중에 알려주었지. 에이미는 내 말을 믿었어. 밀너는 어쨌는지 모르겠지만 에이미는 내 말을 믿었고…….

그래, 모트? 정말로 빈총이었어?'

그는 한복판에 번개 모양으로 아무렇게나 지그재그로 금이 간 전면 유리창을 떠올렸다. '그런 식이지.' 그는 생각했다. '인간사가 그런 식이지.'

그는 페덱스 봉투를 내려다보았다. 그가 생각해야 하는 것은 이것이었다. 에이미나 테네시 주 슈터스노브에서 온 우라질 테드가 아니라 이것이었다.

입구가 이미 반쯤 벌어져 있었다. 요즘은 모든 사람들이 성의가 없다. 그는 봉투를 뜯고 흔들어서 잡지를 무릎 위로 떨어뜨렸다. 《엘러리 퀸 미스터리 매거진》 로고가 빨간색으로 적혀 있었다. 그 아래에 훨씬 작은 글씨로 "1980년 6월 호"라고 적혀 있었다. 그리고 그 아래에 잡지에 작품이 실린 일부 작가들의 이름이 나열되어 있었다. 에드워드 D. 호크. 루스 렌델. 에드 맥베인. 퍼트리샤 하이스미스. 로런스 블록.

그의 이름은 표지에 없었다.

당연한 일이었다. 당시만 해도 그는 거의 알려지지 않은 작가였고 미스터리 작가가 아니었다. 「씨 뿌리는 계절」만 이례적인 수작이었다. 기존 독자들이 그의 이름을 보아도 아무 감흥이 없을 테니 잡지사 측에서 표지에 싣지 않은 것이었다. 그는 표지를 넘겼다.

목차 페이지가 없었다.

누가 목차 페이지를 도려냈다.

그는 미친듯이 페이지를 넘긴 다음 잡지를 내려놓았다가 조그맣게 비명을 터뜨리며 다시 들었다. 처음에는 몰랐는데 훑어보니 83쪽부터 97쪽까지가 없었다.

"네 녀석이 도려냈군!" 그는 비명을 질렀다. 눈알이 튀어나올 만큼 큰 소리로 비명을 질렀다. 뷰익의 운전대를 몇 번이고 주먹으로 내리쳤다. 운전대가 경적 소리를 뱉어냈다. "네 녀석이 도려냈군, 이 개새끼! 무슨 수로 그런 거야? 네 녀석이 도려냈어! 네 녀석이 도려냈어! 네 녀석이 도려냈어!"

45

집까지 반쯤 갔을 때 슈터가 무슨 수로 그랬을지 궁금해하는 그 치명적인 속삭임이 들렸다. 펜실베이니아에서 페덱스로 배달된 봉투를 줄리엣이 받았는데 도대체 무슨 수로…….

그는 걸음을 멈추었다.

'좋아요.' 줄리엣은 이렇게 말했다. '좋아요, 왜냐하면 저는 선생님이 무슨 짓을 저질렀는지 알거든요.'

그거였다. 그것으로 설명이 끝났다. 줄리엣이 한편이었다. 하지만…….

하지만 줄리엣은 까마득한 옛날부터 태시모어를 벗어난 적이 없었다.

그리고 줄리엣은 그렇게 말하지 않았다. 그가 착각한 것이었다.

피해망상으로 과열된 그의 착각이었다.

"그래도 그 자식이 한 짓은 맞아." 모트는 집안으로 들어가 문지방을 넘자마자 잡지를 있는 힘껏 내팽개쳤다. 잡지는 깜짝 놀란 새처럼 페이지를 펄럭이며 날아가서 철퍼덕 소리와 함께 바닥에 떨어졌다. "그럼, 당연하지. 당연하고말고. 그 자식이 한 짓이야. 하지만 내가 가만히 앉아서 그 자식을 기다릴 필요는 없잖아? 내가……."

슈터의 모자가 보였다. 슈터의 모자가 서재 방문 앞 바닥에 놓여 있었다.

모트는 쿵쾅거리는 심장 소리를 들으며 가만히 서 있다가 만화 속 주인공처럼 까치발을 하고 살금살금 난로 쪽으로 걸어갔다. 그는 조그만 고리에 걸려 있는 부지깽이를 꺼내려다 부지깽이 끝이 재를 치우는 삽에 부딪혀서 희미하게 쨍그랑 소리가 나자 움찔하고 놀랐다. 그는 부지깽이를 꺼내서 예전에 욕실을 부쉈을 때 그랬던 것처럼 머리 위로 치켜들고, 닫혀 있는 문 쪽으로 살금살금 걸어갔다. 던져놓은 잡지를 밟지 않도록 뱅 돌아서 갔다.

문 앞에 다다르자 걸음을 멈추었다.

"슈터?"

아무 대꾸가 없었다.

"슈터, 제 발로 걸어나오는 게 좋을 거다! 내가 들어가서 널 잡으면 다시는 어디든 제 발로 가지 못하게 될 테니까!"

여전히 아무 대꾸가 없었다.

그는 잠깐 서 있다가 용기를 내서(낼 용기가 있는지 알 수 없었지만) 문손잡이를 돌렸다. 그는 문을 어깨로 밀고 안으로 뛰어들어 비명을 지르고 부지깽이를 휘둘렀지만…….

안에는 아무도 없었다.

하지만 슈터가 왔다 간 흔적이 역력했다. 진짜였다. 모트의 워드프로세서 모니터가 바닥에 떨어진 채 화면이 산산조각 나 있었다. 슈터가 박살낸 것이었다. 모니터가 있었던 책상 위에 구식 로열 타자기가 놓여 있었다. 이 공룡은 강철로 이루어진 표면에 먼지가 껴서 칙칙했다. 키보드 사이에 원고가 꽂혀 있었다. 슈터가 백만 년 전에 돌로 눌러서 현관에 놓고 간 원고였다.

「비밀의 창, 비밀의 화원」이었다.

모트는 부지깽이를 바닥으로 떨어뜨렸다. 그러고는 최면에 걸린 사람처럼 타자기 쪽으로 걸어가서 원고를 집었다. 그는 원고를 천천히 넘기다 개빈 부인이 그의 원고라고 확신한 이유를…… 쓰레기통에 버린 것을 다시 주워다 놓을 만큼 확신한 이유를 깨달았다. 무의식적이었겠지만 그녀의 눈이 들쭉날쭉한 서체를 알아본 것이다. 왜 아니겠는가? 그녀는 「비밀의 창, 비밀의 화원」처럼 생긴 원고를 몇 년 동안 보았다. 왕 워드프로세서와 시스템 파이브 레이저 프린터는 비교적 신제품이었다. 그는 작가 인생 대부분을 이 구식 로열 타자기와 함께 보냈다. 세월이 오래되다 보니 많이 닳아서 이제는 볼품없었다. 이 타자기로 치면 글자가 노인네 치아처럼 비뚜름하게 나왔다.

그래도 타자기를 버리지는 않았다. 편집자들이 '딸기밭'이라고 부르는 묵은 교정지와 원고 뭉치와 함께 서재 벽장 뒤에 처박아두었다. 슈터가 그걸 훔쳐다가 자기 원고를 치고, 모트가 우체국에 간

틈을 타서 몰래 다시 가져다놓은 게 분명했다. 그런 거였다. 앞뒤가 딱 맞았다.

'아니, 모트. 앞뒤가 전혀 딱 맞지 않아. 좀 말이 되는 소리를 해줄래? 경찰서에 전화해. 그게 말이 되는 소리지. 경찰서에 전화해서 여기로 출동해서 너를 잡아가달라고 해. 무슨 짓을 더 저지르기 전에 얼른 잡아가달라고. 또 다른 누군가를 죽이기 전에 잡아가달라고.'

모트는 울부짖으며 원고를 떨어뜨렸다. 원고는 나른하게 펄럭이며 주변으로 흩뿌려졌고 순간 삐죽삐죽한 은색 번개가 치듯 번쩍하고 깨달음이 찾아왔다.

46

존 슈터는 없었다.

애초부터 그런 존재는 없었다.

"아니야." 모트는 중얼거렸다. 그는 넓은 거실을 성큼성큼 왔다 갔다했다. 두통이 찾아오자 통증이 파도처럼 밀려들었다. "아니야, 인정하지 않겠어. 절대 인정하지 않겠어."

그가 인정하건 거부하건 별 상관 없었다. 모든 퍼즐 조각이 거기 있었고 구식 로열 타자기를 본 순간 퍼즐 조각들이 날아다니기 시작했다. 십오 분이 지난 지금까지도 계속 날아다녔고 그는 조각들을 떨어뜨릴 여력이 없었다.

미캐닉폴스에서 고무 롤러로 차 앞유리창을 닦아주었던 주유소 직원이 계속 떠올랐다. 그건 평생 두 번 다시 볼 일이 없음 직한 광경이었다. 나중에 생각해보니 그 아이는 모트를 알아보았고 모트의 작품들을 좋아했기 때문에 시키지도 않은 서비스를 제공한 게 아닐까 싶었다. 앞유리창이 지저분하기는 했다. 여름은 지났지만 시골길을 빠르게 달리다 보면 앞유리창에 들러붙는 것들이 많았다. 그는 분명 시골길을 달렸다. 그의 집에 불을 지르느라 잠깐 멈추었을 뿐, 삽시간에 데리까지 다녀왔다. 돌아오는 길에 주유소에 들러서 기름을 넣지도 않았다. 갈 데가 많았고 죽여야 할 고양이도 있지 않았던가. 그래서 바쁘고 바쁘고 바빴다.

그는 거실 중간에서 걸음을 멈추고 빙그르르 돌아서 전면 유리창을 물끄러미 바라보았다. "그게 다 내가 저지른 짓이라면 왜 기억이 안 나는 거야?" 그는 은색으로 금이 간 유리창에 대고 물었다. "왜 지금도 기억이 안 나는 거냐고?"

왜 그런지 알 길이 없었지만…… 이름의 유래는 알 수 있었다. 이름의 출처는 그에게 단편소설을 뺏긴 남부 출신의 대학교 동창이었다. 성의 출처는 그에게서 아내를 빼앗아 간 남자였다. 무슨 문학계의 괴상망측한 농담 같았다.

'그녀는 그를 사랑한다잖아, 모트. 지금은 그를 사랑한다잖아.'

"지랄하시네. 남의 부인이랑 자는 남자는 도둑이야. 여자는 공범이고."

그는 반항조로 금이 간 유리창을 쳐다보았다.

금이 간 유리창은 아무 말이 없었다.

삼 년 전에 모트는 『델라코트 가족』이라는 소설을 출간했다. 슈터의 원고에 적힌 발신자 주소가 미시시피 주 델라코트였다. 그건…….

그는 서재에 꽂혀 있는 백과사전 쪽으로 허둥지둥 달려가다 바닥에 어지럽게 흩뿌려진 종이를 밟고 하마터면 넘어질 뻔했다. M이라고 적힌 사전을 꺼내서 미시시피 항목을 찾았다. 그러고는 요행을 바라며, 부들부들 떨리는 손가락으로 나열된 도시 이름들—한 면 가득이었다—을 짚었다.

소용없었다.

미시시피 주에는 델라코트라는 도시가 없었다.

그는 슈터가 그레이하운드 버스에 탑승하기 전에 『너도나도 밀고하는 사회』 페이퍼백을 샀다는 퍼킨스버그라는 도시는 있는지 찾아보려다 사전을 덮어버렸다. 그런 헛수고를 할 필요가 없었다. 미시시피 주에 퍼킨스버그라는 도시가 있다 한들 아무 의미 없었다.

모트가 존 킨트너와 함께 들은 수업의 교수가 리처드 퍼킨스 2세였다. 그것이 도시 이름의 출처였다.

'그래. 하지만 나는 아무것도 기억이 안 나는데 어떻게……?'

'오, 모트.' 작은 목소리는 안타까워했다. '너는 지금 많이 아파. 너는 지금 많이 아픈 환자야.'

"인정하지 않겠어." 그는 이렇게 중얼거렸다가 자신의 목소리가 개미처럼 작은데다 흔들리기까지 한다는 것에 경악했지만, 과연 다른 여지가 있을까 싶었다. 심지어 그가 잠결에 돌이킬 수 없는 짓들을 저지르는 것 같다는 생각이 든 적도 있지 않았던가.

'너는 두 사람을 죽였어.' 조그만 목소리가 속삭였다. '톰을 죽인 이유는 네가 그날 혼자 있었다는 걸 알았기 때문이고, 그레그를 죽인 이유는 사실을 은폐하기 위해서였어. 톰만 죽이면 그레그가 경찰에 연락할 테니까. 그건 네가 바라는 바가 아니었잖아. 그러도록 내버려둘 수가 없었잖아. 네가 지어낸 이 끔찍한 이야기가 완전히 끝나기 전에는. 어제 일어났을 때 너는 온몸이 욱신거렸지. 온몸이 뻣뻣하고 욱신거렸지. 욕실 문을 부수고 욕조 칸막이를 박살내서 그런 게 아니었잖아. 그보다 훨씬 더 바빴잖아. 톰하고 그레그를 처리하느라. 차를 처치한 방법은 네 짐작이 맞았어……. 하지만 톰의 집까지 달려가서 뷰익을 몰고 온 사람은, 소니 트로츠에게 전화해서 톰인 척한 사람은 너였지. 미시시피에서 며칠 전에 온 사람은 소니가 가는귀가 먹었다는 걸 모를 테지만 너는 아니까. 네가 그들을 죽였어, 모트, 네가 그 사람들을 죽였어!'

"그럴 리 없어!" 그는 비명을 질렀다. "전부 그의 수작이야! 그가 벌인 게임이라고! 심리 게임! 나는…… 나는 인정하지 않겠어……."

'그만해.' 조그만 목소리가 그의 머릿속에서 속삭이자 모트는 멈추었다.

잠깐 동안 양쪽 세계가 완벽한 정적에 휩싸였다. 그의 머리 안팎에서 정적이 흘렀다.

막간이 끝났을 때 조그만 목소리가 물었다. '왜 그랬어, 모트? 왜 이렇게 치밀한 살인을 저지른 거야? 슈터는 계속 작품을 하나 써달라고 했지만 슈터라는 존재는 없잖아. 뭘 원한 거야, 모트? 뭐하러 존 슈터를 만들어낸 거야?'

밖에서 자동차 한 대가 진입로를 달려오는 소리가 들렸다. 모트가 손목시계를 확인해보니 시침과 분침이 정확하게 12를 가리키고 있었다. 굴뚝에서 불길이 솟아오르듯 환희와 안도감이 용솟음쳤다. 잡지를 입수해도 증거가 없기는 마찬가지였지만 상관없었다. 그가 슈터의 손에 죽을 수도 있었지만 상관없었다. 존 슈터가 실제로 존재한다면, 그 끔찍한 사건들이 자기가 저지른 일이 아니라면 모트는 행복하게 눈을 감을 수 있었다.

"그자가 왔잖아!" 그는 기쁨에 겨워서 외치며 서재 밖으로 달려나갔다. 머리 위로 미친듯이 손을 흔들었고, 거의 깡충깡충 뛰며 모퉁이를 돌아서 현관 앞으로 갔다.

그는 걸음을 멈추고, 범프의 시체가 박혀 있었던 비스듬한 쓰레기 보관함 뚜껑을 지나서 진입로를 내다보았다. 그의 두 손이 천천히 옆구리 쪽으로 내려왔다. 시커먼 공포가 머릿속으로 스며들었다. 아니, 스며들었다기보다 누군가가 인정사정없이 블라인드를 내리기라도 한 것처럼 머릿속을 뒤덮었다. 마지막 조각이 맞추어졌다. 몇 분 전 서재에서는 그가 자살할 용기가 부족해서 환상 속의 암살자를 만들어냈나 하는 생각을 했었다. 이제 그는, 모트는 절대 죽이지 않겠다고 했던 슈터의 말이 진실이었음을 깨달았다.

상상 속에 존재하는 존 슈터의 스테이션왜건이 아니라 에이미의 실용적인 소형 스바루가 멈추어 섰다. 에이미가 핸들을 잡고 있었다. 그녀는 그의 사랑을 훔쳤고, 줄 것이라고는 사랑밖에 없는 남자에게서 사랑을 훔치는 여자는 여자라고 볼 수 없었다.

그래도 그는 그녀를 사랑했다.

그녀를 증오하는 사람은 슈터였다. 그녀를 죽여서 호숫가에 묻힌 범프 옆에 묻으려는 사람은 슈터였다. 그러고 나면 머지않아 그녀는 두 사람 모두에게조차 풀리지 않는 수수께끼가 될 것이었다.

"도망쳐, 에이미." 그는 늙은 할아버지처럼 중풍에 걸린 목소리로 속삭였다. "너무 늦기 전에 도망쳐."

하지만 에이미는 차에서 내렸고, 그녀가 등뒤로 문을 닫는 순간 손 하나가 모트의 머릿속에서 블라인드를 끝까지 내렸다. 그는 어둠 속에 놓였다.

47

에이미가 손잡이를 돌려보니 문이 열려 있었다. 그녀는 안으로 들어가서 모트를 부르려다 멈추었다. 놀라서 휘둥그레 뜬 눈으로 사방을 둘러보았다.

집안이 난장판이었다. 휴지통이 꽉 차서 쓰레기가 바닥으로 넘쳤다. 느른한 가을 파리 몇 마리가 한쪽 구석에 처박힌 알루미늄 고기파이 접시를 들락날락 기어다녔다. 퀴퀴한 부엌 냄새와 곰팡내가 느껴졌다. 심지어 상한 음식 냄새도 나는 듯했다.

"모트?"

대답이 없었다. 그녀는 집안의 나머지 부분도 보고 싶은지 자신이 없어서 주춤주춤 안쪽으로 걸어갔다. 개빈 부인이 삼 일 전에 다녀갔을 텐데. 어떻게 삼 일 새 이렇게 손을 쓸 수 없는 지경이 되었을까? 무슨 일이 있었던 걸까?

그녀는 결혼 생활의 마지막 일 년 내내 모트를 걱정했고 이혼한 이후에는 걱정이 더 심해졌다. 걱정스러웠을 뿐 아니라 두말하면 잔소리지만 미안했다. 그녀는 일정 부분 자기 책임이 있다고 생각했고 평생 죄책감은 사라지지 않을 것이었다. 모트는 절대 강한 남자가 아니었다. 사실을 끈질기게 (가끔은 히스테리에 가까울 정도로) 인정하지 않는 것이 그의 가장 큰 단점이었다. 오늘 아침에 그의 목소리는 자살하려는 사람처럼 들렸다. 에이미가 그의 경고대로 테드를 데리고 오지 않은 딱 한 가지 이유는 모트가 정말로 자살하기 직전일 경우에 테드를 보면 폭발할지 모른다고 생각했기 때문이었다.

그녀는 살인이라는 단어는 생각해본 적이 없었고 지금도 마찬가지였다. 그 끔찍했던 날 모텔에서 모트가 그들을 향해 총을 휘둘렀을 때도 그녀는 겁에 질리지 않았다. 총은 무섭지 않았다. 모트는 살인을 저지를 만한 인물이 아니었다.

"모트? 모……."

부엌 조리대를 돌아 나온 순간 에이미는 말문이 막혔다. 어안이 벙벙해서 동그래진 눈으로 넓은 거실을 빤히 쳐다보았다. 온 사방에 종이가 흩어져 있었다. 모트가 책상 서랍과 서류함에 넣어두었던 원고를 죄다 꺼내서 그로테스크한 섣달그믐 축하 행사장의 색종이 조각처럼 여기저기 흩뿌린 듯했다. 식탁에는 씻지 않은 그릇들이 쌓여 있었다. 금이 간 전면 유리창 앞 바닥에 산산조각이 난 커피메이커가 놓여 있었다.

그리고 여기를 보고 저기를 봐도 온 사방에 한 단어뿐이었다. 슈터라는 한 단어였다.

그녀가 미술용품을 넣어둔 서랍에서 꺼냈는지 색분필로 벽에 슈터라고 적어놓았다. 마른 휘핑크림처럼 보이는 것—과연 난로 아래에 분사식 휘핑크림 깡통이 나뒹굴고 있었다—으로 창문에다 슈터라고 두 군데 뿌려놓았다. 부엌 싱크대에도 잉크로 슈터라는 단어를 여기저기 적어놓았고 집 저쪽에 달린 툇마루의 나무 기둥에는 연필로 적어놓았다. 슈터 슈터 슈터 슈터가 덧셈식처럼 세로로 일직선을 이루며 이어졌다.

그중에서도 최악은 기괴한 사랑 고백처럼 윤기가 나는 벚나무 테이블 표면에 일 미터 길이로 배뚤배뚤하게 새긴 글자였다. 슈터.

이 글자를 새기는 데 쓰인 드라이버가 옆 의자에 놓여 있었다. 강철 손잡이에 빨간 무언가가 묻어 있었다. 벚나무 조각인 모양이었다.

"모트?" 그녀는 두리번거리며 속삭였다.

이제 그녀는 제 손으로 죽음을 선택한 모트를 발견하게 될까 봐 겁이 났다. 그는 어디 있을까? 두말할 것도 없이 서재였다. 서재가 아니면 어디겠는가? 그는 인생의 가장 중요한 순간들을 모두 거기서 보냈다. 그랬으니 죽는 순간에도 그곳을 선택했을 것이다.

에이미는 들어갈 마음이 없었지만, 그를 발견하는 사람이 되고 싶은 마음이 없었지만 발길이 저절로 그쪽으로 향했다. 그녀는 걸어가는 길에 허브 크리크모어가 보낸《엘러리 퀸 미스터리 매거진》을 발로 차서 옆으로 치웠다. 내려다보지 않았다. 서재 문 앞에 다다른 그녀는 천천히 문을 열었다.

48

모트는 구식 로열 타자기 앞에 서 있었다. 워드프로세서의 모니터와 키보드가 뒤집힌 채 수북이 쌓인 유릿조각 위에 놓여 있었다. 이상하게도 그는 시골 목사처럼 보였다. 아무래도 자세 때문인 듯했다. 뒷짐을 지고 단정하게 서 있었던 것이다. 하지만 가장 큰 이유는 모자 때문이었다. 귀 끝에 닿도록 푹 눌러쓴 까만색 모자 때문이었다. 에이미는 그가 〈아메리칸 고딕〉에 나오는 그 나이 많은 남자를 닮았다는 생각이 들었다. 그림 속의 남자는 모자를 쓰지 않았지만.

"모트?" 그녀가 불렀다. 가냘프고 자신 없는 목소리였다.

그는 대답 없이 그녀를 빤히 쳐다보기만 했다. 그의 두 눈이 섬뜩하게 반짝였다. 그녀는 모트의 그런 눈빛을 본 적이 없었다. 모텔에서의 그 끔찍했던 날에도 그런 눈빛은 아니었다. 모트가 아니라 모트를 닮은 낯선 남자가 아닌가 싶을 정도였다.

하지만 모자는 알아볼 수 있었다.

"그 낡아빠진 건 어디서 찾았어? 다락방에서?" 두근거리는 심장 때문에 목소리가 흔들렸다.

분명 다락방에서 찾았을 것이다. 좀약 냄새가 어찌나 독한지 그녀가 서 있는 자리에서까지 맡을 수 있을 정도였다. 모트는 오래전에 펜실베이니아의 어느 선물가게에서 모자를 샀다. 그때 그들은 암만파가 사는 지역을 여행하고 있었다. 그녀는 데리의 집 본채와 서재로 쓰이는 별채가 만나는 모퉁이에 조그만 화원을 만들었다. 그녀의 화원이었지만 모트도 아이디어가 잘 떠오르지 않으면 종종

나가서 잡초를 뽑곤 했다. 그럴 때 대개 그 모자를 썼다. 그는 그것을 생각하는 모자라고 불렀다. 한번은 그가 그 모자를 쓰고 거울을 쳐다보며 사진을 찍어서 책표지에 넣어야겠다고 농담을 한 적도 있었다. "이 모자를 쓰면 두메산골에서 노새 궁둥이를 보며 밭고랑을 걸어야 하는 사람처럼 보인다니까."

그러다 얼마 후에 모자가 없어졌다. 여기로 가지고 내려와서 어디 넣어둔 모양이었다. 그런데…….

"이건 내 모자야." 드디어 그가 쉰 목소리로 멍하니 말했다. "다른 사람의 모자였던 적은 없었어."

"모트? 왜 그래? 도대체……."

"번지수를 잘못 찾아오셨수다, 부인. 모트는 없어. 모트는 죽었어." 날카로운 눈빛은 흔들림이 없었다. "요리조리 몸부림을 쳤지만 결국에는 나는 물론이고 자기 자신한테도 더이상 거짓말을 할 수가 없었지. 나는 털끝 하나 건드리지 않았어, 레이니 부인. 맹세해. 그 자식이 비겁하게 도망친 거지."

"왜 그런 식으로 말을 해?" 에이미가 물었다.

"나는 원래 이런 식으로 말을 하는데?" 그가 놀란 목소리로 말했다. "미시시피에서는 다들 이런 식으로 말을 하지."

"모트, 그만해!"

"내가 한 말 못 알아들었나?" 그가 물었다. "귀가 먹은 건 아니지? 그는 죽었어. 자살했다고."

"그만해, 모트." 그녀는 울음을 터뜨리며 말했다. "무섭잖아. 싫어."

“괜찮아.” 그가 뒷짐을 풀었다. 책상 맨 위 서랍에서 꺼낸 가위가 한쪽 손에 들려 있었다. 그가 가위를 든 손을 들었다. 태양이 고개를 내밀었다. 그가 가위를 벌렸다가 오므리자 날이 불가사리 모양으로 반짝였다. “조금 있으면 무서운 게 사라질 테니까.” 그는 에이미를 향해 걸어가기 시작했다.

49

그녀는 잠깐 동안 그 자리에 가만히 서 있었다. 모트가 그녀를 죽일 리 없다. 모트에게 살인 본능이 있었다면 그날 모텔에서 살인을 저질렀을 것이다.

그때 그녀는 모트의 눈빛을 보고 모트도 그 사실을 알고 있음을 느꼈다.

하지만 이자는 모트가 아니었다.

그녀는 비명을 지르며 빙그르르 몸을 돌려서 문으로 돌진했다.

슈터가 그녀를 뒤따라오는 동시에 은색 곡선을 그리며 가위를 내리꽂았다. 그가 딱딱한 바닥에 흩뿌려진 종이를 밟고 미끄러졌기 망정이지, 그렇지 않았더라면 가위가 그녀의 어깨뼈에 손잡이까지 박혔을 것이다. 그는 당혹감과 분노가 뒤섞인 비명을 지르며 대자로 넘어졌다. 가위는 「비밀의 창, 비밀의 화원」 9쪽에 꽂히면서 날 끝이 부러졌다. 그의 입이 바닥에 부딪히면서 피가 튀었다. 호주머니에서 튀어나온 폴 몰—모트 레이니와 같이 문예 창작 수업을 들었을 때 존 킨트너가 쉬는 시간에 말없이 피우던 담배가 폴 몰이었다—담뱃갑이 술집 셔플 보드 게임판의 구슬처럼 반질반질한 나무 바닥 위로 미끄러졌다. 그는 무릎을 디디며 몸을 일으켰다. 피로 뒤덮인 입술 사이로 이를 드러내며 으르렁거리고 미소를 지었다.

"전혀 도움을 안 주겠다 이거로군, 레이니 부인!" 그는 소리를 지르며 일어났다. 가위가 보이자 그는 날을 벌려서 뭉툭해진 끝을 자세히 들여다보더니 짜증을 내며 옆으로 던졌다. "화원에 당신을 위한 자리를 마련해놨어! 잡초도 다 뽑아놓았다고! 이제 협조 좀 해주시지!"

50

거실을 반쯤 지났을 때 에이미도 넘어지고 말았다. 내팽개쳐진 《엘러리 퀸 미스터리 매거진》을 한 발로 밟는 바람에 옆으로 쓰러져서 골반과 오른쪽 가슴을 바닥에 부딪혔다. 그녀는 비명을 질렀다.

그녀를 뒤따라오던 슈터가 테이블로 달려가서 고양이한테 썼던 드라이버를 낚아챘다.

"거기 가만히 있어, 꼼짝 말고." 그가 말하는 동안 에이미는 몸을 돌리고 똑바로 누워서 약에 취한 듯 몽롱한 눈을 크게 뜨고 그를 올려다보았다. "계속 움직이면 해치는 수밖에 없어. 당신을 해치고 싶지 않지만 선택의 여지가 없다면 해칠 거야. 보면 알겠지만 해야 할 일이 있거든. 여기까지 먼 길을 온 것도 해결할 문제가 있기 때문이야."

그가 점점 다가오자 에이미는 팔꿈치로 몸을 받치고 발을 밀면서 뒤로 움직였다. 머리카락이 얼굴을 덮었다. 온몸이 땀으로 뒤덮였다. 몸속에서 뿜어져 나오는 뜨끈뜨끈하고 고약한 땀냄새가 느껴졌다. 그는 정신병자 특유의 엄숙하고 비판적인 표정으로 그녀를 내려다보고 있었다.

"안 돼, 모트! 부탁이야! 부탁이야, 모트……."

그가 드라이버를 머리 위로 치켜들었다가 내리꽂으며 그녀를 향해 달려들었다. 에이미는 비명을 지르며 옆으로 몸을 굴렸다. 드라이버 날이 그녀의 원피스를 찢고 살갗을 긁자 통증이 엉덩이를 한 줄로 가로질렀다. 그녀가 허둥지둥 무릎을 딛고 몸을 일으키자 길게 찢긴 원피스가 펄럭이는 소리와 느낌이 전해졌다.

"안 돼요, 부인." 슈터는 숨을 헐떡였다. 그의 손이 그녀의 발목을 붙잡았다. "안 돼요, 부인." 그녀가 헝클어진 머리카락 사이로 어깨 너머를 돌아보니 그가 다른 손으로 바닥에 박힌 드라이버를 빼고 있었다. 까만색의 동그란 모자가 그의 머리 위에 삐딱하게 얹혀 있었다.

슈터는 드라이버를 뽑아서 에이미의 오른쪽 허벅지에 내리꽂았다.

끔찍하게 아팠다. 온 세상이 잊힐 만큼 아팠다. 그녀는 비명을 지르며 뒷발질로 그의 코를 부러뜨렸다. 슈터는 끙하는 소리와 함께 얼굴을 붙잡고 옆으로 쓰러졌고 에이미는 일어섰다. 여자의 울부짖는 소리가 들렸다. 개가 달을 보며 짖는 소리 같았다. 아마 개가 내는 소리는 아닐 것이다. 그녀가 내는 소리일 것이다.

슈터도 몸을 일으켰다. 얼굴 아래쪽에 피투성이 가면을 쓰고 있었다. 가면이 벌어지면서 모트 레이니의 삐딱한 앞니가 드러났다. 그녀는 그 앞니를 혀로 핥았던 기억이 났다.

"혈기 왕성한 성격이로군?" 그가 씩 웃으며 말했다. "그래도 괜찮아요, 부인. 계속 그렇게 해보시죠."

그가 그녀를 향해 달려들었다.

에이미는 비틀비틀 뒷걸음질쳤다. 허벅지에서 떨어져나온 드라이버가 바닥 위로 데구르르 굴러갔다. 슈터는 드라이버를 흘끗 쳐다보고는 장난하듯이 다시금 그녀를 향해 달려들었다. 에이미는 거실 의자를 하나 집어서 그의 앞으로 던졌다. 두 사람은 잠깐 동안 의자를 사이에 두고 서로를 빤히 쳐다보았고…… 잠시 후에 그가 그녀의 원피스 앞섶을 향해 손을 내밀었다. 에이미는 움찔하며 뒤로 물러났다.

"장난은 이제 그만 칠 거야." 그가 숨을 헐떡이며 말했다.

에이미는 몸을 돌려서 문을 향해 쏜살같이 달렸다.

그가 뒤쫓아 달리며 그녀의 원피스 위쪽을 낚아채려고 허우적거리다 손끝으로 그녀의 뒷덜미를 스치고서 원피스를 붙잡았다. 그대로 잡고 있었더라면 그녀를 완전히 붙들어 놓을 수 있었을 테지만 금세 놓치고 말았다.

에이미는 부엌 조리대를 쏜살같이 지나서 뒷문으로 달려갔다. 걸음을 옮길 때마다 왼쪽 단화가 쩍쩍 소리를 내며 발자국을 남겼다. 단화 안이 피로 가득했다. 슈터는 콧구멍으로 핏방울을 튀기면서 그녀를 붙잡겠다는 일념으로 헉헉대며 달려왔다.

그녀는 뒷문을 양손으로 밀쳤지만 문지방에 발이 걸리는 바람에 헉하는 숨소리를 내뱉으며 현관에 대자로 넘어졌다. 슈터가 원고를 두고 간 바로 그 자리에 넘어졌다. 그녀가 몸을 뒤집고 보니 그가 달려오고 있었다. 이번에는 무기 없이 맨손이었지만 그것만으로도 충분해 보였다. 까만 모자챙 아래로 보이는 그의 눈빛은 엄하고 단호했으며 몸서리가 쳐지도록 다정했다.

"정말 미안해요, 부인." 그가 말했다.

"레이니!" 누군가가 외쳤다. "멈춰!"

그녀는 돌아보려고 했지만 그럴 수가 없었다. 목에서 뭔가가 삐끗했다. 슈터는 그쪽을 쳐다보려는 시도조차 하지 않았다. 그녀를 향해 계속 다가오기만 할 따름이었다.

"레이니! 멈춰!"

"여기에 레이니는 없……." 슈터가 말문을 여는 순간 총성이 가을 허공을 기운차게 갈랐다. 슈터는 그 자리에서 걸음을 멈추고 신기하다는 듯, 거의 태평한 표정으로 자기 가슴을 내려다보았다. 피가 비치지는 않는데—아직은 그랬다—구멍이 뚫려 있었다. 그는 손을 구멍에 대었다가 뗐다. 집게손가락에 조그맣고 동그랗게 피가 묻었다. 한 문장의 맨 마지막에 찍는 마침표 비슷했다. 그는 생각에 잠긴 표정으로 핏자국을 쳐다보았다. 그러더니 손을 내리고 에이미를 쳐다보았다.

"자기야?" 그는 이렇게 물은 뒤 그녀 옆에 대자로 쓰러졌다.

몸을 굴려서 팔꿈치를 딛고 간신히 몸을 일으킨 에이미는 흐느끼며 그가 쓰러진 곳으로 기어갔다.

"모트?" 그녀가 외쳤다. "모트? 부탁이야, 모트. 아무 말이라도 해봐!"

하지만 그는 아무 말도 할 수가 없었다. 잠시 후에 깨달음이 그녀의 머릿속을 가득채웠다. 그가 죽었다는 단순한 사실을. 그녀가 앞으로도 몇 주, 몇 개월 동안 계속해서 부인하다 힘이 빠지면 깨달음이 다시금 그녀의 머릿속을 가득채울 것이다. 그는 죽었다. 그는 죽었다. 그는 여기서 정신장애를 일으켰고 숨을 거두었다.

그와, 막판에 그에게 빙의한 누군지 모를 인물은.

그녀가 그의 가슴에 얼굴을 묻고 흐느끼자 누구인지 모를 사람이 뒤로 다가와서 어깨에 손을 얹고 위로했다. 하지만 에이미는 돌아보지 않았다.

에필로그

테드와 에이미 밀너는 태시모어 호숫가에서 그 사건이 벌어지고 약 삼 개월이 지났을 때 에이미의 첫 남편이자 유명한 작가였던 모턴 레이니를 사살한 남자를 찾아갔다.

그들은 삼 개월이라는 기간 동안 그 남자를 심리 때 한 번 만난 적이 있었지만 공적인 자리였고 에이미는 그와 개인적인 대화를 나누고 싶지 않았다. 그런 자리에서만큼은 그랬다. 에이미는 자신을 구해준 그가 고마웠지만…… 모트는 그녀의 남편이었고 그녀는 오랜 세월 동안 그를 사랑했다. 하지만 방아쇠를 당긴 사람이 프레드 에번스 한 명이 아니었음을 마음속 저 깊은 곳에서는 느끼고 있었다.

사건을 머릿속에서 최대한 깔끔하게 정리하려면 시간이 필요했다. 그 시간은 일 년이 될 수도 있었고 이 년이 될 수도 있었고 심지어 삼 년이 될 수도 있었다. 하지만 그사이 벌어진 일들 때문에 그녀의 대응이 빨라졌다. 그녀는 뉴욕에 혼자 가고 싶었지만 테드가 끝까지 고집을 부렸다. 가장 최근에 그녀를 어딘가로 혼자 보낸 이후부터 계속 그랬다. 그랬다가 하마터면 그녀를 잃을 뻔하지 않았던가.

에이미가 거기 간다고 말한 적이 없었으니 테드가 '그녀를 혼자 보낸 거'라고 볼 수 없지 않느냐고 콕 집어서 말해도 테드는 어깨를 으쓱하고 그만이었다. 그래서 두 사람은 함께 뉴욕으로 건너가서 큼지막한 고층 건물의 53층으로 함께 올라갔고, 프레드 에번스가 평일에 자기집이라고 부르는—물론 현장에 나가 있을 때는 아니지만—콘솔리데이티드 보험사 사무실의 조그만 칸막이 자리로 함께 안내받았다.

그녀는 최대한 구석자리에 앉았고 사무실 안이 상당히 따뜻했는데도 불구하고 숄을 여몄다.

에번스는 느리고 친절했고—어렸을 때부터 그녀를 진찰한 시골 의사 같은 분위기였다—그래서 그녀는 그가 좋았다. '하지만 그는 절대 모를 거야.' 그녀는 생각했다. '내가 용기를 내서 고백하면 그가 고개를 끄덕이겠지만 믿는다는 뜻에서 고개를 끄덕이는 것은 아닐 거야. 나에게 그는 언제까지나 모트를 쏜 사람일 수밖에 없고, 자기는 구급차가 올 때까지 모트의 가슴에 얼굴을 묻고 우는 나를 바라보는 수밖에 없었다는 것을, 내가 응급 구조 요원한테 주사를 맞고서야 그이를 놓을 수 있었다는 것을 아니까. 그래도 내가 모트를 좋아하는 마음에는 변함이 없다는 건 모를 테니까.'

에번스는 바깥 사무실에 있는 어떤 여자에게 인터폰으로 연락해서 뜨거운 차를 세 잔 부탁했다. 일월이라 바람이 사납고 기온이 낮았다. 그녀는 호수가 얼면 무시무시한 바람에 날린 고운 눈가루가 얼음 위로 기다란 유령 뱀처럼 꿈틀거리는 태시모어가 떠올라서 잠깐 그리웠다. 그러자 이해가 안 되는 고약한 연상 작용에 의해, 바닥에 부딪힌 모트와 셔플 보드 구슬처럼 바닥 위로 미끄러지던 폴몰 담뱃갑이 생각났다. 그녀는 몸서리를 쳤고 잠깐 느껴졌던 그리움이 완전히 사라졌다.

"괜찮으십니까, 밀너 부인?" 에번스가 물었다.

그녀는 고개를 끄덕였다.

잔뜩 찡그린 얼굴로 파이프 담배를 만지작거리며 테드가 말했다. "아내는 에번스 씨가 아는 사건의 전말을 듣고 싶다고 합니다. 처음에는 말렸지만 그러는 게 좋을 수도 있겠다는 생각이 들어서요. 아내가 그 뒤로 악몽을 꾸어서……."

"당연히 그러시겠죠." 에번스는 테드를 완전히 무시하지는 않았지만 에이미를 똑바로 쳐다보며 이렇게 말했다. "앞으로도 한동안 악몽을 꾸실 겁니다. 사실 저도 악몽을 몇 번 꾸었어요. 사람을 쏴본 적이 없거든요."

에이미는 그에게 미소를 지어 보였다. 힘이 없기는 했지만 그래도 미소는 미소였다.

"심리 때 듣기는 했지만 에번스 씨한테 직접 듣고 싶답니다." 테드는 하던 말을 계속했다. "난해한 법률 용어는 빼고요."

"이해합니다." 에번스가 말했다. 그는 파이프 담배를 가리켰다. "피우고 싶으시면 피우셔도 됩니다."

테드는 파이프 담배를 쳐다보더니 부끄러워하는 사람처럼 외투

주머니 안으로 얼른 집어넣었다. "사실 끊으려고 노력하는 중이라서요."

에번스는 에이미 쪽으로 다시 고개를 돌렸다. "이게 무슨 소용이 있을까요?" 그는 예의 그 친절하고 다정한 목소리로 이렇게 물었다. "아니, 이게 무슨 소용이 있길 바라시느냐고 물어야 더 알맞은 질문이 될까요?"

"잘 모르겠어요." 그녀의 목소리는 낮고 침착했다. "하지만 삼 주 전에 테드와 제가 그 집을 정리하려고 태시모어로 내려갔을 때—매물로 내놓았거든요—어떤 사건이 벌어졌어요. 정확히 말하면 두 가지 사건요." 그녀는 남편을 쳐다보며 또다시 힘없는 미소를 지었다. "테드도 어떤 사건이 벌어졌다는 건 알아요. 그때 제가 에번스 씨에게 연락해서 약속을 잡았으니까요. 하지만 그게 어떤 사건인지는 몰라서 저한테 짜증이 난 것 같아요. 그럴 만도 하지요."

테드 밀너는 에이미한테 짜증이 나지 않았다고 반박하지 않았다. 슬그머니 외투 주머니 안으로 손을 넣어서 파이프 담배를 꺼내려다 다시 넣었다.

"하지만 그 두 가지 사건이…… 시월에 호숫가의 집에서 있었던 일과 연관이 있습니까?"

"잘 모르겠어요. 에번스 씨…… 그때 무슨 일이 있었던 걸까요? 에번스 씨는 어디까지 알고 계세요?"

"글쎄요." 그는 의자에 기대고 앉아서 차를 홀짝였다. "만약 모든 궁금증이 해결되길 바라는 마음에 저를 찾아오셨다면 단단히 실망하실 겁니다. 화재에 대해서는 알려드릴 수 있지만 남편께서 왜 그런 짓을 저질렀는지에 대해서는…… 저보다 부인이 채울 수 있는 빈칸이 더 많을 겁니다. 화재와 관련해서 가장 곤혹스러웠던 부분은 발화 지점이었어요. 본채가 아니라 별채인 레이니 씨의 서재에서 시작되었으니까요. 그래서 언뜻 보면 그를 겨냥한 방화가 아니었을까 싶지만 그는 당시 그 집에 있지도 않았단 말이죠.

그런데 잔해만 남은 서재에서 엄청나게 많은 양의 유리병이 나왔어요. 와인을 담았던 병인데—정확히 말하면 샴페인이었죠—맨 마지막으로 담겼던 내용물이 휘발유였어요. 일부 상표가 온전하게 남았기에 복사를 해서 뉴욕으로 팩스를 보냈죠. 1980년대에 생산된 모에 에 샹동이라고 하더군요. 화염병을 만드는 데 동원된 병의 출처가 부인의 집 와인 보관실이라는 확실한 증거는 아닐지 몰라도 제법 설득력 있는 증거는 될 수 있었죠. 유실물 목록에 1983년 아니면 1984년에 생산된 열댓 병의 모에 에 샹동이 적혀 있었으니까요.

이렇게 해서 확실하지만 이치에 맞지는 않는 추론이 도출됐습니다. 집에 불을 지른 범인이 부인 아니면 부인의 전남편일지 모른다는 것이었죠. 밀너 부인께서 말씀하시길 외출을 하면서 문을 잠그지 않았다고 했으니……."

"제가 그것 때문에 얼마나 잠을 설쳤는지 몰라요." 에이미가 말했다. "잠깐 나갔다 올 때에 깜빡하고 문을 안 잠그는 일이 많았거든요. 뱅고어 북쪽의 조그만 마을에서 자라서 시골 사람들의 습관은 잘 고쳐지지가 않아요. 모트는……." 입술이 떨리자 그녀는 잠깐 말을 멈추고 입술이 새하얘지도록 꾹 다물었다. 다시 진정이 되자 그녀는 나지막이 말끝을 맺었다. "모트는 그러지 말라고 종종

야단을 쳤고요."

테드가 그녀의 손을 잡아주었다.

"물론 그러거나 말거나 상관없는 일이었습니다." 에번스가 말했다. "문을 잠갔더라도 레이니 씨는 열 수 있었을 테니까요. 레이니 씨가 계속 열쇠를 가지고 있었죠, 맞습니까?"

"네." 테드가 말했다.

"만약 문을 잠그셨다면 사태를 간파하기까지 걸린 시간이 단축됐을지 모르지만 알 수 없는 일이죠. 사후 비판은 저희 업계에서 지양하는 악습이에요. 그러면 위궤양에 걸린다는 속설이 있는데 저는 그 속설을 믿습니다. 아무튼 레이니 부인, 아, 죄송합니다. 밀너 부인께서 문을 잠그지 않았다고 하셨으니 처음에는 누구라도 방화 용의자가 될 수 있었죠. 하지만 방화에 동원된 유리병의 출처가 그 집 지하 와인 보관실이라는 가정 아래 수사를 진행해보니 용의자가 줄더군요."

"하지만 와인 보관실은 잠겨 있었잖습니까." 테드가 말했다.

에번스는 고개를 끄덕였다. "제가 그 방의 열쇠는 누가 보관하고 있느냐고 물었지요. 기억하십니까, 밀너 부인?"

"에이미라고 불러주시면 안 될까요?"

그는 고개를 끄덕였다. "기억하십니까, 에이미 씨?"

"네. 삼사 년 전에 저렴한 레드 와인이 몇 병 없어진 뒤로 와인 보관실을 잠가놓기 시작했어요. 모트는 가정부의 소행일 거라고 했죠. 저는 가정부를 좋아했기 때문에 믿고 싶지 않았지만 모트의 짐작이 맞았을 거예요. 아무튼 그 뒤로 누구도 유혹을 느끼지 못하게 문을 잠가놓았어요."

에번스는 테드 밀너를 쳐다보았다.

"에이미 씨는 와인 보관실의 열쇠를 가지고 있었고 그녀의 짐작에 따르면 레이니 씨도 열쇠를 가지고 있었죠. 이렇게 해서 용의자의 범위가 줄어듭니다. 물론 에이미 씨의 소행이었다면 밀너 씨도 공범일 수밖에 없습니다. 그날 저녁에 두 분은 서로 알리바이를 제공하는 사이였으니까요. 레이니 씨는 알리바이는 없었지만 상당한 거리를 두고 떨어져 있었고요. 그런데 중요한 문제가 뭔가 하면, 범행 동기를 찾을 수가 없다는 거였습니다. 레이니 씨의 작품 덕분에 두 분이 경제적으로 풍족하게 살 수 있었으니 말이죠. 그래도 우리는 지문 감식에 착수했고 쓸 만한 지문을 두 개 입수했습니다. 데리에서 여러분을 면담한 다음날에요. 둘 다 레이니 씨의 지문이었어요. 이번에도 확실한 증거라고 볼 수는 없었지만……."

"그래요?" 테드가 놀란 얼굴로 물었다.

에번스는 고개를 끄덕였다. "감식 결과 병이 불에 타기 전에 남겨진 지문이라고 밝혀졌지만 얼마나 오래전에 남겨진 지문인지는 알 수가 없었거든요. 열기로 유분이 바짝 말라버려서요. 게다가 와인병의 출처가 와인 보관실이라는 우리의 짐작이 맞는다 하더라도 누가 그걸 봉투나 상자에서 꺼내 받침대에 올려놓았을 거 아닙니까. 그 누군가가 레이니 씨 아니면 레이니 부인이었을 테니 그래서 지문이 남은 거라고 주장할 수도 있었죠."

"그이는 뭐든 주장할 만한 상태가 아니었어요." 에이미가 나지막이 말했다. "막판에는요."

“맞는 말씀이겠습니다만 저희는 몰랐죠. 저희가 알기로 대부분의 사람들은 와인을 옮길 때 주둥이나 윗부분을 잡아요. 그런데 두 개의 지문은 바닥 부분에 남아 있었고 각도도 이상했어요.”

“옆으로 아니면 거꾸로 들었던 것처럼 말이죠?” 테드가 끼어들었다. “심리 때 그렇게 말씀하셨잖아요.”

“네. 와인에 대해서 조금이라도 아는 사람이라면 그렇게 들지 않아요. 침전물이 섞이니까요. 그리고 샴페인의 경우에는…….”

“기포가 생기죠.” 테드가 말했다.

에번스는 고개를 끄덕였다. “샴페인을 세게 흔들면 기압 때문에 터져버리죠.”

“그 안에 샴페인은 없었잖아요.” 에이미가 조용히 말했다.

“네, 그래도 그것이 증거가 될 수는 없었어요. 저는 일대 주유소를 돌아다니며 레이니 씨 비슷하게 생긴 사람이 그날 저녁에 휘발유를 사 가지 않았는지 조사했지만 소득이 없었죠. 놀랄 일은 아니었어요. 태시모어나, 태시모어와 데리 사이에 있는 오십여 개의 다른 주유소에서 샀을 수도 있으니까요.

그다음 단계로 유일한 목격자인 퍼트리샤 챔피언을 찾아갔습니다. 저는 1986년형 뷰익—레이니 씨가 몰고 다니는 것으로 추정되는 차종이었어요—사진을 들고 가서 보여주었죠. 그녀는 그 차일 수도 있지만 확실하지는 않다고 하더군요. 다시 난관에 부딪혔죠. 제가 다시 둘러보려고 데리 집에 갔을 때 에이미 씨, 당신이 찾아왔어요. 이른 아침이었고 저는 몇 가지 물어보고 싶은 게 있었는데 에이미 씨가 심란해하는 얼굴이더군요. 제가 여기는 어쩐 일이냐고 물었을 때 에이미 씨가 이상한 소리를 했어요. 남편을 만나러 태시모어 호수로 내려가는 길인데 그전에 화원을 보려고 들렀다고요."

"그이가 전화로 계속 자기가 비밀의 창이라고 불렀던 그곳을 말하는 거예요. 화원이 내려다보이는 그 창가에 뭔가를 두고 왔다면서. 그런데 아무것도 없었어요. 적어도 제가 보기에는요."

"제가 면담 당시 그분을 보고 받은 느낌이 있었어요." 에번스는 천천히 말했다. "어딘지 모르게…… 이상하다는 거였죠. 몇몇 부분에 대해서 거짓말을 해서 그런 건 아니었어요. 분명 거짓말을 하기는 했지만 그게 아니라 일종의 거리감을 느꼈다고 할까요."

"네……. 저도 그이한테서 그걸 점점 더 심하게 느꼈어요. 거리감을요."

"에이미 씨는 걱정이 돼서 아픈 사람처럼 보일 지경이었죠. 저는 에이미 씨의 뒤를 밟는 게 좋겠다는 결론을 내렸습니다. 밀너 씨가 찾아오더라도 자기가 어디 갔는지 알려주지 말라고 한 에이미 씨의 말이 결정타였어요. 에이미 씨가 할 만한 생각이 아니었거든요. 에이미 씨를 따라가면 뭔가를 발견할지 모른다는 생각이 들더군요. 그리고 또……." 그는 멍한 표정으로 말끝을 흐렸다.

"저한테 무슨 일이 생길지 모른다는 생각도 들었고요." 그녀가 말했다. "고마워요, 에번스 씨. 저는 그이의 손에 죽었을 거예요. 에번스 씨가 따라오지 않았더라면 저는 그이의 손에 죽었을 거예요."

"저는 진입로 입구에 차를 세우고 걸어갔죠. 집안에서 요란한 소리가 들리기에 달리기 시작했고요. 그때 에이미 씨가 뒷문 밖으로 넘어졌고 그가 뒤쫓아 나왔어요."

에번스는 진지한 표정으로 두 사람을 쳐다보았다.

"저는 멈추라고 했어요." 그가 말했다. "두 번이나."

에이미는 손을 내밀어서 그의 손을 가볍게 잡아주었다가는 다시 놓았다.

"그게 답니다." 에번스가 말했다. "신문과 밀너 씨와 나눈 두 번의 대화를 통해 알게 된 사실이 좀더 있기는 하지만……."

"그냥 테드라고 불러주세요."

"그럴게요, 테드 씨." 에번스는 테드라는 이름을 에이미라는 이름만큼 자연스럽게 부르지는 못하는 눈치였다. "레이니 씨가 정신분열증에 걸려서 두 사람으로 살았다는 것과 그 두 사람은 서로의 존재를 전혀 몰랐다는 건 압니다. 그중 한 명의 이름이 존 슈터였죠. 허버트 크리크모어의 증언 녹취록을 보니 레이니 씨는 슈터라는 작가가 「씨 뿌리는 계절」이라는 단편소설을 놓고 자신을 괴롭힌다고, 크리크모어 씨에게 그 작품이 실린 잡지가 있을 테니 그걸 보내주면 레이니 씨가 먼저 출간했다는 증거로 제시할 수 있을 거라고 생각했다더군요. 잡지는 에이미 씨보다 조금 먼저 도착했어요. 집안에 있더군요. 그 잡지를 담았던 페덱스 봉투는 레이니 씨의 뷰익 좌석 위에 놓여 있었고요."

"그가 작품을 도려냈죠?" 테드가 물었다.

"작품뿐 아니라 목차 페이지까지 없앴어요. 자신의 모든 흔적을 꼼꼼하게 제거한 거죠. 그는 스위스 아미 나이프를 가지고 다녔으니 아마 그 나이프를 썼을 거예요. 없어진 페이지가 뷰익의 글로브 박스 안에 들어 있었죠."

"결국에는 그 소설의 존재 자체가 그조차 풀 수 없는 수수께끼가 되어버린 거네요." 에이미가 조용히 말했다.

에번스는 눈썹을 쫑긋 세우고 그녀를 쳐다보았다. "네?"

그녀는 고개를 저었다. "아무것도 아니에요."

"제가 드릴 수 있는 말씀은 이게 전부인 것 같습니다." 에번스가 말했다. "나머지는 단순한 추측이에요. 이러니저러니 해도 저는 보험 사정관이지 정신과 의사는 아니니까요."

"그이는 두 사람이었어요." 에이미가 말했다. "자기 자신이었다가…… 자기가 만든 인물로 변해갔죠. 테드는 슈터라는 성이, 자기가 테네시 주의 슈터스노브라는 조그만 마을 출신이라는 얘기를 들었을 때 모트의 머릿속에 저장되었던 정보에서 나왔을 거라고 해요. 저도 그럴 거라고 생각하고요. 모트는 늘 그런 식으로 등장인물의 이름을 정했거든요……. 철자 순서를 바꾼다든지 해서.

그 이상은 저도 몰라요. 추측만 할 수 있을 따름이죠. 하지만 영화사에서 『델라코트 가족』의 판권을 포기했을 때 모트가 신경쇠약증에 걸릴 뻔했던 것만큼은 분명해요. 영화사 측에서는 그가 『홈팀』이라는 시나리오를 본 적 없을 거라고 생각한다면서도 우연의 일치로 둘이 비슷한 게 마음에 걸린다고 분명히 못을 박았거든요. 허브 크리크모어도 마찬가지였고요. 표절의 의혹은 없었는데…… 모트 생각에는 아니었던 거예요. 그이는 도가 지나치고 비정상적인 반응을 보였죠. 꺼진 캠프파이어를 헤집어서 살아 있는 불씨를 찾아낸 격이었다고 할까요."

"그분이 에이미 씨를 처벌하려고 존 슈터를 만들어낸 거라고 생각하지는 않으시죠?" 에번스가 물었다.

"네, 슈터는 모트를 처벌하려고 만들어낸 존재예요. 제가 생각하기에는……." 그녀는 말을 멈추고 숄로 어깨를 조금 더 단단히 감쌌다. 그런 다음 별로 차분하달 수 없는 손으로 찻잔을 집었다. "제가 생각하기에는 모트가 예전에 다른 사람의 작품을 훔쳤던 모양이에요." 그녀가 말했다. "한참 전에요. 『손풍금을 연주하는 아이』 이후로는 모든 작품이 널리 읽혔으니까 그때 표절했다면 들통이 났겠죠. 그이가 훔친 작품을 출간했을 것 같지도 않고요. 하지만 실제로 그런 적이 있었고 거기서 존 슈터가 만들어졌다고 생각해요. 영화사에서 판권을 포기한 것 때문도 아니고 제가…… 제가 테드와 만난 것 때문도 아니고 이혼 때문도 아니고요. 이것들이 다 일조했을지 몰라도 근원을 따져보면 제가 그이를 알기 전으로 거슬러 올라갈 거예요. 그러다 호숫가 집에서 혼자 지내면서……."

"슈터가 찾아온 거로군요." 에번스가 조용히 말했다. "슈터가 찾아와서 표절 의혹을 제기한 거로군요. 레이니 씨가 누구의 작품을 훔쳤는지 몰라도 그 사람이 감감무소식이니 결국에는 스스로 벌을 내릴 수밖에 없었겠죠. 하지만 그게 전부였을까요, 에이미 씨. 그는 에이미 씨를 죽이려고 했는데요."

"아니에요." 그녀가 말했다. "그건 슈터의 짓이었어요."

에번스는 눈썹을 치켜세웠다. 테드는 그녀를 유심히 쳐다보다 다시 주머니에서 파이프 담배를 꺼냈다.

"진짜 슈터요."

"무슨 말씀인지 모르겠네요."

에이미는 힘없이 미소를 지었다. "저도 잘 모르겠어요. 그래서 여길 찾아온 거예요. 이런 이야기를 한들 실질적으로는 아무 소용도 없겠지만—모트는 죽었고 모든 게 끝났으니까요—저한테는 도움이 될지 몰라요. 하고 나면 단잠을 잘 수 있을지 몰라요."

"그럼 이야기를 해보세요." 에번스가 말했다.

"그게, 그 집을 정리하려고 내려갔을 때 시내에 있는 보위스라는 작은 가게에 들렀어요. 테드가 기름을 넣었고—보위스는 늘 셀프서비스예요—저는 뭘 좀 사려고 안으로 들어갔죠. 톰 그린리프하고 같이 일을 했던 소니 트로츠가 있더라고요. 톰은 살해된 두 관리인 중에서 나이가 많은 사람이에요. 소니가 저를 보더니 모트가 안됐다고 하면서 할말이 있다고 했어요. 그날, 모트가 죽기 전에 모트를 만났는데 그때 하려던 말이 있었다면서. 소니 말로는 그랬다는데, 톰 그린리프에 관한 이야기였어요. 둘이서 같이 감리교회 교구회관을 칠했을 때 톰이 소니한테 한 말이 있었대요. 소니는 그 뒤에 모트를 만났는데 그때는 얘기를 할 생각을 못 했대요. 그러다 그레그 카스테어스에 관련된 이야기였다는 게 생각나서……."

"또 다른 죽은 사람 말이죠?"

"네. 그래서 고개를 돌리고 모트를 불렀는데 그이가 듣지 못했대요. 그리고 다음날, 모트가 죽었고요."

"그린리프 씨가 그분한테 뭐라고 했는데요?"

"유령을 본 것 같다고 했대요." 에이미가 조용히 말했다.

그들은 아무 말 없이 그녀를 쳐다보았다.

"소니 말로는 톰이 그 무렵에 건망증이 생겨서 걱정을 했대요. 소니가 보기에는 나이가 들면 자연스럽게 생기는 현상이었는데 톰은 오륙 년 전에 치매에 걸린 아내를 간병한 적이 있어서 자기도 그렇게 되는 게 아닐까 겁을 냈나 봐요. 소니가 말하길 톰은 붓 하나라도 깜빡하면 반나절 동안 내내 그 생각만 했대요. 톰은 여하튼 그레그 카스테어스가 그전 날 모트 레이니하고 이야기 나누는 사람을 보았느냐고, 그 사람을 다시 만나면 알아보겠느냐고 물었을 때 모트가 다른 사람하고 있는 걸 보지 못했다고…… 모트가 혼자였다고 말했다는 거예요."

딱 하고 성냥불 붙이는 소리가 들렸다. 테드 밀너가 결국 파이프 담배에 불을 붙이기로 한 것이다. 그는 자리에 앉은 채 몸을 앞으로 숙이고 에이미 밀너를 뚫어져라 쳐다보고 있었다.

"깔끔하게 정리해봅시다. 이 소니 트루츠라는 사람이……."

"트로츠요."

"그래요, 트로츠요. 그의 말에 따르면 모트가 누군가와 함께 있는 것을 톰 그린리프가 보았단 말인가요?"

"그건 아니에요." 에이미가 말했다. "소니 말로는 만약 톰이 그렇게 생각했다면, 정말 그렇게 생각했다면 그레그한테 거짓말을 했을 리 없을 거래요. 톰이 뭐라고 했느냐면 자기가 본 게 뭐였는지 잘 모르겠다는 거였어요. 혼란스럽다고. 거기에 대해서 입을 다무는 편이 안전할 것 같다고. 그는 자기가 얼마나 혼란스러워하는지 아무도—특히 같은 관리인으로 일하는 그레그 카스테어스는 말할 것도 없었죠—모르길 바랐고, 무엇보다 죽은 부인하고 같은 병에 걸렸을지 모른다는 것을 아무도 모르길 바랐죠."

"무슨 말씀인지 잘 이해가 안 되네요. 죄송합니다."

"소니의 말에 따르면 톰은 스카우트를 타고 레이크 드라이브를 지나가다 호숫가 길이 시작되는 곳에 혼자 서 있는 모트를 보았대요."

"두 시신이 발견된 근처 말이죠?"

"네. 바로 옆이에요. 모트가 손을 흔들었죠. 톰도 손을 흔들었어요. 그러고는 그 옆을 지나갔죠. 그런데 소니의 말에 따르면 톰이 백미러를 확인해보니 어떤 남자가 모트하고 같이 있더래요. 낡은 스테이션왜건도 있었고. 십 초 전만 해도 남자도 차도 없었는데. 남자는 까만색 모자를 쓰고 있었는데 톰이 뭐라고 했느냐면…… '그가 투명해 보이지 뭐야, 차도 그렇고'."

"오, 에이미." 테드가 나지막이 말했다. "그 남자가 헛소리를 한 거야. 그것도 심한 헛소리."

그녀는 고개를 저었다. "소니는 그런 이야기를 지어낼 만큼 똑똑한 사람이 아니야. 톰이 그레그한테 연락해서 그런 남자를 본 것 같다고 얘기해야겠다고 그러는 걸 소니가 들었대. 투명해 보이더라는 부분은 빼고 얘기하면 되지 않겠느냐면서. 하지만 소니 눈엔 노인네가 겁이 난 것 같았다고 했어. 치매에 걸렸든지 유령을 봤든지, 둘 중 하나인 게 분명하다면서."

"음, 정말 오싹하긴 하네요." 에번스가 말했다. 정말 그랬다. 팔과 등에 소름이 돋았다. "하지만 전해 들은 이야기잖습니까…… 그것도 죽은 사람한테요."

"네…… 한 가지 더 있어요." 에이미는 찻잔을 책상에 내려놓고 핸드백을 집더니 안을 뒤지기 시작했다. "모트의 서재를 정리하다 그이의 책상 뒤에서 모자—그 끔찍한 까만색 모자 말이에요—를 발견했어요. 예기치 못했던 일이라 깜짝 놀랐죠. 경찰에서 증거물이나 뭐 그런 걸로 가져갔을 줄 알았거든요. 막대로 책상 뒤에서 모자를 끄집어냈어요. 모자가 뒤집힌 채로 막대에 걸려서 나왔죠. 저는 그대로 밖으로 나가서 쓰레기 보관함에 버렸어요. 왜 그랬는지 아시겠죠?"

테드는 잘 몰랐다. 에번스는 확실하게 알았다. "건드리고 싶지 않으셨던 거로군요."

"바로 그거예요. 건드리고 싶지 않았어요. 모자는 초록색 쓰레기 봉투 맨 위로 똑바로 떨어졌어요. 제가 장담할 수 있어요. 그러다 한 시간쯤 뒤에 제가 오래된 약, 샴푸 등 욕실에서 나온 물건들을 봉투에 넣어서 들고 나갔거든요. 그걸 버리려고 쓰레기 보관함 뚜껑을 열었더니 모자가 다시 뒤집혀 있는 거예요. 그리고 이게 밴드에 꽂혀 있었어요." 그녀는 핸드백에서 접힌 종이를 꺼내서 미세한 떨림이 멈추지 않은 손으로 에번스에게 건넸다. "책상 뒤에서 모자를 꺼냈을 때는 없었어요. 분명히요."

에번스는 접힌 종이를 받아서 가만히 들고 있었다. 느낌이 안 좋았다. 너무 무겁고 질감이 왠지 모르게 이상했다.

"존 슈터가 정말로 있었나 봐요." 그녀가 말했다. "모트 역사상 가장 위대한 걸작인 듯해요. 하도 생생해서 실존 인물이 되어버린 등장인물.

그리고 이게 그 유령이 남긴 메시지인가 봐요."

에번스는 종이를 펼쳤다. 종이 가운데에 이런 글이 적혀 있었다.

부인, 폐를 끼쳐서 미안합니다. 상황이 걷잡을 수 없게 흘러가버렸어요. 나는 이제 집으로 돌아갑니다. 애초에 내 작품을 찾으러 온 거였고 드디어 찾았거든요. 제목은 '미나리아재비 길', 근사한 걸작이에요.

친애하는

존 슈터 드림

깔끔하게 일렬로 적힌 편지 아래로 뻔뻔하리만치 비뚤배뚤한 서명이 있었다.

"이게 돌아가신 전남편분의 서명인가요, 에이미 씨?" 에번스가 물었다.

"아니에요." 그녀가 말했다. "전혀 달라요."

세 사람은 사무실에 앉아서 서로를 쳐다보았다. 프레드 에번스는 할말을 만들어내려고 애를 썼지만 아무 생각도 나지 않았다. 잠시 후 정적이 (그리고 테드 밀너의 파이프 담배 냄새가) 그들이 감당할 수 없을 만한 수준으로 치달았다. 그래서 밀너 부부는 감사의 말과 작별 인사를 전하고 사무실을 나서서, 그들의 능력이 닿는 한도 내에서 최대한 열심히 살아갔고 프레드 에번스도 그의 능력이 닿는 한도 내에서 최대한 열심히 살아갔다. 하지만 프레드 에번스와 한때 모턴 레이니의 아내였던 여인은 까만색의 동그란 모자를 쓰고 눈가에 주름이 자글자글한 남자가 빛바랜 눈으로 그들을 쳐다보는 꿈을 꾸고 한밤중에 깨어나곤 했다. 그는 싸늘하게 그들을 쳐다보았지만…… 그들은 특이하게도 통렬한 연민 비슷한 감정을 느꼈다.

그의 표정이 따뜻하지 않았고 느낌이 편안하지도 않았지만, 그들은 각기 다른 장소에서 그 눈빛과 함께 살아갈 공간을 찾을 수 있었다. 그들만의 화원을 가꿀 공간을 찾을 수 있었다.

이 은 선
연세대학교에서 중어중문학을, 국제학대학원에서 동아시아학을 전공했다. 편집자, 저작권 담당자를 거쳐 전문 번역가로 활동중이다. 코넬 울리치의 『환상의 여인』과 『상복의 랑데부』, 애거서 크리스티의 『끝없는 밤』, 스티븐 킹의 『11/22/63』, 『악몽을 파는 가게』, 『미스터 메르세데스』. 마거릿 애트우드의 『그레이스』, 프레드릭 배크만의 『베어타운』 등을 비롯하여 다양한 소설을 번역하고 있다.

자정 4분 뒤 1
Four Past Midnight

1판 1쇄 2018년 5월 10일
1판 2쇄 2018년 5월 30일

지은이 스티븐 킹
옮긴이 이은선
펴낸이 염현숙

책임편집 이현 | **편집** 임지호 이송 | **독자모니터** 엄정현
표지디자인 이경란 | **본문조판** 최미영
저작권 한문숙 김지영
마케팅 정민호 정진아 함유지 김혜연 | **홍보** 김희숙 김상만 이천희
제작 강신은 김동욱 임현식 | **제작처** 한영문화사

펴낸곳 (주)문학동네
출판등록 1993년 10월 22일 제406-2003-000045호
임프린트 엘릭시르

주소 10881 경기도 파주시 회동길 210
문의 031-955-1906(편집) 031-955-8896(마케팅) 031-955-8855(팩스)
전자우편 editor@elmys.co.kr | **홈페이지** www.elmys.co.kr

ISBN 978-89-546-5074-8
978-89-546-5073-1 (SET)

엘릭시르는 출판그룹 문학동네의 임프린트입니다.